Ellen Sandbergs Romane in der Presse:

»Mit ihrem fesselnden Roman schafft es Sandberg, dem Vergessen entgegenzuwirken. 500 Seiten, die berühren, überraschen und aufwühlen.«
Bayern 2 über *Die Vergessenen*

»Packend, feinfühlig und sehr engagiert geschrieben.«
Für Sie über *Die Vergessenen*

»Psychologisch tiefgründig, absolut lesenswert!«
Hamburger Morgenpost über *Der Verrat*

»Sandberg erzählt meisterhaft, wie Naziverbrechen nachwirken und wie Gier die Moral zerstört.«
Hörzu über *Das Erbe*

Außerdem von Ellen Sandberg lieferbar:
Die Vergessenen
Der Verrat
Das Erbe

ELLEN SANDBERG

DIE SCHWEIGENDE

ROMAN

PENGUIN VERLAG

MIX
Papier aus verantwortungsvollen Quellen
FSC® C014496
FSC
www.fsc.org

Penguin Random House Verlagsgruppe FSC® N001967

3. Auflage

Dieses Werk wurde vermittelt durch die AVA international GmbH
Autoren- und Verlagsagentur, München.
www.ava-international.de
Umschlag: Favoritbüro
Umschlagmotiv: © Mint Images; Cyndi Monaghan/GettyImages;
© Roy photo/shutterstock
Satz: Greiner & Reichel, Köln
Druck und Bindung: GGP Media GmbH, Pößneck
Printed in Germany
ISBN 978-3-328-10485-8
www.penguin-verlag.de

Dieses Buch ist auch als E-Book erhältlich.

Dieses Buch ist ein Roman. Etwaige Ähnlichkeiten zu Geschehnissen im realen Leben oder zu lebenden oder verstorbenen Personen sind rein zufällig und nicht beabsichtigt, jedenfalls aber von der grundgesetzlich geschützten Freiheit der Kunst umfasst.

Karin

Sie lag im Gras und blinzelte in die Sonne, die durchs Blätterdach fiel und tanzende Lichtreflexe auf ihr Kleid malte. Es passte ihr obenrum nicht. Es schnürte sie ein. Es nahm ihr die Luft zum Atmen. Der Stoff kratzte fürchterlich. Überall juckte es. Am Bauch, an den Beinen, am Rücken. Sie hielt es nicht länger aus, sprang auf und riss sich das Kleid vom Leib.

Herrlich, wie der Wind ihre Haut kühlte. Der Duft von Butterkuchen stieg ihr in die Nase. Sie war so hungrig, dass ihr das Wasser im Mund zusammenlief, doch sie wusste, dass sie ihn nicht essen durfte. Wenn sie das tat, würde etwas Schreckliches geschehen.

Hoch oben im Baum sang ein Vogel. Der Wind frischte auf, und eine kühle Bö fuhr ihr ins Haar. Dunkle Wolken schoben sich vor die Sonne. Der Kuchengeruch verschwand. Stattdessen roch es nach Himbeeren. Süß und faulig. Verdorben.

Verdorben. So wie sie. *Du taugst nichts!* Der Geruch verursachte ihr Übelkeit. Der Wind wurde heftiger. Sie wollte gehen. Sie musste ihn suchen. Obwohl sie wusste, wo er war. Und es zugleich nicht wusste. Es war paradox. Es war zum Verrücktwerden. Ich weiß es, und ich weiß es nicht.

Ihre Haut brannte wie Feuer. Sie lief zum Bach und hüpfte hinein. Doch da war kein Wasser. Himbeerranken umgaben sie wie ein wogendes Meer, gruben ihre Haken aus Metall ins Fleisch, rissen es auf. Blut lief in Rinnsalen an ihr hinab. Ein Vogel kam angeflogen. Sie wollte nach ihm greifen. Er verwandelte sich in ein Tuch und legte sich um ihren Hals. Sie bekam keine Luft mehr. Sie erstickte!

Mit einem Schrei wachte Karin auf. Ihr Herz schlug in wilden Schlägen. Mit zitternden Fingern tastete sie nach der Nachttischlampe und schaltete sie ein. Jens, halt mich. Das wollte sie sagen. Doch er war nicht mehr da. Er war gegangen. Vor ihr. Nach vierundfünfzig gemeinsamen Jahren. Es war unfassbar, dass es ihn nicht mehr gab.

Karin schlüpfte in den Morgenmantel und ging hinunter in die Küche. Die Uhr zeigte Viertel nach drei. Aus dem Kühlschrank nahm sie die angebrochene Flasche Luganer, schenkte sich ein Glas ein und setzte sich damit auf die Terrasse. Es hatte geregnet. Die Nacht war kühl, und das war gut.

Ihr rasendes Herz beruhigte sich.

Warum suchte dieser Traum sie nach Jahrzehnten wieder heim? Als junge Frau hatte sie ihn regelmäßig geträumt. Nach der Geburt der Mädchen war er verblasst und hatte sich rargemacht. Nun kehrte er mit aller Macht zurück. Was wollte er ihr sagen? Etwa, dass sie zu früh aufgegeben hatte?

Imke

Die Biene gab nicht auf. Wieder und wieder flog sie gegen die Scheibe des Wohnzimmerfensters, krabbelte ein Stück nach oben und startete einen neuen Versuch, sobald sie den Rahmen erreichte. Eine Weile beobachtete Imke das kleine Drama, dann ging sie in die Küche, nahm ein Glas vom Regal und eine Postkarte ihrer Schwester Geli vom Kühlschrank. Damit kehrte sie ins Wohnzimmer zurück, stülpte das Glas über die Biene und schob die Karte darunter. Das Surren wurde tiefer und hektisch. Mit der Rettungskapsel auf der Hand trat Imke auf die Terrasse und ließ die Biene frei.

Die Luft war nach dem Regenguss der vergangenen Nacht frisch und klar, doch der Himmel noch grau verhangen. Es war einer dieser Tage, die sich seit Papas Tod häuften. Tage, an denen sie schon am Morgen wusste, dass sie alle Kraft von ihr fordern und sie sich am Abend ein Glas Chardonnay einschenken würde, um runterzukommen. Genau wie ihre Mutter es seit über fünfzig Jahren tat. Dabei hatte sie nie wie Mama werden wollen, die ihr bestenfalls ein negatives Vorbild gewesen war. Was sie in ihrem Leben anders machen würde, hatte Imke bereits mit fünfzehn gewusst. Bis auf ein paar Kleinigkeiten hatte sie das gut hinbekommen. Das Glas Wein beispielsweise, nach einem anstrengenden Tag. Wobei sie nur gelegentlich Chardonnay trank, im Gegensatz zu Mama, die sich täglich ihr Glas Luganer gönnte. Schlimmer war die Mauer, die Imke immer wieder einreißen musste. Wenn ihr Mann Moritz zärtlich wurde, baute sich binnen Sekunden diese verdammte Mauer auf, und sie wehrte ihn häufig ab, obwohl sie das nicht wollte. Warum konnte sie seine Nähe nicht gleich zulassen? Weshalb gab es diesen Widerstand in ihr, der ihr auch nach beinahe zwanzig Ehejahren noch immer weismachen wollte, dass sie es nicht wert war, geliebt zu werden. Diese blöde Macke, von der sie instinktiv wusste, dass sie sie auf verschlungenen Wegen von ihrer Mutter geerbt hatte. Die Biene verschwand aus ihrem Blickfeld. Imke ging hinein.

Schon halb neun. Ihre Familie war längst ausgeflogen. Moritz stand jetzt auf der Baustelle eines Einkaufszentrums in Regensburg, für dessen Statik er verantwortlich war. Ihre Zwillinge Steffi und Tobi saßen in der Schule und bereiteten sich aufs Abi im kommenden Jahr vor. Hoffentlich. Ganz sicher konnte sie nicht sein. Es war Freitag und daher möglich, dass die beiden wieder einmal fürs Klima demonstrierten, während sie versuchte, hier in ihrem Reihenmittelhaus in München-Obermenzing den täglichen Spagat zwischen Hausfrau, Mutter und selbständiger Übersetzerin hinzukriegen. Wobei die Aufträge von Jahr zu Jahr weniger wurden. Übersetzungsprogramme nahmen ihr die Butter vom Brot. Deshalb hatte sie sich entschlossen, ihr Hobby zum zweiten beruflichen Standbein auszubauen. Die Herstellung hochwertiger Seifen. Im Moment konnte sie das allerdings vergessen. Eine weitere Aufgabe schlich sich an:

Mama. Ein flaues Gefühl breitete sich in Imke aus. Um diese Verantwortung riss sie sich nicht. Doch sie würde an ihr hängen bleiben. Denn sie lebte nur fünfhundert Meter von ihrem Elternhaus entfernt. Seit Papas Tod vor acht Wochen bewohnte Mama es allein und kam nicht gut zurecht.

Bei dem Gedanken an ihren Vater setzte sich ein Druck in ihre Kehle. Er war so überraschend gestorben, und viel zu früh. Kurz vor seinem neunundsiebzigsten Geburtstag. Wobei sie immer erwartet hatte, nicht nur seinen Achtzigsten, sondern auch seinen Neunzigsten mit ihm zu feiern. Mit Mama eher nicht. Ihre Mutter hatte zeitlebens zu viel Wein getrunken und kaum Sport getrieben, während ihr Vater auf seinem Rennrad und später auf dem Mountainbike kilometermäßig die Erde sicher mehrmals umrundet hatte. Als er vor zwei Jahren die Steigung am Deininger Weiher nicht mehr hinaufgekommen war, hatte er sich ein E-Bike zugelegt. »Das ist kein Mofa«, hatte er erklärt. »Man keucht die Berge trotzdem hinauf, allerdings mit ein bisschen elektrischer Unterstützung, was in meinem Alter sinnvoll ist. Ich will nicht absteigen und schieben. Ich will aber auch nicht tot vom Rad plumpsen.«

Und doch hatte er es beinahe so gemacht. War im Klinikgarten einfach umgefallen. Einen Tag vor der Entlassung, während Imke immer davon ausgegangen war, dass Mama vor ihm sterben würde. Und nun war sie es, um die man sich kümmern musste. Und nicht er, für den sie das gern getan hätte.

Wie dankbar sie rückblickend dafür war, dass sie bei ihm sein konnte, als er starb. Das Schicksal hatte dafür gesorgt, dass er nicht allein war, an diesem strahlend schönen Märztag voller Verheißung, die kurz darauf in Fassungslosigkeit und Trauer umgeschlagen war.

Sie hatte den halbjährlichen Check bei ihrer Gynäkologin in Schwabing hinter sich gebracht und war bereits auf dem Weg zur U-Bahn, als sie sich zu einem Spontanbesuch bei Papa im Krankenhaus entschloss und umkehrte, obwohl er am nächsten Tag entlassen wurde. Bis zur Klinik war es nicht weit, und sie dachte darüber nach, welches Glück er gehabt hatte, so glimpflich davongekommen zu sein. Aber auch, was für ein Schreck es gewesen war, als er sie fünf Tage zuvor aus dem Krankenhaus angerufen hatte. »Mir geht's gut«, hatte er erklärt. »Kein Grund zur Sorge. Aber du musst das Mama schonend beibringen. Sie wollen mich nicht gehen lassen.«

»Bist du mit dem Rad gestürzt?«

»Die Knochen sind alle heil. Ich habe mich nur ein wenig komisch gefühlt, und da ich grad in der Nähe des Krankenhauses war, habe ich gedacht, es kann nicht schaden, wenn die sich das mal ansehen.«

Ihr Vater war ein Meister im Bagatellisieren. Angst nistete sich hinter ihrem Brustbein ein. »Was ansehen?«

»Na, was wohl, meine Kleine? Meine altersschwache Pumpe.«

»Was ist damit?«

»Ein wenig aus dem Takt geraten. Sie vermuten einen Herzinfarkt und wollen das jetzt ausschließen. Also, du erklärst das deiner Mutter vorsichtig. Ich will nicht, dass sie sich grundlos ängstigt, und dann bräuchte ich noch ein paar Sachen. Pyjama, Zahnbürste und so weiter.«

Er hatte sie immer *meine Kleine* genannt, obwohl sie die mittlere seiner drei Töchter war. Zuverlässig, wie sie war, hatte sie alles erledigt und war mit Mama und seinen Sachen eine Stunde später bei ihm in der Klinik gewesen. Den Herzinfarkt hatten die Ärzte nicht ausgeschlossen, sondern diagnostiziert. Gott sei Dank war es nur ein leichter. Papa ging es schnell besser. Er hatte großes Glück gehabt.

Mit diesem Gedanken erreichte sie die Klinik und erhielt auf der Station die Auskunft, dass ihr Vater in den Klinikgarten gegangen war, um diesen schönen Tag zu genießen. Also suchte sie dort nach ihm.

In der Wiese blühten Schneeglöckchen und Krokusse. Die ersten Narzissen reckten ihre Köpfe in die Sonne. Bald würde alles blühen. Eine Last fiel von ihr ab. Wie wunderbar, dass es Papa wieder gut ging. Wie herrlich, dass der Frühling kam und er ihn erleben durfte.

Natürlich hatte er in den letzten Jahren abgebaut. Die Muskeln wurden im Alter weniger, trotz seiner regelmäßigen Radtouren. Geschrumpft war er auch. »Es liegt an den Bandscheiben«, hatte er erklärt. »Sie werden dünner, und man wird zum Zwerg.« Aber seinen Humor hatte er sich bewahrt und seine immer gute Laune.

Nun entdeckte sie ihn auf einer Parkbank. Er trug seinen dunkelblauen Bademantel und wirkte aus der Ferne noch kleiner, beinahe eingesunken. Wie eine alte Mauer, deren Fundament nachgab. Ein Gedanke, der ihr einen Stich versetzte. Beim Näherkommen schlich sich Angst an. Etwas stimmte nicht mit ihm. Sie beschleunigte ihre Schritte und erschrak, als sie ihn erreichte. Sein Teint ganz grau, die Lippen violett. Mühsam rang er nach Luft. Sein Blick hielt ihrem nicht stand. Sie beugte sich zu ihm, fasste ihn an der Schulter. »Papa! Durchhalten! Ich rufe einen Arzt.« Hektisch sah sie sich um, während sie das Handy hervorzog. Etwa hundert Meter entfernt näherten sich zwei Krankenschwestern auf einem Kiesweg. »Wir brauchen hier Hilfe!«, rief sie und wedelte mit den Armen. Die Frauen wurden auf sie aufmerksam und eilten auf sie zu. Papa war inzwischen weiter zur Seite gekippt. Sie legte ihn ganz auf die Bank und kniete sich neben ihn. »Mach jetzt keinen Mist, ja?« Noch immer entglitt sein Blick ihrem, obwohl er sich bemühte, ihn zu halten. »Meine Kleine«, stieß er schließlich hervor.

»Spar deinen Atem. Du wirst ihn noch brauchen.«

Er schob seine Hand in ihre. Sie war eiskalt. »Sag Karin, dass ich sie liebe«, stieß er hervor. »Sie war das große Glück in meinem Leben. Sag ihr Danke von mir. Für alles.« Sie wollte widersprechen, er solle das Mama selbst sagen, doch dann verstand sie, dass das jetzt die Stunde war, vor der sie sich fürchtete, seit sie als Kind begriffen hatte, dass ihre Eltern sterben würden. Ihm blieb keine Zeit mehr, und sie nickte. »Mach ich. Versprochen.« Seine Hand zuckte in ihrer. »Such nach Peter.«

Im Laufschritt erreichten die beiden Schwestern die Bank und schoben Imke beiseite. »Herr Remy? Verstehen Sie mich?« Er nickte. Die Schwester gab ihrer Kollegin Anweisungen. Papa versuchte, sich aufzurichten. Seine Hand umklammerte ihre. »Peter«, wiederholte er. Es klang so drängend. »Versprich es.«

»Natürlich, Papa. Versprochen. Ich suche nach ihm.«

»Das ist gut.« Er ließ sich zurückfallen und schloss die Augen. Für immer.

Das Klingeln an der Haustür riss Imke aus ihren Erinnerungen. Ein Lieferdienst gab ein Paket für die neuen Nachbarn ab. Ein Paar mit zwei Kindern hatte das fünfzig Jahre alte Reiheneckhaus nebenan gekauft. Die Eltern arbeiteten beide Vollzeit. Er bei einer Consulting-Firma. Sie bei der Stadtverwaltung. Sohn und Tochter besuchten die Grundschule im Viertel. Morgens verließ die Familie das Haus und kam erst abends zurück. Teure Einrichtung. Zwei neue

Autos vor der Tür. Bei diesem Lebensstandard blieb wenig Zeit für die Kinder. Imke taten sie leid.

Ihr Vater hatte immer Zeit für seine Mädchen gehabt und dafür die Dreißig-Stunden-Woche für sich eingeführt. Und das zu einer Zeit, als alle noch vierzig gearbeitet hatten. Er war Zahnarzt mit eigener Praxis gewesen, nur einen Steinwurf von zu Hause entfernt. Damit ihm genügend Zeit für seine Familie blieb, hatte er einen Partner aufgenommen. Mittags, wenn seine Mädchen von der Schule gekommen waren, saß Papa mit am Tisch. Mittwochnachmittag war er zu Hause geblieben, und freitags hatte er ganz freigehabt. Er war ein wunderbarer Vater gewesen. Rad- und Bootstouren hatten sie mit ihm unternommen. Indianerzelte gebaut. Auf Berge waren sie gekraxelt und hatten Drachen und Laternen mit ihm gebastelt. Unzählige Bücher hatte er ihnen vorgelesen, und später, während der Pubertät, hatte er immer ein offenes Ohr für ihre Sorgen und Nöte gehabt und auch den einen oder anderen Ratschlag, wie man mit Jungs am besten umging.

Sie quittierte den Empfang und stellte das Paket auf die Kommode im Flur. Genug getrödelt. Es war Zeit, sich an die Arbeit zu machen.

Waschmaschine und Geschirrspüler mussten auf ihre Fütterung warten. Zuerst war der Auftrag an der Reihe, den sie gestern von der Agentur bekommen hatte. Die Gebrauchsanleitung für einen Food Processor musste bis Montag übersetzt werden. Danach wollte sie nach Mama sehen.

Papas Tod hatte eine Welle von Bürokratie zur Folge, mit der ihre Mutter überfordert war. Das Nachlassgericht erwartete eine Vermögensaufstellung, die Rentenversicherung Nachweise. Gebühren mussten entrichtet und Kondolenzbriefe beantwortet werden. Außerdem nahm sie sich vor,

Mama nach Peter zu fragen, denn sie hatte keine Ahnung, wer das sein sollte.

***

Auf dem Weg in ihr Büro warf Imke einen Blick in den Flurspiegel. Die Fünfzig rückten näher. Die Haut wurde trockener und die Falten zahlreicher. Das war nun mal so, trotz sorgfältiger Pflege. Dafür war ihr Haar noch immer hellblond, und der kurze Stufenschnitt gab ihr etwas Burschikoses. »Damit siehst du richtig frech aus«, hatte Moritz gesagt. Sie war seit eh und je der kumpelhafte Typ. Jeans und Sweatshirt statt Kostüm oder Hosenanzug. Lieber Ferienhaus als Luxushotel. Sie war unkompliziert. Was man von ihren Schwestern nicht unbedingt behaupten konnte.

Ihr Schreibtisch stand in der Speisekammer, die sie für ihre Arbeit zweckentfremdet hatte. Vier Quadratmeter mit einem schmalen Fenster zur Straßenseite. Ihr reichte das. Sie brauchte schließlich nur Drucker und PC. Die einzige Deko war eine Pinnwand voller Familienfotos, die Moritz, sie und die Zwillinge in allen Altersstufen und Lebenslagen zeigten. Als Babys und Kindergartenkinder, bei der Einschulung und im Skikurs, beim Schwimmen, Reiten und Fußballspielen. Bilder von Faschingsfesten, von Geburtstagsfeiern und Urlaubsfotos. Manchmal konnte Imke nicht glauben, dass die Kids schon siebzehn waren und erwachsen wurden. Nächstes Jahr Abitur und dann? Ein Auslandsjahr oder gleich das Studium? Sie würden ausziehen. So schnell. Es kam Imke vor, als habe sie sich nur ein paarmal umgedreht, und – schwupps – waren aus den Kindern mit den Rotznasen und schokoverschmierten Mündern, die sich im Dunkeln fürchteten und die man beim Malefitz auch mal gewinnen ließ, mit denen man harte Diskussionen übers Aufräumen und Taschengeld geführt hatte, beinahe Erwachsene geworden. Tobi jobbte für einen Gleitschirmkurs. Steffi mutierte von der Vegetarierin zur Veganerin und steckte ihren Bruder damit an, dessen Leibspeise Fleischpflanzerl gewesen waren, bis Fridays for Future seinen Blick auf die Welt verändert hatte. Seit einem Jahr demonstrierten sie immer wieder fürs Klima. Die beiden informierten sich inzwischen aus unterschiedlichen Quellen und glaubten nicht mehr jeden Mist, der online stand. Sie wurden selbständig denkende Menschen, und darauf konnten Moritz und sie stolz sein.

Imkes Blick wanderte weiter zu einem Foto, das sie mit ihrer älteren Schwester Geli und der jüngeren Anne zeigte. Äußerlich ähnelten sie sich. Alle drei hatten sie die blaugrauen Augen ihrer Mutter geerbt und deren helles Haar, während die ovale Gesichtsform und das ausgeprägte Kinn aus Papas Familie stammten.

In ihrem Wesen unterschieden sie sich allerdings sehr. Geli war chaotisch und sprunghaft und eine überbehütende und stets besorgte Mutter. Kein Wunder, dass ihre Töchter zum Studieren nach Berlin und Schwerin geflohen waren.

Imke war die Mittlere und galt als die Zuverlässige. Durchhaltevermögen war wohl ihre hervorstechendste Eigenschaft. Was sie anfing, brachte sie auch zu Ende, im Gegensatz zu Geli. Was ihr allerdings fehlte, waren Risikobereitschaft und Ehrgeiz.

Davon hatte dafür Anne mehr als genug abbekommen. Strategisch betrieb sie ihre Karriere und war auf dem besten Weg, ihr Ziel zu erreichen. Erst vor einem Jahr war sie zur Leiterin der Abteilung für Governance and Compliance eines internationalen Baukonzerns aufgestiegen und stand jetzt kurz vor der Berufung in den Vorstand.

Schade, dass Mama nicht auf dem Bild war. Sie ließ sich ungern fotografieren und mochte es auch nicht, wenn sich die Aufmerksamkeit auf sie richtete. Sie stand lieber beobachtend am Rand und hielt sich raus. Und das war nur eine ihrer zahlreichen Macken. Türen durften nicht abgeschlossen werden, am besten auch nicht geschlossen. Sperrangelweit geöffnet waren sie ihr am liebsten. Aufzüge und öffentliche Verkehrsmittel konnte sie nicht benutzen, darin bekam sie Panik. Und wehe, man warf Essen weg. Dann konnte ihre Mutter richtig ausflippen. *Das kommt vom Krieg*, hatte Papa ihnen einmal erklärt. Dabei war ihre Mutter bei Kriegsende erst fünf Jahre alt gewesen und hatte sicher nicht allzu viele Erinnerungen an diese Zeit.

***

Bis Mittag hatte Imke die Rohfassung der Übersetzung fertig. Sie aß einen Becher Joghurt und räumte nebenbei den Spüler ein. Ob Mama wohl etwas zu Mittag gegessen hatte? Vermutlich nicht. Ihr Leben war aus dem Takt geraten. Sie musste sich neu justieren. Nach vierundfünfzig Jahren war sie plötzlich allein. Es musste furchtbar sein. Imke wagte nicht, sich das auszumalen, weil es die Frage aufwarf, wie es ihr in derselben Situation ergehen würde.

Natürlich sprach Mama nicht über ihre Gefühle. Das tat sie nie. Man konnte immer nur vermuten, was in ihr vorging. *Ich liebe dich.* Ob sie das je zu Papa gesagt hatte? Zu ihren Kindern jedenfalls nicht. Die Nachricht von Papas Tod hatte sie mit Fassung aufgenommen. Erst als Imke ihr seine letzten Worte überbrachte, war sie in Tränen ausgebrochen.

Jedenfalls trauerte Mama mehr um ihn, als Imke für möglich gehalten hätte. Obendrein hatte sie abgenommen, was ihr Sorgen machte. Mama war eine zarte Person. Wenn sie weiter an Gewicht verlor, hatte sie im Krankheitsfall keine Reserven mehr.

Kurz nach zwei radelte Imke zum Friedhof. Der Gärtner hatte die verwelkten Kränze weggeräumt. Stattdessen standen zwei Schalen mit Frühlingsblumen auf dem Grab. Noch immer war die Vorstellung schwer zu ertragen, dass ihr Vater unter diesem Berg aus Kies und Erde lag. Sein Körper. Sein Geist, seine Seele, sein unbändiges Lachen, seine Herzensgüte, wo waren sie geblieben? Imke hatte nie länger über das Jenseits nachgedacht. Ihre Eltern hatten mit der Kirche nichts am Hut und bezeichneten sie als scheinheiligen Verein von machtbesessenen Menschen. Beide waren aus der Kirche ausgetreten und hatten ihre Töchter mehr oder weniger atheistisch erzogen. Fragen nach Spiritualität hatte sich Imke eigentlich nie gestellt, und nun ertappte sie sich dabei, wie sie sich Gedanken um Papas Seele machte.

Vom Friedhof ging es weiter zum Bäcker. Einem Stück Biskuitrolle konnte Mama selten widerstehen. Imke kaufte zwei und bog kurz darauf in die Einfahrt ihres Elternhauses.

Vor über fünfzig Jahren hatten Jens und Karin das alte Haus gekauft. Es war wunderschön. Ein weißer Würfel, über den sich ein Walmdach stülpte. Sprossenfenster mir grünen Läden, eine Terrasse, über die eine Treppe in einen großen Garten führte, den Papa und Mama liebevoll angelegt und gepflegt hatten. Das Haus war hell und freundlich und verfügte über ausreichend Platz für eine große Familie.

Imke schob das Rad in den Ständer und sah sich um. Der Rasen musste gemäht werden. Vom Ahorn war ein Ast abgebrochen und steckte im Buchs vor dem Gartenhaus. Zwischen Zaun und Staudenbeet hatte sich Laub gesammelt. Mama ging es wirklich nicht gut, wenn sie ihren geliebten Garten verwahrlosen ließ.

Imke betrat das Haus wie immer durch die Hintertür, die meist offen war, und traf ihre Mutter in der Küche an. Sie goss gerade Milch in ein Schälchen. Dabei wurde sie von einer Katze beobachtet, die auf der Arbeitsfläche stand. Es war die hässlichste Katze, die Imke je gesehen hatte. Klapperdürr, dreifarbig. Schwarz, Rot und ein Ton, den man bestenfalls als schmuddelig bezeichnen konnte. Ein eingerissenes Ohr und ein so kurzer Schwanz, dass Imke sich fragte, was da wohl passiert war. Gleichzeitig schwappte eine kleine Welle von Dankbarkeit für dieses Tier in ihr an, das ihre Mutter offenbar aus der Reserve lockte.

»Hallo Mama. Du hast ja Besuch.«

»Ach, Imke. Ich habe dich gar nicht kommen hören. Sie ist einfach zur Terrassentür hereinstolziert und will nicht wieder gehen. Ich glaube, sie ist hungrig.« Mama stellte die Schale auf den Boden. Die Katze sprang hinunter und begann zu schlabbern.

»Soll ich Katzenfutter mitbringen, wenn ich einkaufen fahre?«

»Ach, ich weiß nicht. Dann nistet sie sich vielleicht hier ein, und ich bekomme Ärger mit dem Besitzer.«

»Sie sieht nicht so aus, als ob sich jemand um sie kümmert«, entgegnete Imke. »Sie ist ganz abgemagert.«

»Kann schon sein. Das Leben ist nun mal kein Honigschlecken. Auch für eine Katze nicht. Was willst du eigentlich schon wieder hier?«

»Ein paar Dinge mit dir besprechen. Am besten bei Kaffee und Kuchen.«

Ihre Mutter machte eine wegwerfende Handbewegung. »Ich bin nicht hungrig.«

»Aber ich.« Imke füllte die Kaffeemaschine und beschloss, keine Bemerkung über Mamas Aufzug zu machen. Sie trug noch ihr Nachthemd und den Morgenrock mit einem farbenfrohen Muster exotischer Vögel, den Papa ihr geschenkt hatte. Seit Imke denken konnte, war das Haar ihrer Mutter zu einem kinnlangen Bob geschnitten, der im Lauf der Jahre weiß und dünn geworden war. Heute war der Ansatz fettig, außerdem nahm sie einen unangenehmen Geruch wahr, der unwillkürlich die Frage aufwarf, wann Mama wohl zuletzt geduscht hatte. Sie stellte sie nicht und deckte für zwei am Tisch im Wohnzimmererker.

Sowohl die Katze als auch ihre Mutter folgten ihr. »Eine Tasse Kaffee trinke ich mit.« Sie setzten sich, und die Katze sprang Mama auf den Schoß.

»Sie mag dich.«

»Unsinn.«

Imke sandte einen lautlosen Seufzer gen Decke, schenkte Kaffee ein und beobachtete, wie Mama unsicher eine Hand auf den Katzenrücken legte und mit der anderen nach der Kuchengabel griff. Na, ging doch.

»Und was willst du nun besprechen?«

»Drei Dinge. Erstens wollte ich dich fragen, ob ich im Gartenhaus meine Seifenwerkstatt unterbringen kann. Unser Keller ist zu klein dafür.«

»Es ist voller Gerümpel«, entgegnete Mama mit vollem Mund. »Aber das ist ja kein Hinderungsgrund. Ausräumen musst du es aber alleine.«

»Danke. Das hilft mir wirklich sehr.«

»Du musst mir nicht danken. Das ist doch selbstverständlich. Eine Familie hält zusammen.«

Das hatten sie immer getan. Es war Papa so wichtig gewesen.

»Trotzdem: Danke, denn es ist eben nicht selbstverständlich und wirklich großzügig von dir. Ich müsste sonst etwas mieten, und das kann ich mir im Moment nicht leisten, also lass mich bitte Danke sagen.«

»*Bitte Danke* sagen. Du bist kurios. Was ist zweitens?«

Imke atmete durch. Sie kannte das schließlich. Mama war einfach so. »Dein Geburtstag. Wie wollen wir ihn feiern?«

»Am liebsten gar nicht. Aber das werdet ihr Mädchen nicht gelten lassen. Also machen wir es hier bei … uns …« Sie stockte, kratzte mit der Kuchengabel Sahne von der Biskuitrolle und hielt sie der Katze hin, die sie mit einem Haps aufschleckte. Imke traute ihren Augen nicht. »Wir machen es hier«, wiederholte Mama. »Ich will nicht in ein Restaurant und schon gar nicht … Du weißt schon. Das will ich auf keinen Fall.«

»Natürlich. Das verstehe ich.« Eigentlich hatten sie wie immer die Geburtstage ihrer Eltern zusammen feiern und dafür ein Ausflugsschiff auf dem Starnberger See mieten wollen. Dafür war es jetzt sowieso zu spät. »Ich kümmere mich ums Essen«, erklärte Imke und stand auf. »Bin gleich wieder da.« Sie nahm ihrer Mutter die Kuchengabel aus der Hand und holte eine frische aus der Küche. Verblüfft nahm ihre Mutter sie entgegen. »Was war mit der anderen?«

»Nichts. Ist schon okay. Also, ich sorge dafür, dass niemand verhungern muss. Sollen wir ein kaltes Buffet machen oder lieber warm? Ein Menü?«

»Mach es, wie du willst.«

»Gut, dann gibt's dein Leibgericht. Ein Lamm-Stifado, und vorher Suppe und Salat und …«

»Wo willst du veganes Lammfleisch herbekommen?«, fragte ihre Mutter mit blitzenden Augen. Langsam lief sie zur gewohnten Form auf. Dass Imke ihren Kindern *Extrawürste* beim Essen durchgehen ließ, würde Mama nie verstehen. Zu ihrer Zeit hatte es das nicht gegeben. Da wurde gegessen, was auf den Tisch kam, auch wenn es ekelhaft fetter Presssack voller Schwarten war, in denen nicht selten noch die Borsten steckten. Egal ob einem schlecht davon wurde, aufstehen durfte man erst, wenn der Teller leer war. Allein das Wort Presssack hatte bei Imke als Kind Würgereflexe ausgelöst. Gott sei Dank war Mama nie auf die Idee gekommen, ihn auf den Tisch zu bringen. Und überhaupt war sie erstaunlich tolerant gewesen, was das Essen anging. Aufessen mussten sie als Kinder nie, während das in anderen Familien durchaus üblich gewesen war, wie Imke von ihren Schulfreundinnen wusste.

»Lämmer sind Veganer, soweit ich weiß«, konterte Imke.

»Du bist ganz schön spitzfindig.«

»Ja, war ich schon immer. Steffi und Tobi werden sich selbst um ihr Essen kümmern. Sie können kochen.«

»Es war eine weise Entscheidung von dir, ihnen das beizubringen.«

»Gut. Dann wäre das ja geklärt. Dessert? Was magst du?«

Mama wollte zunächst nichts, dann Tiramisu oder besser Crème brûlée oder Pannacotta mit Erdbeeren. Am Ende einigten sie sich auf Pannacotta. Sie schrieben noch eine Gästeliste, die kurz ausfiel. Außer ihren Töchtern, nebst Partnern und Enkelkindern, wollte Mama nur ihre Freundin Erika und Papas Cousine Gitta dabeihaben. Während sie alles besprachen, fütterte Mama die Katze mit der Biskuitrolle. So war das nicht gedacht gewesen. Doch Imke sagte nichts. Als sie das Geschirr in die Küche trug, sah sie sich um, ob sie Hinweise auf ein Frühstück oder Mittagessen entdeckte. Im Spüler stand Geschirr von mehreren Tagen. Ob etwas von heute dabei war, konnte sie nicht erkennen. Es müffelte ziemlich, also startete sie das Programm, obwohl die Maschine noch nicht voll war, und kehrte zu Mama zurück. »Hast du Lust, heute Abend zum Essen zu kommen? Es gibt Pizza.« Die gab es freitags meistens.

»Wenn ich abends schwer esse, schlafe ich schlecht.«

»Hast du denn heute überhaupt schon etwas gegessen?«

Mama hob den Kopf und sah sie direkt an. »Was ist das denn für ein Tonfall? Bin ich jetzt das Kind?«

»Ich mache mir Sorgen um dich. Du hast abgenommen.«

Für eine Sekunde glättete sich das faltige Gesicht ihrer Mutter. Ein beinahe zärtlicher Ausdruck erschien, verschwand aber sofort wieder. »Ich werde auch wieder zunehmen. Danke für die Einladung, aber ich bleibe daheim. Was ist Punkt drei?«

Einen Moment zögerte Imke, ob sie das Thema *Peter* jetzt ansprechen sollte, während Mama ihre Aufmerksamkeit der Katze zuwandte und sie tatsächlich kraulte. Das Tier rollte sich vollends in ihrem Schoß zusammen und begann zu schnurren. Ein giftiges Gefühl stieg in Imke auf. Ihre Mutter kraulte eine wildfremde räudige Katze, während sie es zeitlebens nicht geschafft hatte, eine zärtliche und liebevolle Mutter zu sein. Ohne Papa hätten wir drei Mädchen unsere Kindheit nicht unbeschadet überstanden, dachte Imke. Dann hätten wir jetzt alle einen an der Waffel! Was hätte ich dafür gegeben, von ihr mal gestreichelt zu werden. Und dann lachte sie auf. Herrgott! Es konnte nicht sein, sie war eifersüchtig auf eine Katze.

»Was ist?«

»Nichts. Es ist nur schön, dass du ein wenig Gesellschaft hast. Vielleicht war es ein Fehler, sie mit Kuchen zu füttern. Vermutlich wirst du sie jetzt nicht mehr los.«

»Ich setze sie nachher vor die Tür. Sie gehört mir nicht. Also, was wolltest du noch?«

»Papa hat mich um etwas gebeten.«

»Er ist seit acht Wochen tot.«

»Ja, ich weiß. Ich war dabei, als er starb. Er hat mir nicht nur aufgetragen, dir zu sagen, wie sehr er dich geliebt hat. Er hat mir auch einen Auftrag gegeben. Ich soll jemanden suchen.«

»Jemanden suchen?« Die Hand hielt inne, die Katze hob den Kopf, als wolle sie fragen, wieso es nicht weiterging. »Wen denn?«

»Einen Peter. Weißt du, wen er meint? Ich habe keine Ahnung.«

Mamas Blick wich aus. Sie konzentrierte sich auf die Katze und begann wieder, sie zu kraulen. »Nein. Es gibt niemanden in unserem Bekanntenkreis, der so heißt.«

Imke fragte nicht weiter nach, denn am Tonfall hatte sie erkannt, dass ihre Mutter log. Wenn sie das tat, stieg ihre Stimme unwillkürlich in die Höhe, wurde heller. Genau wie eben.

Es hatte keinen Sinn, nachzuhaken oder Mama der Lüge zu bezichtigen. Sie wusste, wer gemeint war, doch sie würde es ihr nicht sagen.

Karin

Imke war endlich gegangen. Karin dachte an Böll und seinen Roman von der *Fürsorglichen Belagerung*. Nichts anderes tat ihre Tochter. Sie mischte sich ein, umzingelte und belagerte sie. Kontrollierte sogar, ob sie etwas aß, und schaltete einfach den Spüler an, obwohl der halb leer war. Und ganz sicher hatte sie sich auf die Zunge gebissen, um nicht zu fragen, weshalb ihre Mutter um drei Uhr nachmittags noch im Nachthemd herumlief. Sie tat das alles zwar in bester Absicht, so wie die Polizisten in dem Roman. Ihre Tochter war voller edler Motive, wie Liebe und Dankbarkeit und Fürsorge und all dem Quatsch. Doch sie ging zu weit, wenn sie nach Peter fragte, auch wenn sie das nicht ahnen konnte. Verdammt! Wie kam Jens dazu, Imke auf diese Fährte zu setzen!

Karin öffnete die Terrassentür und schob die Katze mit dem Fuß hinaus. Doch die wollte nicht, witschte gleich wieder herein und sprang aufs Sofa. Mit schief gelegtem Kopf sah sie zu ihr auf. *Ich hab dich durchschaut*, schien sie zu sagen. *Du bist gar nicht so kalt und herzlos, wie du tust. Tief in dir ist all das im Übermaß vorhanden. Liebe.*

Herzensgüte. Mitgefühl. Es ist nur verschüttet. Eigentlich willst du, dass ich bleibe. Gib es zu.

»Ja, von mir aus, dann mach es dir hier gemütlich! Aber wehe, du kotzt den Kuchen auf den Teppich, dann fliegst du raus. Haben wir uns verstanden?« Die Katze schloss die Augen und öffnete sie gleich wieder, als habe sie das tatsächlich begriffen.

Karin stellte sich an die Terrassentür und sah in den Garten, den sie und Jens mit viel Liebe und Freude angelegt und gepflegt und immer wieder umgestaltet hatten. Der Rasen musste vertikutiert und die vertrockneten Stauden zurückgeschnitten werden. Die Rosen brauchten Dünger. Doch ihr fehlte die Kraft dafür. Nicht die physische – sie war zäh –, sondern die psychische. Dass Jens sich einfach davongemacht hatte, war unverzeihlich. Wo sie doch fest entschlossen gewesen war, vor ihm zu sterben, damit sie nicht um ihn trauern musste. Denn das würde sie nicht ertragen. Zweimal hatte sie es versucht, allerdings nicht wegen der Trauer, sondern wegen ... dem anderen.

Kam das jetzt alles wieder hoch! Wo sie es doch so gut wie vergessen hatte. Kein Blick zurück! Das war seit Jahrzehnten ihr Lebensmotto, und nun wurde ihr der Kopf mit Gewalt in diese Richtung gedreht.

Karin lehnte ihn müde gegen die Scheibe. Peter. Wie lange hatte sie nicht mehr an ihn gedacht? Er war die offene Wunde, die in ihr klaffte. So konnte man das sagen, ohne zu übertreiben. Die einzige Möglichkeit, diesen Schmerz auszuhalten, hatte darin bestanden, ihn zu vergessen. Und nun kam Imke und stellte Fragen.

Imke, ihre fürsorgliche und zuverlässige Tochter. Sie war eine gute Mutter. Sie hatte das entschieden besser hinbekommen als sie selbst. Überhaupt war sie eine tolle Frau, genau wie Geli und Anne. Drei wunderbare Töchter waren ihnen da gelungen. Manchmal konnte sie es nicht glauben, dass es ihr geglückt war, ihren Kindern ein Vorbild zu sein, ihnen eine Anleitung zu geben, wie man im Leben seinen Platz fand und es meisterte. Natürlich hatte Jens einen nicht unerheblichen Teil dazu beigetragen. Vermutlich sogar den wesentlichen. Genau genommen war sie eine grauenhafte Mutter und hatte dieses Übermaß an Liebe, Glück und Freude, das ihr im Leben zuteilgeworden war, gar nicht verdient. Im Grunde war sie ein schlechter Mensch. Abschaum. Gesindel. Das Letzte. *Du taugst nichts! Früher hat man solche wie dich beseitigt!*

Weshalb war es ihr nie gelungen, über ihren Schatten zu springen und ihre Töchter fest in den Arm zu nehmen, sie zu knuddeln und zu kitzeln, bis sie kreischten, ihnen übers Haar zu streichen, sie zu küssen und zu liebkosen, ihnen zu sagen, wie sehr sie sie liebte, wie wunderbar sie waren? Jede von ihnen auf ihre Art. Es ging nicht. Ihre Hand erstarrte in der Luft, ihre Liebe gefror zu einem Eisblock, sobald sie es versuchte. Angst lähmte sie. Wer war sie schon? Also hatte sie ihre Mädchen bestmöglich versorgt, mit Nahrung und Kleidung. Mit guter Bildung. Die war ihr wichtig gewesen. Ihren Mädchen sollte es nicht so ergehen wie ihr selbst. Medizin hatte sie studieren wollen. Bis es eines Tages an der Tür geklingelt hatte und das Unheil begann. Mit einem Klingeln. Ganz harmlos. Ihre Töchter sollten jede Chance haben. Dafür brauchten sie Abitur. Sie hatte sie zum Lernen angehalten, hatte sie getriezt. Alle drei hatten studiert. Das war es, was sie gut gemacht hatte. Und Jens das andere, mit seiner Güte und Herzenswärme. Er war ein umwerfender Vater gewesen. Und außerdem die Pufferzone zwischen ihr und der Wirklichkeit. Er hatte sie beschützt.

Damit niemand erkannte, wer sie wirklich war. Das hatte sie an den rabenschwarzen Tagen geglaubt. Aber nein, er war der Schutzschild gewesen, der sie abschirmte vor all dem Unsagbaren. Was für eine Aufgabe er sich zugemutet hatte. Aus Liebe zu ihr, an die sie in den schlimmen Stunden nicht glauben konnte.

Und doch hatte er sie gemeint, von dem Tag an, an dem sie sich begegnet waren. Vor vierundfünfzig Jahren. Im Juli 1965, in der Trambahn von Neuhausen Richtung Max-Weber-Platz. Ein anstrengender Arbeitstag in der Rotkreuzklinik lag hinter ihr. Dort hatte sie nach Abschluss ihrer Ausbildung eine Anstellung als Säuglingspflegerin gefunden. Den hochtrabenden Traum, Ärztin zu werden, hatte sie schon Jahre zuvor zu Grabe getragen. Ohnehin würde sie nicht dafür taugen. Die Arbeit mit den Säuglingen erfüllte sie aber auch nicht. Die Angst, etwas falsch zu machen, stand im Vordergrund. Dass ihr ein Kind beim Baden entgleiten und ertrinken könnte oder beim Wickeln herunterfallen. Erst am Tag zuvor war eine Sicherheitsnadel im Windelpack eines Buben aufgegangen und hatte sich in die Leiste gebohrt. Der Kleine hatte geschrien, bis sie das Malheur beim nächsten Wickeln entdeckte, die Nadel beseitigte, den Pikser desinfizierte und mit einer Salbe behandelte. Gott sei Dank hatten die anderen nichts bemerkt.

Angst beherrschte ihr Leben. Es gab so viel, das man falsch machen konnte. Überall lauerten Fallstricke und Gefahren. Auch daheim fühlte sie sich nicht sicher, obwohl sie sich so auf ihre eigene Wohnung gefreut hatte. Innerlich hatte sie gejubelt, als sie ihre erste Gehaltsabrechnung erhalten hatte. Jetzt war sie endlich frei, konnte das Schwesternheim verlassen. Seit einigen Monaten lebte sie in einer kleinen Wohnung in einem neu hochgezogenen Block in

Haidhausen. Doch wenn sie dort war, hatte sie oft das Gefühl, keine Luft zu bekommen, zu ersticken. Erst wenn sie die Balkontür öffnete, und das Küchenfenster obendrein, ging es besser.

An diesem Tag im Juli war ihre Schicht um fünf Uhr vorüber gewesen, und sie war erschöpft und völlig verspannt von der Anstrengung, ja nichts falsch zu machen. Den ganzen Tag über war es schon heiß und die Temperatur bis auf dreißig Grad geklettert. Als sie zur Trambahnhaltestelle ging, zogen Wolken auf, Wind setzte ein. Er wirbelte Staub und vertrocknete Lindenblüten auf. Es würde ein Gewitter geben. Hoffentlich schaffte sie es nach Hause, bevor das Unwetter losbrach. Die Tram kam, sie stieg ein und mit ihr ein weiteres Dutzend Menschen. Die Leute drängelten nach, doch sie hielt alle auf, weil sie ihre Monatskarte nicht parat hatte. Ungeduldig schnalzte der Schaffner mit der Zunge. »Geht's etwas flotter, Fräulein?« Natürlich wurde sie hektisch und ließ die Tasche fallen. Schlüsselbund und Geldbörse, Puderdose, Taschenspiegel und Handcreme kullerten über den Boden. Anstatt sich zu bücken, zog sie instinktiv den Kopf ein, duckte sich weg. Im selben Moment griff jemand nach ihrem Ellenbogen. »Ich helfe Ihnen, wenn Sie gestatten.« Es war ein schlaksiger junger Mann. Sie nickte verdattert. Was hatte er gesagt?

Zwei Minuten später saß er neben ihr. Während sie ihre Handtasche umklammerte, damit sie nicht noch einmal herunterfiel, und die Tram die Nymphenburger Straße entlangzuckelte, stellte er sich als Jens Remy vor. Student der Zahnmedizin im vorletzten Semester. Seine Augen waren so klar und grün wie der Eibsee. Für einen Augenblick glaubte sie, bis auf den Grund seiner Seele blicken zu können. In ihm gab es nichts Verschlagenes oder Gemeines, nichts

Böses, nur Freundlichkeit. Doch man konnte sich natürlich täuschen. Sie schlug die Augen nieder. »Karin Allenstein. Ich bin …« Beinahe hätte sie gesagt: nichts Besonderes. »Ich bin Säuglingspflegerin.«

»Das ist ja famos.«

»Ja? Wieso?«

Sein Mund verzog sich zu einem Lachen, seine Augen strahlten. »Das erkläre ich dir später mal. Ist es in Ordnung, wenn wir uns duzen?«

War es in Ordnung? Sie wusste es nicht und nickte.

»Prima. Wollen wir heute Abend ins Kino gehen? Im Tivoli ist gerade der neue James Bond angelaufen. ›Goldfinger‹.«

»Ach, ich weiß nicht.«

»Überlege es dir. Ich frage dich morgen noch mal. Jetzt muss ich raus.« Die Tram hielt am Stiglmaierplatz, und ehe sie es sich versah, war er ausgestiegen, und sie war sich sicher, dass sie ihn nie wiedersehen würde. Doch am nächsten Tag stand er wieder an ihrer Haltestelle beim Krankenhaus.

Ein würgendes Geräusch riss Karin aus ihrer Erinnerung. Die Katze war vom Sofa gesprungen und erbrach sich auf den Teppich. »Ach, du verdammtes Vieh.« Sie klang nicht wütend, das war sie nicht, sondern müde und kraftlos. Trotzdem verstand das Tier, schoss zur offenen Terrassentür hinaus und verschwand in der Hecke der Nachbarn. Ich war nicht immer so, rief sie der Katze in Gedanken hinterher. Ich war mal ganz anders.

Karin

Sommer 1956

Fred aus der 12 B passte sie nach der letzten Stunde vor dem Klassenzimmer ab. Er war schon achtzehn, zwei Jahre älter als Karin, und besaß ein Moped. Eine chromblitzende Zündapp. Mit seiner blonden Tolle, den Bluejeans mit dem breit umgeschlagenen Saum und dem weißen T-Shirt sah er aus wie der jüngere Bruder von James Dean. Zahlreiche Mädchen des Adolf-Weber-Gymnasiums schwärmten für ihn. Natürlich nicht die braven mit den Faltenröcken und Zöpfen. Die rümpften die Nase über ihn und alle, die Bluejeans trugen und Rock 'n' Roll liebten. Elvis Presley, Chuck Berry. Little Richard.

Karins Herz setzte für einen Schlag aus, als sie Fred Kaugummi kauend an der Wand lehnen sah, die Daumen in die Gürtelschlaufen gehakt, und er sie ansprach. »Hey Karin.«

»Hallo Fred.«

»Wir treffen uns nachher im Freibad. Kommst du mit?«

Fred und seine Rockabilly-Freunde waren die geheimen Stars der Schule. Von einem aus der Gruppe eingeladen zu werden, war der Ritterschlag. Karin warf das Bücherbündel, das sie mit einem Gürtel zusammengezurrt hatte, lässig über die Schulter, wechselte das Standbein und reckte die rechte Hüfte raus. So kam ihre nagelneue Bluejeans prima zur Geltung, für die sie sich einen Tadel von der Bio-Möller eingefangen hatte. Nachdenklich zog sie die Lippe unter die Schneidezähne. »Hm … Ich gebe Dagmar heute Nachmittag Mathe-Nachhilfe.« Sie wohnte auf derselben Etage und gehörte zu den Faltenrockträgerinnen. Brave Tochter, durchschnittliche Schülerin, davon beseelt, mal einen biederen Mann zu finden und ein spießiges Leben zu führen.

»Verschieb es auf den Winter.«

Jetzt musste sie lachen.

»Oder hat deine Regierung was dagegen, wenn du mit uns rumgammelst?«

»Ich muss es ihr ja nicht erzählen.« Doch es ging nicht. Sie brauchte das Nachhilfegeld für den Bikini. Knallgelb mit großen weißen Tupfen. Jeden Morgen auf dem Weg zur Schule sah sie nach, ob er noch im Schaufenster des Modehauses Schlüter lag. Drei Mark fehlten ihr noch. Dreimal Nachhilfe und er gehörte ihr. Obwohl Mami sicher mit ihr schimpfen würde, weil er so knapp war. Vorausgesetzt, sie zeigte ihn ihr.

»Was ist nun?«, fragte Fred.

»Vielleicht. Mal sehen.«

»Überleg nicht zu lange. Das macht Runzeln. Wir sind auf der Wiese beim Kiosk. Du wirst uns schon finden.« Er stieß sich von der Wand ab, zwinkerte ihr zu und verschwand aus ihrem Blickfeld.

»Puh!« War das gerade wirklich geschehen?

Tausend Gedanken wirbelten durch ihren Kopf, während sie vor der Schule nach Pelle Ausschau hielt. Ihr Bruder wartete bei der Bank auf sie. Auch er besaß das hellblonde Haar der Allensteins und den gleichen hellen Porzellanteint, auf den ihre Mutter so stolz war. Auf seiner Nase tummelten sich allerdings Sommersprossen, die Mami auf ihrer nicht dulden und mit Zitronensaft bekämpfen würde. Das erste Jahr auf dem Gymnasium lag beinahe hinter Pelle, doch er wirkte immer noch so, als habe er sich verlaufen. Er war so klein und schmächtig, dass er für jünger gehalten und gerne übersehen wurde. Was auch daran lag, dass er still war, in sich gekehrt. Oft ganz versunken in seiner Gedankenwelt, die von Sagen- und Märchengestalten bevölkert wurde. »Er ist nun mal ein Träumer, wie sein Vater.« Das sagte Mami oft. Doch er konnte auch eine echte Nervensäge sein.

Wenn Mami von Papa sprach, dann lag immer eine Zärtlichkeit in ihrer Stimme, die Karin ahnen ließ, wie sehr sie Vati geliebt hatte. Er war vier Monate vor Kriegsende gefallen. Da war sie erst vier Jahre alt gewesen, und hatte daher kaum Erinnerungen an ihn.

Auf dem Heimweg überlegte Karin, ob sie die Nachhilfestunde vorverlegen konnte. Wenn sie nur schon den Bikini hätte. Hatte sie aber nicht. Der alte Badeanzug musste es noch tun. Oder sie borgte sich heimlich Mamis. Diese und ähnliche Gedanken wälzte sie, bis sie in die Nibelungenstraße einbogen und das Haus ansteuerten, in dem sie seit einigen Jahren wohnten. Fünfte Etage mit Balkon. Vier Zimmer, Küche und ein eigenes Bad. Bis zu Karins zehntem Geburtstag hatten sie zur Untermiete in einer von Flüchtlingen vollgestopften Wohnung gelebt und sich zu dritt ein Zimmer teilen müssen, dann war es Mami gelungen, diese Neubauwohnung zu ergattern. Der schiere Luxus.

So wie sie wollte Karin mal werden. Ihre Mutter war eine moderne Frau, die als Chefsekretärin ihr eigenes Geld verdiente und ihre Familie ernährte. Wobei sie wusste, dass es Mami andersherum lieber wäre. Dass jemand für sie und ihre Kinder sorgte, während sie sich um den Haushalt kümmerte. Doch daraus wurde vermutlich nichts mehr. Mami war schon vierzig. *Jenseits von Gut und Böse*. Das hatte Mamis Freundin Marion mal gesagt. Ebenfalls Kriegswitwe. Dennoch gaben die beiden nicht auf. Sie gingen viel aus. Ins Kino und Theater, in Ausstellungen, und sie besuchten Tanztees in der Hoffnung, einen passenden Mann kennenzulernen. Die aber waren rar. Zu viele waren im Krieg geblieben.

Karin betrat mit ihrem Bruder im Schlepptau das Haus und nahm die Post aus dem Briefkasten. Weiter hinten wischte Frau Frey den Hausflur. Eine verbitterte alte Schachtel, die mit ihrem Mann der Vergangenheit nachtrauerte. Einer Zeit, in der noch Regeln und Anstand gegolten hatten. Pelle drückte den Liftknopf. Surrend fuhr der Fahrstuhl nach unten. Bis er kam, hatte die Frey sie entdeckt, und Karin grüßte artig. »Guten Tag, Frau Frey.«

»Karin, Karin.« Ein Kopfschütteln begleitete diese Worte. »Wie du aussiehst. Diese Hosen. Du bist doch ein so hübsches Mädchen.«

»Bluejeans sind modern.«

»Das ist doch keine Mode, sondern eine Verirrung. Aber so etwas passiert, wenn in der Familie die männliche Hand fehlt und die Frau für alles sorgen muss. Arme Kinder.«

»Wir sind nicht arm.«

»Ich meinte das nicht im materiellen Sinn«, erklärte die Frey. »Sondern, was eure Erziehung angeht. So ist das bei Schlüsselkindern nun einmal. Früher hat es das nicht gegeben.«

»Aber jetzt ist jetzt.« Der Lift kam endlich unten an, Karin öffnete die Tür und schob ihren Bruder hinein. »Auf Wiedersehen, Frau Frey.«

Wie immer hatte Mami das Mittagessen im Topf auf dem Herd bereitgestellt. Heute gab es Kartoffelsuppe. Sogar mit Würstchen. Karin schaltete die Platte ein und bat Pelle umzurühren, bis sie wieder da war. Sie lief rasch zu Dagmar Schultheiß, die zwei Wohnungen weiter auf demselben Flur lebte, und verlegte die Nachhilfestunde.

Um drei packte sie die Tasche fürs Freibad. Vorher probierte sie Mamis türkis-weiß gestreiften Badeanzug und betrachtete sich im Spiegel. Er saß ein wenig stramm, denn sie war besser gepolstert als ihre Mutter. Sie war klein wie ein Kobold, aber gut proportioniert, mit schmaler Taille, runden Hüften und einem Busen, der genau richtig war.

Handtuch, Decke und Sonnenmilch landeten in der Tasche. Pelle saß in der Küche am Tisch und machte Hausaufgaben. Sie nahm einen Apfel aus der Obstschale, suchte in der Küchenschublade nach einem Schokoriegel und steckte beides in die Badetasche.

»Gehst du ins Schwimmbad?«

Karin nickte. Die unausgesprochene Frage ›Darf ich mit?‹ lag in der Luft. Doch die Antwort darauf war längst gefunden. »Heute ist Mittwoch. Da hast du Klavierunterricht.«

»Der dauert doch nur eine Stunde. Darf ich mitkommen? Bitte.«

»Es geht nicht.«

»Warum?«

»Darum halt. Ich bringe dich zum Musikunterricht und danach gehst du allein nach Hause. Du bist elf, du kannst das. Ich gebe dir meinen Schlüssel. Bis Mami kommt, bin ich daheim. Ich klingle zweimal lang und zweimal kurz, dann lässt du mich rein. Okay?«

Er nickte. Doch sie wusste, dass er sich fürchtete. Aber sie konnte unmöglich mit ihrem kleinen Bruder im Freibad auftauchen. Also wuschelte sie ihm durch die Haare und sprach ihm Mut zu.

Natürlich waren sie zu früh bei der Musikschule. Karin platzierte Pelle auf der Bank vor dem Unterrichtsraum und hängte ihm ihren Schlüssel an einem Band um den Hals. »Um sechs bin ich daheim. Versprochen. In meiner Schublade sind noch zwei Päckchen Ahoi-Brause. Die darfst du dir nehmen.«

Als sie sich in der Tür noch einmal nach ihm umdrehte, sah er ihr mit großen Augen nach. Es zerriss ihr beinahe das Herz. Sie kehrte um und nahm die Silberkette ab, die Oma aus Lourdes mitgebracht und ihr zur Firmung geschenkt hatte. Daran hing ein Medaillon mit einem Relief der Jungfrau Maria. Karin machte sich nicht viel daraus, doch ihr Bruder hatte Omas Geschichte vom Wunder von Lourdes andächtig gelauscht. Er liebte Märchen und Sagen. Er glaubte an Hokuspokus und Wunder. »Sie wird auf dich aufpassen und dich beschützen. Wenn es nötig ist, schenkt sie dir auch Mut und Kraft.« Sie legte ihm die Kette um, und seine Hand schloss sich um den Anhänger. »Du schenkst sie mir?«, fragte er staunend, und sie zögerte einen Moment. »Klar. Sie gehört jetzt dir. Bis später.«

Die Sonne brannte vom Himmel, als Karin das Dante-Bad erreichte. Der Geruch von Chlorwasser und Sonnenöl lag in der Luft, und leise klang von irgendwoher der neue Elvis-Song zu ihr. Sie ging der Musik nach und entdeckte Fred und seine Freunde auf der Wiese hinter dem Kiosk. Ein halbes Dutzend Jungs und Mädchen hatte Decken und Handtücher ausgebreitet. Ein Kabel zog sich vom Büdchen über die Wiese zu einem tragbaren Schallplattenspieler. Fred sang mit Elvis im Duett »Heartbreak Hotel«. Eine Flasche Pepsi diente ihm als Mikrofon. Sein Hüftschwung war filmreif, und aus den Haaren und der dunkelblauen Badehose perlte noch das Wasser. Es war zum In-Ohmacht-Fallen. Als er sie bemerkte, packte er eine weitere Portion Schmalz in seine Stimme. »Just take a walk down lonely street to Heartbreak Hotel.« Das Lied war zu Ende. Theatralisch sank er vor ihr auf die Knie und warf die Arme in die Luft. »Wahnsinn. Du bist gekommen, Baby!«

Karin lachte. »Logisch. Carpe diem, wie Fräulein Rösler immer sagt. Schon mal überlegt, Schauspieler zu werden?«

»Wenn schon, dann Sänger. Und lassen Sie bitte die Rösler aus dem Spiel, Fräulein Allenstein. Die hat mir heute eine Vier in Latein verpasst.«

»Ja, wenn das so ist.« Sie wusste nicht weiter und sah sich ratlos um. Fred bemerkte ihre Unsicherheit und stellte ihr die anderen vor. Seinen besten Freund Harald, der den Spitznamen Horex trug, weil er ein schrottreifes Motorrad dieser Marke wieder flottgemacht hatte. Karin kannte ihn vom Sehen. Er ging auch aufs Adolf-Weber-Gymnasium. Ein geduldiger und ruhiger Kerl mit einem kleinen Feuermal auf der linken Wange. Er nickte ihr zu. »Servus Karin.« Neben ihm saß Babs auf einem Badetuch und cremte sich ein. Sie ging in die 10 E und war der Kumpel-Typ. Ihre Markenzeichen waren ein kurzer Fassonschnitt und knallrot geschminkte Lippen. Beides sorgte regelmäßig für Gesprächsstoff bei Erwachsenen. Mit den kurzen Haaren sehe sie aus wie ein Junge, wurde ihr vorgeworfen, oder wahlweise, wegen der roten Lippen, wie eine *Professionelle*. Manche vermuteten gar, sie wäre *vom anderen Ufer*. Babs war jedenfalls gegen den Strich gebürstet und provozierte gerne. Karin bewunderte sie, weil sie sich etwas traute, und nun reichte Babs ihr die Hand. »Willkommen im Klub.« Neben ihr hatte sich Max ausgestreckt. Sie schob die Sonnenbrille auf die Nasenspitze. »Eigentlich heiße ich Maximiliane. Meine Eltern wünschten sich einen großen, stattlichen Sohn, der diesem Namen Ehre macht. Das haben sie jetzt davon.« Sie deutete auf sich. »Das Gegenteil. Klein und weiblich.« Sie lachte. »Du bist auch nicht gerade ein Riese.« Weiter ging es mit Manfred, den alle Mani nannten. Auch er war Schüler des Adolf-Weber und ein Cousin von Fred. Mani war der Einzige, der keine Badekleidung trug, sondern in Bluejeans und Hemd auf seiner Decke saß und deren Karomuster anstarrte. Unsicher hob er den Kopf, als Fred sie vorstellte. Karin erschrak. Auf dem linken Jochbein prangte ein blauer Fleck, ein Auge war blutunterlaufen. Sie unterdrückte die Frage, wie das passiert war. Er zuckte mit den Schultern und ließ sich auf die Decke fallen. »Bin gegen einen Schrank gelaufen«, sagte er. Das sollte wohl lässig klingen, doch es klang eher verzweifelt, fand Karin.

Fred zog sie beiseite. »Frag ihn nie danach. Da ist er empfindlich.«

»Ist gut, aber warum?«

»Das war sein Vater. Der verprügelt ihn regelmäßig. Und jetzt? Wettschwimmen?«

»Gegen dich verliere ich sowieso. Du hast die längeren Tentakel.«

»Okay. Dann eben planschen.«

Weiter hinten gab es Umkleidekabinen. Karin zog sich um. Als sie herauskam, waren Fred, Max und Horex bereits im Wasser und machten Quatsch. Sie spritzten sich nass, tauchten sich unter, und sie gesellte sich dazu. Schließlich ließ sie sich doch auf ein Wettschwimmen ein und erreichte als Erste den Beckenrand. Ganz bestimmt, weil Fred sie hatte gewinnen lassen. Prustend schlug er neben ihr an. »Ganz schön flott, Fräulein Allenstein. Auch ganz schön mutig?« Sein Blick wanderte zum Sprungturm und ihr wurde flau. Das Einmeterbrett war ihr persönliches Maximum. Das Dreimeter hatte sie mal versucht und war mit Puddingknien umgekehrt. Fred schielte nach ganz oben. »Fünf Meter. Wetten, du traust dich nicht!«

»Die Wette hast du schon verloren«, hörte sie sich sagen. »Wer als Erster oben ist.« Behände zog sie sich am Beckenrand hoch, lief zum Sprungturm und erklomm in Windeseile die Stufen. Fred dicht hinter ihr. Erst als sie vor dem Brett stand, wollte die Angst kommen. Doch kneifen galt jetzt nicht. Nur nicht nachdenken!, befahl sie sich, ging bis zum Ende des wackeligen Bretts, ignorierte ihr rasendes Herz und trat ins Leere. Sie ließ sich kerzengerade fallen, die Beine voran, die Arme an den Körper gedrückt, so wie sie es schon oft bei anderen gesehen hatte. Eine Sekunde freier Fall, dann schlug das Wasser über ihr zusammen, kühl und still. Vor ihren geschlossenen Augen tanzten noch kurz Reflexe, da berührten ihre Füße schon den Boden, sie stieß sich ab und kam schnaubend an die Wasseroberfläche. Ihre bebenden Nerven beruhigten sich, und Euphorie schoss in ihr hoch. Das war herrlich gewesen! Das wollte sie gleich noch einmal. Sie sprangen noch einige Male, bis ihr kalt wurde und sie aus dem Wasser stiegen.

Es wurde ein lustiger Nachmittag, und die Zeiger der Uhr am Kiosk wanderten schneller Richtung sechs, als ihr lieb war. Fred ertappte sie, wie sie wieder einmal nach der Zeit sah. Es war schon Viertel vor sechs, und sie hatte keine Lust zu gehen. »Wann musst du denn daheim sein, damit es keinen Ärger gibt?«

»Um sechs.« Pelle wartete, und außerdem musste sie Mamis Badeanzug trocken kriegen, bevor sie aus dem Büro kam.

»Viertel vor«, sagte Fred. »Das schaffen wir. Ich fahr dich.«

Wie könnte man zu diesem Angebot Nein sagen! In Windeseile zog sie sich um, und auch Fred packte seine Sachen. Der Aufbruch war ein wenig überstürzt. Horex grinste über beide Ohren. »Da hat's anscheinend jemanden erwischt.«

»Ist nur die gute Kinderstube«, konterte Fred todernst. »Der Herr begleitet die Dame nach Hause.« Er deutete eine Verbeugung an und reichte Karin den Arm. »Gnädigste.«

Sie bekam eine Lachanfall, hakte sich bei ihm ein und verabschiedete sich mit wedelnder Hand von den anderen. Freds Zündapp stand vorm Dante-Bad. »Schon mal Motorrad gefahren?«

Sie schüttelte den Kopf.

»Du musst dich gut an mir festhalten, und pass auf, dass du mit den Beinen nicht an den Auspuff kommst. Der wird heiß, und es wäre schade um die wohlgeformten Waden.«

»Eher um meine Bluejeans.« Sie hatte monatelang dafür gespart.

»Um die natürlich auch.«

Er startete die Maschine. Sie kletterte auf den Soziussitz und schlang die Arme um seine Taille. Leider dauerte die Fahrt nur fünf Minuten. Sie hätte noch Stunden so weiterfahren können und widerstand der Versuchung, ihren Kopf an seinen Rücken zu lehnen. Ein klein wenig verschossen war sie wohl in Fred. Er bog in die Nibelungenstraße ein und ließ die Maschine vor dem Hauseingang ausrollen. Dort standen Frau Frey und Frau Schultheiß in ihren geblümten Kittelschürzen und steckten die Köpfe zusammen. Dagmars Mutter vertrat dieselben rückwärtsgewandten Ansichten von Disziplin, Zucht und Ordnung wie die Frey. Da hatten sich zwei gefunden.

Natürlich blieb ihr Eintreffen nicht unbemerkt. Neugierig wurden Fred und sie gemustert. Ein missbilligendes Kopfschütteln folgte. Und Karin konnte nicht anders. Der Teufel ritt sie, es diesen Spießerinnen zu zeigen. Oder war es Trotz? Jedenfalls folgte sie ihrem Impuls, schlang die Arme um Freds Hals, stellte sich auf die Zehenspitzen und hauchte ihm einen flüchtigen Kuss auf die Wange. »Danke fürs Heimbringen.«

»Immer wieder gerne, Fräulein Alleinstein.« Grinsend deutete Fred eine Verbeugung an. »Jetzt haben die alten Schachteln Gesprächsstoff für die ganze Woche«, flüsterte er ihr zu.

»Mindestens. Bis morgen in der Schule.« Sie winkte Fred nach, machte den Rücken gerade und ging an den beiden Klatschbasen vorbei. Ihr Leben ging die gar nichts an.

Anne

Es war zehn vor drei an diesem Freitagnachmittag Mitte Mai. Anne Hesse stand im Waschraum für die Damen der Leitungsebene – was bedeutete, dass sie ihn für sich allein hatte, denn sie war die einzige Frau im Unternehmen, die es so weit nach oben geschafft hatte – und prüfte ihre Erscheinung. Noch zehn Minuten bis zum Meeting mit Nils Bachlmann. Er war die rechte Hand von Ludwig Weigelt, seines Zeichens Vorstandsvorsitzender der Julius Straub AG und somit Big Boss des international agierenden Unternehmens für Hoch- und Tiefbau.

Bei dem Gespräch konnte es nur um Details gehen, denn das Wesentliche war geklärt. Ludwig würde sie dem Aufsichtsrat als neuen Vorstand für Governance and Compliance empfehlen. Sie war seine Nummer eins. Kompetent. Voller Visionen. Unerschrocken. Knallhart. Und last, but not least: eine Frau. Endlich einmal war das von Vorteil. Diesmal eine Frau, denn Ludwig war nicht wild darauf, mediale Dresche zu beziehen. Es lief also alles großartig für sie.

Sie zog die Lippen mit einem farblosen Pflegestift nach. Ihr Look war dezent, und sie bevorzugte Hosenanzüge.

Niemals Röcke oder Kleider. Nichts, was ihre Weiblichkeit betonen und Männer zu blöden Sprüchen veranlassen könnte. Ihr Outfit signalisierte unterschwellig: Ich bin eine von euch. Dabei war auch ihre Größe von über eins achtzig von Vorteil. Mit ihr versuchte selten jemand Spielchen. Unter dem Hashtag *metoo* hätte sie nicht viel zu sagen. Sie war tough. Sie konnte jedem Mann das Wasser reichen. Yes! Anne griff in die Luft und zog einen imaginären Griff herunter. Sie war großartig!

Mit den Fingern fuhr sie sich noch einmal durch die kurzen blonden Haare und atmete durch. *Entspann dich.* Es gab keinen Grund, nervös zu sein, und doch war sie es. Der Signalton von Facetime erklang. Es war ihr Mann Alex. Sein Gesicht erschien auf dem Display ihres Smartphones.

»Aufgeregt, Liebes?«

»Warum sollte ich?«

»Stimmt. Es ist ja alles so gut wie eingetütet. Ich drücke dir die Daumen, und guck mal, was dich danach erwartet.« Er schwenkte das Smartphone. Ein Eiskübel mit einer Flasche Champagner kam ins Bild. Er stand im Schlafzimmer neben einem Strauß roter Rosen. Sicher waren es fünfzehn Stück. Für jedes Jahr eine. Heute war ihr Hochzeitstag, den sie während eines verlängerten Wochenendes in Basel feiern wollten. Als Überraschung hatte Anne für Alex einen Porsche 911 Carrera gemietet, Baujahr 1985. Er würde Augen machen, wenn morgen der Oldtimer vor der Tür stand. »Das sieht verlockend aus. Aber wir wollten doch erst in Basel darauf anstoßen.«

»Heute feiern wir deine Ernennung zur Vorständin … Nennt man das inzwischen so?«

»Ich pfeife aufs Gendern von Sprache. Weißt du doch.« Allerdings hielt sie viel von Gleichstellung und davon, dass

Frauen sich gegenseitig unterstützten. »Auf meiner Visitenkarte wird ›Vorstand‹ stehen. Aber jetzt muss ich los. Wie sehe ich aus?«

»Wunderbar, wie immer. Fühl dich geküsst. Ich denke an dich.« Er legte seine Hand an die Lippen und drehte sie dann zu ihr. »Und ich liebe dich.«

»Ich dich auch«, sagte sie, und es war keine Floskel. Sie liebte ihren Mann. »Bis später.« Sie beendete Facetime, machte den Rücken gerade und verließ den Waschraum.

Die Vorstandsetage lag nur zwei Stockwerke über ihr und doch betrat sie eine andere Welt. Dicker Teppichboden dämpfte jedes Geräusch. Ein angenehmer Duft lag in der Luft. Teure Originale schmückten die Wände. Im Empfangsbereich saß Juliane Klein, Hüterin der Terminkalender von Ludwig und Nils und Zerberus vor dem Eingang zum Allerheiligsten. Die Tür zu Ludwigs Büro war geschlossen. Er war also da. Weshalb ließ er Nils das Gespräch führen?

»Frau Hesse.« Juliane Klein schenkte ihr ein Lächeln. »Herr Bachlmann erwartet Sie bereits.«

»Danke.« Anne klopfte kurz an, bevor sie eintrat. Nils stand am Fenster und sah hinaus in diesen grauen Maitag. Er war ein paar Jahre älter als sie, Anfang fünfzig, und der sportlich-drahtige Typ mit grauen Schläfen und einer Schwäche für eine bestimmte Sorte Schweizer Kräuterbonbons, die bereits auf ihrer Einkaufsliste für Basel stand. Das Sakko hatte er abgelegt und auch die Krawatte, wie sie bemerkte, als er sich zu ihr umwandte. Eine lockere und ungezwungene Atmosphäre also. Das war ganz in ihrem Sinn.

»Hallo Anne.« Er streckte ihr beide Hände entgegen und hielt sie so eine Armlänge auf Abstand, obwohl sie sich normalerweise mit französischen Küsschen auf die Wangen begrüßten. Lief hier etwas falsch? »Grüß dich, Nils. Wie geht's Anna und den Kindern?«

»Danke. Alle wohlauf.« Sie nahmen auf den Ledersesseln Platz. Getränke standen bereit. »Kaffee?«, fragte er.

»Danke. Ich hatte vorhin einen Cappuccino.« Nils verhedderte sich in Förmlichkeiten. Etwas stimmte hier nicht. Sie spürte es und entschloss sich, es direkt anzugehen. »Gibt es etwas, das ich wissen sollte? Ich meine, weshalb delegiert Ludwig das Gespräch an dich?«

Nach einem Moment des Zögerns kam die Antwort. »Du kennst ihn doch. Immer fokussiert auf das Wesentliche.«

Verblüfft sah sie ihn an. »Ergo ist dieses Gespräch für ihn nicht von Bedeutung.« Unwillkürlich war ihre Stimme bei dieser Schlussfolgerung in die Höhe gestiegen, genau wie ihr Adrenalinspiegel. »Weshalb bin ich hier?«

Nils verschränkte die Hände, ein weiteres Zeichen dafür, dass er sich nicht wohl in seiner Haut fühlte. »Es wird am Montag eine Pressemitteilung geben, die dich nicht kalt erwischen soll. Kaiser ist gegen dich.«

Was! Dieses greise Arschloch von Aufsichtsratsvorsitzendem, der ihr vor einer Woche noch eine großartige Karriere vorausgesagt hatte. Dieser blöde Macho! Ärger stieg in ihr auf. Sie schluckte ihn hinunter. »Kaiser also. Und Ludwig hat ihm nicht erklärt, dass ich die Richtige für diese Position bin. Nehme ich mal an, sonst bräuchte es ja keine Pressemitteilung.«

»Natürlich hat er versucht, dich durchzusetzen.«

»Ach ja? Er kuscht doch immer vor Kaiser.«

»Sie wollen nun mal einen Mann.«

»Jetzt auf einmal. Und wen?«

»Hergenroth und Malmsen sind im Gespräch.«

Da hatten sie sich ja die zwei größten Luschen weit und

breit ausgespäht. Anne stand auf. Sie war so pisswütend wie schon lange nicht mehr. Doch sie wusste, wann sie verloren hatte. Die Entscheidung war gefallen, und egal was sie tat, es würde nichts ändern.

Nils erhob sich ebenfalls. »Nimm's nicht persönlich.«

»Tue ich nicht. C'est la vie. Aber ich kündige. In einem Laden, in dem Frauen auf der obersten Führungsebene nicht vorgesehen sind, bin ich fehl am Platz.«

»Schlaf darüber.«

»Muss ich nicht. Ciao, Nils.« Sie wollte das Büro verlassen, doch er hielt sie auf. »Anne, also wenn du es genau wissen willst ...«

Sie blieb stehen. »Ja? Ich höre.«

»Es liegt weniger an deinem Geschlecht.«

»Sondern?«

»An deinem autoritären Führungsstil.«

Sie lachte. »Ach, echt jetzt? Eine dümmere Ausrede fällt euch für euer Machogehabe nicht ein? Ich bin enttäuscht. Seid doch mal kreativ. Vielleicht habe ich das Tafelsilber geklaut oder einen Kollegen sexuell belästigt. Das hätte mehr Pepp.«

Wütend verließ sie das Büro und musste sich beherrschen, die Tür nicht zuzuknallen.

Juliane Klein telefonierte. Anne steuerte geradewegs auf Ludwigs Räume zu und trat ein, ohne anzuklopfen. Von hinten hörte sie die Klein ihren Namen rufen. Vor ihr saß Ludwig an seinem Schreibtisch und sah verblüfft auf. »Anne ...«

»Fick dich!« Sie zeigte ihm den gestreckten Mittelfinger. »Man sieht sich immer zweimal im Leben. Kannst dich schon auf unser zweites Mal freuen.« Sie wandte sich um und stieß beinahe mit der Klein zusammen.

Bebend vor Wut stieg sie in den Lift und trat mit voller Wucht gegen die Wand, als sich die Türen hinter ihr geschlossen hatten. Einmal und noch einmal und noch einmal.

***

Zwei Stunden später lag sie mit einem Champagnerschwips neben Alex im Bett. Immerhin hatten sie noch einen Grund zu feiern gehabt: den Hochzeitstag.

Vom Sex war sie wohlig erschöpft, doch nun pirschte sich der Zorn wieder an. Noch nie in ihrem Leben war sie so gedemütigt worden. Ludwig hatte sie ins offene Messer laufen lassen, und Nils hatte es genüsslich umgedreht. Ihre Hände ballten sich zu Fäusten, die Nägel bohrten sich ins Fleisch. Verdammte Mistkerle!

Wie gut, dass es Alex gab und er ihr beistand. Was wäre sie ohne ihn und seine Liebe? Mit ihm konnte sie über alles reden. Er hörte zu, stärkte ihr stets den Rücken und fing sie auf, wenn es mal nicht so gut lief. Und dabei waren sie immer auf Augenhöhe. Seinem Ego hätte es nichts ausgemacht, wenn sie Vorstand geworden wäre, obwohl er ›nur‹ Chief Operating Officer bei einem Automobilzulieferer war. Alex war ein rares Exemplar Mann, beinahe zu gut, um wahr zu sein. Einen Heiligen hatte ihre Schwester Geli ihn genannt, hatte das allerdings ironisch gemeint. »Du hast ihn auf einen Sockel gestellt und verklärst ihn. Er ist aber auch nur ein fehlbarer Mensch, wie wir alle.« Geli war nur neidisch. Ihr Mann Carlo war nicht immer treu gewesen. Das hatte sie ihr mal gestanden. Und dann war er viel zu früh gestorben.

Alex setzte sich auf und gab ihr einen Kuss auf die Schulter. Wie gut er noch immer aussah, obwohl er auf die fünfzig zusteuerte. Dichtes dunkles Haar und blaue Augen. Ein markantes Kinn und eine athletische Figur, die er mit Joggen und zweimal Fitnessstudio pro Woche in Form hielt. »Jetzt bin ich hungrig. Du sicher auch.«

»Wir könnten Sushi bestellen.«

»Das wartet bereits im Kühlschrank. Zusammen mit dem Spinatsalat, den du so gerne magst.«

»Du bist einfach perfekt. Hab ich dir das schon mal gesagt?« Sie fuhr ihm durch die kurzen dunklen Locken.

Er runzelte die Stirn. »Hm? Dazu fällt mir jetzt gar nichts ein.«

»Geht's schon los mit Alzheimer.« Lächelnd zog sie ihn an sich. »Du bist der beste, liebevollste und großzügigste Mann auf Gottes weitem Erdboden, und ich liebe dich. Soll ich es dir aufschreiben, damit du es nicht wieder vergisst?«

»Au ja, bitte.« Er klang eifrig wie ein kleiner Junge. Sie lachte, und er gab ihr einen Kuss und stand auf. »Während du schreibst, kümmere ich mich ums Essen. Sollen wir es uns in der Küche gemütlich machen?«

»Gute Idee. Ich geh nur rasch unter die Dusche.«

Unter dem warmen Wasserstrahl kehrten die Erinnerungen an das Gespräch mit Nils erneut zurück, begleitet von einem brennenden Schmerz. Scham mischte sich mit ohnmächtiger Wut. Dass die beiden sich getraut hatten, sie derart vorzuführen, hätte sie nie gedacht.

Sie drehte den Hahn mit einem Ruck herum und japste, als das Wasser eiskalt auf ihre Haut prasselte. Heute hielt sie es nicht lange aus. Sie stieg aus der Dusche, zog sich an und ging in die Küche.

Es war eigentlich ein Witz. Alex und sie hatten diese große Dachterrassenwohnung in bester Lage Stuttgarts gemietet, sie teuer eingerichtet, und wo hielten sie sich hauptsächlich auf? In der Küche und im Schlafzimmer.

Die Kochinsel stand frei im Raum, eine Dunstabzugshaube schwebte darüber wie ein Ufo. Eine Theke samt Barhockern befand sich an der Stirnseite. Dort hatte Alex die Sushiboxen aufgebaut und eine weitere Flasche Champagner geöffnet. »Oder magst du lieber Wasser?« Er hob die Karaffe.

»Zuerst Wasser und dann betrinke ich mich.« Sie rutschte auf den Hocker neben ihn. Er schenkte ihr ein.

»Nimm das doch nicht so tragisch.«

»Mit einem Mann hätten sie das nicht gemacht. Am Mittwoch hat Ludwig mich noch gefragt, wie ich mein neues Büro einrichten will. Da hat er längst Bescheid gewusst und sich insgeheim bepisst vor Lachen.«

»Und wenn Kaiser sein Veto kurzfristig signalisiert hat?«

»Ludwig hat Hergenroth und Malmsen nicht wie Kaninchen aus dem Hut gezaubert. Das war von langer Hand vorbereitet.« Plötzlich hatte sie keinen Hunger mehr. Sie schob das Schälchen Salat von sich.

»Warum sollte er das tun?«

»Um mich zu demütigen? Um meine Reputation zu zerstören?«

Alex legte seinen Arm um sie. »Er hat keinen Grund, das zu tun.«

»Aber er hat es getan«, entgegnete sie und schüttelte seinen Arm ab.

»Vielleicht kannst du der Situation auch eine positive Seite abgewinnen. Versuch's einfach mal.«

Genau genommen hatte sie das schon getan. Sie dachte darüber nach, ihr eigenes Ding durchzuziehen. Die Idee dafür hatte sie schon seit über zwei Jahren. Die begonnene

Präsentation schlummerte auf ihrem Laptop. Trotzdem gor eine giftige Brühe aus Ohnmacht, Wut und Scham in ihr. Wieso hatte sie nicht erkannt, was gespielt wurde? Jedem hatte sie erzählt, als erste Frau in den Vorstand des Konzerns aufzusteigen, und nun stand sie blamiert bis auf die Knochen da. Man würde sich ins Fäustchen lachen und hinter ihrem Rücken tuscheln. Eine schreckliche Sekunde lang sah sie vor sich, wie diese Personalie in Talkshows durchgehechelt wurde. Unter dem Deckmäntelchen der Quotendiskussion würde sich ein Eimer an Häme und Mitleid über sie ergießen. Sie brauchte kein Mitleid. Sie wollte Rache.

»Wir könnten länger in Basel bleiben«, schlug Alex vor. »Dann hätten wir genügend Zeit, um nicht nur die Ausstellung in der Fondation Beyeler zu besuchen, sondern auch das Tinguely-Museum. Und eine Kanutour auf dem Rhein wäre auch noch drin. Na, wie klingt das?«

Bescheuert! Das hätte sie am liebsten gesagt. Sie musste schleunigst zusehen, wie sie aus diesem Schlamassel herausfand, und hatte weder Zeit noch die Nerven, sich jetzt auf die faule Haut zu legen. Doch Alex konnte nichts dafür. »Klingt gut. Hängen wir einen Tag dran.« Sie würde den Laptop doch mitnehmen, obwohl sie ein digitales Detox-Wochenende vereinbart hatten.

Alex reichte ihr eine Sushibox. Ludwig und Nils gingen ihr nicht aus dem Kopf. »Die beiden Mistkerle haben mich eiskalt gegen die gläserne Decke rumpeln lassen. Man sollte sie glatt wegen Diskriminierung verklagen.«

»Damit würdest du deinen Ruf tatsächlich ruinieren.«

Alex hatte recht. Dieser Krieg musste auf andere Weise geführt werden.

Nach dem zweiten Glas Champagner begann sie, über Ludwig und Nils zu lästern. Ihr war bewusst, wie kindisch das war, doch es tat unheimlich gut, über ihre lichter werdenden Haare herzuziehen, über ihre Bauchansätze und Ludwigs schlechte Tischmanieren. Sich über seine manikürten Hände lustig zu machen und die nicht wirklich perfekt sitzenden Anzüge, die er sich angeblich in Mailand anfertigen ließ. Über sein bayerisches Englisch. Er wurde den Akzent einfach nicht los. Weil er nicht daran arbeitete, während sie ein Vermögen ausgegeben hatte, um sich den britischen Upperclass-Sound anzueignen. Ludwig gab sein Geld lieber für ein anderes Vergnügen aus, das hatte Nils ihr am Ende einer feuchtfröhlichen Feier mal gesteckt. Ludwig bezahlte regelmäßig eine Domina, um sich erden zu lassen. Wie er das nannte. Anne lachte und griff nach dem Glas.

»Was ist?«, fragte Alex.

»Ich habe mir grad die Headline vorgestellt, falls ich Ludwigs Vorliebe für Dominas der Presse stecken sollte. Oder besser noch das Gesicht seiner Frau. Sie hat keine Ahnung, worauf er wirklich steht.«

»Das ist jetzt nicht dein Ernst.«

»Nein, natürlich nicht. Es ist nur schön, sich das auszumalen. Lediglich ein Gedankenspiel.« Sie ließ den Kopf gegen seine Schulter fallen. »Wenn wir aus Basel zurück sind, muss ich zum Arbeitsamt. Hartz IV beantragen.«

»Vorher gibt es Arbeitslosengeld, meine Liebe. Und Hartz IV wirst du nie bekommen. Dafür verdiene ich zu viel.«

»Es ist so demütigend.«

»Keine Sozialhilfe zu bekommen?«, fragte er lachend. »Oder von meinem Geld zu leben?«

»Nein. Ja … Irgendwie schon. Ich will nun mal nicht abhängig sein von einem Mann. Ich wollte es nie so machen wie Mama. Das hast du von Anfang an gewusst.«

Ihr Smartphone begann zu klingeln. Imke meldete sich. Ihre liebe, gute, brave und auch ein wenig langweilige Schwester. »Hallo Anne, ich will nicht lange beim Feiern stören. Ich will nur gratulieren. Sowohl zum Hochzeitstag als auch zur neuen Position. Also von Herzen: Alles Gute!«

»Ach, Imke. Das ist lieb von dir. Aber …« Sie musste tatsächlich die aufsteigenden Tränen niederkämpfen, bevor sie ihrer Schwester erzählen konnte, wie übel man ihr mitgespielt hatte.

»Das ist ja echt das Letzte«, sagte Imke, als Anne am Ende angekommen war, und die Empörung ihrer Schwester tat ihr gut. »Und was machst du jetzt?«

»Ich mache es wie du. Ich ziehe mein eigenes Unternehmen auf.« Und damit war es nun entschieden. Sie suchte Alex' Blick. Überrascht stiegen seine Brauen in die Höhe, dann lächelte er. Ihm hatte ihre Geschäftsidee schon immer gefallen. Er hob beide Daumen.

»Deinen Reiberdatschi-Express?«, fragte Imke.

»Genau. Nur wird er anders heißen. Ich brauch einen coolen Namen, der nicht regional verhaftet ist. Am besten etwas mit globalem Sound, falls ich expandieren will. Und ich beginne nicht klein-klein, wie du, sondern ziehe das von Anfang an richtig auf. Das solltest du mit deinen Bioseifen auch machen.«

»Ich weiß nicht. Ich will keine Schulden machen. Wir können das an Mamas Geburtstag besprechen. Ihr kommt doch?«

»Feiert sie jetzt doch.«

»Übernächsten Sonntag. Zu Hause und im kleinen Kreis. Ich rechne mit euch beiden.«

»Ja, gut. Wir werden da sein.« Anne hatte eigentlich keine große Lust. Ihre Mutter war eine kalte und herzlose Person. Dass sie Papa überlebt hatte, empfand Anne als zutiefst ungerecht. »Sollen wir etwas mitbringen?«

»Ist nicht nötig. Ich kümmere mich um alles. Darf ich dich noch etwas fragen?«

»Ja klar.«

»Sagt dir der Name Peter etwas?«

»Peter? Nein. Oder warte … Doch. Ich hatte mal einen Kollegen, der so hieß. Peter Schuller. Meinst du den?«

»Kannte Papa ihn?«

»Ganz sicher nicht.«

»Dann kann er es nicht sein.«

Während Imke eine obskure Geschichte von Papas letzten Worten und ihrem Versprechen erzählte, räumte Alex die leeren Sushiboxen weg, und Anne durchforstete ihr Gedächtnis nach einem Peter. »Tut mir leid. Ich weiß nicht, wen Papa gemeint hat. Was sagt Mama dazu?«

»Sie weiß es angeblich nicht. Ich bin mir aber sicher, dass sie gelogen hat.«

»Ein heimlicher Lover«, schlug Anne vor. Wobei ihre Mutter ihren Vater nie betrogen hätte. Das war vielleicht der einzige Punkt, in dem sie ihr ein Vorbild war, in der Liebe zu ihrem Mann. Denn ihre Mutter hatte Papa geliebt, wenn auch auf eine sehr zurückhaltende Art. Intimitäten hatte Anne zwischen ihren Eltern nie beobachtet. Doch wie sie sich ansehen konnten, wenn sie sich unbeobachtet fühlten, das war ihr schon als Kind aufgefallen. So voller Zärtlichkeit.

Imke lachte. »Das glaubst du doch selbst nicht.«

»Nicht wirklich«, räumte Anne ein. Doch wissen konnte sie es natürlich nicht. Mama und ihre Geheimnisse.

Imke

Das Ausräumen des Gartenhauses für die Seifenmanufaktur hatte Imke für den Samstag eingeplant. Beim Frühstück fragte sie ihren Mann, ob er den Wochenendeinkauf übernehmen könne, doch Moritz delegierte das kurzerhand an die Kinder, die allerdings noch in den Betten lagen. »Sie können auch Mittagessen machen«, überlegte er. »Dann haben wir den ganz Tag Zeit zum Räumen. Die beiden sind alt genug.«

Im selben Moment kam Steffi verschlafen in die Küche geschlurft. »Wofür sind wir alt genug?«

»Euren Teil zur Haushaltsführung beizutragen.«

»Äh ... Ja? Haben wir uns etwa bisher geweigert?«

Das hatten sie nicht, doch Imke nahm den beiden zu viel ab. Steffi fragte, ob sie auch für Omi kochen sollte. »Du hast doch gesagt, dass sie kaum etwas isst. Vielleicht bekommt sie ja Appetit, wenn wir uns alle zusammensetzen. Wie wär's mit Gemüse und Pasta?«

»Klingt prima«, sagte Imke.

Nach dem Frühstück suchten sie Müllsäcke, Handschuhe, Staubsauger, die Werkzeugkiste und ein paar alte Kartons zusammen und fuhren hinüber zu Mama. Zu Imkes Überraschung saß sie in Nachthemd und Morgenrock auf dem Mäuerchen, das die Terrasse einfasste. Auf dem Schoß die dreifarbige Katze und neben sich eine Tasse Kaffee.

»Hallo Mama. Ich hab dir ja gesagt, dass sie dich mag.«

»Sie kommt nur, weil ich sie füttere.«

»Mit Kuchen. Das würde mir auch gefallen.«

»Den hat sie ausgekotzt. Jetzt bekommt sie Katzenfutter.«

»Warst du etwa einkaufen?« Zum nächsten Supermarkt waren es zwei Kilometer. Ihre Eltern waren immer mit dem Auto gefahren. Seit Papas Tod hatte Imke alles besorgt, weil Mama den Führerschein nie gemacht hatte und auch nicht mitfahren wollte. Seit Wochen verschanzte sie sich im Haus.

»Ich hab mir eine Dose von Isolde geborgt. Wenn du das nächste Mal einkaufen fährst, bring Katzenfutter mit.«

Danke, du scheußliche Katze, dachte Imke. Bitte zieh ganz bei Mama ein. War sie etwa so bei Isolde gewesen? Im Nachthemd?

Isolde war die Nachbarin von gegenüber und eine gute Bekannte. Keine Freundin. Eine wirkliche Freundin, mit der man über alles sprach, hatte Mama eigentlich nie gehabt. Am ehesten noch Erika.

»Was macht ihr beiden eigentlich so früh am Morgen hier?«

»Das Gartenhaus ausräumen«, sagte Moritz. »Wenn es dir recht ist.«

»Natürlich ist es mir recht. Hab ich doch schon gesagt. Das werdet ihr an einem Tag aber nicht schaffen. Es ist bis obenhin voll mit Plunder.«

»Wir sehen uns erst mal um«, entgegnete Moritz. »Wohin sollen wir die Sachen bringen?«

»Auf den Sperrmüll. Wohin sonst?«

»Es könnte ja sein, dass etwas dabei ist, an dem dein Herz hängt.«

»Mein Herz …« Mamas Augen wurden feucht. »Das hat nur an Jens gehangen.«

Das Wort ›nur‹ versetzte Imke einen kleinen Stich. Aber so war es nun einmal. Sie folgte Moritz über den gepflasterten Weg, vorbei an den Rosen, und blieb stehen.

Ihre Eltern hatten für jede ihrer Töchter an deren drittem Geburtstag eine Rose gepflanzt, die dem Charakter des Kindes entsprach. Es war eine kuriose Mischung geworden. Links eine Rosa rubiginosa für Geli. Eine Wildrose von natürlicher Schönheit, anspruchslos – was man von Geli heute nicht mehr sagen konnte –, robust und beständig. Sie steckte einiges weg. Genau wie Geli. Man musste sie allerdings im Zaum halten, sonst würde sie bald alles überwuchern. So wie Geli das mit Worten tat. In der Mitte stand Imkes Rose. Eine Rosa Caramella. Pflegeleicht, extrem winterhart, aber auch gut hitzeverträglich, eine zuverlässig mehrmals blühende Strauchrose, die selten Zicken machte. Und ganz rechts die Rose für Anne. Eine betörend duftende Edelrose der Sorte Rosa Augusta Luise, eine Züchtung mit prächtigen gefüllten Blüten. Sie stellte ihre Nachbarinnen in den Schatten.

Moritz trat zu ihr. »Kommen Erinnerungen hoch?«

»Auch. Aber sieh sie dir an. Rosenrost und Sternrußtau machen sich breit. Mama kümmert sich nicht um den Garten. Vielleicht hat sie Depressionen.« Der Garten hatte ihre Eltern verbunden. Tausendfünfhundert Quadratmeter, die sie eigenhändig nach englischem Vorbild angelegt und gehegt und gepflegt hatten. Es war ein Lebenswerk. Es gab Obstbäume und Gemüsebeete, einen Kräuter- und Beerengarten. Rosen in Hülle und Fülle. Schattenstaudenbeete, und im sonnigen Teil vor der Terrasse wuchsen Gräser und Pflanzen, die die Sonne liebten.

»Sie trauert. Das ist doch ganz normal.«

»Und sie verwahrlost. Sie ist schon gestern den ganzen Tag im Nachthemd und Morgenrock herumgelaufen. Und dann war sie offenbar in diesem Aufzug bei Isolde, um sich Katzenfutter zu borgen. Und sie riecht.«

»Es ist eine Phase und wird vorübergehen.«

»Hoffentlich.«

Sie gingen weiter zum Gartenhaus, das von zwei großen Ahornbäumen beschattet wurde. Wie das Wohnhaus war es Baujahr 1938. Kein Holzschuppen, sondern ein etwa fünfzehn Quadratmeter großes, eingeschossiges, weiß verputztes Gebäude auf einem Betonfundament und mit Pultdach. Als Kinder hatten sie es als Spielhaus genutzt, und mit fünfzehn hatte Anne einen Sommer lang darin gewohnt. Nach einem Streit mit Mama war sie ausgezogen und erst im Herbst ins Haus zurückgekehrt. Es gab keine Heizung im Häuschen. Dafür aber Strom und Wasser. Gartengeräte und -möbel wurden seit eh und je in der nicht benötigten Hälfte der Doppelgarage verstaut. Imke zog den Schlüsselbund hervor und sperrte auf. Warme Luft schlug ihnen entgegen, muffig und abgestanden. Spinnweben hingen in den Ecken und von der Decke. Sie ging an ausrangierten Möbeln vorbei, an Skiern, Rädern, Kisten voller Bücher und dem alten Klavier, auf dem nie jemand gespielt hatte, und öffnete das Fenster. Frische Mailuft kam herein.

Ihr Blick fiel auf Unmengen von Plunder. Die Kriegsgeneration trennte sich nur schwer von etwas. Man konnte es vielleicht noch einmal gebrauchen. Und jetzt durften sie all das wegwerfen, ohne dass Mama sich ein Veto vorbehalten hatte. Es ging ihr wirklich nicht gut.

»Lass uns mit dem Kleinkram beginnen«, schlug Moritz vor. »Sonst kommen wir nicht an die Möbel ran.« Er zog Imke an sich. Automatisch versuchte sie sich, einem ersten Impuls folgend, zu entziehen. Moritz kannte das und blieb beharrlich. Es war nur eine Sache von Sekunden, doch für diese Sekunden hatten sie Jahre gebraucht, und es hatte eine Zeit gegeben, da wäre ihre Ehe beinahe daran gescheitert, dass sie seine Nähe so schwer zulassen konnte. Er gab ihr einen Kuss. »Packen wir es an?«

»Packen wir es an.«

Nach zwei Stunden Arbeit waren sie verschwitzt und voller Staub und Spinnweben. Doch das Chaos lichtete sich. Sie hatten Bücher, alte Spiele und Papier in Kartons sortiert. Säcke mit Kunststoff und Plastik gefüllt. Eine Kiste mit kaputten Haushaltsgeräten und ausrangierten Töpfen angelegt, darunter Mamas Einwecktopf, in den sechs Weckgläser passten, und Imke dachte an die Sommer voller Beeren. Erdbeeren, Brombeeren, Johannisbeeren, aber auch Pflaumen und Zwetschen, Äpfel, Quitten und Kirschen. Was Mama alles eingeweckt hatte. Nur Himbeeren nicht. Die wurden im Garten nicht geduldet und auch nicht in der Küche. Mama mochte sie nicht. Allein von dem Geruch wurde ihr übel, und deshalb kamen sie nie auf den Tisch. Basta. Mama und ihre Macken.

Vor dem Häuschen errichtete Moritz einen Stapel aus alten Skiern und Skateboards, Federballschlägern und einem Crocketspiel. Imke zog einen Karton voller Papiere aus dem Regal und nahm einen Stapel heraus. Damit setzte sie sich auf den alten Esstisch und ließ die Beine baumeln. Steuererklärungen aus den Achtzigerjahren. Drei rote Sparbücher der Kreissparkasse aus derselben Zeit. Sie waren längst aufgelöst und Seite für Seite mit dem Stempel ›entwertet‹ versehen. Korrespondenz mit der Hausratversicherung wegen eines Schadens. Zwei Broschüren der Hamburg-Mannheimer mit Versicherungsbedingungen. Die Bedienungsanleitungen für einen Fernseher und Papas Hi-Fi-Anlage und ein dünner grüner Hefter ohne Aufschrift. Imke schlug ihn auf. Einige fleckige lose Blätter lagen darin. Das Wort »Vermisstenanzeige« stand, mit Schreibmaschine getippt, auf dem obersten. Verwundert las sie den Text. »Das gibt's doch nicht.«

»Was?«, fragte Moritz.

Sie hielt das Papier hoch. »Ich habe Peter gefunden. Also nicht wirklich. Aber ich weiß jetzt, wen Papa gemeint hat.«

Moritz setzte sich zu ihr.

»Das ist die Fotokopie einer Vermisstenanzeige. Erstattet bei der Polizei in Wasserburg am Inn im September 1958 von der Leiterin des Erziehungsheims Sankt Marien in Warting.« Sie reichte Moritz das Blatt. »Da steht der Name. Peter – und jetzt halte dich fest – Allenstein.« Das war der Mädchenname ihrer Mutter. Peter musste ein Verwandter sein. »Mama hat mich tatsächlich angelogen. Sie weiß, wer er ist.«

»Tatsächlich: Allenstein. Vielleicht ihr Cousin. Hatte ihr Vater Brüder?«

»Nein. Nur eine Schwester. Falls sie ein uneheliches Kind bekommen hat, hieße das Allenstein.«

Moritz fragte, was sonst noch in dem Hefter war, und Imke zog ein Briefkuvert hervor. Es war an ihren Vater adressiert und trug den Stempel der Erzdiözese München-Freising als Absender. Darin befand sich ein maschinengeschriebener Brief.

Freising, den 9. November 1965

Sehr geehrter Herr Remy,

leider müssen wir Ihren Antrag auf Einsicht in die Akte des Fürsorgezöglings Peter Allenstein vom 3.5.1965 abschlägig beantworten. Akteneinsicht kann nur die betroffene Person selbst beantragen, ersatzweise ein Bevollmächtigter. Selbst wenn Sie eine solche Vollmacht vorlegen könnten, ist nicht sichergestellt, daß wir Ihnen Auskunft erteilen dürfen. Unter Umständen sind Persönlichkeitsrechte von Erzieherinnen und Erziehern berührt, was im Einzelfall zu prüfen wäre.

Mit freundlichen Grüßen

Es folgte eine unleserliche Unterschrift. Imke ließ das Blatt sinken. Wer war Peter? Warum hatte ihr Vater nach ihm gesucht? Warum log Mama? Sie las die Vermisstenanzeige noch einmal. Ein dunkler Fleck überdeckte das Geburtsdatum. Vermutlich Kaffee. Imke konnte nur den Geburtsort entziffern. Bayreuth.

»Warum hat Papa einen Antrag auf Akteneinsicht gestellt? Wieso haben das nicht Peters Eltern gemacht?«

Moritz zuckte mit den Schultern. »Vielleicht sind sie tot. Oder waren dazu nicht in der Lage. Einfache Leute, die Angst vor der Obrigkeit hatten und von den Behörden abgewimmelt wurden. Dein Vater hat studiert. Er war Arzt. Jemand, dem man nicht die Tür vor der Nase zuschlug. Oder, falls Peter das uneheliche Kind der Schwester deines Großvaters ist, weil ledige Mütter damals stigmatisiert wurden.

Wenn man ihr das Kind weggenommen hat, hat man ihr vielleicht die Auskunft verweigert, wo es ist. Und dein Vater wollte ihr möglicherweise helfen, das herauszufinden.«

»Jedenfalls habe ich keine Ahnung, wo ich mit der Suche beginnen sollte. Vielleicht bei der Erzdiözese?«

»Erst mal googeln«, meinte Moritz. »Wer weiß, was du im Netz zutage förderst?«

Imkes Handy begann zu summen. Im Display erschien die Nummer ihrer Schwester Geli, die so schnell nicht wieder aufhörte zu reden, wenn sie erst mal begonnen hatte. Imke ließ es klingeln, bis die Mailbox ansprang, und schob mit schlechtem Gewissen den grünen Aktendeckel in ihren Rucksack. Die Unterlagen gehörten eigentlich Mama.

Geli

Geli wollte mit Imke über das Geburtstagsgeschenk für ihre Mutter reden und beschloss, es später noch mal zu versuchen. Sie legte das Handy auf den kleinen Glastisch, streckte sich auf dem Loungechair in ihrem Badezimmer aus und ließ die Gesichtsmaske weiter einwirken.

Heute Abend war sie mit ihrer Freundin Cathrine zur Vernissage in einer Münchner Galerie verabredet. Geli überlegte, was sie anziehen sollte. Am besten ein Etuikleid. Die standen ihr am besten. So klein, wie sie war. Grad mal einen Meter zweiundsechzig. Wie sehr sie Anne um ihr Gardemaß von über eins achtzig beneidete. Ihre jüngste Schwester kam eben ganz nach Papa, während sie selbst Mama glich. Gott sei Dank nur äußerlich. Klein und zierlich. Das gleiche blonde Haar wie ihre Mutter und den gleichen hellen Teint. Eine »Elfe« hatte Carlo sie oft genannt.

Ach, Carlo, dachte Geli, als ihr Smartphone zu vibrieren begann. Es war nicht Imke, sondern Ferdinand. Ein Seufzer entfuhr ihr. Er fragte, ob sie Lust hätte, mit ihm ins Kino zu gehen. »Im Rio läuft *Greta* mit Isabelle Huppert. Interessiert?«

Er war Oberstudienrat, aber das Lesen zwischen den Zeilen hatte er nicht drauf. »Ach, Ferdi. Verstehst du es wirklich nicht? Wie oft habe ich in den letzten Wochen Nein gesagt? Wann haben wir uns zuletzt gesehen?«

Schweigen. Dann Räuspern. »Du machst also Schluss?«

»Schluss macht man mit einer Beziehung. Das zwischen uns war doch mehr auf der Spaßebene. Alles hat seine Zeit.«

»Und unsere ist jetzt um. Ich hab's verstanden.« Er klang eingeschnappt, wünschte ihr alles Gute und legte auf.

Im Bett hatten sie wirklich Spaß gehabt. Aber seit einiger Zeit gab es Niklas. Mit ihm war es anders, obwohl sie keine feste Beziehung mehr in ihrem Leben wollte. Noch einmal verlassen zu werden, würde sie nicht ertragen. Wobei Carlo sie ja nicht freiwillig verlassen hatte.

Er war die Liebe ihres Lebens gewesen. Mit siebenundzwanzig hatte sie ihn während eines Urlaubs kennengelernt, und sofort hatte es zwischen ihnen geknistert und dann richtig gefunkt. Schon drei Monate später hatten sie geheiratet. Als hätten sie geahnt, dass ihnen nicht alle Zeit der Welt blieb, sondern nur ein willkürlich zugeteiltes Stück davon, das sie auskosten mussten. Sie hatte ihr Zahnmedizinstudium abgebrochen. Papa war natürlich enttäuscht gewesen. Aber Zahnmedizin war ebenso wenig ihr Ding wie alles andere, was sie zuvor angefangen hatte. BWL und Anglistik, Literaturwissenschaften und Biologie. Carlo war acht Jahre älter und hatte ein IT-Unternehmen aufgebaut. Er entwickelte Software für die Reisebranche und verdiente damit einen Haufen Geld. Sie half ihm in der Firma, bis die Kinder kamen. Mit dreißig war sie zweifache Mutter gewesen und hatte es besser gemacht als ihre Mutter, was ihr von ihren Töchtern den Vorwurf einbrachte, eine Helikoptermama zu sein. Gut, vielleicht war sie das gewesen. Ein wenig überbesorgt und bemutternd. Vielleicht war das Pendel bei ihr in die andere Richtung ausgeschlagen, nachdem ihre Mutter ihr mehr als einmal erklärt hatte, sie würde gehen. Sie würde sie verlassen, wenn sie nicht endlich brav war. Als Kind hatte sie panische Angst gehabt, dass Mama das tun würde, und sie erinnerte sich, wie sie eines Tages zu ihr gesagt hatte: »Aber Mamas tun so etwas nicht.« Und Mama hatte geantwortet: »Wenn du dich da mal nicht täuschst.«

Auf dem Smartphone-Display klebte etwas von der Gesichtsmaske. Sie wischte es weg. Armer Ferdi. Offenbar hatte er sich mehr erwartet. Vielleicht stimmte etwas nicht mit ihr. Zwei Jahre nach Carlos Tod hatte das angefangen, was ihre Schwestern ihren »Männerverschleiß« nannten.

Sie war offen und kommunikativ. Sie schloss schnell Kontakte und kannte jede Menge Leute. Außerdem war sie eine attraktive Frau mit zahlreichen Dates und manchmal zwei Affären gleichzeitig. Es war nur Sex. Es war nichts dabei. Und meistens war sie es, die es beendete, sobald einer zu klammern begann. Die Angst, verlassen zu werden, saß tief, und woher sie kam, war Geli bewusst. Es lag an ihrer Mutter und ihrer Drohung, zu gehen. Doch nicht sie war gegangen, sondern erst Carlo und jetzt Papa. Es war nicht gerecht.

Fünf Jahre waren vergangen, seit Carlo an einem Samstagmorgen verkündet hatte, dass er zum Bäcker joggen und Croissants holen würde, obwohl er das sonst nie tat. Er hatte ihr einen Kuss gegeben, den sie nur flüchtig erwiderte, und war losgetrabt. Wie hätte sie auch ahnen können, dass es der letzte Kuss gewesen war? Eine Stunde später – da sorgte sie sich bereits, weil er nicht kam und sie ihn auf dem Handy nicht erreichen konnte – erschienen zwei Polizisten. Ein abbiegender Lkw hatte die Kurve nicht gekriegt. Der Anhänger war auf den Gehweg geraten und hatte Carlo überrollt. Er war noch an der Unfallstelle gestorben.

Nach seinem Tod hatte Geli die Firma für mehrere Millionen verkauft. Materiell ging es ihr gut, doch über seinen Tod war sie bis heute nicht wirklich hinweggekommen. Es hatte beinahe zwei Jahre gedauert, bis sie sich von diesem Schlag einigermaßen erholt hatte und der Männerverschleiß begann.

Der Timer bimmelte. Geli nahm die Gesichtsmaske mit einem warmen Tuch ab und griff nach dem Tiegel mit der Tagescreme, die sie benutzte, seit die Menopause unaufhaltsam näher rückte. Fünfzig Gramm für ein irrsinniges Geld. Vermutlich war eine Creme aus dem Drogeriemarkt nicht schlechter. Vielleicht sollte Imke ihr Sortiment erweitern und nicht nur Seifen herstellen. Die Seifen ihrer Schwester waren sensationell. Zuerst hatte sie sich ja nicht getraut, das Stück Haarseife zu verwenden, das Imke ihr geschenkt hatte. Wer wusch sich schon mit Seife die Haare? Doch dann hatte sie es probiert, und das Ergebnis war verblüffend. Ihr Haar glänzte wunderbar. Es lag am Orangen- und Olivenöl, hatte Imke erklärt. Apropos Olivenöl. Der Vorrat an Olivenöl, das sie sich aus der Toskana schicken ließ, neigte sich dem Ende zu. Sie musste Nachschub bestellen. Vielleicht konnte sie auch hinfahren und es selbst besorgen. Sie war schon lange nicht mehr dort gewesen. Überhaupt: Italien. Imke könnte mitkommen und Öl für ihre Seifen einkaufen.

Gestern hatte sie wegen Mamas Geburtstag angerufen. Sie feierte ihn jetzt also doch. Bestimmt hatte Imke sie überredet. Und nun? Erwartete ihre Mutter wirklich, dass Sabrina und Yvonne dafür aus Schwerin und Berlin anreisten? Einmal quer durch die Republik, um ihrer Oma zu gratulieren, dieser herzlosen Frau, der ihre Enkelinnen ebenso gleichgültig waren wie ihre Töchter. Die manchmal Sprüche losließ, die einen schaudern machten. So wie damals, dachte Geli, als ihre Schulfreundin Monika im Alter von sechzehn Jahren im Wäldchen hinter der Schule vergewaltigt und ermordet worden war und die ganze Schule unter Schock stand. Der ganze Ort. Und was sagte Mama? »Manchmal ist es vielleicht besser, tot zu sein.«

Besser Helikoptermama als herzlose Mama, dachte Geli und verließ das Badezimmer, das den Zusatz »Zimmer« tatsächlich verdiente, so groß war es. Zu groß für sie allein. Genau wie das Haus. Seit Carlo sich von diesem verdammten Laster hatte überfahren lassen, fühlte sie sich darin verloren. Er war ihr »Daheim« gewesen, nicht diese Designerburg. Und dann waren auch noch die Mädchen ausgezogen. Seither saß sie ganz allein in dem weißen Haus aus Stahl, Beton und Glas und fühlte sich einsam.

Wobei sie selten daheim war. Sie hatte einen großen Freundes- und Bekanntenkreis, war interessiert an Kunst und Kultur, an Theater. Sie liebte es, Kurse und Workshops zu besuchen und Neues zu probieren. Allerdings musste sie zugeben, nie lange durchzuhalten. Das wandelnde Chaos, hatte Imke sie mal im Scherz genannt. Obwohl sie nicht wirklich chaotisch war, eher konfus. Carlo hatte das an ihr geliebt. Ach, Carlo … Was er wohl zu Niklas sagen würde, wenn er könnte. Doch wenn er das könnte, gäbe es Niklas nicht in ihrem Leben.

Geli blieb mitten im Schlafzimmer stehen. »Schluss jetzt!« Sie musste diesen Gedankenfluss stoppen oder in eine Richtung lenken. Was bot sich an? Der Geburtstag natürlich: Was konnte sie Mama schenken? Vielleicht eine Kreuzfahrt mit ihrer Freundin Erika? Doch Mama, dieser Trauerkloß, hätte vermutlich keine Freude daran. Eine Kiste Luganer? Geli lachte. Ja, warum eigentlich nicht? Mama und ihr Glas Wein am Abend. Meistens waren es zwei. Jetzt vielleicht drei. Vielleicht gab sie sich neuerdings jeden Abend die Kante. Jetzt, wo Papa gestorben war und sie ohne ihn zurechtkommen musste.

Alleine bekam Mama bestimmt nichts auf die Reihe. Das war ihr in den letzten Jahren schon aufgefallen. Papa hatte alles gemanagt. Und nun tat das offenbar Imke. Die hatte sich diesen undankbaren Job sang- und klanglos aufgehalst. Oder hatte sich wehrlos vereinnahmen lassen. Selbst schuld und gut für mich, dachte Geli, dann bleibt das nicht an mir hängen. Ich würde ja ausflippen, wenn ich Mama täglich sehen müsste. Um Papa hätte ich mich gekümmert. Gerne sogar. Es war unfassbar, dass er tot war. Wieso er! Wieso nicht Mama! »Ja, dann bin ich eben herzlos. Aber es ist das, was ich empfinde!«

Apropos Gefühle und Ehrlichkeit. Wenn sie ehrlich zu sich selbst war, hatte sie das mit Ferdi beendet, weil die Sache mit Niklas doch ernster war und sie wieder monogam leben wollte. Wie früher mit Carlo. Sie hatte ihren Mann nie betrogen, obwohl sie einen Lover gutgehabt hätte, seit er ihr einen Seitensprung gestanden hatte. So eine Lachnummer eigentlich. Ließ sich nach einer Tagung von einer Angestellten in der Bar abfüllen und dann vernaschen. Sie hatte es ihm nicht wirklich übel genommen. Vor allem weil er es gebeichtet hatte. Von sich aus, ohne jeden Verdacht ihrerseits. So chaotisch sie war, so weit war ihr Herz. Und das schlug jetzt nach fünf Jahren Witwenschaft für Niklas. Vier

Jahre jünger. Ein geschiedener Zahnarzt mit drei pubertierenden Kindern, die Gott sei Dank bei der Mutter lebten. Also von ihrer Seite aus »Gott sei Dank«. Niklas hatte ein Problem damit, dass er seine Kids so selten sah. Dass er Zahnarzt war, hatte sie Imke noch gar nicht erzählt, die sicher einen Vaterkomplex diagnostizieren würde. Sollte sie Niklas zur Geburtstagsfeier mitnehmen? Warum eigentlich nicht? Es verpflichtete sie zu nichts.

Ihr Blick fiel auf die Packung Baldrianperlen. Vermutlich keine schlechte Idee, ein paar davon zu nehmen, sonst würde Cathrine bei der Vernissage nicht zu Wort kommen. Denn nicht nur ihre Gedanken sprudelten unaufhörlich, auch ihre Worte, sobald sie jemanden hatte, der ihr zuhörte. Vermutlich würde sie, wenn sie mal eine einsame alte Schachtel war, Selbstgespräche führen. Sie kippte drei Baldrianperlen in die Hand, ging ins Bad und spülte sie mit einem Schluck Wasser hinunter.

Dann schrieb sie Niklas eine WhatsApp, ob er sie zu Mamas Geburtstagsfeier begleiten wolle, und als er mit ›Gerne‹ und einem Herz-Emoji antwortete, freute sie sich plötzlich wie Bolle und schrieb eine SMS an Imke, dass sie nun doch jemanden zur Feier mitbringen würde. Ihre Schwester hatte gestern danach gefragt, und außerdem hatte sie wissen wollen, ob sie einen Peter kannte. Papa hatte sie gebeten, nach ihm zu suchen. Geli hatte keine Ahnung, wen er meinte.

Doch Stunden später an diesem Abend – sie unterhielt sich gerade mit Cathrine und der Galeristin – fiel ihr plötzlich ein Streit zwischen ihren Eltern ein. Es war eine Erinnerung, die aus dem Nichts kam. Sie war in der sechsten oder siebten Klasse gewesen und von der Schule nach Hause gekommen, als sie die Stimmen ihrer Eltern auf der Terrasse hörte. Lauter als sonst. Mama hatte Papa angeherrscht. »Kein Wort mehr über Peter! Kein Blick zurück! Das war unsere Vereinbarung!« Und dann hatten die beiden sie bemerkt und waren verstummt.

Karin

Karin saß auf dem Mäuerchen und beobachtete das Treiben im Gartenhaus. Sie konnte nicht hinübergehen und sich das ansehen. Das Herz würde ihr brechen, bei jedem Stück, das Imke und ihr Mann wegwarfen. So viele Erinnerungen hingen daran. Doch es war vernünftig, das Häuschen auszuräumen. Imke brauchte es, und außerdem blieb so weniger für die Mädchen zu tun, wenn auch sie den Löffel abgegeben hatte. Wozu also Sentimentalitäten? Sie nützten keinem.

Die Kaffeetasse war geleert. Daneben hatte sich die Katze zusammengerollt und ließ sich die Sonne auf das Fell scheinen. Im Morgengrauen war sie ins Wohnzimmer spaziert und ihr auf den Schoß gesprungen. Die Nacht hatte Karin wieder im Sessel verbracht. Im Bett hielt sie es nicht aus. Die leere Hälfte neben ihr war wie ein Abgrund.

Diese Katze benahm sich, als wäre sie die Herrin des Hauses. Stolz und selbstbewusst vereinnahmte sie es, während Karin an ihren rabenschwarzen Tagen immer gewusst hatte, dass sie nicht hierhergehörte. Nicht in dieses Haus. Nicht an die Seite des Mannes, der sie zu ihrem großen Erstaunen liebte, nicht zu ihren Mädchen. Dass ihr all das nicht zustand.

Im Häuschen rumorten Moritz und Imke. Die Katze reckte sich. Wenn doch nur Jens neben ihr sitzen würde. Ein scharfer Schmerz schnitt durch ihre Brust. Wie sollte sie ohne ihn leben?

Am Tag nach ihrer ersten Begegnung hatte er tatsächlich an der Trambahnhaltestelle auf sie gewartet. Er stand dort und lächelte sie an, wie es schon sehr lange niemand mehr getan hatte. Ihr schoss der Gedanke durch den Kopf, dass mit ihm vielleicht alles gut werden konnte. Mit einem, dessen Blick so klar und ehrlich war. Jens hatte sie wieder gefragt, und diesmal hatte sie Ja gesagt und war mit ihm ins Kino gegangen.

Später einmal – es musste nach Gelis Geburt gewesen sein – hatte sie ihn darauf angesprochen, weshalb er bei ihrer ersten Begegnung von ihrem Beruf so angetan war und ihn famos genannt hatte. Weil er da schon gewusst hätte, dass sie die Frau war, mit der er sein Leben verbringen und Kinder haben wollte, hatte er gesagt. »Es war also Liebe auf den ersten Blick?«

»Eher auf den siebenundneunzigsten«, hatte er ein wenig verlegen gestanden.

»Wie meinst du das? Hast du mich etwa beobachtet?«

»Du bist mir eines Tages aufgefallen. Du warst so … anders. Als ob dich etwas umgibt. Ein unsichtbarer Schild, der dich von uns Normalsterblichen abschirmt. Irgendwie warst du nicht richtig da. Als ob du am liebsten unsichtbar wärst. Das habe ich mir am nächsten Tag überlegt. Und wieder ein paar Tage später habe ich erkannt, dass es Traurigkeit ist. Dass ein tiefer Kummer in dir sitzt. Das war der sechsundneunzigste Blick. Und genau da hast du aufgesehen und unsere Blicke haben sich getroffen. Was sehr ungewöhnlich war, denn du weichst Blicken aus.«

»Und das war dann dein siebenundneunzigster.«

»So ist es, und ich war rettungslos verloren.« Lachend hatte Jens seine Hand aufs Herz gelegt. »Und dann ist dir die Tasche heruntergefallen. Es war wie ein Zeichen ... Aber weißt du was? Schuld sind eigentlich die Pheromone.«

Sie hatte gefragt, was er meinte, und er hatte es ihr erklärt: unbewusst wahrgenommene Botenstoffe, die potenzielle Geschlechtspartner anlockten. Vielleicht ist es so, hatte sie gedacht. Es hatte nichts mit ihr zu tun, sondern mit Chemie. Es wäre eine plausible Erklärung.

Die Katze entschied sich zu gehen. Sie sprang von der Mauer und marschierte an den Rosen vorbei zum Garten hinaus, ohne sich einmal umzudrehen. Warum auch?

Die Rosen sahen grauenhaft aus. Sie mussten gespritzt und gedüngt werden. Doch sie konnte sich nicht aufraffen und verschob es von Tag zu Tag. »Sie sind robust. Sie werden es überstehen«, sagte sie. Eigentlich zur Katze, doch die war weg. »Und wenn nicht, dann ist es auch nicht schade drum.« Wobei es schon schade wäre. Wenn sie nicht einschritt, würde die schnell wachsende Geli-Rose die anderen bald überwuchern. So wie ihre Tochter das mit Worten tat. Karin seufzte. Meine Güte, was konnte das Mädchen reden, als ginge es ums Überleben. Doch sie war in Ordnung. Sie hatte das Herz im Grunde auf dem rechten Fleck, obwohl sie so resolut und harsch auftrat. Es fiel ihr schwer, Gefühle zu zeigen. Ganz die Mama.

Auch Imkes Caramella sollte kein Opfer von Vernachlässigung werden. Sie blühte vom Frühsommer bis in den November hinein. Ihre Blüten waren ein regelmäßiges Highlight in Karins Blumensträußen. Auf diese Rose war

Verlass, genau wie auf Imke. Sie war eine gute Tochter. Was man von ihrer Jüngsten Anne nicht unbedingt sagen konnte. Sie machte seit eh und je Zicken. Fühlte sich nicht genug beachtet und zurückgesetzt, obwohl Jens und sie ständig Extrawürste für sie gebraten hatten. Anne war ein toughes und ehrgeiziges Mädel. Sie setzte durch, was sie wollte. Das war wunderbar. Karin war stolz auf sie. Auf alle drei. Doch Anne konnte das nicht glauben. Sie war überzeugt, dass sie ein ungewolltes Kind war, und hatte ein herrliches Theater veranstaltet. Mit fünfzehn war sie deswegen ausgezogen, hinüber ins Häuschen. »Lass sie«, hatte Jens gesagt. »Sie wird sich beruhigen. Wenn die Nächte kalt werden, kommt sie zurück.« Genau so war es gewesen.

Jemand bog auf dem Fahrrad in die Einfahrt und winkte ihr zu. Es war ihre Enkelin. »Hallo Omi.«

Dieses Mädchen hatte immer fürchterlich gute Laune. Steffi sauste um die Ecke, kam aber eine Minute später auf die Terrasse, warf die Arme um sie und drückte sie an sich. Karin machte sich los. »Was willst du denn hier?«

»Hat Mama dir nicht gesagt, dass ich heute koche?«

»Das hat sie vergessen.«

»Ist doch okay?«

»Kann ich es verhindern?«

»Zu spät. Ich habe alles dabei.«

»Na, dann ...« Karin zuckte mit den Schultern. »Gibt's Tofu mit Löwenzahnsalat?«

»Sorry. Ich muss dich enttäuschen. Für dich gibt's echte Bolognese. So richtig mit ekligem Rinderhack, während wir uns mit der vegetarischen Variante begnügen. Wobei Papa sicher aus deinem Topf mitessen wird.«

»Das soll er sich mal trauen.« Eigentlich hatte sie keinen Hunger. Doch nun hatte Steffi extra für sie gekocht.

»Hoffentlich verzeihen dir die Mitglieder deiner Sekte diesen Frevel.«

»Ich verrate es keinem«, erklärte Steffi grinsend. Doch dann wurde sie ernst. »Wir sind keine Sekte. Wir haben nur eine andere Einstellung als eure Generation. Und ich bekehre auch niemanden. Das muss jeder für sich selbst herausfinden. Ich deck dann mal den Tisch.« Sie wandte sich ab, drehte sich dann aber noch mal um. »Cooles Outfit übrigens. Der Print ist toll.«

Offenbar meinte ihre Enkelin den Morgenrock. Vermutlich müffelte er und gehörte in die Waschmaschine. So wie sie selbst eine Dusche nötig hatte. Doch allein der Gedanke, zu duschen, raubte ihr die Kraft, es zu tun.

Eine Viertelstunde später tauchte dann auch noch Tobi auf. Er brachte eine Einkaufstasche Lebensmittel auf seinem Rad mit und verstaute alles in der Küche. Hatte sie denn hier gar nichts mehr zu sagen? Wenigstens war Katzenfutter dabei. Imke musste ihm eine SMS geschrieben haben. Also gut, sollte sie das Kommando übernehmen. Vorerst. Bis sie sich berappelt hatte. Oder den Löffel abgegeben. Was keine schlechte Alternative wäre.

Steffi holte den Gartentisch aus der Garage. Tobi schleppte Stühle und Sonnenschirm an, als gäbe es was zu feiern. Schließlich saß sie mit Tochter, Schwiegersohn und Enkeln am Tisch. Ein wenig war es wie früher. Nur Jens fehlte. Er fehlte so sehr.

Irgendwann am späten Nachmittag waren sie alle weg. Zuerst verschwanden die Kinder, dann Imke und Moritz, nachdem sie etliche Kisten in ihrem Kombi verstaut hatten. Es war nur ein Bruchteil von dem Krempel, der wegmusste, und sie hatten verkündet, dass sie im Laufe der Woche einige Fahrten zum Wertstoffhof machen würden.

Die Gartenmöbel waren wetterfest und konnten stehen bleiben. Bis auf den Sonnenschirm. Nach Regen sah es nicht aus. Karin ließ ihn, wo er war, und ging hinein, um sich ihr Glas Luganer einzuschenken. Im Flur blieb sie stehen und warf einen Blick in den Spiegel.

Sie sah fürchterlich aus. Das Haar war fettig. Die Lippen spröde. Die Haut ganz grau und trocken. »Du lässt dich gehen«, erklärte sie ihrem Spiegelbild. »Du verlotterst. Wenn Jens dich jetzt so sehen könnte.« Ihr Anblick würde ihn traurig machen. »Also gut. Erst duschen.«

Sie ging nach oben ins Bad. Vor fünf Jahren hatte Jens es seniorengerecht umbauen lassen. Die Badewanne war rausgeflogen. Sie waren beide nicht mehr so gelenkig und hatten Schwierigkeiten beim Aussteigen gehabt. Als Karin eines Tages darin ausrutschte und sich eine schlimme Prellung zuzog, hatte Jens erklärt, dass es reichte. Er würde nicht warten, bis sie sich das Genick in dieser verdammten Wanne brach. Jetzt wäre es Zeit für eine Duschkabine, auch wenn Karin das nicht gefiel. Er wusste, woran es lag, und hatte sie in den Arm genommen und geduldig auf sie eingeredet. Was er vorschlug, war vernünftig, ihre Aversion gegen Duschen dagegen völlig irrational. Also hatte sie zugestimmt.

Jens hatte eine große bodenebene Dusche mit Glaswänden einbauen lassen. Es war herrlich, sich unter die tellergroße Brause zu stellen, aus der das warme Wasser strömte wie bei einem Wolkenbruch im Hochsommer.

Sie zog Morgenrock und Nachthemd aus und steckte beides in den Wäschekorb. Dann nahm sie Jens' Duschgel und sein Shampoo von der Ablage und drehte den Hahn auf. Warm regnete das Wasser auf ihre Haut, das Shampoo roch nach ihrem Mann, und die Sehnsucht nach ihm packte sie mit solcher Wucht, dass sie ihren Kopf gegen die Glasscheibe schlug. Einmal und noch einmal.

Plötzlich riss sie jemand an den Haaren und donnerte ihren Schädel gegen die Wand. Wieder und wieder. Sie dachte, er würde bersten. Blut spritzte gegen die weißen Kacheln. »Die Lüge schaut dir aus dem Gesicht! Du verdorbenes Subjekt! Doch der Herr sieht alles!«

»Und er ist barmherzig!«, schrie Karin. Nackt stand sie vor der weiß gefliesten Wand, an der ihr Blut herablief.

»Du widersprichst! Wie kannst du es wagen!« Eine Hand erschien in ihrem Blickfeld, zerrte den Schlauch vom Haken. Instinktiv duckte sie sich weg. Doch es half nicht. Die Schläge trafen sie auf Rücken, Gesäß und Nacken. Haut platzte auf. Noch mehr Blut. Nach dem fünften oder sechsten Schlag ging sie zu Boden. Ihr ganzer Körper bestand nur noch aus Schmerz. Sie kämpfte dagegen an, ohnmächtig zu werden, als der kalte Wasserstrahl sie mit voller Wucht traf.

Zitternd gaben ihre Beine nach. Sie glitt an der Glaswand hinab, bis sie auf dem Boden der Duschkabine saß und der warme Regen noch immer auf sie niederging. »Es ist vorbei«, flüsterte sie. »Es ist schon so lange vorbei.«

Doch es würde nie vergehen.

Karin

Sommer 1956

»Wie sehe ich aus?« Ihre Mutter drehte sich im Wohnzimmer um die eigene Achse. Der Rock des apfelgrünen Sommerkleides schwang um ihre Knie. Das Oberteil saß perfekt. Ein weißer Gürtel betonte ihre schlanke Taille und die Pumps mit den Pfennigabsätzen ihre hübschen Fesseln. Pelle saß auf dem Klavierschemel. »Schön«, sagte er andächtig.

»Ist es nicht zu auffallend für mein Alter?« Diese Frage war an Karin gerichtet. »Du bist doch nicht alt«, entgegnete sie, weil Mami sich das erhoffte. Das Kleid stand ihr. Es passte gut zu ihren blonden Haaren. Nur der Ausschnitt war vielleicht ein wenig frivol. Und die Lippen schon sehr rot.

Mami und ihre Freundin Marion hatten sich in der Tanzschule für den Kurs »Lateinamerikanische Tänze« angemeldet. Fünfzehn Stunden, immer Samstagabend. Wobei der Kurs schon um fünf Uhr begann und mit einem zur Unterrichtsstunde passenden Cocktail beendet werden sollte. Das bedeutete für Karin fünfzehn heimliche Treffen mit der Clique. Denn Mami hatte ihr den Umgang mit Fred und seinen Freunden verboten.

Natürlich hatte Frau Frey am selben Abend, als Fred sie auf der Zündapp heimgebracht hatte, geklingelt und sie verpetzt. »Ihre Tochter befindet sich in zweifelhafter Gesellschaft. Obendrein küsst sie in aller Öffentlichkeit Männer.«

»Oh! Gleich mehrere«, hatte Mami in der offenen Wohnungstür erwidert. »Das geht natürlich nicht.«

»Sie müssen Ihre Kinder anständig erziehen. In Ihrer Familie fehlt die männliche Hand. Jemand, der für …«

»Zucht und Ordnung sorgt«, war Mami der Frey ins Wort gefallen. »Ich verstehe schon, was Sie meinen. Aber diese Zeiten sind vorbei. Wohin dieser Kadavergehorsam geführt hat, haben wir gesehen. Millionen Tote. Millionen Flüchtlinge, ein zerbombtes Land. Und Denunzianten überall. Kümmern Sie sich bitte um Ihre Angelegenheiten und ich mich um meine. Einen schönen Abend noch.« Und rumms hatte Mami der Frey die Tür vor der Nase zugeschlagen.

Nach diesem Besuch hatte Mami ihr die Würmer aus der Nase gezogen, bis sie alles wusste. Von Fred und seinen Freunden, vom Nachmittag im Freibad und dass es kein Kuss gewesen war, sondern nur ein flüchtiges Bussi.

»So geht das nicht, mein Fräulein. Du kannst deinen Bruder nicht alleine lassen.« Den Einwand, dass er kein Säugling mehr war, ließ sie nicht gelten. Was Karin von ihren Freunden erzählte, gefiel Mami nicht. Die Erwähnung von Motorrädern und Rock 'n' Roll erweckte bei ihr den Eindruck von Halbstarken, für die keine Regeln galten und die keinen Respekt hatten. Denen Spaß wichtiger war als gute Noten. Und auf die legte Mami großen Wert. »Nachdem wir im Krieg alles verloren haben, kann ich euch nicht mehr mitgeben als gute Bildung. Schule geht vor.«

Karins Großeltern hatten in Jena ein großes Möbelgeschäft besessen. Die Allensteins waren angesehene Kaufleute in fünfter Generation gewesen, die es zu Wohlstand gebracht hatten. Eine Villa am Stadtrand mit Personal und zwei Automobilen. Regelmäßige Reisen nach Berlin, Wien und Paris und im Sommer Urlaub an der Ostsee. Bis es Krieg gegeben hatte und Mami nichts geblieben war. »Bildung ist das Wichtigste. Sie gibt dir alle Möglichkeiten. Außerdem reicht es, wenn die beiden Klatschbasen über mich herziehen.«

»Tun sie das?«

Mami hatte gelacht. »Was glaubst du denn. Sie sind misstrauisch, weil ich ein modernes Leben führe. Ich verdiene mein eigenes Geld. Ich bin hübsch und mach etwas aus mir und am allerschlimmsten: Ich suche nach einem Mann. Oh Gott!« In gespieltem Entsetzen schlug Mami sich die Hand vor den Mund. »Vermutlich malen sie sich aus, wie ich einen nach dem anderen ›ausprobiere‹, seit sie ein paarmal gesehen haben, wie mich ein Herr bis zur Tür begleitete. In deren Augen bin ich ein Flittchen. Diesen Stempel sollen sie dir nicht aufdrücken. Außerdem werden dich Fred und seine Freunde vom Lernen abhalten. Mach erst das Abitur. Deine Freiheit kannst du als Studentin genießen«, hatte Mami gesagt. Doch Karin wollte beides.

Heute war die erste Stunde des Tanzkurses. Nun suchte ihre Mutter nach den Handschuhen und tupfte sich gerade Parfum auf die Handgelenke und hinters Ohr, als es klingelte. Marion war da, um sie abzuholen. Es gab noch ein paar Ermahnungen, brav zu sein, und Pelle sollte Klavier üben. Als ob man ihm das sagen müsste. »Um halb zehn bin ich zurück. Abendbrot macht ihr euch selbst, ihr seid groß genug.« Mami warf ihnen Luftküsse zu, und weg war sie.

Es war halb fünf und ein schöner Tag. Karin war mit der

Clique an der Isar beim Flaucher verabredet, und sie haderte mit sich, ob sie Pelle mitnehmen sollte. Wenn sie es tat, würde er dichthalten und sie nicht bei Mami verpetzen. Andererseits war er ein Klotz am Bein und würde ihr den Spaß verderben. Die Lösung des Problems ergab sich, als sie die neue Funk- und Fernsehillustrierte auf dem Sideboard bemerkte. Mami hatte bei einem Preisausschreiben ein Fernsehgerät gewonnen und Pelle saß gerne davor. Sie erklärte ihm, dass sie sich mit Freunden traf und er so lange allein daheimbleiben musste. Unwillkürlich umschloss seine Hand den Marienanhänger an der Kette. »Du darfst auch fernsehen. Aber erst übst du Klavier. Bevor Mami kommt, bin ich wieder da. In Ordnung?«

Er nickte, und dann stahl sich ein Lächeln auf sein Gesicht. »Ich erzähl ihr auch nichts, wenn du mir das neue Fix-&-Foxi-Heft kaufst.«

Es kostete fünfzig Pfennige. Kurz rang Karin mit sich. Bei einem Heft würde es nicht bleiben. »Du hast es faustdick hinter den Ohren, mein Kleiner. Aber gut. Abgemacht.« Sie hielt ihm die Hand hin, und er schlug ein.

Als sie durchs Treppenhaus nach unten lief, drang bereits Klaviermusik aus der Wohnung. Ihr Bruder übte eine Schubert-Sonate. Seit sechs Jahren spielte er, und manchmal sah sie, wie er sich im Spiel verlor. Wie er sich zurückzog, in ein eigenes, nur ihm bekanntes Reich. Das Talent hatte er von ihrem Vater geerbt. Das hatte Mami ihnen erklärt. Er wäre gerne Pianist geworden. Doch es hatte das Möbelhaus gegeben und die damit einhergehende familiäre Verpflichtung, es als einziger Sohn fortzuführen. Keine Zeit für Flausen und Träume, und dann war er viel zu jung gestorben.

***

Das Rad stand im Hinterhof. Karin klemmte die Badetasche auf den Gepäckträger, zog den Taschenspiegel und einen von Mamis Lippenstiften hervor und schminkte sich die Lippen rot. Als sie losfuhr, sah sie nach oben. Prompt entdeckte sie die Frey, die am Samstagnachmittag nichts Besseres zu tun hatte, als aus ihrem Küchenfenster zu gucken, und garantiert beobachtet hatte, wie sie sich anmalte. Es war Karin egal. Sie radelte Richtung Isar. Vorbei ging es an Kriegsruinen, modernen Neubauten und zahlreichen Baustellen, auf denen die Mörtelmaschinen liefen und Arbeiter mit Schubkarren Ziegelsteine heranschafften. Sie mussten noch schuften, während Mami samstags nur bis zwölf arbeitete und daheim war, wenn Karin und Pelle von der Schule kamen, und sie alle gemeinsam zu Mittag aßen.

Am Bavariaring wurde der Straßenbelag erneuert. Schwitzende Männer verteilten die heiße, stinkende Masse mit langstieligen Rakeln, eine Walze glättete sie. Karin musste absteigen und ihr Rad schieben. An allen Ecken und Enden wurde München auch elf Jahre nach Kriegsende noch auf Vordermann gebracht. Immer gab es Neues zu entdecken. Überall eröffneten Läden, Cafés und Restaurants.

Schließlich erreichte Karin die Isarauen. Auf einem holprigen Weg ging es ein Stück am Ufer entlang und dann über einen Steg zur Kiesbank zwischen Isar und Isarkanal.

Die anderen waren schon da. Freds Transistorradio stand auf einem Stein. Radio AFN Munich lief, und Pat Boone sang »I Almost Lost My Mind«. Horex und Max standen bis zu den Knien im Wasser und spritzten sich nass. Babs saß auf dem Ast einer Weide, der knapp über dem Boden hing, und las. Mani hatte sich an den Stamm gelehnt. Heute trug er eine Badehose, und Karin erschrak, als sie die Prellungen sah, die in allen Regenbogenfarben schillerten. Fred saß neben ihm, die beiden unterhielten sich. Karin wusste nicht, ob sie sich einfach dazusetzen konnte. Bis Fred sie herbeiwinkte und auf ihren roten Mund starrte. »Hallo Yssabeau.«

»Yssa…?«

»Yssabeau«, wiederholte er. »Ich bin so wild nach deinem Erdbeermund, ich schrie mir schon die Lungen wund nach deinem weißen Leib, du Weib! Im Klee, da hat der Mai ein Bett gemacht …« Er stockte und zog die Stirn in Falten. »Hoppla, jetzt weiß ich den Rest nicht mehr.«

»Ist das von dir?«

»Ne, von Paul Zech. Dichten kann ich nicht.«

»Wie gut, dass nicht Mai ist.«

»Es wird einen Mai für uns geben, Baby. Glaub mir.«

Er meinte es nicht ernst, das wusste sie inzwischen, und es machte ihr kaum etwas aus. Er flachste herum, und eigentlich gefiel ihr das. Auch wenn sie ein wenig für ihn schwärmte. »Darf ich mich zu euch setzen?«

»Aber natürlich, mein Fräulein.« Fred wies auf die Decke. Karin nahm zwischen ihm und Mani Platz. »Du solltest Schränken besser aus dem Weg gehen.«

»Mach ich ja«, sagte Mani. »Aber die Schränke mir nicht.«

»Diese Schweine.«

Eine Weile saßen sie schweigend da und blickten in den blauen Himmel. »Das war mein Alter. Fred hat mir gebichtet, dass er es dir gesagt hat. Wir müssen also nicht um den heißen Brei herumreden.« Mani schlug sich mit der Faust in die Hand. »Einmal noch und ich bring ihn um.«

»Das machst du nicht«, sagte Karin erschrocken. »Warum verprügelt er dich?«

»Wegen allem. Wie ich rede. Wie ich gucke. Wegen der Noten. Bei ihm gelten nur Einsen und Zweien. Wegen der Musik, die ich höre, und der Bluejeans, die ich trage. Weil ich nicht Walzer tanzen will, sondern Rock 'n' Roll. Weil ich Kaugummi kaue und mir Pomade in die Haare schmiere. Ich bin eine einzige Provokation. Wenn ihm was nicht passt, schlägt er zu. Am Samstag geht er dann zur Beichte und am Sonntag zur heiligen Kommunion. Und seine Seele ist wieder so rein und unbefleckt wie die Jungfrau Maria bei der Empfängnis. Bis zum nächsten Samstag. So ist das bei uns, und ich halte das nicht mehr aus. Eines Tages schlägt er mich tot.« Mani ließ den Kopf auf die angezogenen Knie sinken. Karin legte ihre Hand auf seinen Arm. »Das wird er nicht tun.«

»Du kennst ihn nicht. Wenn er durchdreht, ist er ein anderer. Er hat das nicht unter Kontrolle.«

»Und wenn du dich ein wenig anpasst?«

»Hab ich schon versucht. Er will aber, dass ich werde wie er. Und vermutlich würde er auch dann einen Vorwand finden, um zuzuschlagen. Im Grunde hasst er sich selbst. Meine Mutter sagt, es kommt vom Krieg. Der hätte ihn verändert.«

Karin überlegte, was Mani tun konnte, während Fred aufstand und zu Horex und Max ging. »Ist das nicht Körperverletzung?«

Mani lachte. »Soll ich ihn etwa anzeigen? Dann hat mein letztes Stündlein geschlagen. Außerdem ist es sein gutes Recht. Eltern dürfen ihre Kinder verprügeln. Nur nennt man es ›züchtigen‹. Das klingt besser.«

»Und jetzt?«

»Ich überlege, ob ich abhaue. Aber dann kann ich das Abitur vergessen.«

Die anderen kamen aus dem Wasser, und Mani wechselte das Thema. Es wurde trotz allem ein lustiger Abend, der wieder zu früh vorbei war. Kurz nach acht dämmerte es. Sie packten ihre Sachen und trennten sich an der Schäftlarnstraße. Fred schwang sich auf die Zündpapp, Horex auf sein Motorrad und Mani und die Mädchen auf ihre Räder. Ein Weilchen fuhren Fred und Horex neben ihnen her, dann gaben sie Gas. Babs und Max wohnten in Laim und verabschiedeten sich an der Agnes-Bernauer-Straße. Karin radelte mit Mani weiter. Er lebte mit seinen Eltern nicht weit von der Nibelungenstraße entfernt und bestand darauf, sie nach Hause zu begleiten. Dort angekommen, blickte sie erst an der Fassade hoch, ob die Frey aus ihrem Wohnzimmerfenster auf die Straße sah. Doch es war geschlossen, und sie umarmte Mani zum Abschied. »Wird schon werden.«

***

Das Gespräch mit Mani hatte etwas verändert. In den folgenden Wochen entwickelte sich eine Freundschaft zwischen ihnen. Wenn Karin sich mit der Clique traf, unterhielt sie sich oft mit ihm. Nicht nur über seinen Vater, auch über seine Pläne, Maschinenbau zu studieren. Vorher musste er aber seinen Wehrdienst bei der Bundeswehr absolvieren. Doch er war Pazifist und entschlossen, den Dienst an der Waffe zu verweigern. Er überlegte, wie er das heimlich hinbekam, denn wenn sein Vater davon erfuhr … Und so kamen sie immer wieder bei Manis Problem an, und Karin wusste keinen Rat für ihn. Alles, was sie für ihn tun konnte, war, ihm zuzuhören.

Sie trafen sich in den Pausen in der Schule, meist zusammen mit Fred. Wofür sie eines Tages von ihrer Klassenlehrerin einen Rüffel erhielt: Sie solle sich nicht ständig mit Jungs herumtreiben. Meistens sahen sie sich jedoch nachmittags, wenn Karin sich heimlich mit der Clique traf. Sie gingen ins Freibad. Oder fuhren in den Nymphenburger Park und setzten sich auf die Wiese hinter der Badenburg. Obwohl das Betreten des Rasens verboten war und sie eines Tages entdeckt und verscheucht wurden. Daraufhin zogen sie in den Englischen Garten um, wo das Lagern auf den Grünflächen gestattet war. Einmal führte Fred sie zu einer Kriegsruine in der Au. Die hatte er bereits erkundet und dabei einen Gewölbekeller entdeckt, der unbeschädigt war. Nun machte er den Vorschlag, ihn als Klubraum einzurichten. Es wäre nicht immer Sommer. Sie konnten ein paar alte Möbel reinstellen. Vielleicht ließ sich auch der Strom vom Nachbarhaus anzapfen. Dann konnten sie Musik hören und einen Heizstrahler anschließen und außerdem eine Bar und eine Tanzfläche einrichten. Alle waren Feuer und Flamme, und sie beschlossen, dieses Projekt während der Sommerferien in Angriff zu nehmen. Bis auf Babs und Max, die nicht die ganze Zeit mithelfen konnten, da sie mit ihren Eltern in Urlaub fuhren. Die eine nach Rimini, die andere an den Bodensee.

Das Bestechungsgeld für Pelle hatte Karin inzwischen heruntergehandelt. Nicht jedes Mal bekam er etwas von ihr, sondern alle vierzehn Tage zuverlässig das neue Fix-&-Foxi-Heft. Viel wichtiger war für ihn die Kette mit dem Anhänger der Muttergottes. Manchmal beobachtete sie, wie er seine Hand darumlegte, wenn er ängstlich war. Tatsächlich schien ihm die Jungfrau Maria Kraft und Zuversicht zu geben. Wobei das natürlich Einbildung war. Karin war nicht gläubig und auch Mami nicht. Während die meisten Familien aus dem Haus sonntags zum Gottesdienst gingen, blieben die Allensteins daheim. Nur an Ostern und an Weihnachten besuchten sie die Messe. Und natürlich machten einige der Nachbarn deswegen Bemerkungen. Allen voran Frau Schultheiß, die frommer als jede Nonne war und täglich zur Morgenmesse ging. »In diesem Haus bleibt nichts unbeobachtet und nichts unkommentiert«, sagte Mami manchmal. »Also benehmt euch.«

Das gelang Karin in diesem Sommer immer weniger. Die Frey und die Schultheiß forderten ihren Widerstand geradezu heraus. Was ging es die beiden an, was sie tat? Hin und wieder machte Karin sich einen Spaß daraus, sie auf die Palme zu bringen. Dann ging sie mit rot geschminkten Lippen an ihnen vorbei, schwenkte die Hüften in ihrer Jeans, öffnete einen Knopf mehr, als schicklich war, an der Bluse und sang halblaut einen Elvis-Song. Oder sie schnorrte sich von Fred eine Zigarette und paffte diese.

Mami ermahnte sie, zurückhaltender zu sein, sonst hätte sie bald ihren Ruf weg. Karin versprach es, doch sie hielt nie lange durch. Es machte zu großen Spaß, wenn sich die beiden alten Schachteln aufregten.

Samstags besuchte ihre Mutter den Tanzkurs und kam jedes Mal ein wenig später nach Hause. Offenbar gab es einen Mann, der ihr gefiel. So konnte auch Karin ihre Treffen mit ihren Freunden verlängern. Eines Samstagnachts schob sie gerade das Rad in den Ständer, als sie die Stimme ihrer Mutter hörte. Sie stand weiter vorne im Durchgang mit einem Mann. Zwei schwarze Schattenrisse. Karin hörte Mamis helles Lachen und sah, wie die beiden Schatten zu einem verschmolzen. Durch den Hintereingang schlich sie ins Haus und war oben in der Wohnung, bevor ihre Mutter kam. Hatten die beiden sich geküsst? War ein Stiefvater in

Sicht? Das war die Frage, die sie beschäftigte. Schließlich fragte sie Mami beiläufig, ob sie im Tanzkurs einen interessanten Mann kennengelernt hatte, doch sie verneinte. In der folgenden Samstagnacht stand sie aber wieder mit ihm im Durchgang.

Die Sommerferien nahten. Die Familie Allenstein blieb daheim in München. Nur Pelle sollte für zwei Wochen mit der Musikschule in ein Ferienheim am Chiemsee fahren, während Karin in dieser Zeit allein zu Hause war, da ihre Mutter arbeiten musste. Ihr war es recht, denn die Clique machte sich daran, den Klubraum einzurichten. Eines Abends – Karin saß gerade mit ihrer Mutter und Pelle beim Abendbrot – schellte es an der Wohnungstür. Überrascht stand Mami auf und öffnete.

Karin hörte die Stimme einer Frau. »Frau Allenstein?«

»Ja.«

»Dorothea Meister vom Jugendamt. Uns liegen Hinweise vor, dass die sittliche Entwicklung Ihrer Tochter gefährdet ist.«

»Was?« Mami lachte. »So ein Blödsinn.«

»Allem Anschein nach ist Karin frühreif. Wir müssen reden.«

Imke

Am Sonntag deckte Imke den Frühstückstisch für Moritz und sich auf der Terrasse. Die Kids waren schon unterwegs. Tobi traf sich mit einem Freund zum Skaten, und Steffi war mit einer Schulfreundin auf dem Flohmarkt.

Imke genoss den ruhigen Morgen. In den Sträuchern, die das Grundstück anstelle eines Zauns zu den Nachbarn abgrenzten, summten die Bienen. Der Flieder duftete, und die Allium hatten sich zu voller Pracht entfaltet. Moritz kam und gab ihr einen Kuss in den Nacken. »Wie wunderbar. Ein kinderfreier Sonntag. Wir könnten unanständige Sachen machen.« Seine Lippen wanderten weiter an ihrem Hals entlang und seine Hand über ihre Schulter zur Brust. Unwillkürlich griff sie danach. »Lass das.«

»Warum?«

»Weil …« Weil sich wieder einmal alles in ihr sträubte. »Die Nachbarn.«

»Meinst du, sie sind schockiert, weil wir in unserem Alter noch Sex haben?« Er begann mit der Zunge ihr Ohr zu erkunden. Was taktisch klug war, denn das war eine ihrer erogenen Zonen. Prompt gab sie nach und ließ seine Hand frei. Sie küssten sich und verschoben die ›unanständigen Sachen‹ auf später. Imke schenkte Kaffee ein, als nebenan die Terrassentür geöffnet wurde und die neuen Nachbarn es sich im Garten gemütlich machten. Sie wünschten sich einen guten Morgen. Der Mann bedankte sich für die Annahme des Pakets, während die Kinder schreiend und kreischend durch den Garten flitzten und Fangen spielten. Imke tauschte einen Blick mit Moritz und dachte: Grundgütiger! Was steht uns da bevor? Doch die Lage beruhigte sich. Es wurde ein wenig leiser. Wobei sie jedes Wort aus dem Nachbargarten mithörten. Denn die Stimme zu senken, schien auch den Eltern nicht möglich, und so bekamen sie mit, was in dem Paket gewesen war, das Imke am Freitag angenommen hatte. Eine Drohne, die der Mann nun zusammenbaute und dabei jeden Handgriff für seinen Sohn kommentierte, der natürlich mitmachen wollte. »Das kannst du nicht. Dafür bist du noch zu klein.«

»Kann ich doch.«

»Kannst du nicht, und jetzt Schluss damit.«

»Du bist gemein!«, brüllte der Junge. Eine Sekunde später schepperte etwas fürchterlich.

»Ich tippe auf Werkzeug«, sagte Moritz leise. »Er hat es auf den Boden geworfen.« Doch nichts folgte. Keine Ermahnung, dass dieses Verhalten unangemessen war. Keine Aufforderung, das Werkzeug aufzuheben. Stattdessen erklang das Geräusch eines umfallenden Stuhls. »Du bist gemein«, schrie der Sohn noch einmal. »Ich hasse dich.« Einen Moment später bebten die Sträucher, der Junge kam durch die Hecke. Etwas knackte. Ein Zweig des Flieders war abgebrochen. »Aber hallo!«, sagte Imke. Der Bub blieb verdattert stehen und starrte sie an. Moritz ging zu ihm. »Hast du dich verletzt?« Imke folgte.

»Er ist nur trotzig«, rief die Nachbarin herüber.

Der Bub schüttelte den Kopf. »Prima, dass es dir gut geht«, sagte Moritz, der vor dem Kind in die Hocke gegangen war. »Aber du kannst nicht einfach so in unseren Garten kommen. Außerdem hast du einen Ast von einem Strauch abgebrochen.«

»Mir doch egal.«

»Mir aber nicht. Es wäre angebracht, dass du dich entschuldigst.«

»Ich glaube es ja nicht!«, rief die Mutter über die Hecke. »Was soll das jetzt werden?«

Moritz stand auf und ging zu den Sträuchern. Imke wusste in diesem Moment, dass sie schon verloren hatten. Egal was Moritz nun sagte. Sie waren die Spießer, die nicht anderer Leute Kinder zu erziehen hatten.

»Mischen Sie sich nicht in unsere Erziehung ein«, erklärte die Nachbarin prompt.

Moritz hob abwehrend die Hände. »Das war nicht meine Absicht.«

»Dann ist es ja gut.«

»Natürlich ist das Ihr Job.«

»Sehe ich genauso.«

Der Junge hatte unterdessen den Fliederzweig aufgehoben und begann damit Löcher in den Rasen zu bohren. Imke sah ihn scharf an. »Ich glaube, du gehst jetzt besser nach Hause.«

»Ich will nicht.« Der Rotzlöffel machte weiter. Imke versuchte, ihm den Ast abzunehmen. Er hielt ihn fest. »Und ich will nicht, dass du Schweizer Käse aus meinem Rasen machst.«

»Ich glaube, wir reden gerade aneinander vorbei«, erklärte Moritz unterdessen der Mutter. »Entweder sagen Sie Ihrem Sohn, dass er nicht ungefragt in unseren Garten kann und sich außerdem entschuldigen sollte, oder ich tue es.«

»Mein Gott, jetzt haben Sie sich doch nicht so«, mischte sich der Vater ein. »Wegen eines Asts. Bauen Sie doch einen Zaun, wenn Sie keine Kinder im Garten haben wollen.« Er rief seinem Sohn zu, er solle nach Hause kommen. Die Nachbarn wären böse. Erstaunlicherweise folgte der Junge. Er ließ den Ast los und ging. In Imke brodelte es. An ein entspanntes Frühstück war nicht mehr zu denken. Während sie es beendeten, hörten sie zwangsweise das Gespräch von drüben mit. Es drehte sich um die Kinderfeindlichkeit in Deutschland im Allgemeinen, und im Besonderen darum, dass man sich seine Nachbarn nicht aussuchen konnte. Natürlich hatte der Junge nichts falsch gemacht.

Moritz seufzte. »Ich muss Adrenalin abbauen. Du sicher auch. Lust auf eine Radtour?«

***

Eine Stunde später parkten sie den Wagen am Ortsrand von Eching, nahmen die Räder aus der Halterung und fuhren los Richtung Mallertshofer Holz. Die Bewegung tat gut. Bereits nach wenigen Minuten vergaß Imke den Ärger und begann, den Ausflug zu genießen. Den Duft der Kiefernwälder und den Anblick der Heideflächen, die nur auf den ersten Blick karg waren. Wenn man genau hinsah, erkannte man, dass überall etwas blühte. Die Sonne schien warm, und das Gelände war eben. Moritz schlug vor, ab Garching an der Isar entlang bis nach Weihenstephan zu fahren. Mittagessen im Biergarten des Bräustüberls und dann wieder nach Hause. Eine schöne Sechzig-Kilometer-Tour.

Auf der Höhe von Mintraching schoben sie die Räder auf

eine Kiesbank und setzten sich auf einen angeschwemmten Baumstamm. Imke nahm den Helm ab und holte Bananen und Müsliriegel aus dem Rucksack. Seit gestern ging ihr die Vermisstenanzeige nicht aus dem Kopf. »Ich frage mich gerade, was ›Fürsorgezögling‹ eigentlich bedeutet?«

Moritz reckte das Gesicht in die Sonne. »Ich hab mich das auch gefragt und es gestern mal gegoogelt. Fürsorgeerziehung muss von einem Vormundschafts- oder Jugendgericht angeordnet werden. Das passiert bei verwahrlosten, gefährdeten oder straffällig gewordenen Minderjährigen. Den Eltern wird das Sorgerecht entzogen. Die Kinder kommen dann in Pflegefamilien oder Heime.«

»Vielleicht war Peter ja ein uneheliches Kind und seine Mutter mit der Erziehung überfordert. Oder nicht in der Lage, sich um ihn zu kümmern, und er ist auf die schiefe Bahn geraten«, überlegte Imke.

»Damals war es nicht unüblich, ledigen Müttern das Sorgerecht zu entziehen«, sagte Moritz. »Weißt du etwas über deine Großtante?«

Verwundert sah Imke zu Moritz. »Wen meinst du?«

»Na, die Schwester deines Großvaters mütterlicherseits.«

»Ach so. Ich glaube, sie hieß Luise.«

Was sie über deren Leben wusste war herzlich wenig. Denn über die Vergangenheit sprach Mama so gut wie nie. »Viel weiß ich nicht. Mamas Eltern stammten beide aus Jena. Oma war die Sekretärin meines Großvaters, bevor die beiden heirateten. Er war der Sprössling der Kaufmannsfamilie Allenstein. Wohlhabende Leute mit Villa und Personal. Luise hat Klavier gespielt. Genau wie mein Großvater. Er ist kurz vor Kriegsende gefallen. Und die Familie ist vor der Roten Armee Richtung Westen geflohen und in München gelandet.«

»Was aus Luise wurde, weißt du nicht?«

»Keine Ahnung. Mama hat nie viel über ihre Familie gesprochen. Überhaupt über den Krieg und die Flucht. Du kennst doch ihren Spruch: Blick nach vorne. Dort ist die Zukunft.«

Eine Weile spekulierten sie, ob Peter der uneheliche Sohn von Luise war, den man ihr weggenommen hatte. Oder ob sie bei seiner Geburt möglicherweise gestorben und er aus diesem Grund in einem Heim aufgewachsen war. Bis Moritz vorschlug weiterzufahren.

Doch die Fragen um Luise und Peter beschäftigten Imke noch eine Weile, bis Moritz darauf zu sprechen kam, was in den kommenden Wochen zu erledigen war. Der Sperrmüll musste entsorgt werden, bevor Imke ihr ›Seifenparadies‹ im Gartenhaus einrichten konnte. Außerdem wollte er dafür eine Webseite mit Onlineshop entwerfen. Im Internet hatte er ein Baukastensystem dafür entdeckt, das er ausprobieren wollte. Imke musste ein Gewerbe anmelden und Mamas Geburtstagsfeier vorbereiten. Und davor mal gründlich putzen. Denn das hatte Mama seit zwei Monaten nicht getan, und entsprechend sah es im Haus aus. Der Garten musste auf Vordermann gebracht werden, bevor er ganz verwilderte. Und sie selbst hatte schließlich auch Haus und Garten zu versorgen und nebenbei ihren Job als »Gebrauchsanweisungsübersetzerin«, wie Geli das gerne nannte. Kurz und gut: Sie hatte Arbeit ohne Ende. Und auf Unterstützung ihrer Schwestern brauchte sie nicht zu hoffen. Geli hatte klipp und klar gesagt, dass sie keinen Nerv dafür habe. Mama sei unerträglich. »Ich bewundere dich, dass du das aushältst.«, hatte sie gesagt. »Wenn du willst, kümmere ich mich ums Dessert. Pannacotta sollte ich hinbekommen. Oder ich kaufe es einfach fertig.« Natürlich war Imke damit geholfen, und sie hatte das Angebot gerne angenommen.

Anne lebte in Stuttgart. Sie um Hilfe zu bitten, hatte keinen Sinn. Obendrein baute sie derzeit ihr eigenes Unternehmen auf. Und zwar gleich ganz groß. So war Anne schon immer gewesen. Eine Nummer kleiner war bei ihr nicht drin. Eine anspruchsvolle Prinzessin, hatte Papa sie manchmal genannt, während Mama meinte, Anne wolle zu hoch hinaus. Was das Risiko barg, tief zu fallen. Genau das war nun passiert. Imke tat ihre Schwester leid. Seit Jahren hatte sie darauf hingearbeitet, in den Vorstand berufen zu werden, und dann hatte man sie kurz vorm Ziel abserviert. Das war nicht in Ordnung. Wobei sie zugeben musste, dass sie im ersten Moment ein wenig Schadenfreude empfunden hatte.

Endlich war die großartige Anne auch mal an Grenzen gestoßen. Die Anne, die seit eh und je auf sie herabsah. Auf die studierte Biologin, die als Übersetzerin arbeitete, weil sie im Nebenfach Englisch studiert hatte und es sich dann halt so ergeben hatte. Nach der Heirat und der Geburt der Kinder. Auf die langweilige Hausfrau und Mutter, die sich in den Elternbeirat der Schule wählen ließ und im Laufe der Jahre sicher hundert Kuchen für Kindergarten- und Schulfeiern gebacken hatte. Die in den Augen ihrer Schwester ein ereignisloses und biederes Leben führte und deren einziges Hobby die Herstellung von Bioseifen war. Während Anne Abteilungen mit Hunderten Mitarbeitern leitete, Verantwortung für Millionenbudgets trug, um die Welt jettete, an internationalen Kongressen teilnahm und sich mit Leuten duzte, die man gelegentlich in den Talkrunden im Fernsehen sah. Die weder Zeit für Kinder noch ein Hobby hatte. Nie wurde sie bei Familienfeiern müde, ihre Erfolge und ihr aufregendes Leben in den Mittelpunkt zu stellen. Da kam selbst Geli manchmal kaum zu Wort. »Du bist so etwas wie ein verkehrtes Spiegelbild für sie«, hatte Moritz einmal gesagt. »Sie vergleicht sich mit dir und erkennt so ihre eigene Großartigkeit. Solltest du ihr jemals nacheifern, hätte Anne ein Problem.«

»Keine Sorge, das habe ich nicht vor.«

»Gut zu wissen«, hatte Moritz mit einem Lächeln erwidert. »Das würde unsere Ehe vermutlich nicht verkraften.«

Imke war glücklich mit dem Leben, das sie führte. Sie musste nicht grandios sein. Doch Anne war von klein auf so gewesen. Immer wollte sie hervorstechen und besonders sein. Regelmäßig hatte sie Sonderbehandlungen eingefordert und auch bekommen. Vielleicht weil sie die Jüngste war, das Nesthäkchen. Möglicherweise lag es aber auch daran, dass es ihr stets gelungen war, Mama und Papa ein schlechtes Gewissen zu machen. Immer fühlte Anne sich benachteiligt und zurückgesetzt. Und dann das Highlight während der Pubertät, als sie sich einzureden begann, sie wäre das ungewollte Kind, das es gar nicht geben sollte. Davon war Anne überzeugt, seit Mama sie aufgeklärt, mit ihr über Verhütung gesprochen und dabei erwähnt hatte, dass sie selbst die Pille nie vertragen habe. Woraus Anne den nicht nachvollziehbaren Schluss zog, dass es sie nicht geben würde, wenn Mama die Antibabypille besser bekommen wäre.

Mit dieser Masche hatte sie stets Vorteile für sich herausgeschlagen. Sprachurlaub in Cambridge. Reit- und später Tennisstunden in exklusiven Vereinen, in denen man die richtigen Leute kennenlernte. Studium in London, finanziert von Papa. Der natürlich auch das Apartment bezahlte, damit Anne sich ganz aufs Lernen konzentrieren konnte, während Geli und sie sich mit der LMU in München zufriedengegeben hatten und daheim wohnten.

In ihrem Businessplan peilte Anne einen Millionenumsatz an, während Imke sich von ihrem Seifenparadies für den Anfang nur ein kleines Zusatzeinkommen erhoffte. Sie war nun mal nicht so risikobereit wie Anne. Sie wollte das langsam aufziehen. Wenn es gut ging, dann war das prima, und wenn nicht, hatte sie immerhin keine Schulden am Hals. Klein zu beginnen, fühlte sich besser an, auch wenn Anne ihr riet, gleich das große Rad zu drehen.

Über all das unterhielten sie sich während der Radtour und beim Essen im Bräustüberl. Imke genoss diese Gespräche mit ihrem Mann. Sie brachten ihr Klarheit.

Am späten Nachmittag waren sie zurück. Im Nachbargarten war es still, und Imke setzte sich mit einer Schorle auf die Terrasse, während Moritz sich in sein Zimmer unter dem Dach verzog. Er wollte den Webseiten-Baukasten ausprobieren. So konnte er einschätzen, ob er den Internetauftritt fürs Seifenparadies alleine hinbekam.

Der Ärger auf die Nachbarn war verraucht, doch Imke fragte sich, wie es weitergehen würde. Wie der Junge sie angesehen hatte, als er den Ast immer wieder in den Rasen gebohrt hatte. Er hatte genau gewusst, was er tat. Er wollte sie ärgern. Es waren nicht ihre Kinder. Sie musste sie nicht erziehen und nahm sich vor, sich nicht einzumischen. Auf Dauerzwist mit den Nachbarn legte sie keinen Wert.

Siebzehn Jahre Erziehungsarbeit lagen hinter ihnen. Der Begriff Arbeit war nicht übertrieben. Denn es war anstrengend, Kinder zu erziehen. Grenzen zu setzen und sie ständig neu zu definieren. Den Kids dabei aber auch den Freiraum zu geben, den sie benötigten, um zu selbstständigen und selbstbewussten Menschen zu werden. Sie zu behüten und zu beschützen, ohne sie abzuschirmen. Ihren Trotz zu ertragen, die Zeit der Pubertät durchzustehen, Verantwortung an sie zu delegieren und ihnen Mut zu machen. Es war ein wunderbarer, aber auch fordernder und manchmal kräftezehrender Job, und genau genommen war sie froh, dass er beinahe erledigt war. Moritz und sie hatten es gut gemacht.

Sie ging hinein, holte ihren Laptop auf die Terrasse und googelte erst nach Peter Allenstein und Sankt Marien. Kein Treffer. Auch der Zusatz Bayreuth als Geburtsort brachte sie nicht weiter. Dann suchte sie nach dem Kinderheim Sankt Marien in Warting und fand einen Artikel in der Münchner Zeitung, der erst vor zwei Monaten erschienen war. *Sinzgruppe kauft Gut Warting.* Ein Immobilieninvestor hatte das ehemalige Erziehungsheim erworben und plante in der ländlichen Abgeschiedenheit ein Luxus-Wellness-Resort mit kulturellem Angebot. Fotos zeigten die Anlage im jetzigen Zustand. Sie bestand aus einem halben Dutzend verfallener Gebäude inmitten eines verwilderten Parks, den eine Mauer umgab. Eingeschlagene Fenster, löchrige Dächer, bröckelnder Putz. Die Häuser mussten seit langer Zeit leer stehen.

Der nächste Google-Treffer führte sie zu einem Onlineshop für Bücher. *Meine Zeit in der Hölle.* Von Friedrich Grögher. Der Autor hatte als Jugendlicher einige Jahre im Erziehungsheim Sankt Marien in Warting verbracht. Das Buch darunter trug den Titel *In Gottes Namen. Erziehung in deutschen Kinderheimen, von der Nachkriegszeit bis zur Heimreform.* Die Journalistin Gerda Heisler hatte es geschrieben.

Imke las beide Klappentexte und konnte sich nicht entscheiden, welches sie kaufen sollte. Kurz entschlossen bestellte sie beide.

Anne

Alex lenkte den Audi entspannt über die Autobahn. Er war ein defensiver Fahrer. Im Gegensatz zu Anne, für die Fahren Zeitverschwendung war, die man möglichst rasch hinter sich brachte. Alex ertrug ihren Fahrstil nicht, den er tatsächlich einmal rücksichtlos genannt hatte, während sie selbst ihn als sportlich bezeichnete. Jedenfalls hatten sie seither den Deal, dass er fuhr, wenn sie gemeinsam unterwegs waren.

Eigentlich hatte sie keine Lust auf die Feier. Auf Mamas Launen, Gelis Geplapper und Imkes naive Sicht auf die Welt. Doch da musste sie nun durch. Eine Flasche Champagner zum Anstoßen lag in einer Kühlbox im Kofferraum. Außerdem ein Schal von Missoni, den sie in Basel gekauft und als Geschenk hatte verpacken lassen.

Den Laptop mit der Präsentation für das Businesskonzept ihrer Foodtrucks hatte sie heute Alex zuliebe daheim gelassen. Die Präsentation war eigentlich fertig. Nur der Firmenname fehlte noch, und sie überlegte, Profis damit zu beauftragen. Sie kannte den Inhaber einer Agentur, der mit zehn Mitarbeitern nichts anderes tat, als Produktnamen zu entwickeln. Sein Honorar war schwindelerregend. Wobei man natürlich investieren musste, wenn man sich mit einem neuen Konzept auf dem Markt erfolgreich etablieren wollte. Spontan griff sie zum Smartphone und schrieb ihm eine Nachricht. Ob er Lust hätte, im Foodbereich seine Kreativität zu entfalten? Dann solle er sich melden.

Ein Name, in dem Begriffe wie Reiberdatschi, Kartoffelpuffer oder Reibekuchen vorkamen, klang provinziell und Potatoe Cakes nach Junkfood. Ihr schwebte etwas Exklusiveres vor. Wobei es natürlich auch den Klassiker mit Apfelmus und Zimt geben würde. Daneben aber vor allem außergewöhnliche Toppings. Räucherlachs mit Crème fraîche und Dill. Oder gegrillte Streifen vom Angus-Rind mit Tropea-Zwiebeln und Pflaumen-Chutney. Oder Gambas mit einem Zitronengras-Mayo-Dip. In ihrem Businessplan hatte sie ein Budget für einen Koch vom Schlage eines Jamie Olivers eingeplant, der die Auswahl entwickeln und kontinuierlich betreuen sollte. Und damit kamen ihre Gedanken beim Geld an und der Ärger vom Freitag wieder hoch. Ihre Hausbank verweigerte den Startkredit. Einerseits lag es am fehlenden Eigenkapital, hatte man ihr erklärt. Als ob das heutzutage ein Problem wäre. Sie wollte kein Haus kaufen, sondern Arbeitsplätze schaffen, und brauchte dafür nicht mal zwei Millionen. Andererseits weise ihr Konzept ein paar Schwächen auf, so der zuständige Mitarbeiter. Als hätte er Ahnung! Zu extravagant und zu teuer, um eine breitere Käuferschicht anzulocken. Sie sollte das Angebot einfacher halten und nicht gleich mit zehn Standorten für ihre Foodtrucks planen, sondern am besten mit einem oder zwei beginnen. Ein waschechter Hasenfuß. Ein feiger Schisser. Er hatte das Konzept nicht verstanden und das Potenzial nicht mal ansatzweise überrissen.

»Musik?«, fragte Alex, als habe er ihre Gedanken gelesen und wolle sie ablenken. Sie sah zu ihm hinüber, und ihr Herz schlug ein wenig schneller. Er war so aufmerksam und er trug sie auch nach fünfzehn Jahren noch auf Händen.

»Ja, gerne.«

»Wünsche?«

»Du bist der Kapitän. Du bestimmst.«

»Gut, dann etwas zum Chillen.« Er wählt eine Playlist mit Jazz und Soul aus. »Vergiss mal für ein paar Stunden deinen Businessplan. Entspann dich.«

Sie schloss die Augen, lehnte den Kopf an die Nackenstütze und versuchte seinem Rat zu folgen, während sie der Musik lauschte. Doch ihre Gedanken kehrten zum langen Wochenende in Basel zurück.

Sie hatte versucht, es zu genießen. Das war ihr nur teilweise gelungen. Sie konnte unmöglich Urlaub machen, während man sich schadenfroh das Maul über sie zerriss und ihr den Stempel des Scheiterns aufzudrücken versuchte. Das durfte nicht passieren. Noch auf dem Weg nach Basel hatte sie eine Info an ihre Pressekontakte geschrieben, dass die Altherrenriege der Julius Straub AG die Zeichen der Zeit nicht erkenne und sie die Konsequenzen gezogen habe und auf eigenen Wunsch ausgeschieden sei. Bald würde es überraschende Neuigkeiten von ihr geben.

Deswegen hatte sie morgens im Hotel an ihrem Businessplan gearbeitet, wofür Alex kein Verständnis aufbrachte. »Das hat doch ein paar Tage Zeit. Am besten wäre es, wenn du dir eine kleine Auszeit nimmst und in aller Ruhe überlegst, wie es weitergehen soll. Mir kommt die Aktion mit den Foodtrucks ein wenig überstürzt vor.«

»Überstürzt? Ich arbeite seit mehr als zwei Jahren daran.«

»Ich meine deine Entscheidung, das jetzt sofort umzusetzen. Ohne einmal durchzuatmen.«

Alex verstand es nicht, und wenn sie ehrlich zu sich selbst war: Sie verstand es auch nicht. Etwas trieb sie dazu. Eine Kraft, die stärker war als alles andere. Sie musste es diesen Machos zeigen! Und nicht nur ihnen. Allen. Vielleicht vor allem sich selbst. Sie war nicht gescheitert. Sie war einfach top, und sie würde ihren Erfolg nie wieder von anderen abhängig machen. Schon gar nicht von alten Männern.

In Basel war sie mit ihren Gedanken ständig bei der Demütigung gewesen, die man ihr angetan hatte. Irgendwann war es Alex zu viel geworden. »Können wir mal über etwas anderes reden?«, hatte er sie am zweiten Tag beim Frühstück angefahren. »Zum Beispiel, was wir heute machen wollen. Sollen wir ins Tinguely-Museum gehen?«

»Ja, dann mach das. Ich bleibe hier«, hatte sie eingeschnappt geantwortet, und es hatte ihr sofort leidgetan. Sie führte sich auf wie ein beleidigtes Kind. Andererseits benahm er sich schon ein wenig egoistisch. Sie hätte mehr Verständnis von ihm erwartet. Die Stimmung war verdorben, und sie hatte die Zeit, die er im Museum verbrachte, genutzt, um die Überarbeitung des Businessplans abzuschließen und einen Termin bei ihrer Hausbank zu vereinbaren.

Und der war mies gelaufen. Sie knirschte mit den Zähnen. Alex registrierte es und verstand sofort den Grund dafür. »Vielleicht ist es keine schlechte Idee, erst einen Testlauf zu starten und mit einem Standort zu beginnen. So minimierst du das Risiko und kannst das Konzept, wenn nötig, anpassen. Wenn dann alles läuft, expandierst du.«

»Und Ludwig und Nils lachen sich ins Fäustchen: Anne betreibt jetzt 'ne Frittenbude.«

»Vergiss doch mal die beiden.«

»Und im *Manager Magazin* schreiben sie dann, dass ich jetzt ›Vorstand‹ eines Ein-Frau-Unternehmens bin. Danke, diese Art von Häme brauche ich nicht. Ich mache das gleich richtig. Wenn man damit ordentlich Geld verdienen will, kann man nicht hasenfüßig beginnen. Ich bin nicht Imke.«

Natürlich hatte sie sich in Basel bei Alex entschuldigt, als er nach dem Museumsbesuch ins Hotel zurückgekehrt war. Er war wunderbar und sie unausstehlich. Es tat ihr leid, und sie hatten sich bei einem guten Essen, einem nächtlichen Bummel entlang des Rheins und einer heißen Nacht versöhnt.

Während der Fahrt schlug Alex nun eine alternative Finanzierung vor. Crowdinvesting oder Risikokapital, eventuell auch eine Beteiligungsgesellschaft. An Crowdinvesting hatte Anne auch schon gedacht und die Konditionen recherchiert. Die Provisionen und Gebühren waren allerdings viel zu hoch. Sie brauchte das Geld fürs Unternehmen und hatte nicht die Absicht, damit die Taschen dreißigjähriger Hipster zu füllen. Die beiden anderen Möglichkeiten schieden aus, denn sie wollte sich nicht von Geldgebern abhängig machen, die ihr ins Geschäft pfuschen konnten. Eine konservative Bankfinanzierung, das war es, was sie wollte. Wenn sie zwanzig Prozent Eigenkapital hätte, wäre diese Hürde genommen. Eine andere Bank, die ihr Konzept überzeugte, würde sich schon finden.

Ihr Vermögen bestand aus einem Depot mit Fonds und einer beinahe abbezahlten Eigentumswohnung in Hamburg. Doch beides konnte sie nicht verkaufen, sie brauchte sie für die Bank, denn die verlangte Sicherheiten. Woher also dreihundertsechzigtausend Euro Eigenkapital nehmen? Plötzlich hatte sie eine Idee.

Geli

Als sie am Friedhof aus dem Mini stiegen, bekam Geli kurz ein schlechtes Gewissen. Ihren Töchtern hatte sie nichts von der Geburtstagsfeier erzählt. Sie sollten sich nicht schlecht fühlen, weil sie nicht kamen. Denn es war natürlich eine Zumutung von Imke und auch von Mama, zu erwarten, dass die beiden eine derart lange Anreise unternahmen, um dann stundenlang mit den Verwandten am Tisch zu sitzen und sich fade Gespräche anzuhören. Sie hatte die beiden gebeten, ihrer Großmutter zu gratulieren, und die Feier gar nicht erwähnt. Am besten, sie schrieben eine hübsche Karte.

Niklas schlug die Wagentür zu und sah sie über das Autodach hinweg an. Wärme breitete sich in ihr aus, und ihr Herz wurde ganz weit. Er war ein fröhlicher, geduldiger und liebevoller Mensch, und sie war dem Schicksal dankbar, das sie zusammengeführt hatte. In seiner Zahnarztpraxis. Die sie nur aufgesucht hatte, weil ihr Zahnarzt Urlaub machte und sie einen kleinen braunen Fleck an einem Backenzahn entdeckt hatte.

Anne würde ganz sicher eine abwertende Bemerkung über Niklas loslassen. Sie war oberflächlich und bewertete die Menschen nach ihrem Aussehen, Beruf und Einkommen. Bei Punkt eins fiel Niklas durch. Er war zwei Zentimeter kleiner als Geli, und sie war schon ein Zwerg. Sein Haar wurde licht. Genau genommen hatte er eine Glatze, die ein melierter Haarkranz umgab. Und er neigte dazu, anzukörpern, was an seinem Hobby lag. Niklas kochte gerne. Und das richtig gut und aufwendig. Stundenlang konnte er in seiner Küche stehen, um ein Menü zuzubereiten.

Nun sah er sie lächelnd über den blauen Rand seiner Brille hinweg an. »Bereit, mich deinem Vater vorzustellen?«

»Aber sicher.« Sie nahmen den Blumenstrauß aus dem Kofferraum und gingen zu Papas Grab. Wie das aussah! So unwürdig. Ein Haufen aus Kies und Erde und obendrauf diese billigen Plastikschalen. Warum kümmerte Imke sich nicht darum, dass das endlich in Ordnung gebracht wurde?

Noch immer konnte sie nicht glauben, dass ihr Vater nicht mehr da war. Es war so schnell gegangen. So plötzlich. Ohne Abschied. Geli beneidete Imke, dass sie bei ihm gewesen war, dass sie letzte Worte mit ihm wechseln konnte. Sie hätte ihm so gerne gesagt, wie dankbar sie ihm für alles war. Dass er ihr Vater und Mutter gewesen war, wie großartig er das gemeistert hatte. Nun sagte sie es ihm in Gedanken und legte die Blumen zwischen die bepflanzten Schalen. »Er würde dich mögen«, sagte sie zu Niklas. »Ihr seid euch ähnlich.«

Niklas blickte auf die Blumen. »Schade, dass ich ihn nicht mehr kennengelernt habe.«

»Ihr wärt prima miteinander ausgekommen. Er hatte ein ähnlich großes Herz wie du.«

»Und deine Mutter? Wie ist sie?«

»Kompliziert. Harsch. Abweisend. In etwa so empathisch wie ein Kühlschrank. Für die emotionale Wärme war Papa zuständig. Mama hat uns versorgt. Und sie hat darauf geachtet, dass etwas aus uns wird. Abitur und Studium. Darunter zählt man nicht bei ihr. Sie hat uns echt getriezt. Dabei hat sie selbst keinen Schulabschluss.« Ihr Smartphone summte. Sie nahm es aus der Tasche. Es war Yvonne. »Entschuldige, da muss ich rangehen.«

Niklas nickte. »Nur zu.«

»Hallo meine Süße.«

»Hallo Mutti. Ich hab' grad mit Oma telefoniert und ihr zum Geburtstag gratuliert. Es gibt also doch eine Feier. Wir waren eingeladen, und du hast uns nichts davon gesagt. Geht's noch?«

»Ich wollte nicht, dass ihr euch schuldig fühlt, wenn ihr nicht kommt. Oder wolltest du dich etwa in den Zug setzen und nach München fahren?«

»Darum geht es doch nicht. Du bist wieder übergriffig. Wie kannst du über unsere Köpfe hinweg entscheiden, was wir tun? Wir sind keine Babys mehr. Und zur Info: Du zahlst jeden Monat einen Haufen Geld für meine Therapeutin, damit ich meinen Dachschaden loswerde, den du Helikoptermama mir verpasst hast. Ich dachte, Berlin wäre weit genug weg, damit du dich nicht weiter einmischst. Aber nein, du kriegst das immer noch prima hin. Soll ich nach Australien auswandern?«

»Was war das im Mittelteil, mit der Therapeutin?«

»Ich wollte es dir eigentlich nicht am Telefon sagen: Ich mache eine Therapie. Dafür geht ein Teil deines – zugegeben und danke schön – großzügig gespendeten Monatsbudgets drauf.«

»Okay«, sagte Geli. »Meine Kinder sind also neurotisch, und ich bin schuld. Ihr verfügt über zu wenig Resilienz. Davon hätte ich euch mehr vererben sollen. Davon habe ich nämlich eine XL-Portion vom lieben Gott mitbekommen. Oder was glaubst du, wie ich Mamas Erziehung unbeschadet überstanden habe?«

Yvonne lachte. »Hast du nicht, Mutti. Glaub mir.«

»Wir wechseln jetzt das Thema, bevor wir uns streiten.«

»Einverstanden.«

»Ich hab's nur gut gemeint. Aber lassen wir das.«

Geli beendete das Gespräch und sah Niklas an. »Bin ich neurotisch? Meine Tochter scheint das zu glauben.«

Er lachte und zog sie an sich. »Wenn schon etwas mit ›isch‹, dann erotisch.«

Sie kehrten zum Friedhofsparkplatz zurück und fuhren das letzte Stück zu Mama. In der Einfahrt standen bereits Annes Audi und dahinter der Kombi von Imke und Moritz.

Niklas nahm die Holzkiste mit sechs Flaschen Luganer aus dem Kofferraum und Geli den Strauß Pfingstrosen und die Frischhaltedose mit Pannacotta, die sie beim Italiener in Ottobrunn bestellt hatte.

Wie vernachlässigt der Garten aussah! Der Rasen war lange nicht gemäht worden. Unkraut blühte darin. Aus dem Sonnenschirm auf der Terrasse tröpfelte das Wasser, nach dem Regenguss in der Nacht. Auf dem Mäuerchen lag eines der blauen Sofakissen. Sicher ebenfalls pitschnass. Die Haustür war wieder einmal nur angelehnt. Geli zog sie auf, eine Katze schoss heraus und verschwand unter den Büschen. Seit wann hatte Mama eine Katze?

Im Flur registrierte Geli Staubflusen und erdige Krümel auf dem Fliesenboden. Ein fleckiges Geschirrtuch hing über dem Treppengeländer zum Keller. Schuhe lagen durcheinander neben der Kommode. Aus der Küche drangen die Stimmen von Anne und Imke. Im Wohnzimmer standen Moritz und Alex mit Tobi und Steffi und unterhielten sich.

Mamas Freundin Erika war auch schon da und trank ihr obligatorisches Glas Sherry. »Alkohol konserviert«, sagte sie gerne. »Sonst wäre ich nicht so alt geworden.« Sie war achtzig, sah aber aus wie hundertfünfzig. Fehlte nur noch Papas Cousine Gitta. Und Mama. Wo war sie? In der Küche bei Anne und Imke jedenfalls nicht.

»Hallo. Da sind wir. Also das ist Niklas.« Geli wies auf ihn, schob gleichzeitig die Pannacotta in den Kühlschrank und sah sich nach einer Vase für die Blumen um. Meine Güte, wie es hier aussah! Überall schmutziges Geschirr. »Und das sind meine Schwestern. Imke und Anne.«

Man begrüßte und umarmte sich. Imke erklärte, dass sie sich freue, Niklas endlich kennenzulernen, und strahlte Geli an. Er gefiel ihr. Sie hatte es ja gewusst. Während Anne nur kurz Hallo zu ihm sagte, ihn mit einem raschen Blick von der Glatze bis zu den Sneakern und zurück musterte und Geli ihr ansah, wie sie ihn in die Schublade »nicht weiter beachtenswert« steckte.

Alex kam herein. Die Vorstellungsrunde ging weiter. Annes Mann nahm sich ein Bier aus dem Kühlschrank und bot Niklas auch eines an. Gemeinsam verschwanden die Männer aus der Küche. Auf dem Herd köchelte in einem Topf das Essen vor sich hin. Es roch nach Lamm und Knoblauch. »Wo ist eigentlich Mama?«, fragte Geli.

»Oben. Sie zieht sich um. Oder besser gesagt, sie zieht sich an.«

Anne schüttelte den Kopf. »Als wir kamen, war sie noch in Nachthemd und Morgenmantel.«

»Ich befürchte, dass sie beides seit Wochen trägt«, erklärte Imke. »Außerdem habe ich den Verdacht, dass sie die Nächte im Wohnzimmer in einem Sessel verbringt.«

»Wie es hier aussieht.« Mit einem Kopfschütteln sah Geli

sich um. »Und der Garten auch. Macht sie denn gar nichts mehr?«

»Sie trauert um Papa. Das wird sich schon geben.«

»Aber du kannst sie doch nicht in diesem Dreck verwahrlosen lassen.«

»Ich lasse sie verwahrlosen?« Imke wies erst auf sich und schob dann die Hände in die Gesäßtaschen der Jeans. Sie ging in Angriffsposition. Geli kannte das schon. »Erstens bin ich nicht ihre Putzfrau, und zweitens, wenn du es genau wissen willst, hat sie mich hinausgeworfen, als ich hier klar Schiff machen wollte. Ich solle mich nicht einmischen. Sie käme wunderbar alleine klar.«

»Trotzdem ... Sieh dir das an ... Es ist alles so versifft. Total unhygienisch.« Ein Gedanke schoss Geli durch den Kopf und unzensiert aus ihrem Mund. »Du könntest doch heimlich putzen.«

Imke lachte. »Das ist nicht dein Ernst. Außerdem habe ich selbst einen Haushalt zu führen und eine Familie zu versorgen. Und obendrein bin ich berufstätig und bau mir grad das zweite Standbein auf. Es ist also nicht so, dass ich nichts zu tun hätte.«

»Im Gegensatz zu mir«, warf Geli kampfeslustig ein. Sie hatte nicht die Absicht, sich dafür zu rechtfertigen, wie sie ihr Leben führte.

»Das wollte ich damit nicht sagen. Allerdings hättest du in der Tat mehr Zeit als ich, hier heimlich zu putzen.«

Geli hob die Hände und kapitulierte. »Okay. Das war keine gute Idee. Entschuldige.«

»Besorg ihr doch eine Putzfrau«, schlug Anne vor.

»Ich habe versucht, dieses Thema anzusprechen«, entgegnete Imke. »Aber ihr kennt sie ja. Sie duldet keine Fremden im Haus, und mein Argument, dass eine Putzfrau nur so lange fremd ist, bis man sich kennengelernt hat, lässt sie nicht gelten. Ich wäre spitzfindig. Dabei bin ich total geschafft. Moritz und ich haben das Gartenhaus ausgeräumt. Zwanzig Fuhren Sperrmüll. Nur das alte Klavier steht noch drin. Obendrein hatte ich noch einen eiligen Übersetzungsauftrag und das Geburtstagsessen am Hals. Danke, Geli, dass du das Dessert übernommen hast.«

»Gerne. War doch gar kein Problem. Du musst nur etwas sagen, wenn du Hilfe brauchst. Solange ich mich nicht um Mama kümmern muss, mache ich beinahe alles.«

Anne lehnte sich an den Küchentisch. »Warum habt ihr das Gartenhaus ausgeräumt?«

»Ich bring meine Seifenwerkstatt darin unter. Unser Keller ist zu klein. Mama hat es mir erlaubt.«

»Aha«, sagte Anne. »Und ganz sicher verlangt sie von dir keine Miete dafür.«

Geli musste sich beherrschen, um nicht die Augen zu verdrehen. Ging das wieder los. Gleich würde Anne sich als das benachteiligte Kind inszenieren. Weil sie es mit dieser Nummer stets geschafft hatte, Papa und Mama dazu zu bringen, das Gegenteil beweisen zu wollen. Dabei war sie immer diejenige gewesen, die bevorzugt behandelt wurde.

Karin

Karin saß auf dem Bett, das sie sich vierundfünfzig Jahre mit Jens geteilt hatte. Über zwanzigtausend gemeinsame Nächte. Und plötzlich war es vorbei. Nur noch Vergangenheit. Keine Zukunft. Sie vergrub ihren Kopf in Jens' Kissen. Sein Altmännergeruch verflüchtigte sich bereits. Sie hatte ihren Mann immer gerne gerochen. Den Geruch nach Zahnarztpraxis, der sich in seiner Kleidung und in seinem Haar verfangen hatte, wenn er nach Hause kam. Den süßen Duft von Schweiß nach der Gartenarbeit. Den Vanilleduft seiner Jungmännerhaut, der sich mit den Jahren verändert hatte und herber geworden war. Thymian, Majoran. Erde. Bald würde ihr nichts mehr von ihm geblieben sein, außer den Erinnerungen.

Ihr Sexleben war immer schwierig gewesen. Niemand hatte Karin aufgeklärt. Sie war in einer prüden Zeit herangewachsen, und obendrein war all das Körperliche mit Attributen wie Sünde und Scham und Schuld behaftet und mit Strafe und Schmerz verwoben. Mit einem Glas Wein war es ein wenig leichter gegangen. Alkohol entspannte sie, machte sie manchmal sogar albern und unbeschwert. Einmal hatten sie es sogar mit einem Joint versucht. Doch davon war ihr schlecht geworden. Es hatte einige Gin-Tonic-Sommer in ihrem Leben gegeben – Imke war ein Gin-Tonic-Kind – und ebenso Martini- und Daiquiri-Phasen. Meistens aber war es Wein oder Sekt, der ihr geholfen hatte, den Widerstand zu überwinden. Sich zu öffnen und Jens hinzugeben. Er war so geduldig mit ihr gewesen. So liebevoll und zärtlich. Ob sie jemals einen Orgasmus erlebt hatte? Sie war sich nicht sicher. Armer Jens, er hatte sich mit Brosamen begnügen müssen, wo er doch von reich gedeckten Tischen hätte essen können. Unter seinen Patientinnen hatte es immer wieder welche gegeben, die sich bereitwillig hätten vernaschen lassen. Vielleicht hatte er ja von den verbotenen Früchten gekostet. Sie wusste es nicht und hätte es auch nicht wissen wollen. Falls er es getan hatte, dann diskret. Aber eigentlich glaubte sie es nicht. Und falls doch, sie wäre ihm nicht böse. Denn sie hatte ihm nicht wirklich geben können, was ein Mann brauchte.

Unten in der Küche unterhielten sich die Mädchen. Vermutlich über sie. Wie der Garten aussah und das Haus. Und sie selbst. Ob man sich Sorgen machen müsse um Mama? Das würden sie Imke fragen, und sie würde antworten, dass ihre Mutter einfach nur Zeit brauchte, um zu sich zu kommen. Imke würde sich schützend vor sie stellen. So wie Jens das immer getan hatte. Ihre Defizite verbergen. Und jetzt tat es ihr leid, dass sie ihre Kleine angeschrien hatte, sie solle sich nicht einmischen, das wäre immer noch ihr Haushalt, und wenn sie so vor sich hin verlotterte, dann wäre das allein ihre Sache und ginge niemanden an.

Also gut. Sie würde mitspielen und Geburtstag feiern, obwohl ihr nach Heulen zumute war. Jens würde es sich wünschen, dass sie einen netten Tag hatte. Ihm zuliebe zog sie sich an. Aus dem Schrank nahm sie eine Jeans und eine weiße Bluse. Sie war eine alte Frau und kleidete sich noch immer gerne wie eine junge. Bluejeans hatten sie durch ihr Leben begleitet. Obwohl … Das stimmte nicht ganz … Es hatte Jahre gegeben … »Lass das!« Mit einer Hand fuhr sie durch die Luft, verscheuchte den Gedanken. Kein Blick zurück! Doch seit Imke von Peter angefangen hatte, drängten die Erinnerungen an die Oberfläche.

Die Jeans saßen schon lange nicht mehr gut an ihrem knochigen Altweiberhintern. Die weiße Bluse hatte einen kleinen Fleck auf der Brust. Kurz entschlossen zog Karin sie wieder aus und den Morgenrock an. Er war das letzte Geschenk, das Jens ihr gemacht hatte. Ein federleichtes Material und so angenehm zu tragen. Im Morgenrock fühlte sie sich ihm nahe. Die Mädchen würden sich fragen, ob sie langsam verrückt wurde. Es war ihr egal. Reiß dich zusammen, befahl sie sich, und ging hinunter.

***

Das Haus war voller Menschen. Ein Gewusel überall. Imke deckte mit ihren Kindern den Tisch. Die Männer standen auf der Terrasse, und Anne und Geli unterhielten sich in der Küche mit Gitta und Erika. Als man sie entdeckte, begannen die Gratuliererei und das Abküssen. Jens' Cousine wünschte Gesundheit und Kraft. Ihre Freundin Erika drückte sie erst an sich und ihr dann eine Karte in die Hand, die einen Gutschein für einen gemeinsamen Kinobesuch enthielt. Von Anne gab es einen teuren Schal und von Geli Blumen und Wein. Von Imke selbst gemachte Seifen und ein Fotobuch, das sie und Moritz zusammengestellt hatten. Fünf Jahrzehnte Jens und Karin. Sie würde es später ansehen, sagte sie, und packte Geschenke aus, obwohl sie sich am liebsten ins Bett verkrochen hätte.

Irgendwann saßen sie dann alle an einer langen Tafel. Imke hatte Ess- und Gartentisch zusammengeschoben, Tischdecken gebügelt und das gute Geschirr aus dem Schrank geholt. Sie war so schrecklich patent und lebenstüchtig. Ganz im Gegensatz zu mir, dachte Karin. Ohne Jens wäre ich verloren gewesen. Ihm ist es zu verdanken, dass ich heute hier sitze. Ohne ihn wäre ich nicht so alt geworden. Vielleicht gerade mal einunddreißig. Für einen Moment sah sie, wie die Tabletten aus ihrer Hand ins Wasserglas glitten.

»Mama? Geht's dir gut?«, fragte Geli.

Sie starrte ihre Älteste an.

»Mama?«

»Es ist alles in Ordnung. Nur ein bisschen viel Trubel.«

»Imke will wissen, was sie mit dem Klavier machen sollen? Für den Sperrmüll ist es zu schade.«

»Welches Klavier?«, fragte sie und wusste es eine Sekunde später. Ein Schreck durchfuhr sie. Sie hatte es tatsächlich vergessen. Wie all das andere auch. Und nun pflügte Imke durch ihr Leben und kehrte das Unterste zuoberst.

»Na, dein Klavier, das seit einer Ewigkeit im Gartenhaus steht«, sagte Imke. »Moritz hat es sich angesehen. Es ist gut in Schuss. Man müsste es vermutlich nur stimmen lassen. Sollen wir es ins Wohnzimmer stellen? Du könntest wieder damit beginnen. Nimm ein paar Stunden …«

»Unfug! Ich hab nie darauf gespielt.«

»Wer dann?«, fragte Anne.

Karin schüttelte den Kopf, und der Hals wurde ihr ganz eng. Es war nicht ihr Klavier. Es war Pelles. Jens hatte es wiederbeschafft. Kurz nach ihrer Hochzeitsreise, auf der sie ihm von Udo Krohnen und seinem Raubzug erzählt hatte. Jens hatte ihn aufgesucht und ihm mit Anzeige gedroht, falls er die Sachen der Allensteins nicht herausgab. Mit dem Klavier und einem Koffer voller Habseligkeiten war er nach Hause gekommen. Mehr war nicht mehr vorhanden gewesen. Der Koffer musste noch irgendwo sein. Vermutlich auf dem Dachboden oder im Keller.

»Papa hat aber auch nicht Klavier gespielt. Wieso steht es seit einer Ewigkeit im Gartenhaus?«, hakte Anne nach.

»Was wird das jetzt? Ein Kreuzverhör?« Kampflustig blickte sie in die Runde ihrer verwunderten Gäste. »Ich hätte gerne noch vom Stifado.« Sie reichte Imke den Teller, obwohl sie keinen Bissen mehr herunterbekommen würde, und stocherte dann in ihrem Essen herum, während die anderen sich unterhielten. Es war ein lebhaftes Durcheinander. So wie früher. Jens hatte das geliebt. Seine Familie am großen Tisch. Die Mädchen und die Schwiegersöhne und die Enkelkinder. Er hätte gerne noch mehr Enkel gehabt. Doch Anne hatte sich für ihre Karriere und gegen Kinder entschieden. Und Imke und Geli hatten sich mit je zwei Kindern begnügt.

Mit ihren Männern hatten die Mädchen eine gute Wahl getroffen. Obwohl sie Gelis Neuen gerade erst kennengelernt hatte, wusste sie bereits, dass Niklas derselbe Typ war wie Moritz und Alex, und auch wie es Carlo gewesen war. Überlegte, bedächtige, in sich ruhende Männer mit einem Übermaß an Geduld und sehr breiten Schultern, an die sie sich lehnen konnten, wenn es drauf ankam. Ihre drei Mädchen hatten sich Männer ausgesucht, die wie ihr Vater waren, während sie selbst leider zu viel von ihrer Mutter mitbekommen hatten.

Geli kaschierte mit ihrem permanenten Geplapper und

dem Hang, alles zu kontrollieren, ihre Ziellosigkeit. Sie wusste nichts mit sich anzufangen und war im Grunde unsicher und ängstlich.

Imke war die Brave, das Kind, das nie Probleme gemacht hatte. Das sich in vorauseilendem Gehorsam unterordnete, als hätte es Angst vor Strafe. Dabei hatten sie ihre Mädchen nie geschlagen oder eingesperrt. Auch nicht angebrüllt oder beschimpft. Zimmerarrest hatte es bei ihnen nie gegeben. Nur mahnende Worte und Erklärungen. Imke war die Sensible. Sie hatte ein feines Gespür, und ihre Antennen reichten leider bis in die Vergangenheit.

Und Anne, ihre Jüngste, versteckte hinter ihrem Übermaß an Ehrgeiz und Geltungswillen ein ramponiertes Selbstbewusstsein. All das war ihre Schuld. Sie hatte ihren Töchtern die Botschaft mitgegeben, die man ihr selbst eingeprügelt hatte: Im Grunde seid ihr nichts wert. Es war unwissentlich geschehen. Ohne ihr aktives Zutun. Sie hatte das nicht gewollt und viel zu spät bemerkt. Es tat ihr unendlich leid. Doch es war nicht mehr zu ändern.

Das Gespräch erreichte unverfängliche Themen. Es ging um Urlaub und die Zukunftspläne der Enkelkinder und natürlich um Annes Unternehmensgründung. Sie hatte ihre gut bezahle Position hingeworfen, weil man sie gekränkt hatte. Karin verstand nicht, wie man einerseits so dünnhäutig sein konnte und andererseits in der Lage war, so knallhart auszuteilen wie ihre Jüngste. Jedenfalls machte Anne sich selbstständig. Sie erzählte von ihrer Idee des »Reiberdatschi-Express«, was natürlich nur ein Arbeitstitel war, und entwarf eine große Vision. Sie sprach über Businesspläne, über künftige Millionenumsätze und gigantische Gewinne. Von einem Sternekoch, den sie engagieren, und einer Agentur, die sie mit der Namensfindung beauftragen wollte. Wieder einmal schlug sie mit ihren Ideen und ihrer Begeisterung jeden in Bann. Alle hingen an ihren Lippen. Bis auf Imke, die nachdenklich den Teller leerte. Während ihre kleine Schwester große Pläne ausbreitete, fragte sie sich vermutlich, ob sie es mit ihrem Seifenparadies falsch anging. Ob sie zu zögerlich war, nicht risikobereit. Ob sie jemals Gewinn damit erwirtschaften würde. Imke sah auf, ihre Blicke trafen sich, und Karin lächelte ihr zu. Du machst das schon richtig. Imke lächelte ebenfalls. Es war ein kurzer ungewohnter Moment der Vertrautheit.

Beinahe zwei Millionen musste Anne investieren, und Moritz fragte, ob die Finanzierung schon stand. Anne wischte die Frage mit einer Handbewegung beiseite. Sie wäre im Gespräch mit verschiedenen Banken. Dann kam sie auf das Seifenparadies zu sprechen und beschwerte sich, weil Imke das Gartenhaus kostenlos dafür nutzen durfte. Anne fühlte sich wieder einmal benachteiligt. Imke sagte nichts dazu. Doch Karin wurde es zu viel. Sie bot Anne an, doch die Vorstandsetage ihres Unternehmens auf dem Dachboden unterzubringen, wenn der Gerechtigkeit damit Genüge getan wäre. Anne schnappte nach Luft. »Es geht doch nicht um Gerechtigkeit.«

»Sondern?«

»Um Fairness. Ich habe auch nichts geschenkt bekommen. Ich habe mir alles hart erarbeitet.«

»Na ja, so hart waren die Kissen nicht, auf die dein Vater dich gebettet hat.« Karin war es egal, was Erika und Gitta dachten. Sie kannten die Familie lange genug, um zu wissen, dass sie immer wieder mal aneinandergerieten. »Jahrelang hat er dir das Studium in London finanziert und eine Wohnung obendrein. Es ist also nur fair, wenn Imke einen kleinen Ausgleich dafür bekommt.«

Anne lenkte ein. Das war ungewöhnlich. Normalerweise war sie immer im Recht. »Entschuldige, Mama. So war das nicht gemeint. Natürlich hat Papa mich unterstützt.« Ich dich schon auch, dachte Karin. Wir haben solche Entscheidungen immer gemeinsam getroffen, oder was glaubst du denn.

***

Die Teller waren geleert. Imke räumte das Geschirr ab, um Platz fürs Dessert zu machen, und Geli und Anne halfen ihr dabei, während sich der Rest der Gäste auf die sonnige Terrasse verzog. Karin brauchte Ruhe. Sie blieb im Wohnzimmer und setzte sich in ihren Sessel. Unwillkürlich hielt sie nach der Katze Ausschau, die sich inzwischen hier zu Hause fühlte. Doch sie war nicht da. Sicher war ihr der Trubel zu viel. Vielleicht war sie im Garten. Karin ging durch den Flur zur Haustür und blickte hinaus, doch die Katze war nirgends zu sehen. In der Küche unterhielten sich ihre drei Mädchen. Sie wollte zu ihnen, blieb dann aber stehen. Anne führte wieder einmal das große Wort.

»Fakt ist, dass auch wir Papa beerbt haben. Das ist gesetzlich geregelt. Jede von uns hat Anspruch auf einen Teil. Unsere Eltern haben in Zugewinngemeinschaft gelebt. Jedem gehörte also die Hälfte von allem. Mama hat von Papas Hälfte die Hälfte geerbt. Die andere Hälfte – also ein Viertel von allem – steht uns zu.«

»Was soll das?«, fragte Imke. »Papa hat uns mehr als einmal gefragt, ob wir einverstanden sind, dass wir erst dann erben, wenn sie beide gestorben sind. Und wir waren damit einverstanden.«

»Ich weiß. Ich brauche aber das Geld.«

»Für dein Unternehmen«, sagte Geli. »Hast du kein Eigenkapital?«

»Richtig.«

»Und wie stellst du dir das vor?«, fragte Imke. »Mama kann uns nicht auszahlen. Es ist zwar Geld da. Aber nicht so viel. Sie müsste eine Hypothek aufs Haus aufnehmen.«

»Bekommt sie nicht. Dafür ist sie zu alt«, erklärte Anne.

Karin lehnte sich im Flur gegen die Wand. So schwach fühlte sie sich von einem Moment auf den anderen. Anne wollte ihr das Haus nehmen. Sie wollte sie abschieben. Sicher in ein Altenheim! Plötzlich sah sie die Mauer wieder vor sich. Bröckelnder Putz. Nackte Ziegel darunter. In der Mauerkrone Glasscherben. Ein hohes Tor. Ein enger Flur. Der Geruch von gekochtem Kohl und frischer Wäsche. Das Zischen von Dampf und das Scheppern von Metall gegen Metall. Schleichende Schritte. *Komm mit!* Sie konnte nicht. Sie wollte nicht. Ein Schrei verkeilte sich in ihrer Kehle.

»Von welchem Betrag redest du eigentlich?«, hakte Geli nach.

»Dreihundertsechzigtausend.«

Geli lachte. »So viel ist unser Anteil nie und nimmer wert. Über eine Million.«

»Sogar mehr. Google mal die Grundstückspreise. Aktuell kostet der Quadratmeter Baugrund in Obermenzing dreieinhalbtausend Euro. Das Grundstück hat knapp fünfzehnhundert. Macht fünf Komma zwei Millionen allein fürs Grundstück. Fürs Haus wird sie nichts bekommen. Flächen dieser Größe kaufen Investoren. Die reißen den Bestand ab und bauen neu.«

»Die knallen dann hundert Reihenhäuser drauf. Anne, du spinnst«, erklärte Geli. »Das kannst du nicht wollen. Das will keine von uns und außerdem: Was ist mit Mama? Wo soll sie hin? Etwa in so ein bescheuertes Reihenhaus?«

»Sie kriegt nichts mehr auf die Reihe. Wie es hier aussieht. Wie sie aussieht. Sieh dich doch mal um.«

»Das geht dich nichts an«, erklärte Imke. »Mama kann ihren Haushalt führen, wie sie will. Außerdem werde ich sie schon noch überzeugen, sich eine Putzfrau zu nehmen und einen Helfer für den Garten zu suchen. Notfalls putze ich eben heimlich, bis sie jemanden hat. Wie Geli vorhin vorgeschlagen hat.«

»Was ich sagen wollte: Mama wäre in einem Heim besser aufgehoben«, sagte Anne.

Der Moment der Schwäche ging vorüber. Eine bodenlose Furcht erfasste Karin, Zorn folgte ihr auf dem Fuß. Sie stieß sich von der Wand ab und marschierte in die Küche. »Keine von euch steckt mich in ein Heim!«, schrie sie. »Damit das klar ist! Niemals. Nur über meine Leiche! Eher bringe ich mich um. Das ist mein Ernst! Ich bringe mich um!« Bebend stand sie vor ihren Töchtern, die sie anstarrten, als wäre sie verrückt geworden, und hätte nicht sagen können, ob es an der Wut lag oder an der Angst.

Imke

»Mama! Beruhige dich doch.« Imke legte das Geschirrtuch beiseite und nahm ihre Mutter in den Arm. Doch sie stieß sie weg und brüllte weiter Anne an, sie wäre ein undankbares und egoistisches Gör, ein verzogener Fratz. Sie hätten sie zu sehr gehätschelt, ihr immer alles durchgehen lassen. Aber jetzt wäre Schluss damit.

»Es ist gut, Mama«, sagte Imke. »Beruhige dich. Niemand steckt dich in ein Heim. Das ist dein Haus, und du allein bestimmst, wo du lebst.« Hilfesuchend sah Imke sich nach Geli um.

»Genau«, sprang ihre Schwester ihr bei. »Und wenn du mal mehr Hilfe brauchst, dann organisieren wir das schon.«

Imke fing Annes Blick auf. Sie verdrehte die Augen. Was für ein Theater. Doch es war kein Theater. Mama kriegte sich nicht ein, und Imke hatte Angst, dass sie gleich umfallen würde. Herzinfarkt oder Schlaganfall. Behutsam bugsierte sie ihre Mutter auf einen Stuhl. »Trink einen Schluck.« Sie reichte Mama ein Glas Wasser, doch sie bat um einen Schnaps, und Imke schenkte ihr von Erikas Sherry ein. Anne verließ die Küche. Geli folgte ihr, Mama kippte den Sherry und wollte einen zweiten. Imke schenkte nach und setzte sich zu ihr. »Geht's wieder?«

Ihre Augen glänzten. Imke hatte Angst, dass ihre Mutter gleich in Tränen ausbrechen würde. Das war ja noch nie geschehen. Jedenfalls konnte sie sich nicht erinnern, und das beunruhigte sie.

»Ich will nicht ins Heim. Niemals! Auch nicht, wenn ich ein Pflegefall werden sollte.«

»Das musst du auch nicht.«

»Versprich es mir.« Mama griff mit bebender Hand nach ihrer.

»Natürlich. Versprochen. Du hast genügend auf der hohen Kante, um eine Pflege zu Hause zu organisieren.«

»Das hat dein Vater auch immer gesagt.« Mit dem Handrücken wischte sie sich über die Augen. Sie beruhigte sich und atmete durch. »Wir müssen das regeln«, erklärte sie mit fester Stimme. »Das muss schriftlich festgehalten werden. Ich will einen Vertrag. Wir gehen zu einem Anwalt. Ich will das schriftlich«, wiederholte sie.

»Dafür gibt es Vorsorgevollmachten. Die kann man aus dem Internet runterladen. Hat Papa das nicht längst gemacht?«

»Ich weiß nicht. Nein, ich glaube nicht. Über den Tod hat er nicht gerne nachgedacht.«

»Gut, ich kümmere mich darum.«

»Noch heute.«

»Morgen reicht auch. Heute feiern wir deinen Geburtstag. Geli hat Pannacotta mitgebracht. Das hast du dir doch gewünscht.«

Imke trommelte die Familie am Tisch zusammen. Es gab Dessert. Der Streit schien schnell vergessen. Nach dem Essen löste sich die Runde auf. Man saß in Grüppchen auf der

Terrasse, im Garten und auch im Wohnzimmer zusammen. Imke räumte den Geschirrspüler ein, als Moritz zu ihr kam und fragte, was da vorhin los gewesen war. »Anne behauptet, dass Karin einen Streit vom Zaun gebrochen und sie angebrüllt hätte.«

»So ein Unsinn. Sie will ans Erbe. Wenn es nach ihr geht, soll Mama das Haus verkaufen und in ein Heim ziehen. Mama hat das gehört und ist richtig ausgerastet. Wenn ihr etwas nicht passt, dann sagt sie das normalerweise auf ihre harsche, knappe Art. Doch vorhin … Sie hat Anne in Grund und Boden gebrüllt. Am Ende hat sie beinahe geweint. Ich glaube, ich habe sie noch nie weinen sehen.« Ein Kloß setzte sich in ihren Hals. »Sie wirkte so … Ich weiß nicht, wie ich das sagen soll. Verzweifelt?«

Moritz zog sie an sich. »Im Moment ist das wohl alles ein bisschen viel für sie. Erst Jens' Tod und nun die Aussicht auf einen Streit ums Geld.«

»Ich halte mich jedenfalls an die Abmachung. Und Geli sicher auch. Wir erben erst, wenn beide Elternteile gestorben sind. Anne wird nichts ohne uns unternehmen.«

»Vermutlich nicht. Es sei denn, sie würde sich mit dem Pflichtteil begnügen.«

»Wie hoch ist der?«

»Nur die Hälfte von dem, was sie sonst bekommen würde.«

»Dann wird sie sich hoffentlich an die Vereinbarung halten.«

Das sah Moritz genauso. Er half ihr beim Aufräumen der Küche. Geli kam dazu und erzählte, dass Anne sauer war. Ihre Schwestern wären ihr in den Rücken gefallen. »Sie fühlt sich wieder mal als Aussätzige und bleibt nicht zum Kaffeetrinken.«

»Ich sehe mal nach ihr.« Imke fand Anne im Wohnzimmer, wo sie sich gerade von Gitta und Erika verabschiedete. Papas Cousine war eine fröhliche und auffallende Frau von Mitte siebzig. Doch das Alter sah man ihr nicht an. Ihr Haar war rot gefärbt, die Leinenhose petrolgrün und die Tunika in knalligem Orange. Die kunterbunte Gitta, hatte Papa sie manchmal genannt. Sie drückte Anne die Hand. »Schade, dass ihr schon fahren wollt.«

»Finde ich auch«, sagte Imke. »Bleibt doch noch.«

»Mir ist die Lust auf Familie vergangen. Ehrlich gesagt, hatte ich mir Unterstützung von dir und Geli erhofft. Sonst lasst ihr kein gutes Haar an Mama, und plötzlich schlagt ihr euch auf ihre Seite. Aber so war das ja schon immer: Ihr beide gegen mich.«

Imke sagte nichts dazu. Wenn Anne in dieser Stimmung war, holte niemand sie aus diesem Loch heraus. Das konnte nur einer, ihr Alex. »Es tut mir leid, wenn du das so siehst. Aber so war es nicht gemeint. Kommt gut nach Hause.« Imke begleitete die beiden noch zur Tür.

Der Nachmittag ging in den Abend über. Mama hatte sich gefangen und unterhielt sich mit Gitta und ihrer Freundin Erika.

Niklas und Moritz saßen mit einem Bier auf der Terrasse, Steffi und Tobi hatten sich verabschiedet, und Imke redete gerade mit Geli, als Gitta auf sie zukam. »Für mich wird es langsam Zeit. Bist du so nett und fährst mich zum S-Bahnhof?«

»Aber klar«, sagte Imke. »Ich kann dich auch gleich zum Hauptbahnhof bringen.«

»Das ist lieb von dir, aber nicht nötig. Laut App ist die S-Bahn pünktlich.«

Gitta lebte in Augsburg und war die einzige noch lebende

Verwandte von Papa. Die Fahrt dauerte nur ein paar Minuten. Sie unterhielten sich über die Feier und über Mama und wie sie ohne Jens zurechtkam, und Imke fiel ihr Versprechen wieder ein. »Kann ich dich etwas fragen?«

»Nur zu.«

»Sagt dir der Name Peter Allenstein etwas? Er muss mit Mama verwandt sein, doch sie sagt, sie kennt ihn nicht.«

Verblüfft sah Gitta sie an. »Oh ... Ja ... Verstehe. Kein Blick zurück. Das ist ja ihre Devise.«

»Du weißt also, wer er ist.«

»Aber sicher. Peter ist Karins Bruder.«

Karin

Sommer 1956

Am Tag nach Dorothea Meisters Besuch saß Karin mit Fred und Mani im Klubraum und äffte die Frau nach. »Allem Anschein nach ist Ihre Tochter frühreif.« Sie ließ sich auf dem Stapel Matratzen zurückfallen, der ihnen als Sofa diente.

»Ihr seid sie hoffentlich losgeworden«, sagte Fred.

»Wir haben ihr ein wenig Theater vorgespielt.«

Bei dieser Erinnerung lachte Karin, obwohl ihr erst einmal der Schreck in alle Glieder gefahren war. Aber sie war ja schnell von Begriff, wie Mami immer sagte, und hatte sofort verstanden, dass man dieser Frau eine vorbildliche Familie präsentieren musste. Während Mami an der Wohnungstür mit ihr sprach, gab Karin ihrem Bruder ein Zeichen, er solle sich ans Klavier setzen. Sie selbst flitzte in ihr Zimmer und wechselte die Bluejeans gegen Faltenrock und Bluse, als von nebenan die ersten Takte einer Schubert-Sonate erklangen. Als sie zurück ins Wohnzimmer kam, saß Frau Meister am Tisch und lauschte Pelles Klavierspiel andächtig.

Ihr Bruder hörte auf, während ihre Mutter ihr einen verärgerten Blick zuwarf. »Karin, das ist Frau Meister vom Jugendamt. Sie ist wegen deines Umgangs hier.«

»Guten Abend.« Karin reichte der Frau die Hand. Und schon ging das Verhör los. Sie verkleinerte die Clique auf einen Schulkameraden und eine Freundin, mit denen sie lernte. Ihre Noten waren gut. Mami holte das Zwischenzeugnis hervor und betonte, dass die Jahresnoten noch besser würden. Dann räumte sie ein, dass es selbstverständlich für eine Witwe nicht einfach war, beide Rollen auszufüllen. Die des Ernährers und die der Mutter. Auf Bluejeans, Lippenstift und Zigaretten angesprochen, erklärte Karin, sie habe das mal ausprobiert. Und der angebliche Kuss ... Den habe sie nicht gewollt, doch ehe sie verstanden habe, was geschah, war es auch schon vorbei, und eigentlich war es kein Kuss, sondern nur ein Bussi gewesen.

Das Gespräch dauerte eine halbe Stunde. Dann zog Frau Meister in der Überzeugung ab, dass die Nachbarn etwas aufgebauscht hatten und Karin sich in ihrer Entwicklung auf einem guten Weg befand. Dass sie die in diesem Alter leider typischen Verhaltensweisen an den Tag gelegt habe. Allerdings in einem tolerierbaren Maß. Sie ließ noch eine Ermahnung los, sich künftig ordentlich zu benehmen, und ging.

Kaum war die Frau weg, hielt Mami ihr eine Standpauke, die sich gewaschen hatte. »Ich habe dir den Umgang mit Fred und seinen Freunden verboten, und du setzt dich darüber hinweg. So geht das nicht, mein Fräulein. Und glaub nur nicht, dass ich nicht wüsste, dass du heimlich meine Lippenstifte benutzt und ab und zu rauchst. Man kann das riechen. Und hör auf, die Schultheiß und die Frey zu provozieren. Was dabei herauskommt, hast du gerade gesehen.«

»Sie ist ja weg.«

»Das ist grad noch mal gut gegangen. Du hast gar nicht verstanden, worum es ging.«

Karin hatte trotzig mit den Schultern gezuckt.

»Schlimmstenfalls können sie mir das Sorgerecht für dich entziehen. Willst du das?«

Das wollte sie natürlich nicht. Aber sie wollte sich weiter mit Fred und den anderen treffen, und Mami erlaubte es sogar, als Ende Juli die Ferien begannen. Sie war Pragmatikerin. »Ich weiß, dass du dich mit deinen Freunden treffen wirst und ich es nicht verhindern kann. Es sei denn, ich schicke dich in ein Ferienlager. Doch das kann ich mir nicht leisten. Also kannst du dich mit deinen Freunden treffen. Unter zwei Bedingungen: Erstens, du verlässt das Haus ungeschminkt und ordentlich gekleidet. Keine Bluejeans. Und die Bluse bis oben zugeknöpft. Zweitens: Keiner deiner Freunde holt dich hier ab oder begleitet dich nach Hause. Du lieferst diesen beiden Denunziantinnen keinen weiteren Gesprächsstoff. Wenn doch, wird das Folgen haben. Haben wir uns verstanden?«

Karin hielt sich an die Abmachung. Sie nahm ihre Kleidung in einer Tasche mit und zog sich im Klubraum um.

Pelle fuhr für zwei Wochen mit der Musikschule an den Chiemsee. Mami ging jeden Morgen zur Arbeit, und Karin genoss die Ferien und auch das Theaterspiel mit der Frey und der Schultheiß, denen sie ein mustergültiges Mädchen präsentierte. Natürlich ahnten die beiden, dass Karin sich über sie lustig machte, wenn sie übertrieben freundlich grüßte, das hübsche Muster ihrer Kittelschürzen kommentierte oder eine Bemerkung über das herrliche Wetter machte. »Übertreib es nur nicht«, sagte die Frey eines Morgens, als Karin fragte, wo sie sich denn die neue Dauerwelle habe machen lassen, sie stünde ihr hervorragend.

Das Wetter in diesem Sommer war schön. Die meiste Zeit verbrachten sie an der Isar oder im Dante-Bad. Der Klubraum war inzwischen ihr Treffpunkt, von dort zogen sie los. Karin fuhr meistens bei Fred auf der Zündapp mit, manchmal aber auch bei Horex. Es machte Spaß, auf den Motorrädern durch die Stadt zu fahren, das Transistorradio in einer Hand, die andere um Fred gelegt, und dabei auf AFN Munich die aktuellen Hits aus Amerika zu hören oder sich ein Eis beim Venezia zu kaufen, was der letzte Brüller war. Sie genoss diesen Sommer, in dem sie ihren ersten richtigen Kuss von Fred bekam. Weil sie ihn darum bat. Sie wollte wissen, wie das ging, und er zeigte es ihr.

***

Anfang August musste Karins Mutter ihren Chef und dessen Frau zu einer Messe nach Frankfurt begleiten. Zwei Tage würde sie bleiben, und sie ermahnte Karin, sich an die Abmachung zu halten und außerdem abends spätestens um acht zu Hause zu sein.

Karin verbrachte die Tage wie gewohnt mit der Clique. Am achten August fuhren sie zur Jakobidult am Mariahilfplatz. Karin, Fred und Mani. Max und Babs waren mit ihren Eltern noch in Urlaub, und Horex befand sich auf der Suche nach einem Ersatzteil für sein Motorrad. Es war schon halb sieben Uhr abends, als sie ankamen, um acht schloss die Dult. Sie hatten also noch anderthalb Stunden Zeit und bummelten zwischen den Marktständen hindurch, an denen man Geschirr und Hausrat kaufen konnte. Fred pries Karin Schneebesen und Dampfkochtöpfe an, bis sie beinahe platzte vor Lachen. Mani war wieder sehr still. Sie kauften Zuckerwatte und gingen hinüber zu den

Schaustellern. Karin kratzte ihr letztes Nachhilfegeld zusammen und fuhr Kettenkarussell und »Wilde Maus«. Danach war ihr beinahe schlecht, doch dann entdeckte sie die Schiffschaukel und bedauerte, dass sie pleite war. Fred lud sie ein, und sie schaukelten, bis sie sich überschlugen und sie vor Freude und Angst zugleich schrie. Danach war ihr wirklich übel. »Ich glaube, ich muss gleich brechen.« Sie setzte sich zu Mani auf eine Bank und wartete, bis es besser wurde.

»Geht's wieder?«, fragte er.

Karin nickte.

»Ist eh gleich Schluss hier«, sagte Fred. »Was wollen wir noch machen?«

Karin sah auf ihre Armbanduhr. Tatsächlich schon acht. Eigentlich sollte sie jetzt daheim sein. Die Kassenhäuschen der Fahrgeschäfte waren geschlossen, und auf dem Markt packten die Verkäufer ihre Ware zusammen. Vom Kettenkarussell klangen laute Stimmen herüber. »Lass uns mal nachsehen, was da los ist«, schlug Fred vor.

Ein halbes Dutzend Jungs in schwarzen Lederjacken und Bluejeans weigerte sich, die Sitze des Kettenkarussells zu verlassen. Dabei wurden sie von ihren Mädchen unterstützt, die teils Kleider mit Petticoats, teils Hosen und Turnschuhe trugen. Sie wollten noch eine Runde fahren und verhandelten mit dem Schausteller, der erklärte, es wäre Feierabend. »Morgen ist auch noch ein Tag.«

Der Anführer der Gang war ein bulliger Kerl. Er sprang vom Sitz und baute sich vor dem Schausteller auf. »Wir haben für drei Runden bezahlt.«

»Und die seid ihr gefahren.«

»Entweder kannst du nicht bis drei zählen, oder du willst uns bescheißen.«

Fred stupste Karin an. »Gleich gibt's Randale. Das wird ein Spaß. Ich setze auf den Alten.«

»Wieso auf den?«

»Nichts als Sehnen und Muskeln, wo der andere nur Speck hat.«

»Fred hat recht«, sagte Mani. »Der Alte macht ihn mit zwei, drei Schlägen platt.«

Unterdessen verließen die anderen Jungs und Mädchen die Sitze und scharten sich um ihren Anführer. Einige Schausteller kamen dazu. Der Streit wurde lauter. Eine Frau versuchte zu beschwichtigen, doch niemand hörte auf sie. Worte flogen hin und her. Dann gab es eine Rempelei, und Sekunden später flogen die Fäuste.

Fred und Mani zogen Karin beiseite. Mit Abstand beobachteten sie die Prügelei. Der Anführer der Gang wurde vom Karussellbetreiber mit zwei Schlägen zu Boden geschickt, genau wie Mani es vorausgesagt hatte. Die Quittung folgte auf dem Fuß. Zwei Jungs aus der Gang stürzten sich auf ihn. Eines der Mädchen zog seinen Schuh aus und schlug damit auf einen Mann ein. Überall verkeilten sich Leiber. »Herrlich«, sagte Fred. »Doch langsam sollten wir gehen.«

»Wieso?«

»Weil sicher gleich die Staatsgewalt anrückt.«

»Die Polizei?«

»Na klar. Was denkst du denn?« Fred nahm sie an der Hand und zog sie durch die Menge, die sich inzwischen eingefunden hatte. Mani war dicht hinter ihnen. Kaum losgegangen, blieb Fred wieder stehen. Vor ihnen hatten sich vier Polizisten mit Schlagstöcken aufgebaut. »Wohin so eilig, junger Mann?«, fragte einer mit einem Schnauzbart.

»Nach Hause an den heimischen Herd, Herr Wachtmeister«, entgegnete Fred.

»Ach, frech werden auch noch. Ihre Papiere.« Fordernd streckte der Polizist Fred die Hand entgegen. Ein anderer taxierte Karin von oben bis unten. »Das gilt auch für Sie, Fräulein, und den anderen Herrn.«

»Was?«, fragte sie verdutzt. Sie verstand nicht, was er von ihnen wollte. »Sollten Sie nicht besser den Streit schlichten?«

Ihr Gegenüber lief rot an. »Ihre Papiere! Aber zack, zack.«

»Die ... die habe ich nicht dabei«, stammelte sie. »Mein Ausweis ist zu Hause.«

»Hören Sie ...«, begann Mani.

»Ausweis!«

Auch Mani hatte keinen dabei. Fred nur seinen Motorradführerschein. Doch der zählte nicht. Hilfesuchend sah Karin sich um, während Fred auf den Polizisten mit dem Bart einredete und hinter ihnen ein Dutzend Polizisten die Schläger zu trennen versuchte.

»Wir nehmen Sie zur Feststellung der Personalien mit.« Der Schupo packte sie am Arm. Ein anderer griff sich Mani. Der mit dem Schnauzer führte bereits Fred ab. Es ging alles so schnell, dass Karin weder Zeit hatte zu protestieren noch Angst zu bekommen. Die kam erst, als sie neben dem Polizisten auf der Rückbank der grünen Minna saß. Hoffentlich erfuhr ihre Mutter nichts davon.

Auf der Wache wurde sie auf eine Bank im Flur verfrachtet, auf der bereits Fred und Mani saßen. Mani war weiß wie die Wand. Seine Hände zitterten. »Wird schon nicht so schlimm werden«, sagte Karin. »Sie wollen nur unsere Personalien feststellen.«

»Und was meinst du, wie sie das machen?«

»Weiß nicht.«

»Sie rufen unsere Eltern an.«

Jetzt verstand sie seine Panik. »Mist.«

Nach einer Weile kam ein Polizist und wies auf Karin. »Sie da. Name, Adresse und Telefonnummer Ihrer Eltern.«

Karin nannte ihm die Anschrift, erklärte, dass ihr Vater tot war und man ihre Mutter nicht zu Hause erreichen konnte, sondern in einem Hotel in Frankfurt. Der Blick, der sie traf, sprach Bände. Gottlob fiel ihr der Name des Hotels ein. Zehn Minuten später kehrte der Polizist zurück. »Sie können gehen. Einen schönen Gruß von Ihrer Mutter. Sie lässt Ihnen ausrichten: Das gibt ein Nachspiel.«

Kurz darauf waren auch Fred und Mani fertig. Die drei verließen die Wache und kehrten zu Fuß zum Mariahilfplatz zurück, wo ihre Fahrräder und Freds Zündapp noch standen. Inzwischen war es dunkel geworden. Die Dult war geschlossen und alle Marktbuden verrammelt.

»Ich geh nicht nach Hause«, erklärte Mani. »Mein Alter schlägt mich tot.«

»Aber du hast doch nichts gemacht«, entgegnete Karin.

»Ist ihm doch egal. Die Polizei hat mich mitgenommen. Das reicht. Ich übernachte im Klubraum.«

»Der ist kalt und feucht. Und es gibt nichts zum Zudecken.«

Fred zupfte sich am Ohrläppchen. »Du könntest bei mir pennen …«

»Danke. Aber dort taucht mein Alter zuerst auf, wenn ich nicht heimkomme.«

»Dann schlaf bei mir«, sagte Karin. »Meine Mutter kommt erst morgen Nachmittag zurück. Du kannst das Sofa haben.«

***

Sie schoben ihre Fahrräder in den Radständer im Hinterhof, und Karin erklärte Mani, dass sie leise sein mussten, damit die beiden neugierigen Nachbarinnen nicht mitbekamen, dass sie ›Herrenbesuch‹ hatte.

Hinter dem Küchenfenster der Frey war es dunkel. Karin lotste Mani durch den rückwärtigen Eingang ins Treppenhaus und machte das Licht an. Es war still und weit und breit niemand zu sehen. Der Lift war unten, sie fuhren in die fünfte Etage und stiegen aus. Rumpelnd schlossen sich die Aufzugtüren. Leise gingen sie über den Flur und mussten dabei an der Wohnung der Familie Schultheiß vorbei. Drinnen lief der Fernseher, durch den Spion fiel Licht, das sich plötzlich verdunkelte. Rasch zog Karin Mani weiter und den Wohnungsschlüssel aus der Tasche. Sie sperrte auf. »Komm schnell. Rein mit dir.« Sie gab ihm einen Schubs, und er verschwand genau in dem Moment aus dem Blickfeld, als die Schultheiß in den Flur trat und sich umsah. »Ach, du bist es. Ich dachte schon, es wären Fremde im Haus. Bist du allein?«

»Na klar. Pelle ist noch im Ferienlager.«

»Und deine Mutter? Die habe ich seit vorgestern nicht gesehen.«

»Sie ist auf einer Messe. In Frankfurt. Morgen ist sie wieder da. Einen guten Abend noch.« Erst als sie die Wohnung betrat, wurde ihr klar, dass sie noch Bluejeans und Turnschuhe trug und das knallrote Haarband. Und Mamis Lippenstift. Oje. Das würde die Schultheiß bestimmt Mami stecken. Aber eine Moralpredigt war ihr sowieso sicher, wegen des Anrufs der Polizei. Sie würde es überstehen. Kein Vergleich zu dem, was Mani erwartete.

Karin richtete für ihn das Bett auf dem Sofa und fragte, wie es nun weitergehen sollte. »Du kannst dich nicht ewig vor deinem Vater verstecken.«

»Aber eine Zeit lang. Ich gehe morgen früh heim, packe meine Sachen und verschwinde für den Rest der Ferien nach Niederbayern zu meiner Tante und meinem Onkel. Bei den beiden bin ich immer willkommen.«

Am nächsten Morgen machte Karin zeitig Frühstück. Mani sollte weg sein, bevor die Nachbarinnen über die Flure schlichen. Ihm war es recht, er wollte den ersten Zug nach Passau erreichen.

Sie umarmten sich zum Abschied. »Halt die Ohren steif«, sagte Karin.

»Selber«, antwortete er.

Sie öffnete die Tür und spähte in den Flur. Kein Mensch weit und breit. »Die Luft ist rein. Kannst rauskommen.«

Das war ein Irrtum. Kaum stand Mani neben ihr in der offenen Wohnungstür, ging die von Frau Meyer gegenüber auf. Eine verbitterte Frau, die im Krieg alles verloren hatte. Hinter ihr erschien die Schultheiß. Der Schreck fuhr Karin in alle Glieder.

»Habe ich es doch gewusst! Männerbesuch. Die ganze Nacht! Du solltest dich was schämen.«

»Es ist nicht, wie Sie meinen. Er ist nur ein Freund«, stammelte Karin.

»Du denkst wohl, du kannst mir jeden Bären aufbinden. Doch das wird Folgen haben. Das ist ein anständiges Haus.«

Mani versuchte zu erklären, dass er wirklich nur ein Freund war und alles ganz harmlos. Dass er auf dem Sofa geschlafen hätte. Die Schultheiß hörte ihm nicht zu. »Sie sind meine Zeugin, Frau Meyer. Wir haben alles gesehen.«

»Ja, was denn?«, fuhr Karin sie an. »Was haben Sie gesehen? Wie wir Unzucht getrieben und uns in den Laken gewälzt haben?«

Der Schultheiß blieb der Mund offen stehen, die Meyer nuschelte etwas von Sodom und Gomorrha, und Karin konnte sich nicht bremsen. »Und selbst wenn es so gewesen wäre, was geht Sie das an? Einen feuchten Kehricht.«

Sie begleitete Mani bis nach Hause, weil sie der Schultheiß nicht gleich wiederbegegnen wollte.

Sein Vater war in der Arbeit und nur seine Mutter daheim. Sie machte ihm wegen des Anrufs der Polizei Vorwürfe und weil er über Nacht weggeblieben war. Doch sie half ihm beim Packen, und Karin brachte Mani schließlich zum Zug. Auf dem Bahnsteig verabschiedeten sie sich. Mani bedankte sich fürs Nachtquartier. »Es tut mir leid, dass du nun meinetwegen Ärger mit deiner Mutter bekommst. Die beiden alten Schabracken werden dich bei ihr verpetzen.«

»Ich werde das Donnerwetter schon überstehen.«

Am Nachmittag kam ihre Mutter nach Hause und machte ihr wie erwartet Vorhaltungen. Sie hatte gerade mit ihrem Chef und der Chefin im Hotelrestaurant gesessen, als der Kellner an den Tisch getreten war. Ein Anruf von der Münchner Polizei für Frau Allenstein. Eine schrecklich peinliche Situation. Weswegen eigentlich?

Karin erklärte, dass sie gar nichts gemacht hatte. Dass sie mit ihren Freunden die Auer Dult besucht hatte und sie dort Zeugen einer Schlägerei geworden waren. Ihre Mutter beruhigte sich, und Karin wartete auf das unvermeidliche Klingeln von Frau Schultheiß an der Tür. Doch es blieb aus, und das beunruhigte Karin mehr, als sie sich eingestehen wollte. Was hatte die Hexe vor?

Zwei Tage später kam Mami abends aus dem Büro, weiß wie die Wand. Ein Polizist war an ihrem Arbeitsplatz erschienen.

»Die Schultheiß hat mich angezeigt.« Mami ließ sich auf einen Stuhl am Esstisch fallen. »Hast du mir irgendetwas zu sagen?«

»Nein. Nichts«, sagte Karin. »Nur … Also … Mani … Sein Vater misshandelt ihn. Nach der Sache mit der Polizei hatte er Angst, nach Hause zu gehen, und hat hier auf dem Sofa geschlafen. Das ist ja wohl nicht strafbar.«

Mami fuhr sich mit der Hand über die Stirn. »Du hast ja keine Ahnung.«

»Aber es ist doch gar nichts passiert. Wieso kann die Schultheiß dich anzeigen?«

»Paragraf 180 Strafgesetzbuch. Kuppelei.«

»Was bedeutet das?«

»Das bedeutet, dass ich der Unzucht mit einer Minderjährigen Vorschub geleistet habe. Ein Mann hat hier übernachtet. Die Schultheiß ist überzeugt davon, dass hier schmutzige Dinge geschehen sind, und ich muss nun das Gegenteil beweisen. Doch ich war ja gar nicht da. Ich vernachlässige meine Kinder. Das Jugendamt wurde eingeschaltet. Schon zum zweiten Mal in kurzer Zeit.«

»Das wollte ich nicht, Mami. Ich habe Mani doch nur geholfen.«

»Wir hatten eine Abmachung: Provoziere die Schultheiß und die Frey nicht. Und du bringst einen Jungen über Nacht mit nach Hause!« Mami schlug mit der flachen Hand auf den Tisch. »Dümmer geht's nicht mehr. Ich muss mit Walter sprechen. Er kann mir sicher raten, was zu tun ist.«

»Wer ist Walter?«, fragte Karin.

Ein kalter Blick traf sie. »Das geht dich nichts an.«

Mami schickte sie raus und telefonierte im Wohnzimmer. So leise, dass Karin nichts verstehen konnte, obwohl sie lauschte. Bestimmt war Walter der Mann, der Mami nach dem Tanzkurs nach Hause begleitete. Der Schatten im Durchgang.

Aus Sorge, etwas falsch zu machen, mied sie am nächsten Tag den Klubraum und Fred und Horex, doch am übernächsten überfiel sie die Panik, dass die beiden bei ihr daheim auftauchen und der Schultheiß und Frey in die Arme laufen könnten. Also fuhr sie zu ihnen und breitete das ganze Schlamassel vor ihnen aus. Fred beruhigte sie. Nichts würde so heiß gegessen wie gekocht. Am Ende würde die Sache im Sande verlaufen. Erleichtert radelte Karin an diesem Abend nach Hause.

Doch Fred irrte sich gründlich. Dorothea Meister vom Jugendamt hatte den Entzug des Sorgerechts an dem Tag beantragt, an dem die Polizei Ermittlungen wegen Kuppelei gegen Doris Allenstein aufgenommen hatte. Das Vormundschaftsgericht entschied zügig nach Aktenlage. Es gab kein Verfahren, niemand hörte Karins Mutter oder Karin an. Es gab nur einen Bescheid. An einem Freitagmorgen klingelte der Postbote in aller Herrgottsfrühe. Karin öffnete, da Mami noch im Bad war. »Einschreiben für deine Mutter«, sagte der Briefträger. »Ich brauche eine Unterschrift.«

Als Mami den Absender sah, wurde sie ganz blass. Mit zitternden Fingern öffnete sie das Kuvert und las den Brief. Ein wütender Blick traf Karin und dann der Schlag ins Gesicht. »Das ist deine Schuld!«, schrie sie. »Weil du nicht hören kannst. Deine Dummheit und dein Egoismus stürzen uns alle ins Unglück. Vor allem deinen Bruder, der nichts dafür kann!«

Karin hielt sich die brennende Wange. »Was ist denn los?«, fragte sie und konnte die Tränen kaum zurückhalten. Ihre Mutter hatte sie noch nie geschlagen.

»Was los ist? Lies selbst!« Mami reichte ihr den Brief.

Das Gericht hatte ihrer Mutter das Sorgerecht entzogen und den Rechtsanwalt Udo Krohnen als Vormund für die Kinder Peter und Karin Allenstein bestellt.

Imke

Imke schüttelte den Kopf. »Mamas Bruder? Das kann nicht sein. Sie hat keine Geschwister.«

»Doch. Peter war ihr kleiner Bruder«, wiederholte Gitta. »Sie hat ihn allerdings Pelle genannt, weil er so anhänglich war und ihr immer auf die Pelle rückte.«

»Aber sie hat nie ein Wort über ihn verloren. Weißt du, was aus ihm geworden ist?«

»Das hat Jens nie herausgefunden. Peter war dreizehn oder vierzehn, als er aus einem Kinderheim davongelaufen ist. Seither fehlt jede Spur von ihm. Das ist alles, was ich weiß.«

»War Mama auch dort?«

Einen Moment überlegte Gitta und strich sich dabei über die Stirn. »Ich glaube nicht. Jens hat jedenfalls nur von Peter gesprochen, als er mir das vor vielen Jahren erzählt hat.« Sie sah auf die Uhr. »Ich muss auf den Bahnsteig. Die S-Bahn kommt gleich.«

»Ja, natürlich. Komm gut nach Hause.« Sie verabschiedeten sich, und Imke fuhr überrascht zurück zur Familienfeier. Mama hatte also einen Bruder.

Geli und Niklas waren gegangen. Mama saß mit einem Glas Luganer in ihrem Sessel. Moritz und Erika räumten auf. Die Katze kam zur Terrassentür herein. Mama schnalzte mit der Zunge, und das Tier sprang auf ihren Schoß.

Imke sammelte Servietten und Gläser ein und traute sich nicht, ihre Mutter auf Peter anzusprechen.

Irgendwann war alles aufgeräumt. Erika wohnte ebenfalls in Obermenzing, und Moritz fuhr sie nach Hause, obwohl es nur ein kurzer Weg zu Fuß war. Auch Imke verabschiedete sich von ihrer Mutter. »Morgen müssen wir das mit der Vollmacht machen. Gleich in der Früh!«, erklärte sie. »Das muss erledigt werden.«

»Ich drucke sie aus und komme damit nach dem Frühstück zu dir.«

»Ich verlasse mich darauf.« Wieder lag diese Angst in Mamas Stimme.

»Mach dir keine Sorgen. Anne hat das nicht ernst gemeint. Außerdem bestimmst allein du, wo du lebst, niemand sonst.«

Mama sagte leise etwas. Es klang wie ›Sag das nicht‹.

»Wie meinst du das?«

»Was?«

»Ich habe gesagt, dass du allein bestimmst, wo du lebst, und du hast geantwortet: Sag das nicht.«

»Unsinn. Holst du mir noch ein Glas Wein?« Mama reichte ihr das halb volle Glas. Thema beendet.

Imke brachte ihrer Mutter den Wein und ging dann nach Hause. Moritz war bereits da. Er hatte sich eine Fleecejacke übergezogen und saß auf der Terrasse. Auf seinem Tablet las er die Fußballergebnisse des Tages. Sie setzte sich zu ihm.

»Ich habe Gitta nach Peter gefragt. Stell dir vor, sie weiß, wer er ist.«

Moritz sah auf. »Ja?«

»Halt dich fest: Mamas Bruder.«

Ihr Mann ließ das Tablet sinken. »Ihr Bruder? Ich dachte, sie ist ein Einzelkind.«

»Das dachte ich bis heute Abend auch.«

»War sie etwa auch in dem Heim?«

»Anscheinend nicht. Mama hat ihn übrigens Pelle genannt, sagt Gitta. Soll ich nun nach ihm suchen? Ich habe es Papa versprochen. Aber vielleicht wäre es für Mama besser, wenn ich es bleiben lasse. Sie verdrängt das offenbar seit langer Zeit.«

»Wie ich dich kenne, wirst du dein Versprechen halten. Oder es zumindest versuchen«, meinte Moritz.

Imke wusste es nicht.

Es wurde kühl. Sie gingen hinein. In ihrem Speisekammer-Büro lag die grüne Mappe. Imke nahm die Kopie der Vermisstenanzeige heraus und las sie noch einmal.

Seit dem 7. September 1958 war der Fürsorgezögling Peter Allenstein aus dem Erziehungsheim Sankt Marien in Warting abgängig. Es folgten eine Personenbeschreibung und der Name des zuständigen Vormunds, Udo Krohnen, Rechtsanwalt in München. Erstattet hatte die Anzeige die Leiterin des Heims, Schwester Maria-Johanna Reuss.

Wieso hatte Peter einen Vormund?

Imke schaltete die Schreibtischlampe an und hielt das Papier gegen das Licht. Unter dem Fleck verbarg sich das Geburtsdatum von Peter. Geboren am 3. Mai 1945 in Bayreuth.

Mama war im Mai 1940 in Jena geboren. Peter in Bayreuth, wenige Tage vor Kriegsende. Er musste dort während der Flucht zur Welt gekommen sein. Hatten die beiden denselben Vater? Das fragte Imke sich plötzlich. Ihr Großvater war während des Kriegs in Frankreich gewesen und im Januar 1945 im Elsass während der Offensive »Unternehmen Nordwind« gefallen. Sie rechnete von Peters Geburt vierzig Wochen zurück. Er war Ende Juli 1944 gezeugt worden. Während eines Fronturlaubs? Fragen über Fragen, auf die nur Mama Antworten kannte. Doch Mama würde schweigen.

Moritz kam herein. »Zu viel Essen heute. Ich laufe eine Runde. Kommst du mit?«

»Keine Lust. Ich lege mich auf die faule Haut und lese.«

Die beiden Bücher, die sie bestellt hatte, lagen seit Tagen auf ihrem Schreibtisch. Imke machte es sich auf der Couch bequem und griff nach dem ersten.

In Gottes Namen. Erziehung in deutschen Kinderheimen, von der Nachkriegszeit bis zur Heimreform. Die Journalistin Gerda Heisler hatte es geschrieben. Imke las den Klappentext: »Nicht für jeden waren die Wirtschaftswunderjahre und die Zeit des Wiederaufbaus golden. In staatlichen wie auch kirchlichen Erziehungsheimen wurden Fürsorgezöglinge bis in die Siebzigerjahre hinein unter nicht akzeptablen Umständen ›erzogen‹, ausgebeutet und weggesperrt.«

Imke blätterte erst durch das Buch der Journalistin, dann durch das von Friedrich Grögher, der einige Jahre in Sankt Marien verbracht hatte. In seinem Buch gab es Schwarz-Weiß-Fotos des Kinderheims.

Geleitet wurde es seit Bestehen von den Barmherzigen Schwestern. Zur Zeit Gröghers war Maria-Johanna Reuss die Schwester Oberin und somit die Heimleiterin gewesen. Die Frau, die auch die Vermisstenanzeige aufgegeben hatte. Auf einem Foto war sie zusammen mit anderen Nonnen, den Erziehern und der Köchin zu sehen. Weitere Bilder zeigten die verschiedenen Gebäude der Anlage. Haupthaus, Bubenhaus und Mädchenhaus. Schule und Kirche. Eine Wäscherei und eine Gärtnerei. Es gab auch Bilder von Festen und Feiern. Ostern, Weihnachten, Erntedank. Alle blickten ernst. Nirgendwo ein fröhlich lachendes Kind. Ein paar Seiten weiter Fotos von Fürsorgezöglingen bei der Arbeit. Mädchen, in wadenlange Kittel gehüllt, in der Wäscherei und an langen Tischen beim Bügeln und Mangeln. Buben auf den Feldern. Bei der Ernte, beim Unkrautjäten und Garbenbinden, bewacht von den Erziehern und einem Schäferhund. Fotos von Schlafsälen mit Stockbetten und Speiseräumen mit Blechgeschirr auf den Tischen. Das Bild eines fensterlosen Besinnungsraums. Bei einem Foto des Hauswirtschaftsraums stutzte Imke. Eine junge Nonne unterwies, laut Bildunterschrift, zwei Mädchen im Schrubben von Böden. Die eine war groß und pummelig mit drahtigem Haar. Das Mädchen neben ihr erregte Imkes Aufmerksamkeit. Klein und zierlich. Eine halbe Portion, mit einem spitzen Kinn und einer Stupsnase. Sie erinnerte Imke an ihre Mutter. Das Bild war nicht sehr scharf. Imke holte eine Lupe, doch damit war auch nicht mehr zu erkennen, und je länger sie hinsah, umso weniger ähnlich erschien das Mädchen ihrer Mutter.

***

Sobald Moritz und die Kinder am nächsten Morgen aus dem Haus waren, suchte Imke im Internet nach einer Vorsorgevollmacht zum Downloaden und druckte sie aus. Damit radelte sie hinüber zu ihrer Mutter und besorgte unterwegs beim Bäcker eine Breze.

Sie schob das Rad in den Ständer hinterm Haus. Dabei

fiel ihr Blick auf die offene Hintertür, die in die Küche führte. Ein vertrauter Anblick. Diese Tür war so gut wie immer geöffnet. Mama ertrug geschlossene Türen nur schwer und öffnete sie manchmal sogar im Winter. »Wir heizen den Garten.« Das hatte Papa oft gesagt. Einmal hatte der Wind eine Ladung Schnee hineingefegt, weil Mama vergessen hatte, die Tür zu schließen, als sie die Küche verließ, und sie hatten Schnee geschippt. In der Küche. Doch plötzlich erinnerte sich Imke, dass die offene Küchentür ein Kompromiss zwischen ihren Eltern war. Als sie noch klein gewesen waren, hatte Mama immer die Haustür offen gelassen. Manchmal sperrangelweit. Eines Tages – es musste ein Samstag gewesen sein, denn Papa und Mama arbeiteten im Garten – war jemand ins Haus geschlichen.

Imke war mit Geli und Anne oben in Annes Zimmer gewesen. Sie spielten mit den Barbies, die Tante Gitta ihnen geschenkt hatte. Mama fand diese Puppen grässlich, und deshalb gefielen sie ihnen umso besser. Sie kämmten ihnen die langen blonden Kunststoffhaare und beschlossen, aus den Stoffresten in Mamas Nähkiste Puppenkleider zu machen. Also gingen sie alle drei hinunter, um in der Kiste zu stöbern. Und da hörten sie ein Geräusch aus der Küche. Es klang nicht nach Mama oder Papa, sondern fremd. Die Haustür war auf. Wie meistens. Geli sah Imke an. Imke sah Anne an. »Da ist einer«, flüsterte Anne.

»Quatsch«, wisperte Geli. Sie war ein Hasenfuß. »Das ist bestimmt Mama.«

»Warum flüsterst du dann?«

Geli zog die Schultern hoch. »So halt.«

»Wir sehen nach«, schlug Imke vor und ging voran.

In der Küche saß ein fremder Mann am Tisch. Ein ziemlich zerlumpter Kerl. Er sah aus wie einer der Hausierer, die manchmal kamen und Schnürsenkel und Nähgarn verkauften. Er war am Kühlschrank gewesen. Käse und Wurst lagen vor ihm auf dem Tisch. Aber sie interessierten ihn nicht. Er beschäftigte sich mit etwas, das aus seinem Hosenschlitz ragte. Es sah gräßlich aus. Imke schlug sich die Hand vor den Mund. Jetzt bemerkte der Kerl sie und grinste. »Willst du auch mal anfassen?«

Schreiend rannte Imke davon. Geli und Anne hinter ihr her. Papa kam aus dem Garten angelaufen. Der Mann war schon auf dem Weg zum Gartentor, und er war schneller als Papa. Er sprang darüber. Papa lief ihm nach. Mama kam und fragte, was los war. Imke erzählte es, und sie sagte: »Meine Güte. Stellt euch doch nicht so an!«

Ach, Mama!, dachte Imke nun und nahm die Tüte mit der Breze aus dem Radkorb. Einen derart mitleidlosen Satz konnte auch nur sie loslassen. Jedenfalls hatte es an diesem Samstag Streit zwischen ihren Eltern gegeben. Was wirklich selten geschah. Papa hatte darauf bestanden, dass die Haustür ab sofort geschlossen blieb. »Wenn es nicht anders geht, dann mach die Küchentür zum Garten auf. Aber bleib in der Nähe! Ich will nicht, dass so etwas noch mal passiert.«

Imke betrat die Küche durch die Hintertür. Mama saß im Nachthemd am Tisch und trank eine Tasse Kaffee. Immerhin trank sie etwas.

»Guten Morgen, Mama. Gut geschlafen nach dem ganzen Trubel?«

Ihre Mutter winkte ab. »Schlafen wird überbewertet.«

»Ich hab dir was zum Frühstück mitgebacht.« Sie nahm einen Teller vom Bord und die Butterdose aus dem Kühlschrank.

»Ich bin von gestern noch satt.« Doch ihre Mutter stand auf, holte ein Messer aus der Schublade und strich Butter auf die Breze. Imke sah ihr zu und dachte sich, dass es ja auch wirklich zu viel verlangt wäre, Danke zu sagen. Nett von dir, dass du an mich gedacht hast.

»Hast du die Vollmacht?«

»Du musst sie nur noch ausfüllen.«

»Jens hat solche Sachen immer gemacht.«

»Wenn du willst, helfe ich dir.«

Nach dem Frühstück gingen sie mit dem Vordruck ins Wohnzimmer. Das Fotobuch lag aufgeschlagen auf dem Esstisch. Mama hatte also hineingesehen. Die Arbeit war nicht umsonst gewesen.

Heimlich hatte Imke die Familienalben und einen Schuhkarton voller unsortierter Fotos aus dem Haus geschmuggelt, und dann hatten Moritz und sie Abende damit verbracht, eine Auswahl zu treffen, Bilder einzuscannen und mit ihren digitalen Aufnahmen zu kombinieren. Vierundfünfzig Jahre Jens und Karin.

Sie waren beide fünfundzwanzig gewesen, als sie sich kennenlernten. In einer Trambahn. Davon hatte Mama oft erzählt. Und plötzlich wurde Imke klar, dass es keine Fotos ihre Mutter aus der Zeit davor gab. Keine Kinderbilder. Keines von der Einschulung, nur einige aus der Zeit ihrer Ausbildung zur Säuglingspflegerin. Außerdem ein zerknittertes Schwarz-Weiß-Foto ihres Vaters in Uniform. Kein Bild von Peter. Kein Bild ihrer Mutter.

»Legen wir los.« Mama nahm einen Kugelschreiber vom Sideboard und setzte sich. Gemeinsam füllten sie das Formular aus. Es dauerte länger, als Imke angenommen hatte. Etliche Entscheidungen mussten getroffen werden. Am Ende fühlte sie sich nicht ganz wohl in ihrer Haut. Denn sie übernahm gerade die volle Verantwortung für Mama, falls sie einmal nicht mehr in der Lage war, selbst zu entscheiden. Vor allem die Bankvollmacht und das Aufenthaltsbestimmungsrecht wollte Mama bei ihr wissen. »Versprich mir, dass ich nie in ein Heim komme.« Wieder lag diese unterschwellige Angst in ihrer Stimme.

»Das habe ich dir gestern bereits versprochen. Selbst wenn du mal zum Pflegefall werden solltest, organisiere ich das schon. Papa hat dich gut versorgt. Das Geld reicht eine ganze Weile für eine private Pflege.«

»Ich verlasse mich darauf.« Mama hielt ihr die Hand hin, und Imke schlug ein. »Das kannst du auch.«

»Gut.« Die Schultern ihrer Mutter sanken herab, sie entspannte sich und wiederholte, dass es jetzt gut sei, bevor sie die Vollmacht unterschrieb. »Die bewahrst du auf.«

Imke steckte das Dokument ein. »Ist die Katze heute nicht da?«

»Sie wird schon noch kommen. Oder auch nicht. Es ist mir egal.«

»Darf ich dich was fragen?«

»Kommt drauf an, was.« Von einer Sekunde auf die andere wirkte ihre Mutter angespannt, auf der Hut. Und Imke wusste, dass sie nach Peter gar nicht erst fragen musste. Mama würde sie auflaufen lassen. »Wir haben doch das Fotobuch für dich zum Geburtstag gemacht.«

»Es ist hübsch geworden.«

»Mir ist aufgefallen, dass es keine Aufnahmen von dir aus der Zeit gibt, bevor du Papa kennengelernt hast.«

Mit einer Handbewegung versuchte Mama das Thema vom Tisch zu wischen. »Früher hat man nicht ständig fotografiert.«

»Das ist mir schon klar. Aber es gibt kein einziges Foto von dir als Kind oder als Jugendliche. Wieso?«

Einen Moment starrte Mama sie an, und Imke hätte gerne gewusst, was hinter ihrer Stirn vor sich ging. »Das Album, das meine Mutter angelegt hat, ist verloren gegangen«, erklärte sie schließlich. »Bei einem Umzug. Ach, da ist sie ja.« Mama wandte sich der Katze zu, die durch die Terrassentür hereinkam. Imke machte sich auf den Heimweg und fragte sich, was Mama außer der Existenz ihres Bruders wohl noch verschwieg.

Geli

Geli verließ das Blue Spa des Bayerischen Hofs und fuhr mit dem Lift hinunter in die Lounge. Ab und zu gönnte sie sich einen Verwöhntag mit Massage und Ganzkörperpeeling, Maniküre und Pediküre und fühlte sich danach wie neugeboren.

Ihr ging es gut, und sie genierte sich nicht dafür, dass sie ein Leben im Wohlstand führte, während andere oft nicht wussten, wie sie über die Runden kamen. Sie hatte sich das verdient. Nicht durch harte Arbeit, denn ihr Vermögen war ihr in den Schoß gefallen. Sie hatte es sich verdient, mit all dem, was sie in ihrem Leben durchgemacht hatte. Carlos viel zu früher Tod, der sie aus dem Nichts getroffen hatte, wie ein Terroranschlag. Sie, allein mit zwei pubertierenden Mädchen und einem führungslosen Unternehmen, dessen Verkauf sich dann allerdings als Glücksfall erwiesen hatte. Verdient auch mit ihrer eigenen Kindheit an der Seite einer total gestörten Mutter. Einer Kindheit, die man eigentlich nicht unbeschadet überstehen konnte. Vielleicht hatte Yvonne ja recht. Und sie hatte einen Dachschaden und war übergriffig. Auf zum Seelenklempner? Sicher nicht. Sie fühlte sich pudelwohl in ihrer Haut. Wenn die anderen Probleme mit ihr hatten, dann sollten die sich auf die Couch legen. Yvonne machte das schon richtig. Sie ist erwachsen, dachte Geli. Sie muss sich um sich kümmern. Ich bin nicht mehr zuständig. Wenn sie eine Therapeutin braucht, weil ich als Mutter versagt habe, dann soll sie mein Geld dafür ausgeben, dass das gerichtet wird und sie am Ende nicht eine ebenso schlechte Mutter wird, wie ich es angeblich war.

Der Lift kam unten an. Für einen Moment stoppte Gelis Gedankenfluss. Sie hatte zwei Stück von der wunderbaren Haarseife bei Imke bestellt und sich auf einen Plausch mit ihr hier verabredet, konnte sie aber nicht entdecken. Geli wählte einen Tisch in einer Nische und bestellte ein Glas Cremant. Ihr war grad danach. Manchmal musste man sich selbst belohnen. Wofür heute? Dafür, dass sie Mama bei der Geburtstagsfeier mustergültig ertragen hatte und ihr nicht einmal über den Mund gefahren war.

Ihre Mutter hatte echt eine Meise. Was für ein Aufstand, weil Anne den Vorschlag mit dem Altenheim gemacht hatte. Was allerdings völlig daneben gewesen war. Aber deshalb musste man ja nicht gleich hysterisch werden. Mama hätte in aller Ruhe sagen können, dass ein Heim für sie nicht infrage kam. Aber nein, sie flippte aus, als wolle man ihr ans Leben. Ans Leben? Beinahe hätte Geli gelacht. Der war gut. Zweimal hatte Mama versucht, es sich zu nehmen.

Den Tag, an dem sie ihre Mutter halb tot gefunden hatte, würde sie nie vergessen. Er hatte sich in ihr Gedächtnis eingebrannt. Wie konnte man das einem Kind antun?

Sie war sieben Jahre alt gewesen. Ende erstes Schuljahr. Aus einem Grund, an den sie sich nicht erinnern konnte, endete der Unterricht schon um zehn. Vielleicht hatten sie hitzefrei bekommen, denn es war schon seit dem Morgen heiß. Damals durften Erstklässler noch allein nach Hause gehen. Sie hatte sich also auf den Weg gemacht und überlegt, ob sie sich am Bahnhofskiosk ein Eis kaufen sollte. Es war allerdings ein großer Umweg, und es war so heiß und der Schulranzen so schwer. Deshalb verzichtete sie aufs Eis und ging nach Hause. Diese Entscheidung hatte Mama vermutlich das Leben gerettet.

Die Haustür war nur angelehnt. Wehe, man schloss sie tagsüber, da konnte Mama richtig sauer werden. Geli marschierte also hinein, warf die Schultasche im Flur auf den Boden und zog Halbschuhe und Söckchen aus. Wie herrlich kühl die Fliesen unter ihren Fußsohlen waren. Kurz entschlossen zog sie auch das Kleid aus und legte sich zum Abkühlen auf den Boden. Nach einer Weile fiel ihr die Stille auf. Imke und Anne waren natürlich noch im Kindergarten. Bis zwölf, dann holte Papa sie meistens ab. Trotzdem war es zu still. Kein Laut war zu hören. Aus einer dunklen Ecke pirschte sich die Angst an. Es war so unheimlich ruhig.

»Mami?«

Keine Antwort. Sie lief in die Küche. Dort war ihre Mutter nicht. Sie rannte ins Wohnzimmer, ins Klo und in die Speisekammer. »Mami!« Sie flitzte halb nackt durch den Garten. Sah bei den Gemüsebeeten nach und bei den Johannisbeeren. Im Gartenhaus. Ganz hinten beim Kompost und in der Garage. Erst da fiel ihr ein, dass Mama vielleicht im Waschkeller war. Sie rannte zurück ins Haus, die Treppe hinunter. Doch im Keller war es dunkel. Zur Angst, ihre Mama könnte tatsächlich weggegangen sein, gesellte sich die Furcht vor den Monstern, die vielleicht im Keller hausten. Wie ein geölter Blitz rannte sie wieder nach oben. Ihr Herz raste. »Mami!« Inzwischen liefen ihr Rotz und Tränen übers Gesicht. Mami war weg, und es war ihre Schuld, weil sie immer so frech war und nicht gehorchte. Weil sie ihre Spielsachen nicht aufräumte und Widerworte gab. Weil sie Anne gestern an den Haaren gezogen hatte, wo sie doch lieb zu ihrer kleinen Schwester sein sollte. *Eines Tages gehe ich fort. Wegen dir. Dann habt ihr keine Mami mehr.* Wie oft hatte sie das gesagt? Und nun hatte sie es getan.

Weinend setzte sie sich auf die unterste Treppenstufe. Papa würde böse mit ihr sein. Und Imke und Anne auch. Da hörte sie von oben ein Geräusch. Es klang wie der Staubsauber. Kurz bevor er kaputtgegangen war, hatte er komisch geröchelt. Mami war oben! Natürlich! Sie lief die Treppe hinauf. Die Schlafzimmertür war offen. Mami lag bäuchlings auf dem Bett, ein Arm baumelte über die Kante. Sie sah tot aus. Geli hatte noch nie einen Toten gesehen, doch sie wusste sofort, dass Tote so aussahen. Wie Mami auf dem Bett. Erstarrt blieb sie stehen. »Mami?«, flüsterte sie. »Mami?« Auf dem Nachttisch stand ein Glas. Weiße Krümel klebten an der Innenseite. Ein Röcheln drang aus Mamas Mund. Sie war gar nicht tot. Geli stürzte zu ihr, rüttelte sie an den Schultern, zog an ihrem Arm. »Du musst aufwachen«, flüsterte sie. »Steh doch auf.« Doch Mama rührte sich nicht. Sie brauchte Hilfe. Geli flitzte die Treppe wieder hinunter, zum Gartentor hinaus und die Straße entlang bis zu Papas Praxis. Es war Vormittag und das Wartezimmer voll. Die Sprechstundenhilfe starrte sie an. Sie riss die Tür zum Behandlungsraum auf. »Papi!«

* * *

»Geli? Alles in Ordnung?« Imke stand vor ihr und holte sie in die Gegenwart zurück.

»Ja … Geht schon … Ich musste nur grad … An Mama denken. Setz dich doch.«

»Entschuldige, dass ich zu spät bin. Die S-Bahn ist ja selten pünktlich.« Ihre Schwester nahm Platz. »Geht es dir wirklich gut? Du hast grad ausgesehen, als würdest du jeden Moment in Tränen ausbrechen.«

Geli winkte dem Kellner. »Magst du auch ein Glas Cremant?«

»Lieber einen Kaffee.«

»Ich nehme auch einen. Und dazu eine kleine Gebäckauswahl«, entschied Geli. Der Kellner nahm die Bestellung entgegen und verschwand, doch Imke sah sie immer noch so forschend an. »Ich musste grad daran denken, wie ich Mama damals gefunden habe, mehr tot als lebendig. Und wie ich, nur mit der Unterhose bekleidet, in die Praxis gerannt bin, um Papa zu holen.«

»Ach je.«

»Ist nicht schlimm. Hast du an die Haarseife gedacht?«

Natürlich hatte ihre Schwester die Bestellung nicht vergessen und reichte ihr eine orangefarbene Schachtel aus recyceltem Karton. Drei Stück lagen darin. Imke strich sich eine Haarsträhne hinters Ohr. »Die dritte ist ein Geschenk. Ich trau mich nicht, von Verwandten und Freunden den vollen Preis zu verlangen.«

»Das ist lieb von dir. Aber so wirst du nicht reich.«

»Das ist auch nicht der Plan.«

Geli bezahlte und erhielt von Imke eine Quittung, sogar mit ausgewiesener Mehrwertsteuer. »Jetzt ist es ja offiziell. Ich habe ein Gewerbe angemeldet.«

»Gratuliere! Eigentlich müssten wir das feiern.«

»Tun wir doch gerade«, meinte Imke. »Oder was meinst du, wie oft ich im Bayerischen Hof Kaffee trinke?«

Der Kellner brachte Kaffee und Gebäck, und sie unterhielten sich über die Geburtstagsfeier und kamen dabei natürlich auf Annes Vorschlag, das Haus zu verkaufen, und auf Mamas hysterische Überreaktion. Imke erzählte, dass es nun eine Vorsorgevollmacht gab. Wie gut, dass dieser Kelch endgültig an ihr vorübergegangen war. Ihre Schwester war für alles zuständig. Wusste sie überhaupt, was sie sich da aufgehalst hatte? Ich könnte das nicht, dachte Geli.

»Ich bewundere dich«, sagte sie. »Hoffentlich schaffst du das. Wie schon mal angeboten: Ich helfe gerne, vorausgesetzt, ich muss mich nicht um Mama kümmern. Also Behördenkram oder einkaufen, solche Sachen.«

»Danke. Ich werde darauf zurückkommen.« Imke lehnte sich in ihrem Polsterstuhl zurück. »Erinnerst du dich an meine Frage nach Peter?«

»Ja, klar.«

»Ich weiß jetzt, wer er ist. Mamas jüngerer Bruder.«

Geli glaubte, sich verhört zu haben. »Quatsch. Sie hat keine Geschwister.«

»Doch, hat sie schon.«

Diese Neuigkeit musste sie erst einmal verdauen, während Imke ihr erklärte, was sie von Gitta erfahren hatte und auch, dass Peter aus einem Kinderheim davongelaufen war und seither vermisst wurde. Das war mal wieder typisch Mama. Verheimlichte den eigenen Bruder.

Aus ihrer Umhängetasche zog Imke ein Buch und schlug es auf. Wortlos reichte sie es Geli. Ein Schwarz-Weiß-Foto befand sich auf der rechten Seite. Es zeigte eine Nonne mit zwei Mädchen und einem Putzeimer mit Schrubber. »Was soll ich damit?«

»Sieh dir das Bild an.«

Geli betrachtete die Aufnahme. Die Mädchen trugen scheußliche Kittel, die Nonne natürlich ihre Pinguin-Uniform und eine weiße Haube. »Und jetzt?«

»Die Kleine links, könnte das Mama sein?«

Geli sah sich das Bild noch einmal an. »Unfug«, sagte sie und ärgerte sich sofort. Wie immer, wenn sie eine von Mamas Verhaltensweisen an den Tag legte. Das Wort »Unfug« gehörte zu Mamas Repertoire. »Das ist sie nicht. Oder war sie etwa auch in einem Kinderheim?«

»Laut Gitta war nur Peter im Heim. Und zwar in Sankt Marien in Warting. Ich habe eine Vermisstenanzeige gefunden und einen Briefwechsel. Papa hat Mitte der Sechzigerjahre nach ihm gesucht.«

»Und jetzt willst du die Fährte wieder aufnehmen?«

»Ich habe es ihm versprochen.«

Geli wusste nicht, was sie davon halten sollte. Mama und ihre Geheimisse. Es passte zu ihr, einen Bruder zu verschweigen. Wie vieles andere auch. Wie oft war sie als Kind mit ihrer Neugier gegen eine unsichtbare Mauer gelaufen? Bei jeder Frage nach Mamas Eltern, nach früher, als Mama ein Kind gewesen war und mit ihrer Mutter in der Nibelungenstraße in Neuhausen gewohnt hatte. Immer waren die Antworten vage gewesen, oder Mama hatte zu Ausflüchten gegriffen oder gleich geschwiegen. Das Schweigen beherrschte sie hervorragend. Trotzdem fand Geli es nicht in Ordnung, dieses Schweigen nun zu erforschen. Es war allein Mamas Angelegenheit. »Ich weiß nicht, ob das eine gute Idee ist. Mama wird ihre Gründe haben, weshalb sie nie über Peter gesprochen hat. Er wird seit Jahrzehnten vermisst, sagst du? Vielleicht kann sie das nur ertragen, weil sie die Vergangenheit verdrängt und vergessen hat. Wenn du jetzt anfängst, nach ihm zu suchen, kommt alles wieder hoch. Das kannst du nicht machen. Es geht dich nichts an.«

»Ich habe es Papa aber versprochen. Es war ihm so wichtig, und dann ist mir noch etwas aufgefallen.«

»Ja? Was?«

»Es gibt keine Fotos von Mama als Kind und auch keine ihrer Familie.«

»Die sind verloren gegangen. Angeblich bei einem Umzug.«

»Du hast sie also auch danach gefragt?«

»Das ist ewig her.«

»Sie ist unseren Fragen schon immer ausgewichen. Ich habe mich gefragt, was ich überhaupt über ihre Kindheit und Jugend weiß. So gut wie nichts. Außer, dass Oma mit ihr vor den Russen nach München geflohen ist und sie in der Nibelungenstraße gewohnt haben. Dass Oma viel zu jung gestorben ist und Mama zusehen musste, sich auf eigene Beine zu stellen. Deshalb kein Schulabschluss, sondern eine Ausbildung zur Säuglingspflegerin.« Imke klappte die Finger wieder ein. »Es gibt keine lustigen oder traurigen Geschichten, keine Anekdoten, wie Papa sie von seiner Kindheit erzählt hat.«

»Was willst du jetzt damit sagen?«

»Dass es ein Tabu war, über Mamas Kindheit und Jugend zu reden, und dass wir das gespürt und mitgemacht haben. Wir haben ja kaum Fragen gestellt – bis heute – und uns mit den wenigen Informationen zufriedengegeben, die ich gerade aufgezählt habe. Ist das nicht seltsam?«

* * *

Die Frage nach dem Tabu ging Geli am Abend noch durch den Kopf, als sie zu Niklas hinausfuhr. Er lebte nur zehn Fahrminuten entfernt in der ausgebauten Scheune eines Gutshofs. Niklas bewohnte die untere Wohnung, zu der ein großer Garten gehörte. Früher hatte er mit seiner Familie hier gelebt, nun war er allein. Die Kinder kamen alle vierzehn Tage übers Wochenende, und auch einen Teil der Ferien verbrachten sie bei ihm.

Den Wohnbereich und das Schlafzimmer hatte er nach der Scheidung umgestaltet. Und auch die Küche, an die der Ess- und Wohnbereich anschloss. Ein großer und gemütlicher Raum. Viel Holz und Flohmarktfundstücke. Nicht so wie bei ihr, wo alles clean und durchdesignt war.

Als sie mit ihrem Mini auf den Hof fuhr, saß er mit ausgestreckten Beinen und geschlossenen Augen auf der Holzbank neben der Haustür und ließ sich die Sonne ins Gesicht scheinen. Wie ein Bauer nach getaner Arbeit. Er wirkte zufrieden. Auch das mochte sie an ihm. Ihn trieb kein übertriebener Ehrgeiz an. Ihm genügte, was er bisher erreicht hatte. Höher, schneller, weiter, besser, mehr, mehr, mehr waren keine Kriterien für ihn. Anders als für Carlo, der sich hohe Ziele gesteckt und dafür geschuftet hatte. Manchmal achtzig Stunden pro Woche. Und wofür? Dass sie sein Geld jetzt ins Spa trug? Während er nichts davon hatte. Es war nicht gerecht. Aber so war es nun einmal.

Sie stellte den Wagen auf einem der Stellplätze ab und steuerte die Bank an. Noch immer hielt Niklas sein Gesicht in die Sonne. Noch immer waren seine Augen geschlossen, doch er hatte sie natürlich kommen gehört. »Hallo Hummel.«

»Grüß dich.« Sie gab ihm einen Kuss und setzte sich zu

ihm. Die tief stehende Sonne blendete. Sie schloss die Augen und streckte die Beine aus.

Hummel nannte Niklas sie, weil sie kaum eine Sekunde stillsitzen konnte und wohl Hummeln im Arsch hätte. Seit es ihn in ihrem Leben gab, klappte das Stillsitzen viel besser. Behaglich legte sie den Kopf in den Nacken, und genau in diesem Moment brandete eine Welle von Glück und Zufriedenheit in ihr an, und sie wusste plötzlich, dass sie ihn liebte und mit ihm alt werden wollte. Mit diesem ruhigen Mann. Weshalb ihr gleich darauf ein Bild ihrer Eltern durch den Kopf schoss, verstand sie nicht. Papa und Mama, Arm in Arm saßen sie auf der Mauer, die die Terrasse umgab, und sahen sich in die Augen. So vertraut und innig. Mama, Mama und immer wieder Mama. Seit Papas Tod ging das so. Irgendwie drängelte sie sich ständig in ihr Leben. Der Moment der Ruhe war vorbei. Kurz überlegte sie, ob sie Niklas einen Heiratsantrag machen sollte. Doch eigentlich wollte sie sich nicht wieder binden. Aus Angst, verlassen zu werden. Verdammt! Mama! Es lag einzig und allein an ihr, und sie würde sich nicht den Rest ihres Lebens wegen Mamas blöder Sprüche versauen. Also würde sie ihn jetzt fragen, ob er ihr Mann werden wollte. Es war genau das, was sie sich wünschte, wenn sie die Angst beiseiteschob.

»Wie war dein Tag?«, fragte er.

»Nett. Ich habe mich am Nachmittag mit Imke getroffen, und seither denke ich über Tabus nach. Sie hat recht, wir haben alle mitgespielt. Ist schon irre.«

»Worum geht's denn?«

»Um Mama natürlich. Imke ist aufgefallen, dass wir so gut wie nichts über die Zeit wissen, bevor sie Papa kennengelernt hat. Nur die paar Krümel, mit denen sie uns immer abgespeist hat. Wir haben uns damit zufriedengegeben und nicht weiter nachgebohrt. Schon komisch.«

»Eigentlich nicht. Schließlich ist ein Tabu ein Tabu, weil man sich stillschweigend geeinigt hat, darüber nicht zu reden.«

»Tja, da hast du natürlich recht. Trotzdem seltsam. Es gibt auch keine Fotos aus dieser Zeit, und nun stellt sich heraus, dass Mama einen Bruder hat. Bis heute dachte ich, sie wäre ein Einzelkind.« Sie erzählte Niklas, was sie von Imke erfahren hatte, und er sah es ähnlich wie sie. Es wäre sicher besser, wenn ihre Schwester nicht nach Peter suchte und so die alten Wunden wieder aufriss. Manchmal wäre es besser, die Vergangenheit ruhen und die Neugierde unbefriedigt zu lassen.

Geli hatte den Moment verpasst, ihm einen Antrag zu machen, und ihr Mut verließ sie wieder. Was, wenn er Nein sagte?

Sie gingen ins Haus und kochten. Das war auch so eine neue Seite an ihr. Eigentlich hatte sie nie richtig kochen gelernt und in ihrer Zeit als Ehefrau und Mutter meistens auf Tiefkühlkost zurückgegriffen. Fertigzeugs, wie Niklas es nannte. Doch das gemeinsame Kochen bereitete ihr Freude, und das Essen schmeckte auch besser. Niklas wollte eine Lachslasagne machen und nahm die Zutaten aus dem Kühlschrank. Er entkorkte eine Flasche Rotwein, schenkte zwei Gläser ein, und dann machten sie sich ans Werk. Schnippelten Gemüse, zogen die Haut von den Lachsfilets. Geli entfernte mit einer Pinzette Gräten. Niklas bereitete die Béchamelsoße zu. Sie tranken Wein und hörten Musik. Schließlich war die Lasagne bereit für den Ofen. Er schob sie hinein und nahm aus dem Kühlschrank eine Schüssel vorbereiteten Salat, dazu Oliven und Baguette, und sie setzten sich an den Bistrotisch vor dem bodentiefen Küchenfenster. Davor blühten Kapuzinerkresse, Vergissmeinnicht und Frauenmantel. Der Duft nach Lasagne breitete sich im Raum aus, während sie anstießen und sich über den Salat hermachten. Irgendwann legte Niklas sein Besteck beiseite. »Ich würde dich gerne etwas fragen. Genauer gesagt, ist es ein Vorschlag, den ich dir machen will.«

»Ja? Worum geht's?«, fragte sie mit vollem Mund.

»Ich denke schon eine ganze Weile darüber nach, und jetzt traue ich mich einfach mal. Nachdem du mich deiner Familie vorgestellt hast.« Über den Rand seiner blauen Brille hinweg sah er sie an. »Was hältst du davon, wenn wir uns zusammentun?«

Ihr Herz machte einen kleinen Satz, und ihr Hals wurde vor Freude ganz eng. »Wow«, brachte sie schließlich hervor. »War das etwa ein Heiratsantrag?«

Verdutzt sah er sie an und fuhr sich mit der Hand über den Schädel. »Ein … Äh … Ja, warum eigentlich nicht?«, entgegnete er und lachte. »Eigentlich dachte ich an Zusammenziehen. Aber Heiraten … Wir sollten es tun. Es ist eine geradezu geniale Idee von dir.« Er stand auf und zog sie vom Stuhl. »Liebe Angelika, willst du meine Frau werden?«

Sie fiel ihm um den Hals. »Ja klar, will ich!« Mit ihm war alles so einfach, was sonst kompliziert war. Mit ihm machte das Leben so viel mehr Spaß.

Karin

Die verdammte Sonne schien zum Schlafzimmerfenster herein, als wäre ein Festtag. Doch es gab nichts zu feiern.

Karin hatte sich nach der Tasse Kaffee, die sie unten in der Küche getrunken hatte, wieder ins Bett gelegt. Neben ihr lag zusammengerollt die Katze. Sie wurde immer frecher, eroberte sich einen Raum nach dem anderen und würde sich hier bald ganz breitgemacht haben. Nun begann sie auch noch zu schnurren. Karin zog sich die Decke über den Kopf. Es war schon elf, doch sie würde heute nicht aufstehen.

Manchmal hatten Jens und sie im Bett gefrühstückt. Vor allem in der ersten Zeit ihrer Ehe. Bevor die Mädchen gekommen waren. Wirklich bequem war das nicht gewesen, und Jens hatte gern gesagt: Wer nie sein Brot im Bette aß, weiß nicht, wie Krümel piken. Meistens hatte er sich an diesen Morgen das Unaussprechliche erhofft. Diese Sache, für die sie damals kaum Worte gehabt hatte. Im Bett hatte sie daher nie gerne gefrühstückt. Für sie war es nie der Inbegriff von Gemütlichkeit gewesen, von »sich etwas gönnen«. Es war mit Erwartungen verbunden, die sie nicht erfüllen konnte. Vor denen ihr graute. Sie konnte ihrem Mann nicht geben, was ihm zustand. Sie war nicht normal. Sie war keine vollwertige Frau. Er würde sie verlassen. Eher früher als später. Davor hatte sie sich ebenso gefürchtet, wie sie es erwartete. Es würde so kommen. Die Mädchen waren schon erwachsen und aus dem Haus gewesen, als sie diese Furcht endlich loslassen konnte. Sie hatte sich bemüht, normal zu sein, und versucht, ihre Abscheu vor dieser Sache zu verbergen.

Plötzlich konnte sie die schleichenden Schritte wieder hören. Wie ein Echo hallten sie aus der Vergangenheit zu ihr ins Bett. Die Vorboten dessen, was unweigerlich geschehen würde. Eine flüsternde Stimme im Dunkeln. *Komm mit!* Eine Hand, die sie packte. Sie konnte nicht. Sie wollte nicht. Ihr Herz begann zu rasen. Sie warf die Decke von sich und setzte sich auf. »Verdammter Mist«, wimmerte sie, und die Katze sah sie verschreckt an. »Verdammter Mist.« Es klang schon etwas fester. Sie hatte das alles vergessen gehabt. Und nun drängte die Vergangenheit in ihr Leben. Wegen Imke, die mit ihren Fragen nicht lockerlassen würde. Sie war der Vergangenheit auf der Spur und damit allem, das sie in sich verschlossen hatte und das sie jetzt, kurz vor dem Ende, nicht hervorholen wollte. Ganz sicher nicht! Die Vergangenheit sollte bleiben, wo sie war. Vergangen! »So viel steht fest!«, erklärte sie der Katze.

Sie ging ins Bad. Eigentlich wäre duschen nötig. Doch die Dusche musste sie vorerst meiden. Auch sie brachte Erinnerungen zurück. Also wusch sie sich von Kopf bis Fuß am Waschbecken. Nicht dass die Mädchen weiter an der Idee festhielten, sie käme hier nicht alleine zurecht und wäre in einem Heim besser aufgehoben. Sie hatten ja keine Ahnung! Alles war besser. Sogar der Tod.

Nachdem sie sich angezogen hatte, ging sie hinunter. Die Katze folgte ihr, strich ihr um die Beine, stupste mit dem Kopf gegen die Wade. *Füttere mich. Streichle mich!* »Ist ja gut.« Sie ging in die Hocke und kraulte dem Tier das Fell, bis es genug hatte. Warum ging das bei der Katze? Wo es ihr doch bei ihren Mädchen nie so recht gelungen war?

Im Wohnzimmer lag noch das Fotobuch. Sie konnte es nicht weiter ansehen. Jedes Bild hielt ihr den Spiegel vor, was sie mit Jens verloren hatte. Noch war sie nicht so weit, das zu akzeptieren und zu sehen, was sie mit ihm gehabt hatte. Sie legte es in eine Schublade und schloss sie, während weiter die Angst an ihr nagte, doch irgendwann in ein Heim abgeschoben zu werden.

»Jetzt sei mal vernünftig.« Imke besaß die Vorsorgevollmacht. Doch verschaffte sie ihr wirklich die Sicherheit, die sie sich davon erhoffte? Ganz sicher konnte man nie sein. Es war besser, Anne keinen Vorwand zu liefern, die Idee vom Heim weiterzuverfolgen. Zuzutrauen war es ihr. Und das beste Mittel dagegen war, wieder zu funktionieren. Bisher hatten sie und Jens den Haushalt gemeinsam geschmissen. Sie hatten nie eine Zugehfrau gehabt. Er hatte immer mitangepackt. Alleine schaffte sie es wirklich nicht. Sie brauchte tatsächlich eine Hilfe. Doch alles in ihr sträubte sich, eine Fremde ins Haus zu lassen. Sie ist doch nur so lange fremd, bis ihr euch kennengelernt habt. Das hatte Imke gesagt, und vielleicht hatte sie damit recht. »Also, was meinst du?«, fragte sie die Katze, die ihr ins Wohnzimmer gefolgt war. »Putzfrau? Oder Anne einen Grund liefern, weiter über ein Heim nachzudenken?« Die Katze antwortete nicht. Doch sie wusste es auch so. Aus der Altpapierkiste nahm sie das kostenlose Wochenblatt und studierte am Küchentisch die Kleinanzeigen. Sehr aussagekräftig waren sie nicht. Meist nur: Suche Putzstelle. Dazu eine Handynummer. Sie konnte doch kein Casting machen und einen Haufen fremder Frauen ins Haus bitten. Aber auf gut Glück eine zu engagieren ging auch nicht. Also doch Imke.

Karin griff zum Telefon und rief ihre Tochter an. Die Mailbox meldete sich. Sie hinterließ eine Nachricht. »Ich hab's mir überlegt. Du musst nicht heimlich bei mir putzen. Ich mache das selbst, und du hilfst mir dabei. Denn alleine ist mir das tatsächlich zu viel.«

Derart motiviert, zog sie die Gartenschuhe an, ging in die Garage und holte Dünger und das Spritzmittel gegen Rosenrost und Sternrußtau aus dem Regal. Jens' Wagen stand dort. Sie legte eine Hand aufs Dach und fühlte sich plötzlich so schwach. Nie wieder würde er den Motor starten und fragen, ob sie auch angeschnallt war. Über fünfzig Jahre hatte er sich um sie gesorgt, auf sie geachtet und sie beschützt. Und nun musste sie ohne ihn klarkommen. Wie sollte das gehen?

Indem du einen Schritt nach dem anderen machst, würde er sagen. Jetzt kümmere dich erst mal um die Rosen.

»Also gut.«

Sie machte sich an die Arbeit. Lockerte die Erde rund um die Rosensträucher, jätete das Unkraut, streute Hornspäne und spritzte zu guter Letzt das Mittel gegen die Blattkrankheiten. Ein warmer Wind strich durch die Gärten und wehte von irgendwoher Himbeerduft zu ihr. Schwer und süß. Ihr wurde übel. Sie konnte diesen Geruch nicht ertragen. Er erinnerte sie an Sankt Marien, an die Gewächshäuser. Er brachte ein diffuses Gefühl von Angst und Bedrohung mit sich. Etwas Schreckliches würde geschehen.

Karin

Sommer 1956

Der Rechtsanwalt Udo Krohnen, den das Gericht als Vormund bestellt hatte, erschien noch in derselben Woche in der Nibelungenstraße. Eines Abends stand er unangemeldet vor der Tür. Pelle war am selben Tag aus den Ferien zurückgekommen und übte gerade Klavier, als es schellte.

Mami ließ Krohnen herein. Er wolle sich einen Eindruck verschaffen, erklärte er. Ein stattlicher Mann mit dunklem Haar, einem markanten Kinn und flinken Augen, die sich hinter einer Brille verbargen. Rauchgeruch hing in seiner Kleidung. Mit einem raschen Blick sah er sich um, legte die Aktentasche auf den Tisch und zündete sich eine Zigarette an. Mami suchte nach einem Aschenbecher.

Erst ließ er sich die Räumlichkeiten zeigen und kommentierte alles. Sauber wäre es hier ja. Außerdem eine gut sortierte Speisekammer. Jedes Kind ein eigenes Zimmer, begrüßenswert. Auch das Klavierspiel lobte er. Er ließ sich die Zeugnisse zeigen und wandte sich dann an Karin. »Du bist hier also diejenige, die Probleme macht. Pflegst den falschen Umgang. Empfängst Männerbesuche. Du bist erst sechzehn und schon erfahren in Dingen, für die du zu jung bist.« Krohnen entfernte einen Tabakkrümel von seiner Unterlippe. »Dir fehlen sittliche Reife und moralische Werte. Es ist meine Aufgabe, dich auf den rechten Weg zu bringen, nachdem deine Mutter so kläglich versagt.« Karin biss sich auf die Lippen, um nicht zu sagen, was sie dachte. Dass ihn das alles gar nichts anging. Dass es auch nicht stimmte, was er ihr vorwarf. Dass sie keinerlei »Erfahrung« hatte. Sie ballte die Hände zu Fäusten, während ihr Vormund redete und rauchte, Pelle mit großen Augen auf seinem Klavierschemel saß und gar nicht verstand, was los war, und Mami schweigend an der Wand lehnte.

Schließlich erklärte Krohnen, dass er über das Thema Schulbesuch noch nicht entschieden habe, und der Schreck fuhr Karin in alle Glieder. Durfte er das etwa bestimmen?

»Für Peter ist es sinnvoll, das Gymnasium zu besuchen.« Krohnen fuhr Pelle über den Kopf. »Später gehst du dann aufs Konservatorium.« Pelle strahlte. »Frau Meister vom Jugendamt hat mir von deinem Talent berichtet. Eine solche Gabe muss man fördern. Mit Richard Wagner solltest du dich befassen. Ein ganz großer Künstler. Bei deiner Schwester bin ich mir allerdings nicht sicher, wo ihre Talente liegen.« Er drehte sich abrupt zu Karin um und musterte sie mit seinen kleinen Augen durch die Brillengläser. Ihr schnürte es die Kehle zu.

»Ich bin mir noch nicht sicher, ob eine gymnasiale Bildung für dich das Richtige ist. Eine Frau braucht kein Abitur. Was willst du denn studieren?«

Ihr Mund war plötzlich ganz trocken. »Vielleicht Medizin«, brachte sie mit einem Krächzen hervor und räusperte sich. »Ich will Ärztin werden«, erklärte sie mit fester Stimme, wobei sie sich noch nicht sicher war. Es gab so viele Möglichkeiten.

»Ärztin also. So, so. Mal sehen.«

Wieso sagte denn Mami nichts? Karin warf ihr einen flehentlichen Blick zu. Mami wich ihm aus.

Am Morgen hatte sie erklärt, dass die Anzeige wegen Kuppelei trotz ihrer Aussage bei der Polizei weiterverfolgt wurde. Ihr Tanzkursfreund Walter hatte also nicht helfen können. Noch immer hielt Mami ihn geheim.

»Du hast mich maßlos enttäuscht. Es war ein Fehler, dir zu vertrauen.« Das hatte sie gesagt und noch hinzugefügt, dass der Preis dafür zu hoch war. Dass sie und Pelle nun ausbaden mussten, was Karin ihnen mit ihrem bodenlosen Leichtsinn eingebrockt hatte. Einen Vormund. Den Entzug des Sorgerechts. »Das werde ich dir nie verzeihen!«

Karin hatte das nicht gewollt und fühlte sich schuldig und elend. Auch weil sie ihre Mutter noch nie so erlebt hatte. So wütend und gleichzeitig so kalt und hart.

Und nun wich sie ihrem Blick aus. Mami würde ihr nicht beispringen und Krohnen erklären, wie wichtig das Abitur für sie war. Vielleicht dachte sie ja, dass ihr das nun nicht mehr zustand, nach allem, was sie der Familie angetan hatte.

Krohnen war schließlich fertig mit seiner Inspektion und verabschiedete sich. Alle Entscheidungen, die die Kinder betrafen, lagen nun bei ihm. Er werde hier regelmäßig nach dem Rechten sehen, sagte er noch, bevor er ging, und wieder fuhr er Pelle über den Kopf, und ihr idiotischer Bruder strahlte ihn an, als wäre er der Messias. Oder der Papa, den er nie gehabt hatte.

* * *

Krohnen erschien bereits zehn Tage später wieder. Es war der zweite Schultag nach den Ferien. Karin und Pelle kamen mittags nach Hause. Die Frey und die Schultheiß standen vor den Briefkästen beieinander, und sie musste sich zwingen, sie zu grüßen. Sie durfte sich keine Ungezogenheiten mehr erlauben. Den Kontakt zur Clique hatte sie abgebrochen. Fred, Mani und Max sah sie ja in der Schule. Fred war trotzdem am Sonntagnachmittag hier aufgetaucht, und Mami hatte ihn fortgeschickt. Sie hatte ihm mit Polizei gedroht, und er hatte gemeint, es wäre besser, vorerst in Deckung zu gehen. Karin fühlte sich schuldig, obwohl sie sich keiner Schuld bewusst war. Wie hätte sie ahnen können, dass Mami bestraft werden konnte, nur weil ein Freund bei ihr übernachtete. Dass man ihrer Mutter nicht zutraute, ihre Kinder zu erziehen, und dass nun dieser Krohnen plötzlich alles bestimmen durfte. Es war ungerecht und willkürlich, und Karins Gefühle schwankten zwischen Zorn, Scham und einer tiefen Verunsicherung. Bei allem, was sie tat, fragte sie sich plötzlich, ob eine Gefahr daraus erwachsen konnte. Ob sie wieder unwissentlich etwas falsch machte. Gleichzeitig fühlte sie sich verleumdet und im Stich gelassen.

Sie grüßten die beiden Hexen und stiegen in den Lift. Mami hatte das Essen wie immer vorbereitet. Es gab Kartoffeln mit Quark und Hering. Die Kartoffeln waren schon gekocht, aber kalt. Karin briet sie in der Pfanne, als es an der Wohnungstür klingelte. »Machst du auf? Ich kann grad nicht«, sagte sie zu Pelle. Sicher war es die Schultheiß oder die Frey, die wieder etwas zu meckern hatte.

Doch es war Krohnen. Er kam herein, und Karin dachte, dass sie mit der umgebundenen Schürze am Herd das perfekte Bild eines tugendhaften Mädchens abgab.

Ihr Vormund sah sich um. »Schön, schön«, sagte er und wandte sich an Pelle. »Wie läuft's in der Schule?«

»Prima«, erklärte er strahlend. Karin hätte ihn beinahe angefahren: Er ist der Feind. Hast du das nicht kapiert!

»Was macht das Klavierspiel?«

Pelle sagte, dass er gerade den Türkischen Marsch übe, und Krohnen bat ihn, etwas vorzuspielen. Karin nahm die Pfanne vom Herd, während Pelle spielte. Krohnen lächelte und schickte ihn dann in sein Zimmer. »Ich muss mit deiner Schwester etwas besprechen.«

Angst legte sich in ihren Magen. Sicher ging es um die Schule. Pelle trabte davon. Ihr Vormund nahm auf dem Sofa Platz. »Setz dich zu mir.« Er wies auf die freie Fläche neben sich, und Karin tat, wie geheißen. »Wir haben ja schon darüber gesprochen. Ich muss entscheiden, ob du das Gymnasium weiter besuchst oder ob eine berufliche Ausbildung besser für dich wäre. Frauen sind eher praktisch begabt als geistig. Eure Domänen sind Pflegen und Dienen. Obendrein heiratet ihr, kaum dass das Studium beendet ist. Vertane Zeit und ein verschwendeter Studienplatz.« Während er sprach, legte er seine Finger mit den nikotingelben Spitzen aneinander. »Oder wie siehst du das?« Fragend musterte er sie. Karin bemerkte einen Fleck auf seiner Brille und wusste nicht, was sie sagen sollte. War das eine Falle? Hielt er ihr die Karotte vor die Nase und würde sie wegziehen, wenn sie sagte, dass es sehr wohl kluge Frauen gab und nicht alle heirateten und Männern die Studienplätze wegnahmen? Dass sie unbedingt studieren wollte? Doch wenn sie ihm recht gab, würde er sich dann nicht bestätigt fühlen und sie von der Schule nehmen?

»Was denkst du? Ich will deine ehrliche Meinung hören.«

»Also …« Sie musste sich räuspern, so trocken waren

ihre Kehle und ihr Mund. »Ich würde gerne studieren, und ich glaube, dass ich das Zeug dazu habe. Meine Noten sind gut, und ich habe auch nicht vor zu heiraten.«

»Du willst auf eine Familie verzichten, fürs Studium?«

»Ja«, hörte sie sich sagen, und es klang fest und überzeugt, obwohl sie sich noch keine Gedanken darüber gemacht hatte, ob sie einen Mann und Kinder haben wollte.

»Du bist also bereit, Opfer dafür zu bringen?«

Karin nickte.

»Tja, nun ist es so, dass ich das entscheide.« Abwartend sah er sie an. Was erwartete er von ihr? Dass sie auf die Knie fiel und ihn anflehte, sie nicht von der Schule zu nehmen?

»Du könntest ein bisschen nett zu mir sein. Oder?« Er griff nach ihrer Hand und zog sie in seinen Schritt. Karin erstarrte erst vor Schreck und wollte sie dann wegziehen. Doch er hielt sie umklammert, drückte sie zwischen seine Beine. Sie schrie, doch der Schrei kam nicht heraus. Er blieb in ihrer Kehle stecken. Krohnen presste ihre Hand weiter in seinen Schritt und zog sie mit der anderen an sich. Sie wand sich, wollte sich befreien. Es war ein lautloser Kampf, bis er ihr ins Ohr flüsterte: »Hab dich nicht so. Du weißt doch genau, wie's geht.« In ihrer Hand spürte sie den Hosenstoff und etwas, das darunter hart wurde. Der verkeilte Schrei löste sich. »Sie Schwein!«, brüllte sie. »Lassen Sie mich los. Hilfe!« Sie wand sich unter seinen klammernden Griffen, doch er warf sich auf sie. Ehe sie es sich versah, lag sie unter ihm. Seine Hände schoben sich unter ihren Rock. Sie kniff die Beine zusammen. Er drückte sie auseinander. Seine Hand ... »Hilfe!«, schrie sie. »Hilfe!«

»Halt's Maul!« Sein Schlag traf sie ins Gesicht. »Du willst es doch nicht anders.« Plötzlich schepperte etwas.

Sein Blick wurde glasig. Krohnen fiel aus ihrem Blickfeld. Pelle erschien darin. Mit erhobener Pfanne und schreckgeweiteten Augen.

***

Karin rappelte sich auf. Strich den Rock glatt. Pelle stand noch immer mit der Pfanne da. »Hat er dir wehgetan?«, flüsterte er. Sie nickte. Noch ganz benommen. Krohnen lag auf dem Teppich, seine Brille schief auf der Nase. Um ihn herum die Bratkartoffeln. Ein albernes Lachen wollte in ihr aufsteigen. Es sah so komisch aus.

»Ist er tot?«

»Nein.«

Im selben Moment rührte Krohnen sich. Stöhnend stand er auf und rückte die Brille gerade. An der Wohnungstür schellte es. »Ist alles in Ordnung da drinnen?« Eine Sekunde starrte Krohnen Pelle an, dann Karin.

Es klingelte Sturm. »Ich rufe die Polizei!« Die Stimme von Frau Schultheiß.

Gute Idee!, dachte Karin, doch dann wurde ihr klar, dass das nicht gut für sie ausgehen konnte. Krohnens Wort würde gegen ihres stehen. Und wem würde man glauben? Einem ›Flittchen‹ oder dem Herrn Rechtsanwalt? Falls die Polizei kam, wurde alles nur noch schlimmer. »Es ist alles in Ordnung«, rief Karin und ging zur Tür. Sie öffnete nur einen Spaltbreit. Die Schultheiß drängte sich jedoch an ihr vorbei in die Wohnung. »Jemand hat um Hilfe …« Sie entdeckte Krohnen und drehte sich um. »Schon wieder Männerbesuch. Dass du dich nicht schämst!«

»Es hat alles seine Ordnung. Ich bin der Vormund der Kinder Allenstein.« Krohnen reichte der Schultheiß die

Hand und stellte sich als Anwalt vor. »Mit dem Mittagessen ist ein kleines Malheur passiert. Deswegen die Aufregung.« Während er die Schultheiß aus der Wohnung komplimentierte, nahm Karin ihren Bruder an der Hand, zog ihn mit sich in ihr Zimmer und drehte mit bebenden Fingern den Schlüssel herum. »Er hat dich geschlagen«, flüsterte Pelle. »Er ist gemein.«

»Und du bist mein Held.« Sie zog ihren Bruder an sich. »Du hast mich gerettet.« Doch sie wusste, dass das nur die halbe Wahrheit war. Sie war nur vorübergehend in Sicherheit vor Krohnen. Er würde ihr weiter nachstellen. Er würde sie von der Schule nehmen. Er würde sich rächen.

»Erst hab ich mich nicht getraut«, sagte Pelle. »Doch sie hat mir geholfen.« Er griff nach dem Marien-Medaillon an der Kette. Einen Moment später wurde die Türklinke heruntergedrückt. »Hier seid ihr also. Lasst euch gesagt sein: Das wird ein Nachspiel haben.« Schritte entfernten sich. Die Wohnungstür schlug zu.

Eine Weile blieben sie noch im Zimmer sitzen, bis sie sicher waren, dass Krohnen die Wohnung wirklich verlassen hatte. Später am Nachmittag entschied Karin, dass es besser war, wenn Mami nichts davon erfuhr, und schwor Pelle darauf ein. Ihre Mutter hatte ihretwegen schon genug Ärger. Außerdem, wie sollte sie erklären, was Krohnen getan hatte? Es war so beschämend und bestürzend. Sie fühlte sich so schmutzig, obwohl doch eigentlich nichts passiert war. Jedenfalls war es nicht zum »Äußersten« gekommen. Was immer das sein mochte. Sie hatte nur eine vage Ahnung von »dieser Sache«, die Männer mit Frauen machten, und dass es mit dem harten Ding in Krohnens Hose zu tun hatte.

Sie erzählten nichts. Die Tage vergingen in Angst. Jeden Morgen ging Karin zur Schule, in der Sorge, dass man ihr sagen würde, ihr Vormund hätte sie und Pelle abgemeldet. Doch erst einmal passierte nichts. Bis Pelle eines Nachmittags weinend von der Musikschule nach Hause kam. Kein Klavierunterricht mehr. Das hatte Krohnen entschieden. Mami wollte natürlich wissen, warum, ob etwas vorgefallen war, doch Karin zuckte die Schultern, und Pelle tat es ihr gleich. Daraufhin rief Mami Krohnen an und forderte eine Erklärung. Die bekam sie nicht. Er hätte das so entschieden und wäre ihr keine Rechenschaft schuldig. Punkt.

Pelle übte zu Hause. Mami sah sich nach einem Lehrer um, der ihn daheim unterrichten konnte. Hinter Krohnens Rücken.

Immerhin war das die einzige Rache, die er nahm. Er ließ es an Pelle aus, und Karin fühlte sich grauenhaft. Was hatte sie mit ihrem Leichtsinn nur angerichtet?

Der September ging in den Oktober über. Karin beruhigte sich. Die Angst vor Krohnens Rache verblasste. Er ließ sich auch nicht mehr blicken. Der Vorfall erschien ihr mit jedem Tag, der verging, ein wenig unwirklicher, beinahe wie ein böser Traum.

Bis es dann eines Nachmittags – Karin und Pelle erledigten gerade ihre Hausaufgaben – an der Wohnungstür schellte. Karin sah erst durch den Spion, bevor sie öffnete. Es war nicht Krohnen, wie befürchtet, sondern Dorothea Meister vom Jugendamt mit einer Kollegin. »Ich habe keine guten Nachrichten für euch«, sagte sie, kaum dass sie eingetreten war. Sie wirkte besorgt und strich erst Karin über den Oberarm und dann Pelle über den Kopf, und sie wunderte sich, dass diese Frau plötzlich so freundlich war. »Es tut mir leid, euch das sagen zu müssen. Eure Mutter wurde verhaftet.«

Imke

Imke suchte Putzmittel zusammen, denn sie wusste nicht, was Mama daheim hatte, und wollte nicht erst zum Drogeriemarkt fahren. Moritz saß noch beim Frühstück. Er arbeitete heute von zu Hause und beobachtete sie.

»Ist was?«, fragte sie.

»Eigentlich nicht.«

»Und uneigentlich?«

»Ich habe mich nur gefragt, warum du das tust.«

»Du meinst, warum ich bei Mama putze? Weil es dringend nötig ist und sie mich gebeten hat, ihr zu helfen.«

»Sie kann sich weiß Gott eine Zugehfrau leisten.«

»Wem sagst du das.« Imke setzte sich zu ihm an den Tisch. »Aber sie will nun mal keine Fremde im Haus. Ich bin ja froh, dass sie inzwischen einsieht, dass sie es nicht mehr alleine schafft.«

»Darf ich es mal drastisch formulieren, um es deutlich zu machen?«

Imke zuckte mit den Schultern. »Musst du nicht. Ich weiß schon, was du meinst.« Sie ahnte, was er sagen wollte. Dein Leben lang hat sie dich wie zweite Wahl behandelt und war alles andere als eine liebevolle Mutter. Kalt, abweisend, desinteressiert. Und nun benutzt sie dich als Putzfrau und drückt dir obendrein mit der Vorsorgevollmacht noch die Verantwortung für sich aufs Auge. Warum spielst du mit? Die Antwort war ebenso einfach. Erstens, weil das Kind in ihr sich noch immer nach einem liebevollen Wort sehnte, nach einer zärtlichen Geste, nach Nähe, Wärme und Vertrautheit. Nach einer innigen Umarmung der eigenen Mutter und nicht einer flüchtigen voller innerer Abwehr. Gleichzeitig wusste sie, dass diese Hoffnung vergebens war, und eigentlich war all das nicht mehr wichtig. Sie hatte sich schon vor langer Zeit abgenabelt. Zweitens, weil ihre Mutter nun mal ihre Mutter war. Sie brauchte Hilfe, wie könnte sie ihr die verweigern?

Sie griff nach Moritz' Hand. »Mach dir keine Sorgen. Wenn es mir zu viel wird, ziehe ich die Notbremse. Kannst du heute Mittag kochen? Die Kids kommen um halb zwei von der Schule.«

Moritz versprach, das zu übernehmen. Imke packte die Putzmittel in den Fahrradkorb und legte das Buch von Friedrich Grögher dazu.

»Bis Mittag bin ich wieder da.« Sie gab Moritz einen Kuss und machte sich auf den Weg. Erst zur Post, wo sie zwei Päckchen mit Seifen aufgab. Neben Gelis Einkauf waren es die ersten Bestellungen. Die hatte sie über ihre Social-Media-Kanäle bekommen. Moritz arbeitete weiter am Onlineshop. Am Wochenende wollten sie die Werkstatt einrichten. Das Klavier stand noch darin. Es störte nicht, und Imke fehlte die Zeit, es zu verkaufen. Sollte es vorerst dortbleiben.

Sie fuhr weiter zu Mama, schob das Rad in den Ständer und nahm den Korb vom Gepäckträger. Ein älterer Herr stand im Garten und mähte den Rasen. Er hob die Hand zum Gruß. Sie nickte ihm zu. Das Unkraut bei den Rosen war gejätet und die vertrockneten Stauden zurückgeschnitten. Verwundert ging sie durch den Hintereingang in die Küche.

Mama saß bei ihrem Morgenkaffee. Die hässliche Katze sprang vom Tisch und witschte zur Tür hinaus. »Oje. Jetzt habe ich sie vertrieben.«

»Die wird schon wiederkommen, und wenn nicht, ist es auch egal. Da bist du ja endlich. Legen wir los.«

Ihre Mutter trug eine alte Jeans und ein verwaschenes T-Shirt. Sie duftete nach Verbene, und ihr Haar war frisch gewaschen. Allmählich kam sie also wieder in die Gänge. »Grüß dich, Mama. Wer ist der Mann, der den Rasen mäht?«

»Das ist Heinrich. Erikas Leibeigener. Er kann alles und verlangt wenig.«

Imke lachte und fragte, seit wann Erika einen Sklaven hatte. So erfuhr sie, dass Heinrich das freie Zimmer bei Erika als Untermieter bewohnte. Er kam aus Polen und war selbstständiger Handwerker. Egal ob Wände frisch gestrichen oder eingerissen werden mussten, ob Fliesen zu verlegen waren oder ein Baum gefällt werden sollte, Heinrich konnte es. Er arbeitete auf eigene Rechnung, was Imke mit »Er macht das schwarz« übersetzte. Erika war mittlerweile so etwas wie Heinrichs Managerin. Sie vermittelte ihn im Bekannten- und Freundeskreis und in der Nachbarschaft. Wenn jemand um seine Hilfe anfragte, den Erika nicht leiden mochte, bekam er Heinrich nicht.

»Prima, dass du dir Hilfe für den Garten geholt hast.«

»Mir ist ja nichts anderes übrig geblieben. Allein ist mir das zu viel, und ich darf Anne keinen Vorwand liefern, diese verrückte Idee weiterzuverfolgen.«

»Das tut sie nicht.«

»Sag das nicht. Wenn sie sich etwas in den Kopf gesetzt hat, zieht sie es durch.«

Das stimmte. Doch Anne ging es nicht darum, ihre Mutter in ein Altenheim zu stecken, sondern ums Geld, das sie für ihr Unternehmen benötigte. Was würde sie tun, wenn sie keine Bank fand, die ihr eine volle Finanzierung gab?

»Ich hab es dir doch erklärt. Du allein entscheidest, und falls du dazu nicht in der Lage sein solltest, werde ich das für dich tun. Du kommst nicht ins Heim. Ist das etwa der Grund, weshalb ich hier plötzlich putzen darf?«

»Unfug.« Mit der für sie typischen Handbewegung wischte Mama die Frage vom Tisch. »Wir putzen, weil es nötig ist.« Doch Imke verstand plötzlich, woher die Hundertachtzig-Grad-Wende kam. Warum ihre Mutter auf einmal frisch gewaschen vor ihr saß, nach Verbene duftend. Weshalb Heinrich den Garten auf Vordermann brachte und Mama über ihren Schatten gesprungen war und um Hilfe beim Putzen bat. Es lag an Anne oder, besser gesagt, an der völlig überzogenen Furcht vor einem Altenheim. Oder lag es etwa an der Angst vor einem Heim an sich? Irrte Gitta sich? War Mama auch in Sankt Marien gewesen? Zusammen mit ihrem Bruder?

***

Mama stand auf. »Fangen wir an, sonst wird das heute nichts mehr.«

Spontan schlang Imke die Arme um den zarten Körper ihrer Mutter und drückte sie an sich. »Ich schwöre es dir. Du kommst nie in ein Altenheim. Nur über meine Leiche, und das wird Anne nicht wagen. Okay?«

Mama machte sich los. Wie zu erwarten. »Was ist denn mit dir heute los? Du bist rührselig.«

»Ich will nur nicht, dass du dir Sorgen wegen Annes bescheuertem Vorschlag machst.«

Mamas Gesicht wurde ganz weich und offen. Doch nur für einen Augenblick, dann kehrte der harte Zug zurück, und ihr Blick wich aus. »Das haben wir ja bereits schriftlich festgehalten. Können wir jetzt endlich putzen?«

»Gleich. Ich habe noch eine Frage.« Jetzt war der richtige Zeitpunkt. Sie nahm das Buch aus dem Korb, und ihr Herz begann plötzlich schneller zu schlagen. Durfte sie das?

Mit unsicheren Fingern blätterte sie durch die Seiten, bis sie das Foto vom Putzunterricht im Hauswirtschaftsraum gefunden hatte. »Bist du das?«

Mama nahm ihr das Buch aus der Hand und ließ sich auf den Stuhl fallen, von dem sie gerade erst aufgestanden war. Sekundenlang starrte sie auf das Bild, dann betrachtete sie die Titelseite und las den Text auf der Rückseite. Sie wirkte ganz ruhig, als habe das Erziehungsheim Sankt Marien in Warting nichts mit ihr und ihrem Leben zu tun. Doch Imke kannte die Anzeichen dafür, wenn Gefühle in Mama brodelten, die sie nicht an die Oberfläche kommen lassen wollte. Die scheinbare Ruhe gehörte dazu, ebenso das Zupfen am Ohrläppchen, danach strich sie sich für gewöhnlich über die Nasenwurzel. So wie jetzt. »Das ist eine absurde Idee.« Mit diesen Worten legte sie das Buch auf den Tisch.

»Finde ich nicht. Dein Bruder war dort. Du etwa auch? Das frage ich mich.«

Ihre Mutter wurde ganz blass. »Wer hat dir das gesagt?«

»Gitta. Sie weiß es von Papa, und Papa hat mich gebeten, nach Peter zu suchen. Wie du weißt.«

»Und du hast vor, das zu tun. Obwohl dich das nichts angeht.«

»Warum hast du uns nie von Peter erzählt?«

Eine Weile starrte Mama auf ihre Hände, und Imke dachte schon, dass sie keine Antwort erhalten würde.

»Von Pelle, meinst du. So habe ich ihn genannt.«

»Warum hast du ihn verschwiegen?«

»Weil ich euch keine Rechenschaft schuldig bin. Herrgott!« Mit der flachen Hand schlug Mama auf den Tisch.

»Warst du auch in diesem Heim?« Imke griff nach den Händen ihrer Mutter. Sie bebten und waren eiskalt, und sie fühlte sich plötzlich schäbig und gemein. »Entschuldige. Es tut mir leid. Du hast recht. Es geht mich nichts an.«

Überraschend lenkte Mama ein. »Ist schon gut. Aus irgendeinem Grund wollte Jens, dass du davon erfährst. Aber er hat dir eine unlösbare Aufgabe gestellt. Du weißt, dass Pelle aus dem Heim verschwunden ist?«

Imke nickte.

»Ich habe viele Jahre nach ihm gesucht, schon bevor ich Jens kennengelernt habe. Später dann gemeinsam. Irgendwann haben wir aufgegeben. Es gab keine Hinweise, keine Spur, absolut nichts. Er muss tot sein, sonst hätte er sich irgendwann bei mir gemeldet.«

Imke schlug noch einmal die Seite mit dem Foto auf. »Das bist du.«

»Ja. Das bin ich. Ich habe mir die Jahre in Sankt Marien redlich verdient, denn es war alles meine Schuld.«

Anne

Anne saß auf der Dachterrasse und durchforstete die Immobilienseiten im Internet nach Büroräumen. Homeoffice war nicht ihr Ding. Das wurde ihr jeden Tag bewusster. Keine Meetings. Keine Mitarbeiter. Nicht einmal eine Sekretärin. Alles musste sie alleine machen. Niemand hörte ihr zu. Es gab keinen Resonanzraum. Es machte sie ganz kirre. Sie brauchte Bühne und Publikum.

Daher hatte sie sich entschlossen, schon jetzt nach Geschäftsräumen und einer Assistentin zu suchen, obwohl die Finanzierung noch nicht stand. Es war nur eine Frage der Zeit. Mit einer Bank war sie im Gespräch, und die Präsentation ihres Konzepts war vielversprechend verlaufen. Es wurde derzeit geprüft, und mit etwas Glück bekam sie eine Hundert-Prozent-Finanzierung. Wobei Glück der falsche Begriff war. Es lag natürlich an ihrem Konzept, ihrer Erfahrung und ihrer Überzeugungskraft.

Falls die Bank auf Eigenkapital bestand, würde sie zu Plan B greifen und ihren Erbteil fordern. Half das nicht, musste sie Plan C aktivieren und den Pflichtteil einklagen. Auch wenn sie dann auf einen Teil ihres Erbes verzichten musste. Sie würde sich ihre Zukunft nicht von Papas Wunsch kaputt machen lassen, aufs Erbe zu warten. Ebenso wenig von Mamas Hysterie und Imkes und Gelis scheinheiligem Getue. Plötzlich schlugen sie sich auf Mamas Seite.

Ihre berufliche Neuausrichtung befand sich jedenfalls auf einem guten Weg. Ihr Wunsch nach Rache war allerdings nicht erloschen, sondern bis vor zehn Tagen ein brachliegendes Feld gewesen. Bis sie am Montag schon früh aufgewacht war und sich in der Morgendämmerung mit einer Tasse Tee auf die Dachterrasse gesetzt hatte. In den ruhigen Stunden zu Tagesbeginn gingen ihre Gedanken oft auf verzweigten Wegen spazieren und führten sie zu überraschenden Erkenntnissen und Ideen. So auch an jenem Morgen vor zehn Tagen. Plötzlich war ihr Bernd Köster eingefallen, ein Anwalt für Wirtschaftsrecht aus Frankfurt, mit dem sie vor Jahren zu tun gehabt hatte.

Damals hatte sie in einem Chemieunternehmen als Vertriebsleiterin gearbeitet. Es gab Probleme mit einem entlassenen Mitarbeiter, der Firmeninterna publik machen wollte, die nicht an die Öffentlichkeit gehörten. Ihr Chef hatte sie gebeten, das zu regeln, und dabei hatte er ihr nahegelegt, mit Köster Kontakt aufzunehmen. Köster hatte sie an seinen Mann für besondere Fälle verwiesen. An Manolis Lefteris, einen lautlosen Problemlöser. Der hatte damals ein wenig im Leben des Mitarbeiters nachgeforscht. Am Ende war es auf eine Pattsituation hinausgelaufen. Bringst du unseren Dreck an die Öffentlichkeit, tun wir dasselbe mit deinem. Damit war der Fall erledigt gewesen.

Einen Mann wie Lefteris konnte sie für ihre Rache an ihrem Ex-Boss Ludwig Weigelt gut gebrauchen. Sie wollte Vergeltung. Sie wollte Ludwigs öffentliche Hinrichtung. Deshalb hatte sie sich mit Lefteris getroffen, ihm das Problem erklärt und eine Anzahlung geleistet. Zehn Tage waren seither vergangen, und Anne rechnete damit, dass er sich bald bei ihr meldete.

Sie vertiefte sich weiter in die Suche nach Büroräumen, schickte zwei Maklern Anfragen und recherchierte dann nach pfiffigen und kreativen Köchen. Nach den aufsteigenden Sternen der Szene, denn ein Jamie Oliver war zu teuer. Die Namensfindung lag auch noch auf Eis. Die Agentur hatte ein Angebot gemacht. Sie stand in den Startlöchern. Alles hing jetzt davon ab, dass die Bank grünes Licht gab.

***

Kurz vor Mittag ging eine SMS von einem Handy mit bulgarischer Vorwahl ein. Es enthielt nur ein Emoji, den gereckten Daumen.

Yes! Anne startete das Videochat-Programm auf ihrem Laptop, das Lefteris bei ihrem Treffen installiert hatte. Sein Gesicht erschien auf dem Monitor. »Hallo Frau Hesse.«

»Grüße Sie. Ich nehme an, Sie waren erfolgreich.«

»Kann man so sagen. Es gibt sogar Bonusmaterial.«

»Jetzt machen Sie mich neugierig. Kann ich mal sehen?«

»Erst das bestellte Video.« Ein zweites Videofenster öffnete sich. Ein heller Raum mit einem Gitterbett erschien. Ludwig saß darauf. Seine Arme waren mit weißen Tüchern an die Streben gefesselt. Ein Mobile drehte sich über ihm. Er trug eine weiße Stoffwindel und sonst nichts. Auch seine Domina war ganz in Weiß gekleidet. Nur die Reitgerte, mit der sie ihm erst Nacken und Schultern streichelte, bevor sie zuschlug, war aus schwarzem Leder. Anne starrte ungläubig auf diese Szene. »Wunderbar. Perfekt. Und was ist das Bonusmaterial?«

Ein weiteres Fenster öffnete sich. Die Rechnung eines Budapester Hotels erschien. Sie war fünf Jahre alt und auf Ludwig Weigelt ausgestellt. Für drei Zimmer wurden je zwei Übernachtungen abgerechnet. Dazu Restaurantkosten und exorbitante Extras. »Ja?«, fragte Anne. »Was ist das Besondere daran?«

»Erstens die Extras.« Das nächste Bild erschien. Die Abrechnung eines Budapester Escort-Services. Drei Damen für je zwei Tage. Das Datum passte zum Hotelaufenthalt und der Betrag zur Position »Extras« auf der Hotelrechnung.

»Und zweitens?«

»Die Hotelrechnung gibt es doppelt.« Das nächste Fenster poppte auf. Dieselbe Rechnung, doch jetzt lautete sie auf den Namen der Julius Straub AG. Anne schnappte nach Luft. Yes! Damit konnte sie Ludwig fertigmachen. »Und das Beste zum Schluss. Er hat mit der Firmenkreditkarte bezahlt«, sagte Lefteris und blendete die Abrechnung ein.

»Großartig!«

»Das Bonusmaterial kostet natürlich extra.« Er nannte seinen Preis. Anne schluckte und überlegte, ob sie sich mit dem Video begnügen und Ludwig nur lächerlich machen sollte. Doch mit den Belegen konnte sie seine Karriere ruinieren. So wie er das mit ihrer getan hatte. »Einverstanden.«

»Ich schicke einen Kurier, der das Geld abholt. Sobald er es hat, melde ich mich wieder.«

Lefteris war ein Fan von Bargeld. Anne fuhr zur Bank, hob den Betrag ab, übergab ihn eine Stunde später bei Starbucks an einen jungen Mann in Schlips und Kragen und fuhr in die Wohnung zurück. Kaum dort angekommen, meldete sich Lefteris wieder. »Wohin soll ich das Material schicken?«

Dafür hatte Anne bereits einen Plan. Sie war nicht die Einzige, die eine Rechnung mit Ludwig offen hatte und auf Rache sann. Ben Wittenstein, seinem ehemaligen Assistenten, ging es ebenso. Was da genau gelaufen war, wusste sie nicht, nur dass er vor drei Monaten seinen Schreibtisch binnen fünf Minuten räumen musste, als hätte er Firmengelder geklaut. Sie nannte Lefteris seine Mailadresse. »Senden Sie alles dorthin. Kommentarlos und natürlich nicht nachverfolgbar.«

***

Am kommenden Morgen checkte Anne die Onlinemedien, während Alex im Bad war. Er durfte nicht wissen, dass sie bei Ludwigs öffentlicher Demontage die Finger im Spiel hatte. Er würde es nicht verstehen, geschweige denn billigen.

Sie googelte Ludwigs Namen und klickte auf »News«. Keine aktuellen Treffer. Noch herrschte die Ruhe vor dem Sturm. Ben würde das Material nutzen, das sie ihm zugespielt hatte. Er würde die Arbeit für sie erledigen, vorher aber die Fakten checken, ehe er die Unterlagen an die Medien weiterreichte.

Tatsächlich dauerte es nur einen weiteren Tag, bis der Google-Alert, den sie für Ludwig eingerichtet hatte, die ersten Treffer meldete. Sie führten zu Facebook, Twitter, Instagram und auch zu Youtube. Überall dort hatte eine Userin mit dem Fantasienamen Furia_1987 das Video eingestellt und mit einer Überschrift versehen: Vorstandsvorsitzender mag nicht Boss sein. Offenbar hatte Furia zeitgleich ein paar Multiplikatoren auf die Posts hingewiesen, denn keine Stunde war vergangen, seit das Video online gestellt worden war, doch es war bereits dutzendfach geteilt und kommentiert worden, von Usern, die es wiederum teilten. Am frühen Nachmittag hatte es allein auf Youtube über zwanzigtausend Klicks. Am nächsten Morgen waren es über zweihunderttausend. Das Video ging viral. Auf Youtube wurde es am späten Nachmittag gelöscht. Doch es war so oft geteilt worden, dass seine Verbreitung nicht zu stoppen war. Es rollte wie eine Lawine durchs Netz, und Ludwigs Anwälte würden Monate brauchen, vielleicht sogar Jahre, bis sich keine Spur mehr davon fand.

Natürlich sprangen die Medien auf. Ein paar scheinheilige Artikel der seriöseren Onlinemedien erschienen. Sie empörten sich über die Veröffentlichung eines Videos, das gegen die Persönlichkeitsrechte des Dargestellten verstieß. Doch der Inhalt wurde haarklein seziert und über die Identität von Furia_1987 spekuliert. Eine große Boulevardzeitung schüttete einen Eimer Häme aus und erläuterte ihren Lesern die unterschiedlichen Spielarten der Unterwerfung. Begleitet vom Text einer Sexualtherapeutin, die erklärte, welche Ursachen das Bedürfnis nach Kontrollverlust haben konnte, und den Schilderungen einer Domina über Kundenwünsche und wie man sie erfüllte. Einige Wirtschaftsmedien beleuchteten die Causa unter dem Aspekt der Führungsstärke, andere schenkten dem Skandal keine Beachtung. Sensationsgier, Schadenfreude, scheinbare Betroffenheit und jede Menge Spott ergossen sich über Ludwig, der sich nicht dazu äußerte. Seine Anwälte taten das. Man habe Anzeige gegen Unbekannt erstattet. Die Ermittlungsbehörden würden Furia_1987 enttarnen. Niemand wäre im Netz anonym.

Alex bekam den Trubel an dem Tag mit, an dem er losbrach. Er schickte ihr eine WhatsApp, ob sie das schon gesehen habe? Ludwig am öffentlichen Pranger. Verlinkt war ein Artikel zur *Bild*-Zeitung. Abends, als sie auf der Dachterrasse saßen, sprach er sie darauf an. »Ich frage dich ganz direkt. Hast du etwas damit zu tun?«

Auf diese Frage war sie vorbereitet. Er war auch nicht der Erste, der sie stellte. Ludwigs rechte Hand, Nils Bachlmann, hatte angerufen, war aber nicht mit der Tür ins Haus gefallen. Erst hatte er ein wenig Small Talk gemacht und gefragt, wie es ihr ging. »Mir geht's prima. Erinnerst du dich? Bevor du mich ins Unternehmen geholt hast, habe ich an einem Konzept für ein Business gearbeitet. Das setze ich jetzt um. Das macht großen Spaß. Ein halbes Jahr Vorlauf noch und ich starte durch. Das hätte ich damals schon tun sollen.«

»Du siehst deine Zeit bei uns als verlorene Jahre?«

Sie hatte gelacht. »Ganz bestimmt nicht. Ich habe Erfahrungen gesammelt, meine Fähigkeiten und mein Netzwerk erweitert. Natürlich war es ein Dämpfer, nicht in den Vorstand aufzusteigen. Aber eigentlich gehöre ich da nicht hin. Ich bin eine Macherin, und es fühlt sich verdammt gut an, etwas Eigenes auf die Beine zu stellen.«

»Kein Groll mehr auf mich und Ludwig?«

»Nicht wirklich. Obwohl das ganz schlechter Stil von Ludwig war. Ich habe natürlich mitbekommen, was derzeit im Internet abgeht. Es tut mir leid für ihn. Fights unter der Gürtellinie und obendrein anonym auszutragen, ist das Letzte. Grüß ihn von mir. Er hat Nehmerqualitäten und wird das durchstehen. Das tobt jetzt ein paar Tage durchs Netz, und bald erinnert sich niemand mehr daran.« Vor allem wegen der zweiten Welle, die bald anrollen und ihn wegfegen wird, hatte sie in Gedanken hinzugefügt.

Und nun fragte Alex, ob sie etwas damit zu tun hatte. Sie nahm die Sonnenbrille ab und sah ihm in die Augen. »Ich wusste, dass du das fragen wirst. Meine Antwort lautet: Nein.«

»Vor ein paar Wochen hast du laut über ein ähnliches Szenario nachgedacht.«

»Darüber nachdenken und es tun, sind zwei Paar Schuhe. Ich bin nicht die Einzige, die von Ludwigs Vorliebe weiß, und ich bin erstaunt, dass du mir eine so hinterhältige Attacke zutraust.«

»Na, du kämpfst gerne mit harten Bandagen.«

»Aber immer mit offenem Visier.«

Er legte den Arm um sie und seufzte. »Das ist gut. Ich hatte wirklich Angst, dass du dahintersteckst.«

***

Alex' Worte gingen ihr in den kommenden Tagen immer wieder durch den Kopf. Was hatte er mit ›Angst‹ gemeint? Etwa um ihre Beziehung? Würde er sie verlassen, wenn jemals herauskam, dass sie diesen Feldzug gegen Ludwig führte? Entgegen ihrer Gewohnheit, nicht offen, sondern aus dem Hinterhalt. Er durfte es nie erfahren, und das würde auch nicht geschehen. Sollte Ben auffliegen, würde im schlimmsten Fall eine Spur von ihm zu Lefteris führen, aber keine zu ihr. Sie hatte Lefteris mit einem Prepaid-Handy angerufen, das längst im Müll lag. Und sie hatte ihn nur einmal getroffen. Am Münchner Hauptbahnhof. Auf einer Bahnsteigbank hatten sie innerhalb von zehn Minuten alles besprochen. Sie hatte ihm die Anzahlung gegeben und war in den Zug zurück nach Stuttgart gestiegen. Die Chatsoftware auf ihrem Laptop war gelöscht. Lefteris war der Einzige, der wusste, dass sie hinter allem steckte. Der Mann war Profi. Er würde nicht die Basis seines Geschäftsmodells opfern: das Vertrauen seiner Auftraggeber. Alles war gut.

Es dauerte noch vier Tage bis zum zweiten Akt. Anne saß wie auf Kohlen. Bevor Ludwigs Demontage in die nächste Phase ging, kam ein Anruf der Mitarbeiterin der Bank. »Ich habe gute Nachrichten für Sie. Wir werden Ihr Projekt finanzieren. Allerdings unter einer Voraussetzung: Ohne Eigenkapital geht es nicht. Sie brauchen zwanzig Prozent.«

Feige Schisser, dachte Anne. »Das ist kein Problem. Ich habe eine Erbschaft gemacht, die aber erst abgewickelt werden muss. Leider eine komplizierte Sache. Es kann einige Wochen dauern.«

»Unsere Zusage haben Sie. Wir machen die Verträge, sobald Sie das erledigt haben.«

Plan B musste zum Einsatz kommen, schlimmstenfalls Plan C. Doch etwas in ihr sträubte sich. Alle würden sie dafür hassen. Mit dieser Aktion machte sie sich zur Aussätzigen der Familie. Es war ein Witz. Niemand konnte Mama leiden. Doch plötzlich scharten Imke und Geli sich um sie, als wäre sie ein Kind, das man behüten musste.

Gab es eine andere Möglichkeit, an Geld zu kommen? Es dauerte eine Weile, bis Anne darauf kam, wer aus ihrem Netzwerk so vermögend war, dass er in ihr Business investieren konnte. Es war niemand von ihren beruflichen Kontakten. Es war ihre Schwester Geli, die auf einem Geldspeicher saß wie Dagobert Duck. Anne wusste, dass sie ihr Vermögen konservativ anlegte und Angst vor Verlusten hatte. Sie musste also Überzeugungsarbeit leisten und eine ordentliche Rendite in Aussicht stellen. Keinesfalls aber eine Beteiligung. Geli sollte ihr nicht reinreden können.

Kurz entschlossen griff sie zum Telefon und rief sie an. Geli war überrascht, von ihr zu hören, und fragte als Erstes, ob etwas passiert sei. Seit der Sache mit Carlo war sie so. Immer ein wenig panisch. Anne erklärte, dass alles in Ordnung war und sie anrief, um sich mit ihr zu verabreden. »Ich habe am Mittwoch in München zu tun.« Was nicht stimmte. »Wir könnten uns treffen.«

»Ja, gerne. Prima. Es gibt übrigens Neuigkeiten. Stell dir vor: Niklas und ich werden heiraten.«

»Echt jetzt? Das ist großartig. Gratuliere.« Überrascht stellte Anne fest, dass sie sich tatsächlich für Geli freute. Niklas war nett, auch wenn er nichts hermachte. Mit seiner ruhigen Art war er der perfekte Kontrapunkt zu ihrer chaotischen Schwester.

»Dann bin ich eine Patchwork-Mama«, sagte Geli. »Er hat drei Kinder. Die gehen alle noch zur Schule, leben aber bei seiner Ex. Hab ich noch gar nicht erzählt, oder?« Geli sprudelte weiter. Anne hörte geduldig zu, bis sie wieder auf ihr Anliegen kam und ihrer Schwester vorschlug, sich am Mittwoch bei ihr daheim zu treffen.

Am nächsten Tag platzte die Bombe. Ben hatte das Material an eine Tageszeitung und einen Fernsehsender geschickt. Beide Redaktionen hatten es geprüft, sich abgestimmt und erschienen zeitgleich mit der Story. Untreue und Korruption lauteten die Vorwürfe. Es dauerte nur einen weiteren Tag, bis die Staatsanwaltschaft Ermittlungen aufnahm, die Kripo Ludwigs Büro durchsuchte und er zurücktrat, bevor man ihn feuern konnte.

Anne sah sich seine knappe Rede im Fernsehen an. Ludwig sprach von einer Intrige und von seiner Weste, die am Ende so rein sein würde wie sein Gewissen. Ganz schön pathetisch. Und eigentlich auch komisch. Er redete von weißen Westen und forderte damit heraus, dass jeder an die weißen Windeln dachte, die er so gerne trug.

Niemand stellte sich an seine Seite. Alle ließen ihn fallen wie die sprichwörtliche heiße Kartoffel. Bis auf seine Frau, die zu ihm hielt. Trotz des Windel-Videos.

Dass die Staatsanwaltschaft wegen Korruption ermittelte, war eine Überraschung. Anne hatte vermutet, dass Ludwig mit Freunden in Budapest gewesen war. Deshalb auch die ursprünglich private Rechnung, die er dann auf die Firma hatte umschreiben lassen. Doch Ben hatte offenbar noch Ludwigs Terminkalender auf seinem Laptop und wusste, mit wem er sich getroffen hatte. Mit Geschäftspartnern.

Als Alex an diesem Abend nach Hause kam, saß sie mit einem Drink auf dem Sofa und sah die Abendnachrichten, in denen es natürlich auch um Ludwig ging. Sie fühlte sich großartig. Jetzt waren sie quitt. Sie war fertig mit ihm.

Alex setzte sich zu ihr. »So kann man sich irren. Ich habe ihn immer für integer gehalten.«

»Und ich für schlauer«, sagte sie. »Wie kann er so dämlich sein und eine solche Sause über eine Firmenkreditkarte laufen lassen.«

Alex zog sie an sich. »Gib es zu: Eigentlich freust du dich.«

»Da bin ich nicht die Einzige. Ludwig hat nicht nur mir übel mitgespielt. Da werden jetzt einige auf seinen Untergang anstoßen.«

»So wie du gerade.«

»So wie ich.« Sie hob ihr Glas. »Auch einen Gin Tonic?«

Alex wollte keinen. Er holte sich ein Bier. Sie schalteten den Fernseher aus und unterhielten sich über dies und das, bis sie wieder bei Ludwig ankamen und Anne einen Fehler beging. In den Medien wurde nur darüber berichtet, dass Ludwig Weigelt auf Firmenkosten potenzielle Kunden zu einem Wochenende mit Prostituierten in einem Budapester Hotel eingeladen hatte. Die ursprüngliche Rechnung, die auf seinen Namen lautete, wurde nicht erwähnt. Doch Anne tat das, und Alex stutzte. »Wer behauptet das denn?«

Sie versuchte, ihren Schreck zu verbergen. »Das kam im Fernsehen. Oder habe ich es online gelesen?«

»Davon habe ich nichts mitbekommen.«

»Ich hole mir ein Glas Wasser.« Sie stand auf, und er griff nach ihrem Handgelenk. »Anne, hast du irgendetwas damit zu tun?«

Sie wich seinem Blick aus und verriet sich dadurch. Es war nur der Bruchteil einer Sekunde, doch damit war alles gesagt. Sie machte sich los und ging in die Küche. Er folgte ihr. »Wie bist du an die Informationen gekommen?«

Das war wieder typisch Alex. Er redete nie lange um den heißen Brei herum. Für ihn war es Fakt, dass sie dahintersteckte. Er gab ihr keine Chance für Ausflüchte. Es blieb nur die Flucht nach vorne. »Ich habe jemanden beauftragt. Er sollte nur ein Video von Ludwig und seiner Domina beschaffen.«

»Hinter dem Video steckst du also auch.«

»Ich wollte ihn lächerlich machen. Mehr nicht. Und dann kam der Mann mit den Rechnungen an. Ludwig hat nicht nur gegen alle Governance-and-Compliance-Regeln verstoßen, er hat sich auch noch strafbar gemacht. Also zeig nicht mit dem Finger auf mich. Er ist der Schurke.«

»Du schon auch.« Alex setzte zu einer Erklärung an, doch dann ließ er die angespannten Schultern sinken. »Ich halte dir jetzt keinen Vortrag, wie total daneben das ist. Das weißt du hoffentlich selbst. Wenn nicht … Ich verstehe dich nicht. So kenne ich dich nicht.« Mit diesen Worten verließ er die Küche.

***

Anne stellte die Wasserflasche zurück in den Kühlschrank und machte sich einen Drink. Sie musste ihre Nerven beruhigen. Die Angst, Alex zu verlieren, saß plötzlich wie ein kalter Stein hinter ihrem Brustbein. Ohne ihn konnte sie nicht leben. Er war wie ein Teil von ihr. Ihre zweite Hälfte. Vermutlich die bessere. Er hatte recht. Was sie angezettelt hatte, war unverzeihlich. Jedenfalls die Sache mit dem Video. Über das andere konnte man streiten. Was sie getan hatte, würde er nie tun. Er käme nicht einmal auf die Idee. Er war integer und mit sich im Reinen, während sie stets mit sich haderte, sich unzulänglich fühlte und das zu verbergen versuchte. Hinter der großartigen Anne versteckte sich die kleine, verunsicherte. Die von ihrer Mutter kaum beachtet worden war. Das dritte Kind. Das ungewollte. Denn Mama war ja schon mit zwei Kindern total überfordert gewesen. Deswegen hatte Papa einspringen und seine Praxis vernachlässigen müssen. Doch Mama hatte die Pille nicht vertragen. Sie war »das passierte Kind«. Und das hatte ihre Mutter ihr auch noch gesagt. Danke! Wie konnte man der eigenen Tochter unter die Nase reiben, dass sie unerwünscht war? Nichts als eine Last?

Von einem Moment auf den anderen fühlte Anne sich nichtig und klein. Überflüssig und ausgestoßen. Als ob es sie gar nicht wirklich gab. Sie trank ihren Gin Tonic zu hastig. Doch er half nicht, die aufsteigende Panik unter Kontrolle zu bekommen.

Sie suchte nach Alex und fand ihn in seinem Arbeitszimmer am PC. »Können wir reden?« Ihre Stimme klang piepsig. Sie räusperte sich. »Du hast recht. Es war falsch. Ich weiß auch nicht, was mich dazu getrieben hat.«

Er drehte sich auf seinem Stuhl zu ihr um. »Es war der Wunsch nach Rache. Doch Hinterhältigkeit ist nicht dein Stil. So kenne ich dich nicht. Sonst bist du so souverän.«

Ja klar, dachte sie, denn die kleine verängstigte Anne kennst du nicht. Die habe ich dir nie gezeigt, und die wirst du auch nie zu Gesicht bekommen, denn sie wird dich zu Tode erschrecken. Du liebst die starke Frau in mir, und die werde ich dir immer sein. Tough, souverän und auch mal über ihren Schatten springend. »Es tut mir leid«, sagte sie, und das war so. »Wenn ich es ungeschehen machen könnte, würde ich es tun. Jedenfalls die Sache mit dem Video. Bei der Budapest-Sause sieht es anders aus. Wobei es besser gewesen wäre, diese Karte offen zu spielen und Ludwig selbst anzuzeigen, anstatt die Informationen zu lancieren.«

»Das Video …«

»War eine bescheuerte Idee von mir.« Sie setzte sich auf seinen Schoß und schlang ihre Arme um seinen Hals. »Mea culpa. Kannst du mir das verzeihen?«

»Wieso ich? Eigentlich müsste Ludwig dir verzeihen.«

»Wenn er davon wüsste. Ich gehe nicht davon aus, dass du mich verpetzt.« Ihr Mund suchte seine Lippen.

»Natürlich nicht«, sagte er und erwiderte ihren Kuss.

Am Ende landeten sie beim Versöhnungssex im Bett, und alles war wieder gut. Das hoffte Anne jedenfalls. Doch sie bemerkte in den folgenden Tagen, dass sich etwas veränderte. Eine Art Befangenheit schob sich zwischen sie. Vielleicht fragte Alex sich, was er alles nicht von ihr wusste oder was ihr noch zuzutrauen war. Und sie versuchte, das erschütterte Vertrauen wiederherzustellen, und behandelte ihn beinahe wie ein rohes Ei.

Sie hatte ihn enttäuscht. Während er das noch nie getan hatte. Auf ihn war Verlass. Er war ein guter Mensch. Beinahe zu gut, um wahr zu sein. Das hatte Geli mal gesagt. Du verklärst ihn und willst seine Fehler gar nicht erkennen. Doch Alex hatte keine Fehler.

Karin

Karin suchte nach den Brillenputztüchern, während der Kaffee durchlief. Noch immer machte sie zu viel davon. Als wäre Jens hier und würde gleich hereinkommen und sagen: »Wie das duftet. Da werde ich allein vom Geruch munter. Guten Morgen, meine Liebe!« Und er würde sich zu ihr herunterbeugen, an den Küchentisch, wo sie saß und die Zeitung las, und er würde ihr einen Kuss geben, ganz beiläufig, so wie sich das im Laufe der Jahrzehnte eingespielt hatte. Und sie würde zu ihm aufsehen und entweder sagen, dass ihre Nacht »so lala« gewesen war, oder ganz fürchterlich und ihr jeder Knochen wehtat. Je älter man wurde, umso schlimmer wurde es mit dem Schlafen. Meistens schmerzte irgendwas.

Wo waren nur die Putztücher für die Brille? Die Gläser waren ganz verschmiert. So konnte sie nicht Zeitung lesen. Sie suchte im Flur in den Schubladen und fand schließlich eine angebrochene Packung im Wohnzimmer. Im Sideboard, wo auch das Fotobuch lag, das Imke und Moritz ihr zum Geburtstag geschenkt hatten. Sie nahm es heraus, holte sich aus der Küche eine Tasse Kaffee und setzte sich damit aufs Sofa. Es war fünf Uhr morgens, und draußen wurde es gerade hell. Die Terrassentür war noch geschlossen. Von der Katze keine Spur.

Karin schlug das Buch auf. Auf der ersten Seite befand sich das erste Foto, das es von ihr und Jens als Paar gab. Es war 1965 entstanden, kurz nach ihrem Kennenlernen. Jens hatte sie in den Tierpark eingeladen. Jemand hatte es vor dem Elefantenhaus von ihnen gemacht. Wer? Das wusste Karin nicht mehr. Jens überragte sie um einen Kopf und hatte seinen Arm um ihre Schultern gelegt. Wie jung er aussah. Beinahe noch ein Bub. Dabei war er fünfundzwanzig gewesen. Genau wie sie. Es war ein schöner erster Sommer gewesen. Sie hatten Ausflüge gemacht. Mit der Bahn nach Tegernsee, Garmisch oder Murnau. Hinauf auf die Berge oder hinein in einen See. Sie war so verliebt in ihn und hatte sich leichter gefühlt, beinahe frei. Die Schatten verzogen sich. Doch als der Herbst kam und es Winter wurde, pirschten sie sich wieder an. Jens hatte Karten für ein Konzert im Herkulessaal besorgt. Sie wollte nicht mitkommen. Doch er überredete sie. Instinktiv mied sie klassische Musik, hörte lieber Schlager und Popmusik, denn auch den Rock 'n' Roll hatte sie unbewusst aus ihrem Leben verbannt. Allem, was sie an früher erinnerte, ging sie aus dem Weg.

Sie besuchten also das Konzert, und es endete in einem Fiasko. Karin fühlte sich von Beginn an nicht wohl. So eingepfercht zwischen Menschen. Vor ihr Hunderte. Hinter ihr Hunderte. Rechts und links neben ihr Dutzende, dicht gedrängt. Der Geruch nach Parfums und Rasierwasser, nach Schweiß. Sie konnte nicht mehr richtig atmen und rutschte unruhig auf ihrem Stuhl hin und her. Jens bemerkte es. Er griff nach ihrer Hand und drückte sie. »Geht es dir gut?« Sie nickte tapfer. Sie wollte ihm das Konzert nicht verderben. Und dann erklangen irgendwann die ersten Takte der Klaviersonate, die Pelle im Sommer vor neun Jahren geübt hatte, und es nahm ihr den Atem. Als ob sich eine Hand um ihren Hals legte und langsam zudrückte. Sie rang nach Luft. Ihr Herz raste. Jens schien plötzlich weit entfernt. Er redete mit ihr, doch sie konnte ihn nicht hören. Er sprang auf, schrie etwas in den Saal. Tausend Köpfe drehten sich. Jemand trug sie hinaus. Sie lag im Foyer auf einer Bank. Jens neben ihr. Eine fremde Frau beugte sich über sie. »Ich bin Ärztin. Gleich kommt ein Krankenwagen. Haben Sie Schmerzen in der Brust?«

Im Krankenhaus hatten sie nichts gefunden. Natürlich nicht. Ihr Herz war gesund und stark. In ihrem Oberstübchen stimmte etwas nicht. Doch das konnte sie Jens nicht erklären. Stattdessen erzählte sie ihm endlich von Pelle. Von seiner Begabung und von seinem spurlosen Verschwinden, und er half ihr bei der Suche nach ihm. Schrieb Briefe, forderte Akteneinsicht. Fuhr nach Warting und sprach mit den Nonnen. Angeblich gab es Pelles Akte nicht mehr. Und die Kirche verweigerte Auskunft. Jens rannte gegen Mauern. Es dauerte noch lange, bis sie ihm erzählen konnte, was sie in Sankt Marien erlebt hatte. Nicht alles, aber immerhin einiges.

Karin schlug die Seite um. Die Fotos von der Hochzeit folgten. Sie beide vor dem Standesamt. Umgeben von seiner Familie. Vater, Mutter, Schwester Hilde und Bruder Laurent. Daneben einige Verwandte. Von ihr war niemand da. Sie hatte keine Familie mehr. Neben Jens stand sein bester Freund Karl, der sein Trauzeuge war. Neben ihr stand Lotti, eine Kollegin aus dem Krankenhaus und so etwas Ähnliches wie eine Freundin. Ihre Trauzeugin.

Jens im dunklen Anzug, das Haar streng gescheitelt. Eine weiße Blume am Revers und ein so glückliches Lächeln im Gesicht, dass sie sich auch heute wieder fragte, was er an ihr so sehr geliebt hatte, dass es ihm dieses Strahlen ins Gesicht zauberte. Er musste in ihr etwas anderes gesehen haben als sie selbst. Er war stark gewesen. Vielleicht hatte er eine Aufgabe gesucht und sie in ihr gefunden. Eine Herausforderung für ein gemeinsames Leben. Kein rosa Wolkenkuckucksheim, sondern schwere Arbeit.

Mit dem Daumen strich sie über sein lächelndes Gesicht und blätterte um. Das Haus. Sie hatten es im Jahr ihrer Hochzeit gekauft. Jens' Vater hatte ihnen dabei finanziell unter die Arme gegriffen. Seine Eltern – also Jens' Großeltern – hatten vor dem Krieg in ihrem kleinen Betrieb Elektromotoren produziert. Den hatte sein Vater 1949 übernommen und zu einem Unternehmen mit über zweihundert Beschäftigten ausgebaut. Das Geschäft lief blendend, und ihr Schwiegervater war ein großzügiger Mann gewesen. Er war auch schon lange tot, genau wie seine Frau und auch Laurent und Hilde.

Karin blätterte weiter. Sie im Krankenhaus, auf der Säuglingsstation. Bis zu Gelis Geburt 1969 hatte sie als Säuglingspflegerin gearbeitet. Jens im weißen Kittel vor seiner Praxis. Das Schild neben der Eingangstür. Glänzendes Messing mit eingravierter Schrift. *Dr. Jens Remy, Zahnarzt*. Darunter die Sprechzeiten. Der Garten während seiner Neuanlage. Erdhaufen, Kies und Torf. Als hätte sich ein Heer von Maulwürfen durchgewühlt. Es hatte ihnen beiden so viel Freude gemacht, den Garten nach englischem Vorbild anzulegen. Jedenfalls soweit es die klimatischen Bedingungen des Voralpenlands zuließen. Das Graben und Schaufeln hatte ihr immer gutgetan. Überhaupt körperliche Arbeit. Arbeiten, bis man erschöpft und todmüde war und die Schatten kaum eine Chance hatten, sich anzupirschen. Es folgten Fotos von Bergwanderungen, Geburtstags- und Weihnachtsfesten. Urlaub in Italien. Florenz. Rom. Das Meer. Capri und Venedig. Campari-Orange-Sommer waren das gewesen. Straßburg und Paris. Nizza. Die Côte d'Azur. Als Aperitif ein Glas Cremant, manchmal auch Champagner, zum Lockerwerden für den Sex ein Perroquet oder zwei.

Auf der nächsten Seite war sie mit Geli schwanger. Im geblümten Sommerkleid stand sie auf der Terrasse und blickte mit dickem Bauch unsicher in die Kamera. Es war ein Schock gewesen, als sie verstanden hatte, dass sie schwanger war. Doch Jens freute sich wie verrückt, weil es nach vier Jahren endlich geklappt hatte. Verhütet hatten sie nie, weil er Kinder wollte. Am besten vier. Zwei Buben und zwei Mädchen. Karin war sich sicher gewesen, dass ihr Körper sich weigern würde, ein Kind zu empfangen. Leben in die Welt zu setzen und einer verängstigten und unfähigen Mutter zu überlassen.

Mutter sein. Das konnte sie nicht. Die Verantwortung für ein hilfloses Wesen zu übernehmen. Wo sie doch schon acht Stunden täglich in Sorge war, bei ihrer Arbeit etwas falsch zu machen, und deswegen übervorsichtig agierte. Manchmal verschluckten sich die Kinder beim Füttern. War es ihre Schuld? Oder sie schrien beim Baden. War das Badewasser zu kühl oder zu heiß? Manchmal geriet Seife in die Augen, oder sie schluckten etwas vom Wasser. Oder sie schrien aus unerfindlichen Gründen. War der Windelpack zu fest gewickelt? Oder war er zu locker und alles lief aus? Häufig glaubte sie, etwas falsch zu machen. Ständig duckte sie sich weg und versuchte ihre Unfähigkeit zu verbergen. Es war so unendlich anstrengend. Und nun stand ihr das vierundzwanzig Stunden am Tag bevor, an sieben Tagen in der Woche. Doch Jens machte ihr Mut. Er wäre auch noch da. Gemeinsam würden sie das schaffen.

Es wurde eine schwere Geburt. Achtzehn Stunden Wehen. Unendliche Schmerzen. Dann ein Kaiserschnitt. Geli hatte sich geweigert, aus freien Stücken zur Welt zu kommen.

Als sie mit dem Baby aus der Klinik nach Hause kam, hatte sie einen Schlussstrich unter ihre Vergangenheit gezogen. Kein Gedanke mehr an Pelle. Er war bestimmt tot. Und falls er lebte, war es unverzeihlich, dass er sich nicht bei ihr meldete. Es war vorbei. Sie entschloss sich, nur noch in die Zukunft zu blicken. Sie hatte einen Mann und ein Kind. Es ging ihr blendend. Sie wollte Jens glücklich machen und eine gute Mutter sein.

Doch es gelang ihr nicht, eine tiefe und innige Beziehung zu dem kleinen Wesen aufzubauen. Etwas hielt sie davon ab. Eine Art von unsichtbarer Wand, die sie später auch von Imke und Anne trennte. Der Sommer ging in den Herbst über und in den Winter. Mit der dunklen Zeit kehrten die dunklen Gedanken zurück. Ihre Schatten suchten sie wieder heim, an diesen rabenschwarzen Tagen.

Am vierten November wickelte sie Geli im Badezimmer. Die Kleine schrie und wand sich. Sie wollte nicht gesäubert werden und zappelte herum. Dabei fiel die Cremedose herunter. Ein Teil des Inhalts verteilte sich auf dem Boden und der Tür der Wickelkommode. Mit einer Stoffwindel entfernte sie rasch das Gröbste und hob die Dose auf. Als sie sich aufrichtete, sah sie gerade noch, wie Geli über die Kante der Kommode rollte. Mit einem dumpfen Geräusch landete das Kind in der leeren Badewanne neben dem Wickeltisch und das Geschrei erstarb. Ihr Herz setzte für einen Schlag aus. Jetzt ist es passiert, dachte sie. Jetzt habe ich sie umgebracht. Sie starrte auf das stille Kind. Es begann sich zu bewegen und schlug die Augen auf. Doch es blieb so still. Sie nahm Geli aus der Wanne, wickelte sie in ein Tuch und ging hinunter, um Jens anzurufen. Zwei Minuten später war er da und rief einen Krankenwagen. Er sagte etwas von Schädel-Hirn-Trauma. Sie fühlte sich wie unter Wasser und konnte sich später nicht erinnern, wie sie ins Krankenhaus gekommen waren.

Dort gab der Arzt nach einer Stunde bangen Wartens Entwarnung. Die Kleine hätte wohl einen Dickschädel, scherzte er. Man wolle sie über Nacht zur Beobachtung dabehalten und Jens bot an, bei ihr zu bleiben. Er schickte Karin nach Hause. Sie legte sich ins Bett und zog die Decke über den Kopf. Doch die Schatten fanden sie.

Du bist nichts wert.

Du taugst nichts.

Dir fehlt es an Verantwortungsgefühl und an Pflichtbewusstsein.

Aus einer wie dir kann nichts werden.

Du nichtsnutziges Gör.

Früher hat man solche wie dich beseitigt!

Dir ist nicht zu helfen.

Du hast uns wieder einmal alle enttäuscht.

Sie hatte ihr Kind um Haaresbreite umgebracht, und Jens hatte sie nach Hause geschickt, um die Kleine zu beschützen. Vor ihr. Die Dunkelheit wurde tiefer und tiefer. Ihre Gedanken drehten sich im Kreis. Sie war nichts wert. Sie machte alles falsch. Sie war unnütz und brachte jedem Unglück. Sie sehnte sich nach Ruhe und Frieden. Seit so vielen Jahren schon.

Nachts um eins ging sie ins Bad und suchte nach den Tabletten. Valium, damit sie in der schwarzen Zeit wenigstens ab und zu schlafen konnte. Jens kontrollierte, wie viel sie nahm. Er wusste nicht, dass sie entdeckt hatte, wo er sie aufbewahrte, und holte die Packung aus dem Versteck. Ein Döschen. Zu drei Vierteln voll. Es würde reichen. Sie ging in die Küche, kippte den Inhalt in ein Glas und tat ein wenig Wasser dazu. Langsam lösten sich die Tabletten auf. Sie rührte um, damit es schneller ging, und verdünnte den Brei, bis er trinkbar war. Mit wenigen Schlucken leerte sie das Glas und legte sich ins Bett.

Das Nächste, an das sie sich erinnern konnte, war, wie Jens sie zum Erbrechen brachte. In der Klinik hatte er es nicht ausgehalten. Karin allein daheim. Voller Schuldgefühle. Hoffentlich tat sie nichts Unüberlegtes.

Sie schlug das Fotobuch zu. »Genug Erinnerungen für heute. Und dabei hat der Tag noch gar nicht angefangen.«

Auf der Terrasse erschien die Katze. Karin öffnete die Tür und ließ sie herein. In der Küche füllte sie ein Schälchen mit Futter und schenkte sich mit zitternden Händen die zweite Tasse Kaffee ein. »Kein Blick zurück«, erklärte sie der Katze. »Das wird jetzt nicht mehr funktionieren. Imke weiß von Pelle, und sie wird nicht aufhören zu fragen.«

Karin

Herbst 1956

Der Schreck durchfuhr Karin wie ein Stromschlag. »Wieso wurde Mami denn verhaftet?«

»Ich weiß es nicht genau. Vermutlich wegen der Sache mit dem jungen Mann, der hier übernachtet hat. Der Prozess steht bevor. Jedenfalls ist sie jetzt in U-Haft. Ihr dürft sie besuchen. Deswegen bin ich hier. Wir bringen euch zu ihr.«

Durch Karins Kopf fegte ein Sturm. Kein klarer Gedanke wollte gelingen. Pelle weinte. Dorothea Meister tröstete ihn. »Es wird sich bestimmt bald alles klären, mein Kleiner. Bald hast du deine Mutti wieder. Jetzt sollten wir aber los.«

Der dunkelblaue VW-Käfer der Mitarbeiterinnen des Jugendamts stand vor dem Haus. Pelle und Karin kletterten auf den Rücksitz. Die Meister und ihre Kollegin stiegen vorne ein. Die Fahrt ging quer durch München. Der Himmel war grau. Es begann zu nieseln. Karin wunderte sich, als sie Riem erreichten und den Flughafen passierten und weiter auf die Landstraße Richtung Wasserburg fuhren.

»Ist Mami denn nicht in München?«

»Das Gefängnis für Frauen ist außerhalb«, erklärte Frau Meister. »In einer halben Stunde sind wir da.«

Pelle griff nach Karins Hand, und sie drückte sie. Wer sollte sich um sie kümmern, wenn Mami wegen Kuppelei verurteilt wurde und ins Gefängnis musste? Krohnen etwa? Bei dem Gedanken an ihn wurde ihr schlecht.

Die Landschaft wurde hügelig. Schließlich erreichten sie ein Dorf namens Warting und durchquerten einen dunklen Wald, der bald lichter wurde. Auf einer großen Rodungsinsel standen Häuser, die eine Mauer umgab. Vor einem eisernen Tor stoppten sie. Die Meister hupte. Ein hagerer Mann mit krummem Rücken kam und öffnete. Sie fuhren auf den Hof und stiegen aus. »Guten Tag, Herr Sowada. Da wären wir«, sagte die Meister.

In Karins Hals setzte sich ein Klumpen. Pelle sah sie angstvoll an. »Dürfen wir jetzt zu Mami?«, flüsterte er. Karin wollte nicken, doch etwas stimmte hier nicht. Zwei Nonnen mit weißen Hauben kamen die Treppe vom Haupthaus herunter. Von weiter hinten näherte sich eine Gruppe Jungen mit dreckverschmierten Hosen und Gesichtern. Sie wurden von einem Mann begleitet, der Gummistiefel trug und einen Stock in der Hand hielt. Ein Schäferhund folgte ihm dicht bei Fuß. Die Jungen zogen und schoben einen Wagen mit Gummirädern. Er war bis obenhin mit Kartoffeln beladen.

»Dann kommt mal mit«, sagte die Meister.

»Das ist doch kein Gefängnis«, antwortete Karin.

»Es ist das Erziehungsheim Sankt Marien. Hier werdet ihr vorerst bleiben.«

Karins Herz setzte für einen Schlag aus. »Sagt wer?«

»Euer Vormund hat Heimerziehung beantragt. Das Gericht hat sie verfügt. Es ist entschieden. Folgt mir.«

Das also war Krohnens Rache! »Nein!«, schrie Karin. »Das können Sie nicht machen! Wir werden keinen Fuß in dieses Haus setzen!« Pelle stand mit schreckgeweiteten Augen daneben.

»Schweigt still und kommt mit.« Die Meister riss an ihrem Arm. Ihre Kollegin packte Pelle. Die beiden zerrten sie ins Haus. Karin schrie und bekam eine schallende Ohrfeige verpasst. »Füge dich, und du wirst hier eine gute Zeit haben.«

Ihre Wange brannte. Sie versuchte sich loszureißen und bekam die nächste Ohrfeige. »Schluss jetzt! Oder sollen wir dich in eine Zwangsjacke stecken?«

Pelle sah sie mit aufgerissenen Augen an. »Tu doch, was sie sagt«, flüsterte er. »Bitte.« Er war total verängstigt, und Karin gab klein bei. Keine Stunde würden sie hierbleiben. Es würde sich schon ein Weg finden.

Die beiden Frauen scheuchten sie durch die Eingangshalle und einen düsteren Flur entlang. Auf dem Steinboden hallte jeder Schritt nach. Karin fröstelte. Das Haus war alt und hatte dicke Mauern. Die Kälte von Jahrzehnten schien darin zu sitzen. Es roch nach verkochtem Kohl und ranzigem Fett. Die Meister klopfte an eine Tür und schob sie in das Zimmer, als jemand »Herein« rief.

Sie traten in einen warmen, hellen Raum. Karin registrierte eine Vase mit Dahlien unter einem Bild der Jungfrau Maria. Ein Kruzifix hing an der Wand. Hinter einem wuchtigen Eichenschreibtisch saß eine Nonne mit schwarzer Tracht und weißer Haube. Ihr Blick war freundlich.

»Grüß Gott, Schwester Oberin«, sagte die Meister. »Da wären sie.«

Die Nonne beugte sich vor. »Ihr seid also die Neuen. Willkommen in Sankt Marien. Wir werden ordentliche Menschen aus euch machen. Hier gelten Regeln, es herrscht Ordnung. Wenn ihr euch danach richtet, wird es euch wohlergehen. Wenn nicht …« Sie breitete die Hände aus. »Dann werdet ihr die Konsequenzen tragen.« Sie griff nach einer Messingglocke und bimmelte. Die Tür ging auf. Eine Nonne kam herein. »Schwester Oberin?«

»Schwester Agnes, das sind die beiden Neuen. Sorgen Sie dafür, dass sie untergebracht werden und sich pünktlich zum Abendessen im Speisesaal einfinden.«

Schwester Agnes wandte sich ihnen zu. Sie war sehr jung. Vielleicht Mitte zwanzig. Karin fielen ihre wasserblauen Augen mit den blonden Wimpern auf und ihr porzellanheller Teint. »Kommt, Kinder.«

Karins Wange brannte noch immer von den beiden Ohrfeigen. Pelles Hand in ihrer war schweißfeucht. Einen Moment erwog sie, einfach loszurennen. Sie war schnell. Weder die Meister noch die Nonnen würden sie einholen. Doch auch Pelle würde nicht mithalten können.

Schwester Agnes berührte Karin an der Schulter und wies zur offenen Tür. »Auf geht's.«

Sie folgten ihr über den kalten Flur zu einem Raum voller Regale und Schränke. Zwei Nonnen sortierten Sachen ein. Man reichte ihnen Bettwäsche und Kleidung. Alles war grau und fühlte sich kratzig an. Pelle starrte Karin an. Mach was!, schien sein Blick zu sagen. Sie nickte ihm zu. Ihr würde schon etwas einfallen.

Schwester Agnes bat eine der Nonnen, Pelle ins Bubenhaus zu bringen, und er erstarrte. »Ich will nicht. Ich bleib bei meiner Schwester.« Er umklammerte ihre Hand.

»Es ist doch nur bis heute Abend. Dann seht ihr euch wieder«, sagte Schwester Agnes. »Die Jungen wohnen im Bubenhaus und die Mädchen im Mädchenhaus. Das verstehst du doch.« Sie klang ruhig und bestimmt.

»Geh nur«, sagte Karin. »Wir sehen uns später.« Er ließ

ihre Hand los, und sie fühlte sich für einen Moment wie eine Verräterin. Doch lange würden sie nicht in diesem Heim bleiben. Unwillkürlich ging ihr Blick zum Fenster. Zu ihrem Schreck war es vergittert. War das etwa überall so?

»Lass uns nicht trödeln.« Schwester Agnes gab ihr einen kleinen Stups, und Karin folgte ihr aus dem Haus und über den Hof und sah Pelle nach, der mit der anderen Nonne in die entgegengesetzte Richtung verschwand. Er sträubte sich. Sie zog ihn hinter sich her. Und Karin zerriss es fast das Herz.

Sie steuerten ein zweigeschossiges Haus an, das im rechten Winkel zum Hauptgebäude stand. Ockerfarbener Anstrich, grüne Fensterläden. Efeu rankte sich an der Fassade empor. Eigentlich sah es einladend aus, wären nicht Gitter an allen Fenstern.

Schwester Agnes öffnete einen Türflügel, und sie traten ein. Im Inneren roch es anders als im Haupthaus. Angenehm. Nach Seife und Lavendel. »Unten befindet sich die Wäscherei. Dort wirst du ab morgen arbeiten«, erklärte Schwester Agnes. »Wir beginnen um sieben Uhr. Nach dem Frühstück. Davor ist der Gottesdienst, um halb sechs. Sei pünktlich, sonst musst du mit leerem Magen arbeiten. Mittag gibt es um zwölf, und danach wird bis sechs gearbeitet.«

»Und wann ist Schule?« Karin fragte, obwohl sie nicht vorhatte, morgen um diese Zeit noch hier zu sein.

»Wie alt bist du?« Die Nonne wartete die Antwort nicht ab, sondern gab sie sich selbst. »Sechzehn. Deiner Schulpflicht ist schon seit zwei Jahren genüge getan. Vergiss deine hochmütige Idee, zu studieren. Hochmut ist eine Todsünde. Bei uns lernst du Demut und obendrein etwas fürs Leben.«

Sie gingen über eine Treppe in die erste Etage. Schwester Agnes stieß die Tür zum Schlafsaal auf. Der Raum war riesengroß. Etwa zwei Dutzend weiß lackierte Metallbetten standen darin. Eine Reihe schmaler Spinde befand sich an der Stirnseite des Raums. »Das Bett Nummer einundzwanzig ist deines«, sagte Schwester Agnes. »Deine Sachen kannst du in den Schrank mit derselben Nummer tun. Bezieh es. Zieh dich um und komme um achtzehn Uhr hinunter in den Speisesaal. Der Waschraum und die Toiletten sind gegenüber.«

»Wieso kann ich meine Sachen nicht anbehalten?«

»Tu einfach, was man dir sagt.« Schwester Agnes ging, und Karin stand allein in dem kalten großen Raum. Eine Fensterreihe ging zum Hof hinaus. Gitter davor. Rechts befand sich das Haupthaus. Gegenüber entdeckte sie ein Gebäude, das dem hier ähnlich war. Vermutlich das Haus für die Buben. Ob Pelle dort jetzt am Fenster stand und zum Mädchenhaus herübersah? Linker Hand war das Tor. Es war wieder geschlossen, und der blaue VW war weg. Die Meister hatte sie in eine Falle gelockt! Ohnmächtiger Zorn stieg in Karin auf. Die Mauer war zu hoch, um darüber zu klettern. In der Krone entdeckte sie obendrein einbetonierte Glasscherben. Das war der falsche Ort. Hier sollte sie nicht sein. Sie konnte es nicht fassen, dass es wirklich war. Ein böser Traum, gleich würde sie aufwachen und alles war gut.

»Du tust besser, was sie sagen.«

Karin fuhr herum. Niemand war zu sehen.

»Ich bin hier. Nummer sechzehn. Neben der Tür.« Karin ging hinüber. Ein etwa gleichaltriges Mädchen lag im Bett. Sein Haar war schweißnass, die Wangen fieberrot. »Ich bin die Waltraud. Und du?«

»Die Karin. Was ist mit dir?«

»Ich habe Fieber.«

Sie legte dem Mädchen die Hand auf die Stirn, so wie Mami das immer bei ihr machte, und nahm sie erschrocken gleich wieder weg. »Du glühst ja richtig.«

»Es wird schon besser.«

»Was sagt der Arzt?«

»Du denkst doch nicht, dass man wegen einer wie mir den Arzt holt. Da musst du schon kurz vorm Abkratzen sein, damit der gerufen wird.« Das Mädchen begann zu zittern und zog die Decke fester um sich.

»Du hast Schüttelfrost. Ich hol dir einen kalten Waschlappen.«

»Lass sein. Das gibt ...« Waltraud verstummte. Schritte erklangen auf dem Flur, und sie legte den Finger an die Lippen. »Wir dürfen nicht miteinander reden«, flüsterte sie. Die Schritte verhallten, Karin suchte in ihrem Wäschestapel nach einem Waschlappen und ging in den Waschraum. Weiße Kacheln vom Boden bis zur Decke, eine Reihe nackter Brauseköpfe. Keine Abtrennung. Ein grüner Gartenschlauch an einer Halterung. An der anderen Wand reihten sich Waschbecken. Nirgendwo ein Spiegel. Ein Raum wie ein Schlachthaus, dachte Karin, obwohl sie noch nie eines gesehen hatte. Es schauderte sie, und sie machte rasch den Waschlappen nass, wrang ihn aus und kehrte zu Waltraud zurück. »Ich hole Schwester Agnes.«

»Gib mir den Waschlappen. Das reicht. Und bezieh dein Bett, sonst gibt's Dresche. Wenn du nicht spurst, kriegst du das zu spüren. Sie sind nicht barmherzig, diese Schwestern.«

Angst setzte sich hinter Karins Brustbein. Sie legte Waltraud den kalten Waschlappen auf die Stirn und bezog ihr Bett. Es stand direkt am Fenster. Die Decke war dünn und die Matratze durchgelegen. Alles roch ein wenig muffig. Die Bettwäsche war grau, genau wie das scheußliche Kleid, das sie anziehen sollte. Vor dem Spind zog sie sich um. Das Kleid war obenrum zu eng. Es quetschte ihre Brust ein, dafür war es in der Taille zu weit, und es war viel zu lang. Es reichte beinahe bis zu den Knöcheln. Wie gut, dass es hier keine Spiegel gibt, dachte Karin, und ein albernes Lachen wollte in ihr aufsteigen, als sie an die Schultheiß und die Frey dachte, die dieses Kleid sicher »très chic« finden würden. Sie dachte auch an Krohnen, dessen Rache das war. Dann sah sie den strengen Blick ihrer Mutter vor sich. *Schieb die Verantwortung nicht auf andere. Hättest du den beiden keinen Grund zur Klage geliefert, wäre all das nicht passiert. Du allein hast uns das eingebrockt.*

Sie legte Rock, Pullover und Jacke zusammen und verstaute sie in dem Spind. Es war alles, was sie von zu Hause mitgebracht hatte. Es war alles, was sie im Moment besaß. Die Meister hatte ihr und Pelle nicht einmal die Gelegenheit gegeben, ein paar Sachen einzupacken. Es ist nicht wichtig, sagte sie sich. Wir bleiben ohnehin nicht hier. Die Meister hatte bestimmt gelogen. Mami war nicht in U-Haft. Sie würde sie hier rausholen.

* * *

Von ihrem Bett am Fenster sah Karin auf eine kleine Kirche, die sich am Rande des Areals in der Nähe der Mauer befand. Am Zwiebelturm befand sich eine Uhr. Als es kurz vor sechs war, stand sie auf und ging zu Waltraud. Die schüttelte den Kopf. Sie wollte nichts essen, und sie war auch nicht in der Lage hinunterzugehen. Sie wollte nur einen Becher Tee. Karin versprach, ihn mitzubringen. Der

Speisesaal war im Haupthaus. Sie ging hinüber und folgte den Kindern, die in Zweierreihen durch die Eingangshalle und den Flur gingen. Jungen und Mädchen jeden Alters. Die Jüngsten vielleicht drei oder vier. Die Ältesten waren beinahe erwachsen. Insgesamt waren es vielleicht achtzig bis hundert Kinder, und alle waren still. Kaum ein Wort. Nur ein wenig Getuschel und die Schritte auf dem Steinboden waren zu hören. Karin hielt Ausschau nach Pelle. Doch sie entdeckte ihn nicht.

Die Tische im Speisesaal standen in langen Reihen. Blankes Holz, darauf angeschlagene Teller und verbeulte Emaille-Becher. Blechbesteck. Keine Tischdecke. Keine Serviette. Nichts war so, wie Karin es von zu Hause kannte. Nur zwei Tische waren hübsch gedeckt. Sie befanden sich an der Stirnseite des Raums, direkt unter dem Fenster, durch das die Abendsonne fiel. Dort gab es all das, was Karin an den anderen Tischen vermisste. Die Schwester Oberin und die Nonnen saßen an einem. Am Tisch daneben hatten ein paar Männer Platz genommen. Der vom Nachmittag war auch dabei. Nur trug er jetzt keine Gummistiefel, und auch der Stock fehlte. Der Hund lag zu seinen Füßen. Waren das die Lehrer? Denn die jüngeren Kinder wurden offenbar unterrichtet.

Karin sah sich nach Pelle um und entdeckte ihn ganz hinten. Er saß an einem Tischende, neben einem hoch aufgeschossenen Jungen, der an seinen Nägeln kaute. Sie setzte sich zu ihm und fuhr ihm über den Kopf. »Pelle. Da bist du ja.«

»Ich will heim.«

Ihm gegenüber saß ein etwa sechsjähriger Bub mit einem Schild um den Hals. *Ich bin das größte Schwein im ganzen Kinderheim*, stand darauf.

»Er hat ins Bett gemacht«, flüsterte Pelle.

»Mami wird uns hier rausholen. Die Meister hat uns angelogen. Sie ist nicht im Gefängnis.« Der dünne Junge sah sie an und legte den Finger an den Mund. Sie solle still sein. Der hatte ihr gar nichts zu sagen. »Wahrscheinlich müssen wir ein paar Tage durchhalten. Dann …« Plötzlich wurde sie mit einem Ruck an den Haaren hochgerissen. Ein brennender Schmerz durchfuhr sie.

»An deinen Tisch!« Eine dicke Nonne zerrte sie hinter sich her. Karin gelang es nicht, sich zu befreien. »Loslassen! Sie tun mir weh!«

»Hier ist dein Platz!« Sie wurde auf einen Stuhl an einem anderen Tisch gedrückt und presste die Kiefer zusammen. Dafür würde dieser Pinguin bezahlen! Hier saßen nur Mädchen. Alle blickten auf ihre Hände oder Teller. Keine sagte etwas. Nur das Mädchen neben ihr drehte den Kopf. »Du darfst dich niemals zu den Jungen setzen«, flüsterte sie. »Und auch nicht mit ihnen reden. Mit niemandem. Nur Beten und das Singen von Kirchenliedern sind erlaubt. Ich bin die Edith.«

»Ruhe!« Die Schwester Oberin klatschte in die Hände. »Leopold, du bist mit dem Tischgebet an der Reihe.«

Ein Junge stand auf und sprach das Gebet. Danach durfte man zugreifen. Auf dem Tisch standen ein Teller mit Graubrot, ein paar Schälchen mit Margarine und ein Teller Wurst. Nur der Tisch der Nonnen und Erzieher war üppig gedeckt. Ehe Karin es sich versah, war bis auf eine Scheibe Brot alles weg. Sogar die Margarineschälchen waren leer gekratzt. Edith sah das, griff über den Tisch und riss eine Scheibe Wurst vom Teller eines Mädchens und knallte sie auf Karins. »Für jeden eine«, zischte sie über den Tisch.

»Danke«, stammelte Karin. Sie aß das Wurstbrot. Satt

wurde sie davon nicht. Im Becher schwappte lauwarmer Pfefferminztee ohne Zucker. Eine Kanne stand auf dem Tisch. Sie füllte ihren Becher noch einmal und wollte ihn mit nach oben nehmen, als das Essen beendet war.

Beim Hinausgehen sah sie sich nach Pelle um. Ihre Blicke trafen sich. »Mami holt uns hier raus. Verlass dich darauf!«, rief sie ihm zu. Da traf sie auch schon der klirrende Schlag eines Schlüsselbunds auf die Brust. Der Becher fiel zu Boden. Die Augenbrauen der Nonne, die vor ihr stand, waren in der Mitte zusammengewachsen. Sie sah aus wie ein Wiesel. Ihr runder Busen bebte. »Wirst du wohl still sein! Zur Strafe solltest du jetzt das Ave-Maria fünfzig Mal abschreiben. Aber ich will Gnade vor Recht ergehen lassen und dir eine Eingewöhnungszeit geben. Wische das auf. Was du dafür brauchst, bekommst du bei Gertraud in der Küche. Und halte dich künftig an die Regeln.«

Gertraud war eine hagere junge Frau, die eine geblümte Kittelschürze trug und Karin deshalb an die Schultheiß und die Frey erinnerte. Sie versorgte sie mit Putzzeug. »Du bist neu hier, gell? Wenn es nicht mehr auszuhalten ist, komm zu mir in die Küche. Da findest du immer einen Trost.« Sie nahm Karin in den Arm. »Mach, was sie sagen, dann wird es nicht so schlimm.« Diese Zuwendung tat so gut, dass Karin beinahe in Tränen ausgebrochen wäre. Sie bat Gertraud um einen Becher Tee für Waltraud und trug ihn nach oben, als sie mit Aufwischen fertig war.

Es gab zwei Schlafsäle, wie sie feststellte. Der für die kleineren Mädchen lag auf der gegenüberliegenden Flurseite. In ihrem war es laut. Die Mädchen unterhielten sich. Offenbar war keine Nonne in der Nähe. Waltraud dankte Karin für den Tee. Edith gesellte sich zu ihnen. Sommersprossen auf der Nase, rotblonde Locken. Sie sah frech aus, irgendwie aufmüpfig. »Waltraud braucht einen Arzt«, erklärte sie. »Ich rede mit Schwester Agnes.« Edith verschwand aus dem Zimmer. Karin stützte Waltraud beim Trinken, während die anderen Mädchen auf ihren Betten lagen und dösten, lasen oder sich unterhielten. Drei hatten sich auf die Fensterbank gesetzt und steckten die Köpfe zusammen. Auch die, die sich Karins Scheibe Wurst genommen hatte und ihr nun einen bösen Blick zuwarf.

Kurze Zeit später kehrte Edith mit Schwester Agnes zurück. Sie legte Waltraud die Hand auf die Stirn. »Manchmal dauert es, bis das Fieber sinkt. Das ist nicht weiter schlimm. Sprich dein Abendgebet, und schlaf dich gesund. Wenn es morgen nicht besser ist, wird Dr. Herchenbach nach dir sehen.«

Um acht Uhr war es Zeit für die Nachtruhe. Die Mädchen mussten sich unter Aufsicht der Nonnen umziehen. Karin hatte inzwischen verstanden, dass sie viel falsch machen konnte. Also wartete sie einen Moment ab, was die anderen Mädchen taten, bevor sie ihr Kleid auszog, und das war gut so. Denn zuerst musste man das Nachthemd über den Kopf ziehen. Es war weit und bodenlang. Erst dann durfte man sich der Kleidung darunter entledigen. Es wurden Schlangentänze aufgeführt. Das war so komisch, dass Karin fast gelacht hätte. Doch genau genommen war es schrecklich. Beim Waschen ging es genauso zu. In Gruppen marschierten sie in den Waschraum. Der Oberkörper wurde unter dem Nachthemd gewaschen und auch das »Unaussprechliche«. Mit gespreizten Beinen standen die Mädchen vor den Waschbecken, hoben die Nachthemden an und säuberten sich mit kaltem Wasser und Seife, während die dicke Nonne mit den Wieselbrauen sie beaufsichtigte.

Als Karin in den Schlafsaal zurückkehrte, stieg Edith gerade ins Bett nebenan. »Wie schön. Wir sind Nachbarinnen«, flüsterte sie. Karin fand das zwar auch schön. Doch sie würde hier nicht bleiben.

»Ich glaube ja, dass Waltraud etwas genommen hat, damit sie ins Krankenhaus kommt«, flüsterte Edith.

»Wie? Was genommen?«

»Etwas von den Chemikalien, mit denen wir Flecken aus der Wäsche entfernen.«

»Warum sollte sie das tun?«

»Na, um abzuhauen. In der Klinik geht das leichter als hier. Hier kommst du nicht raus. Es sei denn, du würdest dich unter der Mauer durchgraben oder könntest plötzlich fliegen.«

Es wurde noch ein Nachtgebet gesprochen. Dann löschte das Wiesel das Licht und legte sich auf eine Pritsche neben der Tür. Karin beugte sich zu Edith. »Schläft sie etwa hier?«

»Sie wechseln sich ab. Jede Nacht eine andere. Schließlich müssen sie aufpassen, dass wir uns nicht selbst berühren. In ein paar Minuten dreht sie ihre erste Runde. Mach dich darauf gefasst, dass sie dir die Decke wegzieht und nachsieht, wo du deine Hände hast.«

* * *

Mitten in der Nacht schreckte Karin aus dem Schlaf hoch. Das Licht ging an. Das Wiesel klatschte in die Hände. »Aufstehen!«

Wie spät war es denn? Sie fühlte sich völlig zerschlagen und hatte kaum geschlafen, weil das Wiesel immer wieder durch den Saal gegangen war, um nachzusehen, ob alle in den Betten lagen und keine von ihnen unkeusche Dinge tat.

Die Kopfhaut tat ihr vom Haareziehen noch weh und

ihre Brust vom Schlag mit dem Schlüsselbund. Sicher hatte sie dort einen blauen Fleck. Hungrig und durstig war sie außerdem. Auf dem Weg ins Bad sah sie nach Waltraud. Ihr Bett war leer. Wo war sie? Plötzlich stand das Wiesel vor ihr. Wie machte sie das? Die Frau war dick, doch sie ging lautlos über die Dielen. »Wo ist Waltraud?«, fragte Karin.

»Das geht dich nichts an. Mach dich fertig für den Gottesdienst.«

Während Karin sich wusch, überlegte sie, wie Waltraud so unbemerkt hatte verschwinden können. Hoffentlich war sie im Krankenhaus oder beim Arzt.

Wieder wurden Verrenkungen unter Nachthemden vollführt, und Karin verstand nicht, was an ihren Körpern so sündig sein sollte, dass man sie sogar vor sich selbst verbergen musste.

Nach dem Ankleiden stellten sie sich in Zweierreihen auf. Es ging die Treppe hinunter über den dunklen Hof, der von einigen Laternen erhellt wurde. Am Himmel stand der Mond als schmale Sichel, und die Luft war klar und kühl.

Die Turmuhr zeigte halb sechs. Die kleine Kirche war voll. Linker Hand saßen die Buben, rechter Hand die Mädchen. Sie hielt Ausschau nach Pelle und entdeckte ihn in der letzten Reihe. Auch er suchte nach ihr. Wieder trafen sich ihre Blicke. Sie winkte ihm zu, da wurde sie auch schon in eine Bankreihe gedrängt. Vor ihr saß ein Mädchen mit kahl geschorenem Kopf. Was die wohl angestellt hatte? Der Pfarrer erschien. Ein kleiner Mann mit Bauch. Er nuschelte so, dass Karin nichts verstand. Sie hörte auch nicht hin und dachte an ihre Mutter. Sicher würde sie bald kommen. Am besten mit ihrem Anwalt, der das Sorgerecht zurückholen sollte. Es durfte nicht sein, dass Krohnen über alles bestimmte. Es war falsch. Es war ungerecht. Sie hatte nichts getan. Das Mädchen rechts von ihr gab ihr mit dem Ellenbogen einen leichten Knuff und wies mit dem Kinn zum Gebetbuch, das vor ihr auf der Bank lag. Karin blätterte, bis sie die richtige Seite gefunden hatte, und betete mit, ohne die Worte zu meinen, die sie sprach.

Nach dem Gottesdienst stellte sie sich an das Ende ihrer Gruppe, in der Hoffnung, auf dem Weg zum Speisesaal ein Wort mit Pelle wechseln zu können. Doch die Buben verließen als Erste die Kirche.

Zum Frühstück gab es Tee und Brot mit Margarine und Marmelade. Wieder nur eine Scheibe für jeden. Satt wurde man hier nicht, und es blieb auch kaum Zeit, das Wenige zu essen. Schon erklang die Glocke. »An die Arbeit!«, rief die Schwester Oberin. Karin erfuhr von Edith, dass die Kleineren in die Schule gingen. Sie wurden alle zusammen von einem Lehrer unterrichtet, Herrn Frieß. Egal ob sie sechs Jahre alt waren oder vierzehn. Allerdings begann der Unterricht erst um neun. Davor und danach mussten auch die Schulkinder arbeiten. Die Buben in der Gärtnerei und auf den Feldern. Die kleinen Mädchen stopften und flickten Wäsche. Die Geschickteren durften einer Gruppe von Älteren helfen, die Strümpfe strickten und Taschentücher mit Monogrammen bestickten, die von einem Kaufhaus in München abgenommen wurden.

Karin stellte sich neben Edith in der Zweierreihe auf, und ab ging es in die Wäscherei. Über der Tür stand in großen Lettern: *Im Schweiße deines Angesichts sollst du dein Brot essen.* Riesige Waschmaschinen und Mangeln befanden sich im Raum, außerdem Reihen von Bügeltischen mit Plätteisen. Berge von Wäsche türmten sich in Blechwannen auf Rollgestellen. Regale voller gebügelter und zusammengefalteter Wäsche reihten sich entlang einer Wand. Woher kamen diese Mengen? Eingenähte Bändchen verrieten es. Hotel Regina, München. Hotel Adler, Wasserburg. Zum Storch, Passau. Eine hagere ältere Nonne führte die Aufsicht. Sie trug eine Brille, saß an einem Schreibtisch am Fenster und befahl Edith, der Neuen alles zu zeigen.

»Das ist Schwester Veronika. Vor der musst du dich in Acht nehmen«, flüsterte Edith.

»Was gibt es da zu tuscheln?«

»Ich erkläre Karin, was zu tun ist. Das geht nicht in Zeichensprache«, gab Edith zur Antwort.

Schwester Veronika schlug mit der flachen Hand auf den Tisch. »Noch eine freche Antwort und du wirst das büßen!«

Edith zog Karin beiseite und erklärte ihr, was zu tun war. »Erst die Wäsche sortieren. Die ohne Flecken kann gleich in die Maschine. Alle Teile mit Flecken müssen erst behandelt werden. Das sind hauptsächlich Tischdecken und Servietten. Für jede Art von Fleck gibt es ein Mittel. Egal ob Rotwein-, Fett- oder Obst- und Gemüseflecken. Auch für Make-up und Lippenstift haben wir etwas. Die Flaschen stehen da drüben im Regal. Du musst aber vorsichtig sein. Manche der Mittel stinken nicht nur, sie sind auch ätzend. Gib acht, dass du nichts an die Hände bekommst und schon gar nicht in die Augen. Handschuhe gibt es nicht. Und falls du denkst, dass du dir hier Geld für später verdienst, vergiss es. Wir schuften für Gottes Lohn und den Reichtum der Kirche. Mehr als ein wenig Taschengeld bekommen wir nicht.«

Karin half Edith beim Sortieren der Wäsche. Einen Teil steckten sie gleich in die Maschine, den anderen trugen sie zur Fleckenbehandlung zum Tisch mit den Chemikalien. Rund um sie herum tat ein Teil der Mädchen dasselbe. Andere standen an den Mangeln und an den Bügeltischen. Die

Luft in der Wäscherei war heiß und feucht. Nach zwei Stunden klebten Karin die Haare am Kopf, und das Kleid fühlte sich schwer und klebrig an. Die Körbe mit der nassen Wäsche konnte man kaum schleppen. Sie wurde hinter dem Haus auf lange Leinen gehängt, und Karin kam endlich an die frische Luft. Am Vormittag gab es eine kurze Unterbrechung. Zwei Männer holten die frische Wäsche ab und trugen Wannen voller schmutziger herein. Sie liefen ein paarmal hin und her, und Karin erspähte einen Lieferwagen, der mit offenen Türen im Hof hinter dem Haupthaus stand. Kurz war sie versucht, sich hinauszuschleichen und im Wagen zu verstecken. Doch sie konnte Pelle nicht allein zurücklassen.

Als es zwölf Uhr läutete, brannten ihre Augen, der Rücken tat weh und der Magen knurrte. Hoffentlich gab es etwas Vernünftiges zu essen. Etwas, das satt machte.

Schweigend trottete sie mit den anderen in den Speisesaal. Die Kleinen waren schon da. Auch Pelle. Aus verheulten Augen sah er sie an. An seinem Mundwinkel haftete Blut. Von den Nonnen war noch keine da. Sie ging zu ihm hinüber. »Was ist passiert?«

»Einer hat mich geschlagen.«

»Warum denn?«

»Weil ich ein Streber bin. Dabei habe ich dem Lehrer doch nur eine richtige Antwort gegeben.«

»Wer?«, fragte sie und fühlte sich schuldig. Ohne sie wäre Pelle jetzt daheim und würde Klavier üben.

Ängstlich sah er sich um. »Leopold heißt er.«

Es war der Junge, der gestern Abend das Tischgebet gesprochen hatte. »Er wird dir nie wieder etwas tun, versprochen.« Leopold saß mit fünf anderen an einem Tisch. Karin schätzte ihn auf elf oder zwölf. Ein kleiner, gedrungener

Kerl mit blondem Stoppelhaarschnitt. Sie ging hinüber, beugte sich zu ihm hinunter und zog ihn an einem Ohr zu sich. »Weißt du, warum ich im Heim bin?«

»Au. Du tust mir weh. Lass los.« Er schlug nach ihr, doch sie zog ihn näher heran. »Weil ich einen umgebracht habe. Mit dem Messer. Einfach abgestochen habe ich den.«

Er wand sich. »Warum erzählst du mir das?«

»Weil ich dich abmurkse, wenn du meinen Bruder noch einmal anrührst. Verstanden? Wer Pelle etwas tut, wird es bereuen.« Sie sah den Jungs in die Augen. Einem nach dem anderen, und hoffte, dass ihr Auftritt Eindruck hinterließ.

Die Schwester Oberin und die Nonnen kamen herein. Ihnen folgten die Erzieher und der Hausmeister. Karin eilte zu ihrem Tisch und nahm neben Edith Platz.

Gertraud und zwei Mädchen verteilten Suppenschüsseln. Es gab Linseneintopf mit Fleisch. Er roch gut, doch er schmeckte scheußlich. Das Fleisch entpuppte sich als Schweineschwarten. Karin aß nur die Linsen und legte die Schwartenstücke an den Rand. Borsten steckten noch darin. Das Wiesel sah vom Tisch der Nonnen herüber. »Wir essen alles, was mit der Güte des Herrn auf den Tisch kommt.«

Sie hat Augen wie ein Luchs, dachte Karin. »Aber das …«

Edith knuffte sie. »Sei still! Schwester Barbara duldet keinen Widerspruch.« Doch es war zu spät. Das Wiesel stand auf und kam zu ihr. »Was wolltest du sagen?«

Karin nahm ihren Mut zusammen. »Da sind noch Borsten drin. Der Herr kann nicht gewollt …«

Der Schlag kam unerwartet und mit voller Wucht. Es riss ihr den Kopf zur Seite. Für einen Moment tanzten Lichtpunkte vor ihren Augen. In ihrem Ohr dröhnte es. Dann packte das Wiesel sie schon im Genick, drückte ihr den Löffel in die Hand. »Aufessen!«

»Nein.« Sie legte den Löffel auf den Tisch.

Das Wiesel nahm ihn mit der Rechten, füllte ihn mit Linsen und Schwarte und griff mit der Linken um Karins Nacken in ihr Gesicht und hielt ihr die Nase zu. Sie bekam keine Luft mehr und riss den Mund auf. Auf diesen Moment hatte die Nonne gewartet. Ehe Karin es sich versah, war ihr Mund voller Essen. Sie würgte und erbrach sich, quer über den Teller und den Tisch. Der Griff des Wiesels lockerte sich. »Das wird aufgegessen!«, schrie die Nonne. »Vorher verlässt du den Tisch nicht.«

Karin drehte sich zu ihr um. »Ich esse das nicht.«

»Dir mangelt es an Demut. Doch die werden wir dir schon noch beibringen.« Sie riss Karin vom Stuhl. »Mitkommen!«

Das Wiesel zerrte sie hinter sich her. Bei jedem Schritt klirrte der Schlüsselbund an ihrem Gürtel. Karin gelang es nicht, sich loszureißen. Denn das Wiesel hatte einen festen Griff. Durch den Flur ging es die Treppe hinauf, vorbei an den Schlafsälen und den Waschräumen und eine weitere Treppe nach oben. Einen schmalen Gang unter dem Dach entlang, zu einer Tür. Das Wiesel riss sie auf und schubste Karin in den Raum. »Hier kannst du bis Sonntag in Ruhe nachdenken.« Ehe sie es sich versah, knallte die Tür hinter ihr zu, knirschte der Schlüssel im Schloss, und dann war es plötzlich totenstill.

Karin rieb sich den schmerzenden Arm und sah sich um. Der Raum war winzig. Ein Steinboden, verputzte Wände. Eine Holzpritsche. Darauf eine dünne Decke und ein ebenso dünnes Kissen. Ein Blecheimer mit Deckel stand in einer Ecke. Oben unter der Decke war ein kleines Fenster, durch das graues Licht sickerte. Sie setzte sich auf die Pritsche, zog die Beine an und umfasste sie mit den Armen. Heute war Dienstag. Bis Sonntag musste sie hierbleiben. Allein. In diesem kalten dunklen Zimmer. Wie sollte sie die Zeit überstehen?

Wenig später hörte sie Schritte. Eine Klappe in der Tür wurde geöffnet. Gertraud sah herein. »Ich bring dir dein Essen.« Sie reichte ihr den Teller mit den ausgekotzten Linsen und Schwarten. »Du musst das aufessen. Eher kommst du nicht raus, und vorher darf ich dir auch nichts anderes bringen. Kipp es nicht in den Eimer. Sie sehen nach. Du musst es wirklich essen. Ich habe noch Wasser für dich.« Sie reichte eine Blechkanne durch die Klappe, bevor sie verschwand.

Imke

Mit Imkes Seifenwerkstatt ging es voran. Die Wände waren frisch gestrichen und der Dielenboden geschrubbt. Moritz hatte sich ein paar Tage freigenommen und einen Tisch mit säurefester Arbeitsplatte und ein Waschbecken installiert und außerdem Regale an die Wand gedübelt.

Ihr zweites berufliches Standbein nahm Formen an, während Imke noch mit sich haderte, ob sie nach Peter suchen sollte. Ihre Mutter wollte nichts davon wissen, und Geli hatte ihr geraten, Mamas alte Wunden nicht wieder aufzureißen. Während Moritz davon ausging, dass sie ihr Versprechen halten würde. Eine Recherche im Internet hatte bestätigt, dass Akteneinsicht möglich wäre. Seit einigen Jahren gab es entsprechende Gesetze. Doch ihre Mutter würde sicher keinen Antrag stellen.

Obendrein waren viele Unterlagen aus dieser Zeit verschwunden. Verloren gegangen oder vernichtet worden. Das hatte Imke in den Büchern zum Thema Heimerziehung gelesen.

An diesem Mittwochmorgen fuhr Moritz in den Baumarkt, um Bodenleisten zu besorgen. Imke radelte hinüber zu ihrer Mutter und traf sie weder in der Küche noch im Wohnzimmer oder auf der Terrasse an. Allerdings stand die Tür zum Gartenhaus offen. Sie ging hinein und dachte, wie völlig anders der Raum nun aussah. So neu und losgelöst von der Vergangenheit. Einen Moment fragte sie sich, ob durch ihre Renovierungsaktion etwas verloren gegangen war, das sie mit ihrer Kindheit verbunden hatte. Wie oft sie hier als Kinder gespielt hatten. Nur das Klavier hatten sie selten angerührt. Obwohl niemand je gesagt hatte, dass sie die Finger davon lassen sollten. Jedenfalls konnte sie sich nicht daran erinnern. Auf dem ausrangierten Sofa hatten sie sich durch die Bücher von Astrid Lindgren gelesen und später durch die von Enid Blyton. Und noch etwas später durch Liebesromane und Historienschinken. Geli und sie jedenfalls, während Anne schon früh Kafka und Camus für sich entdeckt hatte und heimlich im Gartenhaus rauchte. Sie war die Jüngste, doch sie war ihnen immer eine Nasenlänge voraus gewesen. Auch bei den Jungs. Hier hatten sie über Liebeskummer und Sex gesprochen, über Mode, Make-up und Musik, über ungerechte Lehrer gelästert und von der Zukunft geträumt. Von hier hatte Imke mit Geli eine Demo gegen einen Lehrer organisiert, der Hitler einen tollen Mann genannt hatte und die Nazizeit nicht so schlecht. Während Anne versuchte, an die Pille zu kommen, ohne dass Papa das mitbekam. Sie war erst fünfzehn gewesen, und er hätte niemals erlaubt, dass sie mit ihrem Freund schlief. »Er kann es aber auch nicht verhindern«, hatte Anne erklärt. »Wenn ich das will, dann will ich eben.« Wenn die Wände des Gartenhauses sprechen könnten, sie hätten viel zu erzählen. Auch von Streit und Neid und Missgunst, von Eifersüchteleien und wie meistens zwei von ihnen sich gegen die Dritte zusammengetan hatten. Meistens Geli und Imke gegen Anne. An ihrem Vorwurf von neulich war schon etwas dran. Und nun roch es hier nach frischer Farbe, waren die Wände weiß gestrichen und all die Erinnerungen in weite Ferne gerückt.

Mama saß am Schreibtisch und sah auf das Klavier. Ihre Augen schimmerten, als hätte sie geweint. Und plötzlich verstand Imke, wieso es hier stand. Ein Klavier, auf dem nie jemand gespielt hatte, weil keiner in der Familie das konnte. »Es hat Pelle gehört, oder?«

Ihre Mutter sah auf. »Wir hatten ausgemacht, dass du es verkaufst.«

»Es stört mich nicht.«

»Aber mich. Ich wollte es nie hierhaben.«

»Es hat also deinem Bruder gehört«, stellte Imke fest. »Warum wolltest du es nicht haben?«

»Warum wohl? Weil es mich an ihn erinnert. Kein Blick zurück. Darauf hatten wir uns geeinigt. Doch Jens konnte es nicht lassen und kam eines Tages damit an.«

»Wo hat er es aufgetrieben?«

Ihre Mutter stand auf. »Ich gehe jetzt besser.«

»In den Sachen, die hier lagen, habe ich einen Brief gefunden, den Papa in den Sechzigerjahren an die Erzdiözese geschrieben hat. Ein Antrag auf Akteneinsicht …«

»Der wurde abgelehnt.«

»Inzwischen gibt es ein Gesetz. Du hast ein Recht darauf. Du musst nur einen Antrag stellen.«

»Das hat Jens getan …«

»Vor fünfzig Jahren.«

»Nein. Erst vor ein paar Jahren. Als dieses Gesetz rauskam. Da hat er einen neuen Anlauf unternommen.«

»Ach.«

»Ja. Ach! Die Akten gibt es nicht mehr. Und jetzt Schluss mit dem Thema.« Ihre Mutter ging zur Tür.

»Und wenn sie doch noch irgendwo liegen?«

»Ich sagte: Schluss damit.«

»Hat er gut gespielt?«, fragte Imke. »Ich meine Pelle. Konnte er gut Klavier spielen?«

Mama drehte sich um. »Damit kriegst du mich nicht. Das alles ist vorbei. Vergangen und vergessen. Niemandem ist damit geholfen, das alles wieder aufzuwühlen. Also hör endlich auf damit!«

Mama verließ das Häuschen, ging an den Rosen vorbei und verschwand aus Imkes Blickfeld. Sie öffnete den Deckel der Klaviatur, sah auf die Tasten und versuchte sich vorzustellen, wie Mamas kleiner Bruder darauf gespielt hatte. Es gelang ihr nicht. Er war ein weißer Fleck. Es gab kein Foto von ihm und keine Geschichten über ihn. Keine Anekdoten. Gar nichts. Mama hatte ihn totgeschwiegen. Eine »unlösbare Aufgabe« hatte sie das Versprechen genannt, das sie Papa gegeben hatte.

Das werden wir ja sehen, dachte Imke.

Schritte näherten sich. Moritz kam mit den Bodenleisten. »Übst du Klavier?«, fragte er scherzhaft.

»Ich könnte Unterricht nehmen. Dann steht das Ding hier nicht nutzlos rum. Damit würde ich Mama allerdings zur Weißglut bringen.«

»Ist was passiert?« Moritz legte die Leisten ab.

»Ich habe ihr vorgeschlagen, Akteneinsicht zu beantragen. Sie sagt, die Akten gäbe es nicht mehr. Sie will nichts davon wissen. Ich soll Ruhe geben. Ich will aber nicht. Ich könnte nachforschen, was aus der Vermisstenanzeige geworden ist. Ob die Polizei damals Hinweise hatte, denen nachgegangen wurde.«

Moritz setzte sich auf die Fensterbank. »Woher kommt der plötzliche Ehrgeiz?«

»Wie meinst du das?«

»Bisher hast du mit deinem Versprechen eher gehadert, und jetzt bist du plötzlich entschlossen. Woran liegt es?«

»Vielleicht weil man Versprechen hält. Vielleicht aus Neugier. Oder aus Trotz.«

»Vielleicht weil Peter dein Onkel und der große Unbekannte in deiner Familiengeschichte ist?«

Mit diesem Vorschlag brachte Moritz etwas in ihr zum Klingen. Doch das war es nicht allein. »Lies das Buch von Friedrich Grögher. Es ist unfassbar, was man damals unter Erziehung verstanden hat. Die Nonnen und die Erzieher haben den Kindern Zucht und Ordnung und vor allem Demut in den Leib geprügelt. Man hat sie misshandelt und ausgebeutet. Mama war auch in diesem Heim. Vielleicht könnte ich sie besser verstehen, wenn ich wüsste, was sie dort erlebt hat.«

Und plötzlich verstand sie, was Papa eigentlich von ihr wollte. Es ging nicht darum, Peter zu finden, sondern Mama. Es ging ihm um Verständnis für sie. Seine Mädchen sollten wissen, was sie durchgemacht hatte, weshalb sie so war, wie sie war. Der Weg war das Ziel. Und damit war es entschieden. Sie würde nach Peter suchen.

***

Am Nachmittag war die Werkstatt fertig. Moritz hatte die Leisten angeschraubt, und sie brachten all die Sachen hinüber, die Imke für die Herstellung ihrer Seifen benötigte. Öle, getrocknete Kräuter und Blüten. Bücher und Formen. Waage, Mixer, Spachtel und Töpfe. Handschuhe, Schürzen und Schutzbrillen und die Kanister mit Lauge. All das wollte Imke morgen einräumen. Jetzt war es Zeit für einen Kaffee. Mama war zu Isolde gegangen, der Nachbarin, die sie anfangs mit Katzenfutter versorgt hatte, um ihr Tipps für die Rosenpflege zu geben. Imke fuhr mit Moritz nach Hause. Er schaltete die Kapselmaschine ein. Sein Handy klingelte. Es war Gregor, wie Imke dem Gespräch entnahm.

Gregor war Moritz' Freund seit Schultagen und auch sein Trauzeuge. Ein ruhiger Mann, von beachtlicher Körpergröße und -fülle. Dafür war seine Freundin Jeanette, die alle nur Nette nannten, das Gegenteil. Quirlig, zehn Jahre jünger und gertenschlank. Beide arbeiteten beim Bayerischen Rundfunk und waren ihre besten Freunde.

»Warte, ich frage sie.« Moritz wandte sich an sie. »Übernächsten Freitag im Da Vinci mit Gregor und Nette, passt dir das?«

»Ja, gerne. Wir haben uns viel zu lange nicht getroffen.«

Während er Kaffee machte, suchte sie im Internet nach den Kontaktdaten der Erzdiözese München-Freising und nach einem Ansprechpartner für Akteneinsicht. Es war eine Frau. Dr. Hildegard Rehmann. Eine Telefonnummer war angegeben. Imke wählte sie. Ein Anrufbeantworter ging ran. Sie nannte ihren Namen und ihre Telefonnummer und erklärte, dass ihre Mutter und ihr Onkel Ende der Fünfzigerjahre im Erziehungsheim Sankt Marien in Warting gewesen waren. Ob es möglich war, Informationen über diese Zeit zu erhalten.

Moritz kam mit zwei Tassen Cappuccino und Gebäck. Sie setzten sich auf die Terrasse. Im Garten nebenan war es ruhig. Die Familie kam immer erst am Abend nach Hause. Am Wochenende ging es dagegen oft laut zu, was sie und Moritz dazu brachte, immer häufiger ausgedehnte Radtouren zu unternehmen. Als sie vergangenes Wochenende von einer zurückgekehrt waren, hatte Imke gerade noch gesehen, wie der Junge durch die Büsche aus ihrem Garten verschwand. Am Rand des Staudenbeets hatte er Frauenmantel und Elfenblumen zertrampelt. So ging das nicht. Sie hatte bei den Nachbarn geklingelt und eine Entschuldigung verlangt. Die hatte sie nicht bekommen. Der Junge bestritt, drüben gewesen zu sein. »Du bist eine Lügnerin.« Imke konterte: »Ich habe dich gesehen.« Doch das interessierte die Eltern nicht. Sie glaubten ihrem verstockten Rotzlöffel. »Wenn Jonas sagt, dass er nicht in Ihrem Garten war, dann war er auch nicht da«, hatte die Mutter erklärt und ihr die Tür vor der Nase zugeschlagen.

»Als Nächstes gehen wir den Zaun an«, meinte Moritz, als hätte er Imkes Gedanken gelesen.

»Oder wir kaufen uns einen bissigen Hund«, schlug sie vor, und Moritz lachte.

Imke hatte ihren Kaffee gerade getrunken, als ihr Handy klingelte. Dr. Rehmann meldete sich. »Danke für den prompten Rückruf«, sagte Imke.

»Nichts zu danken. So fix bin ich nur, weil ich Ihre Frage schon einige Male beantwortet habe. Mal abgesehen davon, dass nur die ehemaligen Heimkinder selbst Akteneinsicht beantragen können oder deren Erben beziehungsweise Bevollmächtigte, die Akten gibt es nicht mehr.«

»Was ist mit ihnen passiert?«

»Sie sind vor zweiundzwanzig Jahren abhandengekommen, als Sankt Marien aufgelöst wurde. Das ist aber erst vor etwa zehn Jahren aufgefallen. Als die ersten Skandale öffentlich wurden und sich die mediale Aufmerksamkeit auf die Heimerziehung der damaligen Zeit zu richten begann und erste Ehemalige nach ihren Akten fragten.«

»Aber wie können die verschwinden?«

»Wenn ich das wüsste. Wir haben es nicht herausgefunden. Es tut mir leid, dass ich Ihnen nicht helfen kann.«

Imke verabschiedete sich und steckte das Handy ein. »Mama hat recht. Keine Akten«, erklärte sie ihrem Mann. »Sie sind verloren gegangen. Ich könnte bei der Polizei in Wasserburg nachfragen.«

»Ob die nach über fünfzig Jahren noch Unterlagen haben?«

»Vermutlich nicht. Aber lass es uns trotzdem versuchen. Außerdem würde ich mir das Heim gerne ansehen, bevor dort die Bagger anrücken.«

***

Am nächsten Morgen machten sie sich nach dem Frühstück auf den Weg. Es war ein warmer, sonniger Tag und nur ein paar weiße Wolken am blauen Himmel. Sie durchquerten die Stadt, fuhren auf der Autobahn Richtung Passau und dann weiter auf der Bundesstraße. Das Navi wies ihnen den Weg durch Dörfer und Weiler, die verstreut in der Landschaft lagen. Je weiter sie gen Osten fuhren, umso dünner war die Gegend besiedelt. Und das nicht einmal eine Fahrstunde von München entfernt. Schließlich erreichten sie Warting. Ein typisches niederbayerisches Dorf mit einer prächtigen Barockkirche in der Ortsmitte. Rundherum eine Mischung aus alten Bauernhöfen und modernen Einfamilienhäusern. Auf vielen Dächern Solarpanels. Biogasanlagen auf den Höfen. Eine Bäckerei, eine Metzgerei, zwei Wirtshäuser und ein Café. Feuerwehrhaus, Kindergarten und Schule. Eine Kfz-Werkstatt und das Rathaus.

»Wir haben noch zwei Kilometer bis zum Ziel«, erklärte Moritz. Doch er stoppte den Wagen, als er auf die Straße einbog, die das Navi anzeigte. »Das ist eine Sackgasse.« Er deutete auf das Schild am Wegesrand.

»Das könnte passen. Auf den Fotos vom Erziehungsheim sieht man im Hintergrund überall Wald.«

»Gut. Probieren wir es.« Sie fuhren über eine schmale Landstraße in den Forst hinein. Der Weg wurde enger und holprig. Die Bäume standen dicht an dicht, und sie waren hoch. Das Sonnenlicht drang kaum durch. Es wurde dämmrig, bis sich unvermittelt eine große Rodungsinsel vor ihnen auftat. Gelb blühende Rapsfelder, zartgrüner Weizen. Rotklee und Hahnenfuß in den Wiesen, und mittendrin ragten hinter einer Mauer eine Ansammlung verwahrloster Gebäude und eine kleine Kirche auf. Die Straße endete vor der Mauer, an der ein verrostetes Tor mehr schlecht als recht in den Angeln hing. Eine dicke Metallkette mit Vorhängeschloss war daran angebracht. Moritz ließ den Wagen auf dem Parkplatz ausrollen. Ein Bauschild verkündete die bevorstehende Umwandlung des Guts Warting in ein Hotel und präsentierte das zu erwartende Ergebnis in Form einer Illustration.

»Wieso Gut Warting?« Moritz stieg aus dem Wagen.

»Weil *Erziehungsheim* nicht so gut klingt«, sagte Imke. »Außerdem war es früher mal ein Gutshof. Grögher beschreibt das in seinem Buch.« Imke nahm es aus dem Rucksack, in dem sie auch den Fotoapparat, ihre Radflasche mit Wasser, Müsliriegel und Banane verstaut hatte, und schlug es auf. »Das Gut Warting wurde Ende der Zwanzigerjahre des vorigen Jahrhunderts von dem Münchner Getreidehändler Alfons Obermeyer erbaut. Er hat die Ländereien von ein paar Bauern aus Warting erworben, denen er das

Getreide vorab bezahlt hatte, die dann aber nicht liefern konnten, weil ein Unwetter die gesamte Ernte vernichtete. Das Geld war weg, und Obermeyer kam stattdessen an die Felder. Einer seiner Söhne hat Landwirtschaft studiert. Werner hat er geheißen. Dem hat er das Gut Warting gebaut, und Werner zog mit seiner jungen Frau und zwei Kindern ein. Sie lebten hier weder glücklich noch in Frieden, denn im Dorf hat man den Obermeyer natürlich nicht gern gesehen. Sein Vater war am Elend einiger Bauernfamilien schuld. So sah man das im Dorf. Und dann kam der Krieg, und Werner wurde eingezogen, obwohl sein Betrieb kriegswichtig war. Er ist gefallen, seine Witwe hat Warting Ende der Vierzigerjahre verlassen. Kaum war die BRD gegründet, hat sie das Gut an die Erzdiözese verpachtet, die nach einem Gebäude für ein Erziehungsheim suchte. Die Barmherzigen Schwestern haben es geleitet, bis Mitte der Neunzigerjahre Werners Witwe starb und sich die Erben darüber stritten, was mit dem Gut geschehen sollte. In diesen Streit hinein forderte die Kirche umfassende Sanierungsmaßnahmen an den Gebäuden, die man jahrzehntelang kaum instand gehalten hatte. Die Eigentümer hätten eine Menge Geld investieren müssen. Das wollten sie nicht, also wurde der Vertrag gekündigt und das Heim aufgelöst. Seither stehen die Gebäude leer, und die Felder wurden an Bauern der Umgebung verpachtet.«

»Du bist ja bestens informiert.«

»Ich habe das gestern noch mal nachgelesen.«

»Und wer hat die Felder vorher bewirtschaftet?«

»Na, die Kinder aus dem Heim. Genauer gesagt, die Jungen. Auch die kleinen. Die Mädchen wurden hauptsächlich in der Wäscherei und Küche eingesetzt. Grögher beschreibt die Knochenarbeit sehr anschaulich und auch die Strafen, die es für kleinste Verfehlungen gab. Es war die Hölle. Der Titel ist nicht übertrieben.« Als sie das sagte, wurde ihr der Hals ganz eng. »Ich will mir gar nicht vorstellen, dass Mama hier war.«

»Weißt du eigentlich, wie lange?«

Imke schüttelte den Kopf. »Keine Ahnung.« Moritz warf einen Blick auf das Tor und das daran angebrachte Schloss. »Sollen wir über die Mauer klettern?«

Sie legte den Kopf in den Nacken. »Ganz schön hoch. Außerdem stecken laut Grögher Glasscherben in der Krone. Lass uns nach einem anderen Zugang suchen.«

Sie entdeckten einen schmalen, von Unkraut überwucherten Pfad und folgten ihm. »Ist eine Mauer nicht ungewöhnlich für ein Gut?«, fragte Moritz.

»Stimmt. Das ist seltsam. Vielleicht wurde sie erst später gebaut, als ein Erziehungsheim daraus wurde.«

Das Unkraut wucherte kniehoch. Zwischen Giersch und Miere wuchsen Brombeeren und Brennnesseln. Imke war froh, dass sie trotz des warmen Wetters lange Hosen angezogen hatte. Sie waren ein paar Minuten gegangen, als sie ein klappriges Herrenrad bemerkten. Es lehnte an der Mauer. Kurz darauf pfiff Moritz leise. »Guck mal.« Hinter den Holunderbüschen verbarg sich eine rostige Metalltür. Sie stand einen Spaltbreit offen. Eine Spur aus niedergetretenem Gras führte darauf zu. Sie schoben die Zweige beiseite und zwängen sich zwischen Mauer und Tür hindurch.

Plötzlich befanden sie sich in einer anderen Welt, in einer scheinbar anderen Zeit. Hier standen die Uhren seit mehr als zwanzig Jahren still. Eine friedliche Ruhe lag über dem Ort. Gräser und Wildblumen wuchsen hüfthoch. Es duftete nach Kräutern, Wildrosen und Holunder und auch ein wenig nach Minze und Kamille. Imke bemerkte die Ruine eines Glashauses. Nur das rostige Metallgerippe stand noch. Die wenigen noch vorhandenen Scheiben waren gesprungen und blind vor Schmutz. Hinter dem Gewächshaus befanden sich drei Gebäude mit löchrigen Ziegeldächern. Imke zog Gröghers Buch wieder hervor. Es enthielt einen skizzierten Plan. Sie zeigte ihn Moritz. »Wir stehen im ehemaligen Kräutergarten. Der befand sich beim Gewächshaus. Das da vorne müssen Stall und Werkstatt sein und das kleine Haus daneben die Schule.« Sie deutete in Richtung der kaputten Dächer. »Dann befinden sich das Hauptgebäude und die Häuser für Jungs und Mädchen irgendwo weiter dort hinten.« Zu sehen waren sie nicht, denn Büsche und Bäume, die man schon lange niemand mehr geschnitten hatte, versperrten ihnen die Sicht. Sie gingen weiter. Kurz darauf kamen drei herrschaftliche, aber völlig verwahrloste Gebäude ins Blickfeld. Das mittlere war das größte. Dort hatten die Nonnen in den oberen Etagen gelebt. Unten hatten sich die Verwaltungsräume, Küche, Speisesaal und ein Gemeinschaftsraum befunden. Das Haus rechts daneben war das Mädchenhaus gewesen. Links das für Jungen, die mit ihren Erziehern unter einem Dach gewohnt hatten, während dem Lehrer eine Wohnung im Schulgebäude zur Verfügung stand und dem Hausmeister eine über der Werkstatt.

Der Putz an den Fassaden war rissig. An manchen Stellen waren große Stücke abgeplatzt. Blanke Ziegel waren zum Vorschein gekommen. Rostige Gitter hingen vor den Fenstern. Nur weiter oben unter dem Dach gab es Gauben ohne Gitter. »Das sieht ja aus wie ein Gefängnis«, sagte Moritz. »Da versteht man plötzlich, warum Karin keine geschlossenen Fenster und Türen mag.«

***

Imke machte einige Fotos, dann gingen sie weiter zum Mädchenhaus. Die Tür stand offen. Drinnen roch es feucht und modrig. Vor ihnen lag ein Flur voller Schutt und Dreck. Linker Hand ein großer Saal, über dessen Eingangstür ein verblasster Text stand. *Im Schweiße deines Angesichts sollst du dein Brot essen.*

Verrostete Maschinen befanden sich darin. »Was ist das?«, fragte Moritz. »Sieht aus wie eine Presse.«

»Das hier war die Wäscherei. Vermutlich sind es Mangeln.« Die Tür zum Hinterhof stand offen. Eine Rampe führte hinunter, und sie stellte sich vor, wie die Mädchen hier Körbe voller Wäsche hinein- und hinausgeschleppt hatten.

Im Raum gegenüber stand ein vergessener Schreibtisch, der langsam verrottete. Ein Kalender von 1997 hing an der Wand. Auch hier überall Schutt und abgeplatzter Verputz. Scherben. Hatte hier einst eine Nonne gesessen und Rechnungen für die Hotels und Privathaushalte geschrieben, die bei den Barmherzigen Schwestern ihre Wäsche waschen und bügeln ließen? Von Kindern und Jugendlichen. Stapel von Rechnungen tauchten vor Imkes geistigem Auge auf. Gut gefüllte Konten der Kirche. Die Mädchen hatten zehn Stunden und mehr am Tag geschuftet. Statt einer Ausbildung: beten und arbeiten.

Wie sehr Mama darauf bestanden hat, dass wir aufs Gymnasium gingen, dachte Imke plötzlich. Es war eine geradezu fixe Idee von ihr. Ohne Abitur galt man nichts. Deshalb vielleicht? Weil sie sich Bildung erhofft und man ihr die verwehrt hatte? Weil sie beten und bügeln musste, statt zu lernen? Was hatte Mama eigentlich werden wollen?

Ganz sicher nicht Säuglingspflegerin. Wovon hatte sie geträumt?

Waren Jens und sie etwa wegen Sankt Marien aus der Kirche ausgetreten? Plötzlich war Imke sich sicher, dass es daran lag. *Ein verlogener Verein von machtbesessenen Menschen*. So sprach Mama über die Kirche, und auf einmal ergab es einen schrecklichen Sinn.

»Alles in Ordnung mit dir?«, fragte Moritz.

»Ja … Schon … Bei mir rutschen nur grad ein paar Puzzleteile an die richtigen Stellen. Wenn man weiß, dass Mama hier war, erschließt sich manches plötzlich ganz von selbst.«

Sie gingen weiter nach oben. Die Stufen der Holztreppe waren ausgetreten und morsch. Das schmiedeeiserne Geländer wacklig und verrostet. Im oberen Flur waren die Scheiben einiger Fenster intakt. Dort lagen in den Fensterlaibungen Schichten toter Insekten im Staub. Auf beiden Seiten des Flurs entdeckten sie zwei große Räume. In einem stand noch ein Bettgestell mit einem lackierten Metallrahmen, an dem die Farbe abgeplatzt war. Ein Drahtgeflecht für die Matratze. Ein vergessenes Gebetbuch im Staub. Imke hob es auf und blätterte darin. Ein Marienbild fiel heraus, und plötzlich wurden Gröghers Schilderungen der Zustände in diesem Heim lebendig.

Wie konnte man unter dem Deckmantel der Nächstenliebe und Barmherzigkeit Kinder quälen und ausbeuten? Misshandeln und missbrauchen. Schutzbefohlene, die einem wehrlos ausgeliefert waren. Wie konnte man das als Christ tun? Man hatte diese Kinder fürs Leben gezeichnet. Man hatte sie gebrochen, anstatt sie zu starken Menschen zu erziehen. Wie hatte Mama das nur ausgehalten? »Ich glaube, ich muss mal kurz an die frische Luft«, sagte Imke.

»Soll ich mitkommen? Oder willst du lieber ein paar Minuten allein sein?«

»Allein sein. Machst du Fotos für mich?« Sie drückte ihm die Kamera in die Hand und verließ den Schlafsaal. Auf dem Weg zum Treppenhaus bemerkte sie den großen Waschraum. Weiße Kacheln. Eine Reihe von Brauseköpfen. Zerschlagene Porzellanwaschbecken. Kaputte Türen an den Toilettenkabinen. Sie ging die Treppe hinunter und trat ins Freie. Die Sonne schien warm und hell. Das Gefühl von Grauen wich. Linker Hand befand sich das Haupttor mit der Kette. Ein Stück weiter hinten war die kleine Kirche. Sie ging hinüber.

An der Turmuhr fehlten die Zeiger. Die Tür war mit Brettern vernagelt. Imke spähte durch ein vergittertes Fenster ins Innere. Ein verstaubter Altar. Vergilbte Heiligenbilder und morsche Bänke. Ein großes Kreuz. Jesus mit der Dornenkrone. Blut lief ihm über das Gesicht und über die Brust. Dort, wo ihn die Lanzen durchbohrt hatten. Über alldem eine Patina von Staub. Auf der gegenüberliegenden Seite des Raums bemerkte Imke einen zweiten Eingang. Vielleicht war er offen. Sie umrundete die Kirche und schrak zusammen. Ein zerlumpter alter Mann saß auf der Brunneneinfassung. Neben sich einen Rucksack. In der Hand ein Messer, mit dem er ein Stück Salami abschnitt. Als er sie bemerkte, blickte er auf. »Grüß dich.«

»Hallo.«

»Magst auch eine Brotzeit?«

»Danke. Aber … Nein.«

»Bist hier wegen den Unbarmherzigen Schwestern? Die Vergangenheit lässt einen nicht los, gell. So gerne man das alles vergessen möchte, unbedingt sogar, es geht nicht.«

»Nicht ich. Meine Mutter.«

»So, so. Ich dachte schon, ich kenn dich.« Er klopfte auf den freien Platz neben sich. Doch Imke zögerte und setzte sich auf einen umgefallenen Baumstamm, ihm gegenüber. Der Alte nahm eine Flasche Bier aus seinem Rucksack und schnippte mit der Messerspitze den Kronkorken weg. »Von meinem Bier kriegst nichts, gell. Des sauf ich selber.« Er nahm einen Schluck.

»Wann waren Sie hier?«

Mit dem Ärmel wischte er sich über den Mund. »Ich? Von vierundfünfzig bis sechsundsechzig. Zwölf Jahre Niedertracht. Bis ich volljährig war. Da hams's mich dann vor die Tür gesetzt, die Weiber. Ohne Ausbildung. Ohne Geld. Mit nix. Aber jetzt kommt bald die Stunde, in der alle, die in den Gräbern sind, seine Stimme hören und hervorkommen werden.« Mit dem Messer deutet der Alte gen Himmel. »Die das Gute getan haben zur Auferstehung des Lebens. Die aber das Böse verübt haben zur Auferstehung des Gerichts. Jetzt wird's eng für die Weiber. Und ihre Knechte! Gottes Gericht naht. Ich hab die Beweise. Ich sammle sie. Seit vielen Jahren schon. Willst du sie sehen?« Er bückte sich und kippte den Inhalt seines Rucksacks ins Gras. »Da schau.« Er hielt einen alten Schuh hoch. Einen Emaille-Becher. Einen Blechteller. Einen Lederriemen. Eine Glaskolbenspritze. »Die hat dem Dr. Herchenbach gehört. Ein solcher Teufel, dass selbst der Teufel ihn nicht wird haben wollen, wenn es losgeht mit dem Jüngsten Gericht. Und da schau. Eine Kette. Ich glaub, des ist deine. Da, fang!« Er warf sie herüber, und Imke fing sie auf. »Danke. Aber die gehört mir nicht.«

»Ach, Imke, da bist du ja. Alles in Ordnung?« Moritz war unbemerkt gekommen.

»Aber sicher. Das ist … ein ehemaliger Heimbewohner.«

»Schmalisch, Leopold«, stellte der Alte sich vor. »Ich hatte die Ehre, die Nächstenliebe der frommen Frauen und ihrer willfährigen Knechte bis zur bitteren Neige kosten zu dürfen. Halleluja. Verflucht seien sie allesamt.«

Vom Eingangstor erklangen plötzlich Stimmen, das Klirren der Kette war zu hören, und Motorenlärm. Ein Wagen fuhr aufs Gelände. Zwei Männer stiegen aus und entdeckten sie. »Hallo, Sie da!«, rief einer. »Das ist Privatbesitz. Verlassen Sie sofort das Gelände.«

Der Alte lachte. »Das Jüngste Gericht ist nah«, rief er dem Mann zu. »Die Toten werden aus ihren Gräbern auferstehen. Das wirst du schon sehen, du Baufuzzi, und dann wird dich das Grauen packen. Was ja immer noch besser ist, als wenn dich die frommen Weiber packen täten.«

»Sie verschwinden jetzt, oder ich rufe die Polizei.«

»Ist ja gut«, sagte Moritz. »Wir sind schon weg.« Er nahm Imke beim Arm. »Lass uns gehen.«

»Nehmt's mich mit?«, fragte der Alte. »Mich und mein Radl. Nur bis zum Bahnhof in Warting? Ich wohne nämlich in München. Im Obdachlosenheim in der Kyreinstraße. Falls ihr mich besuchen wollt, mit euren Fragen. Also, derf i mit?«

»Natürlich«, sagte Imke und fing Moritz' zweifelnden Blick auf. Doch nun hatte sie es angeboten und konnte nicht mehr zurück. Sie gingen zu ihrem Wagen und warteten auf den Schmalisch Leopold, der sein Rad aus dem Gebüsch holte. Imke hielt noch immer die Kette in der Hand und betrachtete sie nun genauer. Schwarz angelaufenes Silber. Ein Medaillon hing daran, das die Jungfrau Maria zeigte. Rundum lief ein Text. *Ô Marie, conçue sans péché, priez pour nous qui avons recours à vous.* Imkes Französisch war zwar eingerostet, doch dafür reichte es: O Maria, ohne Sünde empfangen, bitte für uns, die wir unsere Zuflucht zu dir nehmen.

Doch die Jungfrau Maria hatte, wenn man Grögher und Schmalisch Glauben schenkte, keinem der Kinder in diesem Heim beigestanden. Sie hatte zugelassen, dass sie gequält wurden. In einem Erziehungsheim, das ihren Namen trug.

Anne

Am selben Morgen, als Imke und Moritz Sankt Marien besuchten, fuhr Anne mit dem ICE nach München. Während der Bahnfahrt ging sie die Präsentation noch mal durch und bereitete sich auf das Gespräch mit Geli vor. Den Betrag, den sie brauchte, würde ihre Schwester nicht ohne Weiteres verleihen. Da musste Überzeugungsarbeit geleistet werden.

Vom Hauptbahnhof nahm sie ein Taxi nach Ottobrunn. Geli empfing sie überschwänglich, als hätten sie sich seit Jahren nicht gesehen, dabei waren seit Mamas Geburtstag gerade mal drei Wochen vergangen. »Komm rein. Hast du schon was zu Mittag gegessen? Ich kann uns rasch was bestellen. Beim Italiener? Oder magst du lieber was anderes?«

Anne wiegelte ab. Sie war nicht hungrig und wollte am liebsten gleich zur Sache kommen. »Ein Kaffee reicht mir.«

»Kommt sofort.« Geli verschwand in der Küche. Anne sah sich im Wohnzimmer um. Auf der riesigen weißen Sitzlandschaft lagen etliche Broschüren und Kataloge sowie das Angebot einer Hochzeitsplanerin. Geli schwebte anscheinend ein rauschendes Fest mit Rednern und Liveband vor. Statt Brautkleid ein Designerkostüm. Standesamt statt Kirche. Denn sie waren alle nicht getauft, und Anne erinnerte sich plötzlich, wie sie als Sechzehnjährige mit dem Gedanken gespielt hatte, in die Kirche einzutreten. Einzig und allein, um Mama zu ärgern. Es war ihr dann allerdings zu viel Aufwand gewesen. Denn das ging nicht nebenbei. Man musste Unterricht nehmen und beweisen, dass man es ernst meinte.

Geli kam mit dem Kaffee und setzte sich zu ihr. Sie sah gut aus. Wie immer. Auch wenn sie allein zu Hause war, zog sie sich schick an. Heute eine schmale marineblaue Hose, passende Ballerinas und eine schlichte weiße Bluse aus einem weich fallenden Stoff. Geli hatte Stil. Das musste man ihr lassen. »Ach, du hast es schon gesehen. Ich bin vollauf mit der Hochzeitsplanung beschäftigt. So viele Möglichkeiten. Niklas lässt mir so gut wie freie Hand. Willst du mal sehen?« Sie wartete die Antwort nicht ab, griff zu den Broschüren und breitete sie auf dem Couchtisch aus, und der Redefluss begann. Wenn Geli mal loslegte, war sie schwer zu stoppen. Anne tat interessiert und warf ab und zu eine Frage ein. Erst ging es um die Location. Hofgut oder Hotel? Welcher Blumenschmuck war der richtige? Wie viele Gäste sollten sie einladen und vor allem für wann? Denn der Termin stand noch nicht fest. Er hing von Niklas' Eltern ab, die sich trotz ihrer fünfundsiebzig Jahre entschlossen hatten, ein halbes Jahr mit dem Wohnmobil durch Kanada zu fahren, und erst im Herbst zurückkehren würden. Wann genau, war unklar, und deshalb hatten sie noch keinen Termin vereinbaren können, was es wiederum unmöglich machte, eine Save-the-date-Mail an Freunde und Verwandte zu schicken und mit der Planung loszulegen. Hoffentlich meldeten sich ihre Schwiegereltern in spe bald mit einem Rückflugtermin.

Anne hörte ihrer aufgedrehten Schwester nur mit halbem Ohr zu und fragte sich, wie Niklas das aushielt. Was Männer überhaupt an Geli fanden. Dieses ständige Gerede musste sie doch verrückt machen. Doch die Affären nach Carlos Tod waren ungezählt. Häufig hatte Geli zwei Typen nebeneinander. Anne erinnerte sich an Ferdinand, den ehemaligen Lehrer von Yvonne, den Geli parallel zu Niklas gedated hatte. Ob mit dem jetzt Schluss war?

Sie gab ihrer Schwester eine halbe Stunde, dann lenkte sie das Gespräch auf sich. Dabei fiel Geli natürlich Ludwigs tiefer Fall ein. »So schnell kann es gehen. Erst feuert er dich, und dann fliegt er mit dieser krummen Geschichte auf. Man denkt ja immer, dass diese Art von Geschäftsanbahnung im wirklichen Leben nicht passiert, sondern nur im Kino. Also, ich dachte das jedenfalls immer, und jetzt ist er weg vom Fenster. Das war dir bestimmt ein innerer Reichsparteitag. So übel, wie er dir mitgespielt hat.«

»Er hat mich nicht gefeuert. Es war meine Entscheidung zu gehen.« Das musste sie klarstellen. »Genau genommen tut er mir leid. Außerdem steckt in jeder Krise auch eine Chance. Und ich nutze meine. Deswegen bin ich heute hier.«

Überrascht weiteten sich Gelis Augen. »Du meinst, wegen deiner Reiberdatschi-Idee?«

»Es geht um die Finanzierung.«

»Du willst mir jetzt aber nicht sagen, dass du Mama zwingen wirst, das Haus zu verkaufen.«

»Zwingen? Es wäre mein gutes Recht, meinen Erbteil einzufordern. Aber keine Sorge, das habe ich nicht vor. Bis jetzt jedenfalls nicht.«

Eigentlich war es prima, dass Geli plötzlich ihre Zuneigung für Mama entdeckte. Wenn sie wirklich verhindern wollte, dass das Haus verkauft wurde, bekäme sie das Darlehen.

»Die Bank hat grünes Licht für eine Achtzig-Prozent-Finanzierung gegeben. Der Rest fehlt noch. Mir bleibt also gar nichts anderes übrig, als mir mein Erbe zu holen oder die Lücke anders zu schließen. Wie gesagt: Das Erbe ist Plan B. Ich will Mama nicht aus dem Haus vertreiben, aber ich werde es tun, wenn ich muss.«

»Aha«, sagte Geli. »Verstehe. Du willst, dass ich einsteige. Deswegen bist du hier.«

»Das wäre eine Möglichkeit. Und keine schlechte. Nicht als Teilhaberin, sondern mit einer Startfinanzierung, die gut verzinst wird. Ich habe den Businessplan dabei. Überzeuge dich selbst.« Sie zog den Laptop aus der Tasche und klappte ihn auf.

»Warte … Anne … Also ich weiß nicht, wie ich das jetzt am besten sage, ohne dich zu verletzen.«

»Was? Dass ich mir die Mühe sparen kann?« Überrascht beobachtete Anne, wie ihre Schwester die Hände im Schoß verknotete.

»Ich habe zwei Grundsätze bei meinen Geldanlagen. Die habe ich von Carlo übernommen, und er ist gut damit gefahren. Erstens: Keine Geschäfte mit Freunden oder innerhalb der Familie. Das gibt früher oder später nur Streit. Zweitens: Nie mehr als fünf Prozent des Kapitals in ein Investment. Wenn es crashen sollte, ist das verkraftbar. Wenn ich in deine Geschäftsidee investiere, würde ich gegen beide Regeln verstoßen. Sorry, das mache ich nicht.«

***

Anderthalb Stunden später saß Anne im ICE zurück nach Stuttgart und bemühte sich, nicht sauer auf Geli zu sein. Dass ihre chaotische Schwester strategisch handelte und sogar Leitlinien dafür besaß, wie sie ihr Vermögen anlegte, hatte sie nicht geahnt und ihr auch nicht zugetraut. Es hat nichts mit mir zu tun, sagte Anne sich zum wiederholten Mal. Doch es fühlte sich wie das Gegenteil an.

Natürlich hatte es etwas mit ihr zu tun. Sie waren Schwestern und sollten füreinander da sein. Darauf hatte Papa immer großen Wert gelegt, wobei es in der Praxis selten funktioniert hatte. Zugegeben.

In Anne braute sich wieder dieselbe giftige Suppe zusammen wie Anfang Mai, als Nils und Ludwig sie ins offene Messer hatten laufen lassen.

Geli würde auch einen Verlust von zehn oder mehr Prozent ihres Vermögens verkraften. Es täte ihr nicht wirklich weh. Sie besaß mehrere Millionen und hatte bis ans Ende ihrer Tage ausgesorgt. Mal davon abgesehen, dass mit einem Verlust nicht zu rechnen war. Ihre Absage ließ nur einen Schluss zu. Geli glaubte nicht daran, dass Anne mit dem Reiberdatschi-Express ein erfolgreiches Unternehmen auf die Beine stellen würde. Sie glaubte an ihre Niederlage. Oder sie wollte ihren Erfolg verhindern. Was wahrscheinlicher war.

Schon als Kind war Geli eifersüchtig auf sie gewesen. Die Älteste, die sich von der Jüngsten vom Thron gestoßen fühlte. Angeblich hatte Papa sie bevorzugt und ihr mehr durchgehen lassen als den beiden anderen. »Er hat dich gepampert und ständig Extrawürste für dich gebraten«, hatte Geli ihr mal vorgeworfen. »Privatschule und diese ganzen Kurse. Tennis, Reiten, Fechten. Sprachurlaube und dann auch noch das Studium in London. Du brauchst dich wirklich nicht zu beklagen.« Geli tat so, als ob Papa all das nicht auch für sie getan hätte. Nur hatte sie ihren Arsch nie hochbekommen. Wer nicht reiten lernen will, bekommt natürlich auch keine Stunden bezahlt. So war das nun mal.

Und nun saß Geli einmal im Leben am längeren Hebel und genoss ihre Macht. Am Ende würde ihr allerdings nicht gefallen, was nun zwangsläufig dabei herauskam. Der Verkauf des Hauses und Mamas Umzug in eine Seniorenresidenz oder eine altersgerechte Wohnung. Es blieb Anne ja nichts anderes übrig, als ihr Erbe einzufordern, und das wusste Geli. Sie zwang sie ja geradezu, das zu tun. Sie hatte es ihr gesagt: »Ich will Mama nicht aus dem Haus vertreiben, aber ich werde es tun, wenn ich muss.« Und es war Geli, die ihr die Wahlfreiheit genommen hatte.

Am Ende werde ich das Miststück der Familie sein, dachte Anne, während der ICE Richtung Stuttgart brauste. Alle werden mich hassen und warum? Weil Geli das will. Doch das tut sie nicht ungestraft. Dafür werde ich mich revanchieren. Und sie hatte auch schon eine Idee, wie die Revanche aussehen könnte.

Bis sie am Stuttgarter Hauptbahnhof ankam, scrollte sie durch die WhatsApp-Nachrichten der vergangenen Monate mit Geli und suchte nach einem Augenöffner. Schließlich fand sie einen passenden und entschloss sich, diesmal mit offenem Visier zu kämpfen. Ihr Daumen schwebte über dem Wort »Senden«.

Doch was würde Alex sagen, wenn sie diese Nachricht weiterleitete?

Er würde sie fassungslos fragen, ob sie jetzt völlig bescheuert war. Anne ließ es bleiben und steckte das Smartphone wieder ein.

* * *

Zu Hause angekommen, überlegte sie, ihre Mutter anzurufen. Vielleicht ließ sich das Drama über die Bühne bringen, ohne vor Gericht zu ziehen. Was den angenehmen Nebeneffekt hätte, dass sie ihren vollen Erbteil bekäme und nicht nur den Pflichtteil, der lediglich die Hälfte betrug.

Doch erst musste sie von ihrem Zorn auf Geli runterkommen. Sie zog die Joggingsachen an und lief eine Runde, die sie durch den Schlossgarten und ein Stück am Neckar entlang wieder nach Hause führte. Nach einer Stunde und drei Minuten kam sie ausgepowert zurück. Fünf Minuten schneller als sonst. Der Ärger auf Geli hatte ihr Flügel verliehen und war noch nicht wirklich verraucht. Er saß wie ein Stachel in ihr. Dass Geli die Macht besaß, sie bei der Unternehmensgründung zu behindern, wahlweise aus ihr das Miststück der Familie zu machen, ärgerte Anne. Sie fühlte sich wie in einer Falle gefangen.

Gab sie wegen des fehlenden Startkapitals ihr Ziel auf, war sie plötzlich die Loserin. Die Frau mit den hochtrabenden Plänen, aus denen nie etwas wurde. Siehe ihre gescheiterten Ambitionen, Vorstand zu werden. Sie würde sich bei der Arbeitsagentur arbeitslos und jobsuchend melden müssen. Was für eine Demütigung. Auf keinen Fall würde sie das tun. Wenn sie jedoch ihren Erbteil forderte, würde man ihr den Stempel der undankbaren und egoistischen Tochter aufdrücken. Wie sie es machte, es war verkehrt. Und an wem lag es? An Geli.

Gut! Dann war sie eben die kaltherzige Egoistin. Sie würde sich jetzt holen, was ihr zustand.

Doch erst ging sie unter die Dusche, denn verschwitzt und in Joggingklamotten ließ sich dieses Telefonat nicht führen. Sie zog sich um und wappnete sich für das Gespräch mit Mama. Hoffentlich wurde sie nicht wieder hysterisch. Dieses Gespräch würde sie nicht eskalieren lassen. Sie würde es behutsam in die richtige Richtung lenken.

Ihre Mutter meldete sich erst nach dem sechsten oder siebten Läuten. Anne wollte gerade auflegen, als ein atemloses »Hallo« erklang.

»Grüß dich, Mama. Hier ist Anne.«

»Eine Sekunde. Ich muss erst Luft holen.« Es dauerte einen Moment, bis ihre Mutter wieder dran war. »So, da bin ich. Ich bin aus dem Garten reingerannt. Wo brennt's denn, dass du mich anrufst?«

Natürlich. Immer ein Vorwurf. »Ich wollte einfach mal hören, wie es dir geht. Alles gut bei dir?« Hoffentlich hat Geli ihr nicht erzählt, dass ich in München war, schoss es Anne durch den Kopf.

»Mir geht es gut. Ich komme alleine zurecht und brauche keine Hilfe. Jedenfalls nicht viel. Und die habe ich mir organisiert. Heinrich und Imke packen mit an. Also vergiss deinen Plan vom Altenheim!«

In Anne begann eine Alarmanlage zu schrillen. Wer war Heinrich? Etwa einer, der es auf vermögende Witwen abgesehen hatte und sie ausnahm? »Hast du dir einen Freund zugelegt?«

»Ich? So ein Unsinn!«

»Und wer ist dann Heinrich?«

»Erikas Sklave. Wie Imke es nennt. Ein Pole, wenn du es genau wissen willst. Er hilft mir bei der Gartenarbeit. Und wenn er überhaupt ein Auge auf eine Frau geworfen hat, dann auf Erika. Als ob ich dir Rechenschaft schuldig wäre. Also weswegen rufst du an? Wegen des Altenheims, wette ich. Das kannst du vergessen.«

Es war ein Fehler gewesen, dieses Wort bei der Geburtstagsfeier überhaupt in den Mund zu nehmen. »Niemand erwartet, dass du in ein Heim ziehst. Du kannst dir eine schicke seniorengerechte Wohnung leisten. Sicher gibt es welche in Obermenzing.«

»Das werde ich nicht tun. Ich allein entscheide, wo ich wohne. Das hat Imke mir erklärt, und sie kümmert sich auch darum, dass das so bleibt. Sie hat eine Vollmacht von mir bekommen.«

Anne gelang es nicht, ruhig zu bleiben. »Es geht aber nicht immer alles nach deinem Willen. Manchmal entscheiden die Fakten. Und es ist nun mal eine Tatsache, dass ich erbberechtigt bin. Ich brauche meinen Teil, um mein Unternehmen gründen zu können. Ansonsten muss ich zum Arbeitsamt und Hartz IV beantragen.«

»Rede keinen Blödsinn! Du bist erstklassig ausgebildet. Für dein Studium haben Jens und ich eine Menge Geld ausgegeben. Bewirb dich! Such dir eine neue Stelle. Du wirst sofort eine finden.«

»Ich will aber mein eigenes Ding durchziehen.«

»Manchmal geht es nicht so, wie man will. Hast du selbst gerade gesagt. Ich verkaufe das Haus nicht, damit du dich als erfolgreiche Unternehmerin wichtigtun kannst. Denn darum geht's am Ende doch. Dass du glänzen und strahlen und großartig sein kannst. Und dabei ist es dir egal, was aus mir wird.«

Bei Anne brannten alle Sicherungen durch. »Das ist mir tatsächlich gleichgültig! So gleichgültig, wie ich dir immer war. Ich habe keinen Grund – aber absolut gar keinen –, Rücksicht auf dich und deine Gefühle zu nehmen, denn du hast auf meinen immer nur herumgetrampelt.«

»Tja, dann beenden wir das Gespräch jetzt.«

»Du bist also nicht bereit, mir meinen Erbteil auszubezahlen.«

»Wenn ich das Geld hätte, dann schon«, räumte Mama ein, und plötzlich klang sie versöhnlich. »So viel habe ich aber nicht. Also geht es nicht.«

»Doch, es ginge, wenn du das Haus verkaufst. Es ist ohnehin viel zu groß für dich. Wozu brauchst du fünf Zimmer?«

»Um in einem davon zu sterben! Ich zieh nicht aus. Ich verkaufe nicht. Hast du das jetzt endlich verstanden?«

»Dann muss das wohl anders gehen.«

»Wie? Anders?«

»Dann klage ich meinen Pflichtteil vor Gericht ein. Ich habe einen gesetzlichen Anspruch, und den werde ich durchsetzen.«

»Da wirst du dir aber die Zähne ausbeißen.« Ehe sie es sich versah, hatte Mama aufgelegt.

***

Anne zögerte, ihren Anwalt anzurufen. Etwas hielt sie davon ab. Es dauerte eine Weile, bis sie darauf kam, woran es lag. Es lag am Bild, das sie von sich selbst hatte. Sie war nicht gemein, sondern tough. Sie war nicht rücksichtlos, doch sie kannte ihre Rechte. Sie war nicht krankhaft ehrgeizig. Sie hatte Ziele, für die es sich zu kämpfen lohnte.

Es ging also um das Bild der anderen von ihr.

Wollte sie in deren Augen die böse Tochter sein? Das geldgierige und undankbare Kind? Wenn sie Mama verklagte, hätte sie diese Rolle inne. Während Imke die der Retterin zuteilwurde und Geli sich auf ihre Seite schlagen würde. Alle gegen Anne. Wieder einmal. Sie war das schließlich gewohnt. Also auf in den Kampf. Aber erst morgen. Vorher wollte sie sich mit Alex besprechen. Seinem Rat würde sie folgen. Es lag bei ihm, ob sie die E-Mails der Headhunter beantwortete, die längst eingetroffen waren, oder ob sie ihren Anwalt beauftragte, ihren Erbteil einzuklagen. Und zwar zackig. Die Zeit rannte ihr davon.

An diesem Abend kam Alex spät von einem Meeting aus Hamburg zurück. Er meldete sich vom Gate, kurz vor dem Boarding. Sein Flug war pünktlich, und sie fragte, ob sie ihn abholen sollte. »Nicht nötig. Ich habe den Wagen am Flughafen. Wenn du mir etwas zu essen machen würdest, wäre das lieb.«

Um kurz vor zehn schrieb er eine WhatsApp. Er war gelandet und im Parkhaus. *Ich warte auf dich. Fahr vorsichtig*, textete sie zurück, sandte ihm ein Kuss-Emoji und schob eine Spinatpizza in den Ofen. Die mochte er am liebsten. Sie war gerade fertig, als er nach Hause kam.

Er war müde und abgespannt und trank ein Bier zur Pizza. Sie fragte, wie sein Tag gelaufen war, und er erzählte von komplizierten Verhandlungen und wollte dann wissen, wie es ihr mit Geli ergangen war. Sie breitete diesen misslungenen Termin vor ihm aus, und er nahm sie in den Arm. »Das tut mir leid für dich. Überraschend, dass Geli so strenge Regeln hat. Das hätte ich nicht gedacht.«

»Oder es war eine Ausrede.« Auf diese Idee kam Anne gerade erst. »Damit hat sie jede Diskussion abgewürgt.«

»Wie auch immer. Sie hat sich entschieden, dich nicht zu unterstützen. Was machst du nun? Dir deinen Erbteil holen?«

»Ich weiß es nicht und hoffe auf deinen Rat.«

Sie zogen aufs Sofa um, und sie kuschelte sich an ihn.

»Du willst also meinen Rat.«

»Ja. Und ich werde ihn befolgen, großer, weiser alter Mann.«

Er lachte. »Nun ja … So alt, um weise zu sein, bin ich nicht. Aber gut. Ich habe mir natürlich Gedanken gemacht.« Abwartend sah er sie an.

»Ja, ich höre.«

»Dein Problem ist das Eigenkapital. Man kann das von zwei Seiten angehen. Erstens: Du hast ein Aktiendepot und deine ETF. Ich weiß nicht, ob das reichen würde …«

»Nicht ganz«, fiel sie ihm ins Wort. »Das haben wir doch schon besprochen. Das ist meine Altersvorsorge und außerdem die Sicherheit für die Bank. Und zweitens?«

»Die Höhe des Eigenkapitals. Es lässt sich reduzieren, wenn du das Investment verkleinerst und doch einen Teil der Altersvorsorge riskierst. Das wäre ein guter Kompromiss.«

»Wie verkleinern? Ich stehe grad auf der Leitung.«

»Nicht zehn Standorte, sondern einen oder zwei für den Anfang. Das senkt die Kosten gewaltig und damit auch deinen Bedarf an Eigenkapital. Ein wenig müsstest du allerdings die Altersvorsorge schröpfen, aber nicht ganz.«

»Also doch eine Frittenbude. Das ist nicht mein Ding. In meiner Idee steckt ein Riesenpotenzial, und das soll sich gleich voll entfalten. Wenn ich mit einem Standort anfange, wird mir die Idee postwendend geklaut. Dann schießen Reiberdatschi-Buden wie Pilze aus dem Boden.«

»Also doch Plan B«, stellte Alex fest. »Du verlangst dein Erbe.«

»Hab ich schon versucht. Mama stellt sich quer. Es läuft auf Plan C hinaus.«

»Echt jetzt, Anne? Du willst deine Mutter verklagen?«

»Von Wollen kann keine Rede sein. Ich muss.«

»Entschuldige. Aber von Müssen kann keine Rede sein. Du hast andere Optionen, wie gerade dargestellt.«

»Das sind keine echten Alternativen.«

»Du könntest auch eine der Stellen annehmen, die dir sicher schon angeboten wurden«, schlug Alex vor. »Es gibt doch Anfragen, oder nicht?«

»Ich habe sie mir bisher nicht angesehen. Ich will nicht wieder fest angestellt arbeiten. Ich will mein eigener Herr sein.«

»Und wenn du ein paar Jahre wartest?«

»Du meinst, bis Mama gestorben ist?«

Er nickte. »Es eilt doch nicht. Du trägst die Idee doch schon einige Zeit mit dir herum.«

Anne seufzte und lehnte sich zurück.

»Du wolltest meinen Rat. Das ist er. Lass die Umsetzung des Plans noch ein Weilchen ruhen. Oder starte zwei Nummern kleiner. Lass deiner Mutter das Haus, in dem sie den größten Teil ihres Lebens verbracht hat.«

»Okay«, sagte Anne schweren Herzens. »Dann mache ich das.«

Doch in dieser Nacht konnte sie nicht schlafen. Ihre Gedanken drehten sich im Kreis. Vor ihr lag ein gordischer Knoten, der nicht zu lösen war. Es sei denn, sie zerschlug ihn mit Gewalt. Sprich: Sie verklagte Mama. Doch sie hatte Alex versprochen, auf ihn zu hören. Was sie nicht müsste, wenn Geli ihr helfen würde. Doch Geli sah sie lieber in der Rolle der Rabentochter, wahlweise in der der gescheiterten Unternehmerin. Ihr Dilemma war Wasser auf Gelis Mühlen.

Um halb drei Uhr morgens hatte sie sich derart in Rage gedacht, dass sie aufstand und ins Wohnzimmer ging. Ohne Geli säße sie jetzt nicht in diesem Schlamassel. Geli war es ein Fest, sie endlich mal scheitern zu sehen. Ganz sicher lachte sie sich ins Fäustchen, und das verlangte nach einer Retourkutsche. Anne nahm das Handy vom Couchtisch, suchte nach der bereits ausgewählten WhatsApp und schickte sie ab.

Karin

Nach einer schlaflosen Nacht im Wohnzimmersessel schleppte Karin sich am Morgen ins Schlafzimmer. Angst flatterte wie ein gefangener Vogel in ihrer Brust. Doch sie hatte einen vagen Plan gefasst. Sie würde jetzt zur Sparkasse marschieren und sich das Geld für Anne leihen. Als sie die Bluse zuknöpfte, fiel ihr ein, was Anne an ihrem Geburtstag zu Geli und Imke gesagt hatte. Sie bekäme keine Hypothek. Sie war zu alt dafür. Konnte das sein?

Halb angezogen, ging sie hinunter und suchte die Nummer ihres Bankberaters heraus. Natürlich meldete sich niemand. Es war ja erst halb sieben. Sie hinterließ eine Nachricht auf dem Anrufbeantworter und bat um Rückruf.

In der Küche schaltete sie die Kaffeemaschine ein, nahm aus dem Vorratsschrank ein Döschen Katzenfutter und füllte es ins Schälchen. Während der Kaffee durchlief, sah sie nach der Katze. Sie war noch nicht da. Doch sie würde schon noch kommen. Madame musste nur hereinspazieren und sich holen, was sie begehrte.

Genau wie Anne annahm, dass sie das tun könnte.

»Ich will nicht ins Heim«, sagte sie in die Stille ihrer Küche. »Ich kann nicht.« Ihr wurde schwindlig. Sie musste sich an der Tischkante festhalten. Ihr Herz begann zu rasen. Der Kaffeegeruch gab ihr den Rest. Würgend beugte sie sich über das Spülbecken, doch es kam nichts außer Galle. Ihr Magen war leer. Seit Annes Anruf hatte sie nichts gegessen. Sie drehte den Wasserhahn auf und fühlte sich dabei schwach und elend. Und dieser Angstvogel in ihrer Brust machte sie ganz verrückt. Imke hatte es doch versprochen: kein Heim. Sie selbst habe das in der Hand. Doch das stimmte nicht.

Verflucht! Die ganze verdammte Vollmacht nützte nichts, wenn sie das Haus verkaufen musste. Nie wieder würde sie sich in ein Heim verfrachten lassen. Eher würde sie sich umbringen. Das war ihr Ernst. Sie stopfte die Bilder zurück, die in ihr aufsteigen wollten. Seit Tagen schon. Seit Imke ihr das Buch gezeigt hatte. All die Erinnerungen, von denen sie gedacht hatte, sie wären für immer vergessen, vergraben, verbannt.

Sie wollte in ihrem Haus bleiben. Die Maschine röchelte noch einmal. Dann war der Kaffee durchgelaufen. Doch! Imke konnte helfen! Karin ging zum Telefon und rief sie an.

»Guten Morgen, Mama. Magst du zum Frühstück rüberkommen?« Imke klang so munter wie beinahe immer.

»Nein. Es geht nicht … Es ist nur …« Ihre Stimme brach.

»Was ist denn los? Soll ich kommen?«

»Es geht schon wieder.« Sie atmete durch und riss sich zusammen. »Es ist wegen Anne. Sie hat gesagt, dass sie den Pflichtteil einklagen will.«

»Ach, komm! Das kann sie doch nicht machen.«

»Sie hat es vor. Und ich bekomme vermutlich kein Geld von der Bank. Ich bin zu alt, das hat Anne doch zu euch gesagt. Meinst du, dass das stimmt?«

»Ich fürchte, da hat sie recht. Soll ich mit ihr reden?«

»Das ist Unfug!« Es tat gut, dieses Wort auszusprechen. Unfug! Mit Ausrufezeichen. Es fühlte sich so fest und bestimmt an. Nach Boden unter den Füßen. »Sie wird sich das nicht ausreden lassen. Von mir nicht. Von dir nicht. Von niemandem. Außer vielleicht von ihrem Mann. Doch da habe ich auch so meine Zweifel. Du weißt doch, wie sie ist.«

»Einen Versuch wäre es wert.«

»Nicht nötig. Ich habe eine Idee. Kannst du mit Geli reden? Wenn sie Anne das Geld für ihre Firma leiht, dann wird sie Ruhe geben, und ich kann hierbleiben.«

»Ja klar, das kann ich machen. Aber wäre es nicht besser, wenn du Geli selbst fragst?«

»Ich werde so schnell unleidlich, und dann sage ich schlimme Sachen. Am Ende vermassle ich es.«

Imke lachte. »Okay. Da ist was Wahres dran. Ich sondiere die Lage für dich. Aber fragen musst du sie dann schon selbst.«

»Danke.«

Nach dem Telefonat ging es ihr besser. Der Angstvogel verzog sich. Sie holte die Zeitung aus dem Briefkasten und eine Tasse Kaffee aus der Küche und frühstückte auf der Terrasse. Die Katze kam und ging an ihr vorbei ins Haus zum Futterschälchen. Erstaunt stellte Karin fest, dass eine neue Art von Normalität in dieses Haus einzog. Sie würde es nicht verlassen, Herrgott! Nur mit den Füßen voran.

Um neun Uhr rief ihr Kundenberater an. Es war, wie Anne gesagt hatte. Die Sparkasse würde ihr kein Geld leihen, aber liebend gerne das Haus für sie verkaufen. Karin hängte ein. Imke würde das schon mit Geli regeln.

Imke, ihre Zweite. Sie war immer die Problemlose gewesen und hatte selten Ärger gemacht. Die Geburt, vor der ihr gegraut hatte, war problemlos verlaufen. Imke war einfach so aus ihr herausgeflutscht, nur mit ein paar Wehen, als könnte sie es nicht erwarten, auf die Welt zu kommen.

Es war im Jahr vor der Olympiade in München gewesen. Überall wurde gebaut und gebuddelt. Sie bekamen U-Bahn und S-Bahn. Die Schuttberge, die man nach dem Krieg im Norden der Stadt aufgehäuft hatte, verwandelten sich in den Olympiapark. Überhaupt war die Zeit Ende der Sechziger- und Anfang der Siebzigerjahre eine Zeit des Aufbruchs gewesen. Flower-Power. Hippies überall. Lange Haare und Schlaghosen. *Make love, not war*. Es wurde gegen den Vietnamkrieg demonstriert und für Emanzipation.

Emanzipation war etwas für andere. Das hatte Karin damals oft gedacht. Für sie war normal, dass Jens im Haushalt mithalf und bei den Kindern. Dass er sie wickelte und fütterte, dass er auch mal kochte und sogar Wäsche wusch. Sie hatte so viel Wäsche in ihrem Leben gewaschen, dass es für zwei Leben reichte. Sie nahm es als selbstverständlich hin, dass Jens mit anpackte. Aus freien Stücken. Nur ihre Schwiegermutter fand das unerhört, und auch ihre Schwägerin runzelte die Stirn. Jens war besonders gewesen. Schon immer. Und damals erst recht. Was andere Frauen sich erkämpfen mussten, war ihr einfach in den Schoß gefallen. Die Zeiten änderten sich. Die alten Regeln waren überholt. Die Studenten wollten »den Mief von tausend Jahren unter den Talaren« auslüften, und sie begannen auch, sich für die »Pädagogik« in den Erziehungsheimen zu interessieren.

Karin erinnerte sich, wie sie an einem Abend im Sommer 1969 mit Jens einen Fernsehbericht gesehen hatte. Etwa zweihundert APO-Mitglieder aus Frankfurt waren einem Aufruf gefolgt und ins Jugendheim Staffelberg gefahren, um eine Heimrevolte anzuzetteln. Unter ihnen Andreas

Baader und Gudrun Ensslin. Der Leiter des Heims hatte Polizeischutz für die angekündigte Aktion angefordert und rechnete mit Krawall, doch die Revoluzzer saßen friedlich im Garten und verteilten Flugblätter mit Forderungen an die Heimleitung.

Karin hatte staunend vor dem Fernsehgerät gesessen. Dass die sich das trauten! Sie forderten den Rauswurf aller prügelnden Erzieher. Also aller, hatte Karin gedacht. Löhne für Arbeit. Es war unglaublich. Aufstellung eines Heimrats, der die Interessen der Kinder und Jugendlichen vertrat. Abschaffung des Karzers. Endlich!, hatte sie gedacht. Endlich tut jemand etwas. Einer forderte, die Scheiben des Karzers einzuwerfen und das Gitter zu entfernen, und ihr Herz geriet aus dem Takt. Niemals hätte sie sich das getraut. Warum nicht?, fragte sie sich.

Weil man ihnen allen Schneid abgekauft hatte. Besser gesagt, aus dem Leib geprügelt. Weil Angst das beherrschende Gefühl gewesen war, das jedes Aufflackern von Mut oder Widerstand im Keim erstickte. Auch sie hatte sich bald gefügt. Das erste Mal schon, als sie vor dem Blechteller mit ihrem Erbrochenen saß.

Karin

Herbst und Winter 1956

Stunden waren vergangen, seit Gertraud ihr den Teller mit den erbrochenen Linsen und Schwarten durch die Klappe gereicht hatte. Eher würde sie verhungern, als das zu essen. Karin schob ihn endlich unter die Pritsche.

Langsam wurde es Abend. Das Licht, das durch das Fenster unter der Decke fiel, wurde dunkler. Sie versuchte einen Blick hinauszuwerfen. Doch sie war zu klein und die Pritsche fest mit der Wand verbunden. Sie ließ sich nicht unters Fenster ziehen. Schließlich gab Karin auf und ging auf und ab. Sechs Schritte von der Pritsche bis zur Tür. Fünf von der einen Seite zur anderen. Dabei entdeckte sie zwei Inschriften auf dem Verputz, die sie im Zwielicht kaum entziffern konnte. *Die Nonnen sind verdorbener als die Mädchen.* Und an anderer Stelle hatte jemand in die Wand geritzt: *Nimm dich vor Herchenbachs Fingern in Acht.*

Die Kirchturmuhr schlug alle Viertelstunde. Irgendwann war es sechs. Karin trank vom Wasser. Die Blechkanne war schon halb leer. Seit dem Frühstück hatte sie nichts gegessen. Ihr Magen knurrte nicht länger, er zog sich zu einem schmerzenden Klumpen zusammen.

Das Licht wurde immer schwächer. Auf der Suche nach dem Lichtschalter stellte sie fest, dass es keinen gab. Es gab auch keine Lampe. Panik stieg in ihr auf. Sie wollte nicht allein im Dunkeln eingesperrt sein.

Als sie Pipi machen musste, benutzte sie widerstrebend den Eimer und legte sich zum Schlafen auf die Pritsche, als es Zeit dafür war. Es gab keine Matratze, nur ein Kissen und eine dünne Decke. In dieser Nacht tat sie kein Auge zu. Egal wie sie sich hinlegte, nach ein paar Minuten taten ihr die Knochen weh, und sie suchte eine andere Position. Schließlich setzte sie sich hin, stopfte das Kissen unter den Po, zog die Beine an und die Decke um sich. So gelang es ihr, ein wenig zu dösen. Als sie aufwachte, war das dunkle Fensterrechteck grau geworden. Die Kirchenglocke erklang. Der Gottesdienst begann. Wenigstens musste sie den nicht besuchen und auch nicht arbeiten. Sie konnte hier herrlich faulenzen. Wenn sie nur nicht so hungrig wäre. Sie trank etwas Wasser und versuchte, noch ein wenig zu dösen.

Irgendwann schreckte sie hoch. Die Klappe in der Tür ging auf. Es war Gertraud. »Hast du aufgegessen?«

»Ich esse das nicht. Ich kann nicht«, fügte sie hinzu und merkte, wie es ihr den Hals zuschnürte. Sie konnte das wirklich nicht essen. Es war nicht Trotz oder Boshaftigkeit.

»Ich weiß«, antwortete Gertraud. »Aber du musst. Ich darf dir erst dann Brot bringen, wenn der Teller leer ist.«

»Und wenn du es für mich wegwirfst?«

Die Stimme wurde noch leiser. Von weiter hinten hörte Karin das Klirren der Schlüssel. Das Wiesel oder eine der anderen Nonnen stand also dort. »Das geht nicht«, flüsterte Gertraud. »Sie kontrollieren mich. Wenn du aufisst, darf ich dir auch Papier und Stift bringen, dann kannst du an deine Eltern schreiben. Gib mir die leere Kanne.«

Karin bekam eine volle. Sie setzte sich auf die Pritsche. In ihrem Gefängnis stank es nach dem Urin aus dem Eimer. Nach zwei Tagen stank auch sie. Sie konnte sich nur notdürftig mit ein wenig Wasser aus der Kanne waschen. Doch ohne Seife brachte das nichts. Und auch das Zähneputzen fiel aus. Sie fühlte sich von Kopf bis Fuß klebrig und schmutzig. Außerdem machte die Einsamkeit sie ganz verrückt. Sie begann Selbstgespräche zu führen. Sagte alle Gedichte auf, die sie jemals gelernt hatte. Sogar Schillers »Bürgschaft«, und ergänzte die vergessenen Stellen mit eigenen Texten.

Irgendwann hielt sie es nicht mehr aus und trommelte mit den Fäusten gegen die Tür. »Lasst mich raus! Ich habe nichts Schlechtes getan!« Niemand antwortete. Niemand verirrte sich nach oben unters Dach. Eine Weile tobte und schrie sie weiter. Bis sie erschöpft war und der Hunger sich wieder bemerkbar machte und es ihr kaum gelang, die Tränen zu unterdrücken. Doch sie würde nicht heulen. Diesen Triumph gönnte sie den Nonnen nicht.

Am nächsten Tag war ihr so schlecht vor Hunger, dass sie das erste Mal darüber nachdachte, das Erbrochene zu essen. Vor allem weil sie dann an Mami schreiben konnte. Vielleicht wusste sie nicht, wohin man sie und Pelle gebracht hatte. Auch wegen Pelle musste sie hier raus. Sicher fragte er sich schon, wo sie war. Ob sie sich ohne ihn aus dem Staub gemacht hatte.

Trotzdem dauerte es noch einen Tag, bis sie so weit war. Gertraud bat sie wieder inständig, das Zeug endlich zu essen, bevor es verdarb und sie sich am Ende noch eine Lebensmittelvergiftung holte. Nie hätte Karin gedacht, dass Hunger so wehtun konnte, dass er einen dazu bringen konnte, so etwas zu essen. Doch er war stärker als ihr Ekel oder ihr Wille. Sie stellte die Kanne neben den Teller, hielt sich bei jedem Löffel die Nase zu und trank sofort große Schlucke Wasser hinterher. Sie versuchte, nicht daran zu denken, was sie da aß, denn wenn sie es tat, wollte es gleich wieder hochkommen. Als es dann endlich unten war, aber auch. Sie zwang sich, an etwas Schönes zu denken. An ihren ersten Sprung vom Fünfmeterbrett. An den vergangenen Sommer, und sie wusste plötzlich, dass es der letzte Sommer dieser Art gewesen war. So leicht und frei und voller Freude. Einen solchen Sommer würde es für sie nie wieder geben.

Gertraud war erleichtert, als sie ihr den leeren Teller gab, und reichte ihr eine Scheibe Graubrot und Stift und Papier durch die Klappe. Es wurde ein langer Brief. Sie schrieb mit so kleiner Schrift, wie es gerade ging, damit alles, was sie zu sagen hatte, auf dieses eine Blatt passte.

Erst einmal, wo sie und Pelle waren und wie es hier zuging. Karin schilderte es mit allen schrecklichen Details. Sie schrieb, dass Mami sich um Pelle nicht sorgen musste, sie würde auf ihn aufpassen und ihn beschützen, und sie schilderte die Geschichte, mit der sie dem Jungen Angst gemacht hatte, der Pelle geschlagen hatte. Leopold hieß er und würde Pelle jetzt in Ruhe lassen. Mami musste den Brief dem Jugendamt zeigen. Sicher wusste dort niemand, was hier geschah. Als Karin daran dachte, wie scheinheilig freundlich die Schwester Oberin sie aufgenommen hatte, war sie sicher: Das war Theater für Dorothea Meister gewesen.

Am selben Tag erschien das Wiesel. »Wie ich sehe, hast du deine Lektion gelernt. Es ist also nicht alles verloren.«

Karin durfte den Karzer verlassen. Der Brief steckte in ihrer Schürzentasche. Die Nonnen hatten gestattet, dass sie ihn schrieb. Daher fasste sie sich ein Herz und fragte nach einem Kuvert und einer Marke.

»Schwester Agnes ist für die Post der Zöglinge zuständig. Einmal im Monat dürft ihr schreiben.«

Ein Mal nur! »Und Besuch?«

»Einmal im Monat.«

»Das ist ...« Karin biss sich gerade noch auf die Lippe. Das ist ja wie im Gefängnis, hatte sie sagen wollen.

»Das ist ...?« Aus schmalen Augen sah das Wiesel sie an.

»Schön. Es ist schön, dass ich Mami schreiben kann.«

»Gib mir den Brief.« Fordernd streckte die Nonne die Hand aus. Karin wurde es ganz übel. Wenn sie ihn las, würde sie Schläge beziehen. »Ich kann ihn selbst zu Schwester Agnes ins Büro bringen. Dann sparen Sie sich den Weg.«

Ein dünnes Lächeln erschien. »Wie rücksichtsvoll. Also gut.«

Karin durfte duschen und danach mit den anderen zum Frühstück in den Speisesaal. Doch zuerst ging sie ins Büro und bat Schwester Agnes um ein Kuvert. Sie bekam es, steckte den Brief hinein, klebte den Umschlag zu und adressierte ihn an ihre Mutter. Schwester Agnes nickte ihr zu. »Am Montag fahre ich zum Postamt. Deine Mutter wird ihn bald bekommen.«

***

Karin rechnete frühestens Ende der kommenden Woche mit einer Antwort. Wahrscheinlicher war es, dass Mamis Brief zu Beginn der folgenden eintreffen würde. Sie konnte es kaum erwarten und hoffte insgeheim, dass es kein Brief war, sondern ihre Mutter höchstpersönlich. Sie erkundigte sich nach den Besuchszeiten. Doch es gab keinen festen

Tag dafür. Die Eltern durften einmal pro Monat an einem Wochenende kommen. An welchem, entschieden allein sie. Und auch die Kinder. Wer sich danebenbenahm oder im Karzer saß, durfte keinen Besuch erhalten. Die Eltern wurden in diesen Fällen unverrichteter Dinge wieder nach Hause geschickt. Das erfuhr Karin von Edith und riss sich ab diesem Tag zusammen. Sie wurde fügsamer und bemühte sich zu tun, was man ihr auftrug. Ohne Widerworte. Doch sie lernte täglich dazu, wofür man bestraft werden konnte, und fing sich regelmäßig Schläge ein. Bestraft wurde man für alles und nichts. Ein zu lautes Wort. Ein Blick in den Spiegel. Lachen. Flüstern. Ein Lied summen. Weinen. Bummeln bei der Arbeit. Ein Fleck auf der Schürze. Ein schlampig gemachtes Bett. Schmutzige Fingernägel. Sündige Gedanken, die man beichtete. Der Pfarrer verriet sie den Nonnen. Also beichtete man sie besser nicht. Zu wenig Inbrunst beim Gebet. Für all das und noch viel mehr wurde man geschlagen, getreten, geknufft. Mit Besenstielen, Schlüsselbunden, Linealen malträtiert. Mit Tritten, Kopfnüssen und Ohrfeigen. Schlimmer war es, wenn man stundenlang auf Holzscheiten knien oder auf den ausgestreckten Armen einen Stapel Bibeln halten musste. Ließ man die Arme sinken, bekam man Schläge. Oft genügte ein frecher Blick oder sich das Haar zu richten, was als Eitelkeit ausgelegt wurde. Eitelkeit war eine Sünde. Ebenso wie Hochmut oder Übermut. Wie Stolz und Neid. Wie Zorn, Faulheit und Wollust. Wozu auch unkeusche Gedanken zählten, die die Nonnen offenbar bei ihren nächtlichen Rundgängen durch den Schlafsaal in den Köpfen der Mädchen lesen konnten. Sie schlugen zu, mit allem, was zur Hand war, und wenn nichts zur Hand war, dann mit Händen und Füßen. Man wusste nie, ob es gleich Schläge setzte oder einen

Knuff. Was man falsch gemacht hatte, wusste man ebenso oft nicht.

Zu Beginn der dritten Woche nach dem Karzer war Mamis Brief noch immer nicht eingetroffen. Es war schon Anfang Oktober. Weshalb schrieb sie nicht?

Eines Tages wurde Karin von Schwester Veronika aus der Wäscherei ins Büro geschickt. Sie sollte Schwester Agnes ausrichten, dass Bleiche und Waschpulver zur Neige gingen. Nachschub musste bestellt werden. Karin fasste die Gelegenheit beim Schopf, nahm ihren Mut zusammen und fragte Schwester Agnes, ob Post für sie und Pelle gekommen war.

Die Schwester saß mit einer Kanne Tee an ihrem Schreibtisch und schüttelte den Kopf. »Es tut mir leid. Aber es ist kein Brief für euch eingetroffen. Magst du eine Tasse Tee und etwas vom Gebäck?«

Verstohlen sah Karin sich um. Sie waren allein hier. Niemand sah, wenn sie das Angebot annahm. Außerdem konnte es ja nicht falsch sein.

»Ja, gerne«, sagte sie mit niedergeschlagenen Augen.

»Setz dich.« Die Nonne schenkte Tee für sie ein und legte drei Kekse mit einem Marmeladenklecks in der Mitte auf einen kleinen Teller aus weißem Porzellan. Zögernd griff Karin zu. Während sie das Gebäck aß, das unsagbar köstlich schmeckte, nach Butter und Vanille, und auf der Zunge zerging, erklärte ihr Schwester Agnes, dass es leider häufig passierte, dass Kinder vergeblich auf Briefe oder Besuche warteten. »Manche Eltern sind mit der Erziehung ihrer Kinder überfordert. Denen sind sie eine Bürde, die wir ihnen abnehmen. Diese Eltern schreiben nicht. Sie besuchen ihre Kinder nicht. Sie sind froh, sie los zu sein. Sie …«

»Meine Mutter aber nicht«, fiel Karin ihr ins Wort. »Sie

hat sich immer gut um uns gekümmert. Sie wird uns schreiben und uns nach Hause holen.«

Ein nachsichtiges Lächeln erschien auf Schwester Agnes' Gesicht. »Es ist so, dass ich eure Situation natürlich kenne. Sie ist in den Akten dokumentiert. Dein Vater ist gefallen. Deine Mutter ist überfordert. Sie muss eine Mutter sein, die mit liebevoller und strenger Hand gottesfürchtig ihre Kinder erzieht, den Haushalt ordentlich führt und obendrein die Familie ernährt. Das ist eine große Last. Ich verstehe – und es ist auch ganz natürlich –, dass eine verwitwete Frau den Wunsch nach einem neuen Partner hat. Ihre Ehe wurde durch Tod geschieden. Einer Wiedervermählung steht Gottes Segen nicht entgegen. Sehr häufig aber Kinder.« An dieser Stelle stockte Schwester Agnes und sah Karin an.

Natürlich stimmte es, dass Mami einen neuen Mann wollte. Deswegen ging sie ja so oft aus und besuchte Tanztees und den Tanzkurs.

»Die meisten Männer wünschen sich eine Frau ohne Kinder«, fuhr Schwester Agnes fort. »Sie möchten eigene mit ihr und nicht die eines anderen aufziehen. Auch das ist natürlich.«

»Es gibt aber keinen, der meiner Mutter den Hof macht«, entgegnete Karin trotzig. Doch das stimmte nicht! Der Schatten im Hausdurchgang. Dieser Walter.

»Kannst du dir da sicher sein?«, fragte Schwester Agnes.

Seit diesem Gespräch kaute Karin auf der Frage herum, wer Walter war. Ihre Mutter hatte ihn geküsst. Mehr als einmal. Im Durchgang zum Hinterhof. Warum versteckte sie ihn? Standen Pelle und sie dieser Beziehung im Weg? War es Mami gerade recht, dass man sie abgeholt und ins Heim gesteckt hatte? Immer lautetet Karins Antwort: Nein.

Aber weshalb reagierte Mami dann nicht auf ihren Brief?

Warum rückte sie nicht mit ihrem Anwalt an? Oder saß sie vielleicht doch in U-Haft? Hatte Dorothea Meister etwa nicht gelogen?

Die Unsicherheit nagte an ihr und machte sie an manchen Tagen ganz unruhig, an anderen ganz traurig. Nach vier Wochen war noch immer keine Nachricht ihrer Mutter da. Niedergeschlagen schrieb Karin den nächsten Brief und gab ihn bei Schwester Agnes ab, die ihr versprach, sie sofort zu benachrichtigen, wenn Post für sie kam. Gleichzeitig wies sie darauf hin, dass Karin sich vielleicht falsche Hoffnungen machte. Sie habe das schon so oft erlebt.

Schwester Agnes war freundlich, deshalb nahm Karin ihren Mut zusammen und fragte, ob in der Akte etwas über Mami stand. Ob sie im Gefängnis saß. »In den Unterlagen steht nichts dergleichen. Aber ich erkundige mich und sage dir Bescheid, sobald ich etwas weiß.«

Karin machte einen Knicks, wie das hier von ihr erwartet wurde. »Danke, Schwester Agnes.«

Die Nonne legte die Finger an die Lippen. »Ich tue das gerne für dich. Aber das bleibt unser kleines Geheimnis.«

***

Es gab in diesen ersten Wochen im Erziehungsheim auch einige Lichtblicke. Kleine Inseln von Geborgenheit und so etwas Ähnlichem wie Glück. Die eine war die sich anbahnende Freundschaft zu Edith, von der die Nonnen besser nichts erfuhren. Denn Freundschaften wurden nicht geduldet und mit allen Mitteln unterbunden.

Eines Tages hängte Karin mit Edith alleine im hinteren Garten Wäsche auf, und sie fragte sie geradeheraus, weshalb sie in Sankt Marien war.

»Ganz einfach: Meine Mutter will nichts von mir wissen. Ich bin ein Kind der Schande.« Edith zuckte mit den Schultern und nahm Wäscheklammern aus dem Stoffbeutel.

»Wie meinst du das?«, fragte Karin, während sie ein Laken aufhängte.

»Sie war erst sechzehn, als sie mich bekommen hat. Vater unbekannt. So steht es in meiner Geburtsurkunde. Doch Oma meint, dass es der hübsche Klempner aus dem Nachbardorf war. Verheiratet und Vater von drei Kindern. Du kannst dir ja vorstellen, wie sich alle das Maul zerrissen haben. Eine minderjährige ledige Mutter. Bei uns im Dorf hatte sie jedenfalls ihren Ruf weg. Deshalb hat sie sich eine Lehrstelle in München gesucht und mich bei ihrer Mutter gelassen.«

Es gab sie also wirklich, die Mütter, die nichts von ihren Kindern wissen wollten.

»Später hat sie dann geheiratet und ist mit ihrem Mann nach Frankfurt gezogen«, fuhr Edith fort. »Ich bin bei meiner Oma aufgewachsen und habe selten was von ihr gehört. Gesehen habe ich sie nie. Erst bei Omas Beerdigung. Da hat meine Mutter mir erklärt, dass sie mich nicht zu sich nehmen kann. Ihr Mann und ihre Kinder wissen nichts von mir, und so bin ich in Sankt Marien gelandet. Herzallerliebst. Nicht?«

»Das ist schrecklich«, sagte Karin.

»Sobald ich hier raus bin, fahre ich nach Frankfurt und klingle an einem Abend an ihrer Wohnungstür, wenn alle daheim sind. Mann und Kinder, die ganze Bagage, und dann erkläre ich denen, wer ich bin und dass sie keine Ahnung haben, wer die Frau ist, die sie Mama oder Schatz nennen. Ein falsches Luder.«

»Wann kommst du raus?«, fragte Karin.

Edith griff nach dem nächsten Wäschestück. »Das dauert noch. Raus kommst man hier auf zwei Arten. Entweder man läuft weg. Wobei die meisten aufgegriffen und zurückgebracht werden. Unsere Kleidung verrät uns. Und dann gnade dir Gott. Oder du hältst durch bis zu deinem einundzwanzigsten Geburtstag. Dann bist du volljährig. Ab diesem Tag sind die Nonnen nicht mehr für dich zuständig, und du darfst gehen.«

Karin erschrak. »Das wären bei mir ja noch fünf Jahre! Aber meine Mutter holt uns sicher bald nach Hause.«

»Mich holt niemand raus. Ich haue vorher ab«, erklärte Edith.

»Wie willst du das machen?«

»Wie Waltraud. Ich werde krank. Breche mir das Bein oder den Arm, oder ich trinke was von der Bleiche. Dann fahren sie mit mir ins Krankenhaus nach Wasserburg. Dort können sie mich nicht bewachen, und ich mache mich aus dem Staub.«

»Du könntest dich im Lieferwagen verstecken, der die Wäsche bringt und holt.«

»Geht nicht. Der wird am Tor kontrolliert.«

»Weißt du eigentlich, was mit Waltraud ist?« Das Mädchen, das an ihrem ersten Tag im Heim mit Fieber im Bett gelegen hatte, war nicht wiedergekommen.

»Das werden sie uns nicht verraten. Vor allem dann nicht, wenn sie fortgelaufen ist. Manchmal dürfen Kinder allerdings zurück zu ihren Eltern, oder sie werden adoptiert. Das sagen sie uns aber nicht. Wir sollen ja verunsichert werden.«

Der zweite Lichtblick in diesen ersten Wochen in Sankt Marien war der Kirchenchor. Er probte jeden Sonntag, und Edith überredete Karin mitzumachen, obwohl sie sagte, dass sie nicht singen konnte. »Jeder kann singen«, erklärte Edith. »Du auch.«

Sonntags hatten sie nach dem Gottesdienst bis achtzehn Uhr Freizeit. Unterbrochen wurde sie nur vom Mittagessen um zwölf im Speisesaal. Die Mädchen konnten lesen, wobei es nur religiöse Bücher und Zeitschriften im Heim gab, Handarbeiten machen oder im Chor singen. Auch Spaziergänge im Garten waren erlaubt. Hinter dem Schulhaus gab es einen kleinen Sportplatz. Dort spielten die Buben sonntags meist Fußball.

Neben den sechs Erziehern gab es fünf weitere Männer im Heim. Den Pfarrer, der jeden Morgen zum Gottesdienst aus dem Dorf kam, samstags die Beichte abnahm und seinen Mesmer mitbrachte, Bruno Burczek. Er war Gertrauds Onkel. Dann gab es noch Claus Sowada, den Hausmeister, der über der Werkstatt wohnte. Er reparierte alles und war auch fürs Tor zuständig. Er ließ Besucher und Lieferanten ein und aus und passte auf, dass keines der Kinder auf diesem Weg verschwand. Ein großer, hagerer Kerl, der sich beinahe ebenso lautlos bewegte wie das Wiesel und kaum ein Wort redete. Der vierte war Dr. Herchenbach, der für das Heim zuständige Arzt. Er hatte seine Praxis im Dorf und wurde gerufen, wenn eines der Kinder richtig krank war. Also nicht wegen Husten, Schnupfen oder Fieber. Der fünfte war Herr Frieß, der Lehrer, der auch den Kirchenchor leitete und die Wohnung im Schulhaus für sich hatte.

Die Erzieher wiederum wohnten im Jungenhaus. Sie wiesen die Buben bei der Arbeit auf den Feldern an und in der Gärtnerei und Sattlerei. Und sie prügelten sie, genauso wie die Nonnen es bei den Mädchen taten.

An jenem Sonntagvormittag, als Edith Karin überredete, beim Chor mitzumachen, saßen sie nach dem Gottesdienst und dem Frühstück beim Brunnen neben der Kirche und ließen sich die Oktobersonne ins Gesicht scheinen. Dabei erklärte Edith Karin, dass keiner dieser sogenannten Erzieher eine pädagogische Ausbildung hatte. »Das sind alles gescheiterte Existenzen.« Sie begann aufzuzählen, was sie in ihren vier Jahren in Sankt Marien herausgefunden hatte. Da war erstens Walter Weber, der Hausvater im Jungenhaus. »Der hat einen Schlag weg, vom Krieg. Manchmal rennt er nachts schreiend über den Hof, als wäre der Teufel leibhaftig hinter ihm her. Erst ein Guss mit kaltem Wasser bringt ihn zurück in die Wirklichkeit. Vor dem musst du dich in Acht nehmen.«

»Wieso?« Mit Weber hatte sie nichts zu tun.

Ediths Blick wich aus. »So halt. Er ist …« Sie blickte zu Boden und fuhr dann mit ihrer Aufzählung fort. Neben Weber gab es noch einen aus dem Sudentenland vertriebenen Bauern, der nicht nur den Hof, sondern auch seine Familie und die Heimat verloren hatte. Seinen Zorn darüber bekamen die Buben zu spüren. Dann gab es einen Gärtner, der während des Kriegs U-Boot-Fahrer gewesen war und Enge nicht mehr ertrug. Der Vierte war ein Gelegenheitsarbeiter aus München, der zu viel trank. Der Fünfte einer, der erst acht Jahre nach Kriegsende aus russischer Gefangenschaft zurückgekehrt war. Zu seiner Frau. Doch die hatte ihn zwischenzeitlich für tot erklären lassen und einen anderen geheiratet. »Die haben alle einen Hau weg und den Bauch voller Wut, die sie an uns auslassen«, erklärte Edith. »Nur der Herr Frieß ist nett. Eigentlich wollte er nach dem Krieg Musik studieren. Daraus wurde nichts. Jetzt leitet er den Chor. Eigentlich dürfen wir nur Kirchenlieder singen. Aber wenn wir gut waren, macht er eine Ausnahme. Dann singen wir Schlager. Kennst du Margot Eskens? ›Tiritomba‹? Das proben wir zurzeit. Heimlich. Die Schwester Oberin darf das nicht mitkriegen.«

»Ich mag Rock 'n' Roll«, sagte Karin. »Bill Hayley. Elvis Presley. ›Heartbreak Hotel‹. Kennst du das?«

Edith schüttelte den Kopf. Sie liebte die deutschen Schlagerstars. Vico Torriani. Caterina Valente. Ralf Bendix. Und eben Margot Eskens. »Mach doch beim Chor mit, Karin. Du wirst sehen, das macht Spaß.« Sie stand vom Brunnenrand auf, breitete die Arme aus und sang drauflos. »Tiritomba, tiritomba. Immer möchte ich in deine Augen sehen. Tiritomba.« Edith wirbelte um die eigene Achse. Schwester Agnes sah es im Vorübergehen und schüttelte den Kopf. Es war Sonntag und lautes Singen offenbar eine lässliche Sünde. Instinktiv hatte Karin schon den Kopf ein- und die Schultern hochgezogen und sah ihr nun verwundert nach. »Schwester Agnes ist anders. Sie ist nett.«

Edith ließ die Arme fallen. »Das täuscht. Wenn sie will, kann sie ein echtes Biest sein. Auch gemein, aber anders. Kommst du nun mit zum Chor? Es geht in zwanzig Minuten los.«

»Ja, gut. Dürfen auch Jungen mitmachen?«

»Na klar.«

»Prima, ich hole meinen Bruder.«

Und das war der dritte Lichtblick in den ersten Wochen im Erziehungsheim. Jeden Sonntag traf sie sich mit Pelle bei den Proben des Kirchenchors. Er hatte eine schöne Stimme, und das Singen war für ihn ein kleiner Ausgleich fürs verlorene Klavierspiel.

***

Der Oktober schritt voran. Eine Nachricht ihrer Mutter blieb aus, und Karin fragte nicht mehr bei jeder sich bietenden Gelegenheit, ob Post für sie und Pelle gekommen war. Während sie sich jeden Tag ein wenig mehr in den Heimalltag einfügte, gelang das Pelle nicht. Er wurde schikaniert. Von den anderen Jungs, vor allem aber von seinem Hausvater. Walter Weber. Dem Mann mit den Gummistiefeln und dem Stock, der Karin am Tag ihrer Ankunft schon aufgefallen war. Dem Mann, von dem Edith gesagt hatte, er hätte vom Krieg einen Schlag weg. Er duldete keine Schwäche und hetzte gelegentlich seinen Schäferhund, der bei der Feldarbeit aufpasste, dass sich keines der Kinder aus dem Staub machte, auf einen der Jungen. Dann blieb er knurrend vor dem Kind stehen, bis Weber ihm das Kommando »Aus« gab. Was Stunden dauern konnte. Weber war jede Form von Weichheit und Schwäche zuwider. Und Pelle war schwach. Zu klein, zu schmächtig. Zu wenig Muskeln. »Zu viel Grips«, wie Weber immer wieder anmerkte. »Du hältst dich für schlau. Für etwas Besseres. Dabei bist du nur ein kleiner Hosenscheißer.« Außerdem war Pelle zu weich. »Weinerlich« nannte Weber das.

Jeden Sonntag im Chor fragte Pelle nach Mami. Auch er hatte keine Antworten auf seine Briefe erhalten. Karin erklärte ihm, dass Schwester Agnes sich erkundigte, ob ihre Mutter in U-Haft saß. Wenn das stimmte, lagen ihre Briefe im Briefkasten in der Nibelungenstraße, und Mami würde sie erst finden, wenn sie nach Hause kam. Dann hatte ihr Schweigen nichts mit Walter zu tun. Dann würde sie eines Tages hier auftauchen und alles würde sich aufklären.

Das Singen entpuppte sich für Karin als Vergnügen. Obwohl sie fast nur Kirchenlieder sangen. »Du hast eine schöne Altstimme«, sagte Herr Frieß. »Genau wie dein Bruder.

Ihr seid eine wunderbare Ergänzung des Chors.« Endlich mal ein Lob, ein nettes Wort. Es tat so gut.

Beim Singen fühlte sie sich leicht und frei. Es war wie eine innere Reinigung. Der Gesang schwemmte den Ballast der Woche fort und gab der Hoffnung Raum. Mami würde kommen. Sie konnte das im Moment nur nicht.

Doch diese Hoffnung machte Schwester Agnes eines Tages zunichte. Sie hatte sich erkundigt und ließ Karin an einem Vormittag Anfang November aus der Wäscherei zu sich ins Büro kommen. Wieder bot sie ihr eine Tasse Tee und Gebäck an, bevor sie die Hände aneinanderlegte und erklärte, dass ihre Mutter nicht in Untersuchungshaft saß und auch nie dort gewesen war. »Euer Vormund hat mir geschrieben, dass das Ermittlungsverfahren eingestellt wurde.« Sie griff nach Krohnens Brief. Und las ihn vor. »Die Geschichte, ihre Mutter wäre in Untersuchungshaft, war eine kleine List, zu der Frau Meister vom Jugendamt in Abstimmung mit mir gegriffen hat, um die Kinder Allenstein widerstandslos nach Sankt Marien bringen zu können.« Schwester Agnes ließ den Brief sinken. »Es tut mir leid. Ich weiß, dass du dir anderes erhofft hast.«

Karins Gedanken überschlugen sich. Mami hatte wegen der Ermittlungen der Polizei einen Aufstand sondergleichen gemacht und von einem drohenden Prozess gesprochen. Und dann verstand Karin, was Krohnens Worte bedeuteten. Mami war zu Hause. Sie hatte die Briefe bekommen. Und sie hatte nicht darauf reagiert. Karin konnte die Tränen nicht zurückhalten. Wie sollte sie das Pelle erklären?

Schwester Agnes stand auf, legte eine Hand auf ihre Schulter und strich ihr mit der anderen übers Haar. Es war eine liebevolle Geste, wohltuend und doch auch schmerzlich. Weil es nicht ihre Mutter war, die ihr Trost spendete. Doch sie sollte es sein. Es war alles falsch und verdreht. Karin machte sich los und wischte sich die Tränen aus dem Gesicht.

»Es tut mir so leid«, sagte Schwester Agnes. »Aber der Herr wird euch beiden die Kraft geben, diese Krise durchzustehen. Vertraut auf ihn. Besinnt euch auf Gott, und es wird euch hier gut ergehen. Und jetzt: An die Arbeit.«

An diesem Nachmittag trug Karin einen Korb nasser Wäsche zur Wiese hinter der Gärtnerei. Dort waren zusätzliche Leinen zwischen den Obstbäumen gespannt. Denn im Spätherbst und Winter brauchte sie länger zum Trocknen, und sie wichen auf die Dachböden und den Obstgarten aus. Während sie mit klammen Fingern Laken für Laken aufhängte, spähte sie ins Glashaus. Schließlich entdeckte sie Pelle und er auch sie, und zwei Minuten später schlich er sich zu ihr heraus. Sie zog ihn an sich. »Hallo Pelle.«

Er machte sich los. »Ich bin kein Baby.«

In den letzten Wochen hatte er sich verändert. Er war härter geworden und zeigte Leopold, der ihn anfangs schikaniert hatte, dass er sich nichts mehr gefallen ließ. Er schlug zurück, und seither genoss er den Respekt des Jungen. Karin sah die beiden im Speisesaal immer häufiger nebeneinandersitzen. Eine Freundschaft schien sich anzubahnen, und das freute sie für ihren Bruder …

Trotzdem gefiel ihr seine Veränderung nicht wirklich. Pelle war kein Schläger. Allerdings würde er die Zeit hier nur durchstehen, wenn er sich Respekt verschaffte. Er war erst zwölf. Noch neun Jahre, bis er volljährig wurde. Was sollte aus ihm werden, wenn Mami sie nicht nach Hause holte? Ohne Abitur. Ohne Klavierunterricht. In Sankt Marien wurde ihm alle Aussicht aufs Konservatorium genommen. Sie zerstörten seine Zukunft. Und auch meine, dachte Karin. Meine auch!

»Hast du was von Mami gehört?«, fragte Pelle, und sie brachte es nicht übers Herz, ihm die Wahrheit zu sagen, und schüttelte nur den Kopf.

»Aber sie weiß, wo wir sind?« Bei dieser Frage griff er nach der Kette, und Karin wunderte sich, dass er sie noch hatte. Die Mädchen durften keinen Schmuck tragen. Doch dann verstand sie es. Es war ein geweihtes Marien-Medaillon aus Lourdes. Das duldeten die Nonnen.

»Natürlich. Wir müssen geduldig sein.« Sie wollte ihm durch die Haare wuscheln, doch er wehrte sie ab. »Ich bin kein Baby. Bei uns im Haus gibt es im Keller einen Verschlag. Dort können wir uns treffen.« Ein verschmitztes Lächeln erschien. »Ich habe dort einen kleinen Vorrat Essen versteckt.«

»Woher hast du das?«

»Aus der Vorratskammer.«

»Das geht nicht. Wenn sie dich erwischen!«

»Ist mir doch egal. Die Erzieher und die Nonnen schlagen sich die Bäuche voll, und uns setzen sie Dreck vor. Das kann der Herr nicht wollen. Liebe deinen Nächsten wie dich selbst. So steht es in der Bibel.« Er blickte gen Himmel, und Karin wurde klar, wie sehr Pelle sich in diesen wenigen Wochen verändert hatte. Er wurde bitter und sarkastisch und viel zu schnell erwachsen.

»Wie komme ich hinein?«

»An der Südseite gibt es vier Kellerfenster. Das ganz links hat kein Gitter. Ich kann es von innen für dich aufmachen.«

»Sie lassen uns doch nicht aus den Augen.«

»Sonntags schon. Und auch in der Stunde nach dem Abendbrot, bis es Zeit ist, zu Bett zu gehen.«

Pelle hatte recht. Das konnte klappen. Abends saßen die Mädchen entweder auf ihren Betten und lasen und unterhielten sich, oder sie gingen in den Gemeinschaftsraum, um zu stricken oder zu häkeln, oder schnappten im Garten frische Luft. In dieser Zeit gab es kaum Aufsicht.

Karin gelang es am selben Abend, unbemerkt in der Dunkelheit zum Jungenhaus zu kommen. Sie stieg in den Fensterschacht. Pelle erwartete sie bereits und half ihr hinein. Mit einer Taschenlampe wies er ihr den Weg, und sie fragte nicht, wem er die geklaut hatte. Der Kellerraum war kalt und feucht. Die Wände waren aus unverputzten Ziegeln gemauert. Das Licht der Lampe huschte über eine Reihe eiserner Haken, die auf Schulterhöhe in eine Wand einbetoniert waren.

Pelle führte sie über einen Gang zu einer Holztür. Ein Vorhängeschloss hing daran. Aus einem Mauerspalt zog er den Schlüssel hervor, grinste sie an und nahm das Schloss ab.

Der Verschlag war fensterlos. Pelle hatte ihn mit Obstkisten, einer Decke und einem Einweckglas ausgestattet, in dem eine dicke Kirchenkerze stand. Er zündete sie an und machte die Taschenlampe aus. »Batterien sparen.«

Er klaut hier wie ein Rabe, dachte Karin. Sogar in der Kirche. Ihr kleiner Bruder hatte es tatsächlich faustdick hinter den Ohren. Das wurde ihr jetzt erst klar. Während er im Sommer noch Fix-&-Foxi-Hefte von ihr erpresst hatte, organisierte er jetzt allerlei, das das Leben erträglicher machte. Mit einem Taschenmesser öffnete er eine Dose Leberwurst und ein Einmachglas mit eingelegten Essiggurken. »Jetzt gibt's Abendbrot«, sagte er. »Magst du das Tischgebet sprechen, Karin?« Dabei ahmte er die Stimme der Oberin nach, und Karin prustete los vor Lachen.

Von diesem Abend an trafen sie sich regelmäßig und aßen sich satt, obwohl Karin Angst hatte, dass man Pelle irgendwann erwischen würde.

Während sie überlegte, wie sie hier abhauen konnten, baute Pelle darauf, dass ihre Mutter sie abholen würde, sobald sie wieder zu Hause war. Sie brachte es nicht über sich, ihm die Wahrheit zu sagen. Dass es keinen Prozess gab und Mami sich einen Dreck um sie scherte. Dass ihr Walter wichtiger war als ihre Kinder. Wohin sollten sie gehen, wenn sie davonliefen? Etwa nach Hause? Würde es ihnen dann so ergehen wie Edith, deren Mutter sie verleugnete? Würde Mami Krohnen rufen und der sie postwendend zurückbringen?

Die Frage, ob ihre Mutter ein Leben mit Walter plante und von ihnen nichts mehr wissen wollte, arbeitete in Karin. Anfangs hatte sie das kategorisch ausgeschlossen. Doch mit jedem weiteren Tag ohne Nachricht ihrer Mutter erodierte diese Gewissheit ein wenig mehr.

Sie versuchte sich mit Arbeit abzulenken und packte richtig mit an. So gut, dass Schwester Veronika sie eines Tages sogar lobte, was ihr den Knuff eines Mädchens einbrachte, begleitet von dem Kommentar, sie wäre eine Schleimerin.

Nachts schlief sie immer schlecht. Eine permanente Unruhe im Schlafsaal sorgte dafür. Die Aufsicht führende Nonne, die immer wieder ihre Runden drehte und ab und zu eine Bettdecke hochriss, um nachzusehen, wo die Mädchen ihre Hände hatten. Damit nur ja keine etwas Unkeusches tat. Damit keine sich selbst berührte. Manchmal wurde nachts eine von ihnen abgeholt. Dann hörte Karin den leisen Befehl: »Komm mit!« Auch Edith gehörte zu diesen Mädchen. Als Karin sie darauf ansprach, wurde sie abgewiesen. »Lass mich in Ruhe. Du träumst wohl schlecht.«

Der Oktober ging in den November über. Das Wetter wurde trist und grau. Die Adventszeit nahte und mit ihr ein

Höhepunkt des Jahres. Der alljährliche Besuch des Weihnachtsmarkts in Wasserburg. In den Tagen davor versuchten alle, sich von ihrer besten Seite zu zeigen. Denn nicht jeder durfte mit. Diesen Ausflug musste man sich mit Gehorsam, Fleiß und Demut verdienen.

***

Es war der letzte Sonntag im November, als sich eine ausgewählte Gruppe von älteren Mädchen in Begleitung von Pelles Hausvater Herrn Weber, Herrn Frieß und einigen Nonnen auf den Weg nach Wasserburg machten. Die Jüngeren waren am kommenden Wochenende an der Reihe und die Buben in der Woche darauf.

Nach dem Gottesdienst zogen sich Karin und Edith die Mäntel aus grobem Wollstoff über und setzten die selbst gestrickten Mützen auf. Sie gehörten zu den Glücklichen, die mitfahren durften. Aufgeregt stiegen sie in den Bus. Ein junger Mann chauffierte ihn, und er drehte das Radio auf. Statt Kirchenmusik Rock 'n' Roll. »See you later, alligator!« Karins Herz machte einen Satz, ihr Fuß wippte automatisch im Takt mit, während das Wiesel den Fahrer anherrschte, er solle die Musik ausmachen. Grinsend hob er die Hände an die Ohren und tat so, als ob er nichts verstünde, bis das Wiesel aufstand und das Radio abdrehte. »Genug von dieser Hottentottenmusik!« Schlagartig war es still im Bus.

Sie fuhren durch kleine Dörfer. Die Felder lagen brach. Der Himmel war so grau wie ihre Anstaltskleidung. Und ein tonnenschwerer Druck legte sich auf Karins Brust. Seit zehn Wochen hatte sie nur die Mauern des Erziehungsheims gesehen. Die immer gleichen Gebäude und Gesichter.

Den immer gleichen Tagesablauf. Sie sollte sich über diese Abwechslung freuen. Doch sie sah, was sie versäumte. Das Leben. Das Lernen. Das Abitur und damit die Chance auf eine Zukunft. Was sollte aus ihr werden? Eine Wäscherin? Und aus Pelle? Eine unbändige Wut stieg plötzlich in ihr auf. Nicht auf die Nonnen. Sondern auf ihre Mutter, die sie im Stich ließ. Und dann ebenso plötzlich der Gedanke: Und wenn es gar nicht stimmt! Wenn Schwester Agnes gelogen hat? Doch sie hatte ihr den Brief von Krohnen gezeigt. Er hatte die Lüge von der U-Haft eingeräumt. Mami war an dem Abend nach Hause gekommen und … Und sie hatte nichts unternommen.

Karins Gedanken drehten sich im Kreis, bis ihr Edith, die neben ihr saß, einen kleinen Rempler mit dem Ellbogen gab. »Ich haue heute ab«, flüsterte sie. »Kommst du mit?«

»Was? Du spinnst.«

»Das ist mein Ernst. Also was ist?«

Einen Moment war sie versucht. »Es geht nicht. Wegen Pelle … Ich kann ihn nicht alleinlassen.«

»Dann eben nicht.« Edith wandte sich ab.

»Es geht wirklich nicht. Wie willst du es machen?«

»Ich verschwinde und verstecke mich über Nacht in der Stadt. Wenn sie merken, dass ich weg bin, schicken sie als Allererstes jemanden zum Bahnhof, um mich abzufangen. Ich fahre aber erst morgen nach München und dann weiter nach Frankfurt. Mein Taschengeld habe ich seit Monaten gespart. Es reicht, und wenn nicht, dann fahre ich per Anhalter.«

»Ist das nicht gefährlich?«

»Nicht gefährlicher, als im Heim zu bleiben.«

Das Wiesel ging durch den Gang. »Wer redet da?« Karin und Edith verstummten und sahen zum Fenster hinaus.

Das Wetter war an diesem Tag kalt, und es nieselte. Der Fahrer lenkte den Bus auf einen Parkplatz nahe der Stadtmauer von Wasserburg. Die Mädchen stellten sich in Zweierreihen auf. Zwei Nonnen vorneweg, zwei hinterher, an jeder Seite eine und obendrein die beiden Erzieher. Wie ein Trupp Gefangener gingen sie durch die schmalen Gassen der mittelalterlichen Stadt. Vorbei an der Burg, einer Kapelle und dem Mauthaus, an schmalen hohen Häusern mit Geschäften. Die Leute wichen ihnen aus, als hätten sie Angst, sich anzustecken. Als wären wir Aussätzige, dachte Karin. Doch dann stieg ihr der Geruch von gebrannten Mandeln in die Nase, und eine unerwartete Welle von Glück erfasste sie. Wie es hier duftete. Nach Lebkuchen und Magenbrot. Nach gebratenen Äpfeln und Glühwein. Die Gasse weitete sich zu einem Platz. Es gab ein Karussell für die Kleinen. Ein Leierkastenspieler drehte voller Hingabe die Kurbel seiner Drehorgel. Weiter hinten entdeckte sie eine Krippe, und überall standen Marktbuden mit Weihnachtsschmuck, Krippenfiguren und Süßigkeiten. Mit Handschuhen, Mützen und Socken. An einer gab es Kletzenbrot und Zwetschgenmanderl.

Die Nonnen befahlen den Mädchen, sich in zwei Gruppen aufzustellen. Edith gab ihr ein Zeichen, sich der anderen anzuschließen. »Viel Glück!«, flüsterte Karin ihr noch zu. Dann wurden sie getrennt.

Sie gingen über den Markt, und Karin konnte sich nicht entschließen, etwas zu kaufen. Sie machte sich Sorgen wegen Edith. Hoffentlich wurde sie nicht erwischt. Irgendwann bemerkte sie Unruhe unter den Nonnen. Herr Weber verließ seine Gruppe und eilte über den Platz auf eine schmale Gasse zu, die bergab führte. Die Nonnen trieben die Mädchen wieder zu einer großen Gruppe zusammen.

Sie wurden gefragt, wer wüsste, wo Edith war. Alle blickten zu Boden. Auch Karin.

Die übliche Androhung von Strafe folgte. Wehe, eine von ihnen log. Dann würde sie das bereuen. »Karin!« Das Wiesel deutete auf sie. »Sag mir, wo sie ist.«

»Ich weiß es nicht.«

»Du hast im Bus neben ihr gesessen, und ihr steckt auch sonst die Köpfe ständig zusammen.«

»Ich weiß es wirklich nicht«, sagte Karin mit fester Stimme und sah dem Wiesel dabei in die Augen. Es war ja nicht gelogen. Sie wusste es wirklich nicht.

***

Der Ausflug war vorbei. Die Mädchen wurden von zwei Nonnen zum Bus gescheucht, wo sie bei geschlossenen Türen warteten, während die anderen in der Stadt nach Edith suchten und Herr Weber am Bahnhof auf sie wartete. Es wurde schon dämmrig, als sie unverrichteter Dinge zurück nach Warting fuhren. Sie hatten Edith nicht gefunden, entsprechend schlecht war die Laune der Nonnen, und Karin ahnte, dass sie ihr Mütchen an den Kindern kühlen würden.

Zurück im Heim, wurde Karin zur Schwester Oberin gerufen. Sie solle sagen, was sie über Ediths Verschwinden wisse. »Nichts«, entgegnete sie.

»Du lügst. Es steht dir ins Gesicht geschrieben.« Die Oberin griff nach dem Lineal. Karin duckte sich weg. Zu spät. Der Schlag traf sie auf die Wange. Es brannte wie Feuer.

»Du sagst mir jetzt, wo sie ist!«

Karin hielt sich die Backe und unterdrückte die Tränen. »Ich weiß es wirklich nicht.«

»Wo!« Zack. Der nächste Schlag. Auf die andere Wange.

»Ich weiß es nicht!«, schrie Karin. »Und wenn Sie mich totschlagen. Ich habe keine Ahnung.«

»Der Herrgott sieht alles! Der Herrgott weiß alles.«

»Ja dann soll er es Ihnen halt sagen!« Es war ein Fehler. Karin wusste es, noch ehe die Worte aus ihrem Mund gekommen waren.

»Du wagst es, den Namen des Herrn zu missbrauchen. Na warte!« Ein Regen an Hieben prasselte auf sie nieder. Sie duckte sich, hob die Arme schützend über den Kopf. Doch das Lineal traf sie immer dort, wo ihre Arme gerade nicht waren.

»Schwester Barbara!«

Das Wiesel kam herein. »Holen Sie die Wahrheit aus diesem verstockten Mädchen heraus.«

Das Wiesel packte sie am Arm und zog sie über den Flur, die Treppe hinauf in den Waschraum. »Ausziehen!«

Verdattert starrte Karin die Nonne an. Wieso ausziehen? Wo Nacktheit in den Augen der Nonnen doch etwas Schreckliches war. Ehe Karin es sich versah, holte das Wiesel mit dem Schlüsselbund aus. Der Schlag traf sie auf den Hinterkopf. »Runter damit!«

Hastig entledigte sie sich ihres Kleides und der Wollstrümpfe, bis sie nur noch das Unterkleid und den Schlüpfer anhatte.

»Alles!«

Schließlich stand Karin nackt vor dem Wiesel und wusste nicht, wohin zuerst mit den Händen. Sie wollte ebenso ihre Scham wie ihre Brust bedecken. Und sie wollte auf keinen Fall weinen und biss die Zähne zusammen.

»Mein Gott, bist du hässlich.« Das Wiesel musterte sie von Kopf bis Fuß und wiederholte, wie hässlich sie war. »Du wirst nie einen Mann finden. Und jetzt unter die Dusche.«

Karin verstand nicht, was los war. Geduscht wurde am Samstagnachmittag, nach der Arbeit und vor der Beichte. Und nicht splitterfasernackt, sondern in dünnen Hemden, die bis zu den Knien reichten. Sie stellte sich unter den Brausekopf. Das Wiesel drehte das Wasser auf. Eiskalt traf es sie. Instinktiv wich Karin dem Schauer aus. Doch die Nonne schubste sie wieder darunter. »Da bleibst du jetzt, bis du mir sagst, wo Edith ist.«

»Ich weiß es nicht.«

»Wie du willst.« Das Wiesel nahm den Schlauch vom Haken und blieb hinter ihr stehen. Das Wasser lief eiskalt an ihrem Körper hinab. Karin presste die Lippen aufeinander, entschlossen, nichts zu sagen. Die Kälte kroch in ihren Körper. Sie hatte nicht gewusst, wie weh das tun konnte. Ein ziehender Schmerz, der sich zuerst in Hände und Füße setzte und dann tief in ihr Innerstes vordrang. Sie begann zu zittern und zu bibbern. Aber sie blieb stehen und sagte kein Wort, während ihre Zähne aufeinanderschlugen. Egal wie oft das Wiesel fragte, wo Edith war, Karin blieb stumm. Es war ein Machtkampf, das war ihr bewusst, und sie würde siegen.

Sie schlang die Arme um ihren Körper, doch es half nicht. Das eisige Wasser rann ihr aus den Haaren über Gesicht und Brust und Rücken, an den Beinen hinab in den Abfluss. Karin zählte die Reihen weißer Kacheln an Wand und Boden wieder und wieder. Die Zeit veränderte ihren Takt. Auch sie fror ein. Sie blendete die Stimme des Wiesels aus, konzentrierte sich aufs Durchhalten. Doch dann veränderte sich etwas. Die Stimme der Nonne wurde schrill. Hysterisch. »Du verstocktes Biest. Na warte. Dir werde ich es zeigen.« Das Schlauchende erschien schwingend in Karins Blickfeld. Dann traf sie schon ein Schlag auf die Schulter.

Dann auf den Rücken. Auf den Po. Hieb um Hieb prasselte auf sie nieder. Schnaufend und schimpfend schlug das Wiesel zu. »Nichtsnutz! Abschaum! Gesindel!« Haut platzte auf. Blut spritzte an die Kacheln, rann hinab. Verschwand im Abfluss. Karin riss die Hände schützend über den Kopf. Plötzlich lag sie auf dem Boden. Wasser und Blut liefen ihr in Mund und Nase. Sie hustete und spuckte. Füße erschienen in ihrem Blickfeld. Noch eine Nonne. Es war Schwester Agnes. »Es ist genug, Schwester Barbara! Sie bringen sie ja noch um!«

Keuchend hörte das Wiesel auf, warf den Schlauch auf den Boden und verschwand.

»Grundgütiger«, sagte Schwester Agnes. »Komm, steh auf.« Sie half ihr auf die Beine und wickelte sie in ein Handtuch, das sich voll Blut und Wasser sog. Karin zitterte am ganzen Körper. Ihre Zähne schlugen aufeinander. Sie konnte es nicht stoppen. Schwester Agnes führte sie in ihr Büro. Darin war es mollig warm. Im Kachelofen brannte ein Feuer. Gertraud brachte einen Becher heißen Tee, Verbandszeug und Karins Kleidung. Nach einer Weile kehrte die Wärme in ihren Körper zurück, und mit ihr kamen die Schmerzen. Das Wiesel hatte nichts ausgespart. Keine Stelle. Rote Striemen zogen sich über ihren Körper. Platzwunden an Rücken und Po. Behutsam tupfte Schwester Agnes das Blut ab, trug Salbe auf und reichte Karin schließlich die Kleidung. »Zieh dich an.«

»Danke.«

»Du musst mir nicht danken. Es ist meine christliche Pflicht.«

»Das Prügeln auch?«, fragte Karin, und es tat ihr gleich leid. »Ich meine nicht Sie. Ich meine … die anderen.«

»Kinder wie du brauchen eine strenge Hand. Man muss

euch alles beibringen. Disziplin und Wahrheitsliebe. Wir meinen es nur gut. Aber Schwester Barbara … Sie ist ein wenig über das Ziel hinausgeschossen. Geht's wieder?«

Karin nickte. Ihr tat zwar alles weh, aber die Wärme tat ebenso gut wie die mitfühlenden Worte.

»Warum hast du nicht einfach gesagt, was du weißt? Dann hättest du dir das erspart.«

»Ich weiß aber wirklich nicht, wo Edith ist. Das ist die Wahrheit.« Schwester Agnes fuhr ihr durchs Haar. »Ja, wenn das so ist … Morgen, spätestens übermorgen wird sie ohnehin wieder da sein. Schlaf dich aus.«

Karin wurde ohne Abendbrot zu Bett geschickt. Sie tat in dieser Nacht kein Auge zu. Egal wie sie sich drehte, alles schmerzte.

Der Montag begann wie jeder Arbeitstag. Gottesdienst. Frühstück. Und dann ab in die Wäscherei. Der Platz neben Karin blieb leer, und innerlich jubelte sie. Edith war die Flucht gelungen. Doch ihr selbst tat jede Bewegung und jeder Handgriff weh. Überall war sie grün und blau, und die Wunden würden Tage brauchen, um zu verheilen.

Kurz vor dem Mittagsläuten kamen die beiden Männer mit dem Lieferwagen. Sie brachten schmutzige Wäsche und nahmen die frische mit. Kaum waren sie weg, fuhr ein grauer Opel vor. Ein Mann stieg aus und zog die sich sträubende Edith vom Beifahrersitz. Es gelang ihr, sich loszureißen. Doch sie kam nicht weit. Weber, der gerade mit einem Trupp seiner Jungs vom Feld kam, wo sie Steine geklaubt hatten, fing sie ein und brachte sie ins Haupthaus.

Von Gertraud erfuhr Karin, dass Edith im Karzer saß. Erst am Montag der Folgewoche erschien sie zum Frühstück, und Karin erschrak. Nicht nur wegen des blutunterlaufenen Auges oder weil sie so blass und dünn geworden war, sondern wegen der Glatze. Die Nonnen hatten ihr die Locken vom Kopf geschoren. Die Oberin stand auf. »Seht sie euch an, die Edith. Dieses schreckliche Mädchen. So ergeht es allen, die weglaufen. Lasst es euch eine Warnung sein!«

Imke

Imke legte das Telefon zurück in die Ladeschale und setzte sich zu ihrem Mann und den Kindern an den Frühstückstisch. »Alles in Ordnung mit deiner Mutter?«, fragte Moritz.

»Sie ist völlig neben der Spur. Stell dir vor, Anne will den Pflichtteil einklagen. Dann muss Mama das Haus verkaufen. Und jetzt hat sie die Idee, Geli könnte Anne das Geld für die Firma leihen.«

»Und du sollst das einfädeln?«

»Ich werde nur vorfühlen. Fragen muss Mama sie dann schon selbst. Das nehme ich ihr nicht ab.«

»Tante Anne will, dass Oma das Haus verkauft?«, fragte Steffi. »Wo soll sie dann wohnen?«

»Wenn es nach Anne geht, in einem Altenheim«, sagte Imke. »Aber diese Rechnung hat sie ohne mich gemacht. Ich werde nicht zulassen, dass Mama noch einmal in ein Heim …« Ihre Stimme versagte plötzlich.

»Mami, was ist denn?«, fragte Tobi.

Imke fing sich. »Es ist nur so, dass eure Oma … Ich weiß erst seit Kurzem, dass sie als Jugendliche einige Jahre in einem Erziehungsheim verbracht hat. Zu einer Zeit, als man Kinder mit Prügel und Demütigungen erzogen hat. Es muss schrecklich gewesen sein. So schrecklich, dass sie nie darüber gesprochen hat. Jedenfalls kommt sie nie wieder in ein Heim. Wenn Geli Anne das Geld leiht, haben wir die Kuh vom Eis.«

Tobi schob seine leere Müslischale von sich. »Wieso war Oma denn in einem Erziehungsheim?«

»Keine Ahnung. Ich weiß nur, dass sie und ihr Bruder nach dem Tod ihrer Mutter dort aufgewachsen sind.«

»Oma hat einen Bruder?«, fragten Steffi und Tobi im Chor.

»Ich erkläre es euch heute Nachmittag. Ihr müsst los.« Die beiden sagten etwas von Familiengeheimnissen, suchten dann aber ihre Schulsachen zusammen und machten sich auf den Weg. Moritz schenkte Kaffee nach. »Auch noch eine Tasse?«

»Gerne. Ich rufe jetzt Geli an.«

»Es ist noch nicht mal halb acht.«

»Du hast recht. Es ist zu früh für sie.«

Sie frühstückten in Ruhe und besprachen, was heute zu tun war. Moritz hatte noch bis Montag Urlaub. Eigentlich wollte Imke in der Werkstatt ihre Sachen einräumen. Doch die Suche nach Peter erschien ihr wichtiger.

Nachdem die Mitarbeiter des neuen Eigentümers sie gestern aus Sankt Marien verscheucht hatten, hatten sie Leopold Schmalisch zum Bahnhof nach Warting gebracht und waren nach Wasserburg weitergefahren. Sie waren durch mittelalterliche Gassen gebummelt und hatten in einer Trattoria mit Blick auf den Inn zu Mittag gegessen und schließlich die Polizeiinspektion aufgesucht, in der vor einundsechzig Jahren Peter Allenstein vermisst gemeldet worden war. Ein großes dreigeschossiges Gebäude, das Hunderte Jahre alt sein musste. An der Pforte hatte ein Polizist hinter Panzerglas gesessen. Imke hatte zum ersten Mal ihr Anliegen vorgebracht und es zwanzig Minuten später vor einer Polizistin wiederholt. Leider erfolglos. Die Vermisstenbücher aus dieser Zeit befanden sich nicht in Wasserburg, sondern beim Landeskriminalamt in München.

»Ich würde gerne noch mal nach Warting fahren«, sagte Imke nun. »Bis auf das Mädchenhaus haben wir kaum etwas von innen gesehen.«

»Sollen wir unser Glück nicht erst beim LKA versuchen?«, fragte Moritz. »Das Heim können wir auch am Samstag besichtigen. Am Wochenende wird hoffentlich kein Baufuzzi auftauchen und uns verscheuchen.«

»Ja. Da hast du wohl recht. Machen wir es so.«

»Gut. Dann rufe ich beim LKA an und frage, ob wir das Vermisstenbuch einsehen können.«

***

Während Moritz telefonierte, beantwortete Imke ihre E-Mails, nahm einen kleinen Übersetzungsauftrag ihrer Agentur entgegen und rief schließlich um zehn Uhr Geli an.

»Du bist ja früh auf.«

»Ich hab's nicht so gut wie du. Meine Kids gehen noch zur Schule«, sagte Imke.

»Gott, bin ich froh, dass ich diese Phase des Mutterseins hinter mir habe.«

»Geht's dir gut? Du klingst ein wenig angeschlagen.«

»Mir geht es prächtig. Ich habe nur gestern Abend zu lange an der Hochzeitsplanung gesessen. Ich liege noch im Bett. Stell dir vor, gestern war Anne bei mir. Sie wollte sich

Geld von mir leihen. Und ich habe Nein gesagt. Carlo würde mir auf die Schulter klopfen, wenn er das wüsste. Jedenfalls bin ich seinem Rat gefolgt und habe mich auf ihn berufen: Keine Geschäfte mit Freunden und der Familie. Aber Anne ist jetzt sauer auf mich und ist gestern ziemlich beleidigt abgezogen. Wir sollten uns darauf einstellen, dass sie Mama verklagen wird.«

»Sie hat Mama schon angedroht, dass sie sich den Pflichtteil holen wird, wenn sie ihn nicht freiwillig herausgibt.«

»Dieses raffgierige Weib. Das kann sie nicht machen.«

»Natürlich kann sie das. Rechtlich gesehen jedenfalls.«

»Moralisch aber nicht. Sie hat Papa versprochen, auf ihr Erbe zu warten. Genau wie wir. Das ist echt das Letzte. Wie geht's Mama?«

»Sie ist ziemlich aus dem Häuschen und hat mich gebeten, mit dir zu reden. Aber das hat sich gerade erledigt.«

»Was? … Ach so! Mama denkt, dass ich Anne das Geld leihen soll?«

»Sie hat mich gebeten, bei dir vorzufühlen. Weil sie Angst hat, es zu vermasseln, wenn sie dich selbst darum bittet.«

»Puh! Also … Also das ist etwas anderes. Carlo würde das zwar nicht gefallen, aber wenn ich Mama helfen kann? Obwohl … Also eigentlich schulde ich ihr nichts. Aber wenn es Mama dieses Schlamassel erspart … Lass mich darüber nachdenken.«

»Das wäre echt toll.«

Geli sagte, dass sie es sich überlegen würde und sich melden wollte.

Gegen Mittag kam Moritz aus seinem Kabuff unter dem Dach. »Geschafft«, sagte er. »Ich habe mich zwar gefühlt wie der Buchbinder Wanninger, aber nach zig Versuchen und etlichen Weiterverbindungen weiß ich jetzt, wo das

Vermisstenbuch ist. Besser gesagt, wo sich alle Vermisstenbücher aus Bayern zwischen 1926 und 1985 befinden: im Bayerischen Hauptstaatsarchiv.«

»Super. Hat das jetzt geöffnet?«

»Bis heute Abend halb sieben.«

»Dann lass uns fahren.«

Moritz schüttelte den Kopf. »Nur Peter selbst könnte das Buch einsehen oder seine Erben. Außerdem Wissenschaftler und Journalisten für ihre Arbeiten und Publikationen. Weißt du, ob er irgendwann für tot erklärt wurde?«

»Keine Ahnung. Es würde auch nichts nützen. Denn Mama ist vermutlich seine Erbin, und sie will nicht, dass ich suche.«

»Dann haben wir ein Problem. Denn nur sie könnte das Vermisstenbuch einsehen. Vorausgesetzt, sie hat ihn mal für tot erklären lassen.«

»Das kann ich mit einem Anruf klären. Auch wenn es uns vermutlich nicht weiterbringt.«

Am besten erhielt man von Mama eine Antwort, wenn man sie mit der Frage überfiel. Kein Herantasten, dann wich sie aus. Also fackelte Imke nicht lange und fragte, kaum dass ihre Mutter sich gemeldet hatte, ob Peter für tot erklärt worden war. Sie seufzte. »Ja! Mein Gott! Jens hat sich darum gekümmert, denn es hat alles leichter gemacht. Wir wollten ja damit abschließen. Warum fragst du?«

»Weil du dann in das Vermisstenbuch gucken könntest, ob es jemals eine Spur von ihm gab.«

»Ach!« Doch Mama wollte nicht, genau wie Imke es vorhergesehen hatte. Sie fragte noch, ob es schon Neuigkeiten von Geli gab, und Imke sagte ihr, dass sie sich gedulden müsse. Geli wolle es sich überlegen.

Imke legte auf, und Moritz sah sie fragend an. »Und nun?«

»Sie will nicht. Doch ich habe es Papa versprochen.«

»Das nennt man ein Dilemma.« Moritz lehnte sich an die Fensterbank. »Wem fühlst du dich mehr verpflichtet?«

»Meinem Vater natürlich. Und für Mama wäre es sicher eine Erlösung, wenn ich herausfinde, was mit Peter geschehen ist. Vielleicht lebt er ja noch. Er ist immerhin fünf Jahre jünger als sie.«

»Und sie fielen sich weinend in die Arme und lebten glücklich und zufrieden bis ans Ende ihrer Tage.« Skeptisch sah Moritz sie an.

»Mach dich nur lustig über mich.«

»Du weißt schon, dass es so gut wie aussichtslos ist, Peter zu finden. Dein Vater hat es nicht geschafft. Weshalb sollte es dir gelingen?«

»Weil ich ein Sturschädel bin und außerdem ein Glückskind.«

»Ein Glückskind mit einem Problem: kein Einblick ins Vermisstenbuch.«

»Mit einer Vollmacht schon«, erklärte sie.

»Das Gespräch beginnt sich im Kreis zu drehen: Die wird deine Mutter dir nicht geben.«

»Und wenn ich sie mir selbst ausstelle?«

»Willst du etwa ihre Unterschrift fälschen?«, fragte Moritz.

»Nicht direkt fälschen. Ich könnte ja einen unleserlichen Krakel daruntersetzen. Oder denkst du, sie überprüfen das?«

»Keine Ahnung.«

»Versuchen kann ich es ja.«

Moritz lachte. »So wagemutig kenne ich dich gar nicht.«

»Dann lernst du jetzt eine neue Seite an mir kennen. Ich mache das nämlich.«

Imke setzte sich an ihren PC und suchte im Netz nach einem Mustertext für eine Vollmacht. Während sie noch googelte, kamen die Kids von der Schule. Sie hatte die Zeit vergessen und noch nichts gekocht und musste außerdem den kleinen Übersetzungsauftrag erledigen. Moritz schlug vor, zur Burgerbude auf dem Supermarktparkplatz zu fahren. Dort gab es die besten Burger weit und breit. Imke hatte keine Lust. Die Kinder aber schon. Ihr reichte ein Joghurt, und so fuhren die drei ohne sie los. Sie suchte weiter nach einer Vorlage für die Vollmacht und war Moritz dankbar, dass er Steffi und Tobi nun die Sache mit Peter erklären würde.

Schließlich fand sie ein passendes Musterschreiben, fügte die notwendigen Angaben und Daten ein und druckte es gerade aus, als es an der Haustür Sturm läutete.

***

Imke ging zur Tür und öffnete. Geli stand davor. Mit verheulten Augen und stinkwütend. »Ich bringe sie um!« Mit diesen Worten stürmte sie ins Haus. Imke folgte ihr ins Wohnzimmer. »Was ist denn passiert?«

»Anne! Sie hat eine WhatsApp von mir an Niklas weitergeleitet. Die ist zwar schon ewig alt, aber das ist jetzt ja auch egal. Ich habe Niklas nämlich nie etwas von Ferdi erzählt. Das war nichts Ernstes. Außerdem hatte ich das längst beendet.« Geli ließ sich in einen Sessel fallen. »Und darum geht es in der WhatsApp. Dass ich zwei Lover zeitgleich habe. Niklas und Ferdi. Das ist doch Schnee von gestern. Doch sie hat diese Nachricht an Niklas geschickt. Als Augenöffner. Das hat sie dazugeschrieben. Es wäre ein Augenöffner! Im Morgengrauen. Um vier Uhr irgendwas. Die tickt doch nicht richtig! Ich weiß gar nicht, woher sie seine Nummer hat. Von mir jedenfalls nicht. Niklas hat die Nachricht natürlich erst später gesehen. Er nimmt sein Handy ja nicht mit ins Schlafzimmer. Weil ja immer irgendwer anruft. Vor allem seine Patienten. Auch nachts um zwei. Jedenfalls ist er heute Morgen zu mir gekommen. Kurz nachdem du mich angerufen hast. Ich kann ja nicht lügen, und es hätte auch nichts genützt. Also habe ich es zugegeben. Außerdem hat es nichts mit ihm zu tun. Niklas ist enttäuscht und verunsichert und was weiß ich nicht noch alles. Er weiß nicht, ob er mir vertrauen kann und auf welcher Basis unsere Beziehung eigentlich steht. Langer Rede kurzer Sinn: Von Hochzeit ist keine Rede mehr. Er braucht Zeit, um das zu verdauen, und will mich erst mal nicht sehen. Eigentlich hat er Schluss gemacht. Wenn man es genau betrachtet. Er nennt es nur nicht so.« Geli musste Luft holen und brach in Tränen aus.

»Ach, Geli. Das tut mir so leid.« Imke zog ihre Schwester an sich, doch die machte sich gleich wieder los.

»Ich bring sie um«, stieß Geli hervor. »Dass sie mir das antut. Aus Rache! Weil ich ihr das Geld nicht leihen wollte. Jetzt kriegt sie jedenfalls keinen Cent von mir. Das kann Mama nicht von mir erwarten.«

Wie gemein von Anne, und so dämlich! Imke atmete durch. »Magst du auch einen Aperol Spritz? Ich kann jetzt nämlich einen vertragen.«

Als Moritz und die Kinder nach Hause kamen, saßen Imke und Geli mit den Drinks und einer Tüte Kartoffelchips auf der Terrasse. Die drei verzogen sich gleich wieder, als sie Gelis verheultes Gesicht sahen und den Grund dafür erfuhren.

Natürlich gelang es Imke jetzt nicht mehr, ihre Schwester zu überzeugen, Anne das Geld zu leihen. Oder Mama. Die es dann an Anne geben würde, was auf dasselbe hinauslief. »Ich werde ihr den Weg nicht ebnen. Nicht, nachdem sie mir das angetan hat. Diese gemeine Kuh. Ich wette, sie ist auch schon mal mit einem anderen Kerl ins Bett gehüpft, und Alex ist sicher auch nicht so treu, wie sie glaubt. Das ist ganz normal. Wir leben schließlich nicht mehr im Mittelalter mit Keuschheitsgürtel und Pranger. Aber sie muss sich zum Moralapostel aufschwingen. Wobei es ihr nicht um Moral geht, sondern um Rache. Sie wollte Niklas nicht die Augen öffnen, was für eine Schlampe ich angeblich bin. Sie wollte uns auseinanderbringen.«

»Ich glaube nicht, dass sie Alex jemals betrügen würde«, sagte Imke. »Sie vergöttert ihn geradezu.«

»Ja, vielleicht. Aber er sie. Da wette ich drauf. Ich frage mich eh, wie er sie erträgt. Diese eingebildete Ziege, die sich für wahnsinnig toll hält. Dabei ist sie Durchschnitt, genau wie wir beide. Mich hat es nicht gewundert, dass sie nicht Vorstand geworden ist. So wie sie mit Menschen umgeht. Und ihre Ehe mit Alex ist nichts so Besonderes, wie sie immer tut. Sie überhöht ihn total. Ich frage mich, wie er das aushält. Das muss ihn doch fertigmachen, immer gottgleich sein zu müssen. Immer perfekt.« Geli griff zum Glas, trank den Rest ihres Spritz und redete ohne Punkt und Komma weiter. Imke hörte nur mit halbem Ohr zu. Sie überlegte, wie es mit Mama weitergehen sollte.

Wenn es ihnen nicht gelang, Anne von der Klage abzuhalten, würde Mama sich von dem Haus trennen müssen. Was aber nicht zwangsläufig einen Umzug in eine Seniorenresidenz bedeutete. Sie konnte sich von dem Geld, das übrig blieb, eine Wohnung kaufen. Am besten mit kleinem Garten. Es würde schwer für sie werden. Aber es war nicht unmöglich.

Es würde schmerzhaft sein, das Haus ihrer Kindheit zu verlieren, andere Menschen darin wohnen zu sehen. Oder schlimmer noch, seinen Abriss zu erleben. Etwas in Imke zog sich zusammen. Sie wollte das nicht. Doch vielleicht ging es nicht anders.

Geli redete noch immer und schimpfte über Anne.

Ihre Stimme war verwaschen. Der Alkohol war ihr zu Kopf gestiegen. »Ich werde es ihr jedenfalls heimzahlen. Dann hängen die Waagschalen wieder im Gleichgewicht.«

»Rache heilt keine Wunden«, sagte Imke.

»Sondern? Was heilt dann?«

»Ich weiß nicht. Vergebung vielleicht.«

Geli lachte. »Echt jetzt? Vergebung? Sie hat meine Beziehung ruiniert.«

»Warte doch erst mal ab, wie Niklas mit der Situation umgeht. Er ist kein Teenager, sondern ein Mann mit Erfahrung. Vermutlich braucht er ein Weilchen, um zu erkennen, dass es eine Zeit gab, in der du auf der Suche warst, und dass Ferdi aus dieser Zeit stammt. Vor dir liegt eine Zukunft mit Niklas. Davon bin ich überzeugt. Gib ihm Zeit, den ›Augenöffner‹ zu verdauen.«

»Du glaubst, dass er mir verzeiht?« Geli zog ein Tempo aus ihrer Tasche und wischte sich die Tränen ab.

»Ja, das glaube ich. Er ist nett und vernünftig. Und er liebt dich. Das war an Mamas Geburtstag nicht zu übersehen.«

Geli beruhigte sich und trank noch einen Spritz. Imke richtete ein paar Käsebrote, sonst würde ihre Schwester irgendwann unter dem Tisch liegen. An einen Besuch des Bayerischen Staatsarchivs war heute nicht mehr zu denken. Der musste bis morgen warten. Geli blieb zum Abendessen und trank zu viel Wein. Schließlich standen sie vor der

Frage, ob sie ein Taxi nehmen oder im Gästezimmer schlafen sollte. Sie entschied sich fürs Übernachten. Imke half ihr noch beim Beziehen des Betts, wünschte ihr eine gute Nacht und ging nach unten zu Moritz. Erschöpft sank sie neben ihm auf die Couch. Sie war völlig fertig. »Geli zuzuhören ist so anstrengend.«

»Die ganze Frau ist anstrengend.«

Imke legte den Kopf in den Nacken und sah zur Decke. »Bis zum Frühstück haben wir jetzt Ruhe.«

Um halb elf rief Mama an. Imke hatte ganz vergessen, ihr Bescheid zu sagen. »Ich sitze hier wie auf Kohlen. Was hat Geli nun gesagt?«

»Es ist ein wenig kompliziert. Ich rede morgen mit Anne und melde mich dann bei dir.«

»Ich muss nicht aus meinem Haus?«

»Wir werden einen Weg suchen, damit du bleiben kannst.«

»Finden wäre besser.«

***

Geli schlief am nächsten Morgen ihren Kater aus. Steffi und Tobi gingen zur Schule. Moritz lief eine Runde, und Imke entschloss sich, Anne anzurufen, bevor Geli herunterkam. Anne war Frühaufsteherin wie sie selbst und meldete sich sofort. »Ich kann mir schon denken, weshalb du anrufst.«

»Jedenfalls nicht, um zu fragen, was wir Geli und Niklas zur Hochzeit schenken können.« Sofort ärgerte sie sich, weil sie sich auf diesen Tonfall einließ. »Entschuldige. Ich will nicht über Geli mit dir reden, sondern über Mama.« Doch das würde sich nicht trennen lassen.

»Ich mache das nicht gerne. Glaub mir«, sagte Anne. »Aber ich sehe keine andere Möglichkeit. Freiwillig gibt sie mir mein Erbe nicht.«

»Sie bemüht sich und hat es bei der Bank versucht. Die haben abgelehnt, und dann ist sie auf die Idee gekommen, Geli zu bitten, dir das Geld zu leihen.«

Ein Schnauben klang durchs Telefon. »Habe ich schon versucht. Die leiht mir keinen Cent.«

»Für Mama hätte sie das getan. Doch dann ist Niklas mit dem Augenöffner bei ihr aufgetaucht. Du kannst dir ja denken, dass sie dir jetzt nicht mehr helfen will.«

»Hat er die Hochzeit abgeblasen?«

»Das renkt sich hoffentlich wieder ein.«

»Ich soll also zu Kreuze kriechen, damit sie mir hilft. Vergiss es. Geli sieht mich liebend gern scheitern. Für sie ist der Augenöffner die perfekte Ausrede, mich im Stich zu lassen.«

»Das stimmt doch nicht.«

»Dass ich vor Gericht gehen muss, haben allein sie und Mama zu verantworten. Außerdem: Was geht dich das eigentlich an?«

»Ich versuche nur zu vermitteln. Meinst du, du kannst das irgendwie geradebiegen, damit Geli dir das Geld doch gibt?«

»Noch einmal: Ich entschuldige mich nicht dafür, dass ich die Wahrheit gesagt habe.«

Imke wurde es zu viel. »Die muss man aber nicht immer hinausposaunen. Versuch es. Bitte. Du kannst nicht wirklich wollen, dass Mama aus ihrem Haus rausmuss.«

»Ich wiederhole mich: Ich habe keine Wahl. Und du setzt dich jetzt auch nur für sie ein, damit du als Heilige dastehen kannst. Die selbstlose Imke. Die gute Tochter. In Wahrheit verfolgst du andere Interessen. Auch das ist ein Grund, weshalb ich mir meinen Anteil jetzt hole und nicht warte. Am Ende ist vielleicht nichts mehr da.«

»Wie meinst du das?«

»So wie ich es gesagt habe. Am Ende ist vielleicht nichts mehr da. Oder wesentlich weniger, als mir zusteht. Stichwort: Bankvollmacht.«

Es dauerte eine Sekunde, bis Imke es verstand. »Du unterstellst mir, dass ich Mama beklaue! Das muss ich mir echt nicht anhören!« Sie knallte das Mobilteil in die Ladeschale. Ihr Herz raste. Sie ging in die Küche und ließ ein Glas Wasser einlaufen. Bebend vor Zorn setzte sie sich damit an den Küchentisch.

Was passierte mit ihrer Familie? Weshalb gingen auf einmal alle aufeinander los? Sie stützte den Kopf in die Hände und starrte auf die Teller.

Es lag an ihrem Vater, der plötzlich fehlte. Er hatte die Familie zusammengehalten. Er war die Klammer gewesen, und nun war er weg, und alles brach auseinander. Die perfekte Familie Remy. Die anders war als andere Familien. Besonders. Das war sein Bild gewesen. Und dabei hatte er die Risse und Abplatzungen übersehen, die es von Anfang an gegeben hatte. Vor allem Mama mit ihren Macken. Sie war immer anstrengend gewesen und kompliziert. Schwierig. Phasenweise depressiv. Zeitweise unfähig, den Haushalt zu führen und die Kinder zu versorgen. Sie waren alles andere als perfekt gewesen. Besonders allerdings schon. Wobei Imke eher den Begriff unkonventionell verwenden würde.

Mit Papas Tod verschob sich alles. Die alten Rivalitäten brachen auf. Anne gegen Geli und umgekehrt. Sie als Puffer dazwischen. Und obendrein hatte sie sich von Mama die

Vollmacht aufs Auge drücken lassen. Sie hatte es nur gut gemeint, doch nun wurde ihr das anders ausgelegt.

Oben schlug eine Tür. Geli war ins Bad gegangen. Imke nahm die Stabfilterkanne aus dem Schrank und brühte für ihre Schwester extrastarken Kaffee auf. Er war gerade fertig, als Geli die Treppe herunterkam und sich zu ihr setzte. Noch in Imkes Schlafanzug, mit verstrubbelten Haaren und verquollenen Augen. »Ich sehe grauenhaft aus, und ich fühle mich auch so. Oh, du hast Kaffee gemacht, davon kann ich jetzt eine Überdosis gebrauchen.«

Der Kater beeinträchtigte Gelis Redefluss nur mäßig. Sie redete vor sich hin, während sie Kaffee trank. Sprach von Niklas und von ihrer Wut auf Anne und dass sie ihr das nie verzeihen würde. Und dass sie hoffte, Imke behielte am Ende recht, und sich alles einrenkte. Es ging beinahe in Endlosschleife um diese Themen. Imke hörte kaum zu. Sie war sauer auf Anne wegen der ungeheuerlichen Unterstellung, Mama zu bestehlen. Sie war angespannt wegen ihrer Mutter, die sich wie ein Kind benahm, um das man sich kümmern musste. Sie war zornig auf Geli, die redete und redete und gar nicht merkte, dass es ihr – Imke – schlecht ging. Sie ärgerte sich über sich selbst, weil sie sich all das zumutete. Ihre ganze verkorkste Familie!

Geli nahm das Buch von Friedrich Grögher hoch. »Du beschäftigst dich noch immer damit? So was würde ich nicht lesen.«

»Ich aber«, gab Imke ein wenig pampig zurück.

»Und warum?«

»Weil Mama im selben Heim war wie der Autor. Sie ist das Mädchen auf dem Bild, das ich dir gezeigt habe.«

»Echt jetzt?« Verwundert sah Geli sie an. »Weswegen waren sie und ihr Bruder eigentlich dort?«

»Laut Gitta sind sie nach dem Tod ihrer Mutter dorthin gekommen, aber ich glaube, dass das nur die halbe Wahrheit ist.«

Geli drehte das Buch um und las den Text auf der Rückseite. »Sankt Marien in Warting. Bei den Barmherzigen Schwestern. Mama ist doch Atheistin. Da wird sie es nicht leicht gehabt haben?«

Das gedankenlose Geplapper ihrer Schwester ging Imke auf die Nerven. »Mama und Papa sind erst kurz vor ihrer Heirat aus der Kirche ausgetreten. Vermutlich wegen der *Unbarmherzigen* Schwestern. Und leicht hat es dort keines der Kinder gehabt. Wenn du es genau wissen willst: Man hat sie misshandelt. Im Namen des Herrn. Man hat sie gebrochen und klein gemacht. Man hat ihnen jeden eigenen Gedanken aus dem Leib geprügelt und sie wie Sklaven ausgebeutet. Man hat ihnen Bildung vorenthalten. So schaut's aus. Das ist der Grund, warum Mama an ihrem Geburtstag beinahe einen Nervenzusammenbruch bekommen hat, als Anne den Vorschlag mit dem Heim gemacht hat. Sie will garantiert nie wieder in ein Heim. Ihr Bruder ist in Sankt Marien verschwunden. Und ich suche nach ihm, so wie ich es Papa versprochen habe.«

Geli schwieg tatsächlich einen Augenblick, bevor sie den Mund wieder aufmachte. »Mama hat das alles nie erwähnt. Es ist ihr gutes Recht, das alles zu vergessen. Und du rührst das jetzt wieder auf. Hast du ihr etwa das Buch unter die Nase gehalten?« Geli beantwortete die Frage gleich selbst. »Das hast du. Du willst ja immer alles ganz genau wissen. Mensch, Imke. Das kannst du nicht machen. Lass Mama in Ruhe. Jeder hat ein Recht auf seine Geheimnisse.«

Heute war nicht ihr Tag. Bei Imke brannte eine Sicherung durch. »So wie Niklas nichts von deinem Männerverschleiß erfahren sollte? Meinst du das mit Geheimnissen? In einer Beziehung sollte man aber über solche ›Geheimnisse‹ reden können und sie nicht wie Trojaner in eine Ehe einschleusen.«

Mit der flachen Hand schlug Geli auf den Tisch. »Jetzt langt's aber. Das höre ich mir nicht länger an.« Sie schob den Stuhl zurück und stürmte aus der Küche.

Imke taten ihre Worte schon leid. »Entschuldige!«, rief sie Geli hinterher, doch die reagierte nicht darauf.

Kurz darauf kam Moritz von seiner Joggingrunde zurück und sah zu ihr in die Küche. Imke räumte gerade den Tisch ab und den Geschirrspüler ein. »Bin wieder da.« Er erkannte, dass etwas mit ihr nicht stimmte. »He, Imke? Was ist los?«

Sie warf das Geschirrtuch auf den Tisch. »Meine Schwestern sind los. Anne unterstellt mir, ich würde mich an Mamas Ersparnissen vergreifen. Und in Gelis Augen bin ich ein neugieriges Weib, das sich in Sachen einmischt, die sie nichts angehen. Zielsicher habe ich mich zwischen alle Stühle gesetzt. Und obendrein ist die Kuh noch immer nicht vom Eis. Annes Klage. Ich werde sie nicht verhindern können.«

»Ach, komm.« Er nahm sie in den Arm. »Die beiden beruhigen sich schon wieder.«

»Geli hat aber recht. Ich mische mich in Dinge ein, die mich nichts angehen. Ich habe ihr Beziehungsratschläge gegeben.« Sie lachte, als sie an den Vergleich mit dem Trojaner dachte.

»Sie wollte deinen Rat. Deswegen ist sie hier.«

»Sie wollte sich auskotzen. Das ist alles. Sie hält auch nichts von meiner Suche nach Peter. Ich soll Mama in Ruhe lassen.«

»Das wirst du aber nicht.«

»Habe ich nicht vor. Ich unterschreibe jetzt die Vollmacht, und dann fahre ich zum Staatsarchiv.«

»Du willst wirklich die Unterschrift deiner Mutter fälschen?«

»Yep.«

»Ich weiß nicht … Lass uns nachher darüber reden. Ich geh mal unter die Dusche.«

Moritz ging die Treppe nach oben. Geli stürmte an ihm vorbei nach unten. »Tschüss, Schwager. Ciao, Imke.« Sie trug ihre Kleidung von gestern. Die Haare standen wild von ihrem Kopf ab.

»Jetzt warte doch mal.«

»Nein. Ich fahre.« Mit einem Rumms schlug die Tür hinter Geli zu, und Imke ging ihr nicht nach. Was für ein Tag. Er konnte eigentlich nur noch besser werden. Schlimmer ging es nicht mehr. Moritz war auf der Treppe stehen geblieben und schüttelte den Kopf. »Sie kriegt sich schon wieder ein.«

Er ging ins Bad. Imke betrat ihr Büro und nahm die Vollmacht aus dem Drucker. Mamas Unterschrift wollte sie nicht fälschen. Also setzte sie einen schwungvollen Krakel unter das Dokument und hoffte, dass das keine Urkundenfälschung war. Im Netz suchte sie nach dem Weg zum Bayerischen Staatsarchiv. Mit dem Rad eine gute halbe Stunde. Mit der Bahn ging es nicht schneller. Daher entschloss sie sich, das Rad zu nehmen, und ging nach oben, um sich umzuziehen. Moritz kam aus dem Bad und setzte sich aufs Bett. »Ich mache mich auf den Weg«, erklärte sie. »Willst du mitkommen?«

»Und zusehen, wie sie dich verhaften? Mir gefällt das nicht. Du wirst damit nicht durchkommen.«

»Nur wenn sie die Vollmacht prüfen. Dafür bräuchten sie Mamas Ausweis oder ein anderes Dokument mit ihrer Unterschrift. Sie werden sich mit dem Wisch begnügen und ihn ordentlich abheften.«

»Wenn das so einfach wäre, würde das jeder machen. Ich will nicht, dass du dir Ärger einhandelst. Mir ist unter der Dusche eingefallen, dass es eine andere Möglichkeit gibt, wie du an das Vermisstenbuch kommst. Wir treffen uns doch heute Abend mit Gregor und Nette. Die beiden sind Journalisten und gehören damit zum Kreis derjenigen, die in solche Dokumente gucken dürfen. Fragen wir doch sie, ob sie uns helfen können.«

***

Um halb acht betrat Imke mit Moritz das Da Vinci in Obermenzing. Es war Freitagabend und das Restaurant gut besucht. Stimmengewirr und Geschirrklappern überdeckten beinahe die Loungemusik. Es roch nach Kräutern und Knoblauch. Der Duft machte Imke klar, wie hungrig sie war. Ein Kellner führte sie an ihren Tisch, an dem bereits Gregor und Nette beim Aperitif saßen.

Er war ein attraktiver Mittfünfziger mit gepflegtem Bart und Hipsterbrille, der beim BR in der Kulturredaktion des Radiosenders arbeitete. Sie eine aparte Frau in Imkes Alter, die eine Mittagssendung auf Bayern 2 moderierte.

Nachdem sie sich begrüßt hatten, brachte der Kellner die Speisekarten. Sie bestellten und tauschten Neuigkeiten aus. Irgendwann fragte Gregor, wie Imkes Mutter zurechtkomme. Er und Nette kannten Karin und Jens natürlich und waren auch auf Papas Beisetzung gewesen. Damit waren sie bei Imkes Familie angelangt, und sie berichtete von Papas letztem Wunsch, von der Suche nach Peter und was sie bisher in Erfahrung gebracht hatte. Gregor wurde ganz Ohr, als sie das Erziehungsheim erwähnte. »Deine Mutter und ihr Bruder waren in Sankt Marien?«

»Ende der Fünfzigerjahre«, bestätigte Imke.

Das Essen wurde serviert. Gregor schenkte Wein nach. »Ich habe letzten Herbst einen Beitrag über das Gut Warting gemacht. Eine Investorengruppe hat das Gelände gekauft. Jetzt wird ein Hotel daraus. Achtsamkeit. Entschleunigung. Meditation und so weiter. Und das alles auf Fünf-Sterne-Niveau und von einem Kulturprogramm begleitet.«

»Wenn Mauern sprechen könnten«, sagte Nette. »Was sie wohl dazu sagen würden? So viel Leid ist mit diesem Ort verbunden. Erst die Armut einiger Bauernfamilien. Dann Prügel und Gebete unter den Nonnen und nun Massagen, Wellness und Kultur für Reiche. Das ist schon schräg.«

»Wenn sie reden könnten, würde ich sie etwas ganz anderes fragen«, sagte Imke.

»Nämlich?«, fragte Nette.

»Ob sie wissen, was meine Mutter und ihr Bruder dort erlebt haben. Mama spricht nicht darüber, und Peter ist aus dem Heim abgehauen und wird seither vermisst.«

»Tatsächlich?«, fragte Gregor. »Du meinst, er ist verschwunden und nie mehr aufgetaucht?«

Imke erzählte das Wenige, das sie wusste, und auch von ihrem Besuch bei der Polizei in Wasserburg. »Die Vermisstenbücher von damals sind inzwischen im Bayerischen Staatsarchiv. Wenn es jemals eine Spur von Peter gab, steht das darin, und ich hätte einen Anhaltspunkt für meine Suche. Leider bin ich nicht berechtigt, einen Blick hineinzuwerfen.«

Moritz legte seinen Arm um ihre Schulter. »Stellt euch vor, sie wollte eine Vollmacht für die Einsicht fälschen.«

»Echt?«, fragte Nette mit vollem Mund. »Das musst du nicht.«

»Wir können es für dich ansehen«, ergänzte Gregor.

»Darum wollten wir euch bitten.«, sagte Moritz. »Würdet ihr das tun?«

Gregor versicherte, dass es kein Problem wäre. Er fragte nach den Angaben zu Peter, und Imke schickte ihm eine WhatsApp mit dem Handyfoto der Vermisstenanzeige. Darin stand alles, was er wissen musste. Das Gespräch drehte sich noch eine Weile um das Erziehungsheim Sankt Marien und die Erziehungsideale der Fünfzigerjahre. »Die waren nicht nur für die Nachkriegszeit typisch«, meinte Nette. »Die Wurzeln reichen bis in die Kaiserzeit. Zucht und Ordnung. Bedingungsloser Gehorsam. Dieser Untertanengeist hat mit zum Dritten Reich geführt und war auch danach nicht auszurotten. Erst Ende der Sechzigerjahren hat sich das langsam zu ändern begonnen. Mit den Studentenrevolten.«

»Und dann ist das erst einmal ins Gegenteil gekippt«, warf Gregor ein. »Antiautoritäre Erziehung. Laisser-faire. Kinderläden. Plötzlich gab es gar keine Grenzen mehr. Ich weiß, wovon ich rede. Ich habe das mitgemacht. Bevor meine Mutter meinen Stiefvater kennengelernt hat, haben wir in einer WG gelebt. Große Freiheit. Großes Abenteuer. Selten was zu essen auf dem Tisch. Niemand hat kontrolliert, ob ich Hausaufgaben machte. Keine Regeln. Keinerlei Orientierung. Dafür endlose Diskussionen der Kommunarden. Ich erinnere mich an Rauchschwaden wie Nebelbänke, und gekifft haben die, meine Herren. Als Kind war ich vermutlich ständig passiv high. Was war ich froh, als meine Mutter mit meinem Stiefvater zusammengezogen ist. So ganz bürgerlich. Da war ich schon neun. Endlich gab es eine Struktur, einen Tagesablauf. Grenzen. Gemeinsame Mahlzeiten. Ich habe das als Wohltat empfunden.«

»Passiv high ist gut.« Moritz lachte. »Aber es gab auch in den Fünfzigerjahren schon moderne Erziehungsmethoden. Stichworte: Montessori- und Waldorfschulen. Die Erziehungsheime der Kirchen mit ihrer Prügelpädagogik waren nicht die Ultima Ratio. Es ist nicht zu glauben, dass Jahrzehnte niemand hingesehen hat, wie es in diesen Heimen zuging.«

»Und dass es ausgerechnet die späteren Terroristen der RAF waren, die als Erste darauf aufmerksam gemacht haben«, sagte Nette.

Davon hatte Imke bisher nichts gehört. »Tatsächlich?«

»Ulrike Meinhof war die Erste, die diese Missstände in einem Artikel angeprangert hat. Und Ensslin und Baader haben später ein Erziehungsheim besetzt.«

Damit kam das Gespräch auf die APO und die RAF und ihre Auflösung Ende der Neunzigerjahre. Auf eine Gruppe untergetauchter Terroristen, die heute im Rentenalter waren und Banken und Geldtransporter überfielen, um ihren Lebensabend zu sichern. Das Gespräch mäanderte weiter zum Thema Rente und dann zu Fridays for Future, und damit gingen die Themen Globalisierung und Kapitalismus einher. Irgendwann hörte Imke sich ein wenig angetrunken sagen, dass es so ja nicht weitergehen könne. Dass ein Kapitalismus, in dem ein Nullwachstum – also das Bewahren des Bestehenden – bereits eine Krise bedeutete, einen Systemfehler habe und nicht zukunftsfähig sein könne. »Lange geht das nicht mehr gut. Etwas wird passieren, das uns zum Umdenken zwingt.«

»Und was schwebt dir da so vor?«, fragte Nette.

»Weiß nicht. Vielleicht eine Naturkatastrophe.«

Darauf stieg Nette ein. Auch sie hatte ein wenig zu viel Rotwein intus. »Hurrikans und Dürreperioden. Überschwemmungen. Missernten. Hungersnöte, Kriege, Pest und Tod als Folge unseres überbordenden Konsums.«

»Kurz und gut«, meinte Gregor. »Die Apokalyptischen Reiter werden uns heimsuchen, wenn wir uns nicht endlich ändern. Darauf noch eine Flasche von dem tollen Barolo!« Er winkte dem Kellner.

Es war kurz vor Mitternacht, als sie sich von Nette und Gregor verabschiedeten. Die beiden stiegen in ein Taxi, während Imke und Moritz zu Fuß nach Hause gingen. Die Kinder waren noch unterwegs. Sie zogen den Schlüssel ab, damit die beiden nicht klingeln mussten, und gingen zu Bett.

Auf Imkes Nachtkästchen lag seit Tagen die Kette, die der alte Schmalisch ihr geschenkt hatte. Sie gehörte ihr nicht. Ihm eigentlich auch nicht. Er hatte sie irgendwo in den verlassenen Gebäuden gefunden. Seine Beweise. Beweise wofür?, fragte sich Imke, als sie das Licht löschte.

Anne

Anne verließ das Kaufhaus Breuninger und winkte ein Taxi herbei. Mit den zahlreichen Tüten nahm sie auf der Rückbank Platz und ließ während der Fahrt nach Hause den Tag in Gedanken Revue passieren.

Begonnen hatte er mit einem Abschied. Alex war nach Frankfurt gefahren, zu einer Präsentation. Weitergegangen war er mit Vorwürfen. Imke hatte angerufen. Wegen des Augenöffners und natürlich wegen Mama. Neuerdings gab ihre Schwester den Moralapostel.

Und der Tag war nicht besser geworden, als sie sich die Jobangebote angesehen hatte, die mittlerweile eingetrudelt waren. Es waren nur sechs Stück. Zu wenige für eine Frau mit ihrer Kompetenz und Vita. Obendrein war keine Mail der führenden Agenturen dabei. Das geringe Interesse war kränkend. Und das hatte sie in ihrem Wunsch nach Unabhängigkeit bestärkt.

Verärgert hatte sie den Laptop zugeklappt und aus dem Panoramafenster auf den Himmel über Stuttgart gestarrt. Wenn sie nicht bald ein Büro und eine Assistentin bekam, würde sie durchdrehen. Wie sehr sie Alex beneidete, der jetzt in Frankfurt vor Publikum stand. In einigen Tagen fuhr er nach Kopenhagen zu einem Kongress und ein paar Wochen später nach Helsinki. Während sie hier saß und sich wie auf dem Abstellgleis fühlte. Als ob sich die Männergarden in den Führungsetagen abgesprochen hätten: keine Führungsposition für Anne Hesse. Die Frau ist gut und lässt uns wie Versager aussehen. Sie ist ehrgeizig und sägt an unseren Stühlen. Eine derartige Absprache würde dieses jämmerliche Häufchen von Anfragen erklären.

Ein anderer Plan musste her. Wobei es den bereits gab. Sie hatte Alex zwar versprochen, seinen Rat zu beherzigen und ihre Mutter nicht zu verklagen. Doch es ging nicht anders. Er konnte nicht erwarten, dass sie sich unter Wert verkaufte. Wenn sie in eine Festanstellung ging, musste das mit einem Aufstieg verbunden sein. Mit Glanz und Gloria. Ein solches Angebot lag nicht vor und würde auch nicht kommen. Er würde es schon verstehen. Wie immer. Sie hatte nun mal Ziele und Ansprüche und setzte sie durch. Alex mochte das an ihr. Er liebte sie und sie ihn. Wie sehr, war kaum in Worte zu fassen. Es war ihr jeden Tag bewusst, und sie war dem Schicksal dankbar dafür.

Seit Imkes Anruf war ihr die Laune verdorben, und für einen Moment streifte sie der Gedanke, dass es ein Fehler gewesen war, Niklas die Augen zu öffnen. Jedenfalls wenn Geli ihr tatsächlich das Startkapital geliehen hätte. Mama zuliebe. Es war nicht zu fassen. Plötzlich scharten ihre Schwestern sich um Mama.

Vermutlich steckte Berechnung dahinter. Jedenfalls bei Imke. Sie hatte sich eine Vollmacht geben lassen. Völlig unnötig. Ihre Mutter war bei klarem Verstand und in der Lage, alles alleine zu entscheiden. Und doch besaß Imke eine Vollmacht. Sie wollte die Kontrolle über das Vermögen haben.

Das war die einzig schlüssige Erklärung. Sie wollte ihre Schäfchen ins Trockene bringen. Denn sie selbst hatte es zu nichts gebracht. Außer zur schlecht bezahlten und kaum gebuchten Gebrauchsanweisungsübersetzerin. Sie hatte studiert und war nicht in der Lage, für sich selbst zu sorgen. Das musste man sich mal vorstellen. Wenn jemand in der Familie eine Loserin war, dann Imke. Und obendrein diese Seifenmanufaktur. Das mochte ja ein nettes Hobby sein. Doch Gewinn würde sie damit nicht erwirtschaften, derart unprofessionell, wie sie das Geschäft aufzog. Und Moritz war nicht wesentlich besser. Unterbezahlter Statiker ohne jeden Ehrgeiz. Ich an seiner Stelle würde längst die Abteilung leiten, dachte Anne. Doch ihre Schwester hatte sich ein Weichei als Mann ausgesucht. Kein Wunder, dass die beiden es zu nichts brachten. Wohnten zur Miete in einem runtergekommenen Reihenmittelhaus. Moritz ging auch schon auf die Fünfzig zu. Vermutlich war sein Arbeitsplatz gefährdet. In diesem Alter wurde aussortiert. Man holte Jüngere an Bord, schlechter bezahlt und leistungsfähiger. Das war bestimmt der wahre Grund für die Vollmacht. Sie wollten Hartz IV entgehen, wenn Moritz arbeitslos wurde. Mit der Vollmacht kam Imke an Mamas Geld. Vielleicht sogar ans Haus. Wenn Mama nun das Testament zu Imkes Gunsten änderte?

Dieser Gedanke traf sie mit Wucht. Unruhig tigerte sie in der Wohnung hin und her. So ergab diese plötzliche Fürsorge einen Sinn. Imke wollte sich den größten Teil des Vermögens unter den Nagel reißen. Mein erster Impuls war richtig, dachte Anne. Als ich ihr das auf den Kopf zugesagt habe, hat sie beleidigt aufgelegt. Wie war das doch gleich mit dem getroffenen Hund, der bellt?

Ohne mich!, dachte Anne. Das würde sie verhindern.

Fünf Minuten überlegte sie noch. Wegen Alex. Sie hatte es ihm versprochen. Dann griff sie zum Telefon, rief in der Kanzlei ihres Anwalts Dr. Werner Feininger an und vereinbarte mit seiner Sekretärin einen Termin für sechzehn Uhr. Sie würde sich holen, was ihr zustand, bevor es in den Taschen ihrer Schwester verschwand.

Um halb vier rief sie sich ein Taxi. Pünktlich um vier betrat sie die Kanzlei, setzte Feininger ins Bild und erteilte ihm die benötigte Vollmacht. Beschwingt steckte sie die Kopie ein und verließ das Gebäude. Jetzt fühlte sie sich besser. Sie hatte die Kontrolle zurückgewonnen. Sie war eine Macherin. In spätestens einem Jahr würde sie mit ihren Foodtrucks die Branche aufrollen. Neue Impulse brauchte das Land. Und sie setzte einen. Sie sah ihr Porträt schon im *Manager Magazin* und die satten Gewinne auf dem Konto.

Zur Feier des Tages betrat sie das Kaufhaus Breuninger in der Innenstadt und gönnte sich ein neues Parfum von Byredo. Es war ihr egal, dass jemand mit Mindestlohnverdienst dafür zwei Tage arbeiten müsste. Jeder war seines Glückes Schmied. Alle hatten in diesem Land dieselben Chancen. Niemand wurde gezwungen, im Niedriglohnsektor zu arbeiten. Jeder konnte sich Luxus leisten, wenn er sich nur genügend anstrengte. Obwohl … Wer würde dann die Mülltonnen leeren und die Regale auffüllen? Und Mama im Altenheim vielleicht irgendwann mal die Tabletten geben? Wer würde sie im Taxi nach Hause chauffieren, wenn es nur noch Macher gab? Wer würde ihre Wohnung putzen? Und ihre Zähne professionell reinigen? Ihr die Nägel maniküren und die Haare schneiden? Es war ein Moment der Erkenntnis, dass jeder gebraucht, aber nicht jeder fair bezahlt wurde. Dass nur wenige ein so sorgenfreies Leben führen konnten wie sie. Anne wischte diese ungewohnten Überlegungen beiseite. Es war, wie es war. Wer wollte, konnte etwas aus sich machen. So wie sie. Mit ihrem Entschluss, die Klage auf den Weg zu bringen, war ein Knoten geplatzt. Sie fühlte sich großartig. Geli und Imke konnten ihr mal im Mondschein begegnen. Eine wunderbare Zukunft lag vor ihr, und ihr Mann begleitete sie dabei. Der beste von allen. Ein Gott.

In einem Feinkostladen kaufte sie eine Flasche von Alex' Lieblingswein vom Weingut Egon Müller. Dann suchte sie eine Boutique für Lingerie auf und verließ sie mit einer Lacktüte, in der sich eine Handvoll Beinahe-Nichts befand. Ein Hauch schwarzer Spitze und Bänder. Etwas zum Auspacken für Alex. Beim Italiener ließ sie sich Antipasti und Ciabatta einpacken. Eine kleine Grundlage vor dem Sex.

Das Taxi stoppte vor dem Haus. In einem Anfall von Großmut gab Anne ihrer Chauffeurin ein üppiges Trinkgeld und freute sich, wie spendabel sie war. Sie mochte zwar hart in der Sache sein, doch im Herzen war sie ein guter Mensch. Mit Tüten beladen, ging sie ins Foyer. Der Lift war unten, sie stieg ein und nahm in der Kabine einen vertrauten Duft war. Alex. Er musste gerade aus Frankfurt zurückgekommen sein.

* * *

Sie klingelte, und Alex öffnete. »Grüß dich, mein Lieber. Du bist ja schon da.« Sie stellte die Tüten ab und fiel ihm um den Hals. Doch etwas stimmte nicht mit ihm. Seine Körperspannung. Stocksteif stand er da und löste sich gleich wieder von ihr.

»Ist etwas?«

»Wir müssen reden.« Er ging voran ins Wohnzimmer. Sie folgte ihm mit einem flauen Gefühl. Er konnte noch nicht wissen, dass sie Mama nun doch verklagte.

»Was ist los?« Der Gedanke, dass er vielleicht eine andere hatte und das nun beichten wollte, schoss ihr durch den Kopf, und ihr wurde fast übel.

»Das frage ich dich. Was ist mit dir los, Anne? Erst diese ungeheuerliche Attacke gegen Ludwig, und jetzt hast du Niklas eine kompromittierende Nachricht von Geli geschickt. Er hat sich von ihr getrennt. Wolltest du das? So kenne ich dich nicht.«

»Wer hat dir das denn gesteckt? Geli, nehme ich an.« Vielleicht auch Imke. Denn Geli hatte sich bei ihr ausgeheult. Anne fühlte noch immer eine tiefe Genugtuung bei dem Gedanken, dass sie ihre Schwester vom hohen Ross geholt hatte. Es war nichts, wofür sie sich rechtfertigen musste.

Doch Alex sah das anders. »Das ist doch egal. Aber ja, es war Geli. Sie hat mich angerufen. Auch mir sollte man die Augen öffnen. Sie war völlig aufgelöst. Kannst du mir erklären, warum du das getan hast?«

Anne streifte die Pumps von den brennenden Füßen. »Gleich. Ich hole mir nur rasch ein Glas Wasser.«

Sie ging in die Küche und spürte verwundert der Erleichterung nach, die sie erfasste. Keine andere Frau. Natürlich nicht. Wie hatte sie das auch nur eine Sekunde glauben können?

Mit einem Glas kehrte sie zurück und stellte sich neben Alex ans Fenster. Er sah hinaus, als könne er ihren Anblick nicht ertragen. »Es war eine Spontanhandlung. Ich konnte nicht schlafen. Du kennst das ja, nachts werden Probleme riesengroß und aus Kieseln tonnenschwere Steine. In so einer Stimmung war ich. Geli hat sich mein Konzept nicht einmal angesehen und sich sofort geweigert, mir zu helfen. Es ist ihr gleichgültig, wie es mit mir weitergeht, während sie auf ihrem Geldspeicher sitzt. Ich war wütend und wollte mich revanchieren. Es tut mir leid. Es war unüberlegt, und wenn ich es ungeschehen machen könnte, würde ich es tun.« Was nicht stimmte. Sie würde genau dasselbe noch einmal machen.

Alex wandte sich um. »Ich verstehe ja, dass man über Rache nachdenkt, wenn man sich gekränkt fühlt. Aber man macht das nicht wirklich. Geli und Niklas wollten heiraten, und du treibst einen Keil zwischen die beiden.«

»Jetzt sag nicht, ich hätte Gelis Leben zerstört.«

»Aber ihre Beziehung. Was Geli treibt, ist ihre Angelegenheit. Außerdem hatte sie die Affäre mit Ferdi längst beendet.«

»Aber sie hat Niklas nichts von ihrem Männerverschleiß erzählt.«

»Na und? Das ist eine Sache zwischen den beiden.«

»Du findest es also in Ordnung, dass sie nach Carlos Tod mit jedem Kerl zwischen Hamburg und Garmisch im Bett war und Niklas die treue Frau vorspielt?«

»Jetzt übertreibst du aber mächtig. Und ja: Ich finde es in Ordnung, dass sie allein entscheidet, ob und wann sie Niklas davon erzählt. Würdest du es mir denn sagen, wenn du mich betrügst?«

»Was?« Diese Frage brachte sie völlig aus der Fassung. »Ich würde dich nie betrügen. Das weißt du.« Er war der Mann ihres Lebens. Der eine, der für sie bestimmt war. Sie liebten sich. Ihre Beziehung war perfekt, einfach wunderbar. Sie hatte keinen Grund, ihn zu hintergehen.

»Rein hypothetisch. Würdest du es mir sagen?«, fragte er.

»Ich weiß nicht. Keine Ahnung. Vermutlich schon. Und du?«

»Vermutlich nicht.«

Diese Antwort kam so prompt, dass er darüber schon nachgedacht haben musste. »Und warum nicht?« Worüber unterhielten sie sich hier eigentlich? Das Gespräch nahm eine Richtung, die ihr nicht gefiel.

»Ich habe dich nicht betrogen, falls du dich das gerade fragst.«

»Natürlich nicht. Trotzdem. Erkläre mir das. Weshalb würdest du mich belügen?«, fragte Anne.

»Etwas nicht sagen und lügen ist nicht dasselbe. Nehmen wir an, ich würde fremdgehen, dann könnte das nur ein One-Night-Stand sein. Nichts Ernstes. Etwas, das keinen Einfluss auf unsere Beziehung hat. Es würde dich kränken. Also würde ich es vermutlich verschweigen.«

»Aus Rücksicht auf mich?« Anne lachte.

»Vielleicht aus Rücksicht auf unsere Ehe. Du neigst bekanntermaßen zu radikalen Lösungen.«

»Du meinst, ich würde dich hinauswerfen?«

»Das würdest du. Filmreif. Entweder mit fliegenden Tassen und Tellern oder in einer Stummfilmszene mit einer einzigen Geste.« Theatralisch machte Alex einen Ausfallschritt, warf einen Arm in die Luft und hob den anderen zur Stirn. »Geh!«

Anne lachte über diese pantomimische Einlage. Doch es klang ein wenig bitter.

»Und dann würdest du mich bei der Scheidung ausziehen bis aufs Hemd, um mit diesem scheinbaren Sieg die scheinbar erlittene Demütigung wettzumachen.«

»So siehst du mich?«

»So bist du. Das mag ich ja an dir. Mit dir wird es nie

langweilig. Du setzt dich durch, ohne falsche Sentimentalitäten, und lässt dir nichts gefallen. Aber es ist ein Unterschied, ob man sich so im Business verhält oder privat. Privat mag ich diese Seite nicht so sehr. Vor allem wenn es mich trifft.« Er setzte sich zu ihr.

»So gut kennst du mich anscheinend doch nicht. Denn einen One-Night-Stand würde ich dir verzeihen. Was jetzt aber kein Freibrief ist.«

»Ich habe nichts dergleichen vor.«

»Alles wieder gut?«, fragte sie.

»Natürlich. Meinst du, du kannst über deinen Schatten springen und dich bei Geli entschuldigen?«

»Ich krieche nie zu Kreuze.«

»Einen Fehler einzugestehen zeugt von menschlicher Größe.«

»Dann bin ich eben ein Zwerg. Ich entschuldige mich nicht. Das kannst du nicht erwarten.«

»Du hast gesagt, dass es dir leidtut. Also ist nichts dabei, das auch Geli zu sagen.«

»Ich denke darüber nach.« Doch sie wusste, dass sie sich nicht entschuldigen würde. »Wieso eigentlich ›scheinbare‹ Demütigung? Wenn du mich betrügen würdest, wäre das eine handfeste und nicht scheinbare Demütigung.«

»Das kann man natürlich so verstehen. Es heißt aber nicht, dass es auch so gemeint wäre. Ein One-Night-Stand wäre eine rein sexuelle Sache. Nichts, womit ich dich verletzen wollte.«

»Okay. Das akzeptiere ich. Verletzend wäre es trotzdem.«

Er nahm sie in den Arm. »Das ist alles theoretisches Gewäsch. Ich betrüge dich nicht.«

»Lass uns über etwas anderes reden, ja? Ich habe uns

Abendessen vom Italiener mitgebracht, und außerdem habe ich eine Überraschung für dich. Eigentlich für uns.«

»Was denn?«

Erleichtert über den Themenwechsel streckte sie die Beine auf dem Sofa aus. »Mir tun die Füße weh. Dabei bin ich gar nicht so lange in diesen blöden Peeptoes herumgelaufen.«

»Hattest du einen Termin?«

»Ich war shoppen.«

»Ich dachte schon, vielleicht ein Vorstellungsgespräch.«

»Das wird noch dauern. Unter den Angeboten der Headhunter ist keines, das mich reizt. Holst du meine Tasche und die Tüten aus dem Flur? Wie gesagt, ich habe was für dich.«

Er verließ das Wohnzimmer und kam einen Moment später zurück. Einen Arm voll Zeug, das ins Rutschen geriet. Ihre Handtasche fiel auf den Boden. Der Verschluss sprang auf. Der Inhalt ergoss sich aufs Parkett. Alex bückte sich und hob die Sachen auf. Als sie bemerkte, dass die Kopie von Feiningers Vollmacht direkt vor ihm lag, war es schon zu spät. Verwundert sah er sie und richtete sich auf.

»Du gehst mit deiner Mutter jetzt doch vor Gericht. Warum fragst du mich eigentlich um Rat, wenn dir egal ist, was ich darüber denke?«

Imke

Beim Frühstück am Samstagmorgen machte Moritz den Vorschlag, das Wochenende in Warting zu verbringen. Sie konnten das Erziehungsheim erkunden und eine ausgedehnte Radtour unternehmen. Vor allem aber sollte Imke Abstand zum Ärger mit ihren Schwestern gewinnen. Eine gute Idee, wie sie fand. Die Kinder fanden das auch.

Wahrscheinlich organisieren Steffi und Tobi gerade eine Party, dachte Imke, als Moritz den Wagen am späten Vormittag vor dem Gasthof Sonne in Warting ausrollen ließ und sie ausstiegen.

Sie vertraute darauf, dass die beiden keinen Mist bauten. Es war ihnen gelungen, ihre Kinder zu verantwortungsbewussten Menschen zu erziehen. Ähnlich wie Papa es bei uns gemacht hat, dachte Imke. Er hatte sich dafür seine Eltern zum Vorbild genommen und seine Töchter mit Liebe, Verständnis und Vertrauen erzogen. Er hatte sie stets ermutigt und unterstützt. Er hatte ihnen beigebracht, an sich zu glauben. Welches Vorbild Mama wohl hatte? Ihre Mutter vermutlich nicht. Sie war jung gestorben. Wann eigentlich? Woran? Wo war ihr Grab? »Puh!« Imke stieß die Luft aus, die sie unwillkürlich angehalten hatte. Moritz stand neben dem Auto. »Alles gut?«

»Ja. Mir ist nur gerade klar geworden, dass es einen weiteren blinden Fleck in meiner Familie gibt. Meine Oma mütterlicherseits. Ich weiß so gut wie nichts über sie.«

»Lass uns erst einchecken. Wir können uns auf der Tour darüber unterhalten. Okay?«

Das Gasthaus war modern, aber gemütlich eingerichtet. Viel Holz und warme Farben. Sie bekamen ein Balkonzimmer und zogen sich fürs Radfahren um. In der Gaststube ließen sie sich die Radflaschen mit Apfelschorle füllen, setzten die Helme auf und fuhren los in Richtung Erziehungsheim. Moritz griff das Thema wieder auf und fragte, was Imke mit dem blinden Fleck gemeint hatte.

»Mama schweigt nicht nur über Peter, sie spricht auch nicht über ihre Mutter, also meine Oma. Alles, was ich über sie weiß, lässt sich an einer Hand abzählen. Sie hieß Doris und stammte aus Jena. Ich kenne nicht mal ihren Mädchennamen oder ihr Geburtsjahr. Sie war Sekretärin und hat im Kaufhaus meiner Urgroßeltern gearbeitet. Den Allensteins. Das waren wohlhabende und gebildete Leute. Mama hat mal von einer Villa am Stadtrand erzählt und von Bildungsreisen quer durch Europa. Über die Familie von Doris weiß ich nichts. Jedenfalls hat sich der Juniorchef in sie verliebt. Die beiden haben geheiratet. Der Krieg kam. Er wurde eingezogen und ist in Frankreich gefallen. Doris floh mit Mama kurz vor ihrem fünften Geburtstag vor der Roten Armee aus Jena nach München. Ob es hier Verwandte gab? Ich weiß es nicht. Nach dem Krieg hat sie mit meiner Mutter in Neuhausen gewohnt. Genauer gesagt in der Nibelungenstraße. Wobei das so nicht stimmen kann. Peter muss auch dort gelebt haben. Während der Flucht ist er in Bayreuth auf die Welt gekommen. Und dann ist Oma gestorben. Plötzlich und unerwartet. Und viel zu jung. Das ist alles, was ich über Mamas Mutter weiß. Frappierend wenig.«

»Habt ihr denn nie gefragt?«

»Doch, natürlich. Aber wir haben nie nachgebohrt. Das meine ich mit dem blinden Fleck. Als ob wir gespürt haben, dass wir nicht weiter nachfragen dürfen. Ich habe keine Ahnung, wann Oma gestorben ist und woran, geschweige denn, wo sie bestattet ist.«

Es gab so vieles, das sie von ihrer Mutter nicht wusste. Möglicherweise zog es sie deshalb wieder nach Sankt Marien. Vielleicht gelang es ihr hier, Verständnis für sie zu finden. Wobei Imke seit der Lektüre von Gröghers Buch ahnte, woran es lag, dass Mama so kompliziert war, warum sie diese Macken hatte. Woher ihre Kälte kam. Sie war ein Panzer. Ein Schutzschild. Mama hatte in Drachenblut gebadet. Sie hatte sich unverwundbar gemacht, um das Heim zu überleben.

* * *

Sie erreichten das Erziehungsheim und schoben die Räder entlang der Mauer durchs Unkraut, bis sie die versteckte Tür fanden und sich hindurchzwängten. Im verwilderten Garten duftete es nach Himbeeren. Schwer und süß. Ein Schmetterling flatterte vorbei. Ein warmer Wind strich durch die Bäume. Sie lehnten die Räder an einen Baum und sahen sich im Gewächshaus um. Bei jedem Schritt knirschte es unter ihren Füßen. Vermutlich Glas, das eine Schicht aus welkem Laub und Dreck bedeckte. Imke fotografierte wieder, wie sie es bei ihrem ersten Besuch getan hatte. Auch wenn sie nicht genau wusste, weshalb. Vielleicht, um die Erinnerungen an diesen Ort zu bewahren, den es bald in dieser Form nicht mehr geben würde. An einen Ort, der so viel Einfluss auf das Leben ihrer Mutter gehabt hatte und damit auch auf ihres. Vielleicht tat sie es aber auch, um die Bilder irgendwann Mama zu zeigen und damit den Anstoß zu geben, über diese Zeit zu reden.

Sie fotografierte die rostigen Metallgerippe der Glashäuser, verbeulte Gießkannen aus Blech und morsche Leiterwagen. Moritz fand einen alten Spaten. Sie versuchten, sich die Arbeit der Jungen vorzustellen, die hier Setzlinge gezogen hatten, die später auf den Felder ausgepflanzt wurden. Kartoffeln und Karotten. Erbsen und Bohnen. Weißkraut und Rote Bete. Steckrüben und Kürbis. Kräuter. Gurken und Tomaten.

Sie erkundeten das Haupthaus und die Schule. Imke machte Fotos von ein paar vergessenen Schulbänken und der Tafel. Dem leeren Speisesaal und dem ausgeräumten Büro der Schwester Oberin. Hellere Stellen an der Wand zeigten an, wo einst das Kruzifix neben Bildern gehangen hatte. Weiter ging es mit der Speisekammer und dem Gemeinschaftsraum. Ein angeschlagener Emaille-Becher im Dreck. Eine Häkelnadel und eine morsche Strickliesl im Staub. Ein ausgeblichenes Mensch-ärgere-dich-nicht!-Spiel, dessen Schachtel zerfiel. Eine Postkarte aus Frankfurt, adressiert an einen Jungen namens Bernhard Holler. Artefakte, die an das Leben erinnerten, das hier bis vor zweiundzwanzig Jahren geherrscht hatte. Beim Anblick eines Kochlöffels dachte Imke an Schläge.

Das Jungenhaus war ähnlich aufgeteilt wie das Mädchenhaus. Zwei Schlafsäle oben. Ein Waschraum und Räume der Erzieher. Unten der Gemeinschaftsraum und eine Werkstatt. Eine Treppe führte hinunter in den Keller. Moritz ging voran und benutzte die Taschenlampen-App des Smartphones, um den langen dunklen Flur zu beleuchten. Modergeruch lag in der Luft. Wasser tropfte von der Decke. Hinter einer Metalltür lag der Heizungskeller mit rostigen Öltanks und Heizkessel. Auf der anderen Seite des Gangs befanden sich Verschläge. In einem lagen zwei von Motten zerfressene Wolldecken und ein leeres Einweckglas. Am Ende des Gangs befand sich ein großer Kellerraum. Wozu er gedient hatte, war nicht zu erkennen. Vielleicht ein Lager. Leere Holzregale im tanzenden Lichtschein. Imke schauderte, als sie die einbetonierten Eisenhaken in der Wand entdeckte. Grögher beschrieb sie in seinem Buch. Sie atmete durch. »Lass uns nach oben gehen.«

Sie traten vor das Haus. Die Sonne schien. Das Licht blendete. Bei der kleinen Kirche setzten sie sich auf den Brunnenrand, an dem vor drei Tagen der alte Mann gesessen hatte. Imke hatte nicht das Bedürfnis zu sprechen. In ihr hallten die Eindrücke nach. Moritz schien zu spüren, dass sie gerne ein paar Minuten allein wäre. »Ich fotografiere mal ein bisschen im Kräutergarten.«

Seine Schritte knirschten auf dem Kies, dann war es wieder still. Bei der Kirche hatte der Wind das welke Laub zu kleinen Haufen aufgetürmt. Unkraut spross zwischen den Pflastersteinen hervor. Imkes Anspannung ließ nach. Die Schatten des Grauens wichen.

Ein Weilchen blieb sie noch sitzen, dann suchte sie im Kräutergarten nach Moritz. »Geht's wieder?«, fragte er, und sie nickte.

»Ich weiß nicht, wie es dir geht. Aber mir knurrt der Magen. In Mitterwarting soll es einen guten Biergarten geben.«

***

Es wurde Abend, bis sie Warting wieder erreichten. Nach dem Besuch des Biergartens hatten sie noch eine Vierzig-Kilometer-Tour absolviert und näherten sich dem Dorf über einen Feldweg. Nach einem steilen Anstieg ging es bergab. Sie ließen die Räder laufen. Moritz vorneweg. Er trat in die Pedale, um mehr Tempo aufzunehmen. Sie, wie immer, ein wenig verhaltener hinterher. Ihr Radcomputer zeigte Tempo achtunddreißig, als Moritz nach links auswich, mit der Rechten zu Boden deutete. Ihr Zeichen für: Achtung! Doch sie bemerkte seine Warnung den Bruchteil einer Sekunde zu spät, sah das tiefe Schlagloch und schaffte es nicht mehr auszuweichen. Mit voller Wucht knallte sie hinein. Das Rad wurde so abrupt gestoppt. Es hob sie aus dem Sattel und über den Lenker. Einen Moment flog sie, im nächsten schlug sie auf Schotter und Kies auf.

Verwirrt blieb sie liegen, hörte Moritz nach ihr rufen, sah, wie er sein Rad an den Wegesrand warf und zu ihr rannte. Als er bei ihr ankam, war sie schon aufgestanden.

»Holla. Du machst Sachen. Alles heil?«

Benommen schüttelte sie den Kopf. »Ich denke schon.« Ihr tat nichts weh, außer dem rechten Unterarm und Unterschenkel. Hautabschürfungen, die kaum bluteten, aber voller Staub und Dreck waren. Das Brennen spürte sie fast nicht. »Ich fühle mich nur ein wenig wackelig.«

»Bist du mit dem Kopf aufgeschlagen?«

»Ich glaub nicht.« Sie nahm den Helm ab. An der rechten Seite hatte er tiefe Kratzer.

»Sieh mir mal in die Augen.« Das tat sie und hielt seinem Blick stand. Sie schielte nicht. Sie sah nicht doppelt und konnte seinem Zeigefinger folgen. Der Helm hatte sie geschützt.

»Hoffentlich gibt es in Warting einen Arzt.«

»Es geht schon wieder.«

»Mir wäre es lieber, wenn sich das ein Arzt ansieht.« Moritz hob das Rad auf und begutachtete die vordere Felge. »Ein Achter. Den kriege ich daheim raus. Kannst du weiterfahren? Oder sollen wir schieben?«

»Lass uns fahren.«

Sie setzte den Helm wieder auf und fuhr langsam neben Moritz her ins Dorf. Alte Bauernhöfe. Kleine Austragshäuser. Dazwischen moderne Einfamilienhäuser. Überall Blumen. Geranien und Petunien. Plötzlich stoppte Moritz. »Hier gibt es eine Ärztin.« Er wies auf ein Messingschild an einem Staketenzaun. Imke stieg ab. *Dr. Franziska Plank, Allgemeinmedizinerin*, stand auf dem Schild. Eine hohe Hecke umgab das Grundstück. Weiter hinten bemerkte sie ein altes Haus mit Sprossenfenstern. »Heute ist Samstag«, sagte sie. »Da hat kein Arzt Sprechstunde.«

»Dann lass uns nach Wasserburg in die Klinik fahren. Es hat einen solchen Schlag getan, als du gestürzt bist, dass mir jetzt noch ganz flau ist.«

»Ich habe einen Allenstein'schen Dickschädel. Mir geht es gut. Jedenfalls so einigermaßen. Bin nur ein bisschen zittrig. Das kommt vom Schreck.«

Eine Frau trat hinter der Hecke hervor und in Imkes Blickfeld. »Dann sollte sich das vielleicht doch jemand ansehen.« Sie trug Shorts und Poloshirt. Ihre Hände steckten in Gartenhandschuhen. Ihre Haut war sonnengebräunt, das Haar schon weiß. Lachfältchen umgaben ihre Augen. »Entschuldigen Sie, aber ich habe Ihr Gespräch zufällig mitgehört. Ich bin hier die Ärztin. Kommen Sie doch rein.«

»Es ist wirklich nicht schlimm«, wehrte Imke ab.

Der Blick von Franziska Plank glitt einmal taxierend von

oben nach unten und wieder zurück. »Wie lange liegt denn die letzte Tetanus-Impfung zurück?«

Imke musste einräumen, dass sie es nicht wusste. Vermutlich länger als zehn Jahre. Und damit war sie überfällig und in diesem Fall nötig. »Sie kommen jetzt rein und lassen sich verarzten. Es ist kein Problem. Ich habe ohnehin mehr Freizeit, als mir lieb ist.«

Also folgten Imke und Moritz ihr in die Praxis. Dr. Plank verabreichte die Impfung, reinigte die Abschürfungen, zog mit einer Pinzette zwei Steinchen aus den Wunden, desinfizierte sie und versorgte sie mit sterilen Pflastern. Dann machte sie einen ähnlichen neurologischen Test wie vorhin Moritz und war zufrieden. »Sie scheinen tatsächlich einen Dickschädel zu haben.«

»Meine Rede«, sagte Imke. »Ich fürchte, ich habe meine Versichertenkarte nicht dabei.«

»Macht nichts. Das war gratis«, erklärte die Ärztin.

»Im Ernst?«

»Es ist nichts dabei.«

»Ja, dann: Danke. Können wir uns irgendwie revanchieren?«, fragte Imke. Die Frau war ihr sympathisch. »Vielleicht mit einer Einladung zum Abendessen? Wir wohnen im Gasthof Sonne.«

»Das ist eine nette Idee. Da sage ich gerne Ja.«

***

Zwei Stunden später saß Imke mit Moritz und Franziska Plank unter den Kastanien im Biergarten des Gasthofs. Kein einziger Platz war frei. Gerade hatte sich jemand den übrigen Stuhl von ihrem Vierertisch geholt. Es wurde gelacht und geredet. Kinder liefen umher und auch der eine oder andere Hund. Es roch nach Steckerlfisch und Schweinebraten. Imke saß vor einer Portion Käsespätzle mit Salat, während Moritz sich Ochsenfetzen mit Bratkartoffeln bestellt hatte und die Ärztin Schweinefilet mit Champignons. Das Essen war gut und Imke nach der langen Tour hungrig und durstig. Die erste Saftschorle war schnell geleert. Sie stiegen auf Weißwein um und stießen mit Franziska Plank an. »Auf Ihre Hilfsbereitschaft«, sagte Imke.

»Kein Problem. Habe ich gerne getan, und sagt Franziska zu mir. Das tun hier alle.«

»Gerne. Imke und Moritz.«

»Und was treibt euch ins abgelegene Warting?«, fragte Franziska.

»Unbeantwortete Fragen. Meine Mutter und ihr Bruder waren als Kinder in Sankt Marien. Sie hat nie darüber gesprochen.«

»Ach ja. Verstehe.« Franziska zupfte an der Unterlippe. »Vorne kommt ihr nicht rein, und über die Mauer solltet ihr nicht klettern. Da stecken Glasscherben drin. Da hatte ich mal einen jungen Mann mit üblen Schnittwunden zu verarzten. Aber es gibt einen Durchschlupf an der Seite.«

Imke nickte. »Den haben wir schon gefunden. Wir haben uns bereits umgesehen.«

»Der Garten ist wunderschön«, sagte Moritz. »Den sollte man eigentlich so lassen.«

»Erzählt das mal den Architekten. In zwei Jahren wird man dort nichts wiedererkennen. Nur das Kircherl lassen sie so, wie es ist. Die drei Hauptgebäude werden luxussaniert und alle anderen abgerissen und neu gebaut. Und dann legen sie einen Klostergarten an. Obwohl das nie ein Kloster war, und einen Zen-Garten, und was weiß ich nicht noch alles. Was die Stadtmenschen halt so zur Erholung brauchen.«

»Regt sich im Dorf kein Widerstand gegen die Pläne?«, fragte Moritz.

»Ach wo. Das Gut und später das Heim war den Wartingern immer schon ein Dorn im Auge. Die haben keine Verbindung dazu. Und wenn, dann nur negative.«

Moritz nickte. »Imke hat gelesen, dass das Land ursprünglich Bauern aus dem Dorf gehörte.«

»Die haben sich verspekuliert, und das haben sie dem Getreidehändler aus München nie verziehen. Also, dass sie sich verzockt haben. Verdrehte Welt.«

»Es gab also keine Verbindungen zwischen dem Erziehungsheim und dem Dorf?«, fragte Imke.

»Kaum. Der Bäcker hat das Brot geliefert. Der Pfarrer die tägliche Messe gehalten. Die Gertraud, die Nichte des Mesmers, hat bei den Nonnen in der Küche gearbeitet. Und mein Vater war als Arzt zuständig für das Erziehungsheim.«

»Dein Vater?«, fragte Imke überrascht.

»Er hat hier Ende der Fünfzigerjahre die Praxis eines Verwandten übernommen, der plötzlich gestorben war. Ernst Herchenbach hat er geheißen. Er war der zuständige Arzt fürs Erziehungsheim. Danach mein Vater, bis er in Ruhestand gegangen ist, und danach ich. Aber nicht sehr lange. Die Kirche hat das Heim 1997 aufgegeben.«

»Es muss dort schlimm zugegangen sein«, sagte Imke. »Ein ehemaliger Fürsorgezögling hat darüber geschrieben.«

Franziska nickte. »Friedrich Grögher. Ich kenne das Buch, und was er schreibt, ist nicht übertrieben. Mein Vater hat die Zeit der Prügelpädagogik in Sankt Marien, von Ende der Fünfziger bis zur Heimreform, miterlebt. Leider hatte er nicht allzu viele Möglichkeiten, Einfluss zu nehmen. Die Kirche war der Träger, und die war damals unantastbar. Außerdem wurde diese Form von Erziehung von den Jugendämtern unterstützt. Die dachten wirklich, dass Kinder zu besseren Menschen werden, wenn man sie misshandelt. Mein Vater war erst ein paar Wochen hier, als er das erste Mal nach Sankt Marien gerufen wurde.«

Franziska trank einen Schluck von ihrem Wein und erzählte dann, was ihr Vater über seinen ersten Besuch im Heim berichtet hatte. Ein Mädchen war gestorben. Man hatte den Leichnam gewaschen, mit einem langärmligen weißen Hemd bekleidet und aufgebahrt. Kerzen brannten. Das Licht war schummrig. Die Nonnen berichteten, das Mädchen hätte mehrere Tage gefiebert. Wadenwickel und Tees hätten nicht geholfen. Sie baten den Arzt, den Totenschein auszustellen. Als Franziskas Vater fragte, weshalb man ihn nicht früher gerufen habe, erklärte die Oberin, es läge in Gottes Hand, ob jemand starb. Niemand stürbe vor seiner Zeit. »Da hat meinen Vater der Zorn gepackt«, erklärte Franziska. Und erst recht, nachdem er die Leichenschau durchgeführt hatte. Die wollten die frommen Frauen tatsächlich verhindern. Ob er denn kein Schamgefühl besäße? Sein Vorgänger hätte sich immer pietätvoll verhalten. Mein Vater hat sie rausgeschickt und seine Arbeit gemacht, und danach war er erst recht wütend. Von wegen Fieber. Das Mädchen hatte Hämatome am ganzen Körper. Er hat sich geweigert, eine natürliche Todesursache zu bescheinigen, wie die Oberin das von ihm erwartete. Stattdessen hat er die Polizei gerufen, wie sich das gehört. Die Leiche wurde obduziert. Dabei ist herausgekommen, dass das Kind an einer Hirnblutung gestorben ist. Mutmaßlich als Folge von Prügel. Beweisen ließ es sich am Ende nicht. Aber mein Vater hat der Oberin gedroht, dass er sie anzeigen würde, wenn so etwas noch mal vorkäme. Danach haben sie sich zusammengerissen. Jedenfalls gab es keinen ähnlichen Fall mehr, solange mein Vater für das Heim zuständig war.«

Imke dachte an ihre Mutter, die noch immer bei jedem lauten Geräusch und jeder unerwarteten Bewegung zusammenzuckte und sich wegduckte. Dass Jahrzehnte nicht ausgereicht hatten, um zu vergessen. Bis heute waren die Folgen der Gewalt die Herrscher über ihr Leben.

»Weißt du, ob noch jemand lebt, der Ende der Fünfziger-, Anfang der Sechzigerjahre im Heim gearbeitet hat?«, fragte Imke. »Jemand, der meine Mutter und ihren Bruder vielleicht gekannt hat?«

Bedauernd schüttelte Franziska den Kopf. »Der Pfarrer ist zwar steinalt geworden und hat sogar Sankt Marien überlebt. Er starb, ein Jahr nachdem die Kirche es aufgegeben hat. Es gab damals Gerüchte, die Nonnen hätten die Akten der Fürsorgezöglinge bei ihm im Pfarrhaus eingelagert und er hätte sie verbrannt. Aber das ist Unsinn. Gebrannt hat es zwar, aber das waren keine Akten. Der alte Holzschuppen ist in Flammen aufgegangen, weil ein paar Buben dort gezündelt haben. Der Pfarrer hat deine Mutter und ihren Bruder bestimmt gekannt, denn die Kinder haben alle bei ihm gebeichtet. Aber er ist tot, und auch der Mesmer ist längst gestorben.«

»Und die Köchin?«, fragte Moritz.

»Die Gertraud? Ich weiß nicht, ob sie noch lebt. Die war immer sehr für sich. Unverheiratet, keine Kinder. Einsam. Vor einigen Jahren ist sie weggezogen. Wohin, weiß ich leider nicht. Aber ich kann das für euch herausfinden, wenn ihr möchtet.«

Anne

Eine Woche nach dem Streit mit Alex saß Anne alleine auf der Dachterrasse und las das halbe Dutzend Bewerbungen, das eingegangen war. Bisher hatten vier Frauen und zwei Männer auf das Stellenangebot als Assistentin, wahlweise Assistent, reagiert. Die Frauen waren allesamt besser qualifiziert. Eine hatte bereits Erfahrung im Foodbereich. Die würde sie als Erste zum Vorstellungsgespräch einladen. Anne legte den Ausdruck nach oben auf den Stapel und griff nach dem Glas Mineralwasser.

Eine Kirchturmuhr schlug sechs. Alex war gestern nach Kopenhagen geflogen. Er nahm an einer Tagung zum Thema Nachhaltigkeit teil. Jetzt gerade endete das Panel, bei dem er mit auf der Bühne saß. Spätestens um sieben würde er in dem Boutiquehotel sein, das die Reiseabteilung für ihn gebucht hatte. Dann konnten sie ungestört facetimen. Sie sehnte sich nach ihm und fühlte sich nicht wohl in ihrer Haut, weil sie ihn enttäuscht hatte. Noch immer herrschte dicke Luft zwischen ihnen. Natürlich wegen Mama. »Ich fühle mich nicht ernst genommen«, hatte Alex gesagt, nachdem die Vollmacht für Feiniger vor seine Füße gepurzelt war. »Um nicht zu sagen: Ich fühle mich verarscht. Zuerst fragst du mich um Rat und dann ist er dir plötzlich egal und du tust das Gegenteil.«

»Was soll ich denn machen? Ich brauche das Geld.« Das hatte sie entgegnet, und er hatte wieder seine Argumente aufgezählt. Sie brauchte das Geld nicht wirklich, denn eigentlich hätte sie selbst genug, wenn sie ihr Projekt kleiner beginnen würde. Außerdem könnte sie warten, bis sie ihr Erbe auf natürliche Weise bekam – sprich, bis Mama gestorben war –, und zwischenzeitlich eine Festanstellung annehmen. Sie wäre stur, hatte er ihr vorgeworfen, und unflexibel und außerdem wäre es unmenschlich – er hatte tatsächlich dieses Wort gebraucht –, ihre Mutter aus dem Haus zu vertreiben, in dem sie seit über fünfzig Jahren lebte. Natürlich kam noch der Spruch vom Baum, den man nicht verpflanzte. Sie hatten sich zum ersten Mal seit langer Zeit gestritten. Und weswegen? Wegen Mama. Natürlich. Es ging neuerdings nur noch um sie.

Und dann hatte Alex an diesem verkorksten Abend vor einer Woche noch einen Satz losgelassen, der seither an ihr nagte. Irgendwie waren sie nach dem Streit wegen der Pflichtteilsklage noch einmal beim hypothetischen Seitensprung angelangt, und Alex hatte gesagt: »Du bist absolut in deinen Ansprüchen. Auch beim Thema Treue. Natürlich bin ich mir sicher, dass du mich nie betrogen hast. Und es vermutlich auch nie tun wirst.«

»Natürlich nicht. Weil ich dich liebe.«

»Das weiß ich. Doch du tust das auf eine Art, die mir manchmal unheimlich ist. Auch wenn sie mir schmeichelt. Als ob du dir ein Bild von mir machst, das in allem größer und besser ist, als ich es bin. Beinahe übermenschlich. Doch ich habe auch meine Fehler und Macken.«

Ihre Liebe war ihm also unheimlich? Weil sie wusste, wie sehr sie ihn liebte und was sie von ihrer Beziehung erwartete?

Etwas hatte sich eingeschlichen. Ein Misston. Eine Schieflage, und sie traute sich seit einer Woche nicht, das anzusprechen. Warum? Etwa aus Angst vor einem bösen Erwachen? Vor einer Desillusionierung? Machte sie sich in Bezug auf Alex etwa etwas vor und idealisierte ihn? Genau wie Geli es seit Jahren behauptete. Hatte er sie am Ende doch schon mal betrogen? Seine Reaktion, dass er es ihr nicht sagen würde, war derart prompt erfolgt, dass sie es für möglich hielt, und das beunruhigte sie.

Sie mussten endlich darüber reden und das klären. Doch Alex würde erst morgen Abend nach Hause kommen. Sie sehnte sich nach ihm und versuchte, sich mit Arbeit abzulenken. Am Vormittag hatte sie zwei Besichtigungstermine für Büros gehabt. Das eine war völlig überteuert, beim anderen gefiel ihr die Lage nicht. Bis zum Videotelefonat mit ihm hatte sie noch eine Stunde Zeit und konnte solange weitere Immobilienangebote durchsehen. Sie öffnete den Laptop. Seit gestern lag eine Mail von Imke ungelesen in ihrem Posteingangsordner. Sicher wieder Vorwürfe. Anne las sie auch jetzt nicht, sondern lehnte seufzend den Kopf zurück. Warum sorgten sich plötzlich ihre Schwestern so um Mama? Etwa weil Papa es nicht mehr konnte? Waren sie nun seine fürsorglichen Stellvertreterinnen und behandelten ihre Mutter wie ein rohes Ei? Das war nicht nötig. Mama war unkaputtbar.

Was möglicherweise an dem Erziehungsheim lag, in dem sie einige Jahre verbracht hatte. Falls stimmte, was Imke neuerdings erzählte. Und zwar zu einer Zeit, als es noch die Prügelstrafe gegeben hatte. Vermutlich hatte ihre Mutter sich dort ihr dickes Fell zugelegt und ihre harsche Art, auszuteilen.

Von Mamas Zeit im Fürsorgeheim und ihrem verschwiegenen Bruder hatte Anne Alex noch nichts gesagt. Sie war bisher nicht dazu gekommen, und es war auch nicht wichtig. Es war Schnee von gestern. Mama selbst hatte nie darüber gesprochen und wollte es auch jetzt nicht. Daran sollten Imke und Geli sich halten. Sie jedenfalls würde das tun.

Um sieben griff sie zum Smartphone und öffnete Facetime. Alex meldete sich sofort. Wie schön, sein Gesicht im Display zu sehen und seine Stimme zu hören. »Grüß dich, mein Lieber. Wie war dein Tag?«

»Enttäuschend.« Alex erzählte, dass er sich mehr inhaltliche Substanz von den Vorträgen und Diskussionsrunden erwartet hatte. Weder neue Impulse noch neue Inhalte hatte er bis jetzt bekommen, und seine Hoffnung, dass es morgen besser würde, hielt sich in Grenzen.

Es tat ihr leid, dass er ein Wochenende dafür vergeudete. »Klinke dich doch aus und buche deinen Flug um. Mit etwas Glück bist du um Mitternacht zu Hause.«

Er zögerte und setzte sich mit dem Smartphone auf das Hotelbett. Hinter ihm erschien eine braun, türkisfarben und silbern gemusterte Tapete. War das der neueste nordische Designerchic?

»Dann hätten wir den Sonntag ganz für uns«, sagte Anne. »Wir könnten gemütlich im Bett frühstücken und uns einen faulen Tag machen.«

»Ich weiß nicht. Ich glaube, das ist mir zu viel Stress. Außerdem bin ich hungrig und …«

»Daher absolut entscheidungsunfähig«, vollendete sie seinen Satz. Das war so. Hungrig war Alex außerstande, etwas auf die Reihe zu bringen.

»Das auch«, bestätigte er mit einem Lächeln, das ihr ein wenig gezwungen erschien. »Ein Vortrag morgen Vormittag klingt eigentlich ganz interessant. Vielleicht reißt der es raus. Dann hätte sich der Aufwand doch noch gelohnt.«

»Ja, wenn das so ist.« Sie zuckte mit den Schultern, obwohl sich Enttäuschung in ihr ausbreitete.

»Wir sehen uns morgen Abend.« Alex legte seine Hand an die Lippen und drehte sie dann zu ihr.

»Besorg dir was zu essen.«

»Das ist der Plan. Ich gehe jetzt ins Hotelrestaurant. Das ist der schnellste Weg, an eine vernünftige Mahlzeit zu kommen.«

Sie wünschten sich noch eine gute Nacht und verabschiedeten sich bis morgen. Ein schales Gefühl blieb in Anne zurück und daneben ein Hauch von Erleichterung. Das schwierige Gespräch war aufgeschoben. Vielleicht wäre es besser, es gar nicht erst zu führen.

Karin

Karin stand im Garten und wässerte die Rabatten, das Schattenstaudenbeet, die Rosen, die Gehölze und Sträucher. Es war dringend nötig. Seit vier Wochen kaum Regen und Temperaturen um die dreißig Grad. Sie konnte sich nicht erinnern, jemals im Juni so viel Wasser für den Garten gebraucht zu haben.

Der Rücken tat ihr weh und auch die Füße. Vielleicht sollte sie Heinrich bitten, einen Bewässerungsschlauch zu verlegen. Dann musste sie nur den Hahn aufdrehen und konnte von der Terrasse aus zusehen, wie alles wuchs, und sich vorstellen, dass Jens neben ihr saß und es mit einem wohlgefälligen Nicken quittierte. *Siehst du, du kommst gut alleine zurecht.*

Imke fuhr mit dem Kombi in die Einfahrt. »Hallo Mama. Ich bringe die Sachen gleich rein.« Sie kam vom Einkaufen. Karin drehte das Wasser ab und wollte ihr ins Haus folgen, als die Postlerin kam. »Grüß Gott, Frau Remy. Ich habe ein Einschreiben für Sie.« Sie gab ihr ein Kuvert. Karin quittierte den Empfang und ahnte schon, was das war. Seit dem Telefonat mit Anne war über eine Woche vergangen, und sie hatte ihre Drohung bis jetzt nicht zurückgenommen. Einen Moment fühlten sich ihre Knie ganz wacklig an. Jetzt geht's also los, dachte sie. Jetzt wird es ernst.

In der Küche verstaute Imke die Einkäufe. Karin schnitt den Brief auf. Er kam von einem Anwalt aus Stuttgart, der in Annes Auftrag schrieb. Verärgert las sie den Wisch und knallte ihn auf den Tisch.

»Ist was?«, fragte Imke.

»Annes Anwalt schreibt, ich soll den Erbteil freiwillig herausrücken, denn vor Gericht verliere ich sowieso. Es wäre also billiger, wenn ich nicht auch noch die Gerichtskosten zahlen müsste.«

»Oje. Was willst du jetzt tun?«

Sie ließ sich auf den Stuhl plumpsen. »Kämpfen. Ich nehme mir auch einen Anwalt. Oder ich enterbe sie gleich.«

»Das kannst du nicht. Auf den Pflichtteil hat sie Anspruch.«

»Das heißt, sie sitzt am längeren Hebel?«

»Das ist so.«

»Und was mache ich dann?«

Imke setzte sich zu ihr. »Entweder treiben wir das Geld für Anne auf.« Ihre Tochter redete nicht weiter.

»Oder ich muss das Haus verkaufen.«

»Das bedeutet nicht, was du befürchtest.«

»Ach ja?«

»Wenn du das Haus verkaufst und Anne den Pflichtteil gibst, bleibt dir genug für eine hübsche Wohnung in der Nähe oder ein kleineres Haus.«

»Du verstehst es nicht. Ich will hier nicht raus. Nur mit den Füßen voran.«

»Ich verstehe es schon. Aber es wird nicht funktionieren. Es sei denn, Anne lenkt ein. Aber das wird sie nicht.«

Ihre Tochter sprach mit ihr wie mit einem bockigen Kind. »Das werden wir ja sehen. Freiwillig bekommt sie von mir jedenfalls nichts. Ich werde es ihr nicht ersparen, mich vor Gericht zu schleifen. Das muss sie dann schon tun. Ich brauche also einen Anwalt. Erika kennt einen. Ich muss mit ihr reden. Oder Geli leiht mir doch das Geld.« Erschöpft lehnte sie sich zurück. Sie wusste, dass diese Hoffnung vergeblich war.

Geli würde Anne keinen Cent geben. Jetzt nicht mehr. Nicht einmal zu Wucherzinsen. Was Anne ihr angetan hatte, war unverzeihlich. Sie fragte sich, was in ihre Jüngste gefahren war. Woher kam diese plötzliche Gemeinheit? Nachtragend war Anne schon immer gewesen. Und leicht verletzbar. Einen Mimosenstrauch hätten wir für sie pflanzen sollen und keine Rose, dachte Karin. Immer war irgendetwas mit ihr. Zu wenig Beachtung. Zu wenig Liebe. Die anderen wurden scheinbar bevorzugt, bekamen die schöneren Kleider, das größere Zimmer, mehr Taschengeld. Natürlich bekamen sie mehr Taschengeld, denn sie waren älter. Doch das hatte Anne nicht verstehen wollen und denselben Betrag für sich eingefordert. Und dann die Sache mit der Pille. Grundgütiger. Anne war erst fünfzehn gewesen, als das mit den Jungs schon so richtig losging und sie mitbekam, dass ihre Jüngste ihre Jungfräulichkeit an einen Kerl wegwerfen wollte, der es nicht wert war. Doch Jens und sie wussten, wenn sie ihr geradewegs verbieten würden, mit dem Jungen in die Kiste zu steigen, würde sie es erst recht tun. Also hatte Karin ihr erklärt, dass sie selbst wissen musste, was sie tat. Sie wäre alt genug, um eine Entscheidung dieser Tragweite zu treffen, und dass sie als ihre Eltern es ohnehin nicht verhindern könnten, wenn sie es unbedingt wollte. Aber sie solle auf Verhütung achten. Karin hatte Anne erklärt, was sie darüber wissen musste und dass die Antibabypille eigentlich am sichersten war. Eine moderne Errungenschaft. Eigentlich ganz wunderbar. Als die Pille Ende der Sechzigerjahre immer beliebter geworden war, hatte auch Karin sie probiert. Jens wollte zwar weitere Kinder, doch Karin wünschte sich eine längere Pause bis zum nächsten. Leider hatte sie die Pille nicht vertragen. Ihr war ständig übel gewesen. Anne hatte nachgefragt, wann das gewesen war, dann hatte sie gerechnet und einen ihrer total verdrehten Schlüsse gezogen. »Mich gäbe es also gar nicht, wenn du die Pille vertragen hättest! Das erklärt alles. Ihr habt mich nie gewollt.« Herrgott, wie konnte dieses Kind einem das Wort im Mund verdrehen. Und jetzt wurde Anne auch noch gemein. Was war nur mit ihr los?

Karin sah zu, wie Imke die restlichen Einkäufe aufräumte. »Ich fahre nachher noch zum Friedhof und sehe nach dem Grab. Magst du mitkommen?«

»Was soll ich dort? Da ist Jens nicht. Aber geh du nur.«

Vielleicht sollte sie ihrer Tochter dafür danken, dass sie sich darum kümmerte? Sicher hatte sie das Grab hübsch bepflanzen lassen. Doch es war nicht mehr als ein Haufen Erde, in der ein Sarg lag, der im Laufe der Zeit verrotten würde. Mit den Knochen ihres Mannes darin. Doch er selbst war nicht da. Das, was ihn ausgemacht hatte. Es war woanders. Vielleicht in diesem Haus. In diesen Mauern und Zimmern, die voller Erinnerungen steckten. In denen sie ihn manchmal noch – für eine freudige atemlose Sekunde nur – vorbeihuschen sah. Sein Lachen zu hören meinte. Seine Stimme. So fest und sicher. Seinen Duft zu riechen glaubte.

»Magst du auch einen Kaffee?«, fragte Imke.

Kurz vor Mittag? Was war das denn für eine Frage. Wenn schon, dann nach dem Essen. Das wusste Imke. Es ging also nicht darum, gemeinsam eine Tasse Kaffee zu trinken.

»Nicht für mich. Aber mach dir ruhig einen. Und dann rücke damit heraus, was du loswerden willst.«

Imke stieß einen Seufzer aus. Karin sah ihr an, dass sie versuchte, sich zusammenzunehmen, doch dann platzte es aus ihr heraus: »Mensch, Mama! Dass du einen immer so abfertigen musst. Weißt du eigentlich, wie mies man sich dabei fühlt! Auch wenn ich inzwischen verstehe, woran es liegt. Warum du einfach nicht zulassen kannst, dass man nett zu dir ist. Das …«

»Ach? Das weißt du? Ich weiß nämlich nichts davon. Das würde mich glatt mal interessieren.«

»Am Drachenblut!«

Für einen Moment verschlug es Karin die Sprache. Hatte sie das gerade richtig verstanden? Ging es Imke gut, oder redete sie wirr?

Ihre Tochter setzte sich zu ihr und wollte nach ihren Händen greifen. Karin zog sie weg. Wie immer. Imke hatte ja recht. Sie tat sich verdammt schwer damit, Zuneigung anzunehmen. Nun wusste ihre Tochter nicht, wohin mit ihrer Hand, und strich sich eine Haarsträhne aus dem Gesicht. »Ich habe nicht nur das Buch über Sankt Marien gelesen. Ich war in Warting. Zusammen mit Moritz. Wir haben uns das Heim angesehen.«

Ihr wurde ganz kalt bei diesen Worten. Ein Band aus Eisen legte sich um ihre Brust. Eine unsichtbare Hand zog es zu. Kein Blick zurück. Das war alles lange vorbei. Kein Blick zurück. All das war geschehen und nicht mehr zu ändern. Es ließ sich nur vergessen. Kein Blick zurück! Sie hörte einfach nicht zu. Imke redete und redete. Karin dachte an die Reisen nach England, die sie und Jens unternommen hatten. Sicher zehn oder zwölf Mal waren sie dort gewesen.

Mit den Mädchen, als sie noch klein gewesen waren, und auch während der Pubertät. Später nur sie beide. Die Küste von Cornwall. Die Schmugglerpfade in Wales. Heruntergekommene Burgen und prächtige Schlösser. Das Hochland und Northumberland. Fettige Fish-and-Chips-Finger. Teatime mit Gurkensandwiches. Die wunderschönen Gärten überall. Allen voran Sissinghurst Garden. Das Buch musste hier noch irgendwo liegen. Das sollte ich mir mal wieder ansehen, dachte Karin. Imke redete irgendwas von einem Schutzschild und Panzer, von Drachenblut und von Unverwundbarkeit, und Karin sehnte sich plötzlich nach einer Zigarette, dabei hatte sie nie geraucht. Obwohl, das stimmte nicht ganz. Mit sechzehn hatte sie geraucht. Ein paar Wochen lang. In jenem unwiederbringlichen Sommer. Fred hatte es ihr beigebracht. Verdammt! Es kam alles wieder zurück. Es kam alles wieder hoch. Sie stand auf, ging zum Kühlschrank und nahm die Flasche Luganer heraus. Dabei fing sie den entsetzten Blick ihrer Tochter auf und stellte den Wein zurück. Es war ja grad mal elf.

»Hörst du mir überhaupt zu?«, fragte Imke.

»Nicht wirklich.«

»Ich will morgen Gertraud besuchen. Magst du mitkommen?«

»Welche Gertraud denn?«

Imke stand auf und holte den Luganer aus dem Kühlschrank. Vom Regal nahm sie zwei Wassergläser, schenkte jedes zwei Fingerbreit voll und stellte sie auf den Tisch. Kommentarlos nahm sie ihres und trank. Karin tat es ihr gleich. Sie war ratlos und verstand nicht, was hier gerade los war. Der Alkohol entfaltete seine Wirkung rasant. Ein Glas Wein am Morgen vertrieb Kummer und Sorgen. Mit einem Mal fühlte sie sich leicht und frei. Bar aller Probleme.

Was Jens wohl dazu sagen würde? Vermutlich, dass es in ihrem Alter egal war, ob sie noch zur Alkoholikerin wurde. Der Tod musste schließlich eine Ursache haben.

»Also noch mal«, sagte Imke. »Wir haben in Warting eine sehr nette Frau kennengelernt. Franziska Plank. Ihr Vater war der Dorfarzt und auch für das Kinderheim zuständig. Vielleicht hast du ihn gekannt. Er hat sich ab 1958 um die Heimkinder gekümmert.« Forschend sah Imke sie an.

Dr. Plank. Der Nachfolger von Herchenbach. Vor dessen Fingern man sich nicht in Acht nehmen konnte.

»Seine Tochter hat Gertraud für mich ausfindig gemacht. Sie war Köchin in Sankt Marien. Jetzt lebt sie in einem Pflegeheim in der Nähe von Rosenheim. Du musst sie kennen.«

»Sie muss steinalt sein.«

»Siebenundachtzig. Ich habe mit ihr telefoniert, und ich überlege, ob ich sie morgen besuche.«

»Du fährst nicht. Ich verbiete es dir. Es geht dich nichts an, und es ändert auch nichts.«

»Das sehe ich anders. Papa wollte es so. Er wollte, dass ich weiß, was du durchgemacht hast. Deshalb hat er mich gebeten, nach Peter zu suchen. Darum ging es ihm. Der Weg ist das Ziel.«

»So ein Unfug!«

Imke stand auf. »Ja, dann ist es eben Unfug. Ich fahre trotzdem.«

***

Imke ging. Karin saß wie vom Donner gerührt in der Küche. Dr. Plank. Der Nachfolger von Herchenbach.

Nehmt euch vor Herchenbachs Fingern in Acht!

»Schluss damit!« Sie stand auf und schenkte sich vom Luganer nach. »Na und! Ich bin niemandem Rechenschaft schuldig, wenn ich am helllichten Mittag Wein trinke. Manchmal geht's halt nicht anders.«

Den ersten Kontakt mit Herchenbachs Fingern hatte sie gehabt, als das Wiesel sie eines Tages aus der Wäscherei abgeholt hatte. Das war kurz vor Weihnachten gewesen. Einmal im Quartal kam der Arzt offiziell ins Heim und untersuchte die Mädchen. Nicht alle, nur manche. Inoffiziell kam er wesentlich öfter. *Komm mit!*

»Schluss damit!«, wiederholte sie. »Vergiss es gleich wieder!«

Wir müssen wissen, ob du unversehrt bist.

Sie war so unerfahren gewesen. So bodenlos naiv! Sie hatte von alldem keine Ahnung gehabt.

»Jetzt ist es aber gut!« Mit dem Glas in der Hand wanderte sie durchs Haus. Erst durchs Erdgeschoss. Die vertrauten Wege. Zigtausende Male gegangen. Aus der großen Küche mit der angrenzenden Speisekammer in den Flur, hinüber ins Wohn- und Esszimmer. Durch die eine Tür hinein, zur anderen wieder hinaus in den Flur. Vorbei an Abstellraum und Gäste-WC und eine neue Runde. Wie viel Lachen zwischen den Wänden hing. Wie vielen Gesprächen die Mauern gefolgt waren. Wie viel Geplapper der Kinder sie gelauscht hatten. Ihrem Lachen und Weinen. Ihren Geheimnissen. Das Haus hatte sich mit ihrem Leben vollgesogen. Im Guten wie im Schlechten. Es war ein allwissender und schweigender Zeuge.

Zeuge von Jens' geduldigen und hingebungsvollen Versuchen, ihren Widerstand im Bett zu überwinden. Ihn hinfortzuküssen und wegzuliebkosen. Doch das hatte natürlich schon vor ihrer Ehe begonnen, noch in seiner Studentenbude. Aus dieser schockstarren Frau eine geschmeidige, biegsame und hingebungsvolle zu formen. Sie ihre Lust spüren zu lassen. Was für eine Aufgabe. Obwohl sie ihn liebte, ihm vertraute und wusste, dass er ihr nichts Böses wollte. Im Gegenteil: Er wollte sie glücklich machen und sie ihn.

Mit einem Drink war es besser gegangen. Manchmal sogar richtig gut. Wenn es ihr gelang loszulassen. Locker zu werden. Wenn nur der Augenblick zählte. Das Hier und Jetzt. Wenn die Vergangenheit und all das Unsagbare für kurze Zeit nicht existierten. Dann war es gegangen. Zusammengerechnet käme sie vielleicht auf ein paar lächerliche Stunden in all den Jahren. Armer Jens. Aber so war es nun mal gewesen. Er hatte sie trotzdem geliebt. Oder vielleicht gerade deswegen. Ein Sisyphus war er gewesen. Einer, der nicht aufgab. Ein geduldiger Mensch. Voller Gleichmut und innerer Balance. Er war mit sich im Reinen gewesen. Und nun war er fort. Es war nicht zu fassen!

Sie stieg die Treppe hinauf. Die Zimmer der Mädchen. Zwei rechts, eins links. Immer wieder hatten sie getauscht und waren umgezogen. Daneben das Badezimmer und das kleinere für Gäste, das die Mädchen für sich gehabt hatten. Am Ende des Flurs ihr Schlafzimmer. Sie legte sich auf ihre Seite des Betts und trank den Rest vom Wein. Auf Jens' Seite war das Bett gemacht. Auf ihrer nicht. Es lohnte nicht. Jede Nacht wurde es aufs Neue zerwühlt. Sie schüttelte das Bettzeug auf, bevor sie schlafen ging. Wenn sie überhaupt zu Bett ging. Meistens schlief sie jetzt unten im Sessel oder auf der Couch.

Sie starrte an die Decke. Haarfeine Risse im Verputz. Wie in Sankt Marien im Karzer. Als sie die Augen schloss, konnte sie die Linien noch immer sehen. *Nehmt euch vor Herchenbachs Fingern in Acht!*

Karin

Winter 1956 / 1957

Zwei Wochen vor Weihnachten begegnete Karin Dr. Herchenbach das erste Mal. Sie stand mit Edith in der Wäscherei an der Mangel und schob ein Bettlaken nach dem anderen zwischen die heißen Walzen. Dabei achtete sie auf die Ecken. Sie mussten glatt sein. Wehe, sie wurden umgeschlagen eingezogen und rundgemangelt. Dann setzte es Strafe.

Ediths Haare waren inzwischen auf Stoppellänge nachgewachsen. Seit ihrer misslungenen Flucht veränderte sie sich. Sie wurde stiller. Vier Mal hatte sie es schon versucht, und sie glaubte nicht mehr, dass sie ihr eines Tages gelingen würde. Verzweifelt rechnete sie sich aus, dass sie noch über eintausendsiebenhundert Tage und Nächte im Heim aushalten musste, und wurde immer einsilbiger und bedrückter. Nicht einmal das Singen machte ihr noch Freude. Karin war es am Sonntag nicht gelungen, sie zur Chorprobe zu überreden. Danach hatte sie nach Edith gesehen und sie im Schlafsaal gefunden. Sie saß auf dem Fensterbrett und starrte durch die vergitterten Scheiben hinunter in den dunklen Hof.

»Hast du etwa die ganz Zeit hier gesessen?«

Die Antwort war ein Schulterzucken.

»Lass uns bis zum Abendbrot in den Garten gehen.«

Edith reagierte nicht.

»Oder zu den anderen in den Gemeinschaftsraum. Wir könnten ›Mensch ärgere dich nicht!‹ spielen.«

Da war Edith herumgefahren und hatte sie angeherrscht, sie in Ruhe zu lassen und zu verschwinden. »Ich will allein sein. Kapierst du das nicht!«

Nichts erinnerte mehr an die aufmüpfige und lustige Edith. Lag es wirklich nur an den gescheiterten Fluchtversuchen? Das fragte Karin sich manchmal. Oder am nächtlichen Wispern der Nonnen. *Komm mit!* Meistens war es das Wiesel, das ein Mädchen nachts holte und irgendwann zurückbrachte. Edith, Isolde, Martha und andere. Karin wagte nicht zu fragen, was in diesen Nächten geschah. Nur bei Edith hatte sie es ein zweites Mal versucht, und die hatte weggesehen und nur gesagt: »Das willst du nicht wissen.«

Das Laken war durch die Mangel gelaufen. Sie falteten es zusammen, als Schwester Barbara hereinkam. Das Wiesel. Sie ging zu Schwester Veronika, die an ihrem Pult saß und die Listen der ein- und ausgelieferten Wäsche kontrollierte.

Die beiden unterhielten sich. Dann wandte sich das Wiesel um. »Karin! Mitkommen!«

Hatte sie etwas falsch gemacht? Sie war sich keiner Schuld bewusst. Mit gesenktem Blick ging sie hinter der Nonne her über den Flur, vorbei am Büro der Oberin und dem Speisesaal und an der Küche. Gertraud begegnete ihnen. Sie sah betreten drein und wich Karins Blick aus. Ein Unbehagen legte sich in ihren Magen. Hinter der Küche gab es mehrere Räume. Lager für Lebensmittel, Kochgeschirr und Putzzeug. Und einen Raum für den Arzt, der einmal im Quartal kam. Das hatte Karin im Speisesaal aufgeschnappt. Über

Dr. Herchenbach wurde nur hinter vorgehaltener Hand geredet. Karin fragte sich, weshalb er einerseits so regelmäßig kam, andererseits aber nicht gerufen wurde, wenn es nötig war, wie bei Waltrauds Fieber. Vor dem Zimmer stand eine Bank, auf der bereits zwei Mädchen saßen. Roswitha, die es gut hatte. Sie gehörte zu den Mädchen, die Gertraud in der Küche helfen durften. Das war sicher der angenehmste Arbeitsplatz, den man im Heim haben konnte. Sie starrte auf ihre Hände, die verkrampft in ihrem Schoß lagen. Neben ihr saß die dicke Martha. Rund wie ein Barockengel und jünger als Karin. Vielleicht dreizehn oder vierzehn. Dass sie so dick war, lag an einer Störung ihrer Schilddrüse, das beteuerte sie immer wieder. Wobei einige Mädchen vermuteten, dass sie Essen stahl. Sie war kreidebleich und blickte starr an die Wand. Das Wiesel befahl Karin, sich zu setzen.

Was sollte sie beim Arzt? Ihr fehlte nichts. Nur die monatliche Blutung machte ihr an den ersten Tagen zu schaffen. Das hatte sie Schwester Agnes anvertraut und den Rat erhalten, zu beten und die Stoffbinden regelmäßig zu wechseln. Diese schrecklichen grauen Lappen, die die Mädchen von Hand waschen mussten. Die sie schrubbten, bis sie sauber waren und ihre Hände blutig. Als wäre es eine Sünde, seine Periode zu haben.

Die Tür ging auf. Iris kam heraus. Eine hübsche Siebzehnjährige mit grünen Augen und kastanienbraunen Haaren. Eine Schönheit. Da draußen im richtigen Leben hatte sie davon geträumt, Mannequin zu werden. Eines Abends hatte sie im Schlafsaal vorgeführt, wie man über einen Laufsteg schritt und dabei anmutig einen Fuß vor den anderen setzte, wie man sich drehte und wendete, mit welchen Gesten man die Mode präsentierte, die man vorführen durfte. Sie hatte sich mit solcher Grazie bewegt, dass es Karin den Atem verschlagen hatte. Nun kam sie stocksteif aus dem Raum des Arztes. Gefolgt von einer der Nonnen stakste sie Richtung Näherei davon.

»Du bist dran.« Das Wiesel gab Karin einen Knuff. Ein Druck saß hinter ihrem Brustbein. Sie wollte nicht in dieses Zimmer gehen. Alles in ihr sträubte sich. »Ich bin gesund. Mir fehlt nichts.«

»Das werden wir ja sehen, ob dir nichts fehlt. Ich habe anderes gehört.« Sie schubste Karin in den Raum und folgte ihr.

Zwei Deckenlampen brannten und beleuchteten einen Behandlungsstuhl, wie Karin ihn noch nie gesehen hatte. Zwei Metallarme mit Kunststoffmulden an den Enden ragten in die Luft. Daneben saß Dr. Herchenbach an einem Schreibtisch. Ein kleiner Mann mit fester Stimme, der einen weißen Kittel offen über seinem Anzug trug. »Du bist also Karin Alleinstein.« Er ließ seinen Blick an ihr herabgleiten. Es war ihr unangenehm. »Ein gefallenes Mädchen.«

»Das bin ich nicht«, entgegnete sie. Auch wenn sie nur ahnte, was ein gefallenes Mädchen war. Eines, das sich mit Männern einließ und Dinge tat, die man nicht tun sollte. Das, was man ihr und Mani unterstellt hatte. So viel verstand sie, doch nicht, was genau das sein sollte.

»Das werden wir gleich feststellen«, sagte Herchenbach. »Mach dich frei. Erst obenherum.«

»Was?«

Der Spruch aus dem Karzer schoss ihr durch den Kopf. Unwillkürlich sah sie auf die Hände des Mannes. Breit mit kräftigen Fingern. An der rechten Hand trug er einen Ehering.

»Du sollst dich frei machen«, wiederholte der Arzt.

Entsetzt legte sie die Arme vor die Brust. »Nein. Das mache ich nicht.«

»Das werden wir ja sehen!« Das Wiesel riss sie zu sich. »Wir müssen wissen, ob du unversehrt bist. Runter mit der Schürze und dem Kleid. Wird's bald.«

»Nein! Ich zieh mich nicht nackt vor einem Mann aus.«

»Ach was! Du bist doch sonst nicht so prüde.«

Sie wollte nicht! Doch sie entkam dem Wiesel nicht. Sie musste sich ausziehen. Erst obenherum. Dr. Herchenbach betastete ihre Brüste, und sie wäre vor Scham am liebsten in den Boden versunken. Um ihn nicht ansehen zu müssen, schloss sie die Augen. Er roch aus dem Mund nach Kaffee und Zigaretten. Als er sie in die Brustwarze kniff, schrie sie auf, und er lachte. »Alles in Ordnung so weit. Und jetzt mach dich unten frei.«

Es war so entsetzlich, nackt vor ihm zu stehen, auf diesen Stuhl steigen zu müssen. Sie schämte sich so fürchterlich, bloß vor ihm zu stehen. So nackt, dass es nackter nicht mehr ging. Dass er sehen konnte, was sie noch nie gesehen hatte. Sie presste die Lippen aufeinander, um nicht zu schreien, als er etwas in sie hineinschob. Kalt und metallisch. Als er sie abtastete. Ein Finger in sie hineinfuhr und ein anderer über einen Knubbel rieb. Als er tief seufzte, sich räusperte und erklärte, es wäre alles in Ordnung mit ihr. Sie wäre intakt. Sie wäre tatsächlich kein gefallenes Mädchen.

Sie fühlte sich aufs Tiefste gedemütigt, beschämt und beschmutzt und hätte nicht in Worte fassen können, weshalb. Völlig durcheinander kletterte sie vom Stuhl, zog eilig ihre Sachen an und hörte kaum, wie erstaunt das Wiesel Herchenbachs Feststellung kommentierte, sie wäre unversehrt. »Sie irren sich. In den Akten des Jugendamts steht etwas anderes.«

»Papier ist geduldig. Ihr Hymen ist jedenfalls intakt. Eine Jungfrau. So wie sich das gehört.« Er wandte sich zu ihr um, fuhr ihr übers Haar, und sie hätte sich beinahe übergeben. Er fasste sie ans Kinn, sodass sie ihm in die Augen blicken musste. Sie waren dunkel und etwas glomm darin, das ihr Angst machte. »Für heute bist du entlassen.«

Verwirrt folgte Karin dem Wiesel zurück in die Wäscherei. Eigentlich sollte sie erleichtert sein, dass ihre Unschuld festgestellt worden war, doch sie fühlte sich besudelt.

***

In den Wochen vor Weihnachten traf vermehrt Post für die Kinder ein. Manche bekamen sogar Pakete. Doch weder Karin noch Pelle erhielten eine Nachricht von ihrer Mutter. Seit knapp drei Monaten waren sie nun hier, und Pelle glaubte noch immer, dass sie im Gefängnis saß, und hatte deshalb an ihren Vormund geschrieben. Er wollte wissen, wann sie rauskam. Noch hatte er keine Antwort erhalten, und Karin glaubte nicht, dass er eine bekommen würde.

Der Gedanke war kaum zu ertragen, dass Mami sie abgeschrieben hatte. Eines Tages sprach Karin mit Gertraud darüber, die ihr bestätigte, was Schwester Agnes ihr schon zu erklären versucht hatte. Sie war nicht allein. Es gab etliche Kinder im Heim, die nie Besuch oder Post von ihren Eltern erhielten. Auch Roswitha, die zu Gertrauds Küchengeschwader gehörte, zählte dazu. Es war kein Trost für Karin, zu wissen, dass es anderen genauso erging. An manchen Tagen war sie wütend auf ihre Mutter und malte sich aus, was sie tun würde, sobald sie das Heim verlassen durfte. Dass sie Mami aufsuchen und ihr all ihre Verachtung entgegenschleudern würde. An anderen Tagen schrieb sie sich die Schuld an ihrem Unglück selbst zu. Warum hatte sie nicht gehorcht? Warum hatte sie Mani mit nach Hause genommen? Warum hatte sie den Klatschbasen Frey und Schultheiß unentwegt Stoff geliefert, um Mami anzuschwärzen? Wie dumm und rücksichtslos das von ihr gewesen war, und am schlimmsten: Sie hatte Pelle mit hineingezogen. Er konnte für all das nichts, und sie ruinierte ihm seine Zukunft. Sein Leben. Das ließ sich nie wiedergutmachen. An manchen Tagen war sie so traurig, dass es sie niederdrückte und sie kaum die Energie aufbrachte, ihre Arbeit zu verrichten. An den anderen war sie so zornig, dass die Arbeit ihr doppelt so schnell von der Hand ging. Dann stopfte sie die Wäsche in die Maschinen, zerrte sie wieder heraus, wenn sie fertig war, und knallte die Türen an den Geräten, bis Schwester Veronika sie anherrschte, ihren Brass – wie sie Karins Zorn nannte – nicht an der Wäsche auszulassen. Sie solle endlich lernen, sich zu fügen.

Karins Grundgefühl war allerdings immer noch Fassungslosigkeit. Sie gehörte nicht hierher. Es war ein Irrtum. Dr. Herchenbach hatte es doch bestätigt. Wenn sie an ihn und seine Finger dachte, wurde sie ganz konfus. Es war nicht in Ordnung gewesen, was er getan hatte. Oder doch? Denn das Wiesel war dabei gewesen. Keine der Nonnen duldete Unsittlichkeit. Sünde. Etwas Verdorbenes oder Verbotenes. Das Wiesel war nicht eingeschritten. Also war es doch in Ordnung gewesen? Er war Arzt. Durfte er das? Trotzdem fühlte Karin sich besudelt und beschmutzt. Sie schämte sich und wusste nicht, wofür.

Eine Woche vor Weihnachten wurde sie zu Schwester Agnes gerufen. Mittlerweile freute sie sich, wenn sie zu ihr ins Büro durfte. Diese wenigen Minuten waren wie Inseln von Helligkeit und Wärme in einer kalten Nacht. Meist bekam sie Tee und Gebäck. So auch heute. Die Nonne schenkte eine Tasse für sie ein und schob einen kleinen Teller mit Zimtsternen über den Tisch. Sie fragte, wie es ihr ging, und Karin fasste sich ein Herz. Sie erzählte von der Untersuchung und ihrem Ergebnis. »Dr. Herchenbach hat festgestellt, dass ich …« Sie kam ins Stottern. Das Blut schoss ihr in die Wangen. »Also, dass bei mir alles in Ordnung ist. Ich bin intakt.«

Schwester Agnes nickte. »Ich weiß.«

»Das heißt, dass es keinen Grund gibt, meinen Bruder und mich hierzubehalten. Ich bin kein gefallenes Mädchen.« Ihr Herz klopfte plötzlich, als ob es gleich bersten wollte. Sie konnten vielleicht nach Hause.

»Das ist nicht der Grund, weshalb ihr hier seid. Wobei es mich freut, dass du so vernünftig warst, dieser Versuchung zu widerstehen. Dein Umgang mit Männern ist nur ein Aspekt des Ganzen. Das Gericht hat deiner Mutter das Sorgerecht entzogen, weil sie nicht fähig ist, euch zu wertvollen Mitgliedern der Gesellschaft zu erziehen. Es liegt also nicht an dir und deinem Bruder, sondern an ihr. In eurem Verhalten zeigt sich ihr Versagen.«

»Aber Pelle hat doch gar nichts gemacht.«

»Er hat euren Vormund angegriffen«, erklärte Schwester Agnes. »Er neigt zu Gewaltausbrüchen.«

»Aber das war doch nur …«

»Genug jetzt.« Mit einer Geste schnitt Schwester Agnes ihr das Wort ab. »Du wirst es nicht besser wissen als die Mitarbeiter des Jugendamts und die Richter. Wer bist du denn schon?«

Ein Nichts, dachte Karin. An diesem Tag zum ersten Mal. Sie war nichts. Niemand. Sie war Staub und Dreck.

»Weswegen ich dich zu mir gebeten habe, hat allerdings mit deiner Mutter zu tun, und du wirst gleich verstehen, dass ihr bei uns am besten aufgehoben seid.«

War Mami etwa krank? Oder schlimmer noch, gestorben?

»Euer Vormund hat uns geschrieben. Eure Mutter hat sich endgültig von euch losgesagt. Sie hat sich vor einigen Tagen wieder verheiratet.«

Etwas schnürte Karin die Kehle zu. »Das ist eine Lüge!«, flüsterte sie. »Mami hätte uns das gesagt. Sie hätte uns geschrieben.«

Schwester Agnes griff über den Tisch nach ihrer Hand. »Es tut mir so leid für dich und Peter. Aber so ist es. Ich habe bereits mehrfach versucht, dir zu erklären, dass das häufig passiert. Suche die Schuld nicht bei dir.«

»Aber … Wieso tut sie das?«

»Weil sie eine selbstbezogene Frau ist. Sie denkt nur an sich. Du wirst es einmal besser machen. Da bin ich mir sicher. Und nun trink deinen Tee und iss deine Zimtsterne.«

Tränen schossen Karin in die Augen. Sie zwinkerte sie weg. Mami hatte sie verlassen. Wie sollte sie Pelle das beibringen? Am besten sagte sie ihm vorerst nichts davon. Sie trank den Tee und aß das Gebäck. Es schmeckte so gut, dass es sie ekelte. Wie konnte sie in dieser Situation etwas genießen? Etwas war falsch mit ihr. Von Grund auf falsch.

In dieser Nacht konnte Karin nicht einschlafen. Sie hatte auch niemanden mehr, mit dem sie reden konnte, seit Edith so einsilbig geworden war und sich jeden Tag weiter zurückzog. Schweigend lag sie im Nachbarbett, und Karin gab nach dem ersten Versuch, sie anzusprechen, auf. Edith reagierte nicht darauf. Sie tat, als wäre Karin Luft. Als existiere sie nicht. So wie sie für ihre Mutter nicht mehr existierte. Sie hatte wieder geheiratet! Sicher diesen Walter aus dem Tanzkurs. Und dem waren sie im Weg. Mami war es gerade recht, dass sie das Sorgerecht verloren hatte. Karin wälzte Gedanken um Gedanken, bis sie in einen leichten Schlaf fiel, aus dem sie wenig später hochschreckte.

Schwester Veronika hatte Aufsicht. Sie schnarchte auf der Liege neben der Tür. Durch das Fenster fiel das Mondlicht in einem schwachen Schein. Etwas bewegte sich. Es war Edith. Sie war aufgestanden und schlich durchs Zimmer. Ihr graues Hemd hob sich von der Dunkelheit ab. Karin sah, wie sie die Tür öffnete und aus dem Schlafsaal verschwand. Vielleicht musste sie zur Toilette. Wobei es verboten war, nachts dorthin zu gehen. Man musste bis zum Morgen durchhalten. Was hatte sie vor? Wollte sie etwa im Nachthemd abhauen? Das wäre verrückt. Bei dieser Kälte. Vielleicht hatte sie irgendwo Kleidung versteckt und zog sich um. Leise stand Karin auf. Ihr Bett stand in der Nähe des Fensters. Sie musste nur ein paar Schritte machen und setzte sich aufs Fensterbrett, in der Erwartung, in wenigen Augenblicken Edith über den Hof schleichen zu sehen. Nur eine Laterne brannte um diese Zeit noch. Der Mond stand als Sichel am Firmament. Die Schattenrisse der kahlen Bäume zeichneten sich vor dem Nachthimmel ab. Daneben der Scherenschnitt der Kirche mit ihrem kleinen Turm. Das Pflaster glänzte im matten Schimmer der Laterne. Es musste geregnet haben. Eine Weile saß Karin da, sah hinaus in die Nacht und fragte sich, was Edith vorhatte, als ein Schrei erklang und gleichzeitig etwas Helles am Fenster vorbeiflog und mit einem dumpfen Knall im Hof aufschlug.

Karin sprang hoch und riss das Fenster auf. Unten im Hof lag Edith, mit verdrehten Armen und Beinen. Eine Blutlache breitete sich neben ihrem Kopf aus. Karin begann zu schreien. Schwester Veronika schrie: »Zurück in die Betten!« Das Licht im Schlafsaal ging an. Karin schrie weiter und weiter. Sie konnte nicht aufhören. Ihre Lunge wollte bersten. Plötzlich stand Schwester Veronika neben ihr, warf einen Blick in den Hof, wurde ganz blass und herrschte sie an: »Willst du wohl still sein!« Mit einer Hand schloss sie das Fenster. Mit der anderen zerrte sie Karin vom Fenster weg. »Ihr bleibt alle in den Betten! Wehe, eine von euch steht auf!«

»Es ist Edith!«, schrie Karin. »Sie ist gesprungen! Sie liegt tot im Hof. Ihr verfluchten Nonnen seid schuld!«

»Du redest wirr. Da unten ist niemand.«

Die Nonne zog sie am Arm hinter sich her.

»Es stimmt aber. Edith ist gesprungen!«, schrie Karin. »Sie ist tot.« Keines der Mädchen wagte sich ans Fenster. Alle starrten auf Ediths leeres Bett. Das Wiesel kam herein und in ihrem Gefolge Schwester Bernadette und Schwester Agnes. Nur mit Nachthemden und übergeworfenen Morgenmänteln bekleidet. Sie befahlen den Mädchen, sich hinzulegen. Karin schrie noch immer.

»Ab in den Waschraum mir dir!«, befahl Schwester Veronika. Sie trug als Einzige ihre Nonnentracht. »Dir werde ich zeigen, was eine verfluchte Nonne ist.« Sie schubste sie vor sich her, während die Tür zum Schlafsaal geschlossen wurde und alle brav in ihren Betten blieben, als wäre nichts geschehen, als läge Edith nicht tot auf dem Pflaster, und Karin schrie und schrie. Sie konnte es nicht stoppen. »Mörderinnen! Verfluchte Weiber! Das seid ihr! Teufel!«

»Ausziehen!«, befahl Schwester Veronika und schubste sie unter die Brause. »Nein!« Sie verschränkte die Arme vor der Brust. Es würde so oder so geschehen. Man würde sie kalt duschen und mit dem Schlauch verprügeln, bis sie blutete und vor Schmerz ohnmächtig wurde. Nichts konnte das verhindern. Da konnte sie ebenso gut Widerstand leisten und es diesem Miststück schwer machen. »Ich zieh mich nicht aus! Du musst mir das Hemd schon vom Leib reißen, du Hexe!«

Über den Rand ihrer Brille hinweg sah Schwester Veronika sie aus zusammengekniffenen Augen an. »Zum letzten Mal: Zieh dich aus!«

»Nein!«

Die Nonne ging zur Tür und rief über den Flur nach Schwester Barbara. Das Wiesel kam aus dem Schlafsaal. Karin wehrte sich mit Händen und Füßen, schlug Schwester Veronika die Brille vom Kopf und zog am Morgenmantel des Wiesels, bis ratschend eine Naht am Ärmel riss. Es wurde ein Kampf. Ein Ringen und Treten und Schlagen. Doch am Ende stand sie schreiend und nackt unter der Dusche. Eiskaltes Wasser und Schläge prasselten auf sie nieder. Sie spürte es kaum. Edith lag im Hof. Sie war gesprungen. Sie war tot.

Blut mischte sich ins Wasser, spritzte gegen die weißen Kacheln und wurde fortgespült. Mit den Armen schützte sie ihren Kopf. Ging in die Hocke, duckte sich weg, machte sich klein. Die Hiebe trafen sie auf Rücken, Po und Schultern, auf Unterarme und Waden. Irgendwann gingen ihre Schreie in Wimmern über, und sie kippte zur Seite. Das eiskalte Wasser mischte sich mit Tränen und Blut. Sie zitterte am ganzen Leib. Endlich waren die Hexen fertig, zogen sie hoch und reichten ihr ein dünnes Bettlaken zum Abtrocknen. »Mitkommen!« Das Wiesel zog sie hinter sich her die Treppe hinauf und schubste sie in den Karzer. Die Tür knallte zu. Sie hörte den Schlüssel im Schloss knirschen. Schritte entfernten sich. Plötzlich war es ruhig.

Karin kauerte sich auf dem Bettgestell ohne Matratze zusammen. Sie fror wie noch nie in ihrem Leben. Die Kälte ging durch und durch, bis in die Knochen. Die Haare klebten nass an ihrem Schädel. Bibbernd trocknete sie sich mit dem Laken ab, so gut es ging. Tastete mit steifen Fingern im Dunkeln nach der Wolldecke auf der Pritsche und schlang sie um sich. Sie war klamm und kalt und wärmte nicht. Die Kälte vertrieb alle Gedanken. Auch die an Edith. Sie musste warm werden, sonst würde sie erfrieren. Beweg dich!, befahl sie sich. Mit Kniebeugen begann sie, machte mit Rumpfbeugen weiter und lief schließlich in kleinen Schritten im Kreis, dabei schlug sie die Arme um sich. Allmählich wurde ihr wärmer.

Als es sechs Uhr läutete und der Gottesdienst begann, saß sie auf der Pritsche und hatte die Decke um sich geschlungen. Plötzlich hörte sie Schritte vor der Tür. Die Klappe ging auf, und Gertraud sah zu ihr herein. »Du schon wieder«, sagte sie. »Ich habe etwas für dich. Davon dürfen die Nonnen aber nichts wissen.« Sie schob die Blechkanne durch die Klappe. »Ich habe eine Thermoskanne mit heißem Kakao darin versteckt. Hier sind deine Sachen.« Sie schob das Kleiderbündel durch die Luke. Und den Morgenmantel von Schwester Barbara und Nähzeug. »Du sollst ihn bis heute Abend flicken. Ich sehe später noch mal nach dir.«

»Danke. Ist Edith … Ist sie tot?«

Verwundert schüttelte Gertraud den Kopf. »Wie kommst du denn darauf?«

»Sie ist heute Nacht vom Dach gesprungen.«

»Nein. Du musst schlecht geträumt haben.«

»Was … Aber … Hast du Edith denn heute schon gesehen?«

»Ich bin in der Küche, und die Kinder sind jetzt alle beim

Gottesdienst. Ich richte ihr beim Frühstück einen Gruß von dir aus.«

***

Karin trank den heißen Kakao, und es kam ihr vor, als hätte sie noch nie in ihrem Leben etwas derart Gutes bekommen. So heiß und süß und so schokoladig. Endlich wurde ihr warm. In das Kleiderbündel hatte Gertraud außerdem eine Papiertüte mit einer Breze geschmuggelt. Die schmeckte so köstlich, dass sie beinahe geweint hätte. Auch vor Erleichterung, wenn sie sich ausmalte, dass Edith nichts geschehen war. Gertraud würde sie doch nicht belügen. Vielleicht hatte sie wirklich schlecht geträumt und nichts war passiert. Doch dann beschlichen sie wieder Zweifel. Konnte man so realistisch träumen?

Als Gertraud am Abend kam und zwei Scheiben Brot brachte, fragte Karin wieder nach Edith und erfuhr, dass sie das Heim verlassen hatte. Sie war gestern sehr spät von ihrer Tante abgeholt worden. Nach ihrem Fluchtversuch auf dem Weihnachtsmarkt hatte die Schwester Oberin einen Brief nach Frankfurt geschrieben und Ediths Mutter ins Gewissen geredet. Diese hatte daraufhin ihre kinderlose Schwester und deren Mann gebeten, das Kind bei sich aufzunehmen und ihr eine Ausbildung zu ermöglichen.

Lüge!, dachte Karin. Das ist eine verdammte Lüge. Edith hatte keine Tante. Man hatte sie nach Sankt Marien gebracht, weil ihre Mutter nichts von ihr wissen wollte und es keine Verwandten gab.

Zwei Tage vor Weihnachten kam Karin aus dem Karzer und fragte sofort die anderen Mädchen nach Edith. Keine hatte in der Nacht etwas gehört oder gesehen. Alle waren von Karins Schrei aufgewacht. Sie hätte schlecht geträumt, meinten alle. Edith sei jetzt bei ihrer Tante. Das hatten die Nonnen gesagt. Wo sie doch sonst nie etwas sagten, wenn ein Kind plötzlich nicht mehr da war. Karin glaubte ihnen nicht. Wo war Ediths Leiche? Hatte man sie auf dem Friedhof im Dorf beigesetzt? Heimlich, still und leise, um jedes Aufsehen zu vermeiden? Oder hatte ihre Mutter sich darum gekümmert und Edith neben ihrer Großmutter bestatten lassen?

Endlich konnte Karin Pelle wieder im Keller des Jungenhauses treffen. Noch am selben Abend schlich sie sich davon. Er wartete schon hinter dem Fenster auf sie und ließ sie ein. In seinem Versteck brannte die Kerze im Einmachglas. Auf einem Teller lagen zwei Lebkuchen und zwei Äpfel. Er kommt hier besser zurecht als ich, dachte Karin. Ihr Bruder passte sich an, ordnete sich scheinbar unter und fiel nicht auf. Niemand würde glauben, dass er heimlich klaute und sich ein Versteck im Keller eingerichtet hatte. Sie fragte ihn nach Edith. Ob er irgendetwas gehört hatte, und er nickte. »Schwester Agnes war in der Nacht, als sie angeblich von ihrer Tante abgeholt wurde, bei uns im Jungenhaus. Sie hat Weber geholt. Und Sowada war im Hof unterwegs. Mit Eimer und Schrubber.«

»Der Hausmeister? Woher weißt du das?«

»Ich habe mich ans Fenster geschlichen, um nachzusehen, was los ist. Die waren alle in heller Aufregung.«

In dieser Nacht lag Karin schlaflos im Bett. Voller Wut auf die Nonnen. Voller Zorn, was hier geschah. Wie verkehrt und falsch und verlogen alles war. Was man ihnen hier antat, konnte nicht im Sinne des Jugendamts, eines Richters oder ihres Vormunds sein. Weswegen hatte man Mami das Sorgerecht entzogen? Wo sie es doch tausendmal besser gemacht hatte als die Nonnen. Wie sollten hier wertvolle Mitglieder der Gesellschaft aus ihnen werden?

Und dann kreisten ihre Gedanken wieder um Edith. Wie verzweifelt sie gewesen war und ohne jede Hoffnung. Vier weitere Jahre bei den Barmherzigen Schwestern waren ihr schlimmer erschienen als der Tod.

Vor ihr selbst lagen noch viereinhalb Jahre. Im Mai wurde sie siebzehn. Es gab nur eine Möglichkeit zu überleben. Sie musste sich anpassen und unterordnen. Sie musste sich selbst verleugnen und eine andere werden.

***

Am 24. Dezember wurde bis zwölf Uhr gearbeitet. Zum Mittagessen gab es Hühnersuppe und als Nachtisch Vanillepudding. Die Stimmung der Nonnen war feierlich. Ihr Tonfall freundlich, als wären sie tatsächlich gütig und barmherzig und voller Liebe. Ihre Falschheit ärgerte Karin. Diese Weiber glaubten, sie wären Engel. Es kostete sie alle Selbstbeherrschung, keine Widerworte zu geben und zu tun, was von ihr erwartet wurde. Denn eine weitere Tracht Prügel konnte sie jetzt nicht ertragen. Am ganzen Körper war sie grün und blau. Die Wunden auf Rücken und Po begannen gerade erst zu verheilen.

Nach dem Essen gab es für die Kleineren im Gemeinschaftsraum ein Kasperltheater. Gertraud hatte mit Roswitha und einem weiteren Mädchen aus ihrem Küchengeschwader ein Stück einstudiert. Die Größeren konnten tun, wozu sie Lust hatten. Karin fragte Schwester Agnes, ob sie einen Spaziergang nach Warting machen durfte, und rechnete mit einer Absage. Doch Schwester Agnes gestattete es. »Ich vertraue dir. Du wirst zurückkommen.«

Karin nickte.

»Wohin solltest du auch gehen.«

»Zu meiner Mutter, vielleicht.« Es rutschte ihr einfach so heraus. Schwester Agnes strich ihr übers Haar. »Sie würde dich nicht aufnehmen. Das weißt du doch. Außerdem wohnt sie nicht mehr in eurer alten Wohnung.«

»Wo dann?«

»Nun mach deinen Spaziergang und sei rechtzeitig zur Messe um fünf zurück.«

Mami war also weggezogen. Sicher zu Walter. Schwester Agnes würde ihr die Adresse nicht verraten. Karin biss die Zähne zusammen und fragte, ob Pelle sie begleiten könne. Doch diese Erlaubnis erhielt sie nicht. Sie holte ihren Mantel und setzte die Mütze auf. Dann brachte Schwester Agnes sie zum Tor und schloss es für sie auf. »Du musst schellen, wenn du zurückkommst. Sei pünktlich.«

Hinter ihr wurde das Tor geschlossen. Sie hörte, wie Schwester Agnes sich entfernte, und ging los. Der graue Himmel hing tief über dem Wald. Schnee war bisher ausgeblieben. Stattdessen überzog Raureif die Landschaft. Wie weiße Spitze saß er in den Ästen der Büsche und Bäume, überzog verdorrte Gräser und Brombeerranken, säumte die Ackerfurchen und umhäkelte vertrocknete Hagebutten. Die Luft war kalt und klar. Karin schritt zügig aus, obwohl ihr noch immer jede Bewegung wehtat. Sie wollte Gewissheit und steuerte auf Warting zu. Den dunklen Wald durchquerte sie ein wenig schneller und sah bald die Silhouette des Dorfes vor sich. Ein paar Bauernhäuser. Der Maibaum und die Kirche. Eine Mauer umgab den Friedhof. Fünf Stufen führten nach oben. Das Tor stand offen.

Auf den Gräbern brannten ewige Lichter. Grabsteine und Kreuze aus Schmiedeeisen trugen die Namen und Daten der

Verstorbenen. Karin machte sich auf die Suche nach einem frischen Grab. Noch ohne Kreuz oder Stein.

Sie ging durch die Reihen und um die Kirche herum. Dabei begegnete ihr eine alte Frau. Ihr Mantel war abgetragen. Die Mütze, aus verschiedenfarbigen Wollresten gestrickt, hatte sie tief in die Stirn gezogen. Unverhohlen musterte sie Karin. »Bist eine aus dem Heim? Bist davong'laufen?«

»Ja und nein«, antwortete Karin.

Die Alte schüttelte den Kopf.

»Ich bin eine aus dem Heim. Und ich bin nicht weggelaufen. Ich suche nach dem Grab einer Freundin.«

»Ich kenn hier jedes Grab. Wie heißt sie denn?«

»Edith Steinfeld.«

Die Alte schüttelte den Kopf. »Die liegt nicht hier.«

»Sie ist erst vor einer Woche gestorben.«

»Die letzte Beerdigung war im November. War das auch eine aus dem Heim?«

»Sie ist vom Dach gesprungen.«

Die Alte verzog das Gesicht. »Dann liegt sie sowieso nicht hier, in geweihter Erde. Eine Selbstmörderin. Der liebe Gott würde es schon dulden, denn er ist barmherzig und voller Liebe, aber die Kirche duldet es nicht. Die Herren mit dem speziellen Draht nach oben.« Mit der Hand wies sie zum Himmel. »Wenn der nicht mal reißt.« Sie machte eine abwägende Bewegung und schlurfte davon.

Unverrichteter Dinge kehrte Karin nach Sankt Marien zurück. Nur einen Moment überlegte sie, ob sie Schwester Agnes' Vertrauen nicht doch missbrauchen und nach München fahren sollte. Doch wohin? Ein Zuhause gab es nicht mehr. Es sei denn, Schwester Agnes hätte sie angelogen. Was Karin nicht glaubte. Außerdem konnte sie Pelle nicht allein zurücklassen. Das würde er ihr nie verzeihen. Falls sie davonliefen, dann zusammen.

Rechtzeitig zur Messe war sie zurück. »Ich wusste, dass du mich nicht enttäuschst. Ich bin stolz auf dich.« Dieses Lob von Schwester Agnes tat ihr gut. Endlich hatte sie etwas richtig gemacht. Beim Weihnachtsgottesdienst durfte sie ein Solo singen, und ihr wurde ganz feierlich zumute. Erst als sie an Daheim dachte und wie sie bisher zu dritt Weihnachten gefeiert hatten, wurde ihr der Hals ganz eng. Sie schob jede Erinnerung daran beiseite.

Die Kirche war festlich geschmückt. Kerzen brannten, und die Luft roch nach Weihrauch. Auch im Gemeinschaftsraum stand ein Christbaum. Glänzende rote Äpfel und Strohsterne schmückten ihn, duftende Bienenwachskerzen und silbernes Lametta. Zur Feier das Tages gab es Würstchen und Kartoffelsalat, und die Kinder durften sich sogar nachnehmen. An diesem Abend begriff Karin, dass nicht nur die Kinder keine Familien hatten, sondern auch die Nonnen und die Erzieher. Niemand war über die Feiertage weggefahren. Sankt Marien war alles, was sie hatten. Lauter einsame Menschen, dachte Karin. Die Nonnen hatten immerhin Gott. Die Männer niemanden.

Es wurden Weihnachtslieder gesungen und Geschenke verteilt. Viele der Kinder hatten Pakete von Verwandten bekommen. Karin und Pelle nicht. Sie verlor kein Wort darüber. Ihre Mutter war für sie gestorben. Auch Pelle sagte nichts dazu. Er dachte noch immer, Mami wäre im Gefängnis. Oder kannte er längst die Wahrheit und sagte sie ihr nicht? Aus demselben Grund, aus dem sie es ihm verschwieg? Vielleicht hatte Schwester Agnes auch mit ihm gesprochen. Oder er hatte es selbst herausgefunden. Möglich war es.

Die Weihnachtsfeiertage vergingen arbeitsfrei, mit reichlich Gebeten und Gesang, aber auch mit besserem Essen und freier Zeit, die die Kinder mit Handarbeiten und Spielen verbrachten. Am ersten Weihnachtsfeiertag präsentierten die Nonnen das Geschenk eines Hoteliers aus München. Ein Fernsehgerät für das Heim. Roswitha fand heraus, dass am Abend *Die Fischerin vom Bodensee* mit Marianne Hold gesendet wurde. Ein Liebesfilm, den sie natürlich nicht sehen durften. Stattdessen gab es einen Hollywoodfilm. *Die zehn Gebote* mit Yul Brynner und Charlton Heston.

Nach den Feiertagen kehrte das Anstaltsleben in seinen gewohnten Takt zurück. Nur an Silvester und Neujahr gab es noch mal eine kurze Unterbrechung. Karins Wunden verheilten. Die blauen Flecken verschwanden. Das Jahr 1957 brach an. Der Januar brachte jede Menge Schnee. Tagelang schneite es. Der Hausmeister kam mit dem Räumen nicht hinterher. Die Jungen packten mit an, und einmal veranstalteten sie eine Schneeballschlacht, und ihr Lachen und Kreischen hallte ungewohnt und fremd zwischen den Mauern.

Die Tage wurden allmählich länger. Karin sehnte den Frühling herbei. Sie hoffte auf Sonne und Wärme, auf Grün an den Bäumen und blühende Wiesen. Auf die Rückkehr der Zugvögel. Auf etwas, das sie fröhlicher stimmte. Seit Ediths Selbstmord war sie voller Groll und Zorn. Und auch wegen des Schweigens ihrer Mutter. Wie feige das war. Doch sie riss sich zusammen und tat, was man ihr sagte. Sie fürchtete Prügel und Karzer. »Du bist schon eine besondere Nummer«, hatte Gertraud gesagt, als sie ihr am zweiten Tag im Karzer die Blechkanne mit Wasser brachte, in die sie wieder die Thermoskanne mit Kakao geschmuggelt hatte. »Wie lange bist du jetzt hier? Drei Monate, und schon zweimal hier oben. Du erreichst nichts damit. Du kannst es dir leichter machen, wenn du folgst.« Daran versuchte Karin sich zu halten.

Anschluss an die Mädchen fand sie noch immer nicht. Manche waren falsch und verpetzten einen bei den Nonnen, sobald man etwas Verbotenes tat. Andere hielten sich für etwas Besseres, so wie Iris, die Mannequin hatte werden wollen. Doch die meisten waren einfach nur eingeschüchtert und verängstigt. Außerdem hatte Karin seit der Nacht, in der Edith gesprungen war, den Ruf weg, nicht richtig im Kopf zu sein. Ihr hysterischer Schreianfall würde ihr ewig nachhängen. Keines der Mädchen glaubte ihr, wenn sie sagte, was mit Edith wirklich geschehen war. Und falls eine ihr doch glaubte, wagte sie es nicht, das zu sagen.

Die erste Januarwoche ging zu Ende. Karin schrieb ihren monatlichen Brief. Diesmal nicht an ihre Mutter, sondern an Fred. Sie erklärte ihm, was passiert war, und bat ihn herauszufinden, ob ihre Mutter wirklich geheiratet hatte und umgezogen war. Fred würde sie nicht hängen lassen. Mit gemischten Gefühlen wartete sie auf seine Antwort.

Der Januar schritt voran. Klirrende Kälte setzte ein, und ein eisiger Wind fegte über das Land. Der Böhmische. So nannte ihn Gertraud, die jetzt jeden Morgen zu Fuß und dick vermummt aus dem Dorf zum Heim kam. Denn auf dem Rad würde der Böhmische sie davonfegen.

In einer dieser kalten Januarnächte wurde Karin geweckt. Schwester Barbara stand an ihrem Bett und rüttelte sie sacht an der Schulter. »Komm mit!«

Imke

Am nächsten Morgen entschloss Imke sich, nach Kolbermoor zu fahren und Gertraud Burczek im Seniorenheim einen Überraschungsbesuch abzustatten. Das Telefonat mit ihr am Vortag war alles andere als einfach gewesen. Zum einen hörte die Frau schwer, zum anderen hatte sie Bedenken geäußert, sich mit Imke zu treffen und über die Vergangenheit zu reden. »Es ist alles so lange her. Damals war das eben so.«

»Sie haben meine Mutter gekannt«, hatte Imke entgegnet. »Sicher könnte ich sie besser verstehen, wenn ich wüsste, wie es ihr in Sankt Marien ergangen ist. Ich würde mich gerne mit Ihnen unterhalten.«

»Ich weiß nicht, ob ich Ihnen weiterhelfen kann.«

»Bitte überlegen Sie es sich.«

»Ich melde mich«, hatte Gertraud gesagt und aufgelegt. Ohne zu fragen, wie sie Imke erreichen konnte.

»Einen Versuch ist es wert«, erklärte Imke nun ihrem Spiegelbild und nahm die Wagenschlüssel und den Shopper von der Flurkommode. Darin steckte ein Fotoalbum mit Bildern von Mama als junger Frau. Damit konnte sie Gertrauds Gedächtnis auffrischen, falls sie sich nicht an Karin erinnerte.

Der Verkehr war dicht. Über den Mittleren Ring fuhr Imke auf die A 8 Richtung Rosenheim. Kurz vor eins erreichte sie Kolbermoor und entdeckte einen Blumenladen. Spontan hielt sie und kaufte einen hübschen Sommerstrauß. Vor dem Heim rangierte sie den Wagen auf einen Stellplatz für Besucher und betrat den modernen funktionalen Bau durch den Haupteingang.

An der Pforte saß ein junger Mann. Sie fragte nach Gertraud und erfuhr, dass Frau Burczek im Garten saß. »Hinten beim Goldregen. Werden Sie erwartet?«

»Ich war grad in der Gegend«, antwortete Imke und hob die Blumen. »Eine kleine Überraschung.«

»Ja dann … Sie wird sich bestimmt freuen. Frau Burczek bekommt selten Besuch.« Er erklärte ihr den Weg.

Imke durchquerte das Foyer und ging über eine Terrasse in die Grünanlage. Zwei Männer spielten Schach. Eine Frau strickte. Eine las Zeitung, und ein paar andere versuchten gemeinsam ein Kreuzworträtsel zu lösen, wobei es hoch herging.

Weiter hinten saß eine Frau an einem Kunststofftisch unter einem gelb blühenden Strauch. Ein Rollator stand neben ihr. Das musste Gertraud sein. Imke näherte sich und bemerkte, wie die Frau die Brille am Nasenrücken weiter nach oben schob und sie musterte.

»Frau Burczek?«

»Ja?« Es kam zögernd.

»Ich bin …«

»Ich kann mir schon denken, wer Sie sind. Karins Tochter. Sie sehen ihr verblüffend ähnlich.«

»Ja, das sagt man mir oft. Grüß Sie, Frau Burczek.«

»Nennen Sie mich Gertraud. So wie Ihre Mutter früher. Die Kinder haben mich alle so genannt.«

Gertraud war eine mollige Frau mit kastanienbraun gefärbtem Haar und einem freundlichen Blick. Sie war also nicht so harsch, wie sie tat, vermutete Imke. Gertraud trug eine geblümte Bluse, eine dunkle Jerseyhose und eine Brille mit Metallgestell. Die Gläser waren ein wenig verschmiert, die Augen dahinter musterten sie interessiert.

»Gerne. Ich bin Imke.«

»Sind die Blumen als Bestechungsgeld für mich gedacht?«

Imke fühlte sich ertappt. »Eher als Türöffner«, entgegnete sie mit einem Lächeln.

»Dann stellen Sie die mal ins Wasser, während ich überlege, ob ich mit Ihnen sprechen will. Sie platzen hier einfach rein und überrumpeln mich. Ich kann Ihnen nicht versprechen, dass diese Taktik aufgeht.«

Imke ging ins Haus und suchte nach einer Vase. Als sie in den Garten zurückkehrte, lächelte Gertraud sie an. »Das ist ein hübscher Strauß. Danke dafür.«

Ein gutes Zeichen, fand Imke und stellte die Blumen auf den Tisch. Den Shopper mit Mamas Fotoalbum stellte sie ins Gras und setzte sich zu Gertraud.

»Es freut mich, dass er Ihnen gefällt.«

»Und vor allem, dass er als Türöffner funktioniert. Wo Sie schon mal da sind, können wir auch reden.«

»Es ist nett, dass Sie sich die Zeit nehmen.«

»Ach, Zeit habe ich mehr als genug. Dass Sie mich gesucht haben …« Gertraud schüttelte den Kopf. »Ich bekomme selten Besuch, wissen Sie. Ich habe keine Kinder, und die Kinder aus dem Heim …« Sie machte eine vage Handbewegung. »Die besuchen mich natürlich nicht. Für sie war das eine schlimme Zeit.« Ein Seufzer folgte. »Machen Sie es nicht wie ich. Ich war mir zu gut für den einen Mann, der mich haben wollte. Jetzt sitze ich allein hier. Er war übrigens Lehrer in Sankt Marien. Vielleicht hat Ihre Mutter von ihm erzählt. Sie hat bei ihm im Chor gesungen. Joseph Frieß. Ein netter und freundlicher Mann. So musikalisch. Doch er war ... Wie soll ich sagen? Er war ein wenig eigenbrötlerisch und so wie alle Männer damals. Eine Frau hatte zu kuschen. Ich wollte mich aber nicht unterordnen. Und der Preis dafür ist nun die Einsamkeit.«

»Vielleicht wäre der Preis höher gewesen, wenn Sie ihn geheiratet hätten.«

»Weil die seinerzeit alle so herrisch waren? Das stimmt schon. Aber der Joseph war anders. Er hätte mich nicht geschlagen.«

»Die Kinder aber schon?«

»Das war damals so. Niemand hat etwas dabei gefunden. Es war eine andere Zeit. Wobei Joseph sich zurückgehalten hat. Die anderen waren schlimmer. Vor allem die Nonnen. Mir haben die Kinder leidgetan. Ich habe ihnen geholfen, wo ich konnte. Auch Ihrer Mutter. Meine Güte, als sie in Sankt Marien ankam, wollte sie mit dem Kopf durch die Wand. Sie hat sich lange widersetzt, war ständig im Karzer und hat oft Prügel bezogen. Vor allem von Schwester Barbara. Karin war ein rotes Tuch für sie. Auf sie hat ›das Wiesel‹ wie ein gereizter Stier reagiert.«

»Das Wiesel?«

»So hat Ihre Mutter Schwester Barbara genannt. Ich habe mir Sorgen um Karin gemacht und dafür gesorgt, dass sie in mein Küchengeschwader kam. Das hat aber gedauert. Den Arbeitsplatz bei mir in der Küche mussten sich die Mädchen verdienen.«

»Wie lang war meine Mutter im Heim?«

Gertraud überlegte. Dafür, dass sie zuerst nicht reden wollte, war sie ziemlich redselig, stellte Imke erleichtert fest.

»Es müssen fünf oder sechs Jahre gewesen sein. Bis sie volljährig wurde. Sie hat lange gebraucht, um ihren Platz zu finden. Anfangs war sie verzweifelt, weil ihre Mutter nichts von ihr und Peter wissen wollte. Sie hatte wieder geheiratet und sich nicht mehr um ihre Kinder geschert. Nicht ein Brief. Nicht ein Besuch. In all den Jahren. Ein Vormund hat sich um die beiden gekümmert.«

Das war eine Neuigkeit! Über Omas zweite Ehe hatte Mama nie ein Wort verloren. Vieleicht gab es irgendwo weitere Verwandtschaft. Halbgeschwister von Mama. Deren Kinder und Enkel.

»Das wusste ich gar nicht«, sagte Imke.

»Nicht?«

»Meine Mutter spricht kaum über die Vergangenheit.«

»Die wenigsten reden darüber«, meinte Gertraud. »Wie kann ich Ihnen nun helfen?«

»Das tun Sie schon. Sie erzählen mir von meiner Mutter. Wie sie damals war. Mit dem Kopf durch die Wand. So kenne ich sie nicht. Nur still und zurückgezogen.« Und lieblos und depressiv, ergänzte Imke in Gedanken. Chaotisch und schwierig. Überfordert, Verantwortung zu tragen.

»Still wurde sie später. Anfangs war sie ein Sturschädel. Sie hat sich nichts gefallen lassen. Obendrein war sie mit einem ausgeprägten Sinn für Gerechtigkeit gesegnet. Ein nettes Mädchen. Freundlich, hilfsbereit und gut erzogen. Im Gegensatz zu einigen anderen Kindern, die aus schlimmen Verhältnissen kamen.« Mit diesen Worten begann Gertraud, ihr von Mama zu erzählen. Wie schwer sie sich getan hatte, in Sankt Marien anzukommen. Sich einzufügen und ihren Aufenthalt im Heim zu akzeptieren. Dass sie sich gleich zu Beginn mit einem Mädchen angefreundet hatte, das kurz darauf das Heim verlassen konnte. Danach hatte Karin sich niemandem mehr angeschlossen. »Freundschaften wurden nicht gerne gesehen. Die Nonnen haben sie verhindert oder einen Keil zwischen die Kinder getrieben. Sie haben befürchtet, dass sie sich zusammentun und einen Aufstand anzetteln. Das kam später.« Gertraud lachte leise auf. »Stellen Sie sich vor, eines Tages haben die Älteren ein Plakat mit Forderungen an die Tür der Schwester Oberin genagelt. Wie Luther seine Thesen an die Kirchentür in Wittenberg. Sie forderten besseres Essen, Bildung, Bezahlung für Arbeit und ein Kontrollgremium. Sie haben auch ein Transparent an die Mauer gehängt, und dann sind sie in einen Hungerstreik getreten.«

»Hat meine Mutter dabei mitgemacht?«

»Das war Anfang der Siebzigerjahre. Da war Ihre Mutter nicht mehr in Sankt Marien. Ab dem Tag ihrer Volljährigkeit musste sie alleine zurechtkommen. Die Barmherzigen Schwestern haben ihr angeboten, eine Ausbildung als Säuglingspflegerin in München zu machen. Sie betreiben dort eine Schule mit angeschlossenem Heim. Soweit ich weiß, hat Karin das Angebot angenommen.«

»Ja, das hat sie.« Imke zog das Album aus dem Shopper und zeigte Gertraud die Fotos aus jener Zeit.

»Sie war ein hübsches Mädchen«, sagte Gertraud. »Sie ist also Säuglingspflegerin geworden.«

Was hätte sie auch sonst werden können, dachte Imke. Mama hatte keine andere Wahl. Ohne Schulabschluss. Mit einundzwanzig hatten andere ihre Ausbildung längst hinter sich und standen im Berufsleben. Oder sie studierten. »Hat meine Mutter eigentlich mal davon gesprochen, was sie ursprünglich werden wollte?«

Einen Moment dachte Gertraud nach, dann nickte sie. »Medizin wollte sie studieren und Ärztin werden. Sie war ja aufs Gymnasium gegangen, bevor sie nach Sankt Marien kam. Genau wir ihr Bruder Peter. Ein netter Junge, mit einer wunderbaren Stimme. Wie ein Engel. Er hat bei Joseph im Chor gesungen. Jedenfalls bis er in den Stimmbruch kam. Da hat Joseph ihn dann an die Orgel gelassen. Meine Güte, was konnte der Junge spielen. So wundervoll. Und dann ist er eines Tages davongelaufen. Im Herbst war das.«

»Im September 1958. Seither wird er vermisst.«

Erstaunt sah Gertraud sie an. »Wie meinen Sie das?«

»Er hat sich nie bei meiner Mutter gemeldet. Als sie für ihre Ausbildung nach München kam, hat sie nach ihm gesucht. Später dann zusammen mit meinem Vater. Vielleicht ist er an die falschen Leute geraten. Er war ja erst dreizehn, als er davongelaufen ist. Mama denkt jedenfalls, dass er schon lange tot ist.«

Mit der Hand fuhr Gertraud sich übers Gesicht. »Das ist eine schreckliche Vorstellung. Wobei ich damals sicher war, dass er keine vierundzwanzig Stunden fort sein würde. Wie fast alle, die davonliefen. Man hat sie schnell gefunden. Die Leute aus dem Dorf haben sie zurückgebracht. Man erkannte sie an der Kleidung. Oder sie wurden von der Polizei aufgegriffen. Am Bahnhof oder an der Landstraße. Außerdem haben die Erzieher nach ihnen gesucht. Allen voran der Weber mit seinem Hund. In den beinahe fünfundvierzig Jahren, in denen ich in Sankt Marien gearbeitet habe, haben es nur wenige geschafft. Aber der Peter schon.« Wieder fuhr sie sich übers Gesicht. »Das dachte ich. Und Sie sagen, er ist schon lange tot.«

»Es ist eine Vermutung meiner Mutter. Vielleicht lebt er noch«, sagte Imke.

»Aber dann hätte er Karin doch nicht im Unklaren gelassen. Seine eigene Schwester. Die beiden waren sehr eng. Doch, doch. Sie hat bestimmt recht. Es muss ihm etwas zugestoßen sein. Das macht mich jetzt ganz traurig.«

»Mit Sicherheit wissen wir es nicht. Ein Freund meines Mannes ist Journalist. Er forscht nach, ob die Polizei damals Hinweise auf Peters Verbleib hatte. Ob es eine Spur von ihm gab. Wer weiß …« Sie machte eine vage Handbewegung.

»Wie will er das denn nach so langer Zeit herausfinden?« Gertraud reichte ihr das Fotoalbum, und Imke steckte es zurück in den Shopper.

»Er beginnt mit dem Vermisstenbuch. Möglich, dass es weitere Polizeiakten gibt. Leider sind die Akten aus dem Heim verloren gegangen. Wissen Sie, was mit ihnen geschehen ist, als das Heim aufgelöst wurde?«

Gertraud schüttelte den Kopf. »Das war in dem Jahr, als ich in Rente gegangen bin. Nur ein paar Monate davor. Alles wurde in Umzugskartons gepackt. Auch die Akten.«

»Erinnern Sie sich, wohin sie gebracht wurden?«

»Nach München, nehme ich an. Obwohl …« Gertraud strich sich über die Nasenwurzel.

»Obwohl?«, fragte Imke.

»Irgendetwas war da mit einem Karton. Ich hab's gleich.« Sie schloss die Augen. Mit dem Mittelfinger der rechten Hand malte sie Kreise auf die Plastiktischplatte. Imke wartete.

»Jetzt weiß ich es wieder.« Die Augen öffneten sich. »Einen Karton voller Unterlagen. Den hat die Schwester Oberin dem Herrn Pfarrer anvertraut. Er sollte ihn für sie aufbewahren.«

»Wissen Sie, warum?«

»Nein. Ich habe damals nur gesehen, wie der Hochwürden den Karton von der Schwester Oberin bekommen und in sein Auto geladen hat. Er wollte ihn aber auch nicht, denn er hat meinen Onkel gefragt, ob er ihn bei sich unterstellen könnte. Der war damals der Mesmer«, erklärte Gertraud. »Und er hat dem Hochwürden diesen Wunsch natürlich nicht abgeschlagen.«

»Lebt Ihr Onkel noch?«

»Ach wo. Der ist schon vor fünfzehn Jahren gestorben.«

»Und wissen Sie, was aus dem Karton wurde?«

Nachdenklich schüttelte Gertraud den Kopf. »Vielleicht ist er noch in seinem Häuschen. Ich habe es geerbt. Aber was sollte ich damit? Ich hatte ja schon das Häuschen meiner Eltern. Jetzt steht es schon seit fünfzehn Jahren leer. Es ist klein und ohne jeden Komfort. Das mietet niemand. Wir waren ja Flüchtlinge. Meine Mutter, mein Vater, sein Bruder und ich. Bis fünfundfünfzig haben wir in einer Baracke am Waldrand gehaust. Aber mein Vater und sein Bruder waren fleißige Männer. Sie haben in der Molkerei gearbeitet und jede Mark gespart, die sich sparen ließ.« Während Gertraud davon erzählte, wie ihre Familie nach dem Krieg Fuß in Warting gefasst hatte und ihr Vater und ihr Onkel in den Fünfzigerjahren am Dorfrand ein Grundstück erworben und darauf gebaut hatten, überlegte Imke, ob sie Gertraud dazu bringen konnte, mit ihr im Haus ihres Onkels nach dem Karton zu suchen.

»Ich hätte das Häuschen natürlich verkaufen können. Für einen lächerlichen Preis«, erklärte Gertraud. »Das wollte ich aber nicht. Ich bin auf das Geld nicht angewiesen.«

Imke fasste sich ein Herz. »Könnten wir nachsehen, ob der Karton noch da ist?«

»Das glaube ich nicht.«

»Aber sicher sind Sie sich nicht? Es ist ja nicht weit.«

»Warum interessieren Sie sich für diesen Karton?«

»Vielleicht sind Akten darin oder andere Dokumente. Polizeiberichte oder etwas in der Art. Ich will herausfinden, was aus Peter wurde.«

»Sie sagten doch, er wäre tot.«

»Das glaubt meine Mutter. Es ist doch möglich, dass es Hinweise gab, wohin er verschwunden ist. Vielleicht wurde er aufgegriffen und in ein anderes Heim gebracht, ohne dass man es Mama gesagt hat. Oder es hat sich eine Pflegefamilie gefunden. Vielleicht sogar Adoptiveltern.«

»Ich weiß nicht … Möglich wäre es schon. Die renitenten Kinder wurden verlegt. In andere Heime, in denen es strenger zuging.« Gertraud überlegte kurz und zuckte dann mit den Schultern. »Na schön. Fahren wir nach Warting. Ich habe ja sonst nichts zu tun.«

***

Die Fahrt dauerte eine halbe Stunde. Gertraud dirigierte sie durch den Ort zu einer Straße, die in einer Sackgasse endete. Imke stoppte vor einem rostigen Tor aus Metalldraht, das windschief in den Angeln hing. Eine verwilderte Thuja-Hecke umgab das Grundstück. Gertraud gab Imke einen Bund mit mehreren Schlüsseln. Sie sperrte das Tor auf. Ein spitzgiebeliges Häuschen mit verwitterter Eternitverkleidung stand im Schatten einiger Fichten. Die Rollläden an den Fenstern und der Terrassentür waren heruntergelassen. In den Ritzen des gepflasterten Wegs wuchsen Löwenzahn und Gänseblümchen. Der Rasen war zur Wiese geworden. Das Gras stand hüfthoch. Klatschmohn und Margeriten blühten darin. Weiter hinten entdeckte Imke einen eingeschossigen Flachbau, an dem der Putz in großen Placken abgefallen war. Das musste Onkel Brunos Refugium sein. Imke fuhr den Wagen aufs Grundstück, half Gertraud beim Aussteigen und nahm den Rollator aus dem Kofferraum.

»Herrje, wie das hier aussieht. Da muss man sich ja schämen.«

»Mich stört es nicht«, sagte Imke. »Die Wiese ist wunderschön.«

»Ich sollte jemanden suchen, der sich darum kümmert.«

»Vielleicht Ihre Erben.«

»Die Barmherzigen Schwestern bekommen es. Die werden alles abreißen lassen und sich vorher nicht die Mühe machen, den Garten zu pflegen.«

Ausgerechnet die Nonnen? Imke verkniff sich die Frage, wieso.

»Jetzt fragen Sie sich gerade, warum ich es denen vermache. Stimmt's?«

»Ja, schon. Aber es geht mich nichts an.«

»Weil ich sonst niemanden habe, und die Nonnen immer gut zu mir waren. Fünfundvierzig Jahre war ich bei ihnen in Lohn und Brot und kann mich nicht beklagen.«

Gertraud vielleicht nicht, dachte Imke. Aber die Kinder und Jugendlichen, die der »Fürsorge« dieser Frauen ausgeliefert gewesen waren, schon. Sie sagte es nicht. Stattdessen half sie Gertraud, den Rollator über den holprigen Weg zum Flachbau zu schieben. Als sie die Tür öffnete, schlug ihnen ein Schwall abgestandener Luft entgegen. »Sie müssen erst die Sicherung reindrehen, dann können wir Licht machen. Der Kasten ist gleich links, neben der Haustür.«

Imke fand ihn, drehte die Porzellanfassung in die Halterung und schaltete das Licht an. Das Haus war winzig. Linker Hand das Bad. Rechter Hand ein Schlafzimmer und am

Ende des Gangs die Küche, die gleichzeitig das Wohnzimmer war. Alles in allem etwa vierzig Quadratmeter. Wenn der Karton noch da war, mussten sie nicht lange suchen. Es gab keinen Dachboden, und Imke entdeckte auch keinen Zugang zu einem Keller. Gertraud stützte sich auf ihre Gehhilfe und ging voran in die Wohnküche. Sie zog den Rollladen hoch und öffnete das Fenster. »Lassen wir Luft herein.«

Imke sah sich um. Die Einrichtung stammte größtenteils aus den Fünfzigerjahren. Ein weiß emaillierter Elektroherd. Ein Küchenbuffet mit cremefarbenen Fronten und verglasten Türen im Oberteil. Daneben ein moderner Kühlschrank. In einer Ecke hing ein Kruzifix unter der Decke. Unter dem Fenster stand eine Holzbank und davor ein alter Tisch mit einer Kunststoffplatte. Alles von einer feinen Schicht Staub überzogen. Spinnwegen hingen in den Ecken und von der Decke. »Wissen Sie, wo Ihr Onkel den Karton aufbewahrt hat?«

Gertraud zuckte die Schultern. »Nach Onkel Brunos Tod habe ich hier aufgeräumt und ein paar seiner Sachen weggegeben. Ich kann mich nicht erinnern, dass ich ihn gesehen habe. Wenn er noch da ist, dann am ehesten im Schlafzimmer. Auf dem Schrank oder unter dem Bett. Suchen Sie ruhig.« Sie setzte sich auf die Holzbank vor dem Fenster.

»Es macht Ihnen wirklich nichts aus, wenn ich mich hier umsehe?«

»Ach wo. Onkel Bruno hatte nichts zu verbergen. Das hoffe ich jedenfalls.«

Im Schlafzimmer schob Imke den Vorhang beiseite und zog die Jalousie hoch. Licht fiel herein. Sie öffnete das Fenster und sah sich um. Außer dem Bett, das mit einem Laken abgedeckt war, gab es nur einen Nachttisch, einen Stuhl und den Schrank. Er war leer, und auf ihm befand sich nichts außer einer Staubschicht. Imke ging auf die Knie und entdeckte unter dem Bett einen alten Kunstlederkoffer. Sie zog ihn hervor. Auch er war leer. Im Nachtkästchen lagen nur Gebetbuch und Rosenkranz. Sie ging hinüber in das kleine Bad. Ein angeschlagenes Waschbecken befand sich darin, daneben ein altmodisches WC mit einem Spülkasten, der unter der Decke hing und eine Kette mit Porzellangriff hatte, an der man ziehen musste. Eine Badewanne. Keine Möglichkeit, etwas zu verstauen. Enttäuscht kehrte Imke in die Küche zurück.

»Und?«, fragte Gertraud.

»Nichts. Wenn die Akten noch da sind, dann in der Küche.«

»Nur zu.«

Im Küchenbuffet befanden sich Geschirr und Töpfe und ein Bündel Briefe und Postkarten. Eine Schublade enthielt die leere Geldbörse, den Ausweis und einen Hefter mit amtlichen Dokumenten. Eine andere zwei Pralinenschachteln voller Fotos. »Ach, Imke. Die sollten wir ansehen! Manchmal hat Onkel Bruno im Heim fotografiert. Vielleicht sind Aufnahmen Ihrer Mutter und Ihres Bruders dabei.« Während Gertraud die Bilder durchsah, suchte Imke weiter und fand nichts. Auch Gertraud hatte keinen Erfolg. Sie schlug vor, in ihr Haus zu gehen. In ihren Fotoalben waren sicher Bilder von Karin und Peter.

Also gingen sie hinüber. Imke schraubte auch hier die Sicherung hinein und machte Licht. Zielsicher steuerte Gertraud im Wohnzimmer die Schrankwand an. Imke zog die Rollläden hoch, während Gertraud ein Album auf die Sitzfläche des Rollators legte, ihn zum Sofa schob und Imke Platz anbot. Ein Weilchen blätterte sie, bis sie ein Bild fand.

»Da, Imke, sehen Sie. Joseph hat das Foto gemacht.« Gertraud reichte ihr das Album. Ein postkartengroßer schwarzweißer Fotoabzug war auf der Seite eingeklebt. Er zeigte den Chor von Sankt Marien. Die Kinder standen in drei Reihen auf den Stufen vor dem Altar. Vorne fünf Jungen, dahinter etwa doppelt so viele Mädchen. Imke erkannte ihre Mutter sofort. Klein und zierlich. So zerbrechlich wirkend. Schon damals. Sie stand in der mittleren Reihe ganz außen und trug ein dunkles Kleid und eine hellere Schürze darüber. Das schulterlange Haar war zu Zöpfen geflochten. Ihr Blick ging ins Leere und hatte nichts Aufmüpfiges an sich.

»Das muss in ihrem zweiten Jahr in Sankt Marien gewesen sein«, sagte Gertraud. »Weihnachten 1957. Und der hier ist Peter. Pelle hat sie ihn immer genannt.« Gertraud deutete auf den mittleren der fünf Jungen. Ein zierliches Kind. Zu klein für einen Zwölfjährigen. Viel zu zart. So wie Mama. Er wird im Heim nichts zu lachen gehabt haben.

Die Buben trugen dunkle Hosen, helle Hemden und darüber Strickjoppen. Das Haar war akkurat gescheitelt. Pelles Gesichtsausdruck war neutral. Kein Lächeln. Kein Grimm. Nichts an Gefühlen spiegelte sich darin. Bestenfalls eine Spur Trotz ließ sich erahnen. Ein Pokerface. Vielleicht war er clever, ein kleines Schlitzohr, dachte Imke. Denn ihm war gelungen, was so gut wie keinem gelang: abzuhauen und nicht zurückgebracht zu werden.

Der oberste Knopf des Hemdes war offen. An seiner Brust entdeckte Imke einen Fleck. »Was hat er da?«

»Das ist seine Kette. Ein geweihtes Medaillon der Jungfrau Maria aus Lourdes.«

»Aus Lourdes? Sind Sie sicher?«, fragte Imke. War das etwa dieselbe Kette, die Schmalisch ihr gegeben hatte?

»Doch. Daran erinnere ich mich genau. Schmuck war verboten. Aber gegen diese Kette hatten die Nonnen natürlich nichts einzuwenden. Peter durfte sie behalten. Seine Kameraden haben ihn deswegen gehänselt. Und es gab eine Zeit, da haben einige behauptet, dass Peter vom anderen Ufer wäre. Also homosexuell.«

»Ach, du meine Güte.« Ihr war klar, was das für ihn bedeutet hatte.

Imke machte mit ihrem Smartphone eine Aufnahme des Chorfotos, und dann war es Zeit, zurückzufahren. Sie legte das Handy zum Fotoalbum in den Shopper und half Gertraud, die Fenster zu schließen, die Rollläden runterzulassen und den Rollator die Haustreppe hinunterzutragen. Danach war Gertraud erschöpft und setzte sich auf ihre Gehhilfe. »Eine kleine Pause. Sind Sie so nett und machen bei Onkel Bruno die Schotten dicht?« Sie reichte ihr den Schlüssel. »Und vergessen Sie die Sicherung nicht.«

Imke ging hinüber und schloss die Fenster und Jalousien. Zuletzt in der Küche, und dabei fiel ihr etwas auf. Die Bank unter dem Fenster, auf der Gertraud gesessen hatte, besaß einen Korpus und die Sitzfläche ein Scharnier. Imke klappte sie hoch. Im Innenraum lagen ein altes Bügeleisen, ein Dampfkochtopf und ein schwarzer Plastikbeutel. Sie nahm ihn heraus. Es fühlte sich an, als wären Zeitschriften darin. Vielleicht Onkel Brunos antiquarische Pornosammlung? Doch es kam ein Stapel verblichener graugrüner Aktendeckel zum Vorschein. Auf der Vorderseite war ein Schriftzug aufgedruckt. *Katholisches Erziehungsheim Sankt Marien.*

Karin

Karin schreckte aus dem Schlaf hoch. Ihr Herz machte wilde Sprünge. Ihr Mund war staubtrocken, die Stirn schweißnass. Der Nachhall eines Schreis hing noch in der Luft. Sie atmete durch und versuchte, sich zu beruhigen. Wieder hatte sie den alten Traum geträumt. Jahrzehnte hatte er sie in Frieden gelassen und nun das! Sie konnten den fauligen Geruch der Himbeeren beinahe noch riechen und hätte sich fast übergeben.

Es war Nachmittag. Sie saß im Wohnzimmersessel. Regen prasselte gegen die Fensterscheiben. »Herrje!«, sagte sie in die Stille des Zimmers und dann noch einmal, fester und bestimmter. »Ach herrje! Was du für einen Mist zusammenträumst.« Sie stand auf. Was wollte der Traum ihr sagen? Sie wusste natürlich, dass er mit Sankt Marien zusammenhing. Mit ihrem kleinen Bruder, der auf ewig dreizehn bleiben würde, während aus ihr eine alte Frau geworden war. Sie spürte den dunklen kalten Sog noch. Als ob der Tod nach ihr greifen wollte. »Der wäre mir recht. Dann wäre das mit der Erbschaft erledigt. Und ich spare mir die Kosten für den Prozess.« Ihr Herzschlag beruhigte sich allmählich. Ihre Gedanken wandten sich dem Problem mit Anne zu. Weg von der Vergangenheit, hin zur Zukunft.

Erika hatte ihr einen Anwalt empfohlen und sie heute Morgen mit ihrem netten kleinen Auto zu ihm nach Gauting gefahren. Karin hatte dem Mann den Wisch von Annes Anwalt gezeigt, und er hatte erklärt: »Ich bringe mich um eine Mandantin. Diesen Kampf können Sie nur verlieren.«

»Es geht auch nicht ums Gewinnen. Sondern darum, ihn zu führen«, hatte Karin erwidert.

Nun hatte sie also einen Anwalt und würde einen Prozess ohne Aussicht auf Erfolg führen und dafür einen Haufen Geld ausgeben. Nur um nicht klein beizugeben. Bist du sicher, dass du das willst?, würde Jens jetzt fragen. »Ich kann immer noch einlenken. Aber das muss Anne sich erst mal trauen, mich vor Gericht zu bringen.«

Sie ging in die Küche. Die Uhr über der Mikrowelle zeigte Viertel nach drei. Die Katze stolzierte zur Küchentür herein, als sie Karin hörte, und ging ihr um die nackten Beine. »Igitt! Du bist nass.« Aus dem Gäste-WC holte sie ein Handtuch und rubbelte die Katze trocken. Es schien ihr zu gefallen. Sie schnurrte und stupste mit dem Kopf gegen ihre Waden. »Ist ja gut. Bei mir musst du nicht hungern, gell? Daher kommt die Zuneigung. Nichts als Berechnung. Aber bitte.« Sie nahm die offene Dose Futter vom Regal und füllte das Schälchen. Schlagartig war es mit der Zuwendung vorbei und nur noch der Napf interessant.

Karin setzte sich und sah der Katze beim Fressen zu. Sie war nicht mehr so klapperdürr wie noch vor einigen Wochen, als sie zum ersten Mal hier aufgetaucht war, und der Gedanke erfüllte Karin mit Zufriedenheit. Doch darunter saßen noch immer eine vage Angst und ein unbestimmtes

Grauen, die der Traum hinterlassen hatte. Sankt Marien. Pelle.

Pelle war vermutlich tot. Schon seit vielen Jahren. Weil sein Tod die einzige Erklärung für sein Schweigen war. Weshalb hatte Jens Imke den Auftrag gegeben, nach ihm zu suchen? War der Weg wirklich das Ziel, wie Imke gesagt hatte? War es ihm darum gegangen, dass die Mädchen endlich die Wahrheit erfuhren, damit sie ihre arme Mutter bedauern und bemitleiden und ihre Fehler entschuldigen konnten? Sie wollte das nicht.

»Was hast du dir dabei gedacht, mein Lieber? Niemandem ist damit geholfen. Du warst dafür, dass wir ihn für tot erklären lassen, damit die Suche ein Ende hat.«

Wenn er gewollt hätte, dass sie Bescheid wissen, dann hätte Jens seinen Töchtern ebenso gut einen Brief hinterlassen können, in dem er ihnen erklärte, weshalb ihre Mutter in allem so versagt hatte und obendrein so seltsam war. Dabei hatten sie sich darauf geeinigt, dass die Mädchen nicht von Sankt Marien erfahren sollten. Kein Blick zurück. Sie wollte nicht daran erinnert werden.

Plötzlich sah sie den hellblauen Koffer vor sich. Wie Jens mit ihm in der Hand das Haus betrat. Weshalb fiel ihr der jetzt ein? »Kannst du mir das sagen?«, fragte sie die Katze. »Natürlich, weil Imke sich einmischt. Sie ist zu Gertraud gefahren. Stell dir mal vor. Und deshalb träume ich jetzt schlecht. Weil sie in der Vergangenheit herumstochert. Das kann Jens nicht gewollt haben.«

Der Koffer stand seit einer Ewigkeit auf dem Speicher. Jens hatte ihn zusammen mit dem Klavier angeschleppt. Das war alles, was vom Haushalt in der Nibelungenstraße übrig geblieben war. Pelles Klavier, auf dem Krohnens Tochter geübt hatte, als Jens bei ihm aufgetaucht war und ihm mit Anzeige wegen Diebstahls und Unterschlagung gedroht hatte. Und ein Koffer voller Zeug, das Karin nicht sehen wollte. Sie hatte jetzt einen Mann und einen Beruf und ein Haus, und sie war mit dem ersten Kind schwanger. Sie hatte eine Zukunft und wollte keine Vergangenheit. An diesem Abend waren tatsächlich böse Worte gefallen. Jens hatte es gut gemeint, doch sie hatte ihn gebeten, alles wegzuwerfen, was sie an früher erinnern konnte. Das hatte er nicht getan. Er hatte den Koffer auf den Speicher gestellt und das Klavier ins Gartenhaus. »Eines Tages wirst du froh sein, dass da noch etwas ist, das dich mit deiner Familie verbindet.«

»In diesem Punkt hast du dich gründlich geirrt, mein Lieber!«

Im Garten konnte sie bei Regen nichts tun. Karin ging nach oben und blieb im Flur stehen. Über ihr befand sich die Speichertür. Wo war diese Stange, mit der man sie öffnen konnte? Sie fand sie im Schrank, den Jens in eine Flurnische hatte einbauen lassen. Ein langer Stock mit einem Metallhaken, der in die Öse der Falltür passte. Sie fädelte ihn ein und zog mit aller Kraft daran. Mit einem Quietschen klappte die Tür nach unten und baumelte nun vor ihrer Nase. Karin fasste nach der Leiter, zog sie ganz heraus und stieg mühsam nach oben. Gelenkiger wurde man im Alter auch nicht.

Auf dem Dachboden war es warm und die Luft stickig. Zwischen den alten Balken hatte Jens vor Jahrzehnten eine Dämmung angebracht. Die hellen Platten reflektierten das Licht, das durch die Dachflächenfenster fiel, und ließen den Raum heller erscheinen. Regen pladderte dumpf auf die Ziegel. Der Speicher war groß, aber beinahe leer. Die ausrangierten Sachen waren so gut wie immer im Gartenhaus gelandet. Ein alter Tisch stand herum. Darauf ein Karton mit dem geerbten Geschirr von Jens' Mutter. Es war etwas Besonderes. Meißner Porzellan? Karin erinnerte sich nicht. Daneben ein Weidenkorb mit riesigen Leinen- und Damasttischdecken, ebenfalls aus dem Haushalt der Remys. Wer besaß heute noch Tische, an denen achtzehn Personen tafeln konnten? Niemand. Außerdem hatte sie mehr als genug dieser riesigen Wäschestücke in ihrem Leben gewaschen und gebügelt und Jens daher gleich gebeten, sie wegzuräumen. Sie wollte sie nicht haben. Weiter hinten stand das erste Rennrad, das er sich gekauft hatte, und daneben alte Skier. Den Koffer entdeckte sie in der Schräge unter dem Dachfenster. Ein hellblauer Damenkoffer mit silberfarbenen Metallschließen. Er hatte ihrer Mutter gehört und stand einfach so da, als habe er auf sie gewartet, seit Jens ihn im Sommer vor Gelis Geburt hier abgestellt hatte. Es war gut gemeint gewesen. Aber am Ende hatten sie sich gestritten. »Es ist vorbei«, hatte sie ihm erklärt. »Ich kann es nicht mehr ändern. Was passiert ist, ist passiert. Es ist so viel Unrecht geschehen, so viel Lüge und Gemeinheit. So viel Niedertracht!« Sie erinnerte sich, wie sie dieses Wort ausgespuckt hatte, ja geschrien. Sogar gebrüllt. Sie war regelrecht hysterisch geworden bei der Erinnerung, was diese verdammten Weiber ihnen angetan hatten. Ihr und Pelle. Und ihrer Mutter.

»Da konnte man schon hysterisch werden«, sagte sie in die Stille des Dachbodens hinein. »Wenn man bedenkt, was diese Hexen sich herausgenommen haben. Als wären sie Gott.«

Wie groß ihre Niedertracht tatsächlich war, hatte Karin erst verstanden, als sie mit einundzwanzig nach München zurückgekehrt war und im Heim der Barmherzigen Schwestern ihre Ausbildung zur Säuglingspflegerin begann.

Zuerst hatte sie nach Fred und Mani gesucht. »Mani ist tot«, sagte Fred. »Schon seit drei Jahren.« Kurz nach dem Abitur hatte er sich von der Hackerbrücke gestürzt. Direkt vor einen Zug. Aus Angst vor seinem Vater. Karin hätte gerne um ihn geweint. Doch es ging nicht. Keine Träne kam. Alles, was sie fühlte, waren ein tiefes Bedauern und ein dumpfer Schmerz, der irgendwo tief in ihr saß, als wollte er sich vor ihr verstecken. Etwas stimmte nicht mit ihr, war falsch und völlig verdreht. Und dann hatte sie Fred gefragt, weshalb er sie nie in Sankt Marien besucht und auf keinen ihrer Briefe geantwortet hatte.

»Himmel Herrgott Sakrament!« Karin nahm den Koffer und trug ihn über die wacklige Leiter hinunter. Sie wollte ihn nicht im Haus haben. Er musste weg. Auf der untersten Stufe stolperte sie und stürzte. Sie kam mit dem Fuß falsch auf und knickte um. Ein scharfer Schmerz schoss durch den Knöchel. Der Koffer knallte neben ihr auf den Flurboden. Ihr wurde schwarz vor Augen. Als sie wieder zu sich kam, lag der Koffer noch immer neben ihr. Konnte er sich nicht einfach in Luft auflösen? Mühsam kam sie auf alle viere und zog sich am Treppengeländer hoch. Im Knöchel pulsierte ein heißer Schmerz. Sie humpelte ins Bad und sah im Apothekerschränkchen nach, was da war. Immerhin eine elastische Binde. Das war ja mal ein Anfang. Sie hörte Jens' mahnende Stimme – das sollte sich ein Arzt ansehen –, als ihr wieder ganz schwummrig wurde und sie sich auf den Badvorleger setzte, damit sie nicht umkippte.

Nach einer Weile ging es besser, und sie sah sich das Malheur an. Der Knöchel war geschwollen. Ein Bluterguss bildete sich. Jens hatte recht. Das musste sich wirklich ein Arzt ansehen. Sie zog sich hoch, humpelte ins Schlafzimmer und war ihm dankbar, dass er dort vor einigen Jahren ein Telefon installiert hatte. Damit wir im Notfall nicht hinuntermüssen, hatte er gesagt. Sie rief Imke an und erklärte ihr, dass sie Hilfe brauchte, weil sie gestürzt war und sich den Knöchel verstaucht hatte.

»Ich bin noch auf der Autobahn. Es wird zwanzig Minuten dauern, bis ich bei dir bin. Ist das in Ordnung?«

»Keine Sorge. Ich laufe nicht weg.«

»Dann ist es ja gut. Ich komme, so schnell ich kann.«

Sie streckte sich auf dem Bett aus und legte das Bein hoch. Imkes Worte hallten nach. Ich komme, so schnell ich kann. Sie dämmerte weg und hörte plötzlich die wispernde Stimme wieder.

Karin

1957 und 1958

»Jetzt komm schon mit!« Das Wiesel rüttelte weiter an ihrer Schulter. Karin stand auf. Noch halb im Schlaf. Draußen vor den Fenstern pfiff der Böhmische und trieb den Schnee in Hauseingängen und Ecken zusammen. »Mach schon.«

»Was ist los?«, fragte sie verschlafen. Wie spät war es denn? Jedenfalls noch nicht Zeit, aufzustehen.

»Schweig still!« Schwester Barbara zog sie aus dem Schlafsaal und die Treppe hinunter. Dort legte sie ihr einen Mantel um die Schultern und wies auf ein Paar Stiefel. »Zieh die an.«

»Wohin gehen wir?«

»Tu, was man dir sagt.«

Karin schlüpfte barfuß in die Schnürstiefel. Das Wiesel schob sie zur Tür und über die Treppe hinunter in den Hof, dessen Pflaster Karin nicht mehr ansehen konnte, ohne an Edith zu denken. Jetzt lag es unter einer Schneeschicht verborgen. Eine eisige Bö fegte ihr eine Ladung Schneestaub ins Gesicht, fuhr ihr unter das dünne Nachthemd und in die Haare. Sie zog den Mantel enger um sich. Die Kirchturmuhr stand auf halb zwölf. Morgen war Sonntag. Der einzige Tag, an dem sie eine Stunde länger schlafen durften. Das Wiesel steuerte das Jungenhaus an. Verwehte Spuren im Schnee verrieten Karin, dass vor ihnen andere hineingegangen waren. Sie war noch nie im Jungenhaus gewesen. Außer im Keller, wenn sie sich heimlich mit Pelle traf. Das Wiesel zog sie den Flur entlang, an dessen Ende sich eine Tür befand, unter der ein Streifen Licht auf den Dielenboden fiel.

»Du bleibst hier, bis ich dich hole.« Das Wiesel öffnete die Tür und schob Karin hinein.

Pelles Hausvater, Herr Weber, saß an einem Tisch. Neben ihm Dr. Herchenbach und der Hausmeister, Herr Sowada. Sie rauchten und spielten Karten. Eine Flasche und Gläser standen auf dem Tisch. »Ach, da ist ja unsere kleine Wildkatze«, sagte Herchenbach. Karin wurde es angst und bange. Es lag am Tonfall. Er erinnerte sie an Krohnen. Instinktiv drehte sie sich um, wollte den Raum verlassen. Das Wiesel war schon weg und Sowada schneller. Er sprang auf, packte sie am Handgelenk. »Hiergeblieben!«

»Ich sagte doch, sie ist wild.« Wieder lag dieser Glanz in Herchenbachs Augen. Karin musste an seine Finger denken. Panik stieg in ihr auf. »Lassen Sie mich los!« Weber lachte. Sowada zog sie auf seinen Schoß und umklammerte sie. »Bitte!« Es klang so flehentlich, dass es einen Moment dauerte, bis Karin verstand, dass sie es war, die das sagte. »Bitte. Lassen Sie mich gehen.«

***

Als das Wiesel kam und sie mitnahm, als sie über den eisigen Hof schlich und den kalten Wind nicht spürte, als sie im Waschraum stand und die Nonne ihr einen dieser grauen Seifenlappen in die Hand drückte, damit sie sich dort unten wusch, fühlte sie sich unwirklich, wie tot. Das war nicht sie. Nicht ihr war das widerfahren. Einer anderen Karin. *Aufs Dach gehen. Es wie Edith machen.* Das war alles, was sie denken konnte. *Aufs Dach gehen. Es wie Edith machen.*

Das Wiesel drückte ihr zwei Tabletten und einen Becher mit Wasser in die Hand. »Nimm das. Dann kannst du schlafen.«

Aufs Dach gehen. Es wie Edith machen. Das dachte sie noch, als sie wieder in ihrem Bett lag, und dann versuchte sie sich vorzustellen, dass sie es nie verlassen hatte. Ein böser Traum. Mehr nicht. Doch im »Unaussprechlichen« pulsierte der Schmerz. Noch spürte sie die Hände der Männer. Überall. Die Tabletten begannen zu wirken, eine bleierne Schwere griff nach ihr. Sie schlief ein, und als sie aufwachte, war heller Tag und die anderen Mädchen weg. Sie lag allein im Schlafsaal, und Roswitha aus Gertrauds Küchengeschwader brachte ihr einen Becher Tee und ein Marmeladenbrot ans Bett. Vorsichtig sah sie sich um. »Haben sie dich … Du weißt schon.«

Karin wandte sich ab und zog die Decke fester um sich. Roswitha ging. Karins Kopf war leer. Nur der Gedanke, es wie Edith zu machen, geisterte darin herum. Sie trank irgendwann den Tee und aß das Brot, das nach nichts schmeckte. Die Messe war vorbei. Die Mädchen kehrten ins Haus zurück. Sie hörte ihre Schritte. Einige kamen in den Schlafsaal. Der Chor probte bald. Karin konnte sich nicht aufraffen, hinzugehen. Doch sie stand auf, ging in den Waschraum und zog sich an, weil die anderen sie so komisch musterten. Voller Neugier und Mitleid.

Von wo war Edith gesprungen? Karin ging nach oben, am Karzer vorbei, und suchte nach einem Zugang aufs Dach. Sie fand keinen. In einem der Speicherräume entdeckte sie jedoch ein Gaubenfenster, vor dem kein Gitter angebracht war. Von hier musste Edith gesprungen sein. Sie öffnete es. Ein Windstoß fegte Schnee vom Dach herein. Der verschneite Hof lag tief unter ihr. Nur die Wege zu den Häusern und zur Kirche waren geräumt. Es wie Edith machen, dachte sie. Doch dann begann die andere Karin in ihr zu erwachen. Die Karin, die Widerworte gab. Die kein Unrecht ertragen konnte.

Sie fasste einen Entschluss, ging die Treppe hinunter ins Erdgeschoss und steuerte das Zimmer der Schwester Oberin an. Bis dahin reichte ihr Mut, aber nicht einen Meter weiter. Sie wagte nicht, anzuklopfen. Was sollte sie sagen? Wie beschreiben, was passiert war? Es gab keine Worte dafür. Die dicke Martha kam mit einem Stapel Teller aus der Küche und steuerte den Speisesaal an. Als sie Karin sah, blieb sie stehen und machte ihr ein Zeichen, ihr zu folgen.

Sie stellte die Teller auf einen Tisch und schloss die Tür. »Ich weiß, was dir heute Nacht passiert ist«, sagte sie mit gesenkter Stimme.

Karin schüttelte den Kopf.

»Du bist nicht die Einzige. Ich gehöre auch dazu. Edith ebenfalls. Das ist der Grund, weshalb sie sich umgebracht hat.«

»Du weißt das also?«

»Das wissen die meisten hier. Mach es nicht wie Edith. Du musst durchhalten. Bald suchen sie sich eine andere aus.«

Karin starrte Martha an. Sie würden es wieder tun! Das Marmeladenbrot wollte nach oben. Sie ließ es nicht zu, riss sich zusammen. Es durfte nicht raus. Denn dann musste es wieder hinein, und das würde sie heute nicht überstehen.

»Ich mache es jedenfalls nicht wie Edith«, erklärte Martha mit glühend roten Wangen. »Ich halte durch. Ich habe Pläne, und die lasse ich mir von den Nonnen und diesen Widerlingen nicht kaputt machen.«

»Was für Pläne denn?«

»Wenn ich hier raus bin, lerne ich Schneiderin und mache mein eigenes Modeatelier auf. Und was machst du?«

Es wiedergutmachen, soweit es geht, dachte Karin. Pelle zu mir nehmen. Zusehen, dass er vielleicht das Abitur nachholen kann. Ihm Klavierunterricht ermöglichen und ihm den Weg aufs Konservatorium ebnen. Irgendwie.

»Ich weiß noch nicht«, sagte sie.

»Such dir ein Ziel. Sonst hältst du das nicht aus. Du wolltest zur Schwester Oberin und sagen, was passiert ist?« Mit dem Kopf wies Martha Richtung Tür, und Karin nickte. »Das kannst du dir sparen. Sie stecken mit denen unter einer Decke. Der Doktor weiß irgendetwas über die Nonnen. Er hat sie in der Hand. Nehme ich an. Denn sie machen ja mit.«

* * *

Seit Marthas Frage hatte Karin einen Plan für die Zukunft. Ein klar umrissenes Ziel, das sie sich vorbetete, wenn sie verzweifelt war, wenn ihr alles sinnlos erschien. Wenn die Hoffnungslosigkeit sich wie ein nass gesogener Mantel auf ihre Schultern legte und sie niederdrückte. Wenn die Tage rabenschwarz wurden und sie vom Dach springen wollte. Sie durfte nicht. Sie musste durchhalten. Wegen Pelle. Sie hatte eine Aufgabe und damit eine Zukunft. Sie musste wiedergutmachen, was sie ihrem Bruder mit ihrem Leichtsinn angetan hatte. Im Mai wurde sie siebzehn. Vier Jahre noch. Vier unvorstellbar lange Jahre.

Die Arbeit half ihr, sich abzulenken. Das Schleppen der schweren Körbe voller nasser Wäsche bis hinauf auf den kalten Dachboden und nach hinten in den Garten, das Aufhängen mit klammen Fingern, dieses stete Treppauf und Treppab und Hin und Her und das Mangeln im Dampf waren körperliche Schwerstarbeit. Seit ihrem ersten Tag in der Wäscherei fiel sie abends ins Bett und schlief sofort ein. Doch nun schreckte sie immer öfter schreiend aus dem Schlaf hoch und weckte alle auf. Bis die Nonnen genug hatten und Karin abends eine weiße Tablette bekam. Es war ihr recht. So konnte sie schlafen. So bekam sie auch nicht mit, wenn das Wiesel Samstagnacht durch den Schlafsaal schlich und eines der Mädchen mitnahm. Es sei denn, sie selbst war es. Es geschah immer wieder. Unregelmäßig. Sodass Karin sich nicht darauf einstellen konnte. Es gab keinen Plan. Nur Willkür. Die Tabletten halfen ihr auch, das Unaussprechliche besser zu überstehen. Sie war gar nicht wirklich da. Das war nicht sie. Das war eine andere Karin.

So ging der Winter in den Frühling über. Die dicke Martha wurde immer dicker, und an einem Tag im Mai, kurz nach Karins Geburtstag, den niemand außer Pelle erwähnte, brachten die Nonnen sie weg. Wohin, erfuhren die Mädchen nicht. Als Martha nicht zurückkam, fragte Karin Gertraud und erfuhr, dass man sie in ein anderes Heim gebracht hatte. In eines für ledige minderjährige Mütter. Martha würde ein Kind bekommen. Wieso?, fragte Karin sich, und dann verstand sie, dass es einen Zusammenhang geben musste zwischen Marthas Kind und dem, was Samstagnacht geschah. Dass Kinder auf diese Weise gemacht wurden. Sie fragte Gertraud, und die sah sie mit offenem Mund an. »Hat dich denn niemand aufgeklärt?«

Karin schüttelte den Kopf, obwohl sie nicht genau wusste, was Gertraud meinte.

»Holen sie dich etwa auch?«

Ihre Wangen brannten vor Scham, als sie nickte.

»Und was machst du danach?«

»Das Wiesel bringt mich zurück. Ich … ich wasche mich«, stammelte sie.

»Du musst mit Essigwasser spülen. Das tötet den Samen ab. Aber heimlich. Die Nonnen dulden das nicht. Sag, dass du austreten musst, wenn sie dich zurückbringen. Geh in die mittlere Kabine. Da lege ich die Sachen für die Mädchen bereit. Du findest dort einen Klistierball und eine Flasche mit Essiglösung.« Gertraud erklärte ihr, wie sie es machen musste, und Karin dachte, dass es alle wussten, sogar Gertraud. Und niemand tat etwas.

***

Der Frühling ging in den Sommer über, und nichts wurde besser. Bei ihren Treffen mit Pelle im Speisesaal, bei der Chorprobe oder während ihrer gestohlenen Minuten hinter dem Glashaus oder im Keller verlor Karin kein Wort über das, was man ihr antat. Pelle durfte das nie erfahren.

Seine Zukunft gab ihr die Kraft, alles zu ertragen. Als Pelle in den Stimmbruch kam und sein Mitwirken im Chor nicht mehr möglich war, überzeugte sie Herrn Frieß davon, ihn an die Orgel zu lassen. Es dauerte einige Wochen, bis ihr Bruder mit dem neuen Instrument zurechtkam, doch dann spielte er darauf so wunderbar wie früher auf seinem Klavier. Karins Herz wurde ganz weit und leicht, wenn sie ihn spielen hörte und sie für eine Weile alles vergaß. Momente, in denen es keine Zeit gab, nur Musik und ein wenig Glück.

Von Fred kam keine Antwort auf ihre Briefe. Nach dem dritten gab sie auf. Vielleicht hatte sie die Postleitzahl falsch in Erinnerung, und er hatte sie nicht bekommen. Oder er war umgezogen. Wenn er ein echter Freund wäre, hätte er herausgefunden, wo sie war. An manchen Tagen stellte sie sich vor, wie er mit seiner Zündapp nach Warting fuhr, vor dem Tor stoppte und über die Mauern nach ihr rief. »Yssabeau! Ich bin so wild nach deinem Erdbeermund, ich schrie mir schon die Lungen wund nach deinem weißen Leib, du Weib!« Sie stellte sich vor, wie entsetzt die Nonnen wären, und musste lachen. Doch Fred kam nicht. Die einzige Post, die Karin bekam, stammte von ihrem Vormund, der sie ermahnte, folgsam zu sein, und ihr eine Ausbildung zur Anwaltsgehilfin in Aussicht stellte, sobald sie volljährig wurde. Damit er weitermachen kann, dachte Karin. Er weiß, was man mir hier antut. Sie war sich sicher.

Je mehr sie sich in die Ordnung im Heim einfügte und dem Willen der Nonnen und Erzieher unterordnete, umso größer wurde Pelles Widerstand. Hatte er bisher im Geheimen sein eigenes Süppchen gekocht und nach außen selten ein Wässerchen getrübt, änderte sich das, nachdem er in den Stimmbruch gekommen war. Er wurde aggressiv. Widersprach den Erziehern und den Nonnen und wehrte sich. Vor allem gegen die Unterstellung der Jungen, er wäre »andersherum«. Er schlug zu, wenn ihm einer blöd kam. Natürlich wurde das nicht geduldet, und Pelle erlebte das volle Repertoire an Strafen. Prügel, Knüffe, Schläge. Einmal musste er auf Holzscheiten knien, bis er ohnmächtig wurde. Ein andermal auf ausgestreckten Armen die Bibel halten. Sobald er den Arm auch nur ein wenig senkte, setzte es einen Schlag. Er musste seitenweise Bibelstellen abschreiben, und als er sich eines Tages mit Herrn Weber prügelte, bekam er die Knüppelgasse zu spüren. Die Erzieher stellten sich in zwei Reihen gegenüber auf, jeder einen Stock in der Hand. Pelle musste zwischen ihnen hindurchlaufen und bekam von jedem Dresche. Er solle sich das eine Lehre sein lassen, herrschte Weber ihn an. »Einmal noch und ich schlage dich tot!« Pelle war grün und blau und musste für den Rest des Tages in den Keller. Was im Mädchenhaus der Karzer unterm Dach war, war im Jungenhaus der Keller mit den Eisenhaken. Daran wurden die Jungen festgebunden. Mit einer Schlaufe um den Hals und auf den Rücken gefesselten Händen. Manchmal mussten sie einen Tag oder länger in dieser Stellung aushalten. Wurden sie müde und der Kopf kippte nach vorne oder die Beine knickten ein, strangulierten sie sich in der Schlaufe. Die Haken waren die schlimmste Strafe, dachte Karin. Doch es gab noch eine schlimmere.

Eines Sonntags im Juli kam Pelle völlig verstört zur Chorprobe. Obwohl er in den letzten Monaten hart geworden war und unerbittlich, merkte Karin, dass etwas nicht stimmte. Er war unruhig und mit seinen Gedanken nicht richtig da. Er spielte lustlos, geriet einmal aus dem Takt und traf mehrmals falsche Töne. Nach der Probe nahm Karin ihn beiseite. Sie setzten sich auf den Brunnenrand bei der Kirche, und sie fragte, was los war. »Das willst du gar nicht wissen«, sagte er und schlug sich mit der Faust in die Hand. »Das willst du nicht wissen!« Sie sah, wie er bebte – vor Zorn oder Angst? –, und legte einen Arm um seine Schultern. Doch er schüttelte ihn ab. »Was ist passiert?«

Pelle starrte auf den Kies.

»Weber?«, fragte sie.

»Wer sonst.«

»Was hat er getan?«

Ihr Bruder blickte weiter auf den Boden. »Er ist ein Schwein. Ein mieses Arschloch. Er hat … Er hatte mir ja angedroht, dass er mich totschlägt, wenn ich nicht spure. Und letzte Nacht … Da hat er mich aus dem Bett geholt.«

Stockend begann Pelle zu erzählen, wie Weber im Schlafsaal aufgetaucht war und ihn gezwungen hatte aufzustehen. Im Schlafanzug musste er in den Garten gehen, bei Regen und barfuß. Zuerst ging es zum Gewächshaus. Sie holten zwei Spaten und gingen damit nach hinten an die Mauer. »Du schaufelst jetzt dein Grab!« Weber drückte ihm einen Spaten in die Hand und stützte sich auf den anderen. »Wenn du fertig bist, schlag ich dich tot.«

Pelle wischte sich die Tränen aus dem Gesicht. »Bis zum Morgengrauen hat er mich schaufeln lassen. Und ich dachte die ganze Zeit, er macht das wirklich. Dass er mich erschlägt. Ich bringe ihn um! Oder wir hauen ab!«

Umbringen!, dachte Karin. Sie hätte nie gedacht, dass Hass sich so kalt anfühlen konnte. Kalt wie Stahl. Doch so war es. Ich bring dieses Schwein um! Ich murkse ihn ab. Ich schneide ihm die Kehle durch. Und vorher reiße ich ihm jeden Fingernagel einzeln aus.

»Wir hauen ab!«, sagte sie. »Hast du eine Idee, wie wir rauskommen?«

»Es gibt eine Tür in der Mauer. Hinter dem Glashaus.«

Die hatte Karin bei einem ihrer Gänge durch den Garten längst entdeckt. »Sie ist aus Eisen und immer verschlossen.«

»Wir graben uns unten hindurch. Hacken und Spaten nehmen wir aus der Gärtnerei. In einer Nacht schaffen wir das.«

»Sie werden uns an der Kleidung erkennen. Wir brauchen andere Sachen.«

Ein Grinsen huschte über Pelles Gesicht und das machte sie froh. Für einem Moment war er wieder ihr kleiner frecher Bruder. »Die klauen wir uns. Ich stibitze mir eine Hose und ein Hemd von Herrn Frieß. Und du nimmst dir eine Kutte von den Nonnen. Schaffst du das?«

Karin nickte. Es sollte gehen. In der Wäscherei wurde auch die Kleidung der Nonnen gewaschen. »Wohin sollen wir gehen?« Inzwischen wusste er von Mami, dass sie weg war und nichts mehr mit ihnen zu tun haben wollte. Schwester Agnes hatte es ihm verraten.

»Keine Ahnung. Hauptsache weg.«

Karin dachte an Fred und an den Klubraum in dem ausgebombten Haus und schlug vor, fürs Erste dort unterzukriechen.

In der kommenden Woche feilten sie den Plan aus. Karin gelang es, einen Habit von Schwester Agnes beiseitezuschaffen, und Pelle organisierte sich eine Hose von Frieß und ein Hemd von Sowada. Er versteckte einen Spaten und eine Hacke im Gebüsch in der Nähe des Tors und war erleichtert, dass ihr Fehlen nicht bemerkt wurde. Die Kleidung deponierten sie in Pelles Kellerverschlag. Karin hatte den größten Teil ihres Taschengelds gespart. Pelle ebenso. Es würde für eine Zugfahrkarte reichen. Doch am Bahnhof aufzutauchen erschien ihnen zu gefährlich. Deshalb entschieden sie, zu Fuß nach München zu gehen. Nicht entlang der Hauptstraße, sondern über Feld- und Waldwege. Am besten nachts. Tagsüber konnten sie in Heustadeln schlafen.

In einer Nacht Ende Juli begannen sie zu graben. In dieser Nacht hatte Schwester Veronika Aufsicht. Ihr Gehör ließ nach, und es gelang Karin, sich unbemerkt davonzuschleichen. Als sie am Tor ankam, war Pelle schon da. Mit kräftigen Hieben trieb er bereits die Hacke in die Erde, lockerte sie. Die Kerze im Einweckglas spendete Licht. Karin nahm den Spaten und begann zu schaufeln. Es ging leichter als gedacht. Sie mussten nur aufpassen, nicht gegen das Metalltor zu schlagen. Das würde einen Höllenlärm machen und alle aufwecken. Sie kamen gut voran, bis Pelle auf eine armdicke Wurzel stieß. »Ich hole die Axt«, flüsterte er. »Bin gleich wieder da.«

»Pass auf.«

»Na klar«, sagte er mit dreckverschmiertem Gesicht und verschwand in der Dunkelheit. Karin wartete und überlegte, ob sie in der Zwischenzeit die Kleidung aus dem Versteck holen sollte, als sie plötzlich Männerstimmen hörte. Sowada und Weber. Ihr Mund wurde staubtrocken vor Angst. Mit rasendem Herzen löschte sie die Kerze und schaffte es gerade noch, sich mit dem Einweckglas hinter einem Busch zu verstecken, als die beiden das Tor erreichten. »Dachte ich es mir doch«, sagte Weber und ließ den Lichtschein der Taschenlampe über das Loch tanzen. »An der Wurzel scheitern sie alle.« Die beiden schaufelten das Loch zu, nahmen die Werkzeuge mit und verschwanden. Karin wartete noch eine halbe Stunde, dann schlich sie ins Haus zurück, verkroch sich in ihr Bett und wagte nicht, sich vorzustellen, was Weber Pelle jetzt antat.

***

Erst am übernächsten Morgen saß er mit kahl geschorenem Schädel und grün und blau geschlagen am Frühstückstisch. Ein Zahn fehlte, um den Hals hatte er rote Striemen. Er war am Haken gewesen, und ihr wurde schlecht vor Angst. Eines Tages würde Weber ihn umbringen.

»Wir müssen es noch mal versuchen«, flüsterte er Karin zu, als sie nach dem Frühstück den Saal verließen.

»Besser nicht«, sagte sie. »Das ist es nicht wert!« Sie wies auf seinen Hals.

Doch Pelle blieb stur. »Ich bleibe hier nicht.«

Beim nächsten Mal wurden sie beide erwischt. Karin landete für fünf Tage im Karzer, die Haare wurden ihr geschoren. Zur Strafe musste sie obendrein die Brennnesseln entlang der Mauer roden. Barfuß und ohne Handschuhe. Pelle wurde von Weber unter die kalte Dusche gezerrt und windelweich geprügelt. »Einmal noch und ich breche dir jeden Finger einzeln. Dann kannst du das Orgelspiel vergessen!«

Diese Drohung versetzte Karin in Panik. Wenn Weber das wahr machte, waren ihr Pläne Makulatur. Dann kam Pelle nie aufs Konservatorium. Sie beschwor ihn, durchzuhalten. »Sechsundvierzig Monate. Dann komm ich raus und hol dich zu mir.« Und er willigte ein.

Das Jahr schritt voran. Es wurde Herbst, dann Winter. Karin fügte sich in den Rhythmus und das Machtgefüge von Sankt Marien ein, und auch Pelle wurde ein wenig ruhiger. Er hatte Angst um seine Finger und riss sich zusammen. Sie ordneten sich unter, machten sich klein. Nur einmal dachte er noch über Fluchtpläne nach. Und zwar, als er gerüchteweise hörte, dass es in Sowadas Werkstatt Zweitschlüssel für alle Türen gab. Angeblich in einem gut verschlossenen Metallspind, der in die Wand einbetoniert war. In den folgenden Wochen legte Pelle sich auf die Lauer und beobachtete die Werkstatt und Sowada, wann immer es ihm möglich war. Es war kein Gerücht. Es stimmte. Es gab diesen Schrank an der Wand mit allen Schlüsseln. Doch wie darankommen? Letztlich fehlte ihnen der Mut, einen Versuch zu unternehmen, um die Schlüssel zu klauen und abzuhauen.

Man würde sie erwischen. Die Angst vor Strafe war größer. Pelles Finger waren wichtiger. Sie mussten aushalten, bis Karin einundzwanzig wurde. Vor allem aber traute sie sich kaum noch etwas zu. Auch der nächste Versuch würde misslingen, so ungeschickt und tölpelhaft wie sie war.

Karin suchte die Schuld immer häufiger bei sich. Es stimmte ja, sie war so ungeschickt und dumm, wie man es ihr ständig sagte. *Du bist einfältig. Du taugst nichts. Wie kann man nur so ein Tölpel sein. Du hast zwei linke Hände. Du hast die Blödheit mit Löffeln gefressen. Aus dir kann nichts werden.*

Sie dachte zu wenig über die Folgen ihres Handelns nach, sonst wären sie und Pelle nicht hier. Sie passte nicht auf, daher unterliefen ihr immer wieder Fehler. Sie war tollpatschig und verschüttete Bleiche, wusch eine Maschine Wäsche zu heiß, und alles war verdorben. Sie verlor ständig Wäscheklammern, und einmal riss die Leine und die frisch gewaschene Wäsche fiel in den Dreck. Es geschah ihr recht, wenn sie dafür bestraft wurde. Was war sie auch für ein Trampel.

Immer häufiger wünschte sie sich, unsichtbar zu sein. Sie flüchtete sich in Tagträume, in denen sie im Süden am Meer stand, das sie noch nie gesehen hatte. Auch wenn das Unaussprechliche geschah, verzog die echte Karin sich an den Strand, lauschte dem Rauschen des Meeres, beobachtete die Brandung, ließ das Wasser um ihre Füße spielen und sah den Möwen zu, die sich wie weiße Pinselstriche vom Blau des Himmels abhoben. Wie sie pfeilschnell ins Wasser stürzten und mit ihrer zappelnden Beute wieder hervorkamen. Das Leben erschien ihr unwirklich und falsch, und am schlimmsten war, dass sie im Grunde ihres Herzens wusste, dass sie es nicht anders verdient hatte.

Das Jahr neigte sich dem Ende zu, als Schwester Agnes ihr in Aussicht stellte, ins Küchengeschwader zu wechseln. »Gertraud hat nach dir gefragt. Sie könnte noch eine Hilfe gebrauchen. Dir ist bewusst, dass es ein Privileg ist, dort zu arbeiten?«

Karin nickte. Es wäre schön, bei Gertraud in der Küche zu sein. Nette Worte zu hören. Ab und zu einen Leckerbissen zu bekommen, und auch die Arbeit wäre leichter.

»Wenn du dich weiterhin so gut führst wie in den letzten Monaten, werde ich es mir überlegen«, sagte Schwester Agnes, und Karin bemühte sich, keinen Anlass zur Klage zu geben.

Weihnachten nahte. Der Ausflug auf den Markt nach Wasserburg erinnerte Karin an Edith und alles, was auf ihre Flucht gefolgt war. Niemand erwähnte ihren Namen. Es war, als hätte es Edith nie gegeben. Weihnachten und Silvester gingen vorüber. Das Jahr 1958 brach an. Karin arbeitete noch immer in der Wäscherei und wagte nicht, Schwester Agnes nach dem Küchengeschwader zu fragen. Sie musste sich gedulden. Es war eine Probe. Das war ihr bewusst, und sie strengte sich doppelt an. Im März machte dann eine überraschende Nachricht die Runde. Dr. Herchenbach war gestorben. Ein Herzinfarkt hatte ihn am Steuer seines Wagens ereilt. Er war gegen einen Alleebaum gefahren und sofort tot gewesen. In Karin keimte Hoffnung, dass Samstagnacht niemand mehr wispern würde »Komm mit!«. Doch diese Hoffnung trog. Weber und Sowada hielt Herchenbachs Tod nicht ab.

Manchmal dachte Karin an die dicke Martha. Wie es ihr wohl ging? An ihrer Stelle traf es nun Monika, eine Fünfzehnjährige, die erst seit einem halben Jahr in Sankt Marien war und sich ähnlich widerspenstig zeigte wie Karin in ihrer ersten Zeit. Auch sie würde sich früher oder später fügen. Wie es alle taten. Weil es nicht anders ging.

Karin hatte sich daran gewöhnt, angeschrien und geschlagen zu werden. An die Kniffe und Tritte, die man sich ständig einfing, beinahe nebenbei, denn etwas machte man immer falsch. Sosehr man sich auch bemühte. Sie nahm es hin. Es war nicht wirklich schlimm. Das nicht. Das andere schon.

Im April kam eine Neue. Ein vierzehnjähriges, nervöses Mädchen, das nicht stillsitzen konnte. Sie hieß Elli und zappelte ständig herum. Sie widersprach den Nonnen, nannte das Essen einen Saufraß und weigerte sich, in der Wäscherei zu arbeiten. Sie wollte zur Schule gehen. Ständig gab es Ärger mit ihr. Die Nonnen wurden immer gereizter. Elli verbrachte viel Zeit im Karzer, und dann passierte es eines Tages beim Wäschesortieren. Elli begann lauthals einen Schlager zu singen. Erst summte sie ihn nur, dann sang sie. »Komm zurück zu mir, Smoky«, trällerte sie. »Smoky, Smoky!«

»Willst du wohl still sein!«, rief Schwester Veronika. Doch Elli sang weiter und tanzte zwischen den Wäschebergen hindurch. Einige Mädchen grinsten, andere sahen verlegen zu Boden. Karin bekam Angst.

»Bring das Glück zu mir, Smoky!«

»Ruhe!« Mit der Hand schlug Schwester Veronika auf den Tisch und sprang auf.

»Smoky, Smoky!« Elli warf den Kopf in den Nacken.

Der Stuhl fiel um. Die Nonne riss das Lineal vom Schreibtisch und kam dahinter hervorgeschossen.

»Warst mein bester Freund, Smoky«, sang Elli unbeirrt weiter, und ein kalter Klumpen setzte sich in Karins Bauch. Elli war ja selbst schuld. Warum tat sie das?

»Willst du wohl endlich dein Maul halten!« Schwester

Veronika stürzte sich auf das Mädchen, riss es an den Haaren. Schlug mit dem Lineal auf Elli ein. Auf den Kopf, auf den Hals, auf den Rücken. Elli riss die Arme schützend hoch und flüchtete, doch in eine Ecke. Nun war sie gefangen. Hiebe prasselten auf sie ein. »Dir werde ich es zeigen!«, schrie die Nonne. »Du Abschaum! Du Dreck! Du Nichtsnutz!« Sie trat nach Elli und schlug mit dem Lineal auf sie ein, bis Elli zu Boden ging. Wimmernd sang sie weiter. »Mach dir nichts daraus, Smoky.«

Jetzt rastete die Nonne richtig aus. Sie trat Elli gegen Kopf und Brust. »Schweig endlich still, du Teufel!« Elli verstummte. Blut lief aus ihrer Nase und einem Ohr.

»Schafft sie weg!« Schwester Veronika rief Monika und Karin zu sich. »Bringt sie in den Karzer.«

Karin wollte Elli auf die Beine helfen. Doch sie war ohnmächtig. Schwester Veronika befahl, ihr Wasser ins Gesicht zu kippen. Elli reagierte nicht darauf. Sie kam nicht zu sich. Flehentlich sah Karin zur Nonne auf. »Vielleicht braucht sie einen Arzt?«

»Pah! So eine braucht keinen Arzt. Aber ich will Gnade vor Recht ergehen lassen. Bringt sie in ihr Bett.« Sie kommandierte Ilse und Petra dazu ab. Zu viert trugen sie Elli nach oben in den Schlafsaal. Ihr Gesicht war kreidebleich. Das Nasenbluten hatte aufgehört. Ängstlich sahen sich die Mädchen an. »Ist sie tot?«, fragte Ilse.

»Nein«, sagte Karin. Doch vorsichtshalber tastete sie nach dem Puls. Er raste. »Ihr Herz schlägt wie wild.«

»Sie muss ins Krankenhaus«, sagte Petra. »Wir müssen mit Schwester Agnes reden. Oder mit Gertraud.«

Sie entschieden, Gertraud ins Vertrauen zu ziehen. Während Karin Elli das Blut aus dem Gesicht wusch, gingen die anderen in die Küche und informierten die Köchin. Im Flur vor der Wäscherei trafen sie sich wieder. »Gertraud redet mit der Schwester Oberin«, sagte Ilse. Gemeinsam betraten sie die Wäscherei und arbeiteten weiter. Karin sah immer wieder in den Hof. Wo blieb der Arzt? Oder gab es keinen Nachfolger für Herchenbach? Niemand kam. Kein Arzt. Kein Krankenwagen.

Beim Essen fehlte Elli, und als sie abends in den Schlafsaal zurückkehrten, war sie weg. »Sie ist im Krankenzimmer. Der Arzt wird morgen nach ihr sehen«, erklärte das Wiesel.

Seit wann gab es hier ein Krankenzimmer?, fragte sich Karin. Seit neunzehn Monaten war sie nun hier und hatte noch nie davon gehört.

Am nächsten Tag lag eine nervöse Unruhe über dem Haupthaus. Die Nonnen tuschelten. Etwas war im Gange. Was?, fragte Karin sich. Wo war das Krankenzimmer? Am Nachmittag wurde sie von Schwester Veronika geschickt, um einen Karton Waschpulver aus dem Lager zu holen. Es lag hinter der Küche. Gegenüber von Herchenbachs Arztzimmer, das er nie wieder betreten würde. Karin war so froh, dass er tot war, und sie schämte sich deswegen. Sie war ein schlechter Mensch. Doch er auch. Ob Elli wohl dort war? Vorsichtig sah Karin sich um. Niemand weit und breit. Gertraud unterhielt sich in der Küche mit einem der Mädchen. Die Tür zum Zimmer der Oberin war geschlossen. Vorsichtig öffnete Karin die Tür und sah hinein. Das Arztzimmer war leer. Wo war Elli?

Nach dem Abendbrot ging Karin nach oben in den Schlafsaal und setzte sich ans Fenster, wie sie es so oft tat. Ein Auto fuhr vor. Ein Mann stieg aus, nahm eine Arzttasche vom Beifahrersitz und steuerte auf den Eingang zu. Karin stand auf und sagte, dass sie auf Toilette musste. Doch sie schlich sich vor bis zum Treppenabsatz und lauschte. Schwester Agnes empfing den Besucher. »Grüß Gott, Herr Doktor Plank.« Das war also der neue Arzt. Die beiden verschwanden den Flur hinunter, und es dauerte keine zehn Minuten, bis Karin laute Stimmen hörte und der Arzt ein Telefon verlangte. Eine Tür wurde geschlagen, und Karin hoffte, dass er einen Krankenwagen rief.

Kurz darauf tauchte er mit Schwester Agnes am Fuß der Treppe auf. Karin verzog sich in eine Nische. Der Arzt war aufgebracht. Er gestikulierte mit den Armen und sprach laut. Karin verstand nicht alles. Nur ein paar Worte. *Obduktion. Leichenwagen. Nachspiel.*

War Elli gestorben?

* * *

Niemand traute sich, nach Elli zu fragen. Sie war weg und kam nicht wieder. Ihre wenigen Habseligkeiten waren aus ihrem Spind verschwunden, und die Nonnen erwähnten sie mit keinem Wort.

Es wurde Sommer und dann Herbst. Karin zählte die Monate, die vergangen waren, und die, die noch vor ihr lagen. Bald waren sie und Pelle zwei Jahre in Sankt Marien. Wenn sie an den Sommer 1956 dachte, erschien er ihr so unwirklich wie ihr ganzes Leben davor. Zweieinhalb Jahre noch und es würde ein Danach geben. Im Mai 1961.

Wenn die anderen Kinder Besuch erhielten, wurde Karin noch immer neidisch. Dann sah sie sich die an, denen es ebenso erging wie ihr und Pelle, und sie fühlte sich ein wenig besser.

Im Juli wurde sie zu Schwester Agnes gerufen. Sie lobte sie, wie gut sie sich machte, wie brav und fügsam sie geworden war. Wie demütig. Und Karin freute sich über dieses Lob. Nette Worte waren so rar wie Schnee im August. Endlich durfte sie von der Wäscherei zu Gertraud ins Küchengeschwader wechseln. Sie hatte sich dieses Privileg verdient und war dankbar. Von nun an schälte sie Kartoffeln, schrubbte Karotten, weichte Linsen und Graupen ein, pellte dicke Bohnen aus den Schoten und spülte Geschirr. Im Sommer half sie Gertraud beim Pflücken der Himbeeren und Johannisbeeren im Garten und beim Einkochen der Marmelade. Sie lernte auch, wie man aus Brotresten eine Suppe und aus Fleischabfällen eine Mahlzeit zubereitete. Sie sah, was Gertraud für die Nonnen und die Erzieher auf den Tisch brachte, und fand es nach wie vor ungerecht. Brathuhn und Schweinekoteletts und manchmal Leber mit Äpfeln und Zwiebeln und dazu cremiges Kartoffelpüree. Doch sie konnte sich darüber nicht mehr empören wie anfangs. Ihre Gefühle erschienen ihr wie abgeschnitten von ihr selbst. Oft zweigte Gertraud schon vor dem Essen etwas für ihre Mädchen ab. Denn übrig blieb selten etwas, das sie verteilen konnte. In der Küche ging es Karin besser.

Auch Pelle hatte seine Lektion gelernt. Im Mai war er dreizehn geworden. Nach Webers Drohung, ihm die Finger zu brechen, war er in die Rolle des braven Jungen geschlüpft, stibitzte aber weiterhin Lebensmittel und spielte den Erziehern manchmal Streiche, von denen er Karin berichtete. Einmal ließ er aus Webers Fahrrad die Luft und steckte Asseln unter Sowadas Bettdecke. Ein andermal zog er die Schnürsenkel aus den Stiefeln eines Erziehers, und kurz darauf vertauschte er den Inhalt von Salz- und Zuckerstreuer und sah zu, wie Weber sich seine abendliche Tasse Tee versalzte. Manchmal übertrieb er es mit seiner Freundlichkeit, so wie Karin damals, als sie die Dauerwellen und

Kittelschürzen der Schultheiß und der Frey über den grünen Klee gelobt hatte. Wobei Pelle sich dafür einen Rüffel oder Knuff einfing. Insgesamt kam Pelle jetzt besser zurecht und kassierte nur das übliche Maß an Schlägen, Tritten, Kopfnüssen und kränkenden Worten, denen keines der Kinder in Sankt Marien entkam. Pelle war aus Webers Fokus geraten. Bis er dann Anfang September mit ihm aneinandergeriet.

Was genau geschehen war, erfuhr Karin nie. Es war Sonntagnachmittag, und sie wollte sich mit Pelle hinter dem Gewächshaus treffen. Sie wartete zehn Minuten auf ihn, vielleicht auch fünfzehn. Als er nicht kam, nahm sie an, er würde im Keller auf sie warten. Also stieg sie durch den Fensterschacht hinein.

Der dunkle muffige Raum mit den Haken war ihr unheimlich. Als sie nun darinstand und sich ihre Augen an das Dämmerlicht gewöhnten, hörte sie ein Geräusch, das ihr durch Mark und Bein ging. Ein Röcheln. Ein Junge hing in einer Schlaufe am Haken. Grundgütiger! Es war Pelle! Sie rannte zu ihm, so schnell sie konnte, und doch erschien es ihr viel zu langsam. Seine Beine waren weggesackt. Zappelnd wand er sich in der Schlaufe, die ihn strangulierte. Sie musste ihn losbekommen, fasste ihn um die Taille und hob ihn an. Er war so schwer, dass sie es kaum schaffte. »Pelle! Hilf mit!« Mit einem Arm hielt sie ihn. Mit der freien Hand löste sie den Knoten an der Schlaufe. Ihr Bruder war nicht ganz bei sich. Er half kaum mit. Der Knoten war fest, und es erschien ihr wie eine Ewigkeit, bis sie ihn endlich aufbekam und Pelle zu Boden glitt. Sie kniete sich neben ihn. Schlug ihm auf die Wangen. »Pelle!« Er bewegte sich und öffnete die Augen. Gott sei Dank!

Imke

»Warten Sie hier.« Die Ärztin wies auf eine Bank vor dem Untersuchungsraum, während eine Schwester den Rollstuhl mit Mama hineinschob und die Schiebetür schloss.

Imke nutzte die Zeit und schrieb Anne und Geli eine SMS. *Mama ist gestürzt und hat sich den Knöchel verletzt. Da sie kurz bewusstlos war, bin ich mit ihr in die Klinik gefahren. Sie wird gerade untersucht. Ich melde mich, sobald ich mehr weiß.* Sie schickte die Nachricht los und entdeckte einen verpassten Anruf von Moritz, von vor einer Stunde. Mit dem Handy ging sie vor die Tür und rief ihn zurück. »Ich habe deinen Anruf gerade erst entdeckt. Was gibt's denn?«

»Ich war nur neugierig, wie es dir mit Gertraud ergangen ist.«

»Erzähl ich dir später. Ich bin grad mit Mama im Krankenhaus.« Sie erklärte ihm, was passiert war, und er sagte, die Klinik würde auf dem Weg liegen, er käme vorbei.

Imke kehrte auf die Bank zurück. Zehn Minuten später ging die Tür zum Untersuchungsraum wieder auf, die Ärztin steuerte Imke an. Hinter ihr schob die Schwester Mama heraus. »Wir machen sicherheitshalber ein CT.«

»So ein Unfug!«, sagte Mama.

»Wir wollen eine Schädelverletzung ausschließen. Das haben wir doch gerade besprochen, Frau Remy.«

Imke setzte sich wieder, während Mama in einen anderen Raum gefahren wurde. Eine SMS von Moritz kam. *Bin da. Wo bist du?* Sie schrieb, wo er sie fand, und kurz darauf kam er. »Grüß dich, Schatz. Wie geht es Karin?«

»Sie hat sich die Bänder am rechten Knöchel überdehnt. Jetzt machen sie sicherheitshalber noch ein CT, weil sie sich nicht erinnern kann, ob sie mit dem Kopf aufgeschlagen ist. Jedenfalls war sie kurz bewusstlos.«

»Was hat sie auf dem Speicher gemacht?«

»Einen alten Koffer heruntergeholt. Frag mich nicht, warum.«

»Und wie war es in Kolbermoor?«

»Erst hat Gertraud sich ein wenig geziert, aber am Ende hat sie doch mit mir geredet. Sie ist nett und warmherzig. Wenn sie immer so war, muss sie für Mama ein Lichtblick im Heim gewesen sein. Stell dir vor, sie hat in Gertrauds Küchengeschwader gearbeitet. Es macht mich ganz traurig, was sie erzählt hat.« Imke berichtete, dass ihre Mutter auf dem Gymnasium gewesen war und Medizin studieren wollte. »Bevor sie ins Heim kam, war sie eine ganz normale Sechzehnjährige voller Träume.«

»Hast du erfahren, weshalb man Karin und Peter nach Sankt Marien geschickt hat?«, fragte Moritz.

»Nein. Aber ich habe eine Vermutung. Laut Gertraud hat meine Oma wieder geheiratet und den Kontakt zu ihren Kindern abgebrochen. Deshalb gab es einen Vormund, der sich um Mama und Pelle kümmerte. Vielleicht hat Oma das Sorgerecht verloren, weil sie ihre Kinder vernachlässigte.«

Moritz zog die Stirn in Falten. »Ich weiß nicht … Hat Karin nicht gesagt, dass sie sich den Aufenthalt im Heim redlich verdient hätte und alles ihre Schuld war?«

»Ja, du hast recht.« Imkes Blick fiel auf den Shopper, der neben ihr auf dem Boden stand. »Ich hab dir noch gar nicht erzählt, was ich heute gefunden habe. Besser gesagt, geklaut.«

»Du klaust?«

»Eigentlich hab ich sie geborgt.« Sie zog die Akten aus der Tasche. Moritz las die Aufschriften und stieß einen erstaunten Pfiff aus. »Wo waren die denn?«

»Bei Gertrauds Onkel. Als das Heim aufgelöst wurde, haben die Nonnen einige Unterlagen beiseitegeschafft. Etwas muss besonders daran sein. Das hier ist die Akte von Peter. Die meiner Mutter steckte darin. Von den anderen konnte ich Fotos machen, bevor Gertraud sie mir abgenommen hat. Sie meint, die gehören der Kirche. Gott sei Dank hatte ich die von Mama und Peter schon vorher eingesteckt.«

»Geborgt. So, so. Das sind ganz neue Seiten an dir. Du überraschst mich.«

»Es ging nicht anders. Den Nonnen gegenüber war Gertraud mehr als vierzig Jahre lang loyal. Sie hat deren Prügelpädagogik mit dem Hinweis auf andere Zeiten gerechtfertigt. Außerdem hat sie die Barmherzigen Schwestern als Erben für ihr kleines Anwesen eingesetzt. Also habe ich mir keine großen Chancen ausgerechnet, dass sie mir die Akten überlässt.«

Die Tür zum Untersuchungsraum wurde geöffnet. Die Ärztin trat auf den Flur. Der Rollstuhl mit Mama folgte. Imke nahm Moritz die Akten ab und ließ sie im Shopper verschwinden, bevor ihre Mutter sie entdecken konnte.

Moritz begrüßte Karin, während die Ärztin ihr erklärte, dass ihre Mutter zur Beobachtung eine Nacht hierbleiben würde. Verdacht auf Gehirnerschütterung. Karin war es nicht recht. »Das ist, weil ich privat versichert bin. Die wollen nur Geld mit mir verdienen.« Doch Imke überzeugte sie, dass es so besser war.

Sie begleiteten Karin auf die Station und blieben bei ihr, bis die Schwester ihr ins Bett geholfen hatte. Der Knöchel war bandagiert und wurde hochgelagert. Zusätzlich legte die Schwester eine Kühlmanschette an. Imke besorgte beim Kiosk das Nötigste. Kamm, Zahnbürste und Zahnpasta. Außerdem eine Illustrierte und eine Tafel Schokolade. Rum-Traube-Nuss. Mamas Lieblingssorte. Sie nahm ihr das Versprechen ab, nach der Schwester zu klingeln, wenn sie sich komisch fühlen sollte oder falls ihr übel wurde, und dann verabschiedeten sie sich.

Auf dem Weg zum Parkplatz kam Moritz auf die Akten zu sprechen, und Imke zeigte ihm im Auto die Fotos der anderen Aktendeckel, die sie gemacht hatte. Und dann die Aufnahme des Chorfotos in Gertrauds Album. »Das ist Mama, und das ist Peter.« Sie reichte Moritz ihr Smartphone. »Er trägt die Kette, die Schmalisch mir gegeben hat. Gertraud erinnerte sich, dass er ein geweihtes Medaillon aus Lourdes an einer Kette um den Hals trug.«

Moritz betrachtete das Bild. »Diese Medaillons sind sicher Massenware.«

»Ich würde ihn trotzdem gerne fragen, woher er es hat.«

»Den Schmalisch?«, fragte Moritz.

»Er hat gesagt, wir könnten mit unseren Fragen zu ihm kommen. Irgendetwas weiß er also.«

»Dann lass uns zu ihm fahren. Kyreinstraße. Obdachlosenheim, wenn ich mich recht erinnere.«

***

Die Obdachlosenunterkunft befand sich in einem schmucklosen Nachkriegsgebäude mit vier Etagen. Neben der Haustür standen zwei Bänke in der Abendsonne. Auf einer saß Schmalisch mit einer Flasche Bier. »Griaß euch«, sagte er, als Imke und Moritz sich näherten. »Ich hab ja gewusst, dass ihr noch Fragen habt's.« Er rutschte zur Seite, schlug mit der Hand auf die freie Fläche neben sich, und sie nahmen Platz. Schmalisch trank den letzten Schluck aus seiner Flasche, schüttelte sie und hielt sie gegen das Licht. »Da tun's auch immer weniger nei. Kaufst mir ein Sixpack?«

»Von mir aus«, sagte Moritz. »Wo gibt's hier was?«

»Beim Kiosk um die Ecke.«

»Gut, dann gehe ich.« Moritz sah Imke fragend an, und sie nickte. Mit Schmalisch kam sie zurecht. Er war zwar ein wenig seltsam, aber er wollte reden. Imke zeigte ihm das Foto vom Chor auf ihrem Smartphone. »Kennen Sie eines der Kinder?«

Mit zusammengekniffenen Augen betrachtete er das Bild. »Die kenn ich alle. Des is die Elvira und des die Martina. Die Dorothee und die Sabine.« Sein Finger wanderte weiter. »Die Thea und daneben die Karin, die wo dir so ähnlich sieht, dass ich denk, du bist ihr Kind.« Mit einem verschmitzten Lächeln sah er sie an, und sie nickte. »Stimmt. Karin ist meine Mutter.«

»Und des da, des is der Peter, der Bruder von der Karin.« Schmalisch wies auf den mittleren der fünf Jungen. »Dein Onkel, sozusagen. Bist wegen dem bei mir?«

»Die Kette, die er trägt …« Imke wies mit dem Finger auf den dunklen Fleck.

»Die hab ich dir gegeben. Weißt nimmer?«

»Natürlich. Sind Sie sicher, dass sie Peter gehörte?«

»Ja mei. Was is schon sicher?« Er hob die Hände und ließ sie dann auf die Oberschenkel fallen. »Sicher ist der Tod, und dass ich an Durscht hab. Sonst nix.«

»Peter ist davongelaufen. Wissen Sie das?«

Der Alte lachte. »Sicher weiß i des, und i weiß auch ganz sicher, dass nix sicher ist. Nix Gewisses weiß man nia ned.«

»Er ist abgehauen, aber die Kette hat er im Heim gelassen?«

»Sonst hätt ich sie dir ja nicht geben können.«

»Wann haben Sie die gefunden?«

»Ja mei. Vor der Zeit. So wird's gewesen sein. Vor der Zeit. Weil, ich sammle nämlich Beweise.«

»Beweise wofür?«

»Fürs Jüngste Gericht. Das kommt. Hab ich dir doch gesagt.« Er beugte sich zu ihr. »Bald wird abgerechnet. Es naht die Stunde, in der alle, die in den Gräbern sind, seine Stimme hören und hervorkommen werden.« Mit der Bierflasche fuchtelte der Alte Richtung Himmel. »Die das Gute getan haben zur Auferstehung des Lebens. Die aber das Böse verübt haben zur Auferstehung des Gerichts. So ist das. Wirst schon sehen. Die Weiber und ihre Knechte vors Gericht.«

Moritz kam mit einem Sixpack Dosenbier, und der alte Mann brabbelte weiter vom Tag der Auferstehung, von himmlischen Heerscharen und dem Jüngsten Gericht und leerte dabei eine Dose Bier. Es gelang Imke nicht, mehr zu erfahren. Nur wirres Gerede, in dem seine Verachtung für die Nonnen deutlich wurde, die er nur »die Weiber« nannte und die Erzieher ihre Knechte. Was sie ihm angetan hatten. »Des Leben ham's ma versaut, die Weiber.«

***

Es war kurz nach sieben, als sie nach Hause kamen und Moritz' Handy zu klingeln begann. Der Duft von Kräutern und gebratenem Gemüse stieg Imke in die Nase, und sie merkte, wie hungrig sie war. Steffi stand in der Küche und schob gerade eine Gemüse-Lasagne in den Ofen, als Imke hereinkam, während Moritz im Flur das Gespräch annahm.

»Gutes Timing«, sagte Steffi. »Essen ist in zwanzig Minuten fertig.«

»Du bist ein Schatz.«

»Ne, ganz egoistisch. Ich hatte Lust zu kochen.«

»Trotzdem: Danke.« Auch ihre Tochter hatte ein Problem, Lob und Anerkennung anzunehmen, wurde Imke in diesem Moment bewusst. Auch sie verkehrte nette Worte häufig ins Gegenteil. Es vererbte sich. Es übertrug sich. Man war nichts Besonderes. Man war es nicht wert, beachtet zu werden. Sie nahm ihre Tochter in den Arm. Prompt machte sie sich los. »He, Mama. Warum so sentimental?«

»Bin ich nicht. Ich will dir nur sagen, dass du eine wunderbare junge Frau bist und keine Egoistin. Dass ich dich so mag, wie du bist, und dass ich dich liebe. Und das kannst du ruhig annehmen und einfach so stehen lassen. Okay?«

»Ja. Ist okay!« Steffi warf die Arme in die Luft und sah sie verwundert an. »Ist echt alles in Ordnung?«

»Ich hätte weiß Gott was dafür gegeben, wenn Mama so etwas mal zu mir gesagt hätte«, sagte Imke. »Und jetzt ist es gut.« Sie trug die Tasche in ihr Speisekammer-Büro und nahm die Akten heraus.

Steffi folgte ihr und legte die Arme um sie. Automatisch wollte Imke ihre Tochter abwehren. Doch sie schaffte es gerade noch, das nicht zu tun. »Und du bist die beste Mutter, die man haben kann«, erklärte Steffi. »Du hast das toll gemacht, obwohl Oma mit ihren Gefühlen so geizig ist. Das kannst du jetzt auch einfach mal so stehen lassen.«

In Imkes Hals setzte sich ein Klumpen. »Ist gut.«

»Hab ich was verpasst?« Moritz kam mit dem Handy herein.

»Nur eine Runde Sentimentalitäten«, erklärte Steffi und verschwand in die Küche.

Fragend sah Moritz sie an. Imke zuckte mit den Schultern. »Was gibt's?«

»Gregor ist dran und fragt, ob er und Nette vorbeikommen können. Sie sind bei ihren Recherchen auf etwas Interessantes gestoßen. Passt dir das?«

»Ja, natürlich.«

Moritz verschwand aus ihrem Büro, und sie wollte die Zeit bis zum Essen nutzen, um einen Blick in die Heimakten zu werfen. Sie rochen ein wenig muffig, waren aber in gutem Zustand und nur an den Kanten abgegriffen. Auf dem Aktendeckel stand die Aufschrift: *Katholisches Erziehungsheim Sankt Marien.* Darunter befanden sich vorgedruckte Linien, in die handschriftlich die Daten der Fürsorgezöglinge eingetragen waren.

Warum hatte man diese Akten aussortiert und nicht mit den anderen nach München gebracht? Imke zog ihr Smartphone hervor und suchte die Fotos heraus, die sie am Nachmittag von den anderen Aktendeckeln gemacht hatte. Neben Peter und Karin Allenstein waren es siebzehn Namen, die Imke natürlich nichts sagten. Weshalb hatte Karins Akte in der ihres Bruders gesteckt? Hatte das etwas zu bedeuten?

Die Farbe auf den Vorderseiten war verblasst, ebenso Mamas und Peters Namen. Der des Vormunds und seine

Adresse standen auf beiden Vorderseiten. Udo Krohnen, Rechtsanwalt mit Kanzlei in der Nymphenburger Straße. Imke atmete durch und schlug die Akte ihrer Mutter auf. Ein Stapel Papier befand sich darin. Sie blätterte ihn durch. Der Aufnahmebogen vom September 1956. Der Durchschlag des Gerichtsbeschlusses zur Heimeinweisung, die der Vormund beantragt hatte. Seine Begründung: Sittliche Verwahrlosung.

Wie konnte das sein? Ihre Mutter war schrecklich prüde. Nicht ein Mal hatte sie Mama in einem Badeanzug oder Bikini gesehen, geschweige denn jemals nackt. Ihrer Mutter war alles Körperliche zuwider. Und sie war außerstande, zärtlich zu sein. Als Jugendliche hatten Geli und sie sich gefragt, wie Mama wohl mit ihnen schwanger geworden war. Etwa nach dem Motto »Close your eyes and think of England«? Sittlich verwahrlost? Das passte nicht zu Mama.

Es folgten mehrere Seiten knapp formulierter Beurteilungen, wie sich der Fürsorgezögling Karin Alleinstein im Heim gemacht hatte, die Imke erst einmal nur überflog. Frech. Vorlaut. Widerständig. Ungezogen. Renitent. Nicht bildungsfähig. Später dann: Fügsam, fleißig, still, gelehrig. Die knapp formulierten Beurteilungen endeten im Mai 1961, als Karin volljährig geworden war und das Heim verlassen durfte, um ins nächste zu ziehen. In das Heim der Barmherzigen Schwestern in München, wo sie ihre Ausbildung beginnen durfte. Die Nonnen lobten sich, wie gut es ihnen gelungen war, dieses Mädchen auf den rechten Weg zu bringen und aus ihr ein wertvolles Mitglied der Gesellschaft zu machen. In Imke verkrampfte sich etwas, verknotete sich, und ihre Hand ballte sich zur Faust. Medizin hatte Mama studieren wollen. Sie hatte das Gymnasium besucht, und dann hieß es plötzlich: nicht bildungsfähig!

Hinten im Aktendeckel befand sich eine eingeklebte Tasche. Etwas steckte darin. Sie nahm es heraus. Es war ein Bündel Briefe.

Moritz steckte den Kopf zur Tür herein. »Essen ist fertig. Kommst du?«

***

Während des Abendessens drehte sich das Gespräch zunächst um Mamas Sturz, der schlimmer hätte ausgehen können, und um die Frage, weshalb sie auf dem Dachboden gewesen war und was sie wohl mit dem alten Koffer wollte. Das hatte Imke ihre Mutter auch gefragt, aber keine Antwort erhalten. Vielleicht würde sie morgen mal einen Blick hineinwerfen, wenn sie in Mamas Haus nach dem Rechten sah.

Die Lasagne schmeckte köstlich. Nach dem Essen deckte Tobi den Tisch ab und räumte die Küche auf, während Imke wieder in ihrem Büro verschwand. Was waren das für Briefe in Mamas Akte?

Der oberste war an Doris Allenstein in der Nibelungenstraße in München adressiert. Eine Briefmarke klebte in der rechten oberen Ecke, war aber nicht abgestempelt. Links hatte jemand das Kuvert handschriftlich mit einer ›1‹ nummeriert. Es war sauber aufgeschnitten. Imke nahm den Brief heraus. Ein Blatt. Vorne und hinten so eng beschrieben, dass die Schrift nur schwer zu entziffern war. Imke überflog den Text. Er begann mit *Liebe Mami, es tut mir so leid* und endete damit, dass Mama ihre Mutter beschwor, sie aus dem Heim zu holen. *Es ist Unrecht, was hier geschieht. Krohnen ist ein Schwein. Er hat etwas so Schmutziges und Unaussprechliches getan, dass ich es dir gar nicht schreiben kann.*

Grundgütiger!, dachte Imke und musste erst einmal verdauen, was ihre Mutter andeutete. Doch dann wurde ihr etwas anderes klar. Oma Doris hatte diesen Hilferuf ihrer Tochter nie erhalten! Er hatte das Heim nie verlassen. Er war in der Akte verschwunden. Mit zitternden Fingern nahm sie den nächsten Brief. Er trug die Nummer ›2‹. Die Marke war abgestempelt. Er kam von Oma Doris und war an Karin und Peter adressiert. Auch dieses Kuvert war akkurat geöffnet worden.

Meine liebe Karin, mein lieber Peter,

von Frau Meister vom Jugendamt habe ich erfahren, was geschehen ist und wo ihr seid. Krohnen wollte es mir nicht sagen, und es aus der Meister herauszubekommen, war nicht einfach. Haltet durch. Ich werde gerichtlich gegen den Beschluß vorgehen und mir das Sorgerecht zurückholen.

Das klang ganz und gar nicht nach einer Mutter, die froh war, ihre Kinder los zu sein. Mit fliegenden Fingern breitete Imke die Kuverts vor sich aus. Auf Mamas Briefen klebten nicht mal Marken. Sie hatte an ihre Mutter und an einen Fred Meinhardt geschrieben. Auch die Briefe von Oma und Fred waren alle ordentlich mit einem Brieföffner geöffnet worden. Die Nonnen hatten sie konfisziert. Keiner dieser Briefe hatte je seinen Empfänger erreicht. Die Nonnen hatten den Kontakt zwischen Oma und ihren Kindern verhindert.

Das war so unsäglich niederträchtig!

»Diese Weiber!«, flüsterte Imke. »Diese verdammten Weiber!« Wie elend Mama sich gefühlt haben musste. Wie allein und im Stich gelassen. Wie ungeliebt. Als keine Antworten auf ihre Briefe kamen.

Imke bemerkte ein Kuvert, das anders aussah. Die Adresse war mit Maschine geschrieben. Der Absender war Udo Krohnen. Auch dieser Brief trug eine Nummer, die 17.

München, den 17. März 1957

Sehr geehrtes Fräulein Allenstein,

heute habe ich die traurige Pflicht, Ihnen und Ihrem Bruder Peter den Tod Ihrer Mutter bekanntzugeben. Sie starb vorgestern bei einem tragischen Verkehrsunfall in München.

Wegen der Beisetzung, die übermorgen auf dem Münchner Waldfriedhof stattfindet, werde ich mich mit der Schwester Oberin ins Benehmen setzen und hoffe doch sehr, daß Ihr Betragen und das Ihres Bruders Ihrer beider Teilnahme zuläßt.

Hochachtungsvoll
Udo Krohnen

Anne

Am selben Tag, an dem Imke die Briefe ihrer Oma und Mutter fand, hatte Anne gegen Mittag völlig ausgepowert das Fitnessstudio verlassen, das sie zweimal pro Woche besuchte. Seit sie selbständig war – sie nannte es nicht »arbeitslos« –, ging sie schon am Vormittag zum Spinning.

Heute hatte sie das Work-out nötig gehabt, um vom Ärger auf ihre Mutter runterzukommen. Mama hatte sich einen Anwalt genommen und der hatte ihrem Anwalt geschrieben, dass seine Mandantin einer gerichtlichen Auseinandersetzung gelassen entgegensah. Es war so bodenlos dumm. Sie konnte nicht gewinnen. Doch darum ging es Mama auch nicht. Sie wollte Anne auf ihren Platz verweisen. Ihr zeigen, wer sie war. Ein lästiges Gör, das sie nie gewollt hatte. Ja, ich nehme das persönlich, dachte Anne. Obendrein war es ärgerlich, weil es nun noch Monate dauern konnte, bis sie ihr Geld endlich bekam. Vergeudete Zeit beim Aufbau ihres Unternehmens. Dabei war Feininger überzeugt gewesen, dass Mama das Geld in dieser aussichtslosen Lage freiwillig zahlen würde. Er kannte ihre engstirnige und feindselige Mutter eben nicht.

Nach dem Training ging sie, wie immer, in das Restaurant gegenüber, um eine Kleinigkeit zu essen. Sie betrat das Lokal und steuerte ihren Stammplatz an. Doch dort saß bereits jemand. Es war Ludwig Weigelt. Ein Schreck durchfuhr sie. Instinktiv wollte sie kehrtmachen. Doch er hatte sie schon gesehen, und ihr blieb nichts anderes übrig, als gute Miene zu einem Spiel zu machen, von dem sie noch nicht wusste, wer die Regeln bestimmte. Sie zauberte ein überraschtes Lächeln aufs Gesicht. »Grüß dich, Ludwig. Das ist ja ein Zufall.«

»Ist es nicht. Setz dich.« Er wies auf den Stuhl gegenüber.

Hoppla. Was für ein Kommandoton. Sie hatte keine Lust, mit ihm zu reden. Doch sie nahm Platz. »Du hast also auf mich gewartet. Was gibt es denn so …« Sie suchte nach einem passenden Wort. »Konspiratives, dass man das nicht per Mail oder am Telefon klären kann?«

»Manche Botschaften überbringt man besser persönlich. Also hör mir zu, meine Liebe.« Er beugte sich vor und sah ihr in die Augen. »Ich weiß, dass du hinter dem Video steckst und auch hinter der Budapest-Sache. Ich kann es noch nicht beweisen. Doch der Tag wird kommen, und dann mache ich dich fertig. Und noch ein Rat: Ich habe ein Auge auf dich. Also benimm dich anständig. Nicht, dass es dir eines Tages ergeht wie mir und ein Video von dir kursiert, das du ganz sicher nicht mit der halben Menschheit teilen möchtest.«

»Wow! Ludwig. Was für ein Auftritt. Hätte ich dir gar nicht zugetraut.« Mit einem Lächeln lehnte sie sich in ihrem Stuhl zurück und legte die Hände locker auf die Oberschenkel. Ihre Körpersprache signalisierte restlose Offenheit. »Doch du irrst dich. Mein Gewissen ist rein.« Sie sah ihm direkt in die Augen, und es gelang ihr tatsächlich, ihn zu verunsichern. Für einen Moment entgleiste ihm die Mimik. Was bedeutete, dass er nichts gegen sie in der Hand hatte. Nicht mal das Schwarze unter dem Fingernagel. Er bluffte, und sie legte nach. »Steig doch mal hinab in deinen Keller. Ich bin sicher, da gibt es noch andere mit Rachegelüsten.«

Ludwig schob den Stuhl zurück. »Ich habe ein Auge auf dich. Ein Profi geht dieser Angelegenheit auf den Grund.«

»Schicke ihn in deinen Keller. Ich schwöre dir, ich habe nichts damit zu.« Sie hielt wieder seinem Blick stand.

»Wer dann?«, fragte er. Er fiel wirklich auf ihr Theater herein. Es war köstlich. Anne behielt ihr Pokerface bei und zuckte mit den Schultern. »Was weiß ich. Und jetzt würde ich es begrüßen, wenn du deinen Verschwörungstheorien anderswo frönst.«

Er ging wirklich. Sie hatte ihn völlig aus dem Konzept gebracht. Verblüfft und amüsiert zugleich sah sie ihm nach. Es war nicht zu fassen, was für ein Dilettant er war.

***

Daheim angekommen, schaltete sie die Espressomaschine ein, nahm die Milch aus dem Kühlschrank und klappte den Laptop auf, der auf der Küchentheke lag. Bis ihr Kaffee fertig war, sah sie die eingegangenen Mails durch. Zwei kamen von Headhuntern, die via Xing an ihre Tür klopften. Kleine Klitschen. Wen hatten die denn schon im Portfolio? Sie überflog die Angebote, während sie den Cappuccino trank. Nichts dabei, das ihren Karriereplänen entsprach. Weshalb befasste sie sich überhaupt damit? Sie würde ihr eigenes Ding aufziehen. Es war längst entschieden.

Sie scrollte weiter durch die eingegangenen Mails. Eine kam von Geli und trug den Betreff »Augenöffner«. Vermutlich eine geballte Ladung an Vorwürfen und Anschuldigungen. Eigentlich hatte Anne keine Lust, das zu lesen, trotzdem öffnete sie die Nachricht. Statt der erwarteten Wortflut stand da nur eine Zeile. *Jetzt sind wir quitt.* Darunter ein Link zu einer Web-App, mit der man große Datenmengen verschicken konnte. Anne klickte darauf, und eine Datei wurde heruntergeladen. Es dauerte ein paar Minuten, und sie versuchte, das flaue Gefühl zu verscheuchen, das sich in ihrer Magengrube ausbreitete. Eine Retourkutsche von Geli? Wie du mir, so ich dir? Es gab aber keine verfänglichen WhatsApps von Alex an andere Frauen. Er war ihr treu. Er hatte keine heimliche Geliebte. Schließlich war die Datei geladen. Sie trug den Titel Säulenheiliger.mov und plötzlich bekam Anne es mit der Angst zu tun. Geli nannte Alex manchmal so. *Du hast ihn auf einen Sockel gestellt und einen Heiligen aus ihm gemacht. Dabei ist er auch nur ein Mann mit Fehlern und Schwächen.*

Anne klappte den Laptop zu. Sie wollte sich das nicht ansehen, und doch klappte sie ihn wieder auf und startete den Film. Denn Alex hatte damit ganz sicher nichts zu tun. Geli hatte sich irgendeine Gemeinheit ausgedacht.

Auf dem Bildschirm erschien ein Zimmer. Elegantes Design. In der Mitte ein Boxspringbett mit Tagesdecke und drapierten Kissen. Auf den Nachttischen brannten identische Lampen. Dunkle, zugezogene Vorhänge. Das Muster der Tapete kannte Anne. Türkis, braun, silber. Das Hotel in Kopenhagen, in dem Alex vor Kurzem während der Tagung abgestiegen war. Eine Frau erschien im Bild. Etwa Anfang dreißig. Attraktiv. Kupferblonde Locken und dazu ein petrolblaues Oberteil. Eine tolle Farbkombination. Im Hintergrund hörte Anne eine Tür schlagen und leises Klirren. Die Frau kam nah an die Kamera heran und strich sich eine

Locke aus dem Gesicht, als ob sie in einen Spiegel sah. Sie war eine Schönheit und kaum geschminkt. Genau der Typ Frau, den Alex anziehend fand. Sie wandte sich ab, setzte sich auf die Bettkante und schlug die Beine so übereinander, dass der Rock ein Stück nach oben rutschte. »Machst du den Sekt für uns auf?«

Ein Mann kam ins Bild. Eine Flasche und zwei Gläser in den Händen. Es war Alex. Anne keuchte auf, knallte den Laptop zu und konnte für einen Moment keinen klaren Gedanken fassen. Es dauerte eine Weile, bis sie darauf kam. Es war ein Trick. Alex würde sie nie betrügen. Geli hatte einen Doppelgänger engagiert. Es war geradezu lächerlich! Sie klappte den Laptop wieder auf, drehte den Ton ab und atmete durch. Jetzt einen kühlen Kopf bewahren!

Der Mann wandte sich zur Kamera. Sie fror das Bild ein. Es war kein Doppelgänger. Es war Alex. Ihr Mann, der ihr geschworen hatte, treu zu sein. Nur sie zu lieben! Kalter Hass stieg in ihr auf. Der traute sich was!

Sie ließ den Film ohne Ton weiterlaufen, sah zu, wie er mit dieser Nutte anstieß und dann über sie herfiel.

Eine Mischung aus Wut und Scham staute sich in ihr und brach sich Bahn. »Du verdammtes Arschloch!«, brüllte sie, riss den Laptop vom Tisch und schleuderte ihn quer durch die Küche. Er knallte gegen den Kühlschrank, fiel zu Boden und zerbarst in mehrere Teile. »Du Wichser. Du schwanzgesteuerter Idiot. Wie kannst du in Gelis Falle laufen! Wie kannst du mich derart erniedrigen und lächerlich machen!« Geli saß jetzt sicher grinsend auf ihrem scheußlichen weißen Sofa und lachte sich schlapp.

Aus dem Fach mit den Spirituosen nahm Anne Alex' Whiskey. Einen einundzwanzig Jahre alten Highland Park, den er nur zu besonderen Anlässen trank. Sie schenkte sich einen Doppelten ein und stürzte ihn hinunter. Ihre Wut wurde nicht geringer, sondern größer. Sie ging ins Schlafzimmer, riss seine Klamotten aus dem Schrank und seiner Kommode, holte die Mülltüten aus der Küche und stopfte alles hinein. Seine Unterhosen, seine Krawatten, seine Socken, seine Manschettenknöpfe und seine scheißteuren Uhren, die sie ihm gekauft hatte. Dieser verdammte Depp!

Heulend schenkte Anne sich noch einen doppelten Highland Park ein, kippte den Rest des dreihundert Euro teuren Whiskeys in den Ausguss und legte sich aufs Bett. Wie konnte Alex ihr das antun! Hatte sie in den letzten Monaten nicht schon genug durchgemacht? Erst Ludwigs Intrige. Dann Mama, die ihr nicht geben wollte, was ihr zustand, und sie zwang, vor Gericht zu gehen. Wodurch sie endgültig zur Außenseiterin der Familie wurde. Wirklich dazugehört hatte sie ja nie. Und dann noch Imke, die sich das Vermögen unter den Nagel reißen wollte. Geli, die ihr jede Hilfe verweigerte und Alex diese Falle gestellt hatte. Und er lief sehenden Auges hinein. Dieser testosterongesteuerte Neandertaler! Nur die Aussicht auf ihr eigenes Unternehmen hatte sie bisher all das ertragen lassen. Doch jetzt fühlte sie sich wie eine Ertrinkende, der niemand einen Rettungsring zuwarf. Im Gegenteil. Man tauchte sie auch noch unter. Anne zog die Decke über den Kopf und weinte.

***

Als Alex am Abend nach Hause kam, war sie bereit. Sie hatte geduscht, die verquollenen Augen gekühlt und sich geschminkt. Den Triumph, sie am Boden zu sehen, gönnte sie ihm nicht. Wenn hier jemand als Sieger vom Platz ging, dann sie.

Im Flur standen die Mülltüten, ordentlich mit Tape verschlossen, sowie seine beiden Koffer und einige Kartons. Sein ganzer Krempel war gepackt und musste von ihm nur noch mitgenommen werden. In der Apotheke hatte sie sich ein Beruhigungsmittel besorgt und drei Tabletten genommen anstatt einer, wie es auf dem Beipackzettel stand. Sie fühlte sich wie heruntergedimmt, völlig abgeschnitten von ihren Gefühlen, ein wenig schwebend. So ganz knapp über dem Boden. Sehr cool. Sehr souverän.

Er hatte wie immer eine WhatsApp geschickt, als er sich auf den Weg gemacht hatte, und sie erwartete ihn im Flur mit durchgedrücktem Rücken und ihrem Smartphone, auf das sie sich Gelis Video noch einmal geladen hatte. Der Laptop war Schrott.

Während sie auf Alex wartete, kam eine SMS von Imke. Mama war im Krankenhaus. Im ersten Moment dachte sie, dass der Erbfall eintreten würde und sich wenigstens dieses eine Problem von selbst löste. Doch es war nur ein verknackster Knöchel. Musste Imke wegen einer Lappalie so viel Aufhebens machen?

Sie hörte den Schlüssel im Schloss und wappnete sich. Alex kam herein und stutzte, als er sie sah, wie eine Marmorstatue, vor allem aber die Koffer, Tüten und Kartons. »Hallo Liebes. Was ist los?«

»Hast du Bluetooth auf deinem Handy an?«

»Ja. Warum?«

Sie nahm ihres, öffnete Airdrop und teilte das Video mit ihm, das sie sich doch noch einmal angesehen hatte. Mit Ton. »Eine kleine Erinnerung an Judith. Die ist bei dir besser aufgehoben als bei mir. Meinst du nicht auch?«

»Ich verstehe nicht, was …« Er verstummte. Offenbar fiel gerade der Groschen.

»Genau. *Diese* Judith.«

Alex setzte sich in den Flursessel und ließ seinen Blick über das Sammelsurium seiner Sachen wandern. »Du wirfst mich also raus. Wusste ich es doch. Du hast das bestritten und gesagt, du würdest mir verzeihen.«

»Einen One-Night-Stand. Vielleicht.«

»Mehr war das nicht.«

»Irrtum. Geli hat sich das richtig was kosten lassen. Sehr professionell. Das Mädchen und das Video.«

Irritiert sah er sie an. »Was hat Geli damit zu tun?«

»Sie hat dir eine Falle gestellt, um es mir heimzuzahlen. Das Video, wie du diese Nutte fickst, war ihr Augenöffner für mich.«

Überrascht sah Alex sie an, dann fuhr er sich mit der Hand übers Gesicht. »Sie hat das eingefädelt?«

»Ja!«

Einen Moment schwieg er. »Was seid ihr nur für Schwestern? Ich verstehe euch nicht.«

»Es reicht, wenn du verstehst, dass unsere Ehe damit beendet ist. Nimm deine Sachen und verschwinde.«

Er sah hoch zu ihr. »Im Ernst jetzt? Wegen einer Dummheit, die keinerlei Bedeutung hat?«

»Du verstehst es nicht«, sagte sie so ruhig, als ob sie zu einem Kind sprach. »Das war keine Bettgeschichte. Das war eine Retourkutsche. Eine herrliche Demütigung für mich. Und du hast dich dafür hergegeben.«

Alex schüttelte den Kopf. »Nicht wissentlich. Wenn es stimmt, was du sagst, dann hat Geli mich benutzt. Aber egal. Lassen wir das.« Müde winkte er ab. »Du siehst wieder einmal nur die eine Seite der Medaille. Deine. Du alleine zählst. Deine verletzten Gefühle. Sonst nichts. Ich erwarte nicht, dass du die Perspektive wechselst und die andere

Seite siehst. Mich. Oder deine Mutter oder Schwestern. Deine Mitarbeiter und Kollegen. Diese Fähigkeit ist dir leider vollständig abhandengekommen. Sehr ausgeprägt war sie nie.«

Er stand auf und steckte sein Handy ein. »Ich lasse meine Sachen morgen abholen. Oder stören sie dich? Dann kümmere ich mich gleich darum.«

»Morgen ist in Ordnung.«

»Gut. Dann … Ja, was sagt man in so einer Situation?«

»Mach's gut. Das genügt.«

»Ja, dann: Mach's gut.« Er wandte sich zum Gehen, drehte sich aber noch einmal um. »Ein offenes Wort zum hoffentlich nicht Schluss. Ich hoffe, du besinnst dich, was fünfzehn gemeinsame Jahre bedeuten. Dass es mal ein Fundament gab, auf dem diese Ehe stand …«

»… und das du zerstört hast.«

»Wir haben uns beide verändert. Vor allem aber du. Es ist dir vielleicht nicht bewusst, aber du machst dich wirklich zum Mittelpunkt von allem. Alles dreht sich nur noch um dich und deine verletzten Gefühle. Auch wenn niemand die Absicht hatte, dich zu kränken, bist du gekränkt. Und obendrein benimmst du dich wie ein rachsüchtiges Kind und führst Krieg gegen inzwischen beinahe jeden.«

»Sag doch gleich, dass ich narzisstisch und paranoid bin und eingewiesen gehöre.«

»Das wollte ich damit nicht sagen. Aber eine Psychotherapie könnte dir vielleicht helfen. Denk mal darüber nach.«

»Mach's gut«, sagte sie. Und es klang, wie es klingen sollte: kalt und endgültig. Ihre Kehle wurde ganz eng. Wenn er jetzt ging … Wenn er sie jetzt im Stich ließ …

»Ich hoffe, wir können morgen vernünftig darüber reden.«

Die Tür schloss sich hinter ihm.

Er war gegangen!

Er hatte sie wirklich verlassen. Fassungslos starrte sie auf die geschlossene Tür und hörte kurz darauf, wie der Fahrstuhl leise nach oben surrte, die Türen sich öffneten und schlossen. Alex war weg. Er hatte sich aus dem Staub gemacht. Tränen stiegen auf. Doch dieser Mistkerl war es nicht wert, dass sie ihm auch nur eine Träne nachweinte. Niemand hatte das Recht, sie derart zu beleidigen und vorzuführen. Auch er nicht. Seine Liebe war nichts wert. Sie war nur geheuchelt. Er war nichts Besonderes, sondern ein ganz normales Arschloch.

Imke

Imke starrte noch auf Krohnens Brief in ihrer Hand, als Moritz ins Speisekammer-Büro kam und sagte, dass Gregor und Nette gekommen waren. Doch seine Worte drangen nicht wirklich zu ihr durch.

»Imke? Ist alles in Ordnung?«

Imke sammelte sich. »Mir geht's gut. Es ist nur ... In Mamas Heimakte ... Es sind alle Briefe darin, die sie an ihre Mutter geschrieben hat. Und umgekehrt: Omas Briefe an Mama. Die Nonnen haben sie ihr nicht gegeben. Sie hat sie nie zu Gesicht bekommen. Das ist so ... Ich mag mir gar nicht vorstellen, was das für sie bedeutet hat. Das ist so gemein.«

Moritz zog sie an sich. »Oje. Diese Weiber!«

»Außerdem ... In ihrem ersten Brief an ihre Mutter deutet Mama einen Missbrauch durch ihren Vormund an. Und dann beantragt dieser Mistkerl mit der Begründung ›sittliche Verwahrlosung‹ Fürsorgeerziehung für sie! Obendrein ist Oma im März 1957 tödlich verunglückt. Der Brief des Vormunds mit dieser Nachricht ist auch in ihrer Akte. Mama hat ihn nicht bekommen. Sie hat vom Tod ihrer

Mutter nichts erfahren! Das ist so niederträchtig, dass ich um mich schlagen könnte. Entschuldige. Aber das macht mich so wütend.«

»Beruhige dich doch.«

»Ich will mich nicht beruhigen. Ich könnte grad platzen. Diese verdammten Weiber haben Mama von vorne bis hinten belogen. Sie haben einen Keil zwischen sie und ihre Mutter getrieben. Mama muss ihre Mutter gehasst haben. Sie dachte, sie hätte sie verraten und verlassen. So ohne jede Nachricht. Ohne Antwort auf ihre Briefe. Und das mit der Heirat kann auch nicht stimmen.« Das wurde Imke in diesem Moment klar. »Oma hat nicht noch mal geheiratet. Sie schreibt in ihren Briefen nichts davon, sondern dass sie sich das Sorgerecht zurückholen wird und Karin und Peter so lange durchhalten sollen. Ich muss mit Mama reden.«

»Aber nicht mehr heute.«

»Natürlich nicht heute. Wobei ich gar nicht weiß, wie ich ihr das beibringen soll.«

»Jetzt atme mal durch und dann schlafe eine Nacht darüber. Vielleicht musst du ihr gar nicht sagen, was du herausgefunden hat.«

»Wie meinst du das?«

»Vielleicht weiß sie es längst. Sie wird nach ihrer Zeit im Heim nicht nur nach Peter gesucht haben.«

»Ja, natürlich.« Imke atmete durch. »Wenn wir Mama morgen aus der Klinik holen … Meinst du, wir können sie allein daheimlassen? Mit dem verstauchten Knöchel wird sie kaum die Treppe rauf- und runterkommen. Vielleicht sollten wir sie für ein paar Tage zu uns nehmen.«

»Lass uns das morgen besprechen. Gregor und Nette warten.«

Moritz hatte recht. Alles zu seiner Zeit. Imke nahm die Heimakten und folgte ihm ins Wohnzimmer.

Sie begrüßten sich. Moritz holte Wasser, Wein und Gläser und etwas zum Knabbern aus der Küche. Imke legte die Akten auf den Tisch und erzählte, wie sie an die gekommen war und dass es mehr davon gab.

»Darf ich mal reinsehen?«, fragte Gregor.

»Natürlich. Die restlichen sind in Onkel Brunos Küchenbank. Weshalb sie aussortiert und beiseitegeschafft wurden, weiß ich allerdings nicht. Und was habt ihr entdeckt?«

»Tja.« Gregor fuhr sich über den Bart. »Wir haben eine Vermutung, was mit Peter geschehen ist. Er ist nicht der einzige Fürsorgezögling, der davongelaufen und nie wiederaufgetaucht ist.« Er nahm das Glas Wein, das Moritz ihm reichte, und sah zu Nette, die sich gerade einen Cracker in den Mund schob. »Du hast das entdeckt. Deine Story.«

»Sekunde«, sagte sie und schluckte hinunter. »So, jetzt geht's, ohne dass ich Krümel versprühe. Also: Das Vermisstenbuch der Wasserburger Polizei mit Peters Fall umfasst den Zeitraum von 1956 bis 1962. Ich habe darin noch vier weitere Vermisstenanzeigen aus Sankt Marien gefunden. Alle ohne jeden Hinweis auf den Verbleib der Kinder. Es gab nie eine Spur von ihnen. Peter ist der Erste, die vier anderen sind nach ihm davongelaufen. Daraufhin haben wir uns auch die anderen Vermisstenbücher angesehen. Im Buch von 1963 bis 1969 gibt es weitere vier und in dem von 1970 bis 1975 noch einmal drei. Zwölf verschwundene Kinder im Zeitraum von fünfzehn Jahren. Sie alle sind aus dem Heim fortgelaufen und wurden nie wiedergesehen.«

»Seid ihr sicher?«, fragte Imke. »Vielleicht haben sie sich ja bei ihren Angehörigen gemeldet, und die Polizei hat davon nichts erfahren.«

Gregor schüttelte den Kopf. »Sieht nicht so aus. Wir sind gerade dabei, das zu recherchieren. In den Vermisstenanzeigen stehen die Geburtsdaten der Kinder und die Adressen der Angehörigen. Mit etlichen konnten wir schon sprechen. Wir haben auch in Einwohnermeldeämtern nachgeforscht. Noch ist das nicht vollständig, aber es ergibt sich ein Bild.«

»Keiner dieser zwölf Fürsorgezöglinge hat sich später irgendwo angemeldet«, sagte Nette. »Der Jüngste war obendrein erst neun. Wie hätte sich ein Neunjähriger allein durchschlagen sollen?«

Moritz beugte sich vor. »Was vermutet ihr? Etwa Mord?«

»Juristisch betrachtet wäre es wohl eher Totschlag. Ihr wisst, wie es in den Heimen zu dieser Zeit zuging«, sagte Gregor. »Nicht nur in Deutschland. Überall.«

»Ich habe mal eine Dokumentation über die Heim-Skandale in Irland und England gesehen«, sagte Imke. Sie hatte das nur niemals mit sich und ihrer Familie in Verbindung gebracht. Sie hätte es auch nicht für möglich gehalten, dass es in der BRD genauso schlimm gewesen war.

Das erklärte sie nun, und Gregor entgegnete, dass Menschen nun einmal Macht missbrauchten, sobald sie sie hatten. »Die Kinder und Jugendlichen konnten sich nicht wehren. Und für die Eltern gab es so gut wie keine rechtlichen Möglichkeiten. Obendrein waren sie in der Regel nicht sehr gebildet, oft auch arm und konnten sich keinen Anwalt leisten. Familien und ledige Mütter, die ohnehin am Rand der Gesellschaft standen. Da sah man nicht so genau hin. Die Fürsorgezöglinge waren ideale Opfer für Machtmissbrauch. Manche haben das nicht überlebt.«

Imke musste plötzlich daran denken, was Franziska Plank über ihren Vater erzählt hatte. Ein paar Informationen sortierten sich zu einem überraschenden Bild. Konnte stimmen, was sie gerade dachte? Sie wandte sich an Nette. »Du hast gesagt, dass Peter der Erste war, der spurlos verschwunden ist.«

»Wir haben keinen Vermisstenfall vor ihm gefunden.«

»Peter ist im September 1958 davongelaufen. Nur wenige Monate zuvor ist ein neuer Arzt ins Dorf Warting gezogen. Doktor Plank. Sein Vorgänger war überraschend gestorben. Er hat dessen Praxis übernommen und war auch für das Kinderheim zuständig. Wir haben seine Tochter kennengelernt. Sie hat uns erzählt, wie ihr Vater in seinen ersten Wochen in Warting zu einem Todesfall ins Heim gerufen wurde und die Nonnen die Leichenschau verhindern wollten. Sein Vorgänger wäre pietätvoller gewesen, haben sie gesagt. Doch Franziskas Vater hat die Leichenschau durchgeführt und erhebliche Verletzungen festgestellt. Das Mädchen war misshandelt worden. Es gab eine Obduktion, allerdings kein rechtliches Nachspiel.«

»Ja?«, fragte Moritz. »Worauf willst du hinaus?«

»Der vorherige Arzt hat offenbar den Nonnen geholfen, unnatürliche Todesfälle zu vertuschen, indem er natürliche Todesursachen bescheinigte. Dr. Plank hat sich geweigert, das zu tun, und es hatte ein Nachspiel. Das für die Heimleitung allerdings glimpflich ausgegangen ist. Ich frage mich gerade, ob die Nonnen sich wirklich zusammengerissen haben, wie Franziska glaubt. Es gab keinen weiteren unklaren Todesfall mehr, hat sie gesagt. Doch stimmt das? Hat sich der Erziehungsstil im Heim von einem Tag auf den anderen geändert? Wurde nicht weiter geprügelt und gefoltert und missbraucht? Gab es nicht doch noch Todesfälle, die man vertuschen wollte? Das frage ich mich. Und weit und breit kein willfähriger Arzt. Was macht man da?«

Nette zog die Stirn in Falten. »Du meinst, sie haben die Leichen der Kinder verschwinden lassen.«

»Das wäre doch möglich. Es wäre auch eine Erklärung für die Akten in Onkel Brunos Küchenbank. Etwas muss besonders daran sein. Sie sollten nicht nach München ins Archiv wandern. Man hat sie aussortiert. Allerdings sind es mehr als zwölf.«

Gregor beugte sich vor. »Zeitlich würde es passen. Peter ist der Erste, der vermisst gemeldet wurde. Kurz nachdem es den neuen Arzt gab, der sich querstellte. Man meldet die Kinder als Ausreißer bei der Polizei. Und niemand fragt weiter nach Peter und Emil, nach Marie, und wie sie alle hießen.«

Imke fröstelte, als sie die Namen hörte. »Emil und Marie, sagst du? Ich habe Fotos von den anderen Akten.« Sie zog das Smartphone hervor und scrollte zu den Aufnahmen. »Ein Emil ist dabei und auch eine Marie. Eine Edith. Hast du die restlichen Namen?«

Nette las ihre Liste vor. Imke glich sie mit den Fotos der Aktendeckel ab, und danach war klar, dass es sich um die Akten der zwölf vermissten Kinder handelte und um einige andere, unter anderem die von Mama.

»Wow«, sagte Gregor. »Langsam wird es richtig interessant.«

Fragend sah Moritz in die Runde. »Und was machen wir jetzt?

»Die Akten aus der Küchenbank holen«, sagte Gregor.

»Mit Schmalisch reden«, sagte Imke. Auf einmal verstand sie sein Gerede vom Jüngsten Gericht.

Anne

Er ist ein ganz normales Arschloch, dachte Anne und konnte es nicht glauben, dass Alex sie verlassen hatte. Abgelegt. Wie einen alten Mantel. Sie stand noch im Flur, hörte, wie sich draußen leise die Lifttüren öffneten und schlossen und der Fahrstuhl nach unten surrte. In die Tiefgarage, wo Alex' Wagen stand, in den er steigen und mit dem er aus ihrem Leben verschwinden würde. Für immer. Unglaublich.

Sie ging in die Küche. Die Stille legte sich wie Watte über ihre Ohren. Nicht einen Versuch hatte er unternommen, sie umzustimmen. Nur ein Lippenbekenntnis, dass er sie nicht verlieren wollte. Dennoch war er gegangen. Hatte das Weite gesucht. So schnell es ging.

Sie stellte sich ans Fenster, lehnte den Kopf gegen die Scheibe und sah hinaus in den Sommerabend, der langsam in Dämmerung überging. Ein zarter Schein jenseits des Neckar am Horizont. Als ob nichts wäre. Rosa Wolken am Himmel. Dabei war Alex weg, und sie fühlte sich hohl und leer, überrascht, überrumpelt, maßlos erstaunt. Aber auch wie ausgekotzt und darauf herumgetrampelt.

Sie entkorkte eine Flasche Wein und suchte nach der Tafel Schokolade, die hier noch irgendwo liegen musste. Während sie Wein trank und Schokolade aß, ließ die Wirkung der Beruhigungstabletten nach, und ein Gefühl breitete sich in ihr aus, wie sie es noch nie gefühlt hatte. Teerschwarz, schwer und zäh. Und doch auch seltsam tröstlich. Als hätte sie danach gesucht und es endlich gefunden. Und nun musste er ausgekostet werden, dieser bittersüße Schmerz. Bis zur Neige, denn er ließ sie spüren, dass sie lebte. Dass es sie wirklich gab, auch wenn sie nichts war und niemand sie mochte, geschweige denn liebte. Ihre Mutter nicht. Ihre Schwestern nicht und schon gar nicht ihr Mann. Ein wohltuender Schmerz. So schrecklich schön.

Sie schenkte sich vom Wein nach und legte den Kopf in den Nacken. Über ihr an der Decke baumelte ein einsamer Spinnwebfaden. Wie eine Hängebrücke über dem Abgrund. Und so fühlte sie sich auch, als ob sie über einem Abgrund balancierte. Auf einem Seil, das sie nicht tragen konnte. Etwas würde passieren. So oder so.

Nach dem dritten Glas Wein verblasste der schöne Schmerz und langsam stieg der gewohnte Hass in ihr auf. Der vertraute Zorn. Diese ohnmächtige Wut auf alle, die ihr so übel mitspielten. Die sie missachteten und ihr Leben zerstörten. Die sie vernichten wollten.

Und dann stellte sie sich vor, wie Geli es sich jetzt, genau in diesem Moment, auf ihrem weißen italienischen Designerledersofa gemütlich machte und das Glas auf ihre zerstörte Ehe hob. Wie sie sich ins Fäustchen lachte, es ihrer hochmütigen Schwester heimgezahlt zu haben. *Jetzt sind wir quitt!*

Das werden wir ja sehen!, dachte Anne.

Was für ein mieses Spiel Geli gespielt hatte! Und so akribisch vorbereitet. Sie hatte nicht nur eine Menge Geld in Judith investiert, sie musste auch jemanden angeheuert haben, der Alex ausspioniert hatte, damit sie ihm die Falle stellen konnte.

Judith sprach akzentfrei Deutsch. Geli hatte dieses Flittchen tatsächlich nach Kopenhagen einfliegen lassen. Sie hatte ein Vermögen für ihre Retourkutsche ausgegeben. Während sie nicht bereit gewesen war, ihr auch nur einen Cent für den Unternehmensstart zu leihen. Noch dazu hatte sie mit gezinkten Karten gespielt. Während sie selbst nur eine WhatsApp weitergeleitet hatte. Die Wahrheit. Keine Lüge, keine Falle. Sondern Fakten. In der Nachricht an Niklas war es um eine Tatsache gegangen. Um einen Augenöffner. Während es Geli um Rache ging. In ihrem Hass hatte sie eine Lüge kreiert.

Geli hatte ihre Ehe zerstört! Vorsätzlich und sehenden Auges. Und nun wähnte sie sich im Recht: Sie hatte es ja gewusst. Kein Säulenheiliger.

Jetzt sind wir quitt.

»Das sind wir noch lange nicht!« Anne fegte das Glas von der Küchentheke. Es zerbarst. Rotwein spritzte gegen Wände und Küchenfronten. »Noch lange nicht, meine Liebe. Darauf kannst du wetten.«

Im Flur riss sie den Wagenschlüssel aus der Schale und die Handtasche vom Sideboard. Die Wohnungstür fiel krachend hinter ihr ins Schloss. Der Lift wollte nicht kommen. Sie wartete nur einen Moment, dann lief sie die fünf Etagen hinunter bis in die Tiefgarage und riss die Tür ihres Wagens auf. Einen Moment später schoss sie mit aufheulendem Motor auf die Straße. Kurz vor der Autobahnauffahrt befand sich eine Tankstelle. Sie tankte voll. Auch den Reservekanister, und kaufte noch ein Feuerzeug. Weiter ging es auf die Autobahn. Gut zwei Stunden Fahrt lagen vor ihr. Sie gab Gas. Linke Spur. Lichthupe.

Dieses Miststück!

Dafür würde Geli bezahlen. Der Hölle Rache kocht in meinem Herzen! Anne wusste nicht, woher diese Zeile stammte, woher sie kam, aber sie konnte nicht aufhören, sie zu denken. Der Hölle Rache kocht in meinem Herzen!

Die Autobahn war voll. Sie blieb auf der linken Spur. Auf der mittleren waren die Schleicher unterwegs. Die Dämmerung ging in Dunkelheit über. Sie bretterte Richtung München. Der Tacho zeigte 190. Nach dem Flughafen ließ der Verkehr nach. In der temporegulierten Strecke an der Geislinger Steige wurde sie gleich zweimal geblitzt. »Scheiß drauf!« Sie raste durch die Nacht.

Der Hölle Rache kocht in meinem Herzen!

Anderthalb Stunden später näherte sie sich München. Kurz hinter Augsburg zog ein Mittelspurschleicher auf die linke Spur. Ihr Fuß knallte auf die Bremse. Sie betätigte Lichthupe und Hupe. Das Heck ihres Wagens brach aus, krachte in die Leitplanke. Ein höllisches Knirschen von Metall auf Metall, und dann geschah für einen Moment alles in Zeitlupe. Der Wagen überschlug sich, drehte sich langsam um die Längsachse, während er durch die Luft schwebte wie eine Feder und dann mit dem Dach voran auf den Asphalt krachte. Ein tierisches Geräusch. Die Scheiben barsten. Funken und Scherben stoben um sie herum, und alles wurde schwarz.

Imke

»Wer ist Schmalisch?«, fragte Gregor.

»Ein ehemaliger Fürsorgezögling aus Sankt Marien«, sagte Imke. »Wir haben ihn kennengelernt, als wir das Heim das erste Mal besichtigt haben. Er ist ein wenig wirr im Kopf. Vorhin haben wir ihn noch einmal getroffen, um ihn nach Peter zu fragen, und da hat er wieder – genau wie bei unserem ersten Treffen – vom Jüngsten Gericht angefangen, und dass die Toten aus den Gräbern steigen werden. Dass die Stunde naht, in der abgerechnet wird. Die Weiber und die Knechte vors Gericht, hat er gesagt. Vielleicht gibt es ja einen geheimen Friedhof in Sankt Marien, und Schmalisch weiß das.« Abwartend sah Imke in die Runde.

Nette fuhr sich durchs Haar. »Tja ... Also das wäre eine Möglichkeit.«

»Ist aber vielleicht doch ein wenig weit hergeholt.« Moritz gab mal wieder den Skeptiker.

»In England und in Irland wurden solche Friedhöfe bei einigen Heimen gefunden«, entgegnete Imke.

Gregor pfiff leise durch die Zähne. »Was für eine Story! Schmalisch. Die Akten in der Küchenbank. Ein geheimer

Friedhof und die Vermisstenbücher. Wir brauchen ein Team. Kamera und Ton. Nette, was meinst du?«

Für einen Moment war Imke unsicher. »Ich weiß nicht, ob Mama das recht wäre.«

»Wir werden mit ihr reden«, sagte Gregor. »Und nichts veröffentlichen, das sie nicht absegnet. Außerdem können wir den Schwerpunkt auf die vermissten Kinder legen, auf alle zwölf, und nicht auf Peter allein. Geschichten lassen sich auf vielfältige Art erzählen. Okay?«

Imke nickte. Obwohl sie nicht wusste, wie sie ihrer Mutter das erklären sollte. Und nun wurde ihr auch klar, dass es tatsächlich kaum noch Hoffnung gab, Peter lebend zu finden. Wenn stimmte, was sie vermuteten, war er vor langer Zeit gestorben.

»Karin können wir heute nicht mehr stören. Sie ist im Krankenhaus«, meinte Moritz. »Außerdem ist es schon spät. Oder wollt ihr bei Nacht und Nebel nach Gräbern suchen?«

»Nur keine Hetze«, sagte Gregor. »Wir müssen auch ein paar rechtliche Dinge beachten. Die Akten können wir uns nicht einfach holen. Es sei denn, die Köchin gibt sie uns. Wenn ich Imke richtig verstanden habe, wird sie das nicht tun.«

»Vielleicht macht ein Fernsehteam mehr Eindruck auf sie.«

»Gregor muss seinen Charme auspacken. Dann klappt das schon«, meinte Nette.

»Ein Vorschlag«, sagte Gregor. »Wir treffen uns morgen früh bei euch und fahren dann gemeinsam zu Schmalisch. Den können wir ja schon mal interviewen und uns den Friedhof zeigen lassen. Falls es ihn gibt. Denkst du, er redet mit uns?«

»Bring ein paar Flaschen Bier mit«, meinte Moritz. »Dann sollte das klappen.«

Imke schickte noch die Fotos der Aktendeckel auf Gregors Handy, dann verabschiedeten sich die beiden.

Die Kinder waren oben in ihren Zimmern. Vermutlich daddelte Tobi, und Steffi facetimte sicher mit einer Freundin. Imke und Moritz räumten unten auf und setzten sich dann mit einem Glas Wasser auf die Terrasse. Die Nacht war lau, und nebenan war es ruhig. Das Gespräch ging ihr noch durch den Kopf. Vielleicht hatte sie ja zu viel Fantasie, und den Friedhof gab es nicht. »Mist. Ich kann morgen gar nicht mitfahren. Ich muss nach Mama sehen. Wenn alles gut ist, wird sie aus dem Krankenhaus entlassen. Ich würde sie gerne zu uns holen, bis sie wieder richtig laufen kann.«

»Bei uns muss sie auch Treppen steigen. Selbst wenn sie auf dem Sofa schlafen würde. Das Bad ist oben«, entgegnete Moritz. »Wie wäre es, wenn Geli sie zu sich nimmt? Sie hat ausreichend Platz und ein Gästebad im Erdgeschoss.«

»Du weißt doch, dass sie sich nicht um Mama kümmern will.«

»Und Anne? Sie ist arbeitslos und könnte für ein paar Tage bei Karin einziehen?«

Imke lachte auf. »Sag bloß nie zu ihr, sie wäre arbeitslos. Dann reißt sie dir den Kopf ab. Außerdem verklagt sie Mama gerade auf den Pflichtteil. Schon vergessen? Da fliegen dann die Fetzen.«

»Oder sie versöhnen sich.«

»Ich bewundere deinen Optimismus.« Imke seufzte. »Vielleicht ziehe ich für ein paar Tage zu ihr. Ihr kommt hier auch ohne mich klar.«

»Oder du hilfst ihr morgens die Treppe hinunter und

abends wieder hinauf. Sie hat Telefon und Handy. Sie kann dich anrufen, wenn sie Hilfe braucht, und sie hat auch genügend Geld, um für ein paar Tage jemanden zu bezahlen, der sie unterstützt. Es gibt sicher einen Sozialdienst, der jemanden vermitteln kann.«

»Du klingst gereizt.«

»Bin ich auch. Sie war nie für dich da. Sie hat dich zurückgewiesen. Immer wieder. Wie jeden, und du reißt dir ein Bein für sie aus.«

»Ich bin nun mal ihre Tochter. Sie hat mich großgezogen, wenn auch mehr schlecht als recht. Vermutlich hat sie bei unserer Erziehung das Beste gegeben, das sie geben konnte. Sie hat es nicht böse gemeint, sondern einfach nicht besser gekonnt. Und das liegt ganz sicher an Sankt Marien. Hätte sie uns doch nur davon erzählt. Jedenfalls braucht sie jetzt Hilfe, und ich fühle mich für sie zuständig.«

»Ich weiß.«

»Das bin ich auch Papa schuldig.« Imke lehnte sich zurück, sah hinauf in den sternklaren Himmel und dachte wieder an Drachenblut. Es war die einzige Möglichkeit für Mama gewesen. Darin zu baden, um die Jahre in Sankt Marien zu überleben. Sie hatte sich diesen Panzer an Unverwundbarkeit zugelegt, und es war ihr nicht gelungen, ihn wieder abzulegen. Obwohl Papa sicher versucht hatte, sie davon zu befreien. Der Panzer war das eine und das andere vermutlich die Verwüstungen, die die Erlebnisse im Heim in ihrer Seele hinterlassen hatten. Wie ungeliebt und unzulänglich sie sich zeitlebens gefühlt haben musste. Wie viel Unrecht man ihr angetan hatte. Es war unvorstellbar. Warum hatte sie nie darüber gesprochen? Wir hätten doch Verständnis für dich gehabt!, dachte Imke. Kein Blick zurück? Es war die falsche Strategie gewesen.

Das Klingeln ihres Handys riss sie aus ihren Überlegungen und ließ auch Moritz hochfahren. »Wer ruft denn um diese Zeit noch an?«

Imke sah aufs Display. »Alex«, sagte sie verwundert und nahm das Gespräch an. »Hallo Schwagerherz. Ist was passiert?«

»Anne ist verunglückt. Die Polizei hat mich gerade angerufen. Ein Rettungshubschrauber bringt sie ins Klinikum Großhadern. Ich mache mich sofort auf den Weg. Kannst du zu ihr fahren? Wenn sie aufwacht ... Sie soll nicht allein sein.«

Der Schreck durchfuhr Imke wie ein elektrischer Schlag. »Ja, natürlich fahr ich zu ihr. Wie ... wie schlimm ist es denn?«

»Sie ist aus hartem Holz geschnitzt. Sie wird es schaffen. Wir reden, wenn ich da bin.« Alex legte auf. Moritz sah sie fragend an. »Anne hatte einen Unfall. Ich muss zu ihr ins Krankenhaus. Sagst du den Kindern Bescheid?«

* * *

Am nächsten Morgen wurde Imke nach vier Stunden Schlaf um halb sieben wach, kurz bevor der Wecker klingelte. Sie schaltete ihn aus und ging nach unten, um Frühstück zu machen. Die Kinder kamen um sieben in die Küche. Sie fragten, wie es Tante Anne ging. Imke war froh, Entwarnung geben zu können. »Sie kommt wieder auf die Beine. Sie ist zäh. Das haben wir von Mama.« Zum ersten Mal brandete so etwas wie Stolz auf ihre Mutter in ihr an.

Anne hatte Glück im Unglück gehabt. Gurt, Airbag und eine stabile Fahrgastzelle hatten ihr das Leben gerettet. Sie hatte Abschürfungen im Gesicht davongetragen, dazu Prellungen und etliche Knochenbrüche. Außerdem ein Schleudertrauma. Doch keine Verletzungen der Organe und des Schädels. Einen Schutzengel hätte sie gehabt, hatte eine Schwester ihnen erklärt.

Nachdem Steffi und Tobi sich auf den Weg zur Schule gemacht hatten, schenkte Imke sich Kaffee ein. Sie war müde und fühlte sich elend. Tausend bedrückende Gedanken gingen ihr durch den Kopf. Was hatte Geli sich nur dabei gedacht, es Anne auf diese Art heimzuzahlen?

Was wird aus uns? Das sind nicht wir. So unerbittlich. So rachsüchtig. So gemein. Unfähig, zu verzeihen. Die Familie fällt auseinander. Papa hätte das nicht gewollt. Er würde sich im Grab umdrehen, wenn er das wüsste.

Warum war Anne nach München gerast? Tatsächlich, um sich an Geli zu rächen, wie Alex vermutete?

Völlig fertig war er nachts um eins im Klinikum angekommen und hatte ihnen erklärt, was an diesem Tag passiert war. Das Ende seiner Ehe. Eingefädelt von Geli. Mit einem auf Video dokumentierten Treuetest, den er nicht bestanden hatte. Für ihn war sie erledigt. Nie wieder wollte er ein Wort mit Geli wechseln. Und dann hatte er zu Anne gedurft, die zu sich gekommen war, ihn aber nicht sehen wollte und hinausschickte. So, wie sie auch Imke und Moritz die Tür wies. Anne wollte *mit dieser ganze Scheißfamilie* nichts mehr zu tun haben.

Moritz kam zum Frühstück. Er musste heute nach Regensburg auf die Baustelle. Es ging nicht anders, obwohl er überlegt hatte, sich den Tag freizunehmen und sie zu begleiten.

»Wie geht's dir?«, fragte er. »Hast du einigermaßen geschlafen?«

»Ging so. Geli muss heute Mama übernehmen. Ich rufe sie jetzt an.«

»So früh?«

»Ist mir egal, wenn sie noch im Bett liegt. Sie kann auch mal etwas für Mama tun.«

Imke nahm das Mobilteil aus der Ladeschale und wählte die Nummer ihrer Schwester. Nach dem zehnten oder zwölften Klingeln meldete sie sich endlich, völlig verschlafen. »Imke? Himmel? Ist die Welt untergegangen?«

»Keine Sorge. Sie dreht sich noch. Ich brauche dich heute. Kannst du Mama aus dem Krankenhaus abholen und bei ihr bleiben, bis ich da bin?«

»Eher ungern.«

»Ich frage dich, weil es nicht anders geht. Es bricht dir kein Zacken aus der Krone, mal etwas für sie zu tun.«

»Ui. Wieso so aggressiv?«

»Hast du eine Ahnung, wie es Anne geht?«

Einen Moment war es am anderen Ende still. »Sie hat mich also postwendend verpetzt. War ja klar. Sorry, dafür rechtfertige ich mich nicht.«

Geli wusste es also noch nicht. Alex hatte ihr nicht Bescheid gesagt. Und sie auch nicht. »Anne liegt im Klinikum Großhadern. Sie hat deinen Augenöffner nicht verkraftet.«

»Was?« Für eine Sekunde schwieg Geli, doch dann holte sie in typischer Remy-Manier aus. »Selbstmordversuch, weil ihr toller Alex doch nicht so toll ist?«

Das war zu viel. Imke legte kommentarlos auf. Es war ein Reflex. Verwundert sah Moritz sie an, und sie atmete durch. »Ich bitte Erika. Darauf hätte ich auch früher kommen können.« Sie wählte Erikas Nummer, erklärte ihr, was los war, und bat sie, Mama abzuholen. Für sie war es kein Problem. Danach rief sie ihre Mutter im Krankenhaus an und sagte ihr, dass Erika sie abholen würde, und erzählte auch, dass Anne einen Autounfall gehabt hatte. »Grundgütiger! Ist es schlimm?«, fragte Mama.

»Sie hatte einen Schutzengel. Prellungen und Knochenbrüche. Ansonsten geht es ihr gut.«

»Erika soll mich gleich zu ihr fahren.«

»Den Weg kannst du dir sparen. Sie will niemanden sehen. Und das meint sie ernst.«

»Meine Güte, was hat sie jetzt schon wieder?«

»Bei ihr und Alex hängt der Haussegen derzeit schief. Er hatte eine Affäre. Telefoniere erst mal mit ihr, bevor du dir in deinem Zustand die Strapaze zumutest, sie zu besuchen. Moritz und mich hat sie jedenfalls rausgeworfen.«

* * *

Als um neun ein blauer VW-Bus des BR vorfuhr, war Imke startklar. Sie trug Wanderschuhe und eine lange Hose wegen der Brennnesseln und ein Basecap zum Schutz vor der Sonne. Gregor und Nette stellten ihr Jörg vor. Ein junger Kerl mit Wuschelhaaren. Ihr Kameramann und heute auch Fahrer, und Kathrin, die Tontechnikerin.

Nette hatte einen Plan ausgearbeitet. Zuerst zu Schmalisch, dann mit ihm nach Warting und am Nachmittag nach Kolbermoor zu Gertraud. Imke sollte sie überzeugen, ihnen die Akten zu überlassen.

Sie fuhren in die Kyreinstraße, doch der junge Mann im Büro des Obdachlosenheims schüttelte den Kopf, als Imke nach Schmalisch fragte. »Der Leo ist mit seinem Rad unterwegs. Vor dem Abend ist er bestimmt nicht zurück.«

»Wissen Sie, wohin er wollte?«

»Keine Ahnung.«

»Gibt es Plätze, die er regelmäßig aufsucht?«

»Warum wollen Sie das wissen?«

»Ich muss mit ihm reden. Haben Sie seine Nummer?«

»Der Leo hat kein Handy.« Der Mitarbeiter zupfte an seiner Nasenspitze. »Er fährt gern auf die Praterinsel und zum Friedensengel. Versuchen Sie es dort.«

Aber weder auf der Insel in der Isar noch am Friedensengel entdeckten sie ihn. Schließlich entschlossen sie sich, nach Warting zu fahren und schon mal Aufnahmen des Heims zu machen und am Abend in die Kyreinstraße zurückzukehren.

Jörg drehte das Autoradio auf. Sie hörten Musik und Verkehrsmeldungen. Als sie in Warting auf die Straße durch den Wald einbogen, überholten sie einen Radfahrer. Es war Schmalisch. Die Vergangenheit ließ ihn nicht los. Imke stupste Nette an. »Das ist er.«

»Der Schmalisch?«

»Ja. Ich hätte mir denken können, dass er hier ist.«

»Soll ich anhalten?«, fragte Jörg.

»Besser nicht. Vielleicht erschrecken wir ihn. Wir sind ja gleich da. Er wird uns beim Tor einholen.«

Kurz darauf stiegen sie auf dem Parkplatz aus dem Wagen. Auf der Straße war Schmalisch nicht mehr zu sehen. »Vielleicht ist er auf einen Feldweg abgebogen«, sagte Imke. »Hier vorne kommen wir nicht rein. Der Zugang befindet sich weiter westlich in der Mauer. Es ist vermutlich besser, wenn ich vorgehe, und ihr kommt etwas später nach.«

Gregor nickte. »So machen wir's. Dich kennt er, und wenn wir zu fünft auftauchen, macht er vielleicht dicht.«

»Wir machen inzwischen ein paar Aufnahmen hier vorne«, sagte Nette.

Imke beschrieb ihnen den Weg zum verborgenen Tor.

»Im Garten werdet ihr uns schon finden. Als wir Schmalisch getroffen haben, saß er vor der Kirche.«

Sie nahm ihren Rucksack und ging den Pfad entlang der Mauer. Kurz vor dem Metalltor entdeckte sie Schmalischs Rad im Gebüsch. Ihn selbst fand sie bei der Kirche. Er saß wieder auf der Brunneneinfassung und machte Brotzeit. Als er sie kommen hörte, sah er auf. »Da bist du ja wieder. Hab mir schon gedacht, dass du noch mal auftauchst. Der Ort lässt dich auch ned los, gell.«

»Ich versuche, einen Zugang zu meiner Mutter zu finden. Schon komisch, in meinem Alter.«

»Aber auch ned zu spät.« Er klopfte auf den Platz neben sich, und Imke setzte sich zu ihm.

»Wie geht's ihr denn, der Karin?«

»Sie ist im Krankenhaus. Nicht Schlimmes. Nur eine Bänderzerrung. Heute kommt sie nach Hause.«

»Scheint ihr ned schlecht ergangen zu sein im Leben, wenn ich dich so anschau. Bist schon was Besseres.«

»Mein Vater war Zahnarzt.«

»Aha. Einen Doktor hat sie sich geangelt, die Karin. Ned schlecht.«

»Mit ihm hat sie den Richtigen gefunden. Meine Eltern haben sich geliebt. Im März ist er gestorben. Und jetzt, wo er weg ist, geht alles den Bach runter.«

»Ja, des is so.« Er kratzte sich am Kopf. »Wenn einer fehlt, müssen sich die anderen neu zusammenraufen.«

»Und wie ist es Ihnen ergangen?«

»Ja mei.« Seufzend holte er eine Flasche Bier aus seinem abgewetzten Lederrucksack und öffnete sie mit dem Taschenmesser. »Aus mir ist nichts geworden. Das mit der Zucht und Ordnung und dem wertvollen Mitglied der Gesellschaft haben's bei mir ned so recht hinbekommen, die

Weiber und ihre Knechte. Ich hangel mich so durchs Leben. Des passt schon. Meistens jedenfalls. Solange ich ned meinen Koller krieg. Und gegen den hab ich's Bier.«

»Darf ich Sie was fragen?«

»Deswegen bist du doch da. Wegen der Fragen. Also frag.«

»Ich habe über das Jüngste Gericht nachgedacht und über die Toten, die aus ihren Gräbern steigen.«

»Der Tag wird kommen. Bald. Ich hab's dir gesagt. Und da will ich dabei sein.«

»Das dachte ich mir. Deswegen kommen Sie hierher. Sie wollen es nicht verpassen, wenn es mit den Bauarbeiten losgeht.«

Schmalisch legte den Kopf schief und sah sie an. »Jetzt ist er gefallen, der Groschen, gell?«

»Die Toten ... Ihre Gräber ... Sind die hier auf dem Gelände?«

»Das willst jetzt eigentlich ned wissen. Weil des grausam ist. Wenn man das als Kind mit anschauen muss.«

»Sie sind also hier?«

Schmalisch starrte zwischen den Beinen auf den Boden und zuckte erst mit den Schultern, bevor er nickte.

»Können Sie mir zeigen, wo?«

Eine Weile schwieg er, dann gab er sich einen Ruck. »Ja, freilich kann ich das. Ich nehme es jedenfalls an. Weil, dafür brauchst du eine Stärke. Eine innere. Und ob ich die jetzt hab ... Aber komm mit. Probieren wir's.« Er stand auf, packte die Brotzeit in den Rucksack, schwang ihn über die Schulter und nahm die Bierflasche in die Hand.

Sie folgte ihm auf einen Weg, der zwischen Haupthaus und Jungenhaus hindurchführte. Vorbei an verwilderten Beeten und Rabatten bis in den hinteren Teil des Gartens.

Schließlich erreichten sie eine Wiese nahe der Mauer. Das Gras stand hoch. Scharfgarbe, Margeriten, Hahnenfuß und Klatschmohn blühten darin.

Schmalisch wies darauf. »Da ham's die Kinder vergraben, die wo sie auf dem Gewissen ham. Ohne Pfarrer. Ohne Segen. Ohne Gebet. Neig'schmissen und zug'schaufelt.«

»Wer hat die Gräber ausgehoben?«

Schmalisch lachte. »Der Sowada und der Weber. Die mussten. Obwohl ... eigentlich mussten sie nicht. Die ham sich gegenseitig in der Hand gehabt. Die Weiber und die Knechte.«

Es war ein friedlicher und ruhiger Ort. Die Gräser und Blumen wiegten sich im Wind. Nur das Summen einiger Bienen war zu hören und ab und zu das Zwitschern eines Vogels. Der Duft von Himbeeren lag in der Luft. Hier war vielleicht Mamas Bruder begraben. Seit einundsechzig Jahren. Während sie nach ihm gesucht hatte, war er hier zu Erde geworden. Unbeweint. Unbetrauert. Versteckt. Hastig verscharrt. Ohne Abschied. Doch noch wussten sie es nicht.

In Imke arbeiteten widersprüchliche Gefühle. Einerseits hoffte sie, dass sie sich täuschte und Mamas Bruder irgendwo lebte und seine Gründe hatte, weshalb er seine Schwester mied. Andererseits hoffte sie, das Versprechen erfüllen zu können, das sie ihrem Vater gegeben hatte. Und Mama hätte endlich Gewissheit und könnte einen Abschluss finden.

Schmalisch trank sein Bier. Imke fragte ihn, weshalb er nie jemandem von diesem geheimen Friedhof erzählt hatte. Und er erklärte, das hätte er sehr wohl getan. Eines Tages, Ende der Sechzigerjahre, als ihn sein Koller gepackt hatte, war er zur Polizei marschiert und hatte Anzeige erstattet. Monatelang geschah nichts. Dann kam ein Brief von der

Kirche. »Von Verleumdung haben sie geschrieben und dass sie mich vor den Kadi zerren, wenn ich weiter solche Lügen verbreite. Ich wäre ja psychisch krank, und dann würden sie mich einweisen lassen. In die Psychiatrie. Für immer.« Die Flasche in seiner Hand zitterte. »Weißt du, wenn du einmal im Heim warst, da gehst du ned wieder rein. Da hältst du den Mund und tust, was sie sagen. Die sitzen am längeren Hebel. Aber jetzt kommt die Wahrheit ans Licht. Dann werden sie sich vor Gericht verantworten müssen. Deswegen pass ich hier auf. Damit sie die Toten nicht verschwinden lassen und so tun, als wäre nichts gewesen.«

»Es gibt eine bessere Möglichkeit«, sagte Imke. »Wenden Sie sich an die Medien. Erzählen Sie, was Sie wissen.«

Abwehrend hob Schmalisch beide Hände. »Das geht nicht. Dann machen die mich fertig. Dann komme ich ins Irrenhaus.«

Imke erklärte ihm, dass die Zeiten sich geändert hatten und die Nonnen heute nicht mehr die Macht besaßen, ihm zu schaden. Außerdem wären bereits Journalisten des BR an der Sache dran. Sie hatten recherchiert und kannten die Namen von zwölf Kindern, die vermutlich hier lagen.

»Sie sind nicht allein. Wir werden beweisen, was man diesen Kindern angetan hat. Es wird eine Reportage geben und einen Artikel in der Zeitung. Wenn die Öffentlichkeit erfährt, was hier passiert ist, lässt sich das nicht vertuschen.«

Geli

Geli fühlte sich grauenhaft, und es gab niemanden, mit dem sie reden konnte. Sie hatte es sich mit allen verdorben. Mit Imke und mit Anne. Mit Niklas sowieso und auch mit Ferdi. Ihre Töchter hielten sie für bekloppt, und mit ihren Freundinnen konnte sie über so etwas nicht sprechen. Denn eigentlich waren es nur Gutwetter-Freundinnen. Man erzählte sich gegenseitig, was alles toll und prima lief. Doch die Niederlagen behielt man für sich.

Es war Mittag, und sie saß auf der Couch und stierte ins Leere. Wie hatte sie *das* nur sagen können! *Selbstmordversuch? Weil ihr toller Alex doch nicht so toll ist.* Es war grauenhaft. Sie war wie Mama, der Sätze dieser Art immer wieder aus dem Mund purzelten.

Sie musste mit jemandem reden, sonst drehte sie noch durch. Sie wollte es wiedergutmachen. Aber es gab niemanden, mit dem sie besprechen konnte, wie das gehen sollte. Außer Niklas. Er würde zuhören und nicht gleich urteilen. Doch er hatte sich nicht wieder bei ihr gemeldet. Es war aus. Und daran war Anne schuld.

Genau genommen blieb ihr nur die Flucht nach vorne.

Zu Anne fahren, sich entschuldigen und hoffen, dass sie ihr verzieh. Dafür müsste Anne allerdings über ihren Schatten springen. Das schafft sie nicht, dachte Geli. Im Gegenteil, sie wird mir das bis an mein Lebensende vorhalten. Außerdem wusste sie nicht, in welchem Krankenhaus Anne lag und was passiert war. Was hatte sie getan? Sich die Pulsadern aufgeschnitten oder Schlaftabletten genommen? Ich sollte bei ihr sein, dachte Geli.

Sie ging nach oben und zog sich endlich an. Um Viertel vor eins verließ sie das Haus und ging einfach drauf los, weil sie Bewegung brauchte. Doch dann stand sie um eins vor Niklas' Praxis. Der letzte Vormittagspatient ging, und kurz darauf kam er heraus. Er wirkte gedankenverloren und in sich gekehrt. Beinahe wäre er an ihr vorbeigegangen. Sie musste ihn ansprechen, damit er sie bemerkte. »Hallo, Niklas?«

Verwundert sah er hoch. »Hallo Geli. Willst du zu mir?«

»Es ist ein Notfall.«

»Eine akute Wurzelentzündung?«

»Eher akute ... Ach, ich weiß auch nicht. Idiotie vielleicht. Ich habe etwas Unverzeihliches getan, und ich habe niemanden, mit dem ich darüber sprechen kann. Ich wollte sogar schon bei der Telefonseelsorge anrufen.«

»Dort habe ich eine Zeit lang ehrenamtlich gearbeitet.«

»Tatsächlich?«

»Nicht wirklich«, sagte er und lächelte. »Ich wollte damit sagen, wenn du jemanden zum Reden brauchst, ich bin hier.« Er sah sie so mitfühlend an, dass sie sich am liebsten in seine Arme geworfen hätte. Halt mich fest, lass mich nie wieder los. Sei immer für mich da. So wie früher Papa. Sie liebte einen Mann, der wie ihr Vater war. Vielleicht gehörte sie doch schleunigst zum Therapeuten auf die Couch. Ganz sicher sogar. Denn das, was sie getan hatte, war nicht normal.

»Zu mir oder zu dir?«

Im ersten Moment war sie verwirrt.

»Oder willst du das auf der Straße besprechen?«

»Lieber bei dir.«

Sie gingen zu seinem Wagen, und entgegen ihrer sonstigen Gewohnheit draufloszureden, schwieg sie während der kurzen Fahrt. Was würde er von ihr denken, wenn sie ihm von ihrer Racheaktion erzählte und von diesem grauenhaften Satz? Er würde sich von ihr trennen. Doch das hatte er bereits getan. Sie hatte nicht mehr viel zu verlieren.

Schließlich saß sie in seiner Küche. Es war seine Mittagspause, und er machte sich ein Omelett. »Magst du auch eines?«

Sie schüttelte den Kopf. »Ich krieg jetzt nichts runter.«

»Was ist denn passiert?« Er nahm die Pfanne vom Haken an der Wand.

»Anne hat versucht, sich umzubringen.«

»Meine Güte! Wieso denn?«

»Glaube ich jedenfalls«, fuhr Geli fort. »Und ich will es dir ja grad erklären. Es ist meine Schuld. Und dann habe ich das auch noch hämisch kommentiert. Obwohl ich das nicht wollte. Er hat sich selbst gesagt, dieser Satz. Und er ist meiner Mutter würdig. Derart böse Kommentare sind ihre Spezialität. Ich bin wie sie, und wie sie wollte ich nie sein.«

»Wie geht's Anne denn?«

»Weiß ich nicht genau.«

»Und wieso glaubst du, dass du an ihrem Selbstmordversuch schuld bist?«

Sie sah Niklas in die Augen. »Weil ich mich für den Augenöffner revanchiert habe, den sie dir geschickt hat.«

»Oh!«, sagte er nur.

Während er sein Omelett briet, erzählte sie ihm, wie sie eines Nachts nicht hatte schlafen können und im Internet nach einer Treuetesterin gegoogelt hatte, denn sie wollte Anne zeigen, dass auch ihr Alex kein Heiliger war. Dabei war sie auf verschiedene Agenturen gestoßen. Offenbar gab es einen großen Markt für Treuetester. Jedenfalls hatte sie Kontakt zu einer aufgenommen, und am nächsten Morgen hatte sich eine Frau bei ihr gemeldet. Freundlich. Eloquent. So ganz geschäftsmäßig, als wäre es das Normalste der Welt, dem eigenen Schwager eine Falle zu stellen, um es der Schwester heimzuzahlen. Eine übliche Dienstleistung. Geli hatte keinen Hehl aus ihren Motiven gemacht und war auf Verständnis gestoßen. Es war so einfach gegangen. Sie hatte ein paar Fragen beantwortet, unter anderem nach dem Frauentyp, den Alex bevorzugte, nach seinen Hobbys und seinem Beruf und nach Möglichkeiten, bei denen die Treuetesterin Kontakt zu ihm aufnehmen konnte. Kopenhagen war ihr eingefallen. Alex hatte an Mamas Geburtstag von diesem Kongress erzählt, an dem er teilnahm. »Es ging so einfach«, erklärte sie Niklas, der sich mit seinem Essen zu ihr gesetzt hatte. »Ich habe mich danach erleichtert gefühlt und nicht mehr groß darüber nachgedacht, bis dann gestern das Video kam. Alex ist tatsächlich kein Heiliger. Er war mit der Frau im Bett. Ich habe Anne den Film geschickt und mir tatsächlich keine Gedanken gemacht, wie sie darauf reagieren wird. Ich wollte ihr nur zeigen: Hallo, Alex ist auch nur ein Mann. Es wird Zoff geben, und schlimmstenfalls wird sie ihn rauswerfen, das habe ich gedacht. Und dann hat mich heute Morgen Imke angerufen und mir Vorhaltungen gemacht und gesagt, dass Anne im Krankenhaus liegt. Ich war richtig geschockt. Es ist meine Schuld. Und ich höre, wie ich zu Imke sage: *Selbstmordversuch? Weil ihr toller Alex doch nicht so toll ist?* Wie konnte ich das nur sagen! Ich schäme mich so. Für diesen Satz. Für alles. Weil ich das angezettelt habe. Es ist unverzeihlich.«

Niklas sah von seinem Teller auf. »Und jetzt willst du meinen Rat.«

»Dein Rat wäre mir lieber als ein Urteil. Ich weiß selbst, dass diese Aktion das Letzte ist.«

»Sie hat wirklich einen Selbstmordversuch unternommen?«

»Ich nehme es an. Es passt zu ihr. Ich weiß nicht mal, in welchem Krankenhaus sie ist.«

»Mein Rat ist ganz einfach: Es tut dir leid, also entschuldige dich bei ihr und bei Alex. Vielleicht verzeihen die beiden dir.«

»Das Problem ist nur, dass ich mir den Gang nach Canossa sparen kann. Du kennst Anne nicht. Sie wird mir das nie verzeihen. Das kann sie nicht. So ist es für sie auch besser. Wieder ein Beweis dafür, dass niemand sie leiden kann und alle ihr übel mitspielen. Lach nicht, ich weiß, das klingt jetzt schräg: Aber im Grunde habe ich ihr einen Gefallen getan. Sie fühlt sich nämlich nur gut, wenn sie sich echt scheiße fühlen kann. Jetzt kann sie sich bis an ihr Lebensende in Selbstmitleid suhlen, weil ich ihr das angetan habe. Ich bin die Böse, die ihre Ehe zerstört hat.«

»Oje. Ist das so, dass sie negative Erlebnisse braucht, um sich spüren zu können?«

»Ich vermute es. Sie macht aus Kleinigkeiten große Dramen. Sie inszeniert sie richtig und kaut sie wieder und wieder durch. Bis man es nicht mehr hören kann. Umgekehrt, wenn man ihr was Nettes sagt, wird das einfach weggewischt.«

»Versuche es trotzdem. Entschuldige dich. Das ist mein Rat. Wenn es dir leidtut, ist nichts dabei, das auch zu sagen. Oder ihr zu schreiben, wenn sie dich nicht sehen will. Ob sie dir verzeiht, liegt allein bei ihr. Mehr kannst du nicht tun.«

»Ich könnte ihr das Geld für ihr Unternehmen leihen.«

»Wenn du das wirklich willst. Ich meine, eigentlich wolltest du das aus guten Gründen nicht tun.«

»Vielleicht renkt sich dann wieder alles ein. Eine Art Ablasshandel.«

Niklas dachte eine Weile darüber nach. »Versuche es. Vorher müssen wir aber herausfinden, in welchem Krankenhaus Anne liegt. Ich kann Alex anrufen und ihn fragen. Mit dir wird er vielleicht nicht reden wollen.«

»Würdest du das für mich tun?«

»Aber selbstverständlich.« Er zog sein Handy hervor und ging hinaus in den Garten. Während er telefonierte, ging er auf und ab. Das Gespräch dauerte länger, als Geli vermutet hatte. Doch Niklas' Gestik und Mimik waren gelassen wie immer. Er blieb ruhig in jeder Lebenslage. Er hörte zu und versuchte zu verstehen. Nach einer Weile beendete er das Gespräch und kam wieder herein. Er wirkte nicht mehr ganz so gelassen. »Anne hat nicht versucht, sich umzubringen. Sie liegt nach einem Autounfall im Klinikum Großhadern. Erst hat sie Alex rausgeworfen, und ist dann betrunken Richtung München gebrettert. Dabei hat sie die Kontrolle über den Wagen verloren. Er hat sich überschlagen. Aber sie ist relativ glimpflich davongekommen.«

»Was wollte sie denn in München?«

»Alex nimmt an, dass sie unterwegs zu dir war. Sie hat in Stuttgart den Reservekanister vollgetankt und ein Feuerzeug gekauft. Er vermutet, dass sie dein Haus abfackeln wollte.« Niklas setzte sich und fuhr sich mit beiden Händen übers Gesicht. Geli verschlug es die Sprache. Unfug! Das hätte sie am liebsten gesagt. So wie Mama. Mit dieser Bestimmtheit und Sicherheit. Unfug! Das würde Anne nicht tun, doch etwas in ihr sagte das Gegenteil: Genau das war Anne zuzutrauen. Vielleicht nicht das Haus, aber das Auto schon. Was geschieht mit unserer Familie?, fragte Geli sich. Wann hat das angefangen? Wo wird das enden? Sie musste diesen Teufelskreis unterbrechen. »Ich fahre jetzt zu ihr und bitte sie um Verzeihung.«

»Sie will niemanden sehen, sagt Alex. Nicht nur ihn nicht. Sie hat auch Imke und Moritz rausgeworfen.«

»Ich fahre trotzdem zu ihr. Und ich danke dir fürs Zuhören und auch dafür, dass du den Stab nicht über mich gebrochen hast.«

»Jederzeit gerne wieder. Zuhören meine ich. Ich wäre jetzt dann so weit, dir zuzuhören. Du weißt schon, was ich meine.«

Natürlich wusste sie das. Ferdi und ihre wilde Zeit nach Carlos Tod.

***

Geli fuhr zum Krankenhaus. Sie fühlte sich noch immer elend und verstand selbst nicht mehr, weshalb sie diesen Treuetest angezettelt hatte. Es war ihr ein Rätsel. Der Wunsch nach Vergeltung war stärker gewesen als jede Vernunft – denn sie hatte sehr genau gewusst, dass sie das nicht tun sollte – oder die Bereitschaft, Anne den Augenöffner zu verzeihen. Und nun erwartete ausgerechnet sie Vergebung von Anne. Es würde nicht klappen. Eigentlich konnte sie gleich wieder kehrtmachen. Entscheidend war aber, dass sie den Versuch unternahm. Was ihre Schwester damit machte, war ihre Sache. Niklas hatte recht.

Im Eingangsbereich der Klinik gab es einen Blumenladen. Sie kaufte einen Sommerstrauß. Über die endlos lang erscheinende Besucherstraße steuerte sie einen Lift an, der sie auf die Station brachte. Linoleumböden und Glastüren. Der Geruch von Desinfektionsmittel schlug ihr entgegen. Eine Frau im Bademantel ging über den Flur und schob einen Infusionsständer neben sich her. Geli suchte nach Annes Zimmer und fand es am Ende des Gangs. Sie atmete durch, klopfte kurz an und trat ein.

Es war ein Einzelzimmer. Das Bett stand am Fenster. Anne schlief. Geli setzte sich leise auf den Besucherstuhl. Weil sie musste. Ihre Knie wollten nachgeben, als sie ihre Schwester sah. Anne war kaum zu erkennen. Das Gesicht verquollen und voller Abschürfungen. Beide Augen blutunterlaufen. Die rechte Schulter steckte in einem Verband. Die Unterarme waren eingegipst.

Was hatte sie nur angerichtet?

Auf dem Tischchen stand noch das Tablett mit dem Mittagessen. Der Teller war mit einer Haube abgedeckt. Nirgendwo Blumen oder eine Zeitschrift. Keine Pralinen oder Schokolade. Anne meinte es offenbar ernst, dass sie niemanden sehen wollte.

Die Tür ging auf. Eine Frau kam herein und nahm das Tablett vom Tischchen. Anne wachte auf und bemerkte sie. Mühsam richtete sie sich auf. »Verschwinde!«

»Hallo Anne.«

»Du sollst verschwinden.«

»Ist ja gut. Aber vorher gibt es ein paar Blumen. Okay? Da unten in dem Blumenladen haben sie eine tolle Auswahl.« Sie redete wieder mal darauf los, weil Reden alles ein wenig leichter machte. Jedenfalls erschien es ihr oft so. Reden füllte das Schweigen, das sie aus unerfindlichen Gründen nicht ertragen konnte, weil sie es als bedrohlich empfand. Als lauerte etwas Schreckliches darin. Sie wickelte den Strauß aus dem Papier und nahm eine Vase vom Fensterbrett. Immerhin ließ Anne sie gewähren. War das ein gutes Zeichen? Oder die Ruhe vor dem Sturm? »Sieh mal, es sind Levkojen dabei. Die magst du doch.« Sie füllte die Vase am Waschbecken mit Wasser, während Angst in ihrem Magen saß und ihn ganz ausfüllte. Es würde zum Streit kommen. Zum endgültigen Bruch. Was Papa wohl dazu sagen würde? Die Familie zerbröselte. Seit er nicht mehr da war, ging es mit ihnen bergab. Es würde ihn so traurig machen.

Sie stellte den Strauß auf das Tischchen. »Ich bin gekommen, um dir zu sagen, dass es mir leidtut. Was ich getan habe, ist unverzeihlich. Ich weiß auch nicht, warum ich das gemacht habe. Ich schäme mich so entsetzlich dafür.«

»Ach ja? Das glaube ich dir nicht. Du warst eifersüchtig, weil ich mit Alex glücklich war, während Niklas nichts mehr von dir wissen will. Du hast mir dieses Glück nicht gegönnt und musstest es unbedingt zerstören.«

So konnte man das natürlich auch sehen. Wenn man Anne war. Das Gespräch würde zu nichts führen. Anne hatte ihre Brille auf. Sie war nicht bereit zuzuhören, geschweige denn zu verstehen oder ihre Entschuldigung zu akzeptieren.

»Du irrst dich. Das wollte ich nicht«, sagte Geli. »Darum ging es nicht. Ich wollte dir die Augen öffnen. So wie du Niklas die Augen geöffnet hast. Es war saudumm von mir und rachsüchtig, und ich habe die Folgen nicht bedacht. Es tut mir wirklich leid. Ich wollte deine Ehe nicht zerstören.«

Anne lachte auf. »Das glaubst du doch selbst nicht. Du

hast mir noch nie etwas gegönnt. Du warst immer neidisch auf mich. Das ist auch der Grund, weshalb du mir das Geld fürs Unternehmen nicht leihen willst. Du gönnst mir den Erfolg nicht. Und außerdem zwingst du mich dadurch, Mama zu verklagen. Du machst mich zum Arschloch der Familie. Und dann ruinierst du auch noch meine Ehe. Du willst mich am Boden sehen. Aber das wird dir nicht gelingen.«

Jetzt war sie also auch noch schuld, dass Anne mit Mama vor Gericht zog! Geli atmete durch und zwang sich zur Ruhe. Noch hatte sie nicht alles gesagt. »Ich bin auch hier, um dir ein Friedensangebot zu machen: Ich leihe dir das Geld.«

»Ach ja? Damit ich dir dann auf ewig zu Dankbarkeit verpflichtet bin? Vergiss es und geh endlich! Ich will niemanden aus dieser kranken Familie je wiedersehen. Für mich seid ihr gestorben. Ihr tut mir nicht gut.«

Es war sinnlos. Egal was sie sagte, Anne wollte es nicht hören und verdrehte es ins Gegenteil. Geli stand auf. »Wenn du das so siehst … Eine Frage zum Schluss. Was wolltest du mit einem Benzinkanister und einem Feuerzeug in München? Wolltest du damit etwa zu mir?«

Ein schmales Lächeln erschien auf Annes ramponiertem Gesicht. Doch die Frage beantwortete sie nicht.

Karin

Nach einem Stück Torte und einem Glas Sherry fielen Karin beinahe die Augen zu. Sie saß mit hochgelagertem Bein auf dem Sofa. Ihr rechter Fuß steckte in einer Orthese. So hatte der Arzt dieses Teil genannt, das aussah wie ein zu hoher Skistiefel. Neben ihr lehnten die Krücken, und um sie herum wuselte ihre nimmermüde und ewig agile Freundin Erika, die sie aus dem Krankenhaus abgeholt hatte und sich ein paar Tage um sie kümmern wollte. Was völlig unnötig war. Sie würde hier schon alleine klarkommen.

Erika stellte das Kaffeegeschirr aufs Tablett und verschwand damit. Karin nickte ein und wachte auf, als Erika wiederkam und erklärte, dass sie zum Supermarkt fahren würde, um fürs Abendessen einzukaufen. Worauf sie denn Appetit hätte. »Koch, was du gerne magst. Solange es nicht Brotsuppe ist, esse ich alles.«

Erika schüttelte verwundert den Kopf. »Brotsuppe? Die haben wir in schlechten Zeiten gegessen. Was hältst du von einer selbst gemachten Hühnersuppe oder Kalbsschnitzel?«

»Suppe wäre herrlich«, sagte Karin, obwohl es ihr eigentlich egal war.

»Sag mal, das Corpus Delicti liegt noch im Flur.« Erika wies Richtung Decke.

»Das was?«

»Der Koffer. Soll er liegen bleiben? Oder wohin mit ihm?«

»In den Müll. Wirf ihn weg.«

»Wieso denn? Der ist doch noch gut.«

»Er ist völlig aus der Mode, und hat keine Rollen. Du kannst ihn beim Wertstoffhof abgeben, wenn es dir nichts ausmacht.«

Erika setzte sich. Auch sie war – wie Karin – eine halbe Portion. Kaum größer und ebenso zierlich. Ihre Lesebrille baumelte an einer Kette um den Hals. »Der hat nachmittags geschlossen. Aber ich leg ihn in den Wagen, dann ist er weg. Und jetzt schreiben wir einen Einkaufszettel.«

Als der fertig war, brachte Erika ihr noch ein Schälchen mit Keksen und ein Glas Sherry. Ihr Allheilmittel für jede Lebenslage. »Damit du wieder zu Kräften kommst«, erklärte sie und verschwand, doch sie kam kurz darauf zurück und legte den Koffer neben Karin aufs Sofa. »Da sind Papiere und Fotoalben drin. Guck nach, was du behalten willst. Den Rest bringe ich später weg.« Erika ging, bevor Karin ihre Sprache wiedergefunden hatte. Herrgott! Dieser Koffer! Er war wie ein Stehaufmännchen. Oder besser, wie eine Klette.

Die alten Fotoalben waren also darin. Das hatte sie schon vermutet. Madame Katze kam zur Terrassentür herein, als hätte sie abgewartet, bis Erika weg war. »Oje. Das ist jetzt schlecht. Ich kann dir nichts zu fressen geben. Ich komme mit diesen verflixten Krücken nicht zurecht.« Wieder schien die Katze sie zu verstehen, denn sie ging nicht in die Küche, sondern sprang ihr auf den Schoß und schielte auf das Schälchen mit Gebäck. Karin nahm ein Waffelröllchen und warf es auf den Teppich. Wie ein geölter Blitz sprang die Katze hinterher, und Karin öffnete den Koffer. Es lagen tatsächlich die alten Alben darin. Daneben Pelles Notenhefte und die Dokumentenmappe, in der ihre Mutter alle wichtigen Unterlagen aufbewahrt hatte.

Zwei Alben hatte Mami aus Jena mitgenommen. An die Flucht hatte Karin nur blasse Erinnerungen. Sie war noch keine fünf Jahre alt gewesen. Die stärkste Erinnerung war die, dass sie ein Brüderchen bekommen hatte. In Bayreuth war Pelle plötzlich da gewesen und Mamis Bauch nicht mehr so dick. Vom ersten Tag an hatte sie sich für ihr Brüderchen verantwortlich gefühlt. Für dieses kleine hilflose Wesen.

Karin schloss die Augen. Pelle und immer wieder Pelle. So viele Jahre hatte sie nicht an ihn gedacht.

Sie nahm ein Album aus dem Koffer. Der Einband war aus Stoff. Grün und gelb und weiß gestreift und ein wenig angeschmutzt. Es war nach dem Krieg hier in München entstanden. Ein Druck lege sich auf ihre Brust, ein tonnenschwerer Stein. Sie griff zu Erikas Sherry und trank ihn, dann schlug sie das Album auf.

Das milchige Pergaminpapier raschelte zwischen den Seiten aus Fotokarton. Die Bilder waren alle schwarz-weiß. Die ersten stammten aus der Zeit in der Schwanthalerstraße, als sie zusammen mit zwanzig anderen Leuten in einer Fünfzimmerwohnung gelebt hatten. Mami, Pelle und sie. Im Hausflur hatte es immer nach Kohl und Sauerkraut gerochen. Im Hinterhof waren Teppichstangen gewesen, an die Mami manchmal eine Schaukel für Pelle gehängt hatte. Wie jung ihre Mutter gewesen war und wie hübsch. Immer adrett. Es gab ein Foto von ihr an ihrem Arbeitsplatz im Büro. Sie saß an einem Schreibtisch und hielt den Telefonhörer ans Ohr. Die anderen Bilder zeigten sie mit ihren Kindern. Faschingsfeste. Zuerst in der Schwanthalerstraße, später dann in der Wohnung in der Nibelungenstraße. Karin als Holländermädchen, Ärztin und Clown. Pelle als Häschen, Räuber und Indianer. Mamis selbst gebackene Faschingskrapfen fielen ihr ein. Sie waren die besten gewesen, die sie je gegessen hatte. Mit Erdbeermarmelade gefüllt, bis auf einen, der enthielt Senf, und den wollte natürlich niemand erwischen. Ostern mit bunten Eiern und Schokohasen. Weihnachten mit Lamettabaum. Ein Ausflug in den Zoo. Pelle vorm Elefantenhaus. Sie alle beim Besuch des Marionettentheaters. Es tat gar nicht so entsetzlich weh, Pelle zu sehen, wie sie immer befürchtet hatte. Es war so lange her. Er war schon so lange aus ihrem Leben verschwunden.

Sie blätterte weiter. Ein Foto ihres ersten Schultags. Karin wusste noch genau, wie sehr sie sich auf diesen Tag gefreut hatte. Wie stolz sie gewesen war. Endlich ein Schulkind. Sie blickte voller Zuversicht in die Kamera. Wissbegierig und neugierig. Ärztin hatte sie werden wollen und Menschen das Leben retten. Oder Wissenschaftlerin und allerlei entdecken. So wie Marie Curie. Oder vielleicht Rennfahrerin, wie Annie Bousquet, und mit einem Auto über Rennstrecken rasen und siegen. Alles war ihr möglich erschienen an diesem Tag.

Das Haar hing, zu Zöpfen geflochten, über ihre Schultern. Sie hielt die Schultüte im Arm. Vor ihr auf dem Tisch stand eine kleine Schiefertafel: Mein erster Schultag. 1946. Sie erinnerte sich an das notdürftig reparierte Dach des Schulhauses. An mit Pappe abgedichtete Fenster. An den Baum im Schulhof, der beim Fliegerangriff im Herbst 1944 auf halber Höhe abgebrochen war.

Ein paar Seiten weiter: Pelle auf seinem Dreirad, das Mami für ihn auf dem Schwarzmarkt getauscht hatte. Ihr kleiner Bruder. Wie sehr sie ihn geliebt hatte. Wie sehr sie sich für ihn verantwortlich gefühlt hatte, und dann hatte sie sein Leben ruiniert, durch ihre Dummheit und Selbstbezogenheit. Es war alles ihre Schuld. Sie hatte sich die Jahre in Sankt Marien weiß Gott verdient. Pelle aber nicht.

Pelle an seinem ersten Schultag 1951. Das Haar streng gescheitelt. Weißes Hemd und dunkle Strickjoppe. Er sah nicht in die Kamera, sondern schielte zu seiner Schultüte in Vorfreude auf die Süßigkeiten.

Mit dem Finger fuhr sie über sein Gesicht. »Du nicht«, sagte sie leise. »Du nicht. Was habe ich nur getan?«

Madame Katze sprang auf die Couch und wollte auf den Schoß. Doch dort lag das Album. Mit dem Kopf stupste sie hinein, als ob sie fragen wollte, wer das war.

»Das ist Pelle. Mein kleiner Bruder«, sagte Karin. Der in meiner Erinnerung nie älter als dreizehn Jahre sein wird. Wieso war er ohne sie fortgegangen? Warum hatte er nicht auf sie gewartet?

»Weißt du«, sagte sie zu Madame Katze. »Wir haben an diesem Sonntag, an dem ich ihn im Keller gefunden habe, als er in dieser Schlinge hing … Mehr tot als lebendig … O Gott, diese Schlinge. Ich kann dir nicht erklären, was das ist. Jedenfalls haben wir da beschlossen, noch in derselben Nacht davonzulaufen. Darüber nachgedacht haben wir immer wieder, weißt du. Wir waren vorbereitet. Ich, als Nonne verkleidet, und Pelle ohne Anstaltskleidung. In Zivil, sozusagen … Wir hatten die gemopste Kleidung im Verschlag versteckt. Es fehlte nur ein Plan, wie wir an den Schlüssel für das westliche Tor gelangen konnten. Sankt Marien war wie ein Knast, musst du wissen.«

Madame Katze rollte sich neben ihr zusammen. Die Geschichte interessierte sie nicht. Sie begann zu schnurren.

An jenem Sonntagnachmittag im Keller, als sie ihn aus der Schlinge befreit hatte, hatte Pelle erklärt, dass er mit einem Brecheisen den Metallschrank in Sowadas Werkstatt aufstemmen und den Schlüssel fürs Westtor klauen würde. Karin wollte es ihm ausreden. Wie schon so oft zuvor. Wegen seiner Finger. Weber würde seine Drohung wahr machen, wenn man sie erwischte. Doch Pelle wollte weg. Diesmal wirklich.

»Wir haben verabredet, uns um Mitternacht im Keller zu treffen«, erklärte sie Madame Katze. »Wir wollten uns umziehen und dann abhauen. Bis zum Morgengrauen wollten wir auf Feld- und Waldwegen Richtung München gehen und uns tagsüber verstecken. Doch es ist nichts daraus geworden. Ich habe es versaut. Ich habe es verdorben. Und als ich nach fünf Tagen aus dem Karzer kam, war Pelle weg. Er ist ohne mich gegangen.«

Mit einem Seufzer schlug Karin das Fotoalbum zu. Warum war sie an diesem unglückseligen Sonntagabend im Karzer gelandet? Sie konnte sich nicht erinnern. Obwohl sie es seit Jahrzehnten versuchte. Doch es fiel ihr nicht ein. Sie erinnerte sich nur wie das Wiesel sie wieder einmal an den Haaren riss und hinter sich herzog, die Treppen hinauf, bis nach oben unters Dach. Dass sie schrie und schrie und gar nicht damit aufhören konnte. Wie das Wiesel sie in den Raum schubste und den Riegel vorschob. Das Knirschen von Metall auf Metall. Wie sie irgendwann aufhörte zu schreien und ihre Kehle sich ganz wund anfühlte. Und wie sie dachte: Jetzt ist alles aus. Das ist das Ende.

Imke

Einige Tage nachdem sie mit dem Team des BR in Sankt Marien gewesen war, wo Leopold Schmalisch Gregor und Nette auf seine wirre Art erklärt hatte, dass die Wiese, vor der sie standen, ein Friedhof war, dass dort die Gebeine von Kindern lagen, deren Leichen man in den Fünfziger- und Sechzigerjahren hier verscharrt hatte, stand Imke in ihrer Seifenwerkstatt und traute sich noch immer nicht, ihrer Mutter zu sagen, was sie vermuteten: Dass Peter das Erziehungsheim nie verlassen hatte. Dass ihm die Flucht nicht geglückt war. Dass Mamas Suche nach ihm vom ersten Tag an vergeblich gewesen war. Dass man nicht ausschließen konnte, dass er Opfer eines Verbrechens geworden war, genau wie sie es immer vermutet hatte. Doch ganz anders, als sie glaubte. Imke wagte noch nicht, in ihrer Mutter die Hoffnung auf ein Ende zu wecken. Auf einen Abschluss und einen Abschied von ihrem Bruder. Wenn nun nicht stimmte, was Schmalisch erzählt hatte? Es blieb ein Rest an Zweifel, obwohl Gregors und Nettes Recherchen und das, was sie selbst herausgefunden hatte, zu seinen Angaben passte. Sollte sie abwarten, bis die Gebeine geborgen wurden, und erst dann mit Mama reden? Oder sollte sie sie darauf vorbereiten und das Gespräch endlich hinter sich bringen?

Seit Tagen lagen die beiden Akten und Peters Marien-Medaillon in der Seifenwerkstatt in einer Schreibtischschublade. Wieder überlegte sie, zu Mama hinüberzugehen und ihr zu sagen, was sie wusste, und entschied sich, doch noch abzuwarten. Bis sicher war, dass die Ermittlungen aufgenommen wurden.

Gregor und Nette waren mit den Ergebnissen ihrer Recherche zu einem Staatsanwalt gegangen, den sie kannten, um Anzeige zu erstatten. Er hatte sie zur zuständigen Kollegin begleitet, und die prüfte derzeit, ob es für die Eröffnung eines Ermittlungsverfahrens reichte.

Seit gestern war die Webseite für ihre Seifenmanufaktur online. In den vergangenen Wochen waren über Facebook und Mund-zu-Mund-Propaganda ein paar Bestellungen eingegangen. Imkes Vorrat war erschöpft. Sie musste für Nachschub sorgen und wollte heute Lavendel- und Orangenseife herstellen und morgen Rosmarin und zwei Sorten Haarseifen. Langsam lief das Geschäft an. Wenn es derzeit auch nur Bestellungen im Wert von etwa hundert Euro waren, so war es doch ein schöner Anfang, und reich werden musste sie mit den Seifen nicht. Wenn es für ein zweites Standbein reichte, war es gut. Mit diesem Gedanken gelangte sie bei Anne an.

Während sie die Zutaten für die Lavendelseife heraussuchte, dachte sie wieder einmal über die Familie nach. Wie hatte Schmalisch gesagt? Wenn plötzlich einer fehlt, müssen die anderen sich neu zusammenraufen. Das war wohl so. Wobei es ihr nicht wie ein »Zusammen« erschien.

Vorgestern hatte sie einen zweiten Versuch unternommen, mit Anne zu reden. Sie sollte in den nächsten Tagen aus der Klinik entlassen werden. Das hatte sie von Alex erfahren, den Anne ebenso wenig sehen wollte wie ihre Schwestern oder ihre Mutter. »Sie meint das ernst«, hatte er ihr am Telefon erklärt. »Du weißt doch, wie nachtragend sie sein kann. Sie steigert sich da jetzt hinein. Du musst warten, bis sie wieder runterkommt. Vielleicht ist sie dann bereit, mit dir zu reden.«

»Ich verstehe nicht, wieso sie mich nicht sehen will. Ich habe ihr nichts getan.«

»Du hast Partei für eure Mutter ergriffen. Damit hast du dich automatisch gegen sie gestellt. Außerdem ist sie der Ansicht ... Ich nehme an, du weißt das?«

»Du meinst ihre hirnrissige Idee, dass ich Mamas Konto plündere?«

»Genau die.«

»Sorry, Alex. Das ist krank. Ich hoffe, du glaubst das nicht.«

»Natürlich nicht.«

»Ich nehme an, um eure Ehe steht's nicht gut.«

»Das wird nichts mehr. Sie wird mir diesen Seitensprung nicht verzeihen.«

»Es tut mir so leid. Was hat Geli sich nur dabei gedacht?«

»Nicht viel. Sie hat sich gerächt. Aber sie hat immerhin die Größe besessen, mich anzurufen und sich zu entschuldigen. Damit habe ich nicht gerechnet. Wobei es Anne war, die damit angefangen hat und sich bei Geli bestimmt nicht entschuldigen wird.«

»Eher schneit es im August.«

»Weißt du, Imke, wenn ich ehrlich bin, hat Gelis Aktion die Trennung nur beschleunigt. Anne hat sich in den letzten Monaten verändert. Wobei es schon früher begonnen hat, aber nach Jens' Tod hat sich das verschärft. Sie sieht nur noch sich. Sie münzt alles um gegen sich, und sie kann mit Niederlagen überhaupt nicht mehr umgehen. Das war schon immer schwierig, aber jetzt ... Ich kann dir gar nicht sagen, wie übel sie einem beruflichen Widersacher mitgespielt hat. Wir hatten Streit deswegen und nicht nur deswegen. Vermutlich hätte es nicht mehr lange gehalten. In der Woche vor dem Unfall habe ich darüber nachgedacht, auf Distanz zu gehen und auszuziehen. Ich erkenne meine Frau nicht wieder.«

Ich auch nicht, dachte Imke nun, während sie die Lauge abmaß. Entgegen Alex' Rat war sie gestern in die Klinik gefahren und wieder von ihrer Schwester des Zimmers verwiesen worden. Mit großer theatralischer Geste und einer Wortflut, die eigentlich Gelis Markenzeichen war. Der Begriff »Erbschleicherin« war gefallen, und dann hatte Anne das Bild von der Ertrinkenden benutzt, der niemand eine rettende Leine zuwarf, sondern, im Gegenteil, sie noch untertauchte. Da hatte es Imke dann gereicht, und sie war der wiederholten Aufforderung gefolgt, zu verschwinden.

Meine Güte, dachte sie nun. Hoffentlich kann man irgendwann wieder vernünftig mit ihr reden.

Immerhin hatte Geli auch bei ihr angerufen und sich entschuldigt. Für die Treuetestaktion, von der Imke ja nicht betroffen war. Für den schrecklichen Satz, der von Mama stammen könnte. Da hatte Imke tatsächlich lachen müssen. Richtig. Solche Sätze kamen normalerweise von ihrer Mutter, und sie hatten sich weiter darüber unterhalten, dass sie beide schon als junge Mädchen gewusst hatten, dass sie nie wie Mama werden wollten, und Imke hatte gedacht: Ich wüsste gerne, wie Mama war, bevor man sie mit sechzehn in das Erziehungsheim gesteckt hat. Und vor allem, warum.

Was in der Akte stand, konnte nicht stimmen. Zusammen

mit Moritz hatte sie sich die Heimakten von Peter und Karin inzwischen angesehen. Es gab Ungereimtheiten. Vor allem, was die Rolle des Vormunds betraf. Zwei Nachbarinnen hatten Doris Allenstein beim Jugendamt angeschwärzt. Sie sei eine unfähige Mutter, führe ein lockeres Leben mit wechselnden Männerbekanntschaften und erziehe ihre Kinder nicht. Die Tochter verwahrlose. Sie treibe sich mit einer Gruppe von Halbstarken herum und sei vorlaut und frech. Dieselben Nachbarinnen hatten wenig später Doris Allenstein wegen Kuppelei angezeigt. Ein Junge hatte bei Karin übernachtet. Die Mutter habe es geduldet. Das war offenbar der Auslöser für den Entzug des Sorgerechts gewesen.

Was für eine schreckliche Zeit, in der Nachbarn einander bespitzelten und denunzierten, als wäre die Nazizeit nicht längst vorbei gewesen. In der der Stab über ein junges Mädchen gebrochen wurde, nur weil es anders sein wollte, als man es erwartete. Weil sie die *falsche* Musik hörte und die *falsche* Kleidung trug und sich nicht in das eine, alleingültige Schema pressen ließ.

Ein Geräusch riss Imke aus ihren Überlegungen. Es war die Katze. Sie kam zum angelehnten Fenster herein und sah sich um. Mama nannte sie neuerdings *Madame Katze*. Das gefiel Imke, da bahnte sich eine Freundschaft an.

Mit Mamas Fuß wurde es langsam besser. Seit heute verzichtete sie ganz auf die Krücken. Die Schiene konnte bald weg. Erika war heute Morgen in ihre Wohnung zurückgekehrt, und in Mamas Wohnzimmer lag nun der alte blaue Koffer, der auf dem Dachboden gestanden hatte, seit Imke denken konnte. Neulich hatte sie hineingesehen. Notenblätter lagen darin. Sie nahm an, dass sie Peter gehört hatten. Und außerdem einige Fotoalben. Vermutlich die, nach denen sie als Kinder manchmal gefragt hatten. Imke nahm sich vor, ihre Mutter mittags darauf anzusprechen, als ihr Handy klingelte. Nette meldete sich. »Es gibt Neuigkeiten. Die Staatsanwältin hat gerade das Ermittlungsverfahren eingeleitet und eine Untersuchung des Geländes angeordnet.«

»Das ist gut. Ich hatte schon Angst, sie würde das vielleicht als Hirngespinste abtun.«

»Sie fand unsere Recherche beeindruckend, obwohl wir die Akten aus der Küchenbank nicht haben.«

In diesem Punkt war Gertraud sich treu geblieben. Die Akten gehörten sicher der Kirche oder dem Orden. An Journalisten wollte sie die Unterlagen nicht herausgeben. Dass Imke Karins und Peters Akte an sich genommen hatte, ahnte sie nicht.

»Jedenfalls reicht es für einen Anfangsverdacht«, meinte Nette. »Die Polizei wird die Akten beschlagnahmen. Morgen wird in Sankt Marien gegraben. Wenn sich unser Verdacht bestätigt, wird ein paar Tage später unsere Reportage im Fernsehen laufen und zeitgleich ein Artikel in der *Münchner Zeitung* erscheinen. Ich hoffe, dass du dein Versprechen gegenüber deinem Vater halten kannst und wir Peter dort finden.«

»Ja, das hoffe ich auch. Auch wenn es eine schreckliche Vorstellung ist.«

»Du kannst uns begleiten. Wir dürfen filmen. Denkst du, Karin möchte mit dabei sein?«

»Sie weiß noch gar nichts davon. Ich muss endlich mit ihr reden.«

Karin

»Fisch und Gäste stinken nach drei Tagen, sagt man. Da ist was Wahres dran«, erklärte Karin Madame Katze, die vom Gartenhaus herübergelaufen kam und in die Küche huschte. Erika war wieder in ihren eigenen vier Wänden. So nett sie war, sie war auch anstrengend und Karin lieber allein.

Es war Zeit für Madames Leckerli. Sie entfernte die Folie vom Stick aus getrocknetem Fleisch. Auf der Zutatenliste stand Huhn. »Seit wann jagen Katzen Hühner?« Außerdem war Rohasche drin und Rohfasern. Grundgütiger. »Das ist ziemlicher Müll, den du da so gierig verschlingst, meine Liebe.« Aber Madame schmeckte es, also gab Karin ihr auch noch den Rest des Sticks und nahm sich vor, Imke zu bitten, beim nächsten Einkauf etwas Gesünderes für die Katze zu besorgen. Ohne Asche und Rohfasern.

Es war beinahe Mittag. Im Gartenhaus arbeitete Imke an ihren Seifen, und es war ein gutes Gefühl, sie nebenan zu wissen. Ein wenig Leben um sich zu spüren, in diesem Haus, das seit Jens' Tod so still war. »Ich habe mir überlegt, ob ich ein Zimmer an eine Studentin vermiete. Meinst du, das ist eine gute Idee?«

Die Katze sah interessiert auf. Gab es mehr von diesen Sticks? »Dann gibt es hier zwei, die dich durchfüttern. Es ist also nur von Vorteil für dich. Stell dir vor, Geli hat mich angerufen. Sie gibt mir das Geld für Anne. Ich kann also hierbleiben, bis irgendwann Ende Gelände mit mir ist. Aber Anne hat recht. Das Haus ist zu groß für mich allein. Studentin oder nicht? Das ist hier die Frage.«

Madame interessierte sich ausschließlich für ein weiteres Leckerli. Karin packte noch einen Stick aus und gab ihn ihr.

Anne. Dieses komplizierte Kind. Sie war wieder mal eingeschnappt und wollte ihre Mutter nicht sehen. Daher hatte sie sich den Weg in die Klinik gleich erspart. Wenn ihre Jüngste in dieser Stimmung war, ging man ihr besser aus dem Weg. Hoffentlich regte sie sich wieder ab. Jetzt, wo sie das Geld ohne Prozess bekam.

Madame verschlang das Huhn samt Asche. Auch Karin war hungrig. »Ich könnte etwas kochen. Für Imke und mich. Dann ist das ein bisschen wie früher, als die Mädchen noch hier gewohnt haben und Leben in der Bude war.«

Sie warf einen Blick in den Kühlschrank und humpelte dann in die Speisekammer. Der Knöchel tat zwar noch weh, aber mit der Krücke zu gehen, war schwierig. Und auch dieses Plastikmonster an ihrem Fuß war keine Hilfe, sondern ein Hindernis. Früher hatte man einen verstauchten Knöchel bandagiert oder, wenn es wirklich schlimm war, eingegipst.

»Ich mache Reiberdatschi.« Vom Apfelmus standen noch drei Weckgläser im Regal. »Dir würde das nicht schmecken. So fleischlos. Wir beide sollten mal mit Steffi und Tobi reden, wie sie sich das vegetarische Leben einer Katze vorstellen.«

Karin holte ein Glas vom selbst gemachten Apfelmus aus

der Speisekammer und dazu ein paar Kartoffeln und eine Zwiebel. Die Mädchen hatten Reiberdatschi immer geliebt. Ganze Berge hatte sie davon in ihrem Leben zubereitet, und Anne machte nun sogar eine Geschäftsidee daraus. Gelernt hatte Karin es natürlich von Gertraud. In Sankt Marien.

Die Erinnerungen an dieses verdammte Heim ploppten jetzt ständig auf. Natürlich lag es an Imke und Jens und dem Weg, der angeblich das Ziel war. Es ging die Mädchen nichts an. Es war ihr Leben. Und ihr Schweigen. Von ihr würden sie nichts erfahren. Egal wie tief Imke in der Vergangenheit wühlte.

Sie war gerade mit dem Kartoffelschälen fertig und hackte die Zwiebel, als Imke in die Küche kam. Mit einem Gesicht, als hätte sie etwas ausgefressen.

»Hallo Mama.«

»Hast du was angestellt?«

»Wie kommst du denn darauf?«

»Weil du so ein Gesicht machst wie damals, als du mit Jens' Rennrad gegen den Bordstein gekracht bist und er eine neue Felge kaufen musste, weil der Achter nicht herauszubekommen war.«

Imke lachte. »Papas heiliges Rennrad, das niemand anfassen durfte. Er war wirklich wütend. Wo er doch sonst immer so geduldig mit uns war.«

»Tja, da hat er dich mal richtig ausgeschimpft. Du warst sein Liebling. Das weißt du ja. Immer brav und dann nimmst ausgerechnet du sein heiliges Rad.«

* * *

Imke setzte sich und legte ein dickes braunes Kuvert auf den Tisch. Was wohl darin war?

»Stimmt. Ich war sein Liebling. Ich habe meistens getan, was er von mir erwartet hat. Und ich habe ihn selten enttäuscht.«

So wie Imke das sagte, klang es, als würde da noch etwas nachkommen. Karin wappnete sich.

»Machst du Reiberdatschi?«

»Für uns beide. Die habt ihr immer gerne gegessen.«

»Ich helfe dir.« Imke holte Rührschüssel und Reibe aus dem Schrank.

»Was ist in dem Kuvert?«

»Alter Mist. So würdest du es jedenfalls nennen.«

»Und du?«, fragte Karin angriffslustig, obwohl ihr gar nicht wohl bei der Sache war.

Imke nahm die geschälten Kartoffeln und begann sie zu reiben. Die eine Hälfte fein, die andere grob.

»Also wie würdest du den alten Mist nennen?«, wiederholte sie ihre Frage.

»Akten.«

Gott sei Dank. Es hatte nichts mit Jens' Auftrag zu tun. Denn die Akten hatten die Nonnen verschwinden lassen, als das Heim aufgelöst wurde. Das wusste sie von Jens, der damals noch einen Versuch unternommen hatte und dann vor einigen Jahren wieder, als die Missbrauchsskandale durch die Medien gingen und sie monatelang nicht fernsah und keine Zeitung las. Die Akten waren weg. So viel stand fest.

»Ich habe dir doch von Gertraud erzählt. Ich habe sie besucht. Ich soll dich grüßen.«

Karin winkte ab. Sie wollte nicht an diese Zeit erinnert werden. Wann würde Imke das endlich verstehen! Sie hörte einfach nicht richtig zu, als ihre Tochter von Kolbermoor und einem Onkel Bruno redete. Von einem alten Haus und einer Küchenbank, und als sie schließlich aus dem Kuvert zwei verblichene grüne Aktendeckel zog. »Also.« Imke holte tief Luft. »Da sind sie. Deine Akte und die von Pelle.«

»Was?« Karin starrte darauf. »So ein Unfug! Die Akten gibt es nicht mehr.«

»Irrtum. Sie liegen vor dir auf dem Tisch.«

Karin sah ihre Tochter an und dann die Aktendeckel. Da standen ihre Namen. In der schön geschwungenen Handschrift von Schwester Agnes. Dieses Weibsstück, dem sie vertraut und das sie gemocht hatte. Diese Lügnerin, die Mamis Briefe unterschlagen hatte. Mamis Briefe! Auf die sie so sehr gewartet hatte. Freds Briefe. Deren Ausbleiben ihr bestätigt hatte, dass sie für ihn nicht wichtig war. Keine Yssabeau. Er hatte sich nur einen Spaß mit ihr gemacht.

Sie taugte nichts. Sie war es gar nicht wert, dass einer wie Fred sie mochte. Das war es, was sie in Sankt Marien gelernt hatte. Was ihr in Fleisch und Blut übergegangen war. Was in jede ihrer Körperzellen und Gehirnwindungen gekrochen war. In ihre Seele, wenn man das so nennen wollte. Oder Psyche. Das war es, was sie bis heute nicht los wurde. Trotz Jens' Liebe. Trotz ihrer wunderbaren Töchter. Nichts wert zu sein.

Schwester Agnes' Handschrift! Blassblau auf verblichenem Grün. Dieses Miststück, das ihnen vorgelogen hatte, Mami hätte sich wieder verheiratet und wollte nichts von ihnen wissen. Schwester Agnes, die ihnen von Mamis Tod nichts gesagt hatte! *Sie ist auch böse, nur anders.* Das hatte Edith damals zu ihr gesagt. In ihren ersten Wochen in Sankt Marien. Karin hatte es nicht geglaubt. Erst als sie aus dem Heim gekommen war und ihre Ausbildung begann, hatte sie verstanden, wie recht Edith gehabt hatte.

Eines Tages hatte sie sich ein Herz gefasst und war in die Nibelungenstraße gegangen, um die Schultheiß oder Frey zu fragen, ob sie wussten, wie Mami nun hieß und wo sie wohnte. Im Hausflur war ihr Dagmar begegnet, der sie fünf Jahre zuvor Mathenachhilfe gegeben hatte. Karin erfuhr, dass sie Abitur gemacht hatte, aber nicht studieren wollte. Sie war verlobt und würde heiraten. Einen Ingenieur, der bei Siemens arbeitete und fünf Jahre älter war. Sie plapperte und plapperte und fragte nicht, wie es Karin ging. Wo sie all die Jahre gewesen war. Vielleicht traute sie sich nicht. Vielleicht wusste sie ja, was ihre Mutter angerichtet hatte.

Nach Jahren des Schweigens – bei der Arbeit, im Speisesaal, im Schlafsaal und meistens auch in der Freizeit – war Karin so viele Worte nicht mehr gewohnt. Sie machten sie ganz schwindelig. Sie fiel Dagmar ins Wort und fragte, ob sie Auskunft geben konnte, wo Mami nun lebte. Und Dagmar sah sie an, als wäre sie irre. »Äh ... Wieso lebt? Sie liegt auf dem Waldfriedhof. Sag nur, du weißt das nicht? Bei Frau Frey liegt übrigens ein Brief für dich. Den hat eine Freundin deiner Mutter bei ihr abgegeben. Für den Fall, dass du mal hier auftauchst.« Dagmar sah auf ihre Armbanduhr. »Tut mir leid, ich muss los. War schön, dich mal wiederzusehen.« Sie verschwand den Flur hinunter, während in Karin etwas zerbrach. Das also auch noch, dachte sie. Das also auch noch. Sie holte den Brief von Marion bei Frau Frey ab und hörte gar nicht zu, was sie sagte. Sie ging einfach und ließ sie in der offenen Tür stehen und brabbeln.

Das also auch noch.

Von Mamis Freundin Marion hatte sie dann alles erfahren. Vom Kampf, den ihre Mutter ums Sorgerecht geführt hatte. Von ihrer Vermutung, dass ihre Briefe ihr Ziel nicht erreichten und umgekehrt die Briefe ihrer Kinder sie nicht. Wie sie gegen das Jugendamt und Krohnen vorgegangen war, um wenigstens ein Besuchsrecht für Karin und Pelle zu bekommen. Und wie sie gestorben war, weil ein Autofahrer die rote Ampel übersah und sie auf dem Fußgängerübergang überfuhr. Direkt vor dem Landgericht, wo der Gerichtstermin wegen des Besuchsrechts stattfinden sollte.

***

Eine Hand legte sich auf ihre. Warm und angenehm. »Mama? Alles gut?«

Nichts ist gut! Das hätte sie am liebsten geschrien! Stattdessen zog sie ihre Hand weg und legte sie auf die Akte mit ihrem Namen. »Sind …« Die Frage nahm ihr den Atem. »Sind Briefe darin?«

Imke nickte.

»In Ordnung. Das ist …« Irgendwie war das gut. Mamis Briefe. »Auch von Fred?«

»Ja, die auch. Mama. Es tut mir so leid!«

»Dir muss gar nichts leidtun!« Sie schrie ihre Tochter an, die für all das nichts konnte.

Imke sah sie an wie ein waidwundes Tier und griff blindlings nach der nächsten Kartoffel. Sie hatte es verstanden. Sie fragte nicht nach. Auch das war gut. Mitleid war das Letzte, das Karin jetzt ertragen, und Erklärungen das Allerletzte, das sie geben würde. »Ich glaube, ich kann jetzt nichts essen.«

»Ich auch nicht.« Imke warf die halb geriebene Kartoffel in die Schüssel. »Mama. Ich muss dir noch etwas sagen.«

Was denn noch? War es nicht genug, dass die Akten hier auf dem Tisch lagen, nach denen Jens so lange gesucht hatte? In der Hoffnung, darin eine Spur von Pelle zu finden. Er hatte es für möglich gehalten, dass die Nonnen wussten, wo er war. Vielleicht in einem anderen Heim.

»Erinnerst du dich an Leopold Schmalisch?«, fragte Imke.

Karin versuchte, ihrer Tochter zu folgen und diese Kurve gedanklich zu kriegen. Leo? Und ob sie sich an den erinnerte? Er hatte sich mit Pelle angefreundet. Der Leo, der Pelle erst einmal verprügelt hatte, um klarzustellen, wer in Webers Gruppe das Sagen hatte. Der Leo, dem sie vorgelogen hatte, eine kaltblütige Mörderin zu sein, damit er ihren kleinen Bruder in Ruhe ließ. Ein pfiffiger Junge und Pelle so ähnlich in seiner frechen Art. Und dann hatte er etwas Gemeines getan. Das fiel ihr gerade erst wieder ein. Er hatte diese gemeine Lüge verbreitet, Pelle wäre tot.

»Weißt du, wen ich meine?«

Karin zuckte die Schultern.

»Er kann sich jedenfalls an dich erinnern und an Pelle. Moritz und ich haben ihn in Sankt Marien getroffen. Er fährt immer wieder dorthin.« Abwartend sah Imke sie an. Ob sie nicht fragen wollte, weshalb Leo das tat. Wie verrückt von ihm. Niemand erinnerte sich freiwillig an diese grauenhafte Zeit. Es konnte ihm nicht guttun.

»Aus dem Heim machen sie jetzt ein Luxushotel.«

Karin lachte auf. »Das ist ja absurd. Die spinnen. Wie kann man dort wohnen wollen!«

»Deswegen fährt der Leopold immer wieder nach Warting. Er will den Beginn der Bauarbeiten nicht verpassen.«

»Ist er von allen guten Geistern verlassen?« Obwohl? Eigentlich war es gut, wenn dieser Ort dem Erdboden gleichgemacht wurde. Weg damit! Wenn er sich das ansehen wollte, bitte. Sie ganz sicher nicht.

»Er passt auf.«

Herrgott, was wollte ihre Tochter? Sie sprach mit ihr wie mit einer Kranken oder Verrückten. Wie mit jemandem, den man schonen musste.

»Es hat einen Grund, weshalb er dort aufpasst. Er nennt es so: aufpassen.«

Ihre Tochter verknotete die Hände. Das dicke Ende kam also erst noch. Ein kalter Klumpen legte sich in Karins Magengrube. Worauf wollte Imke hinaus?

Karin griff wieder nach der halb geriebenen Kartoffel. Die geriebenen in der Schüssel wurden schon braun.

»Und damit komme ich zu Gregor und Nette. Die beiden haben mir bei der Suche nach Pelle geholfen.«

»Kannst du mal deinen Mund halten? Ich kann dir nicht folgen.«

Imke schwieg und holte die Tüte Mehl vom Regal und ein Ei aus dem Kühlschrank. Als würde hier heute irgendwer etwas essen. Sie wischte sich die Hände an einem Geschirrtuch ab und warf es auf den Tisch. »Mama, ich kürze das jetzt ab: Es gibt in Sankt Marien vielleicht einen geheimen Friedhof. Dort haben ›die Weiber und ihre Knechte‹, wie Schmalisch sie nennt, vermutlich die Kinder beigesetzt, die an Misshandlungen gestorben sind und für die der Arzt keine natürliche Todesursache bescheinigen wollte. Wir vermuten, dass Pelle dort liegt.«

Die Weiber und ihre Knechte. Karin lachte auf. Was für eine treffende Formulierung. Ein Friedhof? Den gab es nicht. »So ein … Unfug. Das … das stimmt doch nicht.« Eine Bleiplatte legte sich auf ihre Brust. »Das hat der Leo damals schon behauptet. Er ist nicht ganz richtig im Kopf.«

Pelle war davongelaufen. Ohne sie. Weil er es keinen Tag länger ausgehalten hatte. Die Schlinge. Die Angst um seine Hände. Etwas fiel scheppernd auf den Boden und zerbarst. Ihre Tochter sah sie an, als hätte sie endgültig den Verstand verloren. Die Schüssel lag auf den Fliesen. Die geriebenen Kartoffeln klebten überall. Es war egal. Es war nicht wichtig. Pelle war davongelaufen. Ohne sie. Noch in derselben Nacht. Er hatte den Schrank in Sowadas Werkstatt aufgebrochen und den Schlüssel genommen. Er war ohne sie gegangen. Aus Angst um seine Finger und um sein Leben. Es hatte nichts mit ihr zu tun. Er war alleine gegangen. Nicht, weil sie an allem die Schuld trug und es nicht wert war, dass er auf sie wartete. Wegen seines Lebens. Wegen seiner Träume. Sie konnte es ihm nicht verdenken. So war es besser gewesen. Er hatte es richtig gemacht.

»Mama? Hast du das verstanden?«

Sie schüttelte den Kopf.

»Morgen wird in Sankt Marien gegraben. Die Staatsanwältin hat ein Verfahren eingeleitet. Ich fahre mit Gregor und Nette dorthin. Magst du mich begleiten?«

»Dich begleiten? Wozu?«

»Ich dachte ... Ich dachte, du willst vielleicht dabei sein, falls ...« Imke vergrub ihr Gesicht in ihren Händen.

»Falls?«

»Falls sie Pelle dort finden.«

»Du spinnst. Er ist davongelaufen. Er hat geschafft, was kaum einem geglückt ist. Er hat sich nach München durchgeschlagen, so wie wir es geplant hatten. Und dort ... Ich weiß nicht, was dort geschehen ist. Warum er sich nie bei mir gemeldet hat. Vielleicht, weil es meine Schuld war und er es mir nicht verzeihen konnte, dass ich sein Leben ruiniert und all seine Träume zerstört habe. So! Jetzt weißt du das endlich!« Sie knallte den Kartoffelschäler auf den Tisch. »Bist du jetzt zufrieden!«

Imke sah sie an, als ob sie jeden Moment in Tränen ausbrechen würde. »Entschuldige, Mama. Du hast sicher recht.«

Karin starrte auf den Tisch. »Ich bin dir nicht böse. Du hast es nur gut gemeint, wie dein Vater.«

Imke stand auf. »Ich mache mich dann mal wieder an die Arbeit.«

»Ja. Das ist wohl das Beste.«

Die Küchentür fiel hinter ihrer Tochter ins Schloss. Und das war ein Geräusch, das sie nicht ertragen konnte. Sie sprang auf, riss die Tür gleich wieder auf und atmete durch.

***

Das braune Kuvert lag noch auf dem Tisch. Karin nahm es hoch, um die Akten hineinzustecken. Mamis und Freds Briefe konnte sie jetzt nicht lesen. Dafür musste sie sich wappnen.

Morgen. Vielleicht. Etwas fiel aus dem Kuvert auf den Tisch. Eine Kette mit einem Medaillon.

Nicht irgendein Medaillon, sondern das, das sie Pelle geschenkt hatte, weil er an die wundertätige Kraft der Jungfrau Maria glaubte und sie sich damit einige ungestörte Stunden im Freibad mit Fred erkaufen konnte.

Etwas legte sich um ihren Hals. Eine Schlinge, die zuzog. Ihr wurde ganz schwindelig. Sie musste sich setzen. Das Medaillon in ihrer Hand. Etwas war damit.

Plötzlich roch es in ihrer Küche nach den Himbeeren, die in dichten Horsten hinter dem Gewächshaus wuchsen. Sommerwarm und süß. So köstlich. Man durfte sich nicht erwischen lassen, wenn man davon naschte. Gertraud weckte sie ein und machte Saft und Marmelade daraus. Das allermeiste war den Nonnen und den Erziehern vorbehalten.

Es war der erste Sonntag im September. Ein strahlend schöner Spätsommertag. Karin war mit Pelle hinter dem Gewächshaus verabredet. Inzwischen duldeten die Nonnen es, wenn sie sich sonntags während der Freizeit für eine Stunde trafen. Sie hatte ein Stück Butterkuchen dabei, das Gertraud in Papier eingeschlagen und ihr heimlich zugesteckt hatte. Denn natürlich war der Kuchen nicht für die Kinder bestimmt. »Da, nimm. Er versüßt euch den Nachmittag.« Karin hatte ihn in die Schürzentasche geschoben und nun Angst, dass die Butter das Papier durchweichen und fettige Flecken hinterlassen würde. Wenn das eine Schwester sah! Dann setzte es Kopfnüsse oder Tritte. Je nachdem, wer sie erwischte. Schwester Veronika oder das Wiesel. Sie musste das Päckchen schnellstmöglich herausnehmen. Doch dafür musste sie aus der Sichtweite der Nonnen verschwunden sein. Sie beeilte sich und ging schneller als sonst und mit gesenktem Kopf den Weg entlang. Kaum war sie ums Gewächshaus gebogen, zog sie das Päckchen hervor. Wie befürchtet, war das Papier mit Fett vollgesogen. Sie prüfte die Schürze. Gott sei Dank war nichts zu sehen. Erleichtert zog sie sie aus, legte sie mit der Innenseite nach unten ins Gras und setzte sich darauf. Falls es Flecke gab, sah man sie nicht, wenn sie die Schürze wieder umgebunden hatte.

Pelle war noch nicht da, obwohl die Kirchturmuhr gerade fünf geschlagen hatte. Normalerweise war er pünktlich. Karin streckte sich aus und ließ sich die Sonne ins Gesicht scheinen. Die Himbeeren dufteten. Ein paar Hummeln tummelten sich an der Schafgarbe, und in den Bäumen zwitscherten die Vögel. Sie war hungrig und wollte den Kuchen essen. Wo blieb Pelle? Um zehn nach fünf brach sie das Stück in zwei Teile und aß ihre Hälfte. Es schmeckte wunderbar. Buttrig und nach Vanille. Geröstete Mandelblättchen obenauf und der Hefeteig so weich und luftig. Die Kirchturmuhr schlug Viertel nach. Karin schleckte die Finger ab und begann, sich Sorgen zu machen. Vielleicht wartete Pelle ja im Verschlag auf sie.

Sie zog die Schürze wieder an, packte den Kuchenrest ins Papier und kletterte durch den Lichtschacht in den Keller des Jungenhauses. Inzwischen hatte Pelle den Fenstergriff so manipuliert, dass es aussah, als wäre es verschlossen, während es in Wahrheit offen war.

Einen Moment brauchten ihre Augen, um sich vom hellen Sonnenlicht an die Dunkelheit im Keller zu gewöhnen. Modriger Geruch vertrieb den Himbeerduft. Während sie noch blinzelte, hörte sie ein Geräusch, das ihr durch Mark und Bein ging. Ein Röcheln, wie sie es noch nie in ihrem Leben gehört hatte. Ein verendendes Tier, dachte sie. Als ob jemand stirbt. Und dann sah sie ihn. Pelle! Zappelnd hing er in der Schlinge am Haken. Seine Beine waren weggesackt. Die Hände auf den Rücken gefesselt. Er war ohnmächtig! Er strangulierte sich! Sie rannte zu ihm, so schnell sie konnte, doch es erschien ihr elend langsam. »Pelle!« Sie packte ihn um die Taille, hob ihn an. Der Geruch von Urin stieg ihr in die Nase. Sein Körper zuckte unkontrolliert, sodass sie ihn kaum zu fassen bekam. »Pelle! Ich bin es. Hilf mit!« Doch er half nicht mit. Er konnte nicht. Sie musste es alleine schaffen. Weit und breit nichts, das sie unter ihn schieben konnte. Sie umklammerte seinen Körper mit einem Arm, hob ihn an, damit er sich nicht weiter strangulierte, und versuchte mit der freien Hand, den Knoten an der Schlinge zu lösen, mit der sie am Haken befestigt war. Pelle röchelte und zuckte. Sie konnte ihn kaum halten. Ihre bebenden Finger bekamen den Knoten nur schwer auf. »Heilige Maria. Muttergottes! Bitte hilf mir! Hilf!«

Es dauerte unendlich lange, bis sie Pelle losgemacht hatte. Das Zucken hörte auf. Sie ließ ihn zu Boden gleiten, kniete sich neben ihn und löste die Fessel an seinen Händen. »Pelle, wach auf!« Sie rüttelte an seiner Schulter. Er griff nach dem Medaillon an seinem Hals und schloss die Hand darum und öffnete kurz die Augen. Sie verdrehten sich ins Weiße. Einmal röchelte er noch. Dann war es plötzlich still. Kein Atemzug. Nichts. »Pelle!« Sie schlug ihm ins Gesicht. Sie schüttelte ihn, legte ihr Ohr auf seine Brust. Stille. Sein Herz schlug nicht mehr. Sie hörte nur das Rauschen ihres eigenen Blutes in den Ohren. »Heilige Maria, Muttergottes! Er darf nicht tot sein. Das darf er nicht. Heilige Maria. Muttergottes. Hilf ihm. Hilf ihm doch!«

Etwas strich ihr um die Beine. Stupste an ihre Wade. Madame Katze war wieder da. Verwundert sah Karin sie an und dann auf Pelles Kette in ihrer Hand. »Herrje!«, sagte sie und dann noch einmal »Herrje!«.

Sie legte die Kette auf den Tisch zu den Akten und humpelte hinaus in den Garten. Die verblühten Rosen mussten abgeschnitten werden. Sie fühlte sich ganz wirr im Kopf. »Ach herrje.«

Imke

Am nächsten Morgen stoppte Moritz den Kombi um kurz nach sieben auf dem Parkplatz des ehemaligen Erziehungsheims. Der blaue VW-Bus des BR stand bereits dort. Daneben ein VW-Bus der Polizei und mehrere Zivilfahrzeuge. Jemand hatte das Tor geöffnet. Vor dem Haupthaus parkte ein SUV mit dem Logo der Baufirma. Dahinter ein Lieferwagen mit Anhänger, auf dem sich ein Minibagger befand. Mehrere Personen standen in der Nähe. Ein Mann im Businessanzug. Eine Frau, die Gummistiefel zum Kostüm trug. Drei Arbeiter in Blaumännern. Eine weitere Frau, die in Cargohosen steckte und sich mit einem hageren Mann unterhielt. Und ein wenig abseits Gregor und Nette mit Jörg und Kathrin.

»Wollen wir?«, fragte Moritz. Imke nickte. Sie stiegen aus und gesellten sich zum Fernsehteam. »Hier ist ja richtig was los«, sagte Moritz.

»Es sind weniger, als ich dachte«, sagte Gregor. Sie begrüßten sich, und er erklärte ihnen, wer welche Funktion bekleidete. Die Frau in den Gummistiefeln war die Staatsanwältin, Petra Fuchs. Die mit der Cargohose war Kriminalhauptkommissarin in der Abteilung für ungeklärte Altfälle der Kripo München und hieß Gina Angelucci. Der dünne Mann war ihr Kollege Holger Morell. Daneben der Bauunternehmer und seine Leute. »Sie beginnen den Aushub mit dem Bagger. Sobald sie auf Knochen stoßen, muss von Hand weitergegraben werden«, erklärte Gregor.

»Kommt Karin nicht?«, fragte Nette.

Imke schüttelte den Kopf. »Sie möchte keinen Fuß mehr auf diesen Boden setzen. Außerdem können wir uns nicht sicher sein, dass es diesen Friedhof wirklich gibt. Vermutlich ist es besser, wenn sie sich das nicht ansieht.« Sie zog die Steppweste enger um sich. »Was machen wir, wenn Schmalisch sich etwas zusammengesponnen hat?«

»Oder er die Wahrheit sagt, sich aber an den falschen Ort erinnert?«, meinte Nette.

»Wo ist er eigentlich?«, fragte Moritz.

»Er trinkt sein Morgenbier. Hinten bei der Kirche.« Gregor wies in die Richtung.

»Ich sehe mal nach ihm.« Imke ging hinüber. Wie erwartet saß Schmalisch auf dem Brunnenrand. »Da bist du ja. Magst auch ein Bier? Heute habe ich dir eins mitgebracht.«

»Danke. Das ist nett, aber es ist zu früh dafür.«

»Macht nichts. Dann trink ich es selber.« Neben ihm lag auf einer Papiertüte eine angebissene Breze.

Es war ein klarer Julimorgen. Die Luft war noch kühl, doch man konnte die bevorstehende Hitze des Tages bereits ahnen. Imke fragte sich, was er ihr wohl bringen würde.

»Bist noch ned fertig mit deinen Fragen, gell.« Schmalisch klemmte die Flasche zwischen die Knie und brach ein Stück Breze ab.

»Noch nicht ganz. Eine habe ich noch.«

»Ja, dann frag. Vielleicht geb ich dir heute eine Antwort.

Weil … Weißt … Manches kann man fast nicht erzählen. Dafür hat der Mensch keine Worte. Die müsste man erst erfinden. Worte für das, was die hier getan haben. Aber heute kommt alles ans Licht. Heute ist der Tag. Also frag.«

»Sie wissen doch, was ich wissen will.«

»Freilich. Du willst wissen, wie der Pelle gestorben ist.« Schmalisch wischte sich mit dem Handrücken über den Mund und atmete durch. »Also gut. Ich erzähl's dir. Der Weber war's. Unser Hausvater. Das war ein ganz mieser Mensch. Leider ist er schon tot. Der Krebs hat ihn aufgefressen. Ganz langsam. Elendiglich verreckt ist er. Was nur gerecht ist.« Er hob die Bierflasche, trank und wischte sich nochmals mit dem Handrücken über den Mund. »Passiert ist es an einem Sonntagnachmittag. Wir hatten Freizeit. Und … Du musst wissen, wir waren Buben. Wir waren dreizehn, vierzehn. Buben halt, die entdecken, dass da unten mehr ist, als man fürs Pieseln braucht. Weißt schon, was ich meine?«

Imke nickte.

»Also der Pelle hat das auch entdeckt. Und er hat gemacht, was man halt so macht.«

»Sie meinen, er hat masturbiert?«

Ein verschmitztes Lächeln erschien auf Schmalischs Gesicht. »Wir ham's rubbeln genannt, später dann wichsen. An dem Sonntagnachmittag hat der Weber Pelle auf dem Häuschen dabei erwischt. Kannst dir ja denken, dass darauf Strafe stand. Der Weber hat ihn an den Ohren aus dem Klo gezogen. Er hat ihn alles Mögliche genannt und ihn mit Tritten die Treppe hinunterbefördert. Doch der Pelle war komisch. Er war anders. Meistens hat er mitgespielt, hat sich weggeduckt und klein gemacht, aber manchmal gingen die Pferde mit ihm durch. Dann hat er rausgegeben. Und das hat er an dem Sonntag getan. Er hat zurückgeschlagen. Hat den Weber einen Sauhund geheißen. Ein perverses Schwein und so weiter. Und da hat der Weber erst recht rotgesehen. Ich bin dazwischen. Und habe dafür Prügel kassiert. Der Sowada ist dazugekommen. Das war der Hausmeister, hat sich aber aufgespielt wie der King. Der hat mich zusammengeschlagen, und Weber hat Pelle in den Keller geschleift. Der konnte gar nicht mehr richtig laufen, also zerrte er ihn die Treppe hinunter. Stufe für Stufe. Bumm. Bumm. Bumm. Und was dann war … Also gesehen habe ich es nicht. Aber ich kann es mir denken. Denn da unten ist der Keller mit den Haken. Die Haken, die wo du gesehen hast. Du weißt, wozu die da waren?«

Imke nickte. Ihr wurde ganz kalt.

»Und später ist dann die Karin schreiend über den Hof gelaufen. Wie eine Verrückte. Wie eine Furie. Sie hat alle Mörder geheißen. Die Nonnen und ihre Knechte. Mörder wären sie. Echt narrisch ist sie gewesen, und da hab ich gewusst, was passiert ist, und hab nach dem Pelle gesehen. Vorher ging es nicht. Der Sowada hat mich auf den Holzscheiten knien lassen. Ewig lang. Ich habe ihn gesehen. Den Pelle. Er lag auf dem Kellerboden, die Striemen von der Schlaufe um den Hals. Er war tot. Die Karin hat recht. Mörder. Das sind sie.«

»Sie meinen …« Imke musste sich räuspern. Ihre Stimme wollte nicht mitmachen. »Mama hat Pelle gefunden? Tot. In dieser Schlaufe?«

»Und dann ist sie durchgedreht. Wie eine Wahnsinnige ist sie herumgelaufen und hat ›Mörder!‹ gebrüllt. Bis die Weiber sie eingefangen und in den Karzer gesperrt haben. Selbst da hat sie noch geschrien, dass man es bis in den Hof hören konnte.«

»Aber ... Meine Mutter hat jahrelang nach ihm gesucht.«

»Ich weiß. Sie hat die Wahrheit nicht hören wollen und mich einen Lügner genannt, als ich ihr gesagt habe, dass der Pelle tot ist. Dass ich ihn gesehen hab. Und sie ihn auch. Dabei waren es die Weiber, die gelogen haben. Die haben allen erzählt, er wäre davongelaufen und dass die Polizei nach ihm sucht. Die Karin hat es geglaubt. Weil sie es glauben wollte. Sie war nicht mehr dieselbe, als sie aus dem Karzer kam.« Schmalisch starrte auf den Boden zwischen seinen Füßen. »Und dann gab es da noch die Schwester Agnes. Eine Hexe. Die schaut dir freundlich ins Gesicht und redet warme Worte. Du denkst, diese eine wenigstens ist nett, dabei war sie ein falsches Luder. Die Karin hat das nicht verstanden. Sie hat ihr vertraut. Die Schwester Agnes hat sich um sie gekümmert, als sie im Karzer war. Ich weiß nicht, was sie ihr erzählt hat. Jedenfalls hat sie fest daran geglaubt, dass der Pelle fortgelaufen ist. Ich habe ihr gesagt, was ich gesehen habe. Da hat sie mich einen Verrückten geheißen. Einen Lügner. Sie wollte es nicht wissen. Es durfte nicht sein.«

Schritte näherten sich. Moritz kam. »Es geht los. Kommt ihr?«

Imke nickte. »Gleich.« Sie wandte sich an Schmalisch. »Eine Frage habe ich doch noch.«

»Die gehen dir ned aus, gell?«

»Das Medaillon von Pelle. Woher haben Sie das?«

»Ja mei.« Er drehte die Handflächen nach oben. »Es lag neben Pelle auf dem Kellerboden. Der Weber hat es ihm vom Hals gerissen. Denk ich. Da habe ich es eingesteckt. Ich sammle ja die Beweise.«

All die Jahre war er immer wieder hierhergekommen, um seine Beweise zu sammeln. Aber unternommen hatte er nichts weiter, nachdem seine Anzeige gescheitert war und die Nonnen ihm mit dem Irrenhaus gedroht hatten. Aus Angst vor den Weibern, die noch immer am längeren Hebel saßen und noch immer Macht über ihn hatten.

Ein Motor sprang an. Dieselschwaden zogen durch die Morgenluft. Der kleine Bagger setzte sich in Bewegung, rollte über eine Rampe von der Ladefläche und bog auf den schmalen Weg ein, der in den hinteren Teil des Geländes führte.

Karin

Karin saß auf dem Mäuerchen der Terrasse. Sie sah die Sonne aufgehen und fragte sich, ob der Tag heraufdämmerte, an dem sie erfahren würde, was mit ihrem Bruder geschehen war. Obwohl sie es vielleicht seit einundsechzig Jahren wusste, aber verdrängt hatte? Verleugnet. Vergessen. Weil es nicht zu ertragen war. War das möglich?

Die ganze Nacht hatte sie kein Auge zugetan. Stimmte etwas nicht mit ihr? Wurde sie verrückt? Demenz? Alzheimer? Oder einfach irre? Oder stimmte es, woran sie sich gestern plötzlich erinnert hatte, als die Kette auf den Küchentisch gepurzelt war?

Die Erinnerungen waren so erschreckend realistisch gewesen. So lebendig. Pelle tot. In diesem entsetzlichen Keller. Gestorben in ihren Armen. Hätte sie doch gleich nach ihm gesucht, als er nicht kam! Doch sie hatte sich die Sonne ins Gesicht scheinen lassen. Hatte Kuchen gegessen. Während er in dieser Schlinge langsam und elend starb.

Seit Jahrzehnten hatte sie immer wieder überlegt, weshalb das Wiesel sie an dem Sonntag, als Pelle verschwand, in den Karzer gesteckt hatte. Sie konnte sich nicht erinnern, sosehr sie sich auch bemüht hatte. Falls sie hysterisch schreiend durch Sankt Marien gelaufen war und die Nonnen Mörderinnen genannt hatte, wäre das natürlich eine Erklärung. Doch es konnte nicht stimmen. Woher kam diese Erinnerung? War sie echt? War sie falsch?

»Ich habe eine Meise. Oder wie Geli sagen würde, einen an der Waffel.« Das erklärte sie der Amsel, die vor ihr im Rasen herumpickte. Doch tief in sich spürte sie, dass sie ganz klar im Kopf war. Vielleicht so klar wie seit einundsechzig Jahren nicht mehr.

Etwas raschelte. Madame Katze kam aus dem Gebüsch geschossen. Geradewegs auf die Amsel zu. Der Vogel stob auf und rettete sich in den Ahorn. »Lass doch die arme Amsel! Du kannst Huhn mit Asche haben. Lass uns hineingehen.«

Sie humpelte in die Küche, füllte den Napf der Katze und machte sich den Morgenkaffee. Was Jens wohl sagen würde, wenn er wüsste, dass sie eigentlich immer gewusst hatte, dass Pelle in diesem Keller gestorben war? Nur hatte sie es völlig vergessen, verdrängt. Verleugnet. Weil es anders nicht auszuhalten war.

Jedenfalls wenn ihre neue Erinnerung sie nicht trog.

Das Gefühl, dass ihr Bruder nicht mehr am Leben war, hatte sie allerdings ihr Leben lang begleitet.

Herrje. Was stimmte nun? Sie fühlte sich ganz konfus.

Der Kaffee tat ihr gut. Sie schenkte sich eine zweite Tasse ein. Heute gruben sie in Sankt Marien den Boden auf, weil Imke und ihre Freunde vom Bayerischen Rundfunk glaubten, dass die Nonnen dort Kinder heimlich begraben hatten. Obwohl es unvorstellbar war. Doch vieles, das geschah, hatte man sich vorher nicht vorstellen können.

»Genau genommen: Ja. Ich traue es den … Wie hat Leo

sie genannt?«, fragte sie die Katze. »Ach ja, die Weiber. Ich traue es den Weibern zu. Weißt du, die Edith ist damals spurlos verschwunden. Kein Grab auf dem Dorffriedhof.« Vielleicht in ihrem Heimatort. Das wäre möglich. Und die freche Marie, die sie auch oft nachts geholt hatten. *Komm mit!* Eines Morgens während des Gottesdiensts war sie aufgestanden und hatte auf Weber und Sowada gezeigt und gesagt, was sie taten. Weit war sie damit nicht gekommen. Und sie hatte gedacht: Ich muss aufstehen und sagen, dass es stimmt. Die Angst war stärker gewesen, und sie hatte den Mund gehalten. Natürlich hatte Marie Prügel bezogen und war im Karzer verschwunden. Karin hatte sie nie wiedergesehen.

Wenn Pelle wirklich in dem Keller gestorben war und sie sich Jahrzehnte nicht daran erinnert hatte … »Dann gehörst du eingewiesen, meine Liebe. Obendrein redest du mit dir selbst und mit der Katze. Du spinnst wirklich.«

Sie räumte die Küche auf und konnte den Gedanken nicht abschütteln, dass Imke jetzt in Sankt Marien war und zusah, wie man vielleicht Pelles Knochen ausgrub.

Ich sollte dabei sein. Das bin ich ihm schuldig, dachte Karin. Wenn es so ist. Doch Imke war sicher schon weg. Abfahrt sechs Uhr. Das hatte sie gesagt. Es war schon halb sieben. Karin ging ins Bad und wusch sich von Kopf bis Fuß. Sie war noch nicht so weit, wieder unter die Dusche zu gehen. Das würde noch dauern. Nachdem sie sich angezogen hatte, überlegte sie, wie sie nach Sankt Marien kam. Mit dem Taxi war es zu teuer. Sollte sie Erika fragen? Doch die hatte in der letzten Zeit so viel für sie getan. Geli war dran. Ihre Älteste hatte nichts zu tun. Karin griff zum Telefon. Es dauerte lange, bis ihre Tochter sich meldete. »Hallo Mama. Ist was passiert?«

»Mir geht es gut. Jedenfalls hoffe ich das.«

»Weißt du, wie früh es ist?«

»Ich brauche deine Hilfe. Kannst du mich nach Warting …« Sie wollte »fahren« sagen und merkte, dass es nicht darum alleine ging. Sie wollte ihre Mädchen bei sich haben. Auch Anne. Doch die würde nicht kommen. Falls dort Pelles sterbliche Überreste geborgen wurden, wollte sie nicht allein sein. »Kannst du mich nach Warting begleiten?«

»Du meinst zu diesem Erziehungsheim? Was willst du denn dort? So früh am Tag? Das wird bald abgerissen. Hat Imke jedenfalls erzählt.«

»Dort wird heute gegraben. Vielleicht buddeln sie Pelles Knochen aus. Ich will dabei sein. Aber ich habe mich zu spät entschlossen. Imke ist schon weg.«

»Du brauchst also eine Chauffeurin. Ich kann dir ein Taxi spendieren. Obwohl du eigentlich genügend Geld hast, um dir eins zu leisten.«

Karin hörte ihrer Tochter zu, und es war, als hörte sie sich selbst. Diese harsche, abweisende Art, hinter der man seine Gefühle versteckte und andere abschreckte, ihre zu zeigen. Es war ein Perpetuum mobile. Eine sich selbst antreibende Mechanik. Auch so ein Päckchen, das sie weitergegeben hatte.

»Wenn ich Taxi fahren will, dann tue ich das und bezahle es selbst.« So! Jetzt spring über deinen Schatten, befahl sie sich. »Kannst du mich bitte begleiten? Ich will nicht allein sein, falls sie Pelle dort finden. Das kann ich nicht. Das stehe ich nicht durch. Ich habe Angst davor.«

Einen Augenblick war es still am Telefon. »Ach Gott, Mama. Natürlich lass ich dich nicht allein.« Mit einem Mal klang Gelis Stimme weich und versöhnlich. »Aber ich liege noch im Bett. Kompromissvorschlag: Du nimmst dir ein Taxi zu mir. Bis du kommst, bin ich startklar.«

***

Um Viertel vor acht stieg Karin in Ottobrunn aus dem Taxi und bezahlte den Fahrer. Geli erwartete sie vor der Garage und wollte sie umarmen. Wie immer ließ Karin es nicht zu und schüttelte ihre Tochter ab. Unzählige Male hatte sie das getan, und es war eigentlich rührend, dass ihre Mädchen es immer wieder versuchten. Vielleicht war sie doch keine so grauenhafte Mutter gewesen, wie sie glaubte. Heute war ein merkwürdiger Tag. Der Tag der seltsamen Gedanken. »Ach herrje.«

»Was ist?«, fragte Geli. Sie sah wieder so hübsch aus. Eine zierliche fünfzigjährige Frau mit einem mädchenhaften Charme. Immer gut gekleidet. Sie duftete zart nach Parfum und erinnerte sie plötzlich an ihre eigene Mutter. »Nichts.«

»Du hast gerade ›Ach herrje‹ gesagt.«

»Das hat mir gegolten. Ich führe neuerdings Selbstgespräche. Lass uns fahren.«

Während der Fahrt redete Geli pausenlos, so wie es ihre Art war. Zuerst über Sankt Marien, dass Imke ihr alles erzählt habe, und Karin dachte, dass Imke das gar nicht konnte, denn sie wusste nichts. Dann ging es um Pelle und die Zeit in der Nibelungenstraße. Geli hatte Fragen, doch Karin schwieg. Es war wie mit der Dusche. Noch war sie nicht so weit. Es würde dauern, bis sie die Fragen ihrer Töchter beantworten konnte. Falls überhaupt. Schweigen konnte sie gut. Geli kannte das und wechselte die Themen. Karin hörte kaum zu. Als sie durch das Dorf Warting fuhren, verkrampften sich ihre Hände ohne ihr Zutun im Schoß. Das

Atmen fiel ihr plötzlich schwer. Für einen Moment saß sie wieder im blauen VW Käfer. Dorothea Meister am Steuer. Pelle neben ihr.

Sie ließ das Fenster herunter. Sie brauchte frische Luft. Ein besorgter Blick von Geli streifte sie. Sie winkte ab. Alles war gut. Sie würde das durchstehen und die Geister der Vergangenheit nicht zu nahe kommen lassen.

Sankt Marien erschien im Blickfeld. Auf den Feldern stand das Getreide hoch. Die Wiesen blühten. Das Kraut der Kartoffeln strahlte in sattem Grün, und Karin dachte an die Steine auf den Äckern, die die Buben im Winter gesammelt und auf Leiterwagen weggekarrt hatten. Sie dachte an die Heuwagen, die sie gefüllt, und die Berge von Kartoffeln, die sie geklaubt hatten. Immer bewacht von den Erziehern. Allen voran Weber mit seinem Hund. Das Rattern der Dreschmaschinen und Kartoffelroder im Sommer und die Stille im Winter.

Das Tor stand offen. Das war ein ungewohnter Anblick. Geli stoppte den Wagen vor dem Haupthaus, wo bereits andere Fahrzeuge standen. Kein Mensch war weit und breit zu sehen. Nur von weiter hinten war das Brummen eines Motors zu hören.

Karin stieg aus und musste gegen den Druck anatmen, der sich auf ihre Brust legen wollte. Es ist so lange her, sagte sie sich. Heute haben sie keine Macht mehr über mich. Doch sie wusste, dass es eine Lüge war. Die Nonnen hatten sie nie wirklich verlassen. Sie hatten ihr Leben beherrscht. Alles, was sie war, war sie durch sie. So viel stand fest. Entschlossen schlug sie die Wagentür hinter sich zu und sah sich um.

Wie verlottert das hier alles war. Die Gebäude. Der Garten. Richtig heruntergekommen. Jetzt rissen sie das hoffentlich ab. Oder wollten sie die Häuser etwa sanieren?

Sie legte den Kopf in den Nacken und suchte nach der Fenstergaube. Von dort oben war Edith gesprungen. Ob sie auch auf dem geheimen Friedhof lag? Überrascht stellte Karin fest, dass sie jetzt glaubte, dass es ihn gab, und es sich sogar wünschte.

Geli reichte ihr die Krücke. »Zeigst du mir das Heim später?«, fragte sie. »Ich würde gerne wissen, wie es dir hier ergangen ist.«

»Vielleicht«, sagte sie, obwohl sie wusste, dass sie hier ganz sicher keine Führung veranstalten würde. Sie wollte weg. So schnell wie möglich. Am liebsten sofort. Kauf dir das Buch von Grögher, da steht allerlei drin, wenn auch nicht alles. Und schon gar nichts von ›Komm mit!‹. Das hätte sie am liebsten gesagt. Stattdessen sagte sie: »Mal sehen.«

Geli schlug vor, dem Lärm zu folgen, und so gelangten sie in den hinteren Teil des Gartens, in dem Karin gerne gewesen war. Sie erinnerte sich an die Leinen, an die sie die Wäsche in dichten Reihen aufgehängt hatten, und an die Ruhe, die sie nach der Arbeit hier manchmal genossen hatte, obwohl sogar in der Stille etwas Bedrohliches gelegen hatte. Sie war immer auf der Hut gewesen. Jahrelang. Stets voller Angst, etwas falsch zu machen und bestraft zu werden. Bis sie sich nichts mehr zugetraut hatte und eine ängstliche Maus aus ihr geworden war. Ich war mal ganz anders. Das hätte sie am liebsten gesagt. Doch die andere Karin gab es nicht mehr. Sie hatte sie nicht wiedergefunden.

Weiter hinten stand eine Gruppe Menschen vor der Mauer. Imke und Moritz waren dabei. Bauarbeiter mit Helmen. Gregor und Nette, die sie entdeckten und Imke anstupsten. Sie wandte sich überrascht um und kam auf sie zu. »Hallo Mama. Hast du es dir anders überlegt?«

»Wie du siehst. Geli hat mich gefahren.«

Imke begrüßte auch Geli, die wissen wollte, wer die Leute waren. Während Imke das erklärte, entdeckte Karin einen alten zerlumpten Mann. War das Leo? Er saß abseits auf einem Findling. Sie humpelte zu ihm hinüber.

»Ja mei, die Karin«, sagte er. »Bist auch mal wieder hier.«

Tatsächlich. Leopold Schmalisch. Sie erkannte ihn kaum wieder. »Ich war seit Mai einundsechzig nicht hier. Und heute nur, weil es nicht anders geht, während du hier tagein, tagaus Wache hältst.«

»Damit sie die Toten nicht wieder heimlich wegschaffen.«

»Es gibt den Friedhof also wirklich. Wer liegt dort?«

»Ja mei. Du kennst ihre Namen doch. Vielleicht nicht alle, aber ein paar schon.«

»Die Edith?«

»Die auch und die Marie, die während der Messe aufgestanden ist und gesagt hat, was sie mit ihr machen. Plötzlich war sie weg.« Er zupfte an seiner Unterlippe. »Ich habe es ja nicht immer mitbekommen. Nur manchmal. Wenn ich mich auf die Lauer gelegt hab, weil ich wissen wollt, was sie wieder anstellen, und dann siehst du so was.«

»Pelle? Liegt er auch dort?«

Leo schüttelte den Kopf. »Was fragst du? Das weißt du doch. Ich hab's dir damals schon gesagt, dass der Pelle tot ist, dass sie ihn hier verscharrt haben. Aber du hast es nicht wissen wollen. Hast lieber der Schwester Agnes geglaubt.«

Der Lärm des Baggers verstummte. Der Mann, der ihn bediente, stieg ab. Leo fasste Karin am Ellenbogen. »Jetzt ham's was gefunden.« Er ging mit ihr hinüber. Der Mann bückte sich. Er trug Arbeitshandschuhe und nahm etwas aus der aufgewühlten Erde. Karin wurde es schwindlig. Nach Halt suchend, griff sie in die Luft. Plötzlich waren Imke und Geli bei ihr und nahmen sie in den Arm. Und sie ließ es nicht nur zu, sie klammerte sich an ihre Töchter.

Imke

Am Freitagnachmittag, zwei Wochen nach dem Knochenfund, zog Imke sich für die Beisetzung um. Mama hatte ein Urnengrab gekauft. Auf demselben Friedhof, auf dem auch Papa lag.

Turbulente Tage lagen hinter ihnen. Erst hatte Imke ihre Mutter zur Kripo begleitet, wo Mama eine Speichelprobe für den DNA-Vergleich abgeben musste. Dann hatten sie voller Anspannung auf das Ergebnis gewartet. Die Rechtsmediziner hatten die Knochen von achtzehn Kindern geborgen, deren Identität festgestellt werden musste. Die Akten aus Onkel Brunos Küchenbank, die die Kripo beschlagnahmt hatte, halfen dabei. Gregor hatte Imke verraten, dass es sich bei den übrigen sechs Kindern mutmaßlich um verheimlichte Suizide handelte. In den Akten dieser Fürsorgezöglinge hatte die Staatsanwältin verschlüsselte Hinweise darauf gefunden. Nur wie Mamas Akte in Onkel Brunos Küchenbank geraten war, ließ sich nicht klären, und Nette vermutete, dass sie in die von Peter hineingerutscht war.

Eine Journalistin der *Münchner Zeitung* war bei Mama und Imke aufgetaucht und wollte ein Interview. Wie nicht anders zu erwarten, hatte Mama geschwiegen. Doch Imke hatte erzählt, wie es zu der Suche gekommen war und was sie dabei erfahren hatte. Allerdings hatte sie nicht gesagt, was Schmalisch ihr anvertraut hatte. Wie Pelle gestorben war und dass Mama das vermutlich gewusst, aber verdrängt hatte. Weil es sonst nicht auszuhalten gewesen wäre. Und dann war die Nachricht gekommen. Gina Angelucci, die zuständige Kommissarin, hatte erst Imke informiert und war dann zu Mama gefahren. Und seither war es amtlich: Peter Allenstein war im September 1958 im Erziehungsheim Sankt Marien an den Folgen von Misshandlungen gestorben und seine Leiche verscharrt worden. Wer dafür verantwortlich war, hatte Leopold Schmalisch erklärt. Im Fall von Peter Alleinstein der Hausvater Walter Weber. Sowohl Weber als auch die beteiligten Nonnen waren längst verstorben. Die Kommissarin suchte nun nach weiteren Zeugen und möglichen Tätern. Sowada lebte hochbetagt in einem Seniorenheim, geistig umnachtet, wie es hieß. Der Lehrer und Chorleiter Joseph Frieß, der damals ein Auge auf Gertraud geworfen hatte, konnte sich an diese Zeit nur lückenhaft erinnern und gab an, dass die Nonnen zwar streng gewesen wären, ihre Erziehungsmethoden damals aber üblich. Von dem Friedhof habe er nichts gewusst. So wie es aussah, gab es niemanden, den man zur Verantwortung ziehen konnte. Der Orden mauerte. Die Kirche wiegelte ab. Und Leopold Schmalisch war wütend, weil es ganz danach aussah, als würde weder eines der Weiber noch einer der Knechte vor Gericht gestellt. Gina Angelucci hatte es erklärt. »Selbst wenn ich einen Täter finde und ihm nachweisen kann, dass er ein Kind so misshandelt hat, dass es an den Folgen starb, dann ist das Totschlag, und der ist längst verjährt. Nur Mord verjährt nicht.«

Vor drei Tagen war dann die Reportage im Fernsehen gelaufen und zeitgleich der Artikel in der Zeitung erschienen. Seither stand das Telefon nicht mehr still. Weswegen Imke es zwischendurch lautlos stellte und Geli derzeit bei Mama wohnte. Man musste sie vor den Medien schützen. Die sprangen auf das Thema an und belagerten sie. Ein paar Tage noch, dann wird sich das hoffentlich legen, dachte Imke. Gestern war ein bitterböser Brief von Gertraud eingetroffen. Sie beklagte sich, Imke hätte ihr Vertrauen missbraucht und Dinge an die Öffentlichkeit gebracht, die nicht dorthin gehörten. Die Nonnen hätten die Kinder so erzogen, wie es damals üblich war. Man dürfe diese Angelegenheit nicht im Licht von heute betrachten. Doch genau das würde nun geschehen und wieder einmal der Stab über die Kirche gebrochen.

»Kannst du mir mit den Manschettenknöpfen helfen?«, fragte Moritz. »Ich bekomme die verflixten Dinger nicht rein.«

Sie half ihm. Dann gingen sie hinunter. Steffi und Tobi waren fertig. Ihr Sohn trug eine schwarze Jeans und ein schwarzes Hemd. Steffi hatte sich für ein schwarzes Kleid entschieden. Es war Zeit aufzubrechen.

Sie trafen sich in der Trauerhalle. Mama und Geli waren schon da. Neben ihnen saß Niklas. Wie schön, dachte Imke. Das renkt sich also wieder ein. Und neben ihm Gelis Töchter Yvonne und Sabrina. Sie waren aus Berlin und Schwerin gekommen. Erika erschien in Begleitung von Gitta. Gregor und Nette folgten ihnen. In der letzten Reihe saß Leopold Schmalisch, mit frisch geschnittenem Haar, was ihn ein wenig fremd aussehen ließ. Zum Schluss kam Alex. Er war allein. Anne war also noch immer beleidigt. Es gelang ihr nicht, über ihren Schatten zu springen.

Auf einem Podest stand die mit einem Blumenkranz geschmückte Urne. Und daneben ein vergrößertes Schwarz-Weiß-Foto von Pelle. Darauf war er etwa elf Jahre alt. Er saß an dem Klavier, das noch immer im Gartenhaus stand.

Der Trauerredner trat ein. Mama wollte keine christliche Beisetzung für ihren Bruder, obwohl er getauft war. Der Mann entwarf in seiner Rede ein lebhaftes Bild von Peter, den seine Schwester nur Pelle genannt hatte, weil er so sehr an ihr gehangen hatte, dass er ihr ständig auf die Pelle rückte. Ein musikalischer und verträumter Junge, der es aber auch faustdick hinter den Ohren gehabt hatte und von einer Karriere als Pianist träumte. Wie sich all diese Träume zerschlagen hatten und weshalb. Am Ende warf der Redner die Frage auf, wie man mit dem Unrecht umgehen sollte, dass Peter widerfahren war, und kam zu der Überlegung, dass im Verzeihen Stärke und Erlösung lagen.

Als der Redner geendet hatte, kam eine junge Frau herein und setzte sich ans Klavier. Sie spielte eine Schubert-Sonate, und Mama brach in Tränen aus. Das war eine so ungewohnte Reaktion, dass Imke, die neben ihr saß, im ersten Moment nicht wusste, was sie tun sollte. Dann folgte sie ihrem abgewürgten Impuls und griff nach Mamas Hand, und sie ließ es zu. Es geschahen noch Zeichen und Wunder. Wir verändern uns, dachte Imke. Genau wie der Schmalisch gesagt hat. Wenn einer plötzlich fehlt, müssen sich die anderen neu zusammenraufen. Bis auf Anne. Sie schloss sich weiter selbst aus. Es war traurig.

Das Musikstück endete. Ein Mitarbeiter des Bestattungsinstituts nahm die Urne und ging voran zum Grab. Sie folgten ihm. Die Beisetzung erfolgte in aller Stille. Wie Mama sich das gewünscht hatte. Ohne Gebet. Ohne weitere Reden. Doch in Gedanken sprach Imke ein Rilke-Gedicht, das ihr passend erschien.

Der Tod ist groß. Wir sind die Seinen, lachenden Munds. Wenn wir uns mitten im Leben meinen, wagt er zu weinen mitten in uns.

Die Urne wurde versenkt. Einer nach dem anderen traten sie vor und warfen ihre mitgebrachten Blumen und ein Schäufelchen Erde hinunter. Imke verabschiedete sich von ihrem Onkel, den sie nicht kennengelernt hatte, der auf ewig dreizehn Jahre alt bleiben würde, und hoffte, dass Mama irgendwann mehr von ihm erzählen würde.

Als Letzte trat Mama ans Grab. Sie atmete durch, reckte die Schultern und legte einen kleinen Strauß aus Rosen ab. Eine merkwürdige Mischung. Bis Imke erkannte, dass es ihre Rosen waren. Eine Rubiginosa, eine Caramella und eine Augusta Luise. Die Rosen der Mädchen. Mama drehte sich zu ihr um und nahm sie fest in den Arm.

»Ich habe alles falsch gemacht. Bitte verzeiht mir.«

»Das stimmt doch nicht«, sagte Imke. »Du hast es so gut gemacht, wie du konntest.«

Eine Weile schwieg ihre Mutter und blickte auf das Grab. »Danke, dass du dein Versprechen gehalten hast. Es ist eine Erlösung.« Sie drückte sie an sich, und Imke war kurz davor, in Tränen auszubrechen.

Karin

Es war überstanden. Sie hatte es hinter sich gebracht. Etwas war unwiderruflich zu Ende gegangen. Karin saß auf dem Mäuerchen und spürte der Erleichterung nach, die sich in ihr breitmachte, und der Dankbarkeit. Vor allem für Jens. Auch wenn sie nicht wusste, was er sich dabei gedacht hatte, als er Imke das Versprechen abnahm, nach Pelle zu suchen, er hatte es richtig gemacht.

Die Mädchen und ihre Männer trugen Tische auf die Terrasse und deckten für den Leichenschmaus mit dem guten Geschirr. Jemand holte beim Bäcker Kuchen und Torte. Imke und Geli verschwanden immer wieder in der Küche, um für Kaffeenachschub zu sorgen. Als gäbe es was zu feiern, anstatt jemanden zu betrauern. Und doch fühlte es sich richtig an. Alle redeten durcheinander. Ihre Enkelkinder hatten sich an einem Tischende zusammengefunden. Tobi so feierlich mit schwarzem Hemd. Steffi im kleinen Schwarzen. Schon beinahe eine Frau. Yvonne und Sabrina in Opposition zu ihrer Mutter, was bedeutete, dass sie in löchrigen Jeans und schwarzen Schlabberpullis zur Beisetzung erschienen waren. Sei's drum, dachte Karin. Sie hatten tatsächlich die weite Reise auf sich genommen. Ihretwegen. Das war schön. Auch Leopold war da. Er trank Bier statt Kaffee.

Vorhin hatte er ein wenig aus seinem Leben erzählt. Es war ihm nach Sankt Marien nicht gelungen, es in geordnete Bahnen zu lenken. Als er erzählte, dass er es in geschlossenen Räumen nicht aushielt und am liebsten draußen war, bei jedem Wetter, kam ihr das vertraut vor. Die eine oder andere Meise hatten sie wohl gemeinsam. Doch Karin erkannte auch, wie gut sie es im Leben getroffen hatte. Mit Jens. Mit ihren wunderbaren Töchtern. Mit ihren Enkelkindern. Es ging ihr gut.

Der Leo fing irgendwann vom Jüngsten Gericht an, vor dem sich die Nonnen und die Erzieher verantworten mussten, wenn es schon kein irdisches gab, dann immerhin das. Yvonne und Sabrina bestritten, dass es das jemals geben würde. Sie waren nicht gläubig. Niemand in der Familie Remy war das. Man diskutierte im wahrsten Sinne des Wortes über Gott und die Welt, und Karin lehnte sich zurück, hörte zu und genoss es mit zufriedenem Herzen. Es war ein ganz neues Gefühl, und das auf ihre alten Tage. Frieden. Dankbarkeit. Ruhe.

Gegen Abend machten die Enkel den Vorschlag, Pizza zu bestellen. Doch Karin war fix und fertig. Ihr reichte es für heute. So viel Trubel war sie nicht mehr gewohnt. Also bat sie die ganze Bande, zu gehen und sie allein zu lassen. Natürlich wollten die Mädchen erst noch abräumen und aufräumen. Die Geschirrspülmaschine füttern und die Möbel reintragen. Mehr als Abräumen erlaubte Karin nicht. Sie wollte jetzt allein sein. Klar Schiff machen konnte sie auch morgen. Es wurden noch Kuchenpäckchen verteilt, und dann ging einer nach dem anderen. Alex trug doch noch die Stühle und Polster in die Garage, obwohl kein Regen angekündigt war. Er tat ihr leid. Hoffentlich besann Anne sich, was sie an ihm hatte, und nahm ihn zurück. »Wir werden sehen«, sagte sie zu Madame Katze, die aus dem Nachbargarten kam, als der Letzte gegangen war. »Magst du was vom Kuchen? Es ist noch genug da.« Die Katze blinzelte, und Karin schnitt ihr ein Stück Biskuittrolle ab. »Aber wehe, du kotzt das auf den Teppich.« Für sich schenkte sie ein Glas Luganer ein, nahm das dicke braune Kuvert aus dem Sideboard und setzte sich aufs Mäuerchen. Es war Zeit, die Briefe ihrer Mutter zu lesen. Und die von Fred. Auf der Suche nach der anderen Karin. Nach der verloren gegangenen.

Liebe Leserinnen und Leser,

die wohl häufigste Frage, die mir als Autorin gestellt wird, lautet: Wie kommen Sie auf die Ideen zu Ihren Romanen?

Meist ist es ein Gespräch, das mich zum Nachdenken bringt und so den Anstoß zu einer Recherche gibt. Manchmal sind es Zeitungsartikel und Fernsehbeiträge. Den Anstoß zu diesem Roman hat ein anderer Roman gegeben. Und eine Spur Naivität.

Falls Sie zu den Lesern gehören, die erst einmal in einem Buch blättern und die letzten Seiten ansehen, bevor Sie zu lesen beginnen, warne ich Sie vor. Worüber ich gleich schreiben werde, verrät das eigentliche Thema des Romans. Das Geheimnis, das Karin, die Hauptfigur, vor ihren drei Töchtern jahrzehntelang verbergen konnte. Wenn Sie sich den Lesespaß nicht verderben wollen, sollten Sie jetzt nicht weiterlesen.

Wie geschrieben: Den Anstoß gab ein anderer Roman, und zwar *Die Nickel Boys* von Colson Whitehead. Die Handlung spielt in den Sechzigerjahren im Süden der USA und schildert das Schicksal eines farbigen Jungen, der unverschuldet und ungerechtfertigt in die Mühlen der amerikanischen Heimerziehung gerät. Diesen Roman konnte ich nur zu Ende lesen, weil man als Leser von Beginn an weiß, dass die Hauptfigur – der sechzehnjährige Elwood – das überleben wird. Der Roman ist auf zwei Zeitebenen angelegt, und Elwood begegnet uns auch als erwachsener Mann mit Familie. Wobei der Autor am Ende einen sagenhaften Twist hinlegt. Aber dazu verrate ich jetzt nicht mehr.

Nach der Lektüre der *Nickel Boys* war ich erschüttert. Es ist unvorstellbar, was man den Kindern in den Heimen zu dieser Zeit angetan hat. Das Ziel war, sie zu brechen. Doch es ging tatsächlich bis zu Folter und Mord. Natürlich wusste ich von den Skandalen in europäischen Kinderheimen zur selben Zeit. Auch die Missbrauchsskandale in deutschen Heimen waren mir nicht unbekannt. Doch ich war mir sicher: So schlimm, wie Colson Whitehead es in seinem Roman beschreibt, war es bei uns nicht. Eine naive Annahme.

Nun will ich es ja immer genau wissen, habe zu recherchieren begonnen und bin schnell eines Besseren belehrt worden. Nichts war besser in der deutschen Fürsorgeerziehung der Nachkriegszeit bis zur Heimreform in den Siebzigerjahren.

Einen umfassenden Einblick, was Fürsorgeerziehung zu dieser Zeit bedeutete, sowie die Schicksale von Heimkindern stellt Peter Wensierski in seinem Buch *Schläge im Namen des Herrn – Die verdrängte Geschichte der Heimkinder in der Bundesrepublik* eindringlich dar. Nachdem ich dieses Buch gelesen hatte, wusste ich: Über dieses Thema will ich schreiben.

Ich wollte – stellvertretend für unzählige andere – das Schicksal eines Heimkindes lebendig werden lassen. Vor allem aber wollte ich zeigen, welche Auswirkungen diese Art von »Pädagogik« bis in die nächste und übernächste Generation haben kann, und ich hoffe, dass mir das gelungen ist.

Ganz herzlich
Ihre

Ellen Sandberg

Lesen Sie weiter >>

Klara

Sommer 1938

Es war ein wunderschöner Sommertag. Ein bunter Tag, wie Klara dachte. Weiß-blau spannte sich der Himmel über München. Rote Hakenkreuzfahnen wehten am Stadtarchiv. Durch das tiefgrüne Laub der Kastanien und Linden davor strich der Wind. Beschwingt bog Klara von der Winzererin die Elisabethstraße ein und geriet so in Sichtweite ihrer Mutter. Vielleicht stand sie oben am Fenster und hielt Ausschau nach ihr. Unwillkürlich blieb Klara vor dem Schaufenster des Schuhladens Meyer stehen und prüfte ihre Erscheinung. Mit geübtem Griff zog sie den Lederknoten am schwarzen Halstuch nach oben, streifte einen Fussel von der weißen Bluse und strich den marineblauen Rock ihrer BDM-Uniform glatt. Keine Strähne hatte sich aus dem Zopf gestohlen. Sie sah tadellos aus und ging weiter, so wie ihre Mutter es erwartete. Ordentlich voreinander gesetzte Schritte und nicht breitbeinig nebeneinander, wie ein Bauernmädchen vom Land.

Seit Klara dienstags den Gymnastikunterricht und freitags den Volkstanzkurs des Bunds Deutscher Mädel besuchte, spürte sie, wie ihr Körper sich veränderte. Er wurde beweglicher, geschmeidiger, und sie ging aufrechter. Hoch erhobenen Haupts. Wie sich das für ein deutsches Mädchen geziemte. Sie nahm jede Sehne wahr und jeden Muskel, und es war ein gutes Gefühl, all das zu spüren. Noch besser fühlte es sich an, dass ihr bereits Brüste sprossen. Im November wurde sie vierzehn. Es war also höchste Zeit dafür. Das behauptete jedenfalls ihre Schulfreundin Therese, die es bei vier älteren Schwestern schließlich wissen musste. Nichts sehnte Klara mehr herbei, als vom Mädchen zum Fräulein zu werden. Und irgendwann zu einer eleganten Dame, wie ihre Mutter es war.

Klara steuerte auf das Haus mit dem Schwanenrelief zu. Vor vier Jahren waren ihre Eltern mit ihr aus drei Zimmern in Milbertshofen in eine elegante Fünfzimmerwohnung im Schwanenhaus gezogen. Die konnten sie sich nur leisten, weil Herr Roth, der Hauseigentümer, Papa mit der Miete entgegengekommen war. Mama meinte, die Größe und Lage wären ihrem Status angemessen, und das Entgegenkommen bei der Miete sei ein wohlüberlegtes Kalkül von Roth. In diesen Zeiten wäre es für einen jüdischen Unternehmer und Hausbesitzer nur von Vorteil, jemanden in der Justiz zu haben, der einem einen Gefallen schuldete.

Mama war eine anspruchsvolle Frau, wie ihr Vater einmal angemerkt hatte, und schwer zufriedenzustellen. Derzeit hatte sie sich eine Köchin in den Kopf gesetzt. Sie habe zu wenig Personal. Neben einem Dienstmädchen gehöre eine Köchin in den Haushalt eines Oberstaatsanwalts. Doch Papas Beförderung stand erst bevor, Mama musste sich gedulden. Mit dem Gehalt eines Staatsanwalts wäre kein großer Staat zu machen. Das sagte sie häufig, und Klara wusste, dass ihr Vater sich darüber ärgerte. Er gab sein Bestes, aber Mutter war das selten genug.

Der Duft von Lavendel, Jasmin und Bergamotte schlug Klara entgegen, als sie die Straße überquerte und die Parfümerie erreichte, die sich im Erdgeschoss des Schwanenhauses befand. Auf dem schwarz grundierten Glasschild über dem Schaufenster stand in schwungvollen goldenen Buchstaben *Elisabeth-Parfümerie*. Der Text darunter war abgeklebt. Die Zeile *Seit 1903 – Inh. Jakob Roth* verbarg sich darunter. Monatelang hatte jemand immer wieder die Fenster der Auslagen mit dem Wort JUDE verziert und dem Aufruf, nicht bei ihnen zu kaufen. Seit zwei Wochen hatte die Parfümerie nun einen neuen Eigentümer. Alfons Wagner, den ehemaligen Handelsvertreter der Roths.

Wobei *verziert* schon eine boshafte Formulierung war, wie Klara sich eingestand. Eigentlich taten ihr Mirjam und ihre Eltern leid. Sie konnten nichts dafür, dass sie Juden waren. Das suchte man sich ja nicht aus. Es war Schicksal. Trotzdem hatte Klara sich mit Mirjam zerstritten, obwohl sie Freundinnen gewesen waren. Es war passiert, als Klara dem BDM beigetreten war. Mirjam konnte und wollte natürlich nicht Mitglied werden und hatte ihr vorgeworfen, sich gegen sie zu stellen. Gegen Juden überhaupt. Böse Worte waren hin und her geflogen. Und schließlich hatte Mirjam Klara eine *braune Schnepfe* genannt, und seither redeten sie nicht mehr miteinander. Mama war darüber erleichtert. »Dieses jüdische Mädchen ist kein Umgang für dich. Du bist klug, dass du das erkannt hast.« Natürlich war Klara stolz auf dieses Lob aus dem Mund ihrer Mutter. Zur Belohnung hatte sie das Buch *Der Trotzkopf* geschenkt bekommen und binnen zweier Tage verschlungen. Mittlerweile hatte sie auch die Fortsetzungen gelesen und war entschlossen, in ihrem Leben alles richtig zu machen. So wie Ilse Macket, die Heldin der Romane, die anfangs ein ungestümer und widerspenstiger Trotzkopf gewesen war und am Ende ihren Platz an der Seite eines guten Mannes fand. Eine tugendhafte deutsche Frau.

Klara sah durch die Scheibe. Hinter der Verkaufstheke in der Parfümerie stand die dralle Gerda Wagner mit ihren blond gefärbten Haaren und beriet eine Kundin. Im Schaufenster waren noch immer die Produkte der Kosmetik-Manufaktur Roth ausgestellt. Seifen, Cremes, Parfums und Eau de Toilette, Puder und Lippenstift. Dazwischen stand ein handgemaltes Plakat. *Jetzt in deutscher Hand.*

Hatte Wagner nicht nur die Parfümerie, sondern auch die Fabrik der Roths übernommen, die sie in Freimann betrieben?

Es war noch nicht lange her, dass Vater beim Abendbrot gesagt hatte, dass es den Roths nass reinginge. Niemand kaufe mehr bei Juden, und der Umsatz von Roths Kosmetikmanufaktur war ins Bodenlose gefallen. Das habe Roth ihm anvertraut. Im April hatten die Juden obendrein ihre gesamten Vermögen melden müssen, und Roth schwante nichts Gutes. Er befürchtete, dass man sie früher oder später enteignen würde, und überlegte, mit seiner Familie Deutschland zu verlassen. Mama hatte gemeint, das wäre wohl das Beste. Nur, dass auch niemand anderer die Juden haben wolle, wie ja die Konferenz von Évian am Genfer See vor wenigen Tagen erst gezeigt hatte. Nicht mal die USA, die diese Konferenz auf den Weg gebracht hatten, waren bereit, ihr Kontingent an Visa für jüdische Flüchtlinge zu erhöhen.

Im Treppenhaus begegnete Klara Mirjam. Sie kam aus der Wohnung der Roths in der ersten Etage und sah aus, als hätte sie geweint. Die Augen waren ganz rot und geschwollen. Sie schlug sie nieder, als sie Klara sah, und lief rasch an ihr vorbei. Einen Moment war Klara versucht, ihr nachzulaufen und sie zu trösten. Sie rang den Impuls nieder, denn sie wollte es sich nicht mit ihrer Mutter verderben, und außerdem war Mirjam an der Reihe. Sie hatte *braune Schnepfe* gesagt. Erst musste sie sich entschuldigen.

***

Oben in der Wohnung hing Vatis Mantel an der Garderobe, also war er früher vom Gericht nach Hause gekommen. In der Küche rumorte Gertrud, das Dienstmädchen, während Mama im Salon telefonierte. Die Tür von Vaters Studierzimmer war geschlossen. Gab es wieder einmal dicke Luft zwischen ihren Eltern? Klara ging auf Zehenspitzen durch den Flur. Aus dem Salon klang Mamas Stimme.

»Ernst-Friedrichs Ernennung zum Oberstaatsanwalt kann nicht mehr lange auf sich warten lassen, und dann werde ich eine Köchin engagieren.«

Durch den Türspalt sah Klara den Schattenriss ihrer Mutter im Gegenlicht vor dem Fenster. Seufzend strich sie sich eine Locke aus dem Gesicht. »Ja, Mutter. Das sehe ich genauso. Dann kann er mir das nicht länger verwehren.« Mama telefonierte also mit Großmutter. Das konnte dauern. Vor allem, wenn sie sich über Papa ärgerte, was sie häufig tat. Ein wenig mehr Ehrgeiz täte ihm gut, fand Mama, die ihn auch insgesamt für zu weich hielt. Klara mochte ihren Vater genauso gerne wie ihre Mutter. Doch in letzter Zeit spürte sie, wie sich ihre Haltung zu ihm veränderte. Vielleicht war er ja wirklich zu schwach, und das in einer Zeit, die entschlossene und starke Männer erforderte, wie ihre Klassenlehrerin stets betonte.

Sie waren mit dem Essen noch nicht fertig, als es an der Wohnungstür schellte und kurz darauf Gertrud Herrn Roth anmeldete. Vati entschuldigte sich und verschwand mit Mirjams Vater im Studierzimmer. Mama bat Gertrud, das Essen abzuräumen, und schickte Klara auf ihr Zimmer, das sich neben Vatis befand. Wollten die Roths wirklich auswandern? Nach Amerika vielleicht? Doch dort wollten sie die Juden ja auch nicht, wenn stimmte, was Mama über die Konferenz gesagt hatte. Wieder hatte Klara Mitleid mit Mirjam und deren Eltern. Am liebsten wäre sie zu ihrer Freundin hinuntergelaufen und hätte sie fest in den Arm genommen.

Stattdessen presste Klara das Ohr an die Wand, doch sie konnte nichts verstehen. Vielleicht ging es im Flur besser. Sie öffnete so leise wie möglich die Tür und sah direkt auf den Rücken ihrer Mutter, die an Vatis Studierzimmer lauschte. Lautlos schloss Klara die Tür wieder.

In den folgenden Tagen spitzte sie die Ohren. Mama war einsilbig, und Papa verschwand in seinem Zimmer, sobald er nach Hause kam, und blieb dort bis tief in die Nacht. Manchmal hörte Klara die Schreibmaschine klappern. Als sie am Freitag vom Volkstanzkurs zurückkam, saß Großmutter bei Mama im Salon, in ihrem Sessel direkt unter dem Gemälde von Lovis Corinth, das sie ihrer Tochter als Mitgift gegeben hatte. Großmutter war eine imposante Erscheinung. Sie erinnerte Klara an Brunhilde aus dem *Illustrierten Buch Deutscher Sagen*. Eine große Frau von kräftiger Statur, die immer noch das Schwarz der Witwen trug, obwohl Opa schon vor fünfzehn Jahren gestorben war.

Artig begrüßte Klara ihre Großmutter und wurde dann von Mama in die Küche zu Gertrud geschickt. Die solle ihr Tee machen und ein Stück vom Gesundheitskuchen geben. Danach wäre es Zeit, Hausaufgaben zu erledigen. Mama wollte also ungestört mit Oma reden. Doch Klara wollte wissen, was los war. Ob ihre Eltern etwa erwogen, sich scheiden zu lassen. Es wäre die größte Schande, und der Gedanke war so entsetzlich, dass Klara ihn gleich wieder beiseiteschob. Dennoch arbeitete er weiter in ihr, und schließlich ging sie zur Toilette, um vielleicht etwas von der Unterhaltung aufzuschnappen. Die Tür zum Salon stand offen. Als sie daran vorbeiging, verstummte das Gespräch der beiden Frauen für einen Moment und setzte erst wieder ein, als Klara die Badezimmertür öffnete. Sie verließ das Bad gleich wieder, schlich auf Zehenspitzen über den dicken Läufer zurück, blieb neben der Kommode im Flur stehen und spitzte die Ohren. Sie verstand nicht jedes Wort, doch einiges. Es ging nicht um eine Scheidung, wie sie erleichtert feststellte. Vielmehr wollte ihr Vater den Roths das Haus abkaufen. Hinter Mamas Rücken. Aber sie hatte es natürlich herausgefunden. Die Roths würden nach Amerika auswandern, erklärte Mama. Anscheinend hatten sie Beziehungen und einen Bürgen in Chicago. Damit stiegen die Chancen, an die raren Visa zu gelangen. Geld hätten sie außerdem genug, meinte Mama. Denn bestimmt hätten sie nicht alles ordnungsgemäß angemeldet. Außerdem wäre Alfons Wagner sicher nur ein Strohmann. »Der Roth schiebt einen anderen vor und macht weiter. Wenn Ernst- Friedrich davon wüsste, müsste er der Sache vermutlich nachgehen.«

»Warum sagst du es ihm nicht?«, fragte die Großmutter.

»Ganz sicher weiß ich es ja nicht. Außerdem will ich den Roths nichts Böses. Sollen sie meinetwegen auswandern. Hauptsache, sie verschwinden.«

»Hauptsache, Ernst-Friedrich kann das Haus günstig kaufen, meinst du.«

Mona

September 2018

»Nachlasssache Klara Benedicte Hacker, geboren 17. 11. 1924 in München, verstorben 25. 07. 2018 in München.«

Es dauerte einen Moment, bis Mona diesem Namen ein Gesicht zuordnen konnte. Eine entfernte Verwandte ihrer Mutter, die in der Familie Tante genannt wurde, obwohl sie eine Art Großcousine war. Tante Klara. Mona hatte sie nur ein paar Mal getroffen. Zuletzt am siebzigsten Geburtstag ihres Vaters vor vier Jahren. Da war Tante Klara schon an die neunzig gewesen. Das Haar silberweiß und so schütter, dass die Kopfhaut durchschimmerte. Eine mädchenhafte Figur und ein energisches Auftreten, das ihrer körperlichen Zartheit widersprach. Wie eine in die Jahre gekommene Primaballerina, dachte Mona nun. Ihr aufrechter Gang, ihre Energie, ihr wacher Geist. Gut gekleidet. Reichlich Schmuck. Dezent geschminkt. Eine Dame. Tante Klara war an Vaters Geburtstag die Einzige gewesen, die sie in Schutz genommen hatte. Und nun war sie gestorben. Vor sechs Wochen schon, und niemand aus der Familie hatte es für nötig gehalten, Mona zu informieren.

Wäre sie zur Beisetzung gefahren, wenn sie es gewusst

hätte? Tante Klara hatte ihr imponiert. Sie hatten sich an Vaters Geburtstag gut unterhalten, ein wenig über die Familie gelästert, und am Ende des Abends hatten sie beide einen Schwips gehabt. Gut möglich, dass sie an der Trauerfeier teilgenommen hätte. Aber diese Möglichkeit hatte man ihr gar nicht erst gegeben. Ärger stieg in Mona auf und überdeckte den Schmerz, es wieder einmal nicht wert gewesen zu sein. »Sei's drum«, sagte sie in die Stille der Küche. »Es wird sich nie ändern.« Dieser Zug war abgefahren, und es war nicht mehr wichtig. Sie war erwachsen.

Also hatte sie längst einen bitteren Frieden geschlossen mit der kühlen Distanz ihrer Mutter, dem Desinteresse ihres Vaters, der Überheblichkeit ihres älteren Bruders und den Vorwürfen ihrer jüngeren Schwester. Trotzdem tat es weh, übergangen zu werden. Wieder einmal hatten sie ihr gezeigt, wo ihr Platz war.

Mona schenkte sich eine zweite Tasse Kaffee ein und griff nach dem Smartphone. Im Fotoordner fand sie ein Bild von Tante Klara auf der Geburtstagsfeier. Sie saß in einem Polstersessel und blickte direkt in die Kamera. Das Kinn leicht angehoben, ein angedeutetes Lächeln im faltigen Gesicht. Vermutlich war Klara in ihrer Jugend hübsch gewesen. Das dunkle Blau der Augen fiel Mona wieder auf und die leicht hochgezogene Augenbraue, die ihrem Blick Skepsis verlieh. Diesen Blick kannte Mona von sich, und für einen Moment fühlte sie Verbundenheit mit der alten Dame.

Bernd kam herein. Er trug Boxershorts und ein T-Shirt. Die dunklen Haare waren verstrubbelt, und seine Bartstoppeln kratzten, als er sie umarmte und seine Wange an ihre legte. »Guten Morgen. Es roch so gut nach Kaffee.«

»Ist noch ganz frisch.«

»Und wegen gestern … Ich fühle mich ziemlich schäbig. Können wir den Streit einfach vergessen?«

»Das ist wohl das Beste.«

Er drückte ihr einen Kuss aufs Haar, schenkte sich Kaffee ein und bemerkte das Kuvert. »Ach, der Postbote war's. Ich hab mich schon gefragt, wer so früh klingelt.«

»Es ist halb elf.«

»Vom Amtsgericht? Gibt's Probleme?«

»Nein. Es geht um eine Erbschaftssache. Tante Klara ist gestorben. Eine entfernte Verwandte meiner Mutter.«

»Oh, das tut mir leid.«

»Muss es nicht. Ich hab sie kaum gekannt, und sie ist mit beinahe vierundneunzig gestorben. Ein erfülltes Leben, wie man so sagt. Vermutlich jedenfalls.«

»Und du bist ihre Erbin?«

»Nicht ich, sondern Mama. Klara wird mir eine Erinnerung hinterlassen haben, nehme ich an. Vielleicht ein Schmuckstück.«

»Du hast das Testament noch nicht gelesen?«

»Wollte ich gerade.« Sie griff nach dem Brief, überflog das Anschreiben und blätterte um. Angeheftet war die Kopie des Testaments, das Klara im Herbst vor vier Jahren bei einem Notar gemacht hatte. Kurz und knackig. Eine Seite nur. Verwundert schüttelte Mona den Kopf.

»Was ist?«

Das würde Ärger geben. »Lies selbst.« Sie reichte Bernd das Schreiben.

»Du bist Alleinerbin. Das ist doch toll!«

»Vielleicht hat mir deshalb niemand Bescheid gesagt. Wenn Mama es schon weiß, ist sie wütend auf mich. In ihren Augen bin ich jetzt die Erbschleicherin. Dabei hatte ich keine Ahnung.«

»Sie wird Klaras Entscheidung schon akzeptieren. Ich mach uns mal Frühstück. Magst du Rührei?«

Während Bernd mit der Pfanne hantierte, saß Mona wie vor den Kopf geschlagen am Tisch. Der Kontakt zur Familie war seit ihrem Umzug nach Berlin eingeschlafen, aber nie ganz abgebrochen. Man sah sich gelegentlich zu Familienfeiern und ab und zu an Weihnachten oder Ostern. Sie schickte zuverlässig Geburtstagskarten und Geschenke für ihre Eltern und Geschwister, ihre beiden Nichten und den Neffen. Doch jetzt war der Faden offenbar endgültig gerissen. Und damit war der letzte Rest an Hoffnung dahin, irgendwann doch noch eine Erklärung zu erhalten, was mit ihr nicht stimmte. Wobei sie sich das ja nur einbildete. Sie habe eine überspannte Fantasie, mit dieser Phrase hatte Mama ihre Fragen stets abgewimmelt.

Seit sie denken konnte, fühlte Mona sich als Außenseiterin der Familie. Julian, ihr älterer Bruder, war Mamas Liebling, und Heike, die Nachzüglerin, Papas Augenstern. Mona hingegen schien unsichtbar zu sein. Sie fühlte sich ungeliebt. Nicht wahrgenommen, fremd. Sie wusste nicht, woran es lag. Ihre Mutter hatte dieses Gefühl immer als Hirngespinst abgetan. Jedes Mal, wenn Mona es angesprochen hatte, hatte ihre Mutter sie zum Beweis ihrer mütterlichen Liebe in den Arm genommen und geknuddelt. Doch immer hatte es sich wie eine Lüge angefühlt. Während der Pubertät war Mona auf die Idee gekommen, sie könnte adoptiert sein, und hatte in den Unterlagen ihrer Eltern geschnüffelt, aber nie etwas gefunden.

»Was du erbst, steht nicht im Testament. War sie reich?«

»Glaub ich nicht. Sie hat über vierzig Jahre als Sekretärin in einem Ministerium gearbeitet. Da häuft man kein Vermögen an.«

»Vielleicht ihr Mann. War sie verheiratet?«

»Nein. Wie so viele Frauen nach dem Krieg. Klara war gut situiert, wie man so sagt. Sie hat ihr Geld gern für Schmuck ausgegeben.«

»Und mit dem hat deine Mutter gerechnet.«

»Auch. Aber es geht hauptsächlich um ein Gemälde, das Klara von ihrer Mutter geerbt hat. Ein Landschaftsbild von Lovis Corinth.«

Bernd pfiff durch die Zähne. »Ein Corinth. Nicht schlecht. Der muss einiges wert sein.«

»So um die hunderttausend, hat Mama mal gesagt. Sie geht davon aus, dass sie das Bild erbt. Vielleicht sollte ich es ihr geben, bevor es Streit gibt.«

»Ach, Mona. Für hunderttausend kann man schon einen Streit riskieren. Außerdem: Wenn Klara gewollt hätte, dass deine Mutter das Bild bekommt, hätte sie es ihr vermacht und nicht dir.«

* * *

Im Testament stand, Mona solle sich an Oliver Sander wenden, Klaras Steuerberater.

Der ICE erreichte pünktlich den Münchner Hauptbahnhof. Mit der U-Bahn fuhr Mona zum Odeonsplatz und ging die Theatinerstraße entlang auf der Suche nach dem Haus, in dem Oliver Sander sein Büro hatte. Über die Adresse hatte sie sich gewundert. Eine der teuersten Ecken Münchens. Exklusive Innenstadtlage in der Nähe der Theatinerkirche und der Feldherrnhalle. Residenz und Oper nur einen Steinwurf entfernt. Es war ein flirrend schöner Septembertag voll südlichen Flairs. Der Himmel so blau und das Licht so klar, wie es das nur in München gab.

Die angegebene Hausnummer entdeckte Mona in einer Passage. Im Durchgang lag ein Obdachloser auf einer Decke und schlief. Unwillkürlich griff sie in die Jackentasche, warf einen Euro in den aufgestellten Becher und trotzig einen zweiten hinterher, als sie an Bernd dachte, den das *fertigmachen* würde. Sie hatte mehr als dieser alte Mann. Die zwei Euro fehlten ihr nicht wirklich, und ihm halfen sie.

Mona öffnete die Tür und trat in ein elegantes Treppenhaus. Sie straffte die Schultern und fuhr mit dem Lift zur Steuerkanzlei in der vierten Etage.

Doppelflügeltür aus Eiche. Messingschild. Als sie klingelte, ertönte ein Summer. Die Tür sprang automatisch auf, und Mona versank beinahe knöcheltief in der Auslegware. Unwillkürlich stellte sie sich die Frage nach Sanders Stundensatz.

»Sie sind sicher Frau Lang. Schön, Sie kennenzulernen.« Eine mollige Frau in Monas Alter kam hinter dem Empfangstresen hervor und begrüßte sie mit einem Lächeln.

»Ich bin Patricia Weber und die erste Anlaufstelle für Mandanten. Wenn Sie Fragen haben, einen Termin brauchen oder was auch immer, wenden Sie sich einfach an mich.«

»Ja, gerne.« Mona verstand nicht recht, was Patricia Weber meinte.

»Mein Beileid zu Ihrem Verlust. Frau Hacker war eine sehr interessante Frau, eine Persönlichkeit. Wir haben sie alle sehr geschätzt.«

»Danke. Ja, sie war ... bemerkenswert.« Mona konnte ja schlecht erklären, dass sie Klara kaum gekannt hatte. Patricia Weber klopfte kurz an einer Tür und ließ ihr den Vortritt. »Frau Lang ist da.«

Hinter dem Schreibtisch erhob sich ein gemütlich wirkender Mittvierziger. Bauchansatz, hellblaues Businesshemd, Krawatte, anthrazitgraue Anzughose. Das Haar wurde bereits lichter. Er reichte ihr die Hand. »Grüß Sie. Es freut mich, Sie kennenzulernen.«

»Ganz meinerseits.«

Auch Sander sprach ihr sein Beileid aus, verlor ein paar Worte über die gelungene Trauerfeier, und Mona war es unangenehm, dass sie, die Alleinerbin, nicht daran teilgenommen hatte. Doch sie konnte ihm unmöglich sagen, dass sie nichts davon gewusst hatte. Es wäre zu peinlich, die eigene Familie bloßzustellen.

Eine Kirchturmuhr schlug zwölf. Sander rieb sich die Hände. »Zeit fürs Mittagessen. Ich habe einen Tisch im *Alfredos* reserviert. Das war das Lieblingslokal Ihrer Tante. Wir haben uns meistens dort getroffen. Ist Ihnen das recht?«

»Ja, natürlich. Das ist eine schöne Idee.«

»Na, dann lassen Sie uns keine Zeit verlieren.« Er nahm das Sakko von der Stuhllehne, hielt die Tür für Mona auf und bat Patricia Weber, ein Taxi zu rufen, denn in Schwabing bekäme man keinen Parkplatz.

Sander nannte dem Fahrer eine Adresse in der Elisabethstraße. In dieser Straße hatte Klara gelebt, das wusste Mona, obwohl sie nie dort gewesen war. Die Fahrt dauerte nur ein paar Minuten. Das *Alfredos* war ein elegantes italienisches Restaurant. Damast-Tischdecken, Silberbesteck, Kristallgläser. Gedämpfte Musik. Sie wurden von einem Kellner an einen Tisch am Fenster geführt. Kurz darauf hielt Mona ein Glas Prosecco als Aperitif in der Hand und stieß mit Klaras Steuerberater an. Er hob sein Glas auch Richtung Fenster. »Sollen wir auf Frau Hacker anstoßen?«

Mona folgte seinem Blick. Auf der gegenüberliegenden Straßenseite entdeckte sie ein wunderschönes Jugendstilhaus. Über mehrere Etagen Stuck, geschwungene Formen, florale Elemente, vergoldete Verzierungen und in der Rosette am Giebel ein Schwanenpaar, das die Köpfe Höcker an Höcker legte. Ein beeindruckendes und liebevoll instand gehaltenes Gebäude.

»Ihre Tante hat beinahe ihr ganzes Leben im Schwanenhaus gelebt«, sagte Sander.

Das hatte Mona nicht gewusst. Sie versuchte sich vorzustellen, wie es war, immer im selben Haus zu wohnen. Nie umzuziehen, nie in einer anderen Stadt zu leben oder in einem anderen Land. Leute zogen ein und aus. Ein Kommen und Gehen im Laufe der Jahre und Jahrzehnte. Nur man selbst blieb. Wieso?

Sabine

August 2018

Sabine Gombrowski faltete die Kleidung ihrer Großmutter Erika zusammen und verstaute sie in einem Umzugskarton, denn einen Koffer hatte Oma nie besessen. Ein Leben voller Arbeit und wenig Vergnügen. Eine Reise hatten sie und Opa sich nie gegönnt. Sabine hatte sich entschlossen, es besser zu machen.

Natürlich blieb der Umzug ins Pflegeheim an ihr hängen, denn ihr Bruder Charlie machte sich die Hände nicht gerne schmutzig. Oma kam mit einem Bogen Packpapier und einer Rolle Bindfaden ins Schlafzimmer geschlurft. »Ich packe das Sofa ein.«

»Das geht nicht, Oma. Das muss hierbleiben.«

Die Sonne brannte durch die Fenster. Die Hitze staute sich in der Hamburger Wohnung. Noch immer gab es keine Rollläden. Es waren ja nur Sozialwohnungen. Bloß kein Luxus für die Armen. Für die Unterschicht, für die Hartzer. Fürs abgehängte Prekariat, wie Charlie es nannte, der gerne auf dicke Hose machte und sich mit seiner Banklehre für was Besseres hielt.

Der Schweiß rann Sabine zwischen den Schulterblättern

über den Rücken und tränkte das T-Shirt, das sie erst gestern gekauft hatte. Mit Glitzeraufdruck vorne. Musste Oma ausgerechnet in einer der heißesten Wochen des Jahres ins Pflegeheim ziehen?

»Aber wo soll ich dann sitzen?«

»Im Sessel. Der kann mit und der kleine Tisch auch.«

»Und die Kommode?« Oma legte das Packpapier aufs Bett und setzte sich darauf. Gott sei Dank hatte sie heute einen ihrer lichteren Tage und erkannte ihre Enkelin. Andernfalls würde der Umzug ein einziger Kampf werden. »Die hat keinen Platz. Das Zimmer ist nicht groß, und du teilst es dir mit einer anderen Frau.«

»Und wo fahre ich jetzt genau hin?«

»Ins Sankt Elisabeth.«

»Ein Hotel. Das ist fein. Ich habe noch nie in meinem Leben Urlaub gemacht, weißt du? Ich pack schon mal.«

Oma stemmte sich hoch und begann, den Inhalt der Kommode auf dem Boden und dem Bett zu verteilen. Sabine ließ sie gewähren, so konnte sie jetzt wenigstens die Kleidung packen. Bis zum Monatsende musste sie die Wohnung räumen. Jede Menge Arbeit. Ihr graute davor. Eins nach dem anderen. Jetzt erst mal Oma ins Heim bringen. Es ging nicht anders, seit sie nicht mehr klar im Kopf war und manchmal sogar Sabine und Charlie nicht erkannte.

»Die warmen Sachen musst du einpacken.«

»Später. Jetzt erst mal die Sommersachen.«

»Aber die Russen kommen.«

»Nicht heute, Oma.«

»Sicher?« Ihre Großmutter presste eine Wolldecke an ihren mageren Körper.

»Ganz sicher. Die kommen nicht. Nicht heute und nicht morgen.«

Dennoch konnte Oma von der Idee nicht lassen, dass die Russen anrückten und sie fliehen musste. So wie im bitterkalten Winter vor Kriegsende. Sie suchte in der Küche Konservendosen zusammen und steckte sie in einen Kopfkissenbezug, den sie Sabine brachte. Dann verschwand sie und tauchte kurz darauf wieder auf. Sie trug den Wintermantel über dem Sommermantel, außerdem Schal und Wollmütze. »Ich kann die Handschuhe nicht finden.«

Sabine traf fast der Schlag. »Oma, du machst mich noch wahnsinnig. Zieh das aus. Es ist viel zu heiß dafür.«

Sie half der alten Frau aus den Kleiderschichten und schickte sie dann in die Küche zum Kaffeekochen. Eine jahrzehntelange Routine, die ihr in Fleisch und Blut übergegangen war. Kaffeekochen bekam Oma noch gut hin. Doch nach zehn Minuten wurde Sabine unruhig. In der Wohnung war es so still. Was hatte sie nun wieder angestellt?

Sabine fand sie im Wohnzimmer. Die Arme um den Körper geschlungen, ging sie auf und ab. »Ich muss das verstecken. Das darf niemand wissen. Der Karl schon gar nicht. Da, nimm! Du musst es verbrennen!« Sie löste die Arme, mit denen sie ein Heft an ihren hageren Körper gepresst hatte. »Versteck es. Versprich mir das.«

Sabine nahm das Heft. Es war alt und ausgeblichen. »Ja, klar.«

»Der Karl darf das nie erfahren.«

Der Karl ist tot, hätte Sabine am liebsten gesagt. Beide Karls waren tot. Sowohl Omas Mann als auch ihr Sohn, Sabines Vater. Im Frühling war er mit vierundsiebzig gestorben. Mamas Tod vor zwanzig Jahren hatte ihm den Boden unter den Füßen weggezogen. Damals hatte er mit dem Saufen begonnen. Das war der Anfang von seinem Ende gewesen. Zuerst hatte er seinen kleinen Sanitärbetrieb ruiniert und dann seine Leber. Oma hatte ihren Mann und ihren Sohn überlebt und wurde bald fünfundneunzig. Sie war eine zähe Kämpferin. Sabine wollte keine Diskussionen mit ihr. Am besten stimmte man allem zu, dann beruhigte sie sich schnell. »Ich verrate niemandem etwas. Schon gar nicht dem Karl.«

Doch heute ging die Taktik nicht auf. Oma beruhigte sich nicht. Sie brabbelte weiter von den Russen und von der Kälte, von erfrorenen Kindern und Pferden. Von vergewaltigten Frauen und Flakfeuer, von Christbäumen am Nachthimmel, dass sie die Handschuhe bräuchte und dass Sabine das Heft verbrennen sollte. »Leg's mir ins Grab, wenn ich tot bin. Machst du das?«

»Natürlich mache ich das, wenn du das so willst.«

»Das ist gut.« Endlich wurde Oma ruhig. »Mit ins Grab nehmen. Das muss so sein. Niemand darf das wissen.«

Sabine steckte das Heft in ihre Umhängetasche und klingelte bei Omas Nachbarin, einer drallen Rumänin, von der Sabine nicht wusste, was sie tat. Vermutlich hartzen, wie sie selbst. Sabine fragte, ob sie zwei Stunden auf die alte Frau aufpassen könne, sonst würde das heute nichts mehr mit dem Umzug. Alles im Leben hatte seinen Preis. Also bezahlte Sabine fünfzehn Euro und konnte dann in Ruhe packen. Vielleicht hatte Oma ja irgendwo die fünfzehn Euro rumliegen und konnte ihr Babysitten selbst bezahlen. In der Küchenschublade lag das Sparbuch. Sabine fand darin fünfzig und steckte sie ein. Ein mickriger Lohn für einen Tag Arbeit.

Es wurde Abend, bis Sabine nach Hause kam. Oma hatte ihr Zimmer im Heim bezogen und fürchterlich geweint, als sie verstand, dass es kein Hotel war. Ihre Zimmergenossin war genauso verrückt wie sie. Sie sprach die ganze

Zeit mit einem Hund, den es nicht gab. Da hatten sich zwei gefunden. Erschöpft zündete Sabine sich eine Zigarette an und nahm eine Dose Bier aus dem Kühlschrank. Es war lauwarm. Hatte der alte Kasten endgültig seinen Geist aufgegeben, und das im heißesten Sommer des Jahrhunderts. So ein Mist! Verärgert schlug Sabine mit der flachen Hand auf die Tür. Was natürlich auch nicht half. Sie brauchte schleunigst einen neuen Kühlschrank. Doch so schnell würde das Amt den nicht bewilligen. Die Mühlen der Bürokratie mahlten in einem schikanösen Schneckentempo.

Mit dem Bier ließ sie sich aufs Sofa fallen. Vermutlich würde ihr nichts anderes übrig bleiben, als diese Anschaffung aus ihrer Porzellandose vorzustrecken. Darin sparte sie einen Teil ihres Putzgeldes für eine Kreuzfahrt. Neun Tage von Malle nach Venedig. Das wäre es. Dabei einen netten Mann kennenlernen, der ihr mehr zu bieten hatte als Harry, der Vater ihrer beiden Kinder und ihr Ex. Wobei so ganz Ex war er nicht. Sie lebten zwar seit Jahren getrennt, waren aber noch immer nicht geschieden.

Sabine warf einen wütenden Blick auf den Kühlschrank. Doch dann malte sie sich aus, wie gut sich ein neuer machen würde. In Metallic-Rot. Den konnte sie eigentlich gleich bestellen. Harry würde die Bezahlung durchs Amt schon deichseln. Vorher aber noch eine Zigarette. Die Packung war leer. Sabine suchte in ihrer Umhängetasche nach der Reserveschachtel und fand dabei das Heft, das sie Oma mit ins Grab geben sollte. Ein Geheimnis, von dem niemand wissen durfte. Vor allem Karl nicht. Papa oder Opa?, fragte sich Sabine. Oder am Ende ihr Bruder Charlie, der eigentlich wie sein Vater und Großvater Karl hieß. Sie schlug das Heft auf. Es roch nach hundert Jahren Keller. Vergilbte Seiten. Verblichene Linien mit Bleistift und Tinte beschrieben.

Lesen konnte Sabine nichts davon, denn Oma hatte den Text in deutscher Schrift verfasst. Nur das Datum war zu entziffern. 6. 1. 1945 stand auf der ersten Seite. Sabine blätterte um und fand weitere Daten. War das ein Tagebuch, das Oma als junge Frau geschrieben hatte? Bei einem Eintrag stutzte sie. Rund um diese Seite hatte Oma in ihrer krakligen Altfrauenschrift Anmerkungen gemacht. *Das muss geheim bleiben. Karl darf das nicht erfahren. Muss ich mit ins Grab nehmen. Streng vertraulich.* Sabine sog an ihrer Zigarette und fragte sich, ob an Omas krausem Gerede am Ende etwas dran war. Gab es ein Geheimnis, das sie mit ins Grab nehmen wollte?